W0355592

DIE TOTE MUTTER

WEITERE TITEL VON LISA REGAN

In deutscher Sprache

Detective Josie Quinn-Serie

Die verlorenen Mädchen

Das Mädchen ohne Namen

Das Grab ihrer Mutter

Ihre letzte Beichte

Ihre begrabenen Geheimnisse

Ihre stumme Bitte

Die Namenlose

Du musst sie finden

Rette ihre Seele

Nur noch ein Atemzug

Schlaf still, mein Mädchen

Der Unfall

Die versunkenen Mädchen

Als sie verschwand

Mädchen vermisst

Die unschuldige Frau

Schau in ihre Augen

Mein Kind ist verschwunden

Stell dich der Angst

Ihr letztes Geheimnis

Detective Parks-Serie

Die gefangenen Mädchen

Die tote Mutter

In englischer Sprache

Detective Josie Quinn-Serie

Vanishing Girls

The Girl With No Name

Her Mother's Grave

Her Final Confession

The Bones She Buried

Her Silent Cry

Cold Heart Creek

Find Her Alive

Save Her Soul

Breathe Your Last

Hush Little Girl

Her Deadly Touch

The Drowning Girls

Watch Her Disappear

Local Girl Missing

The Innocent Wife

Close Her Eyes

My Child is Missing

Face Her Fear

Her Dying Secret

LISA REGAN

DIE TOTE MUTTER

Übersetzt von Reinhard Ferstl

bookouture

Die Originalausgabe erschien 2017 unter dem Titel „Losing Leah Holloway“
bei Thomas & Mercer.

Deutsche Erstausgabe herausgegeben von Bookouture, 2024
1. Auflage Juni 2024

Ein Imprint von Storyfire Ltd.
Carmelite House
50 Victoria Embankment
London EC4Y 0DZ

deutschland.bookouture.com

Copyright der Originalausgabe © Lisa Regan, 2017
Copyright der deutschsprachigen Ausgabe © Reinhard Ferstl, 2024

Lisa Regan hat ihr Recht geltend gemacht, als Autorin dieses Buches genannt zu werden.

Alle Rechte vorbehalten. Diese Veröffentlichung darf ohne vorherige schriftliche
Genehmigung der Herausgeber weder ganz noch auszugsweise in irgendeiner Form oder mit irgendwelchen Mitteln (elektronisch, mechanisch, durch Fotokopie oder Aufzeichnung oder auf andere Weise) reproduziert, in einem Datenabrufsystem gespeichert oder weitergegeben werden.

ISBN: 978-1-83525-739-5
eBook ISBN: 978-1-83525-738-8

Dieses Buch ist ein belletristisches Werk. Namen, Charaktere, Unternehmen, Organisationen, Orte und Ereignisse, die nicht eindeutig zum Gemeingut gehören, sind entweder frei von der Autorin erfunden oder werden fiktiv verwendet. Jede Ähnlichkeit mit tatsächlichen lebenden oder toten Personen oder mit tatsächlichen Ereignissen oder Orten ist völlig zufällig.

Für Shihan Robert Tomaino. Du hast mich zu einem besseren Menschen gemacht.

EINS

SAMSTAG

Als die Kinder zu schreien begannen, wusste Leah, dass sie schnell genug fuhr. Das Kreischen der Kleinen erfüllte das Wageninnere des SUV. Selbst Tyler heulte, jenes typische Babyweinen mit hochrotem Kopf, dem nicht einmal mehr mit einem Fläschchen beizukommen war. Trotzdem drückte Leah ihren Fuß noch stärker auf das Gaspedal. Sie trat es durch bis zum Boden und hielt es dort, bis ihre Zehen schmerzten. Vor ihr erstreckte sich die Interstate Five. In der Ferne sah sie die Brücke über den American River. Ihre Finger umklammerten das Lenkrad noch fester. Die digitalen Ziffern auf dem Display ihres Armaturenbretts zeigten an, dass das Auto immer schneller wurde.

Die Stimme ihrer Tochter durchdrang das Geschrei auf der Rückbank. »Mommy«, rief Peyton. »Fahr langsamer!«

Leah nahm den Blick nicht von der Straße. »Ich kann nicht, mein Engel«, murmelte sie. »Mommy muss so schnell fahren, wie es nur geht.«

»Mommy, bitte!«

Als sie sich der Brücke näherte, sagte Leah so laut, dass die Kinder es hören konnten: »Gott helfe mir.«

ZWEI

Die Sonne brachte die Wasseroberfläche des Flusses zum Glitzern wie tausend Diamanten. Claire lächelte und atmete tief ein. Sie konzentrierte sich ganz auf die wohlige Zufriedenheit, die sie in sich spürte. Ein kühler Windstoß hob ihr Haar aus dem Nacken. Gerade als sie einen Blick auf ihre Roughneck-Stiefel warf, die im Schlamm des American River versunken waren, unterbrach ein Wasserschwall jäh den Augenblick perfekter, friedlicher Stille. Verursacher war ihr Golden Retriever Wilson, der an ihr vorbeirannte, während ihre Schwester hinter ihm herrief.

»Wilson! Raus hier!«

Brianna erschien mit einer Angel in der Hand neben Claire. »Verdammter Köter«, schimpfte sie. »Wenn da Fische waren, sind sie jetzt garantiert weg.«

Claire lachte und blickte über die Schulter zu Wilson, der eifrig etwas unter der Autobahnbrücke beschnüffelte. Er hatte sich zwischen den mächtigen Betonpfeilern hindurchgeschlängelt und versuchte wahrscheinlich gerade, ein Eichhörnchen zu stellen.

»Jetzt hilf mir schon, den Wurm an den verdammten

Haken zu bekommen«, murrte Brianna und hielt Claire die Angelrute hin.

Mit schiefem Lächeln holte Claire eine kleine Schachtel mit Mehlwürmern aus ihrer Fischerjacke und schob eine der dicken weißen Larven auf den Haken von Briannas Angelrute. Als die braunen, eiterähnlichen Innereien des Wurms auf ihre Hose spritzten, würgte ihre Schwester. Claire lachte und sah auf Briannas Füße. »Flip-Flops? Echt jetzt?«

Brianna zog eine perfekt gezupfte Braue hoch. »Ich wusste nicht, dass wir einen Dresscode haben?« Sie sah sich um. »Überhaupt frage ich mich, warum wir das hier machen müssen.«

»Du *wolltest* doch kommen«, entgegnete Claire.

Brianna seufzte. »Ich wollte Zeit mit dir verbringen. Wir sehen uns doch so selten. Ich habe das Gefühl, als würden wir gar nicht zusammenwohnen. Mom treffe ich öfter als dich, dabei wohnt sie eine halbe Fahrstunde weit weg! Ich hatte eher eine Mani- und Pediküre im Sinn, nicht eine Schlammparty mit dem stinkenden alten Wilson mitten in dieser verdammten Wildnis.«

»Als Wildnis kann man das hier wohl kaum bezeichnen«, spottete Claire und schob auch auf ihren Haken einen Mehlwurm. »Jetzt geh weiter da runter. Du stehst viel zu nah. So kann ich die Angel nicht auswerfen.«

Murrend stieg Brianna über ein paar Felsen und ging das Ufer entlang ein Stück flussabwärts. »Wie lange müssen wir hierbleiben?«, fragte sie.

»Also, wirklich jetzt, Bree!«

Brianna hob beschwichtigend die Hand. »Schon gut, schon gut, tut mir leid. Angeln wir. Ich möchte einfach Zeit mit dir verbringen.«

Claire lächelte und warf die Angel aus. »Danke.« Sie begann die Schnur langsam aufzurollen und den Mehlwurm damit über den Flussgrund zu ziehen, in der Hoffnung, vielleicht die Aufmerksamkeit eines in der Nähe herumschwimmenden Barsches zu erregen.

»Aber du schuldest mir eine Mani- und Pediküre«, fing Brianna wieder an.

Claire verdrehte die Augen. Sie holte die Schnur ganz ein und warf die Angel wieder aus. Ein weiterer Windstoß umstrich ihre nackten Waden. Die Temperatur hatte den ganzen Morgen bei zehn bis dreizehn Grad gelegen. Im Tagesverlauf würde es noch wärmer werden, trotzdem war es jetzt im Oktober in Sacramento morgens schon recht kühl. Was Claire nicht störte. Sie genoss es, im Freien zu sein.

Sie warf wieder einen Blick hinüber zu Brianna, die gerade dabei war, ebenfalls die Angel auszuwerfen. Da bemerkte sie über dem Kopf ihrer Schwester die Äste eines nahen Baums. »Warte, Bree, nicht dort auswerfen. Deine Schnur verfängt …«

Doch das Gurgeln des Flusses und der Lärm der Fahrzeuge, die über ihre Köpfe hinwegbrausten, schienen ihre Worte verschluckt zu haben, denn Brianna machte einfach weiter. Oder sie hatte sie gehört und ignorierte die Warnung. Sie warf die Angel in hohem Bogen aus. Prompt verfing sich die Schnur im Baum.

»Verflucht!«, schimpfte sie und zerrte an der Angelrute. Die Schnur spannte sich, verhedderte sich dabei aber nur noch mehr im Geäst.

Claire legte ihre Angel am Ufer ab und ging zu Brianna, die an der Schnur riss, als befände sie sich in einem Tauziehwettbewerb mit dem Baum. Sie legte ihre Hand auf Briannas Unterarm. »Hör auf«, sagte sie. »So bekommst du sie nicht los. Ich muss die Schnur abschneiden.«

»Und was ist dann mit meinem Haken?«, fragte Brianna enttäuscht. Sie hatte für die Natur nicht viel übrig, war aber zugleich sehr ehrgeizig. Obwohl sie den ganzen Morgen protestiert hatte, wusste Claire, dass sie unbedingt angeln wollte –

und nicht eher zufrieden sein würde, bis sie den größten Fisch im Fluss aus dem Wasser gezogen hatte.

»Ich ziehe dir eine neue Schnur auf«, beruhigte Claire sie und klopfte auf die linke Brusttasche ihrer Anglerweste. »Ich habe eine ganze Schachtel mit Ersatzleinen hier drinnen.«

Brianna stöhnte, aber Claire sah, dass sie sich ein Lächeln verkniff. »Mein Gott, du bist ja eine richtig professionelle Anglerin. Oder Fischerin. Das macht dir richtig Spaß, nicht wahr?«

»Allerdings. Ist gut gegen meine Angstzustände. Jetzt halte die Angelrute.« Strahlend zog Claire ihr Leatherman-Multitool aus der Seitentasche ihrer Cargoshorts. Sie mochte das Taschenmesser und nahm es fast immer mit zum Angeln. Es passte locker in ihre Tasche, enthielt aber trotzdem alle möglichen Arten von Messern, Schraubenziehern und Zangen, außerdem etliche weitere Werkzeuge, die sie noch nie benutzt hatte. Sie streckte sich nach oben und durchschnitt die Angelschnur damit.

Brianna reichte Claire die Rute und deutete auf das Tool. »Gehört das nicht Connor?«

Claire nickte, ohne ihre Schwester anzusehen. Selbst nach so langer Zeit verursachte schon die Erwähnung seines Namens ein leichtes Ziehen in ihrem Magen. Sie musste an sein Gesicht denken. Diese blauen Augen – ihr Rettungsanker in einer kaputten Welt. Ihr Sinn in einer sinnlosen Welt. Sie schloss fest die Augen und riss sie wieder weit auf, um die Erinnerung an ihn zu verdrängen. Es funktionierte nicht. Nie.

Connor Parks arbeitete als Detective bei der Kriminalpolizei von Sacramento. Er hatte bei der Aufklärung von Claires Entführung, eines bis dato ungelösten Falls, eine maßgebliche Rolle gespielt. Letztlich war es dem besonderen Verhältnis zwischen ihnen beiden zu verdanken gewesen, dass Claire den Mut gefunden hatte, ihrem Entführer zu entkommen. Nach Claires Rückkehr waren sie einige Jahre lang ein Paar gewesen.

»Wie lange hast du das schon?«, fragte Brianna, als Claire es wieder in ihre Tasche steckte. Geschickt fädelte sie eine neue Schnur mit Haken an Briannas Angel.

»Wann habt ihr das letzte Mal versucht, uns wieder zusammenzubringen?«, fragte Claire zurück.

Brianna legte sich eine Hand auf die Brust und zwinkerte in gespielter Unschuld. »Ich?«

Claire zog eine Augenbraue hoch. »Ja, du. Ihr alle. Mom, Dad, Tom.«

Brianna schlug die Augen nieder und steckte die Hände in die Taschen ihrer Shorts. »Wir können eben nicht anders«, murmelte sie.

Claire lachte laut auf. »Ich weiß!«

Ihre Blicke kreuzten sich. »Wir mögen Connor eben.«

Claire seufzte. »Auch das weiß ich.« *Ich auch*, hätte sie beinahe hinzugefügt.

Einen Augenblick lang sagten beide nichts. Dann gab Claire Brianna die Angel zurück. »Als letztes Jahr die ganze Familie auf einen Angelausflug ging und du heimlich Connor mitgebracht hast, hat er es mir gegeben.«

Brianna streckte die Hüfte vor. »Das hat er dir gegeben?«

Claire ahmte die Pose ihrer Schwester nach. »Ja. Hat er. Woher weißt du überhaupt, dass es ihm gehört hat?«

Brianna verdrehte die Augen. »Wie soll man vergessen, wie er sich darüber gefreut hat? Mom hat eins für ihn, eins für Tom und eins für Dad besorgt. Schließlich war es das erste Weihnachtsfest, nachdem ...« Sie brach ab. Es waren inzwischen fünf Jahre vergangen, seit Claire wieder mit ihrer Familie vereint worden war, nachdem ein Pädophiler sie zehn Jahre lang gefangen gehalten hatte, aber noch immer tat sich Brianna schwer, darüber zu sprechen.

»Nachdem ich wieder nach Hause gekommen bin«, ergänzte Claire unverblümt.

»Ja«, pflichtete Brianna ihr bei. »Weißt du nicht mehr, wie

die drei sich unter dem Baum in eine Reihe stellten und blödsinnig herumposierten, indem sie ihre Armmuskeln anspannten und die Leatherman-Tools zeigten?«

Claire lächelte, obwohl sie der Gedanke daran schmerzte. Und ob sie sich daran erinnerte. Das Foto steckte noch immer am Spiegel in ihrem Schlafzimmer. Allerdings war Connor in den letzten Jahren von der Ecke eines anderen Fotos verdeckt worden.

»Ja«, antwortete sie. »Ich erinnere mich.«

Sie wandte den Blick ab, fasste in ihre Tasche und holte das Taschenmesser wieder heraus. Brianna nahm Claires Hand und drehte sie so, dass sie das Werkzeug sah. Mit dem Zeigefinger fuhr sie über den Griff. »Außerdem hat Connor hier eine Kerbe eingeritzt, damit er es von Dads und Toms Teil unterscheiden konnte.«

Claire starrte auf das Multitool. In ihrem Hals bildete sich ein Kloß. »So ein Mist!«, rutschte ihr heraus. Das hier hätte eigentlich ein schöner Tag werden sollen. Spaß und Entspannung pur. Doch jetzt konnte sie die Tränen nicht länger zurückhalten. Brianna schloss Claires Finger um das Taschenmesser und ließ ihre Hand wieder los. Sie legte die Angelrute auf den Boden und zog Claire zu sich, um sie zu umarmen. Seufzend legte Claire ihren Kopf an den Hals ihrer Schwester. Sie konnte nicht genug von der Zuneigung ihrer Familie bekommen, nachdem sie so lange darauf hatte verzichten müssen.

Brianna wartete eine Weile, bevor sie fragte: »Was ist passiert?«

Es war das Einzige, worüber Claire nie sprach. Sie hatte ihrer Schwester alles erzählt, was ihr während ihrer Gefangenschaft widerfahren war, brachte es jedoch nicht übers Herz, zu erzählen, warum es zwischen ihr und Connor nicht geklappt hatte. Sie löste sich von Brianna und wischte sich die Augen mit dem Handrücken trocken. Mit der anderen Hand steckte sie den Leatherman zurück in ihre Hosentasche. »Ich ... wir konnten nicht ...«

Sie trat einen weiteren Schritt zurück und warf die Arme in die Luft. »Männer haben nicht gern Sex mit Frauen, die währenddessen weinen«, stieß sie hervor.

Sogleich musste sie an den Mann denken, der sie all die Jahre gefangen gehalten hatte. Wie oft hatte sie geweint und ihn gebeten aufzuhören. »Normale Männer, meine ich. Wir konnten nicht miteinander schlafen. Ich habe immer angefangen zu heulen und konnte nicht mehr aufhören. Connor meinte, er würde so lange warten, wie ich bräuchte, aber das konnte ich ihm nicht antun.«

Sie blickte ihrer Schwester in die Augen. Brianna sah sie starr an. Sie stand reglos da, als wäre sie im Wald einem Hirsch begegnet und befürchtete, ihn mit der kleinsten Bewegung zu verscheuchen.

»Ich weiß nicht, ob ich jemals bereit für Sex sein werde. Du weißt schon, echten Sex.«

Brianna atmete hörbar aus und entspannte sich wieder etwas. »Aber, Claire«, entgegnete sie vorsichtig. »Du hattest doch Sex mit Männern.«

»Das war etwas anderes.«

Briannas Mundwinkel zuckten. Krampfhaft versuchte sie, ein Grinsen zu unterdrücken. »Auch bei Todd, dem Besorgten?«

Claire hob eine Braue. »Brianna!«, sagte sie in vorwurfsvollem Ton.

Brianna trat auf Claire zu und rüttelte sanft ihre Schultern. Dann schob sie den Kopf vor und sah sie mit großen Augen direkt an. »Stimmt etwas nicht? Geht es dir gut? Alles okay?«, neckte sie sie.

Claire schob ihre Hände weg und schüttelte den Kopf, verkniff sich aber das Lachen.

Brianna schmunzelte. »Und von Resthaar-Charlie will ich gar nicht erst reden.«

Als das mit ihr und Connor vorbei gewesen war, hatte Claire zwei Männer gedated. Beide waren unglaublich nett gewesen, hatten es aber nicht geschafft, mit ihrer Vergangenheit zurechtzukommen. Die Chemie zwischen Claire und ihnen stimmte nicht. Nicht gerade hilfreich war außerdem, dass sich die Fletchers gnadenlos über die beiden lustig gemacht hatten. Die Möchtegernbeziehungen zu ihnen waren vom ersten Date an zum Scheitern verurteilt gewesen.

Claire seufzte. »Als ich mit ihnen geschlafen habe, war ich nicht ... ich habe nicht ... ich war nicht wirklich anwesend. Ich habe zugemacht. Mir war, als wäre ich außerhalb meines Körpers. Ich habe nichts gespürt, weder emotional noch körperlich.«

Brianna verzog das Gesicht. »Das tut mir leid, Claire.«

Claire winkte ab und nahm ihre Angelrute wieder. »Schon in Ordnung. Das war meine Überlebensstrategie über all die Jahre gewesen. Nachdem ich so viele Male vergewaltigt worden war« – Claire sah, wie Brianna bei dem Wort zusammenzuckte, fuhr aber fort –, »habe ich gelernt, mich von mir selbst zu distanzieren. Ich habe mich innerlich von dem, was mit mir passierte, abgekoppelt.«

Brianna atmete tief durch. »Red weiter«, sagte sie.

»Bei Connor hingegen ist es real. Es bedeutet mir etwas. Ich bin wirklich da, wenn ich mit ihm zusammen bin. Ich fühle alles.«

Brianna schluckte. Die helle Haut ihrer Kehle zitterte. »War das nicht gut?«

Claire zuckte die Schultern. »Doch, wahrscheinlich schon. Denke ich zumindest. Ich will da sein, wenn ich bei ihm bin. Aber manche Sachen kann ich nicht tun, ohne daran zu denken, wie ...« *Wie psychisch lädiert ich bin.* Sie seufzte erneut und ließ die Schultern hängen. »Vielleicht werde ich nie zu einer intimen Beziehung mit einem Mann in der Lage sein. Einer normalen, meine ich.«

Brianna stemmte eine Hand in die Hüfte und stupste Claires Schulter mit dem Finger der anderen an. Ihre blauen Augen verdüsterten sich. »Was dir zugestoßen ist, ist vergangen, Claire. Es ist vorbei. Der dir das angetan hat, ist weg, aber du bist noch da. Lass nicht zu, dass er dir das nimmt. Nicht noch etwas.«

Claire wollte gerade etwas erwidern, wurde jedoch jäh von Hupen und Reifenquietschen unterbrochen. Sie erschrak, drehte sich um und sah nach oben zur Autobahnbrücke. Wilson bellte.

Von ihrem Standpunkt aus konnten sie nichts erkennen, nicht einmal die Dächer der vorbeifahrenden Autos. Aber plötzlich war da das Krachen eines Aufpralls, begleitet von kreischendem Metall und berstendem Glas. Die Wucht schien den Boden unter ihren Füßen zu erschüttern.

»Mein Gott«, flüsterte Brianna. »Ist das ein …?«

Die Leitplanke aus Beton, die die Brücke begrenzte, zerbrach. Große Brocken flogen vorbei, gefolgt vom schwarzen Unterboden eines roten SUV, der über ihre Köpfe hinweg Richtung Fluss schoss.

DREI

»Du willst was?«, fragte Connor. Er lehnte sich in seinem Schreibtischstuhl zurück, faltete die Hände hinter dem Kopf und musterte seinen Kollegen.

»Einen forensischen Odontologen«, wiederholte Stryker. Er wedelte mit mehreren Blatt Papier in der Luft herum. »Das ist ein forensischer Zahnmediziner, der sich mit Bissspuren beschäftigt.« Dann schob er Connor die Seiten hin. »Es gibt eine solche Expertin in Südkalifornien, die verfügbar wäre und uns im Strangler-Fall helfen könnte.«

Connor nahm die Blätter und warf einen Blick auf den Ausdruck, bei dem es sich um einen Lebenslauf der von Stryker bevorzugten Odontologin zu handeln schien. Dann legte er ihn auf seinen Schreibtisch und sah wieder seinen Freund an, der seinen Krawattenknoten malträtierte, indem er ihn ständig lockerte und wieder festzog. »Reicht dir nicht, was der Rechtsmediziner sagt? Seiner Ansicht nach stammen die Bissspuren an allen vier Opfern doch von ein und derselben Person. Wozu brauchst du noch eine Otologin?«

»Eine forensische Odontologin. Wenn die Sache vor Gericht kommt, kann das etwas bringen. Das ist schließlich eine ziemlich heftige Angelegenheit. Ich bekomme nicht jeden Tag die Leitung einer Spezialeinheit übertragen, die einen Serienmörder finden soll.«

Connor lachte. »Ja, da hast du recht.«

Stryker lockerte seiner Krawatte wieder. Connor erhob sich und klopfte ihm auf die Schulter. »Lass deine Krawatte in Ruhe. Du siehst gut aus. Bringen wir das Briefing hinter uns, bevor du dich noch strangulierst.«

Stryker verdrehte die Augen, nahm aber die Hände von der Kehle. Während sie gemeinsam durch die Räumlichkeiten der Kriminalpolizei von Sacramento in Richtung des Konferenzraums gingen, in dem Stryker gleich sein erstes Briefing als Leiter der Spezialeinheit geben musste, bemerkte Connor, wie sein Kollege immer wieder die Fäuste ballte.

Connor kannte Stryker nunmehr seit über zehn Jahren. Er war ein guter Freund, ein guter Mann und ein verdammt guter Kriminalpolizist. Connor hatte keinerlei Zweifel, dass er als Leiter der Spezialeinheit ausgezeichnete Arbeit leisten würde, aber Stryker ebenfalls davon zu überzeugen war eine andere Geschichte. »Ich will damit nur sagen, dass du nicht jetzt schon Fachleute ins Spiel zu bringen brauchst, bevor du einen Verdächtigen hast«, sagte er. »Du wirst den Fall nicht dadurch aufklären, dass du eine forensische Odontologin hinzuziehst. Hier ist gute alte Ermittlungsarbeit gefragt. Den Spuren nachgehen, die Beweise untersuchen, mit den Zeugen reden – darin bist du gut. Und im Stricken.«

Stryker war so nervös, dass er auf Connors misslungenen Versuch, einen Witz zu machen, nicht einmal reagierte. Normalerweise hatte Stryker eine größere Klappe als ein Performer auf einer Bühne in Las Vegas. Connor fiel auf, dass er den ganzen Tag noch kein einziges Mal *Scheiße!* gesagt hatte.

Was war nur mit der Welt los?

Wie auf Kommando blieb Stryker unvermittelt im Flur stehen und drehte sich zu Connor. Sein Blick verdüsterte sich vor Sorge. »Mist! Ich habe einen Profiler vom FBI herbestellt. Er wird morgen hier sein. Soll ich ihm absagen?«

»Stryke«, sagte Connor. »Einen FBI-Profiler brauchst du jetzt, eine forensische Zahnmedizinerin nicht. Jetzt lass uns gehen. Die warten schon alle.«

Captain Danny Boggs steckte den Kopf aus dem Konferenzraum und winkte den beiden. »Was ist, Mädels? Wollt ihr den ganzen verdammten Tag im Flur rummachen, oder können wir endlich mit dem Briefing beginnen?«

Er sah Stryker finster an, bis dieser über die Schwelle trat. Dort legte er dem jüngeren Polizisten die Hand auf die Schulter, drückte sie und schob ihn sanft in den Raum. Gleichzeitig blinzelte er Connor zu und schloss die Tür hinter sich.

Der Raum war brechend voll. Kriminalbeamte in Zivil, Uniformierte, PR-Leute, FBI-Verbindungsbeamte und ein paar Ermittler des Sheriffbüros von Sacramento drängten sich darin. Jemand hatte die Fenster geöffnet, was aber kaum half. Die Luft im Raum war heiß und stickig. Connor roch eine seltsame Mischung aus Schweiß, Rasierwasser und Parfüm.

Stryker kämpfte sich durch bis zum Ende des Raums, während Connor neben der Tür stehen blieb. Er hatte vor, als Erster wieder draußen zu sein, doch dann quetschten sich noch drei Beamte herein und drängten ihn weiter nach drinnen.

Vorne hielt Stryker die aktuelle Ausgabe des *Sacramento Bee* hoch. In riesigen schwarzen Lettern stand dort die Schlagzeile »Soccer Mom Strangler schlägt wieder zu«. Darunter waren körnige Fotos der ersten drei Opfer zu sehen. Eine Aufnahme von Ellen Fair, dem vierten Opfer, hatte der Redaktion noch nicht vorgelegen, als die Zeitung in Druck gegangen war. Aber Connor hätte sein Haus darauf verwettet, dass sie inzwischen auf einem der Social-Media-Accounts der Frau eines aufgespürt und auf ihre Website gestellt hatten, nachdem sie sich vergewissert hatten, dass es sich um die richtige Ellen Fair handelte.

»Hier die Zeitung von heute Morgen«, begann Stryker geschäftsmäßig und mit fester Stimme. Seine Nervosität war verflogen. Er sah wieder aus wie immer: wie ein bulliger, kahlköpfiger Nachtclub-Türsteher. »›Soccer Mom Strangler‹, den Begriff hätte ich jetzt nicht verwendet«, fuhr er fort. »Aber man hat mich nicht gefragt. Die Presse bauscht die Sache im Augenblick ziemlich auf – allerdings aus gutem Grund. Wie die meisten von euch wissen, wurde gestern Abend eine einundvierzigjährige Frau namens Ellen Fair erwürgt in Pocket in ihrem Minivan gefunden. Sie ist das vierte Opfer innerhalb von nicht einmal sechs Monaten. Vier Frauen zwischen zweiunddreißig und dreiundvierzig. Alle hatten kleine Kinder, fuhren einen Minivan und wurden auf die gleiche Art und Weise umgebracht. Nach derzeitigem Stand der Dinge ist davon auszugehen, dass es sich um einen wirklichen Serienkiller handelt, der gar nicht daran denkt aufzuhören. Im Moment brauche ich alle verfügbaren Kräfte, damit wir jeder noch so kleinen Spur nachgehen können, um diesen Kerl zu erwischen, bevor er wieder zuschlägt.«

VIER

Das Fahrzeug schaukelte vor Claires und Briannas Augen im Wasser. Es war ein großer SUV, rot, mit getönten Scheiben hinten. Sie starrten eine gefühlte Ewigkeit darauf. Claire kam es vor, als würde die Welt stillstehen. Sie sah Brianna an, die etwas sagte, dann Wilson, der am Ufer stand und bellte, obwohl sie ihn nicht hören konnte. Ihre Arme und Beine fühlten sich dick und schwer an. Selbst ihr Kopf schien sich auf ihrem Hals in Zeitlupe zu drehen, als sie sich umwandte und zusah, wie das Auto zu versinken begann. Sein Kühler neigte sich nach vorn, tauchte ins Wasser und kam nicht wieder hoch. Im Hintergrund ragte die Jibboom Street Bridge auf. Die Strömung trug den SUV direkt auf einen der massiven Brückenpfeiler zu.

Plötzlich brach die Welt wieder über sie herein wie ein Schlag ins Gesicht. Claire ließ die Angelrute fallen und rannte los. Ihre Stiefel platschten ins Wasser, das kalt an ihren nackten Beinen hochspritzte. Sie schoss an Wilson vorbei, der noch immer laut bellte, und sprang in den Fluss. Noch bevor sie die Kälte registrierte, begannen ihre Arme und Beine schon zu arbeiten. Ihre Stiefel zogen sie wie Bleigewichte nach unten. Hätte sie sie ausziehen sollen? Jetzt war es zu spät. Trotz ihres hinderlichen Schuhwerks dauerte es nur Sekunden, bis sie das Heck des Fahrzeugs erreicht hatte, das nach wie vor auf dem Wasser schaukelte. Sie sah nach drinnen, konnte aber nichts erkennen. Also schwamm sie zum nächsten Fenster, der hinteren Seitenscheibe auf der Beifahrerseite.

Das Mädchen, das sie anstarrte, konnte nicht älter als sechs sein. Ein Pixie-Haarschnitt rahmte ihr blasses, rundes Gesicht. Sie hatte die Augen vor Angst weit aufgerissen. Claire und das Mädchen blickten sich für einen kurzen Schreckensmoment an. Wie schon am Ufer schien die Zeit für Claire erneut stehen zu bleiben. Dann hob die Kleine eine Hand und drückte sie ans Fenster. Ihr Mund formte ein Wort: *Hilfe!*

Claires eiskalte Finger rissen am Türgriff, doch ohne Erfolg. Das Mädchen schlug ans Fenster, nun mit beiden Händen. »Zugesperrt«, rief sie. Sie fasste nach unten. Claire sah, dass sie vergeblich versuchte, die Tür von innen zu öffnen.

»Die Fenster«, schrie Claire.

Das Mädchen schien die Knöpfe zu drücken, mit denen sich die Türen entriegeln oder Fenster herunterfahren ließen, doch nichts tat sich.

Claire konnte nicht sehen, wer noch im Auto war. Im gleißenden Sonnenlicht ließ sich unmöglich ausmachen, ob jemand hinter dem Mädchen saß. Sie zog sich zur vorderen Beifahrertür. Auch sie ließ sich nicht öffnen. Der Beifahrersitz war leer. Im Fahrersitz dagegen saß zusammengesackt eine füllige blonde Frau. Die Arme hingen schlaff nach unten. Ihr Kopf lag auf dem Steuer. Claire schlug an das Fenster und schrie, aber die Frau reagierte nicht. Während der SUV immer tiefer sank, begann sich der vordere Fahrgastraum mit Wasser zu füllen. Es bedeckte bereits den Beifahrersitz und reichte der Fahrerin bis zum Schoß.

Das Mädchen kletterte auf den Beifahrersitz und versuchte auch dort, Tür und Fenster zu öffnen, doch ohne Erfolg.

Ihr blasses Gesicht wurde rot. Tränen liefen ihr darüber.

Sie sah Claire in die Augen. »Zugesperrt«, sagte sie wieder, wie Claire an ihren Lippen ablesen konnte.

»Die Kindersicherung«, rief Claire. »Du kannst sie mit einem Knopf an der Tür der Fahrerseite entriegeln.«

Das konnte die Rettung sein. Sofern nicht der Mechanismus beschädigt worden war, als das Auto die Leitplanke durchbrochen hatte und von der Brücke ins Wasser gestürzt war. Claire hatte nach ihrer Rückkehr aus der Gefangenschaft selbst einmal mit der verdammten Verriegelung zu kämpfen gehabt. Sie und ihre Mutter hatten während der Fahrt von einer Therapiesitzung nach Hause gestritten. Claire war so wütend geworden, dass sie versucht hatte, aus dem Auto zu springen, als ihre Mutter angehalten hatte. Aber es war nicht möglich gewesen. Sie hatte nicht einmal das Fenster herunterfahren können.

Das Mädchen im Fahrzeuginneren sah hinüber zur bewusstlosen Fahrerin und versuchte, sie aufzuwecken. Claire schwamm wieder zum Heck. Aus den Augenwinkeln konnte sie erkennen, dass sie sich der Brücke schneller als erwartet näherten. Gerade als sie sich zur Fahrertür kämpfte, krachte der Geländewagen mit der Beifahrerseite an einen der Pfeiler und blieb dort eingedrückt hängen. Die Strömung presste die Karosserie an den Beton.

Claire zog sich zum Fenster der Fahrertür. Da bemerkte sie die helle Pastellfarbe eines Babyspielzeugs. Es hing vom Haltebügel einer rückwärts befestigten Babyschale, deren Verdeck halb zugezogen war. Claire konnte nicht erkennen, ob ein Baby darin war, bemerkte aber drei weitere Kinder im Fahrzeug. Hinter dem Fahrersitz saß ein Junge. Er schien nur geringfügig jünger als das Mädchen zu sein. Schockiert starrte er mit leerem Blick vor sich hin. Auf den Sitzen hinter ihm waren zwei Mädchen angeschnallt. Eineiige Zwillinge. Eines war ohne Bewusstsein. Sein Kopf lag am Fenster und rollte hin und her. Es hatte den Mund offen und die Augen halb geschlossen. Das zweite Mädchen schluchzte mit hochrotem Kopf und wand sich, ob vor Schmerz oder Angst oder beidem.

»Mein Gott!«, keuchte Claire. Starr vor Schreck hielt sie sich am Türgriff fest, ließ die Kleinen aber nicht aus den Augen.

Sollte tatsächlich noch ein Baby in der Schale liegen, bedeutete das, dass sich fünf Kinder in dem Auto befanden.

Verzweiflung ergriff sie. In ihrer Panik löste sich ihr Bewusstsein wieder vom Körper. Das hatte sie schon seit fast zehn Jahren nicht mehr erlebt, nicht mehr, seit ihr Entführer sie in einer heruntergekommenen Hütte im Wald gefangen gehalten und auf unmenschliche Weise gequält hatte. Sie war darüber hinweggekommen und hatte die restliche Zeit ihrer Gefangenschaft, ihre Flucht und ihre Genesung überstanden, ohne verrückt zu werden, indem sie die Dinge genommen hatte, wie sie gekommen waren – selbst die Panikanfälle.

Aber nun schwamm sie im Fluss und musste zusehen, wie der SUV immer weiter versank. Verzweifelt nahm sie sich selbst wahr, wie sie das Gesicht gegen die undurchdringliche Scheibe drückte und krampfhaft überlegte, wie sie die fünf Kinder aus dem Fahrzeug bekommen und in Sicherheit bringen konnte.

»Nein«, rief sie, war aber nicht sicher, ob es von der Claire kam, die über ihr schwebte, oder der Claire, die im Wasser schwamm.

»Nein«, sagte sie wieder. Das konnte sie nicht zulassen. Sie würde sich nicht von sich abkoppeln. Ihr Peiniger war tot, und sie war frei. Sie musste in jeder Sekunde im Hier und Jetzt sein. Wozu sie fähig war, wusste sie. Sie konnte das schaffen.

»Nein!« Diesmal war es ihr Körper. Er hatte sich wieder mit ihrem Bewusstsein vereint. Mit einem Mal war sie wieder bei sich. Sie zog sich zur Fahrertür. Endlich reagierte die Frau auf die Stöße, Schläge und Schreie des Mädchens und kam zu sich. Das Wasser reichte ihr schon fast bis zum Hals. Der Aufprall des Wagens auf den Brückenpfeiler bereitete Claire zwar Sorgen, denn sie wusste nicht, wie schwer die Kinder verletzt waren, doch verschaffte ihr das Hindernis zumindest wertvolle Sekunden, denn es bewahrte den SUV davor, zu schnell zu sinken.

Benommen hob die Frau den Kopf. Sie sah sich langsam um, schien jedoch Claire und das Mädchen neben sich nicht wahrzunehmen. Als sie zum zweiten Mal um sich blickte, begriff sie allem Anschein nach allmählich die Situation. Ihre braunen Augen wurden klar und angstvoll. Sie sah das Mädchen an, schob es aber mit einer schnellen Bewegung weg, sodass es ins steigende Wasser fiel. Claire erschrak. Sie sah, wie der Kopf der Kleinen im Wasser verschwand. Aber schnell tauchte sie nach Luft japsend wieder auf. Zum Glück kletterte sie rasch zurück auf die Rückbank. Die Fahrerin drehte sich um und blickte Claire in die Augen.

Claire deutete auf die Armatur an der Innenseite der Tür. »Entriegeln!«, rief sie.

Die Frau starrte sie mit wachem Blick an. Sie war völlig klar, wie Claire an ihrem entsetzten Gesichtsausdruck erkennen konnte. Claire wusste, was sie empfand. Sie hatte es seit vielen Jahren nicht gespürt, aber sie kannte das Gefühl gut. Auch Angst, Panik, Verzweiflung und Beklemmung waren ihr nicht fremd. Aber das hier war etwas ganz anderes.

Die Frau war gequält worden.

Und sie wusste genau, was sie tat.

Claire deutete wieder auf die Verriegelung. »Die Kinder«, rief sie. »Wir müssen die Kinder retten. Öffnen Sie Türen und Fenster. Jetzt! Wir haben nicht viel Zeit. Entriegeln Sie die Türen!«

Die Frau sah ihr mit zutiefst verzweifeltem Blick in die Augen und schüttelte den Kopf. »Nein«, sagte sie.

Auch als das Wasser ihr bis an das Kinn stieg, behielt sie Claire weiter im Auge. Dann rutschte sie nach unten, sodass ihr Kopf untertauchte.

Claire schlug mit der Hand an das Fenster. »Nein!«, schrie sie.

Aber die Frau öffnete den Mund weit und sog mit aller Kraft Wasser in ihre Lungen. Die Augen traten ihr aus den Höhlen, als ihr Körper auf den Sauerstoffmangel reagierte. Sie kämpfte gegen das Ersticken und ruderte mit Armen und Beinen. Ihr Körper verkrampfte sich. Das Gesicht verzerrte sich vor Schmerz.

»Verdammt!«, brüllte Claire.

Sie drehte sich weg. Es war unerträglich. Wieder versuchte ihr Geist sich vom Körper zu lösen, denn ihr Gehirn wurde von den Erinnerungen an das letzte Mal überflutet, als sie mitansehen hatte müssen, wie eine Frau gestorben war.

»Nein«, rief sie, obwohl ihr nicht klar war, worauf sich dieses Nein bezog – darauf, dass ihr Geist sich von ihrem Körper löste, dass die alten Schreckensbilder wieder zurückkamen oder dass die verzweifelte Frau vor ihr gerade beschlossen hatte, sich mit fünf in ihrem Auto eingesperrten Kindern das Leben zu nehmen.

Der Wagen sank immer weiter. Claire musste etwas tun. Das Mädchen hatte keine Chance, an dem zuckenden Körper der Mutter vorbeizukommen, um die Kindersicherung zu entsperren. Als das Autodach in Claires Blickfeld rückte, bemerkte sie, dass es ein Schiebedach war. Mit aller Kraft kämpfte sie sich in ihren viel zu schweren Stiefeln auf die Karosserie hoch und blickte durch das Glas nach drinnen, indem sie auf allen vieren unsicher balancierte. Sie konnte den Kopf des Mädchens sehen, das den Blick nach vorn durch die Windschutzscheibe gerichtet hatte. Claire verfolgte, wie sie ihre kleinen Hände über den Kopf hob und an etwas nestelte, das sie nicht sehen konnte. Vermutlich die Knöpfe, um das Schiebedach zu öffnen. Natürlich funktionierten sie nicht.

Das Wasser kroch inzwischen bereits am unteren Ende der Babyschale hoch. Claire konnte, wenn auch gedämpft, die

Schreie der anderen Kinder hören. Mit beiden Handflächen schlug sie auf das Schiebdach. Das Mädchen sah zu ihr hoch. »Geh vom Fenster weg!«, schrie Claire.

Das Mädchen begriff. Geschickt löste sie ihren Sitz von der Verankerung und rutschte damit zur Seite. Zunächst stellte Claire sich auf das Dach und versuchte mit ausgebreiteten Armen wie eine Surferin die Balance zu halten. Dann trat sie mit dem Absatz ihres Stiefels auf das Glas ein. Nach dem dritten Versuch wäre sie beinahe ins Wasser gestürzt. Sie legte sich auf den Rücken, rutschte in Position und fasste mit beiden Händen links und rechts die Streben für den Dachgepäckträger. Nun hob sie die Beine und rammte die Absätze ihrer Lederstiefel so fest sie konnte gegen das Fenster.

»Komm schon!«, brüllte sie. Tränen traten ihr in die Augen; vor Frustration spannte sie jeden Muskel ihres Körpers an. »Verdammt!«

Für den Bruchteil einer Sekunde ging ihr eine Frage durch den Kopf: *Was, wenn ich sie nicht herausbekomme?* Aber sie verdrängte sie. Sie würde nicht zulassen, dass fünf Kinder vor ihren Augen starben.

Immer wieder schlug sie auf das Dachfenster ein. Arme und Schultern taten ihr weh. Die Muskeln in ihren Beinen brannten, die Füße waren bereits taub. Gnadenlos drückte das Taschenmesser in ihre Hüfte.

Das Taschenmesser.

Sie drehte sich auf den Bauch wie ein gestrandeter Fisch und tastete mit tauben Fingern in ihrer Tasche nach dem Leatherman. Er war klein genug. Konzentrierte man alle Kraft auf einen kleinen Punkt, würde die Glasscheibe vielleicht zerbrechen. Sie klappte den Kreuzschlitz-Schraubenzieher aus dem Messer, kämpfte sich auf die Knie und rammte ihn mit beiden Händen in das Fenster. Nach mehreren Versuchen hörte sie zwischen den gedämpften Schreien der Kinder, dem Rauschen des Flusses und ihrem eigenen schweren Atmen etwas bersten. Spinnwebengleich breiteten sich Risse von der Glasmitte zu den Rändern aus. Sie rammte den Leatherman noch einige Male in das Fenster. Das Glas bekam immer mehr Sprünge. Sie steckte das Taschenmesser wieder ein, hielt sich erneut an den Dachträgerstreben fest und trat mit den Absätzen noch einmal kraftvoll gegen das Glas. Diesmal gab die Scheibe nach und fiel in Splittern in den Innenraum des Fahrzeugs.

Das Mädchen hatte in weiser Voraussicht bereits begonnen, die Gurte der anderen Kinder zu lösen. Nun drängten sie sich alle unter dem offenen Schiebedach. Claire hob zuerst den Jungen heraus und setzte ihn auf den Teil des Dachs, der noch nicht unter Wasser war. Auch er war blond. Tränen liefen ihm über das Gesicht. »Ich will zu meiner Mommy«, wimmerte er, als Claire ihm sagte, dass er sich an einer der Streben festhalten solle.

Als Nächstes reichte ihr das Mädchen die Babyschale. Darin lag den blauen Shorts mit Dinosauriermotiven nach zu urteilen ein Junge. Er hatte die Händchen in den Mund geschoben und starrte sie stumm an. Während er an seinen Fingerchen kaute, lief ihm Speichel über das Kinn. Claire setzte ihn neben den größeren Jungen und legte dessen Hand auf den Griff der Sitzschale. »Du musst ihn gut festhalten, während ich die Mädchen heraushole. Kannst du das?« Der Junge nickte.

Claire hob die Kinder eines nach dem anderen aus dem Wagen – als Letztes das Mädchen, das ihr geholfen hatte. Nachdem sie es durch die Öffnung gezogen hatte, hielt sie es fest. Sie lächelte die Kleine an und versuchte dabei, so beruhigend wie möglich zu wirken. »Wie heißt du denn?«

»Peyton«, murmelte die Kleine.

»Peyton, das hast du großartig gemacht.«

Das Mädchen warf einen verzweifelten Blick durch das Schiebedach. Das Wasser hatte inzwischen fast den ganzen Innenraum gefüllt. »Meine Mom?«, fragte sie.

Claires Lächeln verzerrte sich zu einer Grimasse. Sie schüttelte den Kopf und drückte Peyton fest an sich. »Es tut mir so leid, Kleines.«

Dann sah sie zu den anderen beiden Mädchen. Alle zwei hatten dichtes braunes, zu Zöpfen geflochtenes Haar. Strähnen hingen ihnen ins Gesicht. Zwillinge. Sie klammerten sich aneinander. Die eine der beiden, die ohnmächtig gewesen war, hatte eine klaffende Wunde am Bein. Claire blickte an ihnen vorbei zum Ufer und weinte fast vor Erleichterung. Mehrere Menschen waren inzwischen von der Brücke zum Fluss hinuntergelaufen. Zwei Männer schwammen auf sie zu, ein dritter stand am Ufer und zog sich gerade die Schuhe aus.

Sie sah Peyton an. »Nichts wie weg hier.«

FÜNF

Stryker startete die PowerPoint-Präsentation, die er für das Briefing zum Soccer Mom Strangler vorbereitet hatte. Captain Boggs, der neben der Tür stand, schaltete das Licht aus. Im hinteren Teil des Raums gingen mehrere Leute zum Fenster, um die Jalousien zu schließen, sodass der Raum in ein Halbdunkel getaucht wurde. Stryker fuhr mit den Fingern über das Tablet vor sich und rief die erste Folie auf. Sie erschien auf der weißen Leinwand.

Eine blonde Frau Mitte dreißig, füllig und mit großen Brüsten, strahlte sie an. Zwei Jungen klammerten sich an ihre Beine. Ihre Hände hatte sie auf den Rücken der beiden gelegt. Im Hintergrund war ein senfgelbes einstöckiges Einfamilienhaus im Ranch-Stil zu sehen.

»Das ist Hope Strauss«, begann Stryker. »Sechsunddreißig, Mutter von zwei Jungen, vier und sechs. Sie wohnte im Raum Pocket. Strauss war unser erstes Opfer. Ermordet wurde sie im April. Sie hatte ihre Kleinen zum Parkway Oaks Park gebracht, damit sie dort mit den Kindern einer Freundin spielen konnten. Weil sie ihr Handy in ihrem Minivan vergessen hatte, ließ sie die beiden in der Obhut ihrer Freundin zurück und ging zum Wagen, um es zu holen, kehrte aber nicht zurück. Nach etwa einer halben Stunde – die andere Mutter ist nicht sicher, wie lange es dauerte, da sie mit den Kindern spielte – fand sie Hope Strauss tot in ihrem Auto.«

Stryker strich über das Tablet. Diesmal erschien eine Aufnahme von Hope Strauss' Leiche. Sie war nur teilweise bekleidet und lag quer über der ersten hinteren Sitzreihe ihres Minivans. Ihre Shorts und die Unterwäsche hatte man ihr vom Leib gerissen, Tanktop und BH waren über ihre Brüste nach oben geschoben worden. Den Oberkörper hatte der Mörder teilweise gegen das hintere Rauchglasfenster gelehnt. Einer ihrer Arme lag über ihrem Kopf, um die Hand war der Sicherheitsgurt gewickelt. Ein Bein war ausgestreckt, das andere angewinkelt, der Fuß stand auf dem Boden. Mit glasigen Augen starrte sie an die Decke. An ihrem Hals waren dunkelviolette Hämatome zu sehen, auf den Brüsten tiefe rote Bissspuren.

Mit jeder Nahaufnahme, die Stryker aufrief, wurde es im Raum stiller. »Hope Strauss wurde sexuell missbraucht. In ihrer Vagina wurden Spermaspuren gefunden. Die Gewebeeinrisse und Abschürfungen deuten auf Vergewaltigung hin. Sie wurde mit den Händen erwürgt. Der Täter hat sie, wie man sieht, dreimal in die Brüste gebissen. Im Minivan haben wir Hunderte Fingerabdrücke gefunden. Die meisten konnten wir ihrer Familie und Freunden zuordnen, mit Ausnahme zweier Fingerabdrücke, die zu niemandem passen. Es lässt sich jedoch nicht mit Sicherheit sagen, ob sie vom Täter stammen. Wir haben sie durch die Fingerabdruckdatenbank AFIS laufen lassen, aber keinen Treffer gelandet.«

Er strich erneut über das Tablet. Eine andere Frau erschien auf der Leinwand. Ihre Haare waren länger und im Gegensatz zu den blonden von Hope Strauss eher sandbraun. Sie saß auf dem Fahrersitz eines Autos und lächelte mit nach oben gerecktem Daumen in die Kamera. »Sofia Hapi«, fuhr Stryker fort. »Mutter eines vierzehnjährigen Mädchens und eines Sohnes, sieben Jahre. Wohnhaft in Midtown, wo sie auch getötet wurde. Ähnlicher Verlauf. Ms Hapi war im September vor Saisonbeginn beim Fußballtraining ihres Sohnes dabei. Sie war Raucherin und ging zu ihrem Fahrzeug, um dort eine Zigarette zu rauchen, kehrte aber nicht zurück.«

Die Fotos von der Leiche waren abgesehen vom grauen statt beigen Fahrzeuginneren fast identisch mit denen von Hope Strauss. Stryker blätterte etwas schneller als zuvor durch die Aufnahmen. »Sie wurde ebenfalls vergewaltigt, erwürgt und in die Brüste gebissen. Diesmal haben wir keinerlei Fingerabdrücke im Fahrzeug gefunden. Es sieht so aus, als hätte der Täter sie eilends abgewischt, denn alles war verschmiert. Das Gleiche bei Faith Stine.«

Er zeigte ein weiteres Foto einer lächelnden, fülligen blonden Frau. Ihr Haar war zu einem strengen Pferdeschwanz gebunden. Sie stand mit einem kleinen Jungen vor dem Zoo von Sacramento.

»Faith Stine, Opfer Nummer drei. Mutter eines fünfjährigen Sohnes. Lebte in North Natomas. Gleiches Vorgehen. Der Täter überfiel sie, als sie während eines Fußballspiels ihres Sohnes in North Natomas allein in ihrem Minivan saß und wartete. Das war vor zwei Wochen. Der Täter hat sie vergewaltigt, erwürgt und in die Brüste gebissen. Wir konnten Bissabdrücke und DNA sichern, aber keine Fingerabdrücke.«

Es folgten weitere schwer erträgliche Tatortfotos. Sie ähnelten den bereits gezeigten so sehr, dass sie fast austauschbar waren. Dann rief Stryker ein Foto vom letzten Opfer auf. Es handelte sich um Ellen Fair, die ebenfalls bei einem Fußballspiel ihrer Tochter dabei gewesen und ermordet worden war, als sie kurz zu ihrem SUV gegangen war, um etwas zu holen. Fair hatte braunes Haar, aber die gleiche Figur wie die anderen

Frauen. Zudem war sie auf die gleiche Weise vergewaltigt und ermordet worden wie die Opfer vor ihr. Wieder hatte der Täter halbherzig versucht, die Fingerabdrücke wegzuwischen, obwohl er seine DNA am gesamten Tatort hinterlassen hatte. Aus diesem Grund spielte es keine Rolle mehr, dass keine Abdrücke gesichert werden konnten, denn über die DNA und die Bissspuren würde er sich eindeutig identifizieren lassen. Der Abgleich würde nur etwas länger dauern. Als Stryker auf die Einzelheiten von Ellen Fairs Ermordung einging, musste Connor schlucken. Er hatte einen trockenen Hals.

Stryker ging auf die Nahaufnahme einer Verletzung an Fairs Brüsten ein. Der Täter hatte dort so fest zugebissen, dass die Zähne ins Fleisch eingedrungen waren. »Der Rechtsmediziner ist zu der Auffassung gelangt, dass die Bissspuren an jedem Opfer von ein und derselben Person stammen, nach der wir jetzt suchen. Dass die Opfer gebissen wurden, hatten wir der Presse vorenthalten. Leider hat sie letzte Woche davon erfahren. Das heißt, wir haben ein Leck. Ich weiß nicht, ob es einer der Anwesenden ist oder jemand anders. Aber wenn ich herausfinde, dass jemand hier in diesem Raum den Medien vertrauliche Informationen steckt, reiße ich ihm den Arsch auf. Wir müssen den Kerl kriegen. Am besten schon gestern. Und dafür brauchen wir jede Hilfe, die wir bekommen können. Ich erwarte also von allen, dass sie Stillschweigen bewahren. Ab jetzt redet außer mir niemand mehr mit der Presse.«

Stryker rief die letzte Seite seiner Präsentation auf. Darauf waren die Fotos aller vier Opfer, aufgenommen, als sie noch lebten, nebeneinander angeordnet. Sie sahen lächelnde, zufriedene, hoffnungsvolle Frauen. Connors Magen schmerzte.

»Ich brauche vier Teams«, fuhr Stryker fort. »Jedes Team befasst sich mit einem Opfer. Geht allen Spuren nach. Redet mit allen, die zum Tatzeitpunkt in der Nähe des Tatorts waren. Nehmt euch jeden vor, der in der Gegend wohnt. Jeden Einzelnen. Selbst Kids, wenn ihre Eltern einverstanden sind. Sprecht noch einmal mit allen, die ihr bereits befragt habt. Dreht jeden Stein um. Bis auf Weiteres überwachen wir jedes Fußballspiel in der Stadt mit Kameras und Beamten in Zivil. Ich lasse gerade von jemandem eine Liste jedes Jugendfußballers in der Stadt zusammenstellen und miteinander vergleichen, um zu sehen, ob es Familien gibt, die bei allen drei Spielen vor Ort waren, für den Fall, dass der Täter ein Verwandter oder Bekannter dieser Kids ist. Die Fernsehstationen haben die Nummer einer Hotline bekommen, die sie in nächster Zeit in jeder Nachrichtensendung einblenden. Die Nummer wird sieben Tage die Woche rund um die Uhr erreichbar sein, bis wir den Kerl haben. Wir werden uns auch jeden registrierten Sexualstraftäter innerhalb eines Radius von knapp zehn Kilometern um die Tatorte vornehmen. Morgen kommt ein Profiler des FBI, befasst sich mit den Spuren und gibt uns eine Einschätzung, nach wem wir suchen sollen. Sobald er uns ein Profil liefert, kommen wir wieder hier zusammen und lassen uns entsprechend briefen. Die Leiter der vier Teams erstatten mir von sechs Uhr morgens bis elf Uhr abends stündlich Bericht.«

Ein Raunen ging durch den Raum. Stryker deutete auf die versammelte Mannschaft. »Genau. Stündlich. Jeden Tag. Das ist unser absolutes Mindestprogramm, bis wir dieses Stück Scheiße haben. Auf dem Konferenztisch zu eurer Linken findet ihr Kisten mit den Akten zu jedem Opfer. Da steht alles drin, was ihr wissen müsst. Und nun, Teams, holt euch die Kisten und macht euch an die Arbeit. Danke!«

Connor sah, wie Captain Boggs in der Tür stehend zufrieden nickte, als Stryker das Meeting beendete. Boggs unterdrückte ein Grinsen – es kam selten vor, dass er zufrieden war. Gerade als er sich umdrehen und zu Stryker gehen wollte, drängte sich ein jüngerer Detective der Kriminalpolizei, Matt O'Handley, an Boggs vorbei und steckte den Kopf herein. Er blickte sich suchend im Raum um, bis er Connor entdeckte.

»Parks«, rief er.

Inzwischen waren alle zu den Kisten geströmt, aber Connor ging zur Tür, wo sich inzwischen Stryker zu Boggs gesellt hatte. »Was gibt's?«, fragte er O'Handley.

»Es geht um Claire.«

SECHS

Als alle Kinder ans Ufer gebracht und in die fähigen Hände von Sanitätern gegeben worden waren, wimmelte es vor Ort bereits von Polizeibeamten, Rettungskräften, zufällig vorbeigekommenen Helfern und sogar einigen Pressevertretern. Was nur eine Stunde zuvor ein beschaulicher, ruhiger Ort gewesen war, hatte sich in ein totales Chaos verwandelt.

Während Brianna mit einem uniformierten Beamten redete, stapfte Claire mit Wilson zu ihrem Jeep zurück. Sie war klatschnass. Ihre Stiefel fühlten sich dreimal so schwer an wie vor ihrem Sprung ins Wasser. Sie wusste, in ihrem Auto musste noch eine Decke liegen, die sie über die Rückbank legte, damit Wilson nicht überall seine Haare hinterließ. Wahrscheinlich würde sie wie ein nasser Hund riechen, wenn sie sich darin einwickelte, aber das war ihr egal. Sie zitterte, obwohl die Sonne inzwischen hoch am Himmel stand und es wärmer geworden war.

Wilson hielt sich dicht neben ihr und blieb auch nicht stehen, um die unzähligen Gerüche zu erkunden, die ihn lockten. Claire hielt den Kopf gesenkt und konzentrierte sich intensiv auf jeden Schritt, um die vielen Erinnerungen zu verdrängen, die die Aktion im Fluss heraufbeschworen hatte. Sie wollte in ihren Jeep und nach Hause fahren, sich in die Ruhe ihres Hauses zurückziehen. Doch so verlockend es auch war, sie wusste, dass sie wie Brianna noch mit der Polizei würde reden müssen. Die Beamten mussten erfahren, was die Fahrerin getan hatte.

Sie war so auf ihre Stiefel fokussiert, dass sie mit einem Berg von einem Mann zusammenstieß. Sie prallte zurück und wäre fast auf den Hosenboden gefallen, hätten nicht starke Hände sie bei den Schultern gepackt. Sie sah hoch, eine Entschuldigung auf den Lippen.

Connor.

»Claire«, sagte er. »Geht es dir gut?«

Sie starrte in seine blauen Augen. Den Blick kannte sie – sie kannte all seine Blicke. Er war erleichtert, sie gesund und munter zu sehen, und musterte sie aufmerksam, während Wilson erfolglos versuchte, seine Aufmerksamkeit zu erhaschen. Seit sie Connor das letzte Mal gesehen hatte, hatte er sich einen Bart wachsen lassen. Er stand ihm.

All die Emotionen, die sie verdrängt hatte, seit sie die Kinder im Auto entdeckt hatte, trafen sie nun mit voller Wucht. Wie eine Springspinne flog sie in seine Arme.

»Hoppla!«, rief er, fing sie jedoch auf und legte die Arme um sie. Seine Berührung war wie immer fest, aber sanft. Er drückte sie an sich. Sie kauerte sich mit der ganzen Länge ihres nassen Körpers an ihn und genoss das Gefühl der Ruhe, das sie durchströmte. Sie hatte schon vergessen, wie sehr er ihr Sicherheit geben und mit seinen Umarmungen die Erinnerungen in Schach halten konnte.

Er legte sein Kinn auf ihren Kopf. Ihre wirren Haare verfingen sich in seinem Bart. Sie atmete tief durch und sog seinen Duft ein, der den Geruch des Flusses verdrängte, aber auch die Angst, den Schrecken und die Gedanken an den Tod. An dem Geruch von Kaffee, Gebäck und einem Anflug von altem Schweiß unter Unmengen von Deodorant konnte sie erkennen, dass er vermutlich einige Tage lang durchgearbeitet und wenig oder überhaupt nicht geschlafen hatte.

»Alles okay mit dir?«, flüsterte er ihr ins Ohr.

Sie schüttelte den Kopf, sagte aber trotzdem: »Ja.«

Warum sollte mit ihr nicht alles okay sein? Sie hatte gerade ein paar Kinder vor dem Ertrinken gerettet. Aber das Bild der selbstmörderischen Fahrerin und ihrer stillen Weigerung, wenigstens ihre Kinder zu verschonen, ging Claire nicht mehr aus dem Sinn.

Immer wieder musste sie an die Frau denken, wie sie mit dem Mund ein *Nein* geformt hatte.

Claire wusste, dass sie sich aus der Umarmung mit Connor lösen sollte. Schließlich hatte sie die Beziehung beendet. Sie musste loslassen und Abstand gewinnen, sagte sie zu sich. Aber es ging nicht.

Zu ihrem Glück ließ sich Wilson nicht länger ignorieren. Er sprang hoch, kratzte mit den Pfoten an Connors Arm und stieß ein bettelndes Winseln aus, das zu Claires stummen Schreien passte. Connor ließ sie los und bückte sich, um den Hund zu streicheln. Er fuhr ihm über den Rücken und die Flanken, bis Wilson sich beruhigte und sich genüsslich an seine Beine drückte. Connor erhob sich und sah ihr schwach lächelnd wieder in die Augen. Claire deutete auf seinen Anzug, auf dem sich ein nasser Abdruck von ihr abzeichnete. »Tut mir leid«, sagte sie. »Dein Anzug …«

Connor sah an sich hinunter, bemerkte die Wasserflecken und lachte. »Schon okay«, erwiderte er. »Das trocknet wieder.«

Claire bekam mit, wie sich jemand Connor von hinten näherte, fixierte ihn jedoch weiterhin. Da hörte sie Strykers Stimme: »Hast du sie gefunden?«

Stryker war im Laufschritt gekommen. Er blieb neben ihnen stehen und musterte Claire kurz. Als er sah, dass es ihr gut ging, wurden seine ansonsten meist harten Gesichtszüge weich, und er lächelte. »Ich sehe, alles ist in Ordnung«, sagte er, berührte sie am Arm und beugte sich zu ihr, um ihr einen Kuss auf die Wange zu geben.

Claire lächelte ihn an. Sie hatte Bobby Stryker immer schon gemocht. Er sah aus wie ein Pitbull und gab sich auch so, aber unter der harten Schale verbarg sich ein weicher, flauschiger Kern. »Hi, Stryke«, begrüßte sie ihn.

»Ich habe deine Schwester gesehen«, fuhr Stryker fort. »Sie redet noch immer mit den Uniformierten. Wir haben über Funk gehört, dass es einen Unfall gegeben hat. Jemand meinte, ihr beide wärt hier, also sind wir hergekommen, um …«

Eine weibliche Stimme unterbrach ihn. »Bobby Stryker, leitest du nicht eine Spezialeinheit, die nach diesem Serienmörder fahndet?«

Die Frau war von hinten an Claire herangetreten. Sie hielt einen Notizblock in der Hand, hatte ein nüchternes Outfit – schwarze Hose und weißes Poloshirt – und trug eine Waffe an der Hüfte. Demnach gehörte sie zur Kriminalpolizei. Sie mochte etwa Mitte dreißig sein, war schlank, vollbusig und für eine Frau ziemlich groß. Ihr braunes Haar hatte sie zu einem strengen Pferdeschwanz zurückgebunden. Ihr strahlendes Lächeln hellte sich noch mehr auf, als sie Connor bemerkte. »Hey, Parks«, begrüßte sie ihn.

Connor nickte ihr zu.

»Pass auf, was du sagst, Webb«, entgegnete Stryker. »Ich leite die Einheit nämlich auch jetzt gerade, während wir hier reden.« Er hielt sein Handy hoch. »Das ist meine Kommandozentrale.«

Die Frau kicherte. Als Sanitäter eine leere Transportliege zum Rettungswagen zurückrollten und dabei nah an ihnen vorbeikamen, trat sie zur Seite und direkt neben Connor. Mit hochgezogener Braue meinte sie zu Stryker: »Kommandozentrale? Soso.«

Stryker nickte und deutete mit dem Handy auf Claire.

»Miss Fletcher hier ist eine alte Bekannte. Ich bin hergekommen, um zu sehen, ob mit ihr alles in Ordnung ist. Claire, das ist Detective Jade Webb.«

Die Polizistin streckte Claire die Hand hin. Claire schüttelte sie wie benommen. »Miss Fletcher. Genau Sie suche ich!«

Bevor Detective Webb noch etwas sagen konnte, schaltete sich Stryker ein. »Was wissen wir bis jetzt?«

Webb blätterte eine Seite in ihrem Notizblock um. »Wir erhielten einige Anrufe, in denen uns gemeldet wurde, dass eine Frau in einem SUV auf der Interstate unsicher und viel zu schnell fuhr. Ihr Wagen ist dort oben« – Webb deutete auf die Brücke über ihnen – »mit zwei anderen Fahrzeugen zusammengestoßen. Vier Todesopfer. Ihr SUV durchbrach die Leitplanke und fiel in den Fluss. Wir wissen, dass es sich um eine erwachsene weibliche Person handelt. Sie hatte fünf Kinder dabei. Augenzeugen zufolge ist Miss Fletcher hier in den Fluss gesprungen und hat die Kinder mit einigen Leuten, die vorbeigekommen sind und angehalten haben, um zu helfen, aus dem Wagen geholt. Alle Kinder konnten lebend aus dem Fluss gerettet werden und wurden zur Untersuchung ins Krankenhaus, das Mercy General, gebracht.

Das Fahrzeug ist auf eine Leah Holloway registriert, siebenunddreißig Jahre, wohnhaft in Pocket. Ich habe schon eine Streife zu ihrer Adresse geschickt.«

»Himmel!«, seufzte Stryker. »Vier Tote.«

»Es hätte noch viel schlimmer kommen können«, meinte Brianna, die sich gerade zu ihnen gesellte. Sie umarmte Connor kurz und stellte sich Detective Webb vor. »Wenn Claire nicht so schnell reagiert hätte, wären die Kinder jetzt tot. Sie musste das Glas des Dachfensters zerschlagen.« Brianna stupste Claire mit dem Ellbogen an. »Was hast du dafür eigentlich benutzt?«

Claire sah Connor an. »Mein Leatherman-Taschenmesser.«

»Ehrlich?«, fragte Brianna.

»Sie wollte die Türen nicht entriegeln und die Fenster nicht öffnen«, sagte Claire tonlos.

Detective Webb fixierte Claire mit ihren braunen Augen wie ein Raubvogel eine Maus. »Sie hat noch gelebt, als Sie zum Auto kamen?«

Claire leckte sich die trockenen Lippen. Aller Augen waren auf sie gerichtet. Sie blickte auf ihre Stiefel und sah wieder Connor an. »Sie war ohne Bewusstsein, als ich beim Auto angelangt bin. Ich habe zuerst versucht, die Beifahrertür zu öffnen. Als ich zu ihrem Fenster geschwommen bin, kam sie gerade zu sich. Die Kindersicherung war noch aktiv. Ich habe ihr zugeschrien, dass sie das Auto entriegeln soll, aber sie wollte nicht.«

Webb runzelte die Stirn. »Was heißt das, sie wollte nicht? Wollen Sie damit sagen, dass sie sich geweigert hat?«

Clair sah die Frau an. Webb hatte eine Hand auf Connors Arm gelegt und hielt sich fest, während sie auf einem Bein balancierte, um ein großes Insekt von ihrem Hosenbein zu streifen. Diese vertrauliche Geste brachte Claire völlig aus dem Konzept. Connor schien es jedoch nicht zu bemerken. Er sah Claire weiter erwartungsvoll an.

»Claire?« Brianna schaute sie fragend an.

Claire schüttelte kurz den Kopf und konzentrierte sich wieder auf Webbs Frage. »Ich habe ihr Zeichen gemacht, dass sie das Fahrzeug entriegeln soll, damit ich sie alle herausholen kann, aber sie wollte nicht. Dann hat sie ... hat sie sich ertränkt. Sie hat den Mund geöffnet und absichtlich Wasser eingeatmet.«

Claire umfasste sich mit beiden Armen, als wäre ihr kalt. Brianna legte einen Arm um ihre Schulter. Die drei Detectives wirkten einen Augenblick lang verblüfft.

»Nun«, meinte Webb und blätterte einige Seiten in ihrem Notizblock weiter. »Das ändert einiges, nicht wahr?«

SIEBEN

»Anscheinend handelt es sich hier um eine mehrfache Mörderin«, sagte Stryker zu Webb.

Ihr entspanntes Lächeln war einem verhärmten Ausdruck mit zusammengepressten Lippen und mahlenden Kiefern gewichen.

»Sie hat versucht, ihre eigenen Kinder umzubringen?«, fragte Brianna ungläubig.

»Dann haben wir es mit einem Tötungsdelikt zu tun«, pflichtete Webb ihr bei.

Connor fuhr sich mit der Hand durch das Haar. Er fixierte Claire weiterhin.

»Was ist das für eine Frau, die ihre eigenen Kinder umbringen will?«, wollte Brianna wissen.

Eine verzweifelte, dachte Claire bei sich.

Nur sie hatte Leah Holloway in die Augen geblickt, hatte ihren angstvollen Blick gesehen und erkannt, was darin lag. Claire hatte keine Kinder. Sie wusste nicht, was es hieß, Mutter zu sein, geschweige denn, was eine Mutter dazu brachte, das zu tun, was Holloway getan hatte. Aber ganz gleich, was es war, es musste schlimm sein. Sehr, sehr schlimm.

»Vielleicht war sie psychisch instabil«, mutmaßte Connor.

»Sieht ganz danach aus«, erwiderte Webb trocken.

»Eher betrunken, würde ich sagen«, wandte Brianna ein.

Stryker zuckte die Schultern. »Oder beides.«

Webb schüttelte den Kopf, während sie ihr Handy aus der Hosentasche zog und eine Nummer eintippte. »Entschuldigt mich«, murmelte sie, hielt sich das Gerät ans Ohr und stapfte davon.

Brianna nahm den Arm von Claires Schultern. Sie berührte ihren Unterarm. Da sah sie, dass ihre Finger blutig waren. »Claire, du blutest ja.«

Claire hob ihren rechten Arm und sah einen kleinen Schnitt an der Außenseite ihres Handgelenks, aus dem Blut rann. Es lief die Hand hinunter und tropfte von ihrem Zeigefinger.

»Himmel!«, brummte Connor. Er zog ein Papiertaschentuch heraus, hielt ihren Arm hoch und presste es vorsichtig auf die Wunde. Claire sah, wie sich der weiße Zellstoff mit Blut vollsog. Ihr fiel ein, dass Connor stets Papiertaschentücher bei sich trug. Seine Mutter hatte ihm vor ihrem Tod eingeschärft, stets welche dabeizuhaben, falls jemand eines brauchte. Eine altmodische Angewohnheit, die Claire aber immer an ihm gemocht hatte. Und jetzt bewährte sie sich tatsächlich.

»Das muss vielleicht genäht werden«, meinte er.

»Schon in Ordnung«, entgegnete Claire. »Ich habe mich nur am Glas des Schiebedachs geschnitten.«

Sie konzentrierte sich auf Connors warme Hände an ihrem Arm. Sie spürte im Moment noch nichts, weder den Schnitt noch die Nässe, noch ihre Muskeln, wusste aber, dass ihr morgen alles wehtun würde.

»Du solltest wirklich ins Krankenhaus«, riet ihr Brianna.

Claire warf ihr einen Blick zu. »Keine Krankenhäuser.«

Brianna stemmte eine Hand in die Hüfte. »Claire!«

»Keine. Krankenhäuser«, wiederholte Claire mit zusammengebissenen Zähnen.

Sie hatte nach ihrer Flucht aus der Gefangenschaft einige Zeit in einer Klinik verbracht. Aufenthalte dort beschworen stets böse Erinnerungen herauf, und davon hatte Claire für heute genug gehabt.

»Claire«, ermahnte Connor sie sanft. »Jemand muss sich das ansehen.« Als sie protestieren wollte, hob er die Hand. »Aber kein Krankenhaus. Versprochen.«

Stryker räusperte sich, als Webb zu ihnen kam. Sie deutete auf die Böschung, die zur Brücke führte. Die uniformierten Beamten hatten begonnen, sie abzusperren, um Reporter und Schaulustige fernzuhalten. »Ihre Freundin ist hier«, sagte sie zu Stryker.

»Scheiße!«, schimpfte er. »Noel?«

»Haben Sie mehrere?«

Noel Geary arbeitete als Journalistin für den Sender KCRA 3. Sie und Stryker waren sich begegnet, als Connor Claires Cold Case bearbeitet hatte. Ihre Beziehung hatte sich nur langsam entwickelt, denn beide hatten ihre Karriere vorangestellt. Claire wusste, dass sie anfangs mehrmals gestritten hatten, weil Noel von Stryker verlangt hatte, dass er ihr exklusiv Polizeiinterna verriet, und er inzwischen sehr darauf achtete, ihr nicht zu viel zu erzählen, was ihrer Beziehung nicht gerade förderlich war.

Webb sah Claire an. »Ich fürchte, die Katze ist aus dem Sack. Es hat sich schon herumgesprochen, dass eine gewisse Fletcher die Kinder aus dem Auto geholt hat. Sie möchten mit Ihnen reden.«

Claire spürte förmlich, wie die Farbe aus ihrem Gesicht wich. »Nein, Detective Webb«, sagte sie bestimmt. »Keine Presse.«

»Bitte nennen Sie mich Jade«, bot Webb ihr an. Sie sah

Claire mit zusammengekniffenen Augen an. »Nicht einmal Noel? Sie waren schließlich beide Opfer dieses Typen …«

»Wir sind keine Freundinnen«, sagte Claire rasch. Bevor Reynard Johnson Claire entführte, war er mit Noels Mutter zusammen gewesen, um sich an die kleine Noel heranmachen zu können. Noels Mutter kam zwar hinter den Missbrauch ihrer Tochter und schob der Sache einen Riegel vor, zeigte Johnson jedoch nicht an. Deshalb konnte er weiter sein Unwesen treiben, Claire entführen und zehn lange Jahre gefangen halten. Im Medienrummel, der auf Claires Flucht und Johnsons Aufspürung folgte, hatte Noel mehr Pressekonferenzen abgehalten als die Medienchefin des US-Präsidenten. Ihr war es von Natur aus unbegreiflich, dass jemand *nicht* im Fernsehen sein wollte. Erst als die Presse sich zum Glück wieder anderen Themen zuwandte, hörte Noel auf, Claire zum gemeinsamen Erscheinen vor den Kameras zu drängen. Claire hatte sich fest vorgenommen, sie um Strykers willen zu mögen, glaubte jedoch nicht, dass Noel in der Lage war, das, was sie ihr im Vertrauen erzählte, für sich zu behalten und nicht für eine Story auszuschlachten.

Jade seufzte. »Okay. Hören Sie, die Presse wird sich nicht abwimmeln lassen. Diese Frau hat soeben vier Menschen das Leben gekostet und einen SUV voller Kinder in den Fluss gefahren.« Sie sah Stryker an. »Zumindest lenkt das die Medien ein, zwei Tage lang von den Ermittlungen zum Soccer Mom Strangler ab. Das Team kann eine Pause brauchen.«

Bevor Claire etwas sagen konnte, tauschte Connor einen Blick mit der Kriminalbeamtin aus. »Jade, sie redet nicht mit der Presse.«

Jade zuckte die Schultern. »Sie ist eine Heldin, Parks. Gerade jetzt können die Leute eine Heldenstory gut brauchen. Wie viele davon gehen durch die Presse, ohne dass der Held oder die Heldin interviewt wird?«

»Ich mache das nicht«, sagte Claire.

»Sie macht das nicht«, wiederholten Connor und Stryker im Chor.

Brianna seufzte. »Um Himmels willen, dann mache ich es.«

Alle drehten sich zu ihr und sahen sie an. Sie zupfte an ihren braunen Locken. Seit sie sich die Haare lang hatte wachsen lassen, sah sie ihrer kleinen Schwester auffallend ähnlich. »Sie sagten, sie wüssten, dass *eine* Fletcher die Kinder gerettet habe. Das heißt, sie wissen nicht mit Sicherheit, ob es Claire war. Die Helfer können uns wahrscheinlich nicht auseinanderhalten, und wenn, kann Stryker vielleicht mit ihnen reden. Ich sage, dass ich es gewesen bin.«

»Nein«, sagte Stryker sofort.

»Die Presse anzulügen ist keine gute Idee«, meinte auch Jade. »Das fällt uns irgendwann auf die Füße, dann haben wir den Salat.«

Brianna verschränkte die Arme vor der schmalen Brust. »Dann redet eben niemand mit der Presse.«

Connor legte sanft eine Hand auf Claires Kreuz und schob sie weg von Brianna und den anderen Polizeibeamten. »Ich bringe Claire weg, damit sich jemand den Schnitt ansieht.«

»Parks«, bat Jade. »Sie müsste gar nicht viel sagen. Claire?«

»Nein.« Claire blieb standhaft. »Keine Presse.«

Brianna verdrehte die Augen. »Komm schon, lass mich es machen. Das merkt doch keiner.«

»Scheiße!«, rief Stryker plötzlich. Er sah zum oberen Ende der Böschung. Claire folgte seinem Blick und erkannte Noel Geary, die sich auf fünfzehn Zentimeter hohen Absätzen zum Ufer herunterkämpfte. Ihr auf dem Fuße folgte ein Kameramann. In der einen Hand hielt er seine Kamera, die andere streckte er in Richtung Noel, als wollte er sie für den Fall, dass sie stürzte, auffangen. Noel hatte den Blick auf den Boden vor sich gerichtet. Vermutlich, um nicht in Schlamm zu treten, wie Claire mutmaßte.

»Wer zum Teufel hat die heruntergelassen?«, brummte Jade.

Claire spürte, wie Connor sie etwas energischer die Böschung hoch- und von Noel Geary wegschob. »Gehen wir«, sagte er.

Claire warf einen Blick über ihre Schulter, während sie rasch den Hang hinaufstapfte. Brianna blieb unten stehen und sah Stryker und Jade grinsend an.

ACHT

Connor hatte sich ans Steuer von Claires Jeep gesetzt. Auf der Rückbank saß Wilson. Er hatte den Kopf zwischen den Sitzen der beiden nach vorn gesteckt und hechelte mit heraushängender Zunge.

»Halt den Arm hoch«, riet Connor ihr.

Claire hob ihn und schob den Verband beiseite, den Connor von einem Sanitäter am Fluss bekommen hatte. »Es hat aufgehört zu bluten«, sagte sie.

Er behielt weiter die Straße im Blick und fuhr langsam, langsamer als nötig. Sie beobachtete ihn, betrachtete sein Profil und bewunderte den neuen, gepflegten Bart. Connor war ihre erste echte Liebe gewesen. Ihre einzige echte Liebe. Trotz der schrecklichen Dinge, die ihr angetan worden waren, hatte sie sich zu ihm hingezogen gefühlt. Er hatte sie gewollt, war bereit gewesen, auf sie zu warten, hatte keine Angst vor ihrer schweren Vergangenheit gehabt, die sie mit sich herumtrug. Er wusste jede schreckliche Einzelheit darüber und hatte sie trotzdem gewollt.

Und sie hatte ihn weggestoßen.

Was war sie nur für eine Idiotin gewesen.

Während sie ihn weiter ansah, musste sie daran denken, wie Detective Webb ihm die Hand auf den Arm gelegt und sich an ihm festgehalten hatte. Es war eine vertraute Geste gewesen, fast schon intim. Claire hatte Connor viele Male gesagt, dass er sie vergessen und sich jemand anderen suchen solle. Er verdiente etwas Besseres. Claire konnte ihm nichts bieten als die schwere Last, die sie mit sich herumschleppte. Tonnenweise Ballast. Mehr als die Fracht eines ausgebuchten internationalen Flugs. Sie konnte nicht einmal die Grundbedürfnisse eines Mannes befriedigen. Trotzdem hatte sie nie wirklich darüber nachgedacht, was es bedeuten würde, wenn er sich tatsächlich eine andere Frau suchte. Hatte nie überlegt, wie es wäre, dabei zusehen zu müssen, wie er eine andere berührte.

Mein Gott.

Hatte er Jade Webb geküsst? Hatten sie Sex gehabt? Arbeitete er sich ebenso mit kleinen Küssen ihr Schlüsselbein entlang, wie er es immer bei ihr getan hatte? Hatte Jade mit ihm all das tun können, wozu sie nicht fähig gewesen war?

Connors leises Lachen riss sie aus ihrer stillen Panik. Er sah zu ihr hinüber. Für einen kurzen Augenblick kreuzten sich ihre Blicke, bevor er sich wieder auf die Straße konzentrierte. »Claire, Jade und ich sind nur Freunde.«

Sie legte die Hand auf die Brust und spürte, wie sich eine brennende Hitze auf ihrem Gesicht ausbreitete. »Das habe ich ... ich wollte ... ich meine, ich ...«, stotterte sie. »Moment mal, habe ich laut gedacht?«

Selbst von der Seite aus konnte sie noch das Grinsen in seinem Gesicht sehen. »Nein«, antwortete er.

»Wie also ...?«

»Ich kenne dich, Claire. Und ich bin Detective, falls du dich daran erinnerst.«

Sie murrte, wandte den Blick von ihm ab und verschränkte die Arme vor der Brust. Krampfhaft suchte sie nach einer witzigen Antwort, aber ihr fiel keine ein.

»Jade und ich haben letztes Jahr gemeinsam an einem sehr großen Fall gearbeitet«, erklärte er. »Wir waren viel zusammen und sind gute Freunde geworden. Das ist alles.«

»Okay«, erwiderte Claire. Sie betrachtete die Szenerie, die an ihr vorbeizog – das von Hotels und Motels durchsetzte, flache Areal zu beiden Seiten der Jibboom Street, danach das baumbestandene Ufer des Sacramento River zu ihrer Linken und die Wolkenkratzer des Stadtzentrums von Sacramento, die in der Ferne in den azurblauen Himmel ragten. Connor bog nach rechts ab und fuhr von der Autobahnbrücke auf die Interstate Five Richtung Süden. Sie befanden sich nun ein gutes Stück von der Unfallstelle entfernt. Hier war die Autobahn leer, während sich in nördlicher Richtung der Verkehr auf allen Fahrspuren staute, zweifellos verursacht durch Gaffer, die entsetzt auf das Blutbad starrten, das Leah Holloway wenige Kilometer weiter nördlich auf den Fahrbahnen in südlicher Richtung angerichtet hatte.

Holloways Mund, weit aufgerissen, um das Wasser einzuatmen, kam Claire wieder in den Sinn. Sie schüttelte kurz den Kopf, als wollte sie die Erinnerung aus dem Kopf bekommen. Es war einfacher, sich Gedanken über Connor und Detective Webb zu machen, als das Zusammentreffen mit Holloway noch einmal zu durchleben.

Da merkte sie, dass Connor inzwischen die Autobahn verlassen hatte und durch die breiten Straßen von Midtown fuhr. Hier hatte sie anfangs gelebt, nachdem sie aus ihrer Gefangenschaft freigekommen war. Sie war mit Brianna zusammengezogen, die ein Apartment im Herzen des Viertels gemietet hatte. Claire hatte gern in der Gegend gewohnt und das pulsierende Leben hier geliebt. Alles war ständig in Bewegung, überall versammelten sich Leute. Es gab Restaurants, Cafés und viele weitere belebte Treffs, die sie erkunden konnte. Nach zehn Jahren Isolation hatte sie gar nicht genug vom Lärm, den Menschen und dem fast ununterbrochenen hektischen

Getriebe bekommen können. Aber als ihr Mietvertrag ausgelaufen war, hatte sie Wilson adoptiert. Er hatte mehr Platz und einen Garten gebraucht. Sie hatten ein hübsches Haus im Tudorstil in Land Park gefunden, nur zehn, fünfzehn Minuten entfernt von ihren bevorzugten Anlaufstellen und der Tierklinik, in der sie derzeit arbeitete und der sie sich nun Block um Block näherten.

»Wo fahren wir hin?«, fragte sie.

»Jemand muss sich deinen Arm ansehen.«

Sie spürte Angst in sich hochsteigen. »Du hast versprochen, keine Krankenhäuser.«

Er lächelte sie an, und ihre Angst verflog. Gott, wie sie ihn vermisste! »Habe ich«, pflichtete er ihr bei.

»Wer also soll sich meinen Arm ansehen? Ich kann auch Ärzte nicht ausstehen.«

Connor lachte. »Aber Dr Corey schon.«

Dr Corey war Claires Chef. Claire hatte während der ganzen Zeit auf dem College für sie gearbeitet. Sie hatte dazu beigetragen, dass Claire im veterinärmedizinischen Institut studieren konnte. »Dr Corey ist Tierärztin. Die näht mir die Wunde nicht.«

»Stimmt. Aber ihr Sohn arbeitet bei einem Humanmediziner als Assistent. Er ist mehr als qualifiziert, Wunden zu nähen. Und dafür braucht er nichts weiter als eine sterile Umgebung.«

Claire hob eine Braue. »Du hast ihm schon geschrieben, gib's zu.«

Die samstagsmorgendlichen Arbeitszeiten waren eigentlich vorbei, aber Derrick Corey arbeitete in der Regel auch an Samstagnachmittagen, manchmal sogar bis in den Abend hinein. Er kümmerte sich um Tiere, die eine oder mehrere Nächte stationär in der Klinik bleiben mussten. Während der Woche war er in einer Orthopädiepraxis tätig. Wegen der Sprechstunden dort konnte er abends und am Wochenende in der

Klinik seiner Mutter aushelfen. Er wartete vor dem Gebäude in Jeans und T-Shirt auf sie. Als sie hielten, lächelte er ihnen zu. Sein welliges braunes Haar hatte er gegelt und zurückgekämmt. Wilson sprang über Claire, um ihn freudig zu begrüßen. Derrick empfing ihn mit einem »Hey, Boy!« und kraulte ihn hinter den Ohren. Nachdem er sie ins Gebäude gelassen und die Tür hinter sich abgeschlossen hatte, führte er sie an der Rezeption und den Behandlungsräumen vorbei in Dr Coreys Büro.

»Nimm Platz«, wies er Claire an.

Sie zog einen der gepolsterten Gästestühle zu sich und ließ sich hineinfallen.

»Connor sagte, du würdest keine Behandlungsräume mögen«, meinte Derrick.

Connor stand in der Tür und lehnte mit der Schulter am Türrahmen. Ein schwaches Lächeln spielte über seine Lippen, obwohl er so tat, als beachtete er die beiden gar nicht. Stattdessen sah er auf sein Handy und tippte gelegentlich etwas.

»Autsch!«, rief Claire.

Sie sah zu Derrick, der sich ihr direkt gegenüber in einen Stuhl gesetzt hatte, sodass sich ihre Knie berührten. Er hielt ihr Handgelenk mit einer behandschuhten Hand fest und säuberte mit der anderen die Wunde mit einem in Alkohol getränkten Tupfer.

Er runzelte die Stirn. »Tut mir leid«, sagte er, während er den Erste-Hilfe-Kasten durchwühlte, den er auf den Schreibtisch gestellt hatte. »Ganz ohne Piksen geht es nun einmal nicht. So. Und wer war die Frau? Warum hat sie das gemacht?«

»Das wissen wir noch nicht«, antwortete Connor. »Sie hieß Leah Holloway. Anscheinend hat sie in Pocket gelebt. Wir haben ihren Namen noch nicht an die Presse gegeben, behalt ihn also für dich.«

»Natürlich«, erwiderte Derrick. Er legte Claire den Arm auf den Schoß und deutete darauf. »Genäht werden muss das nicht. Wundverschlussstreifen und Bacitracin sollten reichen. Wir verbinden den Schnitt, damit du dir das schmierige Zeug nicht an der Kleidung abwischst.«

Claire ließ die Schultern erleichtert sinken. »Gott sei Dank«, seufzte sie.

Von der Tür aus fragte Connor: »Hast du oder Brianna schon eure Eltern angerufen?«

»Sie sind auf einer zweiwöchigen Kreuzfahrt in der Karibik unterwegs. Aber Brianna hat ihnen eine Nachricht geschickt.«

»Was ist mit Mitch? Ist er noch immer in den Oststaaten bei seiner Tochter?«

Mitch Farrell war ein enger Freund der Familie Fletcher. Er hatte Connor vor fünf Jahren geholfen, den ungelösten Fall von Claires Verschwinden aufzuklären. »Ja«, antwortete Claire. »In Arlington, Virginia. Brianna hat mit ihm gesprochen.«

»Ich bin mir sicher, die Sache ist bereits in den nationalen Schlagzeilen«, brummte Connor.

Derrick arbeitete rasch und routiniert. Er klebte Claire eine Reihe Wundverschlussstreifen über den rund zehn Zentimeter langen Schnitt an ihrem Handgelenk. »Das Ganze ist so traurig«, sagte er. »Die armen Kinder. Wisst ihr, Mrs Holloway hat vor ein paar Monaten ihren Hund hier vorbeigebracht. Ich weiß nicht, wie viele Leah Holloways es in Sacramento gibt, aber die damals war ebenfalls aus Pocket. Deshalb nehme ich an, dass es sich um dieselbe Frau handelt.«

Sowohl Claire als auch Connor sahen Derrick überrascht an, doch der war ganz darauf konzentriert, den Arm zu bandagieren.

»Ich erinnere mich nicht daran, dass sie bei uns gewesen ist«, meinte Claire.

»Sie war auch nicht in der regulären Sprechstunde. Es war ein Notfall. Am Wochenende. Ihr eigentlicher Tierarzt hatte zu. Es war schon nach Geschäftsschluss, aber du weißt ja, wie Mom ist, sie konnte nicht Nein sagen. Ich war wie üblich hier.

Mrs Holloway war ziemlich außer sich. Die Kinder haben den Hund über alles geliebt.«

Connor legte sein Handy beiseite. Er verschränkte die Arme vor der Brust und blickte Derrick mit hochgezogener Augenbraue an.

»Was war das für ein Hund?«, wollte Claire wissen.

»Ach, irgendeine Promenadenmischung aus Collie und Deutschem Schäferhund. Sie hatte ihn aus dem Tierheim.«

»Was fehlte ihm?«, fragte Connor.

»Jemand hat ihn vergiftet, indem er ihm rohes, mit Xanax versetztes Fleisch gegeben hat. Eine hohe Dosis. Wirklich traurig. Zumindest musste das arme Tier nicht lange leiden. Aber Holloway war völlig fertig, die Arme.«

Claire warf einen Blick hinüber zu Wilson, der in einer Ecke von Dr Coreys Büro schlief. Er hatte wie immer ein Fleckchen Sonne im Zimmer entdeckt und döste dort laut schnarchend. »Kann ich mir vorstellen«, murmelte Claire. Sie begann Leah Holloway nun in einem etwas anderen Licht zu sehen. Ganz gleich, was die Frau heute Morgen getan hatte, es musste schrecklich gewesen sein, einen Hund auf diese Weise zu verlieren.

»Sie meinte, sie würde es bei der Polizei anzeigen«, fügte Derrick hinzu. »Aber ob sie es tatsächlich getan hat, weiß ich nicht.«

Claire sah zu Connor. Er war wieder mit seinem Handy beschäftigt. Seine Finger flogen über die winzige Tastatur. Vermutlich schrieb er Jade Webb eine Nachricht. Claire errötete, zum Teil aus Eifersucht, aber auch, weil sie im Auto so durchschaubar gewesen war.

»Auf jeden Fall bin ich froh, dass dir nicht mehr passiert ist«, meinte Derrick, klebte einen Wundverband über den Schnitt und tätschelte ihr den Arm. »Ruf mich an, wenn du mich brauchst.«

»Danke«, sagten Claire und Connor gleichzeitig.

»Ich lasse euch raus, wenn ihr so weit seid.« Auf dem Weg nach draußen verabschiedete Derrick sich von Connor mit einem gespielten Salut. Als sie allein waren, sahen sich Claire und Connor an. Connor steckte das Handy ein und ging durch den Raum. Er nahm den Stuhl, auf dem gerade noch Derrick gesessen hatte, zog ihn zu Claire und setzte sich so darauf, dass sich ihre Knie berührten. Die Nähe zu ihm ließ ihr Herz schneller schlagen, aber nicht angstvoll wie sonst, sondern aufgeregt. Sie legte die Hände auf ihre Schenkel und sah auf sie hinunter. Connor wartete. In der Zimmerecke winselte Wilson kurz im Schlaf. Als Claire wieder Connor ansah, sagte er: »Erzähl mir, was passiert ist.«

Claire schauderte unwillkürlich, nahm sich aber zusammen und begann: »Diese Frau ... Connor, ich habe ihr gesagt, dass sie die Türen entriegeln soll, damit ich sie aus dem Auto holen kann, aber sie sagte Nein. Sie wusste, was sie tat. Sie hat sich umgebracht. Sie hatte entsetzliche Angst. Sie war ... als ich das letzte Mal diesen Ausdruck auf dem Gesicht eines Menschen gesehen habe, wurde er gerade erwürgt.«

»Sarah?«, fragte Connor und verwendete Claires Namen für das Mädchen, das ihr Entführer im Wald ermordet hatte. Erst als Claire entkommen und Sarahs Leiche geborgen und identifiziert worden war, hatte sie ihren wahren Namen erfahren: Miranda Simon.

Claire nickte. Sie begann unvermittelt zu weinen wie sonst nur während ihrer Therapiesitzungen. Ein Schluchzen schüttelte ihren ganzen Körper.

»Claire«, sagte Connor. Er streckte sich nach ihr, nahm ihr Gesicht in seine Hände und zog sie zu sich, bis seine Stirn ihre fast berührte. Sie versuchte, die Tränen zu unterdrücken, es gelang ihr jedoch nicht. Connor wischte einige mit dem Daumen weg. Ihrer beider Atem vermischte sich, und sie verspürte den Drang, ihren Mund auf seinen zu legen und ihn zu küssen.

Das Vibrieren seines Handys ließ sie beide zusammenzucken. Er hielt sie weiter fest, aber die Chance war verflogen. Sie nahm seine Hände und zog sie behutsam von ihrem Gesicht. »Du musst rangehen«, sagte sie.

Halb knurrend und halb seufzend holte er das Handy aus der Jackentasche und sah darauf. »Captain Boggs«, brummte er. Er nahm das Gespräch an und verstummte kurz. Dann hörte sie ihn mehrmals »Ja«, »Mhm« und »Okay« sagen. Nach etwa zwei Minuten beendete er das Gespräch, steckte das Gerät wieder in seine Jackentasche und fuhr sich mit der Hand durch die Haare. »Boggs nimmt mich aus der Strangler-Spezialeinheit und setzt mich auf den Holloway-Fall an. Die Zwillinge im Auto waren nicht ihre eigenen Kinder, sondern die ihrer Nachbarin. Und eines der Opfer, das auf der Brücke wegen ihr ums Leben kam, war der Schwiegervater des Bürgermeisters.«

»Mein Gott«, murmelte Claire.

Connor verzog das Gesicht. »Ja. Es ist schlimmer, als wir dachten.«

Sie schob ihren Stuhl zurück, stand auf und rief Wilson. »Ich fahre dich zurück«, sagte sie. »Oder dorthin, wo du hinmusst.«

»Claire, ich ...«

Sie legte eine Hand auf seine Wange. Der Bart war weicher, als sie es sich vorgestellt hatte. Er sah zu ihr hoch. Sie musste an Jade Webb denken. Wahrscheinlich würden sie zusammen am Holloway-Fall arbeiten. Beim Gedanken daran zog sich ihr Magen zusammen.

»Besuch mich, wenn du Zeit hast«, sagte sie.

NEUN

Claire fuhr Connor zum Mercy General Hospital, wo Jade in der Notaufnahme auf ihn wartete. Als er eintrat, sah er sie an. Ihre Miene hellte sich auf. »Ich dachte schon, du kämst nie wieder, Parks.«

Er schüttelte den Kopf. »Keine Angst. Hier bin ich«, entgegnete er leidenschaftslos.

Jade sah auf seinen Anzug. Er wusste, dass von Claires unerwarteter Umarmung noch immer nasse Flecken darauf waren. Connor wand sich unter ihrem prüfenden Blick. »Sag nichts«, meinte er. »Ich bin hier, um zu arbeiten.«

»Schon gut«, erwiderte sie mit gespielter Gleichgültigkeit. »Hast du eine Aussage von Miss Fletcher bekommen?«

»Natürlich, ich ...« Connor brach abrupt ab. Natürlich hatte er das nicht. Er war viel zu sehr damit beschäftigt gewesen, sich um sie Sorgen zu machen. Schon von dem Augenblick an, als er sie am Flussufer hatte stehen sehen, hatte er gewusst, dass die Sache mit Holloway sie psychisch mitgenommen und bei der Bewältigung ihres Traumas aus dem Gleichgewicht gebracht hatte. Außerdem war er, um ehrlich zu sein, völlig von ihr hingerissen gewesen. Dabei hatte er stets geglaubt, über alles hinweggekommen zu sein. Bis er sie heute wiedergesehen hatte. Denn diesmal war etwas anders gewesen: Die Mauer, die sie bisher immer zwischen ihm und sich errichtet hatte, hatte gefehlt.

Jades lauter Seufzer holte ihn wieder zurück. Sie stieß sich von der Wand ab, an die sie sich gelehnt hatte, und begann wegzugehen. »Das dachte ich mir«, sagte sie. »Übrigens habe ich deine Nachricht über den Hund bekommen. Ich habe jemanden im Revier den Bericht hervorholen lassen. Dein Freund hat recht gehabt. Der Hund ist an einer Xanax-Vergiftung gestorben. Vor fast drei Monaten. In ihrem Garten. Also muss sich jemand dort hineingeschlichen und dem Tier das Fleisch gegeben oder es über den Zaun geworfen haben. Keine Verdächtigen. Niemand wurde gesehen.«

»Alles sehr seltsam«, meinte Connor, als er ihr den Flur entlang zu den beiden Räumen mit großer Glasfront folgte. In einem sah er zwei Krankenliegen. Auf ihnen ruhten zwei völlig gleich aussehende Mädchen. Zwischen den Liegen saßen ihre Eltern. Die Mutter hielt die Hand eines Mädchens, der Vater die des anderen.

»Das sind die Irvings«, erklärte Jade ihm. »Anscheinend waren sie und Leah Holloway beste Freundinnen. Die Familien wohnen direkt nebeneinander. Die Irving-Zwillinge sind sechs und spielen in derselben Fußballliga wie Leah Holloways sechsjährige Tochter. Dem Arzt zufolge hat eines der Mädchen eine Gehirnerschütterung und das andere ein gebrochenes Sprunggelenk.«

Connor sah sich das Gesicht der Mädchen genauer an. Sie wirkten erschöpft. Die lockigen braunen Haare, die sich aus ihren Zöpfen gelöst hatten, waren durch das Flusswasser schlaff und strähnig geworden, obwohl sie schon längst wieder getrocknet waren. Beide Mädchen hatten mehrere Heftpflaster an den Armen. Einem fielen die Augenlider zu, während es unter den wachsamen Augen ihrer Mutter gegen den Schlaf ankämpfte. Das andere lächelte schwach über etwas, das ihr Vater zu ihr sagte. Dann hob sie den Blick und sah die beiden Polizisten am Fenster stehen. Connor lächelte und winkte ihr, während er Jade zum nächsten Raum folgte, in dem sich ein Mann mit drei Kindern befand, eines davon ein Baby, das er im Arm hielt.

»Ist das ihr Mann?«, fragte Connor.

Jade nickte. »Jim Holloway, zweiundvierzig, mit den gemeinsamen Kindern.«

Jim Holloway war ein kleiner, untersetzter Mann, der knapp fünfzehn Kilo zu viel hatte. Sein zerzaustes sandbraunes Haar hing ihm in die braunen Augen. Er hatte einen Oberlippen- und Kinnbart und trug ein grünes Poloshirt sowie zerknitterte hellbraune Shorts. Seine Augen waren blutunterlaufen. Die Kinder wirkten recht unglücklich. Das Kleinste schrie laut in seinen Armen. Sein winziges Gesichtchen war vor Zorn und Kummer fast violett angelaufen. Für einen Mann mit drei Kindern wirkte Holloway etwas hilflos. Connor fragte sich, ob er immer so schlecht mit ihnen umgehen konnte oder ob ihn nur der Schock über den Tod seiner Frau so aus dem Konzept gebracht hatte. Angesichts der Umstände war Connor geneigt, ihm seine Unbeholfenheit nachzusehen.

Holloway setzte das Baby von einer Hüfte auf die andere, während er zusah, wie sein älterer Sohn auf dem Boden ein Mordsspektakel veranstaltete. Der Kleine wirkte wie eine Miniaturversion seines Vaters, nur ohne Gesichtsbehaarung. Er lag mit dem Gesicht nach unten auf den Fliesen und trommelte mit Armen und Beinen darauf.

»Ich will zu meiner Mommy!«, brüllte er.

Jim hielt sich den Kleinen an die Brust, während er sich neben seinen anderen Sohn kniete. Er sprach leise mit ihm und fasste ihm an den Kopf, doch ohne Erfolg. Dann blickte er hilflos zu seiner Tochter, die sich auf der Liege zusammengerollt hatte und vor und zurück schaukelte. Sie drückte sich die

Knie an die Brust und starrte ausdruckslos und gedankenverloren vor sich hin.

»Peyton!«, rief Jim, aber das Mädchen nahm ihn gar nicht zur Kenntnis.

»Es heißt, die Mutter des Mannes sei auf dem Weg hierher«, sagte Jade. »Sie kommt aus Nevada geflogen.«

»Hoffentlich«, brummte Connor. Dann machte er sich auf zum Personalzimmer. »Eines nach dem anderen.«

Fünfzehn Minuten später gab eine Krankenpflegerin dem ausgehungerten Baby die Flasche, während sich der andere Junge einen SpongeBob-Film auf dem Fernseher an der Wand ansah. Zwei Pflegekräfte waren nötig gewesen, um ihn unter die Decke einer der Liegen zu bekommen. Dort hatte er weitergeschrien, bis er müde geworden war. Nun starrte er mit dem leeren Gesichtsausdruck eines Kriegsopfers auf den Bildschirm. Entweder würde er bald einschlafen oder in wenigen Minuten einen weiteren Schreianfall bekommen.

Connor wusste, dass Jim Holloway sich in einem Schockstadium befand, fragte sich aber, wie der Mann einfach weggehen konnte, ohne das Kind hochzunehmen und zu halten, bis es einschlief.

Jim kam aus dem Zimmer und sah sich um, als suchte er in der kleinen, aber überfüllten Notaufnahme jemanden.

»Mr Holloway«, sprach Connor ihn an. Er und Jade gingen auf ihn zu, um ihm ein paar Fragen zu stellen. Jade hielt ihren Notizblock in der Hand. Der Mann sah sie stumm und verständnislos an.

»Meine Mom müsste bald hier sein. Sie kommt aus Reno her.«

»Mr Holloway. Ich bin Detective Parks, das ist Detective Webb. Wir müssen Ihnen wegen Ihrer Frau ein paar Fragen stellen.«

Er schien durch sie hindurchzusehen, fasste sich aber mit beiden Händen in die Haare und rubbelte sie so lange, bis sie in jede Richtung wegstanden. »Meine Frau«, murmelte er mit heiserer Stimme. »Meine Frau.«

Connor beschloss, mit einfachen Fragen zu beginnen. »Wann hat Ihre Frau heute Morgen das Haus verlassen?«

Jim schüttelte langsam den Kopf. »Ich weiß es nicht. Als ich aufgewacht bin, war sie schon weg. Sie bringt die Kleinen immer zum Fußballspielen. Das heißt, die Kinder von Rachel und Mike nimmt sie nicht immer mit, aber unsere schon.«

»Wann sind Sie aufgewacht?«, hakte Jade nach.

Er kratzte sich am Kopf. »Weiß nicht. Um zehn oder halb elf? Ich arbeite von vier Uhr nachmittags bis Mitternacht bei der Firma Ranger Heizungsbedarf, komme also spät nach Hause und schlafe lang. Leah war schon weg, als ich aufgestanden bin.«

»Wie alt sind Ihre Kinder?«, wollte Connor wissen.

»Also, Peyton ist sechs, Hunter vier und das Baby, Tyler, fünf Monate.«

»Wer spielt Fußball? Peyton?«

»Ja, glaube schon. Das heißt, ja, natürlich. Hunter spielt nicht Fußball.«

»Hat Leah immer alle Kinder mit zu Peytons Fußballspiel genommen?«, schaltete sich Jade ein.

Jim sah sie an. »Was?«

Jade bedachte ihn mit einem warmen Lächeln, von dem Connor immer vermutete, dass es beruhigend wirken sollte. »Hat Leah die Jungs samstagmorgens, wenn sie Peyton zum Fußballspiel brachte, je bei Ihnen zu Hause gelassen?«

»Nein, nein«, antwortete er. »Die Kinder, also, die waren Leahs Ding. Sie hat sie immer mitgenommen.«

Connor entging nicht der säuerliche Ausdruck auf Jades Gesicht. »Also war Leah Hausfrau?«

Jim wirkte für einen kurzen Moment verwirrt. »Was? Nein. Sie arbeitet für einen Radiosender. Ist dort für die Werbung zuständig.«

»Und was arbeiten Sie bei Ranger?«, wollte Connor wissen.

»Ich arbeite am Fließband. Wir stellen Heizungselemente her.«

»Ihre Frau ist also mit Ihren drei Kindern und den Zwillingen der Irvings irgendwann vor zehn Uhr heute Morgen zum Fußballspiel gefahren?«

Jim nickte.

»Wann haben Sie Ihre Frau das letzte Mal gesehen?«

Jim zuckte die Schultern. »Gestern Abend, als ich von der Arbeit nach Hause gekommen bin.«

»Haben Sie miteinander gesprochen?«, fragte Connor.

»Klar. Sie ... also, sie hat auf mich gewartet und einen Teller mit Essen für mich aufgewärmt. Dann sind wir noch am Küchentisch gesessen und haben geredet.«

Connor und Jade sahen sich wieder an. »Worüber haben Sie gesprochen?«, wollte Jade wissen.

Jim zuckte wieder mit den Achseln. »Über die Arbeit, die Kinder, das Übliche eben. Mit Hunter gab es im Kindergarten Probleme. Rachel hatte ein Rezept, das sie Leah nicht geben wollte. Ich weiß nicht. Wir haben einfach nur geredet.«

»Machte sie auf Sie einen unglücklichen Eindruck?«, fragte Connor. »War sie irgendwie angespannt? Nervös? Verzweifelt?«

Bei jedem neuen Wort von Connor schüttelte Jim den Kopf.

»In welcher Stimmung war Ihre Frau?«, hakte Connor nach. »War sie niedergeschlagen?«

Wieder schüttelte Jim den Kopf. Er sah zu Boden. »Nein«, entgegnete er. »Sie war guter Dinge. Es ging uns gut. Sie war immer ein positiver Mensch. Jeder mochte sie. Sie ist ... sie war eine tolle Mutter und Frau.« Tränen traten aus seinen Augenwinkeln. Er wischte sie rasch fort. »Ich begreife das nicht«, murmelte er so leise, dass Connor ihn kaum verstand.

»Mr Holloway, hat Ihre Frau getrunken?«, erkundigte sich Jade.

Abrupt hob er den Kopf. »Getrunken? Nein. Leah hat nie getrunken. Keinen Tropfen. Sie war immer ... sie meinte, wegen der Kinder müsse sie nüchtern bleiben und einen klaren Kopf behalten. Selbst wenn die Kleinen im Bett waren, wollte sie keinen Alkohol. Was, wenn eines mitten in der Nacht mit hohem Fieber aufwacht und ich es zur Notaufnahme bringen muss?, hat sie immer gesagt. Sie wollte nicht betrunken sein, falls etwas passierte. Falls ...« Er warf einen Blick über die Schulter zu den Kindern hinter der Glasscheibe. Zum Glück war Hunter inzwischen eingeschlafen. Peyton hatte sich nicht bewegt.

»Also hat Ihre Frau nie etwas getrunken?«, wiederholte Connor. »Auch nicht bei Feiern oder anderen geselligen Zusammenkünften?«

»Nein«, antwortete Jim. »Nie.«

»Und Sie hatten auch keine Probleme in der Ehe?«

Jim schüttelte wieder den Kopf, diesmal heftiger. »Nein. Wir hatten in unserer Ehe noch nie Probleme.«

»Sie haben nie gestritten?«, hakte Connor nach und versuchte, dabei nicht allzu ungläubig zu wirken.

»Doch natürlich, wir hatten wie jedes Paar Streit, aber nie Probleme. Unsere Ehe war okay. Es lief bestens.«

»Hatten Sie finanzielle Probleme?«, fuhr Connor fort.

»Nein. Ich meine, manchmal war es mit drei Kindern schon knapp, aber wir kamen zurecht. Leah hat letztes Jahr eine Gehaltserhöhung bekommen. Es ging uns gut.«

»Und an Leahs Arbeitsstelle?«, fragte Jade. »Hatte sie in der Arbeit Probleme?«

»Nein. Sie hat, wie gesagt, mehr Geld bekommen. Die Arbeit hat ihr Spaß gemacht.«

»Was ist mit Verwandten und Freunden?«, wollte Connor

wissen. »Hatte sie da mit jemandem Stress? Gab es Zwistigkeiten?«

»Zwistigkeiten? Nein. Überhaupt nicht. Leah kommt mit allen aus. Alle mögen sie.«

Connor konnte an der Art und Weise, wie Jade, mit dem Stift auf den Notizblock klopfte, erkennen, dass der Mann sie allmählich nervte. Eine Frau, die von allen geliebt wurde, nie trank und null Stress in ihrem Leben hatte, weder zu Hause noch auf der Arbeit, brachte nicht vier Leute mit ihrem Auto um und versenkte dann einen Wagen voller Kinder im Fluss. Eine solche Frau ertränkte sich nicht.

»Hatte sie psychische Probleme?«, bohrte Connor weiter. »Nahm sie Medikamente? War sie krank?«

»Nein. Es ging ihr gut. Sie war gesund. Gut, manchmal hatte sie Magenprobleme und Sodbrennen. Dagegen nahm sie gelegentlich Tabletten, Tums oder so etwas. Ansonsten war sie völlig in Ordnung.«

»Es gab da vor einigen Monaten einen Vorfall mit Ihrem Hund, nicht wahr?«, fragte Jade.

Jim wirkte einen Augenblick lang verwirrt. Er fasste sich an die Stirn. »Ach, der Hund. Ja, der ist gestorben. Da war irgendetwas im Garten oder so. Die Kinder waren untröstlich.«

»Was war denn im Garten?«, hakte Connor nach.

»Ich weiß nicht. Er hat etwas Falsches gefressen, schätze ich.«

»Hat Leah Ihnen nicht erzählt, was der Tierarzt gesagt hat?«, wollte Jade wissen.

»Sie hat nur erwähnt, dass es etwas Giftiges gewesen sei.«

Jade schrieb etwas in ihr Notizbuch. Vermutlich fragte sie sich dasselbe wie Connor: Hatte Leah ihrem Mann wirklich nicht erzählt, dass ihr Hund vergiftet worden war, oder spielte Jim Holloway nur herunter, was geschehen war?

»War Ihre Frau in sozialen Medien aktiv? Auf Facebook oder Twitter?«, fragte Jade.

Jim schüttelte den Kopf. »Nein, das war nicht ihr Ding. Sie meinte immer, sie sei schon auf der Arbeit den ganzen Tag online. Sie wollte nicht auch noch am Computer sitzen, wenn sie zu Hause war. Außerdem meinte sie, jedes Detail ihres Lebens an die große Glocke zu hängen sei nicht ihr Ding. Rachel hat sie immer gedrängt, sich auf Facebook anzumelden, aber das wollte sie nicht.«

»Hatte sie eine E-Mail-Adresse?«, wollte Jade wissen.

»Ja. Ich weiß sie nicht auswendig, aber ja, sie hatte eine.«

»Hatte sie einen PC zu Hause?«

»Ja, aber sie hat ihn nur selten benutzt.«

»Hätten Sie etwas dagegen, wenn wir ihn uns ansehen?«

Jim zuckte die Schultern. »Nein, natürlich nicht. Aber was hat der mit alledem zu tun?«

Connor und Jade hatten einmal den Tod einer Frau untersuchen müssen, die von der Tower Bridge gefallen war. Ihre Freunde und Verwandten waren sicher gewesen, dass es sich um einen Unfall gehandelt hatte. Aber als sie ihren E-Mail-Account durchsucht hatten, fand sich dort ein halbes Dutzend nicht versendeter Mails an ihre Familie, in denen sie erklärte, warum sie entschieden hatte, sich umzubringen. Das war allerdings nichts, was er Jim Holloway zu erzählen gedachte, und Holloway würde es auch kaum hören wollen, weshalb Connor in freundlichem, beruhigendem Ton sagte: »Es ist wirklich nur Routine. Wir können jemanden zu Ihnen schicken, damit er ihn holt, falls das für Sie passt.«

»Ja, klar«, meinte Jim.

»Mr Holloway«, fuhr Connor fort, »können Sie sich einen Grund vorstellen, warum Ihre Frau versucht hat, sich und Ihre Kinder umzubringen.«

Diesmal konnte Jim die Tränen nicht länger zurückhalten. Sein ganzer Körper wurde geschüttelt, während er in seine Hände weinte. »Nein«, schluchzte er. »Nein, absolut nicht.«

ZEHN

»Denkst du, dass er lügt?«, fragte Connor Jade. Sie waren nach draußen gegangen, um Captain Boggs anzurufen.

Jade steckte ihr Handy ein und schüttelte den Kopf. »Nein. Ich denke, er ist einfach nur der typische Mann, der nichts mitbekommt.«

»Der typische Mann, der nichts mitbekommt?«, wiederholte Connor. »Muss ich mich jetzt angegriffen fühlen?«

»Du bist ja kein typischer Mann, Parks«, entgegnete Jade zwinkernd. »Aber du hast ihn doch gehört. Die Kinder waren ›ihr Ding‹. Alles war bestens. Komm, der ist die leere Hülle eines Ehemanns: Er spendet sein Sperma, verdient das Geld, nimmt an wichtigen sozialen Zusammenkünften teil und vielleicht, aber auch nur vielleicht, mäht er sogar den Rasen oder repariert ein paar Sachen im Haus. Einen großen Nutzen hat er nicht.«

»Also wirklich«, schimpfte Connor. »Findest du nicht, dass das grob vereinfachend ist? Und auch unfair?«

Jade schüttelte langsam den Kopf. »Sei nicht naiv, Parks.«

»Mit dieser Einstellung wirst du dir sicher irgendwann ein Prachtexemplar von Ehemann angeln.«

Jades Miene verdüsterte sich. »Zwing mich nicht, dir eine zu verpassen, Parks. Ich halte nichts von körperlicher Gewalt am Arbeitsplatz.«

Connor lachte und trat ein paar Schritte zurück. »Lass uns ihre beste Freundin befragen«, sagte er über die Schulter hinweg. »Sie zeichnet sicher ein realistischeres Bild von Leah Holloways Leben.«

Rachel Irving stand vor dem Zimmer ihrer Töchter und hatte die Arme fest vor der Brust verschränkt. Mit ihren schwarzen Yogahosen, den Nike-Sneakers und mehreren Tanktops über einem Sport-BH sah sie aus wie jemand, der gerade vom Sport gekommen war. Das braune Haar hatte sie zu einem Pferdeschwanz gebunden. Sie war flachbrüstig und um die Mitte etwas füllig, hatte aber eine weiche, geschmeidige, gleichmäßig gebräunte Haut und ein hübsches Gesicht mit hohen Wangenknochen, großen blauen Augen mit langen Wimpern und einer geraden, schmalen Nase. Der einzige Makel in ihrem Gesicht war eine kleine weiße, sternförmige Narbe an der Kinnspitze. Um den Hals trug sie eine Goldkette mit einem Herzanhänger und der Aufschrift »Supermom«. Als Jade sich und Connor vorstellte und ihren Notizblock mit Stift hervorholte, nahm sie den Anhänger in die Hand und begann nervös damit herumzuspielen.

Rachel warf einen Blick über die Schulter zu ihrer Familie hinter der Glasscheibe. Der Zwilling, bei dem sie gesessen hatte, war inzwischen eingeschlafen. Rachels Mann sprach leise mit ihrer anderen Tochter. Er saß mit dem Rücken zu ihnen.

Rachel wandte sich wieder an die Beamten. »Stimmt es?«, fragte sie. »War es wirklich so, wie die Polizei gesagt hat? Hat Leah ... hat sie das absichtlich getan?« Sie sprach das Wort *das* langsam und sorgfältig aus, als könnte es leicht missverstanden werden, als erweckte schon allein seine Erwähnung etwas Schreckliches zum Leben. Aber dieses Schreckliche war bereits geschehen, und während Jade mit der Frau sprach, konnte Connor sehen, wie sich Rachels Schulterblätter vor innerer Spannung verkrampften.

»Wir stehen noch ganz am Anfang unserer Ermittlungen, Mrs Irving«, antwortete Jade. »Aber im Augenblick sieht es ganz danach aus, als könnten wir nur einen Schluss ziehen: dass sie den Unfall absichtlich herbeigeführt hat. Als sie die Möglichkeit hatte, sich aus dem Auto zu retten, hat sie bewusst beschlossen, im Wasser zu bleiben. Sie war bereits tot, als wir den Wagen aus dem Fluss geborgen haben.«

Rachel schüttelte den Kopf, als weigerte sie sich, etwas zu akzeptieren, was ihr aufgezwungen wurde. »Nein, nein, nein. Das würde Leah nie tun. Meine Kinder ... sie hatte doch meine Kinder im Auto.« Sie deutete zum Zimmer, in dem die Holloways waren. Ihre Stimmung wurde eine Oktave höher. »Alle unsere Kleinen waren im Fahrzeug. Das muss ein Irrtum sein. Verstehen Sie? Leah würde so etwas nie im Leben tun.«

»Sie und Mrs Holloway standen sich also recht nahe, wenn ich das richtig verstehe?«, fragte Connor.

Rachel biss sich auf die Unterlippe. »Sie war meine beste Freundin. Ich kannte sie besser als alle anderen.«

»Wann haben Sie das letzte Mal mit ihr gesprochen?«

Rachel schüttelte wieder den Kopf und schloss kurz die Augen. »Heute Morgen. Sie hat die Kinder zum Fußballspielen gebracht. Ungefähr um halb acht sind sie losgefahren. Mike musste arbeiten, und ich habe auf eine Lieferung gewartet. Es ging ihr gut.«

»Hat sie Ihre Kinder immer mit zum Fußball mitgenommen?«

»Nein. Normalerweise sind wir zusammen hin. Wenn sich eine nicht gut fühlte oder etwas zu erledigen hatte, ist die andere eingesprungen. Wir haben uns gegenseitig geholfen. Wir waren *Freundinnen*.«

»Mrs Irving, können Sie sich vorstellen, warum Leah aufgebracht oder gestresst gewesen sein könnte?«, wollte Connor wissen. »Gab es etwas in ihrem Leben, das ihr großen Kummer bereitete? Hatte sie in letzter Zeit viel Stress?«

»Nein. Nichts von Bedeutung. Nichts, das sie dazu hätte bringen können … ich meine, sie hatte ein fünf Monate altes Baby. Tyler war gerade am Zahnen. Sie hat in letzter Zeit nur wenig geschlafen. Jim war keine große Hilfe, aber das ist nichts Neues. Das haben wir beide erlebt. Gehört irgendwie zum Muttersein.«

»Sie sagten, Jim sei keine große Hilfe gewesen«, schaltete sich Jade ein. »Hatten die Holloways Eheprobleme?«

Rachel lachte trocken auf. »Abgesehen davon, dass er sich um nichts gekümmert hat? Nein, es ging ihnen gut. Das erleben wir doch alle: Die Mütter sind mit den Kindern vollauf beschäftigt, während die Männer tun, was sie wollen. Aber so war es schon immer. Wenn Leah Jim deswegen hätte verlassen wollen, hätte sie es schon vor Jahren getan.«

»Hatte sie Ihres Wissens je vor, ihn zu verlassen, oder hat sie ihm schon einmal damit gedroht wegzugehen?«, fragte Jade.

Rachel schüttelte den Kopf. »Nein. Nie.«

»Hatten sie in letzter Zeit Streit?«, fragte Connor.

»Nein, nein. Es ging ihnen gut.«

»Hat Leah ihren Mann geliebt?«, fuhr Jade dazwischen.

Rachel blies die Luft aus. »Also bitte. Wenn sie ihn nicht geliebt hätte, hätte sie den ganzen Mist gar nicht ertragen.« Sie nestelte an ihrem Supermom-Anhänger herum, ging ein paar Schritte durch den Flur und warf einen Blick in das Zimmer mit den Holloway-Kids. »Mein Gott, der kommt niemals mit den Kindern allein zurecht.« Ihre Stimme wurde brüchig. »Um Himmels willen, irgendetwas stimmt da nicht. Leah hätte ihre Kinder nie verlassen.«

Connor versuchte, sie wieder vom Rand der Hysterie wegzuholen. »Mrs Irving, welchen Mist hat sie denn ertragen müssen?«

»Hatte Jim eine Affäre?«, fügte Jade hinzu.

Rachel drehte sich zu den beiden Kriminalbeamten um und lachte verächtlich. »Jim? Eine Affäre? Er hat es kaum geschafft, Leah zu bekommen, und sie auch gar nicht verdient. Nein, Jim ist keiner, der fremdgeht. Dazu müsste er sich anstrengen.«

»Hat er sie schlecht behandelt?«, wollte Connor wissen.

Wieder ein verächtliches Lachen. »Nein. Das ist nicht Jims Art. Er ist ein Softie. Hat immer nur gemacht, was Leah gesagt hat, und Leah hat auch immer bekommen, was sie wollte. Jim ist ... er kümmert sich um nichts, ist aber nicht der Typ, der jemandem wehtun könnte. Auch ihr oder seinen Kindern würde er nie etwas tun. Das war Leah sehr wichtig.«

»Was ist mit Leah?«, fragte Connor. »Hatte sie eine Affäre?«

Rachel blickte zu Boden und schüttelte den Kopf. »Leah? O mein Gott, nein. Niemals. Ich meine, niemand könnte es ihr verübeln. Jim hat zwei Jahre hintereinander ihren Hochzeitstag vergessen. Aber nein, Leah war nicht der Typ. Ihr Dad hat ihre Mom betrogen. Sie hat Fremdgänger gehasst.«

»Was ist mit Ihren Verwandten und Bekannten?«, bohrte Connor weiter. »Entfernte Angehörige? Freunde? Arbeitskollegen? Gab es da jemanden, mit dem sie Streit hatte?«

Rachel hob den Blick und sah Connor in die Augen. »Nichts. Leahs Eltern sind tot. Ihr Bruder lebt in Maryland. Sie stehen sich nicht nahe. Ich kann mir sonst niemanden vorstellen. Arbeit ist Arbeit. Manchmal war es stressig, aber Leah hat Konflikte von dort nie mit nach Hause genommen. Bei ihr drehte sich alles um die Kinder. Das war's.«

Jade hatte die ganze Zeit etwas in ihr Notizbuch geschrieben. Nun wechselte sie abrupt das Thema. »Hatte Leah ein Alkoholproblem?«

Einen Augenblick wirkte Rachel wie vor den Kopf gestoßen. Dann erschien ein schwaches, perplexes Lächeln auf ihrem Gesicht. Sie sah Jade an, dann Connor und wieder Jade. »Was?«

Connor strich sich mit einer Hand über den Bart. »Hat Leah getrunken? Hatte sie ein Alkoholproblem?«

Rachel lachte schallend. »Sie machen doch Witze, oder?« Als sie sich wieder beruhigt hatte, ging sie zurück zum Zimmer, in dem die Zwillinge lagen, sah zu ihrer Familie hinein und wandte sich wieder an die beiden Detectives. Plötzlich wirkte sie sehr müde. »Ich verstehe schon, warum Sie das fragen. Warum sollte eine Frau sonst ein Auto voller Kinder in den Fluss fahren? Aber Leah nicht. Sie hat nie getrunken.«

»Nicht einmal in Gesellschaft, bei Feiern?«, hakte Connor nach.

»Vor allem nicht in Gesellschaft. Leah war ... also, sie hatte etwas gegen Alkohol, okay? Ein paar von uns Müttern haben sich jede Woche mit den Kindern getroffen und dann auch gern ein Gläschen Wein getrunken. Leah hat nicht nur nicht daran teilgenommen, sondern ist sofort aufgestanden und gegangen, sobald wir damit angefangen haben. Wenn wir vorhatten, im Beisein der Kinder etwas zu trinken, weigerte sie sich, mit dabei zu sein. Für sie war das so ähnlich, als ob wir unsere Kleinen auf Bahngleisen spielen lassen würden.«

Rachel unterstrich das Gesagte, indem sie die Augen verdrehte. »Hören Sie, sie hat nie viel darüber geredet, aber ich glaube, ihr Dad trank. Ich denke ...« Sie hielt inne, als suchte sie nach den richtigen Worten. »Es war wohl nicht besonders angenehm, in ihrer Familie aufzuwachsen. Leah war bei manchen Sachen sehr ... rigoros. Sie hat immer gesagt: ›Ich habe zwischen zwanzig und dreißig nur gefeiert und getrunken. Jetzt habe ich Kinder und Verantwortung für sie.‹«

Jade runzelte die Stirn. »Das klingt, als hätte sie ziemlich hohe Ansprüche an sich selbst gehabt.«

»Unerfüllbar hohe Ansprüche, zumindest für uns in ihrem Freundeskreis. Es ... es war manchmal zum Verrücktwerden.«

»Denken Sie, dass ihr der Druck, den sie sich selbst auferlegt hat, zu viel geworden ist?«, fragte Connor.

Rachel sah ihn an. »Wie meinen Sie das? Dass sie durchgedreht ist? Also so etwas wie einen psychischen Zusammenbruch hatte?«

Connor nickte. »Ja, so etwas.«

Rachel schüttelte den Kopf. Tränen traten ihr in die Augen. »Leah konnte unnachgiebig, starrsinnig und kontrollsüchtig sein, aber sie war nicht der Typ, der einen Nervenzusammenbruch hatte. Sie war ... nun ja, stark. Und glücklich. Sie liebte ihre Kinder. Und Jim. Sie mochte ihr Leben. Sie war ... so etwas hätte sie nie getan.«

»Wie lang kennen Sie Leah schon?«, fragte Jade.

Rachel wischte sich die Augen. »Seit fast zehn Jahren. Sie und Jim sind kurz nach Mike und mir eingezogen. Wir waren beide mit unseren Mädchen schwanger.«

»Es gab vor einigen Monaten Probleme mit ihrem Hund«, fuhr Jade fort. »Was war da los?«

Rachels Blick verdüsterte sich. »Mit ihrem Hund? Ja, er hat im Garten irgendetwas Giftiges gefressen und ist daran eingegangen. Leah und die Kinder waren untröstlich, aber so etwas kann passieren. Sie würde doch deswegen nicht unsere Kinder umbringen wollen.«

Leah hatte also bei der Polizei angezeigt, dass ihr Hund vergiftet worden war, aber weder ihrem Mann noch ihrer besten Freundin die ganze Wahrheit erzählt. Connor sah, wie Jade sich eine weitere Notiz machte. Er fragte Rachel: »Was ist mit ihren Finanzen? Hat sie Ihnen gegenüber je angedeutet, dass sie und Jim Geldschwierigkeiten hatten?«

»Sie kamen anscheinend zurecht. Sie haben erst vor Kurzem seinen Pick-up abbezahlt. Für das nächste Jahr hatten sie vor, sich eventuell einen Swimmingpool anzuschaffen. Sie war glücklich.« Sie sprach das Wort *glücklich* betont langsam aus und sah sie dabei bedeutungsvoll an, als versuchte sie, etwas in einer fremden Sprache zu vermitteln.

Connor lächelte sie an. »Okay. Danke, Mrs Irving! Eine Frage noch: Haben die Kinder sich schon zu dem geäußert, was heute passiert ist?«

Sie schlang wieder die Arme um sich und sah zu den Zwillingen. »Nun ja, Maya hat erzählt, dass sie vom Fußballspiel weggefahren seien. Hunter habe geweint, weil er zu McDonald's wollte und Leah Nein gesagt hatte. Sie hätten an einer Tankstelle gestoppt, weil Peyton mal musste und es nicht mehr bis nach Hause geschafft hätte. Außerdem sagte sie, dass sie sehr lange bei der Tankstelle angehalten hätten. Leah sei mit Peyton auf die Toilette gegangen, habe sie zum Auto zurückgebracht und sei dann zur Toilette zurück, in der sie lange geblieben sei. Dann sei sie wieder in den Wagen eingestiegen und mit einem Höllentempo losgerast.«

»Wann haben Sie sie zurückerwartet?«, wollte Connor wissen.

Rachel zuckte die Achseln. »Zu keiner bestimmten Zeit. Manchmal hat sie die Kleinen nach dem Fußballspiel noch zum Essen mitgenommen. Wir hatten keinen festen Zeitplan oder so etwas.«

»Wir würden gern so bald wie möglich mit den Mädchen sprechen«, meinte Connor.

»Sicher«, erwiderte Rachel. »Aber können Sie das machen, wenn sie wieder wach sind. Sie sind noch völlig geschockt. Ich möchte, dass sie sich ein bisschen ausruhen.«

»Natürlich«, sagte Connor. Er gab Rachel seine Visitenkarte. »Wir bleiben in Kontakt.«

ELF

»Wenn nur noch ein einziges Mal jemand *Es ging ihnen gut* sagt, bekommt er eins auf die Nase«, schimpfte Jade, während sie und Connor durch die Abteilung der Kriminalpolizei zu Captain Boggs' Büro gingen.

»›Es ging uns gut‹, ›es ging ihnen gut‹, ›es ging ihr gut‹. Wem es gut geht, der fährt keine anderen Verkehrsteilnehmer über den Haufen und versucht dann, sich und fünf Kinder umzubringen.«

»Vielleicht ist gut das neue verrückt«, meinte Connor abwesend. Er warf wieder einen Blick auf sein Handy. Jedes Mal, wenn er die Nachricht las, schlug ihm das Herz bis zum Hals. Sie war von Claire gekommen. Er hatte den Text erhalten, als sie gerade Rachel befragten. Claire hatte nichts weiter geschrieben als: *Danke für heute. Bis bald!*

Wegen dieses *Bis bald!* kam er sich vor wie ein verliebter Teenager. Er hatte ganz vergessen, wie gut sie sich in seinen Armen anfühlte. Hatte es verdrängt. Vor zwei Jahren hatte sie ihn in die Wüste geschickt, und er hatte keinerlei Grund gehabt, zu glauben, dass sie ihrer Beziehung noch einmal eine Chance geben würde. Aber heute war sie verletzlicher und verängstigter gewesen, als er sie in den letzten Jahren jemals erlebt hatte, was ihm Sorgen bereitete. Zugleich war sie ihm gegenüber seit ihrem ersten gescheiterten Versuch, miteinander zu gehen, noch nie so offen und zugänglich gewesen. Etwas hatte sich an diesem Morgen am Flussufer zwischen ihnen geändert.

Jade ließ ein »Puh!« hören und brachte seine Aufmerksamkeit wieder in das Hier und Jetzt zurück. »Bitte. Ich verwette jede Summe, wenn der Rechtsmediziner sie obduziert, wird er feststellen, dass sie sturzbetrunken war. Keiner ist so vollkommen.«

Boggs' Tür war offen, doch er weilte nicht in seinem Büro. Sie betraten es trotzdem und setzten sich in die Gästestühle vor dem Schreibtisch. »Aber sie war nicht vollkommen«, hob Connor hervor. »Rachel Irving hat sie als unnachgiebig, starrsinnig und kontrollsüchtig beschrieben.«

»Stimmt«, räumte Jade ein. »Denkst du, dass sie deshalb niemandem die Sache mit dem Hund erzählt hat? Weil sie sonst hätte zugeben müssen, dass sie keine Kontrolle gehabt hatte?«

Connor zuckte die Schultern. »Keine Ahnung, aber die Sache mit dem Hund wirft Fragen auf.«

»Wie kommt es, dass jemand, der so sehr die Kontrolle behalten möchte, plötzlich durchdreht?«

»Ich weiß es nicht. Aber als sie heute Morgen ins Auto gestiegen ist, ging es ihr noch gut. Zwischen diesem Zeitpunkt und der Fahrt in den Fluss muss etwas passiert sein, was sie völlig aus dem Gleichgewicht gebracht hat. Wir müssen uns ihre Krankenakten ansehen, um eine Erkrankung definitiv ausschließen zu können. Dann sollten wir ihren Tagesablauf minutiös rekonstruieren, um herauszufinden, wann die Sache aus dem Ruder zu laufen begann.«

Jade verzog den Mund. »Eine Erkrankung? Wir haben eine

Zeugin, die aussagt, dass sie sich absichtlich ertränkt hat. Es gibt keine Erkrankung, die das verursacht.«

»Ein Hirntumor kann die unmöglichsten Verhaltensweisen hervorrufen. Auf jeden Fall brauchen wir die Akten, um zu sehen, ob sie psychische Probleme hatte oder nicht.«

Connor sah sich im Raum um. Jedes Mal, wenn er Grund hatte, sich ins Büro des Captains zu begeben, wunderte er sich darüber, wie anders Boggs es verglichen mit seinem Vorgänger gestaltet hatte. Ihr alter Captain war ein Messie gewesen, doch Boggs hielt sein Büro sauber und aufgeräumt. Kein einziger Papierschnipsel lag herum.

»Na gut«, erwiderte Jade. »Gehen wir alles durch. Sie hat die Kinder zum Fußballspiel gebracht.«

»Genau. Die Einheit, die im Fall des Stranglers ermittelt, hat das Spiel sicher überwacht. Jede Wette.«

Jade grinste ihn an. »Hervorragend!«

»Wir brauchen auch ihr Handy.«

»Sie hat keines«, sagte Danny Boggs, als er durch die Tür gerauscht kam und zu seinem Schreibtischstuhl eilte. Er sah die beiden an, setzte sich jedoch nicht. »Die Spurensicherung hat schon die Berichte gefaxt. Kein Handy. Weder auf der Brücke noch im Fahrzeug. Kein Handy.«

»Dann muss es im Fluss sein«, mutmaßte Jade.

Connor zuckte die Schultern. »Wir bekommen die Akten. Ich lasse jemanden ihren PC abholen, sobald ihr Mann zu Hause ist. Jemand von der Computerkriminalität soll sich den Rechner ansehen. Mal sehen, ob sie auch ihr E-Mail-Konto knacken können. Ich bin sicher, ihre beste Freundin kennt ihre Mailadresse.«

Boggs schnappte sich einen Styroporbecher von seinem Schreibtisch und nippte daran. »Eine Anordnung für eine Beschlagnahme zu bekommen wird kein Problem sein. Der Bürgermeister sitzt mir wegen der Geschichte sowieso schon im Nacken.«

Jade beugte sich in ihrem Stuhl vor. »Captain, die Frau ist tot. Sie kann nicht mehr verklagt werden.«

»Nein, aber es wird Zivilklagen geben, glaub mir. Haufenweise Zivilklagen. Und die Leute wollen wissen, was passiert ist. Wie konnte es dazu kommen? Verdammt, das ist Futter für die Regenbogenpresse. Jedem Talkmaster und Gerichtsreporter in diesem Land wird einer abgehen. Perfekte Mutter mutiert zur Massenmörderin. Das flimmert noch monatelang über die Bildschirme.«

Jade stand auf. »Ich frage Stryke nach den Aufzeichnungen der Überwachungskameras vom Fußballplatz.«

Connor nickte ihr zu, machte aber keine Anstalten aufzustehen. Er hatte eine Hand in der Tasche und fummelte an seinem Handy herum. »Ich finde heraus, welche Tankstellen auf der Route liegen, die sie gefahren ist. Nachdem wir uns die Aufnahmen vom Fußballspiel angesehen haben, nehmen wir uns die vor. Mal sehen, was sich ergibt.«

»Genau«, rief Jade über die Schulter, während sie das Büro verließ.

Boggs ging um seinen Schreibtisch herum und setzte sich auf die Vorderkante. Einen Augenblick lang hörten sie zu, wie sie den Flur entlangging und sich ihre Schritte entfernten. Dann sagte Boggs: »Wie geht es Claire? Ist sie okay? Stryke meinte zwar, dass es ganz danach aussah, aber geht es ihr wirklich, wie soll ich sagen, gut?«

Connor lächelte. Boggs hatte ermittelt, als Claire entführt worden war, und zehn Jahre später den Fall gemeinsam mit Connor wieder aufgerollt. Er hatte sich mit der Familie Fletcher angefreundet. »Klar ist sie durcheinander, aber ich glaube, sie verkraftet es.« Er stand auf. »Ich sehe mal, ob Holloways Auto GPS hatte. Damit können wir den Weg, den sie vom Fußballplatz zum Fluss genommen hat, am schnellsten nachvollziehen.«

ZWÖLF

AM VORMITTAG DESSELBEN TAGES

Leah roch den Alkohol sofort. So wie ein Leichensuchhund einen verwesenden Körper erschnüffelte, so entdeckte sie ihn zwischen all den anderen Gerüchen am Rande des Fußballplatzes: dem frisch gemähtem Gras, den Sonnencremes, den Hotdogs und dem Zigarettenrauch der Eltern, die sich davongestohlen hatten, um sich während des Spiels schnell eine Kippe anzuzünden.

Aber dieser Alkoholgeruch hatte eine Minzenote. Zuerst war sie sich nicht sicher, ob jemand versucht hatte, seine Fahne mit Mundwasser zu kaschieren, oder ob es sich tatsächlich um einen Drink mit Minzegeschmack handelte. Heutzutage wurde Alkohol ja in alles Mögliche gemischt, zum Beispiel in Orange Cream, Kakaogetränke oder Wassermelonensaft – die Liste war endlos. Selbst hinter der Minzefassade war der Alkoholgestank so beißend wie Benzindämpfe. Er brachte immer sofort Erinnerungen an die vielen Male zurück, als ihr Vater sich betrunken und dann sie und ihre Mutter brutal verprügelt hatte. Leah wurde speiübel davon.

Es war Hochprozentiges, kein Bier. Mit Bier hatte ihr Vater nie Probleme gehabt. Er konnte am Abend eine ganze Kiste in sich hineinschütten und blieb trotzdem der joviale Typ, den die Nachbarn kannten und mochten. Spirituosen dagegen machten jemand anderen aus ihm: ein rasendes, rotgesichtiges Monster. Und nun konnte Leah bei diesem Fußballmatch ihres Sechsjährigen eine Spirituose riechen. Sie blickte sich auf ihrer Seite des Spielfelds um. In der Nähe der Mittellinie standen zwei Tribünen. Sie füllten sich immer rasch. Viele Eltern brachten wie sie selbst ihre eigenen Klappstühle mit und setzten sich direkt an den Spielfeldrand. Hunter saß da in seinem eigenen Spider-Man-Stühlchen und spielte mit seinem Kindertablet. Tyler war zum Glück in seiner Babyschale eingeschlafen. Leah hatte sie zwischen sich und Hunter gestellt und das Verdeck nach vorn gezogen, damit ihm die Sonne nicht ins Gesicht schien. Die Mädchen liefen auf dem Feld herum, denn das Spiel war in vollem Gange. Leah sah zu, wie Peyton einen Pass spielte. Sie klatschte, bildete mit den Händen einen Trichter vor dem Mund und schrie: »Los, Peyton!«

Das Mädchen lächelte ihr über die Schulter zu und stürzte sich wieder ins Spiel.

Dieser *Geruch*. Diesmal sah sie nach rechts und versuchte, herauszufinden, woher er kam. Da bemerkte sie Alan Wheeler. Seine Tochter war in Peytons Mannschaft. Alan kam eigentlich nie mit zum Spiel, aber er und seine Frau waren gerade dabei, sich scheiden zu lassen, weshalb es jede zweite Woche an ihm war, die Kleine zu einem Match zu fahren. Er saß in einem Gartenklappstuhl und trug eine grüne Windjacke sowie kurze Jeans. Sein graues Haar hatte er lang wachsen lassen – immer wieder hob der Wind Strähnen hoch. Auf der Nase hatte er eine Sonnenbrille und im Gesicht ein Dauerlächeln. Sein Blick war augenscheinlich auf das Spiel gerichtet, doch Leah sah, dass sich sein Kopf nie mit den kleinen Fußballerinnen auf und ab bewegte. Neben seinem Stuhl stand eine Kühltasche, und in der Hand hielt er einen Einwegkaffeebecher mit Plastikdeckel.

Er musste es sein.

Leah kannte einen Betrunkenen, wenn sie einen Betrunkenen sah.

Sie war gerade wutentbrannt einen Schritt in seine Richtung gegangen, als sie Hunters Stimme hörte. »Mommy, wo gehst du hin?«

Sie blieb stehen und drehte sich zu ihm. Er blinzelte sie an und runzelte dabei seine perfekte kleine Kinderstirn. Während ihre Tochter stark, unabhängig und gelassen war, klammerte sich ihr Sohn an sie und neigte zu emotionalen Ausbrüchen – oder Gequengel, wie Jim sagen würde.

Leah deutete auf Alan Wheeler. »Ich muss nur ein Wörtchen mit Mr Wheeler reden, okay?«

Hunter bekam große Augen. »Mommy, pass auf, dass der Strangler dich nicht ermordet!«

Einen Augenblick lang war Leah sprachlos. Es dauerte mehrere Sekunden, bis sie verarbeitet hatte, was ihr vierjähriger Sohn gerade gesagt hatte. Er sah ihre verdutzte Miene und fügte hinzu: »Der überfällt nämlich Mamis beim Fußballspielen.«

Sie merkte, dass ihre Gesichtsmuskeln noch immer vor Entsetzen verzerrt waren, und versuchte, sich rasch ein Lächeln abzuringen, aber ihre Lippen waren wie gelähmt und ihr Kiefer schmerzte. Langsam, als schmerzte sie die Bewegung, kniete sie sich neben ihren Sohn und blickte in sein engelsgleiches Gesichtchen. Er war mit seinem zerzausten Haar und den überdimensionierten Bäckchen eine Miniaturversion von Jim. Sie hatte ihn Tausende Male auf seine süßen Wangen geküsst.

»Wer hat dir vom Strangler erzählt?«, fragte sie leise.

Er schlug die Augen nieder und zuckte die Schultern. »Weiß nicht.«

»War es Daddy?«

Wieder dieses beiläufige Achselzucken.

Leah beugte sich vor und gab ihm einen Kuss auf die Nase.

»Ich werde nicht schimpfen, Käferchen. Versprochen. Ich will es nur wissen.«

Sie nannte ihn Käferchen, seit er einen Monat alt gewesen war. Im Gegensatz zu Peyton mochte es Hunter, eingewickelt zu sein. Sie hatte ihn monatelang fest eingepackt herumgetragen. Hunter sah ihr in die Augen, und sie bemühte sich erneut um ein beruhigendes Lächeln.

»Daddy hat auf uns aufgepasst, als du zum Arzt gegangen bist«, begann Hunter.

»Hat Daddy dir von ihm erzählt?«, fragte Leah. Sie brachte das Wort *Strangler* vor ihrem Sohn nicht über die Lippen. Jim konnte etwas erleben.

»Nein, er nicht. Ich habe es in den Nachrichten gesehen. Daddy wollte mich nicht *Geheimagent Bär* ansehen lassen.« Er setzte sich auf und begann zu quengeln. »Peyton hat gesagt, dass wir immer *Geheimagent Bär* ansehen, aber Daddy meinte, das ist eine blöde Serie, und hat die Nachrichten eingeschaltet.«

Leah seufzte. *Geheimagent Bär* war eine Zeichentrickserie. Ihre Kinder liebten sie, dennoch musste sie Jim recht geben: Es waren kolossal einfältige Filmchen. Dass darin Kinder vorkamen, die sich ganz darauf verließen, dass ein imaginärer Bär ihre Probleme löste, statt zu ihren Eltern zu gehen, hatte sie immer gestört.

»In den Nachrichten haben sie die Mommys gezeigt, die der Strangler erwischt hat«, sagte Hunter. Er verzog das Gesicht. »Und sie hatten alle Haare wie du.«

Leah strich ihm über die Wange. »Ach, Käferchen, viele haben blonde Haare.«

Aber der Gedanke hatte sich schon in ihrem Hinterkopf festgesetzt – oder sich vielleicht auch nur nach vorn gekämpft. Sie sahen alle aus wie sie. Oder doch nicht? Stundenlang hatte sie schon an ihrem Arbeitsplatz gesessen und sich ihre Gesichter angesehen. Hatte überlegt. Und versucht, sich einzureden, dass sie falschlag.

»Die Welt dreht sich nicht um dich, meine Liebe.« Sie hörte die Stimme ihres Vaters. Sah ihn, wie er Angst einflößend über ihr stand, feixend, höhnisch grinsend.

Rasch verdrängte sie das Bild und packte es zurück in die Schublade ihrer Erinnerungen, auf der »Scheißkindheit« stand. Darüber musste sie sich keine Gedanken mehr machen. Aber in ihrem Kopf hatte in letzter Zeit das reinste Chaos geherrscht.

Tylers herzzerreißendes Weinen riss sie aus ihren düsteren Gedanken. Sie ging in die Hocke, klappte das Verdeck der Babyschale zurück und schnallte ihn ab. Dann hob sie ihn hoch und schaukelte ihn in ihren Armen, bis er sich beruhigte und sein Köpfchen auf ihre Schulter legte.

Sie warf wieder einen Blick zu Hunter, der sie ansah. »Du musst dir wegen Stranglern keine Sorgen machen, Käferchen. Überlass das Mommy. Sieh lieber deiner Schwester zu und feuere sie so laut du kannst an, wenn sie ein Tor schießt, okay?«

Hunter nickte, ließ sich in seinem Stühlchen zurücksinken und drückte wieder Knöpfe auf seinem Kindertablet. Leah wartete einen Augenblick und ging dann hinüber zu Alan Wheeler.

Sie baute sich mehrere Sekunden vor ihm auf, doch weder sagte er etwas, noch bewegte er sich. Sie drückte Tyler an sich, beugte sich nach vorn und schnüffelte. Der Mann roch wie eine Zuckerstange – allerdings eine alkoholgetränkte. Der Reißverschluss der Kühltasche neben ihm war offen. Sie setzte Tyler auf ihre rechte Hüfte, beugte sich hinunter und klappte den Deckel auf, um sich den Inhalt anzusehen. In der Tasche steckten zwei Wasserflaschen zwischen zwei blauen Kühlakkus, ein paar Beutel Capri-Sonne, eine Cola und eine hohe, durchsichtige Flasche. Leah zog sie aus der Box und drehte sie in der Hand, damit sie das Etikett lesen konnte. Pfefferminzwodka.

»Mistkerl«, murmelte sie.

»Hey!« Alan Wheelers Atem traf sie wie ein Schwall heißer Luft aus einem Backofen. Der Alkoholgestank brannte in Leahs

Augen. Alan packte sie am Handgelenk, doch sie riss sich los, ohne die Flasche loszulassen. Dann stand sie auf und steckte die Flasche zwischen Tyler und ihre Brust. Der Kleine umfasste mit seinen dicken kleinen Händchen sogleich den Hals.

Wheeler nahm seine Sonnenbrille ab und sah sie mit blutunterlaufenen Augen an. »Was zum Teufel machst du da?«

»Du sitzt hier betrunken bei einem Fußballspiel von Sechsjährigen, Alan. Was zum Teufel machst *du* da? Ich hoffe, du setzt dich nach dem Spiel in diesem Zustand nicht mit ihr ins Auto.«

»Fick dich!«, warf er ihr entgegen. Er beugte sich vor und griff nach ihr, doch sie trat einen Schritt zurück, sodass sie außerhalb seiner Reichweite war.

»Pass auf, was du sagst«, ermahnte Leah ihn. »Hier sind Kinder. Wenn du dich nicht zusammennimmst, rufe ich die Polizei. Was meinst du, wie das ankommt – gerade jetzt, wo du dich von deiner Frau trennst? Kannst du einen hässlichen Streit um das Sorgerecht in deiner Situation wirklich brauchen? Reiß dich gefälligst am Riemen, Alan.«

»Kümmer dich um deinen eigenen Dreck, du Schlampe«, fuhr Wheeler sie an.

Leah zog eine Braue hoch. Wahrscheinlich würde sie sowieso noch vor Spielende die Polizei rufen. Sie konnte es nicht zulassen, dass sich der Kerl mit den Kindern im Auto ans Steuer setzte. Sie deutete auf den Verkaufsstand am Ende des Spielfelds. »Dort verkaufen sie immer Kaffee. Ich glaube, du brauchst jetzt einen.«

Da klingelte ihr Handy und vibrierte an ihrer Hüfte. Sie zog es aus der Hosentasche und sah auf das Display. Zunächst erkannte sie die Nummer nicht – es war eine gebührenfreie. Sie bekam nicht viele solcher Anrufe, denn sie hatte sich auf jeder Sperrliste eintragen lassen und auch ein Schuldeneintreiber war nicht hinter ihr her. Plötzlich fiel ihr ein, dass sie auf diesen Anruf gewartet hatte. Sie hatte Angst davor gehabt, aber auf ihn gewartet. Ohne zu überlegen, drückte sie auf »Annehmen«.

»Mrs Holloway?«, fragte eine Frau in unglaublich arrogantem Ton.

»Ja«, antwortete Leah, brachte das Wort jedoch kaum über die Lippen. Alan Wheeler brummte etwas und griff wieder nach ihr. Sie trat mit einem Bein gegen seine Hand und entfernte sich ein Stück von ihm und den Eltern, die sich am Spielfeldrand drängten. Dann leckte sie sich die Lippen, schluckte und versuchte es erneut: »Ja?«

»Ich rufe an wegen der Proben, die Sie eingesandt haben. Ich rufe von …«

Leah unterbrach sie. »Ich weiß, woher Sie anrufen.« Sie drückte Tyler noch fester an sich. Er versuchte, seinen Mund an den Flaschenverschluss zu legen. Sie zog sie weg. »Fahren Sie fort«, bat sie die Frau.

»Ich rufe Sie an, um Ihnen zu sagen, dass die von Ihnen eingesandten Proben positiv waren.«

Leah nahm das Handy vom Ohr und starrte es an. Sie wusste, dass sie etwas sagen musste, irgendetwas. *Danke. Okay. Auf Wiedersehen!* Nur konnte sie nicht atmen. Sie drehte sich zu Hunter und rannte zu ihm, als wäre er der Sauerstoff, den sie so dringend brauchte. Tyler hatte wieder zu weinen begonnen. Sie steckte die Flasche Pfefferminzwodka und das Handy in ihre Handtasche und setzte Tyler wieder zurück in die Babyschale. Da fiel ihr ein, dass das Spiel noch etwa zehn Minuten dauerte. Sie konnte die Kinder nicht vom Feld holen. Das würde zu viel Aufsehen erregen. Allerdings wusste sie auch nicht, was sie jetzt tun sollte.

Sie ging neben dem Fußballplatz hin und her, kämpfte gegen die Tränen und hoffte, dass das Spiel bald zu Ende war. »O mein Gott!«, murmelte sie leise. »Mein Gott!«

DREIZEHN

»Bin ich verhaftet oder was?« Connor wich vor Alan Wheelers Atem zurück, der so alkoholgesättigt war, dass er allein davon schon fast betrunken wurde. Der Mann hing in einem der Befragungsräume auf dem Revier über einem Tisch. Dorthin hatten sie ihn gebracht, nachdem seine sechsjährige Tochter ihnen die Tür zu seiner Wohnung geöffnet und sie eingelassen hatte. Er hatte sturzbetrunken auf dem Wohnzimmerboden geschlafen. Ausfindig gemacht hatten sie ihn, nachdem sie sein Gesicht aus den Aufnahmen der Überwachungskameras auf dem Fußballplatz als Foto vergrößert hatten. Jade hatte Rachel Irving eine Nachricht geschickt, die ihnen seinen Namen und seine Adresse mitgeteilt hatte.

Mit blutunterlaufenen Augen sah Wheeler Connor an, dann Jade und wieder Connor. Er ignorierte sie und sprach mit Connor. »Brauche ich einen Anwalt oder was?«

»Sie brauchen eine Mundspülung«, antwortete ihm Jade.

Er beachtete sie weiterhin nicht. »Sie sind nicht verhaftet«, erwiderte Connor. »Wir müssen Ihnen einige Fragen zu Leah Holloway stellen.«

»Das Miststück«, brummte Wheeler. Er wuchtete seinen

Oberkörper vom Tisch und sah sich im Zimmer um, als sähe er es jetzt erst. »Wo ist meine Tochter?«

»Schön, dass Sie sich daran erinnern, eine Tochter zu haben«, bemerkte Jade.

»Jade«, ermahnte Connor sie.

Sie stieß sich von der Wand ab, an der sie gelehnt hatte, ging zum Tisch und blickte mit vor der Brust verschränkten Armen auf Wheeler herab. Wie sie so dastand, wirkte sie größer als er. »Sie ist bei ihrer Mutter.«

Wheeler grinste verächtlich und deutete mit dem Finger auf Jade. »Ihr Frauen seid alle gleich – Schlampen, die ihre Nase in alles stecken.«

»Ach, wirklich?«, schnaubte Jade.

»Ja, genau«, entgegnete Wheeler und bekam einen Hustenanfall. Eine Fahne, die nach Bourbon roch, breitete sich quer über den Tisch aus.

»Was haben Sie heute Morgen getrunken?«, fragte Connor den Mann.

»Kaffee.«

Jade setzte sich auf die Tischkante und beugte sich zu Wheeler. »Welche Art von Getränken haben Sie in der Kühltasche zum Fußballspiel Ihrer Tochter mitgebracht?«

Er ignorierte sie erneut und wandte sich wieder an Connor. »Ich dachte, Sie hätten gesagt, dass es hier um Leah Holloway geht.«

Connor nickte. »Sie haben heute Morgen während des Fußballspiels Ihrer Tochter mit ihr geredet. Sie hat eine Flasche aus Ihrer Kühltasche genommen. Was war in der Flasche?«

»Wasser«, erwiderte Wheeler rasch.

Als Jade sich von Wheeler abwandte, sah Connor sie an. »Haben Sie heute schon die Nachrichten gesehen, Mr Wheeler?«

Wheeler wirkte verdutzt. »Warum zum Teufel sollte ich?«

Connor beugte sich vor und sah dem Mann tief in die

Augen. »Leah Holloway hat heute einen SUV voller Kinder in den American River gefahren. Und sich dabei umgebracht.«

Wheeler starrte Connor erwartungsvoll an, als wartete er auf eine Pointe. Als Connor stumm blieb, lallte er: »Wie bitte?«

Connor wiederholte etwas langsamer, was er gesagt hatte. Dann fragte er: »Was also haben Sie getrunken und Leah Holloway heute Morgen während des Fußballspiels Ihrer Tochter gegeben?«

Wheelers Augen waren vor Schrecken starr. Er leckte sich die Lippen. »Diese Kinder in ihrem Wagen, haben sie, sind sie …?«

»Sie haben alle überlebt«, fiel ihm Jade ins Wort. Connor spürte, wie sie ihn ansah, als sie hinzufügte: »Sie wurden von einer Zeugin gerettet und trugen nur geringfügige Verletzungen davon. Mr Wheeler, Holloway war mit ihrem Auto auf der Autobahn Richtung Süden unterwegs, bevor sie den Tod von vier Menschen verursacht hat und anschließend in den Fluss gefahren ist.«

Zum ersten Mal nahm Wheeler Jade zur Kenntnis. Er warf ihr einen flüchtigen Blick zu, bevor er seine von Sonnenflecken übersäten Hände auf den Tisch legte und sie anstarrte. »Himmel!«, sagte er. Er sah zu Connor hoch. Sorgenfalten erschienen in den Winkeln seiner blutunterlaufenen Augen. »Ich habe ihr die Flasche nicht gegeben«, verteidigte er sich. »Sie hat sie sich genommen. Ich bin einfach nur dagesessen. Da ist sie zu mir hergekommen. Ich habe keine Ahnung, woher sie das überhaupt wusste.«

»Was wusste?«, fragte Connor.

Wheeler wiegte den Kopf mit glasigen Augen vor und zurück wie ein Metronom.

»Mr Wheeler«, sprach Jade ihn an.

Keine Antwort.

Connor schob seinen Stuhl zurück. Die Beine schrammten quietschend über den Fliesenboden. Wheeler zuckte zusammen und sah sich suchend im Raum um, bis sein Blick wieder auf Connor fiel. »Mr Wheeler«, sagte Connor. »Sie sind nicht in Schwierigkeiten. Wir versuchen uns nur ein Bild davon zu machen, was Leah Holloway heute Morgen getan hat. weil wir herausfinden müssen, warum eine Mutter von drei Kindern mit einem völlig normalen Leben ein Auto voller Kinder in den Fluss gefahren hat. Sie hat sich etwas von Ihnen genommen. Wir müssen wissen, was es war und ob die Auseinandersetzung zwischen Ihnen etwas mit dem zu tun hatte, was anschließend passiert ist.«

»Ich kannte sie doch kaum. Ich meine, gesehen habe ich sie ständig. Sie hat einfach genervt. Die Flasche, die sie mir weggenommen hat ... meine Frau meinte, Leah würde es gar nicht gern sehen, wenn jemand Alkohol trinkt. Ständig gab es Reibereien zwischen ihr und den anderen Müttern. Leah konnte ... also, sie konnte eine richtige Furie sein. Hat ständig ihre Nase in das gesteckt, was andere taten. Als wäre sie die Polizei.«

»Heute auch?«, wollte Jade wissen. »Ist sie zu Ihnen, weil Sie getrunken haben?«

Er ließ den Kopf hängen. »Ich weiß nicht, woher sie das wusste. Niemand sonst hat es gemerkt. Ich bin ... na ja, ich bin am Spielfeldrand eingeschlafen. In meinem Stuhl. Als ich aufgewacht bin, hat sie gerade in meiner Kühltasche herumgefummelt. Sie hat meinen Pfefferminzwodka entdeckt, ihn genommen und gesagt, sie würde die Polizei rufen, wenn ich nicht nüchtern würde.«

Connor und Jade tauschten einen Blick aus. Sie hatten das Überwachungsvideo gesehen. Darin war zu sehen, wie Leah ihr Handy hervorholte, kurz etwas hineinsprach und sich dann rasch von Wheeler entfernte. Aber es war keine Polizei eingetroffen. Wheeler stand erst aus seinem Stuhl auf, als das Spiel zu Ende war, seine Tochter zu ihm lief und ihn wach rüttelte. Zur gleichen Zeit sah man, wie Leah ihre Kinder und die der

Irvings einsammelte und aus dem Bild verschwand. Vermutlich, weil sie zu ihrem Fahrzeug ging.

Sie konnten bei der Einsatzleitstelle nachfragen, aber Connor wusste schon jetzt, dass Leah die Polizei nicht angerufen hatte. »Warum hat sie es doch nicht getan?«, fragte er Wheeler.

Der Mann zuckte die Schultern. »Keine Ahnung. Sie hat einen Anruf bekommen. Dann ist sie weggegangen. Das war's.«

»Haben Sie etwas von dem Telefongespräch mitbekommen?«, fragte Jade.

»Nein. Ich weiß nur, dass sie mich danach in Frieden gelassen hat.«

»Aber die Flasche Pfefferminzwodka hat sie Ihnen nicht mehr zurückgegeben«, stellte Connor fest.

Wheeler zuckte wieder die Schultern. »Nein. Aber ich sage Ihnen, getrunken hat sie sie auf keinen Fall. Alkohol konnte die nicht ausstehen.«

VIERZEHN

Connor und Jade gönnten sich in einem Fast-Food-Restaurant noch schnell ein spätes Mittagessen und machten sich dann auf zum Fußballplatz in North Natomas, um von dort aus Leah Holloways tragische Fahrt nach Hause nachzuvollziehen. Das Labor war noch dabei, das GPS-System ihres Fahrzeugs auszuwerten, aber sie hatten keine Zeit, auf das Ergebnis zu warten. Zwischen dem Sportplatz und der Brücke, auf der Holloway so viele Menschen umgebracht hatte, lagen drei Tankstellen. Die Überwachungsvideos aus ihren Innenräumen erbrachten keine Ergebnisse. Auf keiner Aufnahme war Holloway zu sehen. Die Toiletten der dritten Tankstelle allerdings befanden sich seitlich neben dem Gebäude und waren von der Servicekraft drinnen nicht zu sehen. Connor bat den Mann deshalb, ihm die Aufzeichnungen der Außenkamera zu zeigen. Und diesmal landeten sie einen Treffer.

Connor und Jade drängten sich im winzigen Lagerraum des Minimarkts, der zugleich als Büro diente, und sahen sich die Schwarz-Weiß-Aufnahmen auf einem kleinen Bildschirm an. Der desinteressierte Angestellte ließ sie allein, nachdem er das Videomaterial für den angeforderten Zeitraum gestartet hatte.

»Okay«, sagte Connor und warf einen Blick auf die Zeitanzeige im Video, als Leah Holloways SUV vor den Toiletten der Tankstelle hielt. »Wir wissen, dass sie etwa um zehn Uhr fünfzehn vom Fußballplatz aufgebrochen ist.«

»Eingetroffen ist sie hier um zehn Uhr siebenundzwanzig, sie muss also direkt hierhergefahren sein«, stellte Jade fest. Sie holte ihren Notizblock mit Stift hervor und schrieb etwas hinein.

Die Kamera war seitlich am Gebäude knapp unter dem Dach angebracht. Sie erfasste die Türen zu beiden Toiletten und die vier Parkplätze davor. »Los geht's«, sagte Connor, als Holloway aus dem Auto stieg. Sie hängte sich die Riemen ihrer großen Handtasche über die rechte Schulter, ging um das Fahrzeug herum zur Beifahrerseite und öffnete die hintere Tür. Man konnte zwar nicht erkennen, was im Wageninneren war, doch sie wussten bereits, wer drinnen saß. Holloway steckte den Kopf hinein. Es vergingen einige Augenblicke. Connor vermutete, dass sie entweder mit ihrem Sohn diskutierte, ob sie zu McDonald's fahren sollten, oder die anderen Kinder anwies zu warten. Schließlich holte sie die kleine Peyton aus dem Auto.

Hand in Hand gingen die beiden zur Toilette. Als Leah ihre Hand auf den Türgriff legte, erstarrte sie. Peyton blickte ihre Mutter mit bedingungslosem Vertrauen an. Connor zerriss es das Herz, als er das sah. Leah kramte in ihrer Handtasche herum und zog ihr Handy heraus. Sie legte es sich ans Ohr, öffnete die Tür zur Toilette und schob Peyton hinein.

Jade hielt die Aufnahme an, bevor Leah nach drinnen ging. »Da«, sagte sie und deutete auf Leahs Handtasche. »Das ist Alan Wheelers Pfefferminzwodka.«

Der Flaschenhals mit dem Verschluss ragte gerade so weit heraus, dass man ihn noch erkennen konnte.

»Gut«, meinte Connor. »Jetzt wissen wir, was sie mit der Flasche gemacht hat.«

»Warum wirft sie sie nicht weg? Sie trinkt nichts, ja, will nicht einmal mit Leuten zu tun haben, die trinken.«

Connor zuckte die Schultern. »Vielleicht hat sie vergessen, dass sie die Flasche eingesteckt hatte. Nachdem sie auf dem Fußballplatz diesen Anruf bekommen hatte, wirkte sie ziemlich durcheinander und gedankenverloren. Hier wird sie jetzt noch einmal angerufen.«

»Denkst du, dass es sich um dieselbe Person handelt?«

»Keine Ahnung, aber wir haben ja die Aufnahmen vom Fußballmatch gesehen. Fast das gesamte Spiel über feuert sie ihre Tochter an. Dann bekommt sie einen Anruf, während sie mit Wheeler spricht. Anschließend läuft sie auf und ab und achtet kaum noch auf das Match. Zum Schluss fährt sie mit einer Wagenladung Kinder in den Fluss.«

»Wir brauchen die Verbindungsdaten des Handys.«

Connor nickte zustimmend. »Ich habe schon einen Antrag bei der Telefongesellschaft gestellt. Wenn wir zurück sind, hake ich noch einmal nach.«

Jade runzelte die Stirn und startete die Aufnahme wieder. Leah verschwand in der Toilette. Sie warteten eine Minute, dann zwei.

»Spul vor«, bat Connor Jade.

Jade spulte vor, bis die Tür wieder aufging und Leah den Kopf heraussteckte, während sie das Handy noch ans Ohr gedrückt hielt. Sie starrte einige Augenblicke lang auf ihr Auto, bevor sie abermals in der Toilette verschwand.

»Elf Minuten und siebenundzwanzig Sekunden«, stellte Jade fest. Sie warteten eine weitere Minute. Dann öffnete sich die Tür erneut und Leah kam mit Peyton heraus. Sie hatte inzwischen aufgehört zu telefonieren.

»Die Handtasche«, bemerkte Connor. »Sie hat sie in der Toilette gelassen.«

Leah schnallte Peyton im Auto fest und ging zurück in die Toilette. Diesmal vergingen vierzehn Minuten und vierundfünfzig Sekunden, bevor sich wieder etwas tat und die Tür aufging. Drinnen war nichts zu erkennen, doch Connor nahm an, dass Leah nach den Kindern sah. Dann schloss sich die Tür auf Neue. Jade spulte wieder vor. Zwölf Minuten und einundvierzig Sekunden verstrichen. Schließlich schwang die Tür ein letztes Mal auf, und Leah kam heraus. Ohne Handy, ohne Handtasche. Sie ging zum SUV, legte die Hände an die Augen und blickte durch das Rücksitzfenster, als wäre sie eine Fremde. Dann drehte sie sich weg und lehnte sich an die Karosserie.

»Was macht sie?«, murmelte Jade.

Leah wischte sich mit dem Handrücken über die Wangen. »Sie weint«, antwortete Connor.

Sie ging zurück in die Toilette. Sie warteten eine Minute. Als sie nicht wieder auftauchte, spulte Jade erneut vor. »Himmel!«, rief sie, nachdem mehr als vierzehn Minuten vergangen waren.

»Halt mal hier an«, bat Connor sie. »Stopp, stopp! Sieh dir das an!«

Er deutete auf die Autotür. Sie ging ein paar Zentimeter weit auf, schloss sich, ging wieder auf und schwang schließlich komplett auf. Peyton kletterte heraus und schloss die Tür hinter sich. Sie ging zur Toilettentür und hängte sich mit dem ganzen Körper an den Türknopf, bevor es ihr gelang, ihn zu drehen. Dann zog und zog sie, bis sich die Tür schließlich einen Spalt öffnete. Sie stellte einen Fuß – sie trug Turnschuhe – zwischen Tür und Rahmen und kämpfte sich durch den Spalt nach drinnen.

»Cleveres Mädchen«, brummte Jade.

Connor seufzte und fuhr sich mit der Hand durch die Haare. »Allerdings. Wir müssen unbedingt mit ihr reden.«

»Gleich als Nächstes.«

Jade spulte wieder vor. Acht Minuten und dreizehn Sekunden später kam Peyton schließlich aus der Toilette, gefolgt von Leah.

»Mein Gott«, sagte Connor. »Das Auto stand da eine geschlagene Stunde. Wie schafft man es, dass ein Haufen kleiner Kinder sechzig Minuten still und leise in einem Auto sitzen bleibt?«

Jade zuckte die Schultern. »Weiß nicht. Ich schätze, sie sind eingeschlafen. Oder auch nicht. Vielleicht haben sie eine Stunde lang da drinnen gesessen und sich die Seele aus dem Leib geschrien. Offensichtlich war der Frau zu diesem Zeitpunkt bereits alles egal.«

»Spul noch einmal zurück«, bat Connor sie. »Sie schwankt.«

Jade ließ die Aufnahme ein Stück zurücklaufen. Sie sahen, wie Leah hinter Peyton zum Auto ging. Connor hatte sich nicht getäuscht. Als sie Peyton auf den Rücksitz half, fiel sie rücklings gegen die halb geöffnete Tür. Sie fing sich und schnallte ihre Tochter fest. Während sie um den Wagen herum zur Fahrerseite ging, hielt sie sich an der Karosserie fest. Ihre Handtasche hing an nur einem Riemen von ihrem Unterarm.

»Die Flasche ist weg«, stellte Jade fest.

»Ja«, stimmte Connor zu.

Leahs wackelige Beine gaben nach. Sie fiel auf den Asphalt. Mit der Hand tastete sie sich die Autotür nach oben, bis sie den Griff gefunden hatte. Daran zog sie sich hoch, doch die Tür öffnete sich abrupt, sodass sie nach hinten fiel und auf dem Hosenboden landete. Ihre Handtasche flog ein Stück weit weg. Ein Teil des Inhalts fiel heraus und auf den Asphalt. Eine Flasche Wodka oder ein Handy konnte Connor nicht erkennen. Wankend kroch Leah zur Tasche und sammelte alles wieder ein. Dann erhob sie sich unsicher und stieg in den SUV.

Sie sahen, wie das Auto aus der Parklücke fuhr. Connor lief es eiskalt den Rücken hinunter.

»Sehen wir in der Toilette nach«, sagte Jade.

Alan Wheelers Wodkaflasche lag im Abfalleimer. Darin war nur noch etwa ein Fingerbreit Flüssigkeit zu sehen. Der Verschluss ragte aus einem kleinen Haufen zusammengeknüllter Papierhandtücher heraus. Jade zog Latexhandschuhe aus der Tasche, während Connor ein paar Fotos von der Fundsituation machte.

»Sie ist fast leer«, stellte Jade fest, während sie die Flasche hochhielt und den Wodka darin herumschwenkte.

»Sie hat ihn also getrunken«, folgerte Connor.

»Oder weggeschüttet.«

Connor schüttelte den Kopf. »Nein, sie hat ihn getrunken. Hätte sie ihn hier drinnen ausgegossen, wäre die Flasche komplett leer. Du hast sie gesehen: Sie wankte, als sie die Toilette verließ.«

Jade betrachtete die Flasche, als hielte sie einen abgetrennten Kopf in der Hand. »Also: Eine Frau, die nie trinkt, nimmt einem Vater, der getrunken hat, diese Flasche weg und droht, die Polizei zu rufen, wenn er nicht nüchtern wird. Sie nimmt die Flasche mit auf eine Tankstellentoilette, lässt fünf Kinder eine Stunde lang allein in ihrem geparkten Auto und leert die ganze verdammte Flasche. Eine Frau wohlgemerkt, die ansonsten ein sorgenfreies Leben führt. Der es gut geht. Merkst du was, Parks? Das Ganze ergibt überhaupt keinen Sinn.«

Connor ging in die erste Kabine und sah sich um. Von einem leeren Halter an der Kabinenwand hing fetzenweise Toilettenpapier. Der verchromte Abfalleimer mit der Aufschrift »Behälter für Damenhygiene« quoll vor zusammengeknülltem Toilettenpapier über. Auf dem Boden lag ein nasser Klumpen Papier vor der Schüssel. »Natürlich merke ich was«, entgegnete er. »Uns fehlt ein riesiges Teil in diesem Puzzle, Webb.«

»Denkst du, dass jemand mit ihr hier drinnen war?«

»Nein«, erwiderte er. »Wie soll das gehen? Jemand

verbringt hier eine ganze Stunde mit ihr, während die Kleine ständig raus- und reinläuft?«

In der zweiten Kabine war noch viel mehr Unordnung. Nasses Toilettenpapier lag zusammengeknüllt auf dem Boden und gab ein quietschendes Geräusch von sich, als Connor drauftrat. Man bekam fast den Eindruck, als hätte hier eine Toilettenpapierschlacht stattgefunden. Papier hing vom Spülkasten und lag überall in Haufen auf dem Boden.

»Das Handy«, sagte Connor.

»Ja«, meinte Jade. »Wir müssen herauskriegen, wer sie warum angerufen hat. Das Handy ist der Schlüssel zum Ganzen.«

»Hier ist es.«

»Was?«

Er spürte, wie Jade hinter ihn trat, und deutete auf die Toilette, wo ein Handy im Wasser des Siphons lag.

»Scheiße!«, murmelte Jade.

»Sieht nicht so aus, als hätte diese Kabine schon jemand benutzt, seit Holloway hier war.«

»Wer würde hier auch reingehen wollen? Oder da hineinfassen und es herausholen?«

Connor zog sein eigenes Paar Latexhandschuhe aus der Tasche und streifte sie über. »Wir«, antwortete er. »Nur wir.«

FÜNFZEHN

Brianna ließ sich mit einem tiefen Seufzer neben Claire auf die Couch fallen. Sie fummelte mit verkniffener Miene in ihren nassen Locken herum. »Ich habe zweimal geduscht und rieche immer noch nach Fluss.«

Claire lachte. »Nach Fluss?«

»Du weißt schon, nach nassem, ekelhaftem Schlamm, Fisch und so.«

»Du riechst nicht nach Fluss. Du bist nicht einmal richtig nass geworden.«

Brianna schnappte sich die Fernbedienung vom Couchtisch und schaltete den Fernseher ein. »Gleich wirst du sehen, wie nass ich war. Einer der Typen aus meiner Lerngruppe für die Anwaltsprüfung hat mir geschrieben, dass er mich auf Kanal drei gesehen hat. In den Eilmeldungen.«

Als der große Flachbildschirm an der Wand gegenüber zum Leben erwachte, legten beide ihre Beine auf den Couchtisch, ein großes, quadratisches, unebenes Teil aus wiederverwertetem Holz. Brianna hasste den Tisch, weil er viel zu unfertig aussah – »als hätte jemand einen Baum gefällt und eine Scheibe davon auf Beine geworfen« –, aber Claire gefiel das rustikale

Aussehen. Sie hatte einem ortsansässigen Künstler viel zu viel dafür bezahlt, war aber begeistert von dem Konzept der Wiederverwertung von Altholz gewesen. Der Tisch stammte noch aus ihrer intensiven »Ich hole mir mein Leben zurück«-Phase. Sie hätte ihn nie hergegeben. Brianna wusste das und ertrug das Möbelstück deshalb.

Wilson lief im Zimmer herum, kroch seufzend zwischen ihre Beine und schlief ein. Claire ließ einen nackten Fuß zwischen Couch und Tisch hängen und massierte damit Wilsons Flanke. Sie mochte es, wie sich sein weiches Fell anfühlte. Im Fernsehen lief eine alte Sitcom.

»Ich denke, es dauert noch ein paar Minuten, bis die Nachrichten beginnen«, meinte Brianna. Sie drehte sich mit dem ganzen Körper zu Claire. »Also, wie geht es dir? Ernsthaft. Sag nicht ›gut‹, weil ich dir das nicht glaube.«

Claire fasste hinter sich und zog die Decke nach vorn, die gefaltet auf der Couchlehne lag. Seit sie nach Hause gekommen war, hatte sie es nicht geschafft, warm zu werden. Noch immer spürte sie das kalte Wasser am Leib. »Ich weiß nicht«, erwiderte sie. »Keine Ahnung, wie ich mich fühle. Ich bin ...« Sie begann wegzudriften. Große braune Augen in einem blassen, von blondem Haar eingerahmten Gesicht kamen ihr in den Sinn. Nicht Leah Holloway. Miranda Simon. Vor vierzehn Jahren hatte Claires Entführer das Mädchen vor ihren Augen umgebracht. Es war eine der Erinnerungen, die aus ihrem Gedächtnis zu streichen sie sich am meisten Mühe gegeben hatte. Aber nun war das Bild wieder da – das Entsetzen in Miranda Simons Blick stand ihr so klar vor Augen wie damals, als sie dabei zusehen musste, wie das Mädchen gestorben war.

»Was?«, fragte Brianna. »Was ist los?«

Claire bekam die Worte kaum noch heraus. »Sarah.«

»Wer?«

»Miranda Simon.« Für Claire würde das Mädchen immer Sarah heißen. Sie hatte ihr einen Namen geben müssen.

Reynard Johnson hatte sie umgebracht, bevor Claire etwas über sie hatte herausfinden können. »Sie haben sich sehr geähnelt«, versuchte Claire zu erklären. Sie deutete auf den Bildschirm, obwohl die Nachrichten noch nicht begonnen hatten. »Leah Holloway und Miranda Simon. Blondes Haar, braune Augen. Das gleiche Aussehen.«

Das Mädchen hatte gewusst, dass es sterben musste, als Johnson ihr den Gürtel um den Hals gelegt hatte. Der Anblick blanker, quälender Angst war nicht zu ertragen gewesen. Claire hatte diese Angst viele Male selbst erlebt, als sie geglaubt hatte, dass Johnson sie gleich töten würde. Miranda Simon hatte keine Wahl gehabt. Johnson hatte sie überwältigt, entführt und gefesselt. Sie hatte sich nicht wehren können. Und Claire, die an einen Heizkörper gefesselt gewesen war, hatte keine Möglichkeit gehabt, das Mädchen zu retten.

Aber Holloway.

»Warum hat sie die Türen nicht entriegelt?«, fragte Claire.

Brianna runzelte die Stirn. »Moment mal: Redest du noch immer von Miranda Simon?«

»Tut mir leid, nein. Von Leah Holloway. Sie hatte eine Wahl. Sie hätte nur einen Knopf drücken müssen. Ich hätte ihr helfen können. Hätte sie retten können.«

Claire hatte einen Großteil ihrer Therapie nach der Flucht vor ihrem Peiniger damit verbracht, ihre Schuldgefühle wegen Miranda Simons Ermordung aufzuarbeiten und mit ihrer eigenen Ohnmacht angesichts der Wut ihres Entführers zurechtzukommen. Sie glaubte sie überwunden zu haben, aber nun war sie sich nicht mehr so sicher. Sie fühlte die gleiche Ohnmacht wie damals. Heute war kein unüberwindlicher Raum zwischen ihr und Leah Holloway gewesen. Kein Psychopath hatte sie daran gehindert, die Frau zu retten. Nur eine Glasscheibe. Und die Frau selbst.

Brianna legte eine Hand auf Claires Schulter und drückte sie sanft. »Es ist nicht deine Schuld, Claire. Du hast recht, diese

Frau hatte eine Wahl. Und die hat sie getroffen, als sie von der Brücke fuhr. Sie hatte die Entscheidung schon gefällt, bevor sie im Fluss landete. Hör auf, dich selbst zu verurteilen. Schließlich hast du alle Kinder aus dem Auto holen können!«

Claire versuchte, die Bilder beider Frauen – Simon und Holloway – aus dem Kopf zu bekommen. Sie rang sich ein Lächeln für ihre Schwester ab. »Nein, *du* hast das doch getan. Danke, dass du mit der Presse geredet hast.«

»Ja, genau, du schuldest mir was. Diese Noel Geary ist ein ziemlich hinterhältiges Biest, wenn du mich fragst.«

»Wie kommst du darauf?«

»Das wirst du schon noch merken«, entgegnete Brianna. »Also, wo seid ihr, Connor und du, hingegangen? Was lief da zwischen euch? Das sah mir ziemlich intensiv aus zwischen euch, da am Flussufer.«

Claire erzählte es ihr. Weil sie außerdem wusste, dass ihre Schwester keine Ruhe geben würde, bevor sie nicht das letzte Detail aus ihr herausgepresst hatte, fügte sie noch hinzu: »Wir hätten uns fast geküsst. Glaube ich jedenfalls. Ich war durcheinander, und ... ich habe ihm gesagt, dass er später vorbeikommen soll.«

Brianna klatschte Claire auf das Knie, worauf Wilson erstaunt den Kopf hob. »Hervorragend! Denkst du, dass er es tut?«

»Ich weiß nicht. Er hat im Moment Dienst und wird mehr oder weniger rund um die Uhr arbeiten müssen, bis die Untersuchung des Unfalls abgeschlossen ist.«

»Aber du willst, dass er vorbeikommt? Du willst ihn sehen?«

Claire spürte, wie ihr die Röte in die Wangen stieg. »Ja. Ich weiß nicht, ich glaube schon. Ich bin so eifersüchtig geworden, als ich ihn mit dieser Polizistin gesehen habe.«

Brianna rümpfte die Nase. »Ja. Sie ging arg vertraut mit ihm um. Aber er hatte nur Augen für dich, ich würde mir also ihretwegen nicht allzu viele Sorgen machen.«

»Es ist nur so: Als ich sie zusammen gesehen habe, habe ich mir ihn auf eine Art und Weise mit anderen Frauen vorgestellt, die mir bis jetzt noch nicht in den Sinn gekommen war. Und das hat mir überhaupt nicht gefallen. Ich würde es mit ihm gern noch einmal probieren, ich weiß nur nicht, ob das eine gute Idee ist. Dieser Unfall heute, er … er hat etwas in meinem Kopf durcheinandergebracht. Da sind einige Sachen wieder hochgekommen. Ich will mich nicht erneut mit Connor einlassen, nur um mich von den schrecklichen Erinnerungen zu lösen. Seit der Zeit vor zwei Jahren hat sich nichts geändert.« Sie dachte daran, wie gut und sicher sie sich in seinen Armen gefühlt hatte. Auch das hatte sich nicht geändert. Dann fiel ihr wieder ein, wie sie sich in Dr. Coreys Büro fast geküsst hätten und dass sie sich trotz der schweren Last, die sie mit sich herumtrug, noch zu ihm hingezogen fühlte. Selbst das war gleich geblieben. Allerdings wusste sie nicht, ob diese Zuneigung als Basis für eine echte Beziehung reichen würde. Sie nestelte am Saum der Decke herum. »Keine Ahnung, ob ich inzwischen in der Lage wäre, mit ihm Sex zu haben. Das bleibt vielleicht immer ein Problem zwischen uns. Ich meine, wie sollen wir eine Beziehung ohne Sex haben?«

»Ich muss dich etwas fragen«, sagte Brianna. »Genießt du Sex überhaupt? Fühlst du dich auf eine gewisse Weise zu Männern hingezogen?«

Darüber hatte Claire mit ihrer Therapeutin in den letzten Jahren ausführlich gesprochen. Sie war fünfzehn gewesen, als sie entführt worden war. Da hatte sie schon begonnen, sich für Jungs zu interessieren. Sie wusste, was Sex war – viele ihrer Freundinnen hatten bereits welchen gehabt. Sie hatte einige Male die atemberaubende Erfahrung gemacht, einen Jungen küssen zu können, den sie mochte. Aber dann war sie gekidnappt und so viele Male vergewaltigt worden, dass sie nicht einmal mehr wusste, wie oft. Sex war für sie gleichbedeutend mit Gewalt geworden.

Sicher, seither war sie mit Männern ins Bett gegangen, die zärtlich und mitfühlend gewesen waren, doch war ihr nie klar gewesen, ob sie es getan hatte, weil sie sie ernsthaft gewollt hatte, oder nur, weil sie entschlossen gewesen war, normal zu sein. Mit Connor aber ... ihn hatte sie stets begehrt. Bei ihm hatte sie immer Herzklopfen gehabt wie damals, als sie fünfzehn gewesen war – also noch vor der Entführung.

»Ich fühle mich zu Connor hingezogen«, antwortete sie.

»Bist du gern mit ihm zusammen?«

Claire wandte den Blick von ihrer Schwester ab und spürte, wie sie heiße Wangen bekam. »Klar. Natürlich gibt es immer gewisse Sachen, die ich nicht tun kann, oder eine Art und Weise, wie ich nicht berührt werden will.«

Brianna runzelte die Stirn. Sie betrachtete Claire mit einer Mischung aus Verständnis und Zorn über all das, was ihr angetan worden war. Was ihr genommen worden war. »Nun ja«, meinte sie. »Sex soll ja angenehm sein, sich gut anfühlen. Das ist Sinn und Zweck des Ganzen – abgesehen von der Fortpflanzung. Hör zu, wenn er dir keinen Spaß macht, nicht einmal mit Connor – und ich weiß, dass ihr es noch gar nicht probiert habt, aber ich rede auch vom Vorspiel, denn das ist ebenfalls Sex –, dann hast du vielleicht recht, und es hat keinen Sinn weiterzumachen. Aber wenn dir das intime Zusammensein mit ihm auch nur ein bisschen Spaß bereitet, dann solltest du es wenigstens probieren.«

Spaß. Natürlich. Wer sollte besser als Claire wissen, dass es beim Sex um Spaß ging? Hatte ihr Entführer sie nicht vier lange Jahre immer wieder vergewaltigt, weil es ihm Spaß machte? Waren ihr nicht zehn Jahres ihres Lebens gerade deshalb gestohlen worden, weil Sex mit Spaß zu tun hatte? Ihr Peiniger hatte jahrelang Spaß an ihrem Körper gehabt.

Und es machte sie wütend, dass ebendieser Körper sie nun

im Stich ließ. Es ärgerte sie, dass sie solche Schwierigkeiten hatte, Spaß an der Sache zu empfinden. Hatte er ihr so sehr die Freude am Sex genommen, dass sie nun nicht mehr dazu in der Lage war? Es war nicht fair.

Aber er hatte ihn ihr nicht ganz genommen. »Mit Connor fühlt es sich schon gut an«, platzte sie heraus.

Brianna lächelte. »Na, das ist doch eine Antwort. Hey, die Nachrichten haben angefangen.«

Wilson bewegte sich. Als Brianna den Ton des Fernsehers anschaltete, wand er sich unter Claires Fuß heraus, stand auf und ging durch den Raum, nur um sich sogleich wieder auf einem geräumigeren Stück Teppich auszustrecken. In den Nachrichten war die Sache mit Holloway das Hauptthema. Zum ersten Mal seit fast einem Monat war der Soccer Mom Strangler nicht der Aufmacher.

Am Straßenrand stand Noel Geary, vollbusig und blond wie eh und je. Hinter ihr waren der American River und die Jibboom Street Bridge zu sehen. Eine Polizeieinheit barg gerade einen roten SUV aus dem Fluss.

»Heute um etwa elf Uhr dreißig fuhr eine junge Mutter ihren mit fünf Kindern besetzten SUV von der Autobahnbrücke in den Fluss. Bevor sie mit ihrem Fahrzeug die Leitplanke durchbrach und in den American River stürzte, verursachte sie mehrere Unfälle, bei denen insgesamt vier Menschen ums Leben kamen. Zur Stunde ist noch unklar, warum die Fahrerin versucht hat, die fünf Kinder mit in den Tod zu nehmen.«

Auf dem Bildschirm erschien ein Mann Mitte vierzig mit Basketballmütze und einem unbedruckten weißen T-Shirt. Er stand am Rand des Highways und kniff die Augen zusammen. »Ich habe sie aus der Gegenrichtung kommen sehen. Sie fuhr in Schlangenlinien, brauchte die ganze Fahrbahnbreite und war viel zu schnell. Ich habe angehalten, um den Notruf zu wählen, doch in diesem Augenblick ist sie in die anderen beiden Autos gekracht. Bam!«

Die nächste Einstellung zeigte zwei übel zugerichtete Fahrzeuge, von denen eines zum Teil mit einer Plane abgedeckt war. Aus den zerdrückten Resten der Motorhaube des anderen quoll dichter schwarzer Rauch. Dann richtete sich die Kamera auf eine Frau, die neben den Autowracks stand. Ihr langes braunes Haar wehte im Wind. »Sie hat mit ihrem Auto einfach den Beton durchbrochen«, erklärte sie. »Es war schrecklich. Einfach nur schrecklich.«

Wieder war Noel Geary zu sehen. »Der Dodge Durango stürzte in den Fluss, an dem gerade zwei Frauen standen und angelten. Eine der Frauen, Brianna Fletcher, sprang sofort ins Wasser und gelangte gerade noch rechtzeitig zum Auto, um die Kinder herauszuholen.«

Claire sah, wie die Kamera auf Briannas schlanke Gestalt schwenkte. Sie war nass und schmutzig und blickte unsicher in die Kamera.

»Miss Fletcher, was ging Ihnen durch den Kopf, als Sie sahen, wie das Fahrzeug ins Wasser stürzte?«

Auf dem Bildschirm zuckte Brianna mit den Schultern. »Ich habe gar nichts gedacht«, sagte sie in Noels Mikrofon. »Ich bin einfach los und ins Wasser gesprungen. Es war keine Zeit zum Nachdenken.«

»Was ist passiert, als Sie beim Fahrzeug ankamen?«

Brianna stand unbeholfen neben Noel und umfasste sich mit den Armen. »Ich, also, ich habe gesehen, dass da jemand drin war ... da waren Kinder im Auto, und ich ... ich habe einfach versucht, sie herauszubekommen.«

»Was Ihnen auch gelungen ist. Sie konnten alle Kinder in Sicherheit bringen. Was ist mit der Fahrerin? War sie noch am Leben, als Sie beim Wagen angelangt sind?«

»Ja, doch. Sie ... sie lebte noch«, stammelte Brianna. »Aber, also, sie war schwer verletzt. Ich ... ich habe mich zuerst um die Kinder gekümmert.«

»Als Sie die Kinder draußen hatten, haben Sie dann versucht, die Mutter zu retten?«

»Nein, also, nein, habe ich nicht«, antwortete Brianna. Sie trat von einem Bein auf das andere, schlang ihre Arme noch fester um sich und wandte ihren Blick von der Kamera ab. Dann öffnete sie den Mund, um etwas zu sagen, schloss ihn aber wieder.

»Sie haben nicht versucht, die Mutter zu retten?«, fragte Noel spitz.

Brianna blickte noch immer nicht in die Kamera. »Nein. Ich meine, sie war verletzt, schwer verletzt. Ich dachte nicht, dass ...«

»Ist jemand von den anderen, die gekommen sind und Ihnen geholfen haben, die Kinder aus dem Fluss zu ziehen, zum Auto zurück, um sich um die Mutter zu kümmern?«

»Ich glaube nicht. Ich weiß nicht.«

»Miss Fletcher«, fuhr Noel fort. »Hat die Mutter etwas zu Ihnen gesagt, als Sie hinausgeschwommen sind und angefangen haben, die Kinder zu retten? Hat sie Ihnen irgendwie zu verstehen gegeben, warum sie in den Fluss gefahren ist?«

»Nein, nein. Sie hat nichts gesagt«, murmelte Brianna.

Jade Webb trat ins Bild und verdeckte Brianna mit ihrem Körper fast vollständig. »Wir haben im Moment keine weiteren Informationen für Sie«, erklärte sie.

»Detective«, fuhr Noel fort. »War die Mutter bereits tot, als die Polizei eintraf?«

Jade ignorierte die Frage. »Es handelt sich um laufende Ermittlungen. Wir können im Augenblick keine weiteren Angaben machen.«

Doch Noel tat, als hätte Jade nichts gesagt. »Detective, die Retter haben die Fahrerin im Auto zurückgelassen. Wir wissen inzwischen, dass sie tot ist. Können Sie bestätigen, dass sie ertrunken ist, während man die Kinder ans Ufer gebracht hat?«

Jade warf Noel einen vernichtenden Blick zu, von dem sich die Reporterin allerdings überhaupt nicht beirren ließ. Sie bombardierte die Beamtin weiter mit Fragen, auch als Jade die Hand vor die Kamera hielt. Wie eine kaputte, hängende Schallplatte wiederholte Jade. »Es handelt sich um laufende Ermittlungen.«

Die nächste Einstellung zeigte die Moderatorin im Studio, die mit den Nachrichten fortfuhr. Claire atmete aus – sie hatte unwillkürlich den Atem angehalten – und wandte sich an ihre Schwester, die sie mit verzerrtem Gesicht ansah. »Sie hat dich – oder mich, schätze ich – im Grunde beschuldigt, Leah Holloway sterbend im Auto zurückgelassen zu haben«, sagte sie.

»Ich weiß. War nicht gut. Aber was sollte ich sagen? Ich wollte nicht damit herausplatzen, dass sie sich selbst umgebracht hat. Was, wenn ihre Familie das Interview sieht?«

Claire sagte es nicht, dachte aber bei sich, dass es für Holloways Familie vermutlich schlimmer wäre, im Glauben gelassen zu werden, dass Brianna die Frau hätte retten können, es jedoch nicht getan hatte. »Es tut mir leid«, sagte sie. »Ich hätte die Fragen beantworten sollen. Du hättest gar nicht erst in diese Lage kommen sollen.«

»Vielleicht hätte Holloway nicht versuchen sollen, jeden umzubringen, der ihr heute über den Weg lief«, entgegnete Brianna. »Hör zu, es ist mir egal, wer was sagt. Die Kinder sind in Sicherheit. Du und ich wissen, was wirklich passiert ist. Das zählt, sonst nichts. Das alles legt sich irgendwann schon wieder.«

SECHZEHN

Das Haus der Holloways war ein zweigeschossiges, braunweißes, modernes Gebäude mit einem weitläufigen, schön angelegten Vorgarten, der von gepflegten Blumenbeeten gesäumt wurde. Die Rudbeckien blühten noch immer und lehnten sich leicht zur Sonne, die allmählich hinter dem Horizont versank. Etwas ramponiert hingegen wirkte die Einfahrt. Wo der Asphalt in den Gehweg überging, zeigten sich Risse. Am Garagentor lehnte ein mit rosa und gelben Blüten geschmücktes Kinderfahrrad mit Stützen. Am Lenker war eine Hello-Kitty-Tasche befestigt. Zwischen Einfahrt und Haustür lag ein feuerwehrrotes Dreirad. Connor stieg über eine Teenage-Mutant-Ninja-Turtle-Spielfigur, als er und Jade zum Haus gingen. Ein Kranz aus leuchtend gelben und orangefarbenen Kunstblumen hing an der weißen Eingangstür. In der Einfahrt stand ein schwarzer GMC Sierra.

Jade klingelte. Einen Augenblick später öffnete ihnen Jim Holloway. Er sah aus wie jemand, der zehn Häuserblocks hinter einem Auto hergeschleift worden war. Wortlos starrte er sie an, kratzte sich etwas getrocknete Spucke von seinem Hemd und meinte dann: »Ach, Sie sind's.«

Connor rang sich ein gequältes Lächeln ab. Hinter sich konnte er Jade kaum hörbar, aber unverkennbar stöhnen hören.

»Sie schlafen«, sagte Jim.

Connor warf einen Blick an ihm vorbei ins Wohnzimmer. Eine lila Couchgarnitur dominierte den Raum. An einer Wand stand ein weißer Spielzeugorganizer mit drei Fächern. Seine Kunststoffboxen quollen vor Spielsachen über. Auf den Couchelementen lagen verschiedene Fleecedecken mit Disneymotiven. In einer Ecke des Zimmers sah Connor einen leicht schiefen braunen Fernsehsessel und daneben ein Tischchen, auf dem die Fernbedienung lag. Das TV-Gerät hatte gut und gern fünfzig Zoll Bildschirmdiagonale. Es stand auf einem kleinen Audio-Video-Tisch mit DVD-Player und rund hundert Kinderfilmen auf DVD. An den cremefarbenen Wänden hingen gerahmte Fotos von den Holloways. Connor zählte sie rasch. Von seiner Stelle aus konnte er mindestens ein Dutzend sehen. Bei den meisten handelte es sich um Urlaubsschnappschüsse von der Familie – beim Campen, am Strand, in einem Tierpark, der ganz nach dem Sacramento Zoo aussah, und in Disneyland. Ein paar waren auch professionell gemacht worden und zeigten die Familie in festlicher Kleidung und gestellter Pose.

In einer Ecke der Couch lag zusammengerollt der kleine Hunter. Er umklammerte eine *Toy Story*-Decke von Disney und hatte den Daumen im Mund. Sein Gesicht wirkte geschwollen, vielleicht vom Wutanfall, den er heute Morgen vom Stapel gelassen hatte – oder dem, den er wahrscheinlich veranstaltet hatte, als er nach Hause gekommen war und seine Mutter nicht vorgefunden hatte, wie Connor vermutete. Auf der anderen Seite der Couch lag das Baby auf dem Rücken. Es hatte die Arme nach oben gestreckt, als wollte es seine Muskeln zeigen, und schlief mit dem glückseligen Gesichtsausdrück völliger Weltvergessenheit, wie man ihn nur von Kleinkindern und Tierbabys kannte. Connor wurde für einen Augenblick schwer ums Herz. Auf dem Sessel saß mit ausgestreckten Beinen Peyton. Einer ihrer kleinen Füße baumelte über die Kante der Sitzfläche. Sie starrte mit ausdruckslosem Blick vor sich hin.

»Mr Holloway«, begann Jade. »Wir müssen unbedingt mit Ihrer Tochter über das reden, was heute passiert ist.«

Jim warf einen Blick über die Schulter zu den Kleinen. »Sie, also, sie hat nichts mehr gesagt, seit ich im Krankenhaus eingetroffen bin, aber Sie können es gern versuchen. Wecken Sie mir nur nicht die anderen beiden auf. Ich hoffe, sie schlafen, bis meine Mom kommt. Sie sollte in ungefähr einer Stunde da sein. Ihr Flug hatte Verspätung.«

Connor und Jade schoben sich an dem Mann vorbei und gingen zu Peyton. Sie zeigte keinerlei Gefühlsregung, schien sie nicht einmal zur Kenntnis zu nehmen. Da Connor befürchtete, das Mädchen würde sich zu sehr bedrängt fühlen, wenn sie beide bedrohlich vor ihr standen, hielt er sich im Hintergrund und setzte sich vorsichtig zwischen den beiden Jungen auf die Couch. Verstohlen nahm er mehrere Kissen hinter seinem Rücken und legte sie neben den kleinen Tyler. Wenn es im Krankenhaus letzte Zweifel gegeben haben mochte, ob Jim Holloway Erfahrung im Umgang mit Kindern hatte, wurden sie nun beseitigt. Connor hatte keine eigenen Kinder, doch die Frau seines Bruders hatte vor einigen Jahren Zwillinge bekommen. Seither hatte er einiges über Säuglinge und Kleinkinder gelernt, was er zuvor nicht gewusst hatte. Und dazu gehörte, dass man ein fünf Monate altes Baby nicht unbeaufsichtigt auf der Couch liegen ließ, weil es sich drehen und herunterfallen konnte.

Jade kniete sich neben den Sessel. »Hi, Peyton«, begrüßte sie sie und zog ihre Polizeimarke hervor. »Mein Name ist Jade Webb. Ich bin Polizistin. Ich weiß nicht, ob du dich an mich erinnerst. Wir sind uns heute schon im Krankenhaus begegnet, hatten dort aber keine Gelegenheit, miteinander zu reden. Ich versuche herauszufinden, was mit deiner Mommy passiert ist. Wäre es okay für dich, wenn wir uns ein bisschen unterhalten?«

Connor fiel auf, dass Jade nicht in den süßlichen Singsang verfiel, den viele Erwachsene im Umgang mit Kindern hatten. Sie sprach mit Peyton wie zu einer erwachsenen Frau: mitfühlend, aber nicht bemitleidend. Genau diesen Ton nahm sie auch an, wenn sie es mit Opfern häuslicher Gewalt zu tun hatte. Peyton warf einen kurzen Blick auf Jades Marke, dann starrte sie wieder leer nach vorn auf etwas, das die anderen nicht sehen konnten. Connor erkannte, dass sie unter Schock stand und zudem erschöpft war. Sie warteten, aber das Mädchen sagte nichts. Ihre Augen bewegten sich nicht. Connor war sich nicht sicher, ob es noch eine Sechsjährige gab, die so völlig unbeweglich und still dasitzen konnte wie Peyton.

Nachdem sie eine Weile gewartet hatte, startete Jade einen neuen Versuch, doch ohne Ergebnis. »Gut, Peyton, wir müssen jetzt nicht reden«, fuhr sie fort. »Vielleicht kannst du mit meinem Freund da drüben sprechen. Er heißt Connor und ist sehr nett. Ich arbeite am liebsten mit ihm.«

Sie stand auf und tauschte mit Connor Plätze. Unterdessen beobachtete Jim sie von der Zimmerecke aus. Er verzog das Gesicht, als würde er Zeuge einer schwierigen Operation. Als müsste er zusehen, wie Connor und Jade Peytons Zähne zogen, statt ihr nur Fragen zu stellen. Connor konnte nicht beurteilen, ob Jim Angst vor dem Schaden hatte, den sie anrichten könnten, wenn sie Peyton zwangen, alles noch einmal zu durchleben, oder ob er einfach nicht hören wollte, was seine Tochter zu sagen hatte.

Er kniete sich neben Peyton und lächelte, so wie Jade es auch getan hatte. »Hey, Süße«, sprach er sie an. »Möchtest du meine Polizeimarke sehen?« Keine Antwort. »Hör zu, Peyton, ich weiß, du willst nicht über das reden, was heute passiert ist. Das war sehr, sehr schlimm, und ich weiß, dass gerade alles ziemlich verwirrend ist. Was geschehen ist, tut mir leid, aber es ist wirklich wichtig, dass wir herausfinden, was da genau abgelaufen ist. Wenn du uns etwas dazu sagen könntest, wäre das eine sehr große Hilfe für uns.«

Er wartete. Gerade als er wie Jade aufgeben wollte, kam Peytons zartes, zitterndes Stimmchen. Allein schon der Klang hätte gereicht, Connor das Herz zu zerreißen, aber was sie sagte, war auch noch: »Wenn ich dir helfe, bringst du dann meine Mommy wieder nach Hause?«

Peytons Worte bohrten sich wie ein Messer in seinen Magen. Er hörte, wie Jim hinter ihm nach Luft rang.

Peyton runzelte ihre kleine Stirn. Noch war da ein winziger Funken Hoffnung. Als wüsste sie bereits, dass ihre Mutter nicht wiederkommen würde, müsste aber trotzdem darum bitten.

Er senkte den Kopf, hob ihn aber wieder und sah sie an. Noch nie hatte er seine Arbeit mehr gehasst. »Nein, Liebes, tut mir leid, ich kann deine Mommy nicht wieder nach Hause bringen. Aber wir können herauszufinden versuchen, was mit ihr passiert ist. Und dafür brauche ich unbedingt deine Hilfe. Ich weiß, dass du und deine Mommy zu einer Tankstelle gefahren und dort in die Toilette gegangen seid. Erinnerst du dich daran?«

Aber sie hatte schon wieder zugemacht und starrte erneut vor sich hin, als gäbe es Connor nicht, als wäre niemand anwesend. Sie war weg. Er wollte sie hochheben, sie wiegen und ihr etwas Beruhigendes ins Ohr flüstern. Warum Jim nicht durch den Raum gelaufen kam und genau das tat, verstand er nicht.

Er fühlte Jades Hand auf seiner Schulter. »Parks«, flüsterte sie. »Wir können morgen wiederkommen. Vielleicht, nachdem sie etwas geschlafen hat.«

»Schon gut«, meinte er.

Sie standen auf und gingen wieder zu Jim. Er sah aus, als würde er gleich zu weinen anfangen.

»Mr Holloway«, begann Jade. »Ihren Angaben zufolge hat

Peyton noch nichts gesagt, seit sie heute nach Hause gekommen ist. Und davor? Im Krankenhaus?«

Jim schüttelte den Kopf. »Nein, nichts. Auch da hat sie kein Wort gesagt.«

Sie ließen ihn als hilflosen, hoffnungslosen Mann zurück. Jade schüttelte den ganzen Weg zur Straße den Kopf. »Unfassbar. Wir haben aus dem Mädchen nichts herausbekommen.«

»Jade«, beschwor Connor sie. »Das Kind ist völlig traumatisiert.«

»Schon klar. Deshalb will ich ja herausfinden, was passiert ist. Warum tut jemand seinen eigenen Kindern das an?«

»Ich weiß es nicht«, antwortete Connor.

SIEBZEHN

»Das Miststück da drinnen ist völlig machtverliebt«, schimpfte Jade, als sie aus der Globocell-Filiale in der Stadtmitte kamen. Inzwischen hatte sich Dunkelheit über die Stadt gelegt.

»Da hast du recht«, pflichtete Connor ihr bei. Er fuhr sich mit der Hand durch die Haare. »Sie hatte wahrscheinlich die ganzen Nummern vor sich, als sie uns sagte, dass wir den normalen Dienstweg gehen und die Zentrale kontaktieren müssten.« Bei den Worten *den normalen Dienstweg gehen* sprach er hoch und ahmte spöttisch ihren Tonfall nach.

Jade lachte. »Das ist Globocellisch und steht für *Fick dich.*«

Nachdem sie Leah Holloways Handy aus der Toilette geholt hatten, war Connor der Ansicht gewesen, dass es viel zu lange unter Wasser gelegen hatte und daher nicht mehr verwertbar sein würde. Jade hatte aber darauf bestanden, dass sie es trotzdem probierten. Nun lag es auf ihrem Schreibtisch in einer Schale Reis. Connor hatte heute früh bereits eine richterliche Verfügung zur Zentrale von Leahs Handyprovider Globocell in Iowa gefaxt, an eine Frau gerichtet, die versprochen hatte, sie an die Rechtsabteilung weiterzuleiten, doch die würde erst am Montag wieder im Büro sein. Anschließend würde es noch fünf bis sieben Tage dauern, um die Verfügung zu bearbeiten. Deshalb waren sie zu einem Globocell-Laden vor Ort gegangen und hatten versucht, schneller an Leah Holloways Verbindungsdaten zu kommen. Zumindest die letzten beiden Nummern, von denen aus sie angerufen worden war, bevor sie ihr Auto in den Fluss gelenkt hatte.

»Ich glaube, ich habe noch nie gesehen, wie dir eine Frau einen Korb gegeben hat, Parks.«

Connor seufzte, während Jade den Wagen startete. Er tastete in seiner Jacke nach seinem Handy, aber außer einem halben Dutzend Nachrichten von Stryker und einem Anruf von Captain Boggs war nichts gekommen. Vor allem nichts von Claire. Nicht, dass er von ihr etwas erwartet hätte.

Bis bald!

Jetzt war es an ihm zu reagieren. Er musste versuchen, wieder einen Platz in ihrem Leben zu bekommen, selbst auf die Gefahr hin, erneut zurückgewiesen zu werden.

»Es passiert öfter, als du denkst«, brummte er.

Jade sah ihn mit hochgezogener Braue an. »Ach ja, Claire«, sagte sie. »Sie war diejenige, die sich davongemacht hat.«

Connor ersparte sich einen Kommentar. Er blickte zum Fenster hinaus und sah, wie die Stadt als undeutliches Sammelsurium von Gebäuden, Bäumen, Autos und Fußgängern an ihm vorbeizog, erhellt lediglich von der Straßenbeleuchtung und dem fluoreszierenden Schein der Läden, an denen sie vorbeikamen.

»Es war nett, endlich einmal der legendären Claire Fletcher zu begegnen«, fügte Jade hinzu. »Nicht schlecht, wie sie da in den Fluss gesprungen ist, um die ganzen Kinder zu retten. Angst kennt sie wohl nicht, oder?«

Connor lachte trocken. »Doch«, erwiderte er. »Die kennt sie sehr wohl. Nur ist sie unglaublich tapfer. Sie hat keine Ahnung, aus welchem Holz sie geschnitzt ist.«

Angst war Claires zweite Haut. Nach zehn Jahren in

Gefangenschaft hatte sie gelernt, damit zu leben. Connor hatte immer wieder erlebt, wie sie sich der Angst mit unglaublichem Mut stellte. Allein das zu beobachten raubte ihm schon den Atem. Aber obwohl sie Kinder aus einem untergehenden Fahrzeug zu retten vermochte, schaffte sie es nicht, mit ihm zu schlafen. Ihr Leben konnte sie riskieren, doch nicht ihr Herz. Allerdings war da noch das, was heute gewesen war …

»Was also ist zwischen euch beiden passiert?«, fragte Jade, als sie auf den Parkplatz des Reviers fuhren.

»Ich will nicht darüber reden.«

»Natürlich nicht.«

»Nein, wirklich nicht.«

»Okay. Rede mit mir in einer Stunde, wenn wir bis zum Hals im Papierkram zum Holloway-Fall stecken.«

Sie arbeiteten sich bis nach Mitternacht durch die Unterlagen. Um halb eins schließlich gähnte Jade und streckte die Arme über den Kopf. »Ich denke, wir sollten für heute Schluss machen«, meinte sie. »Wir kommen bis morgen früh oder noch länger sowieso nicht weiter.«

»Ich versuche morgen Vormittag, mit ihrem Arzt zu reden. Bei ihm zu Hause, wenn es sein muss«, sagte Connor.

»Das ist eine gute Idee. Aber jetzt sollten wir, denke ich, nach Hause gehen und etwas schlafen.«

Widerwillig machte Connor Schluss. Es war zwar schon viel zu spät, als dass er Claire noch einen Besuch hätte abstatten können, aber er fuhr dennoch zu ihr und parkte gegenüber auf der Straße. Die Lichter im Wohnzimmer waren noch an. Er holte sein Handy heraus und las die Nachricht von heute ein weiteres Mal. Wie er es anstellen sollte, wusste er nicht. Sie hatten in den letzten zwei Jahren keine Beziehung gehabt oder wie man es sonst nennen konnte, und sich nicht einmal getroffen. Er wusste nicht, ob es nach Verzweiflung oder Interesse aussah, wenn er um ein Uhr nachts vor ihrer Tür auftauchte. Oder vielleicht nach beidem.

Er seufzte und startete den Motor wieder. Das Ganze war lächerlich. Er war erschöpft. Im Augenblick hatte er gleichzeitig zwei Fälle um die Ohren, den Soccer Mom Strangler und Leah Holloway, und war seit fast sechsunddreißig Stunden auf den Beinen. Wahrscheinlich roch er auch übel. Im Lauf des Tages hatte er obendrein seinen Anzug mit Kaffee, Mayonnaise und Kaffeesahne bekleckert. Wenn er Claire zurückgewinnen wollte, sollte er sich vielleicht von seiner besten Seite zeigen. Und jetzt um ein Uhr nachts war definitiv nicht seine beste Zeit. Er wollte gerade losfahren, als sein Handy mit einem Klingelton anzeigte, dass eine Nachricht eingetroffen war. Sie stammte von Brianna. *Sei kein Esel,* schrieb sie. *Sie ist noch wach. Komm rein.*

Connor lachte. Er kramte in seinem Handschuhfach, bis er ein Deo fand. Hastig sprühte er es sich unter die Achseln. In seiner Jackentasche entdeckte er ein paar Minzbonbons. Dann fuhr er sich ein paarmal durch die Haare, glättete seinen Bart und stieg aus.

Als er auf die Haustür zuging, fühlte er sich wie ein Jugendlicher, der gerade seine Begleitung für den Schulabschlussball abholte. Was, wenn er es wieder verbockte? Er war gerade im Begriff, mit ihr noch einmal von vorn anzufangen, doch bis jetzt war es immer auf das Gleiche hinausgelaufen: Sie hatte ihn weggestoßen. Dann musste er daran denken, wie sie sich ihm heute Morgen am Flussufer geöffnet hatte, und klopfte. Sofort begann Wilson zu kläffen, aber sein Bellen ging rasch in ein Winseln und aufgeregtes Kratzen an der Tür über. Claire öffnete diese mit einem Lächeln. Sein Magen sank ihm in die Kniekehle. Mein Gott, wie hatte er sie vermisst.

Wilson sprang hoch, bettelte winselnd um Aufmerksamkeit und wedelte mit dem behaarten Schwanz. Claire versuchte, ihn zurückzuziehen. »Schon gut«, beruhigte Connor sie. »Wirklich.«

Er kniete sich vor Wilson und kraulte ihn ausgiebig hinter

den Ohren, an den Flanken und auf dem Rücken, seinen Lieblingsstellen. Als Wilson zufrieden war, trat er ein. Claire schloss die Tür hinter ihm und sperrte sie ab. Selbst in Jogginghose und einem übergroßen UC-Davis-T-Shirt sah sie umwerfend aus. Ihre wie immer störrischen Locken leuchteten im weichen Schein der Lampe, die auf dem Beistelltisch stand. Im Fernseher lief eine stummgeschaltete romantische Komödie. Brianna war nirgends zu sehen.

»Du bist gekommen«, sagte Claire nur.

ACHTZEHN

SONNTAG

Sie standen etwas unbeholfen im Wohnzimmer. Seit sie sich begegnet waren, hatte es nicht viele unbeholfene Momente zwischen ihnen gegeben. Claire wusste nicht, was sie sagen sollte, nun, da er hier war. Den ganzen Abend war sie mit Wilson im Schlepptau durch das Wohnzimmer getigert und hatte alles geprobt, was sie ihm zu sagen gedachte. Doch nichts davon kam ihr jetzt, da er vor ihr stand, in den Sinn. Er sah unglaublich gut aus. Ehe sie sichs versah, streckte sie die Hand aus und berührte seinen Bart. Das Haar war weicher, als sie erwartet hatte. Er lächelte und trat näher an sie heran, was ihr fast den Atem raubte. Dann nahm er ihre Hand, drückte sie sich fester an die Wange und schloss mit einem stillen Seufzer die Augen. Erleichterung.

»War's ein langer Tag?«, brachte sie nur hervor.

Er öffnete die Augen wieder. Sie war sich nicht sicher, ob er Ja sagte. Mit einem Mal lag sie in seinen Armen, und sie küssten sich. Lange, weiche, langsame Küsse, die mit schwindelerregender Geschwindigkeit ein herrlich angenehmes Kribbeln aus ihrem Rumpf in den Kopf steigen ließen. Sie schauderte, als seine Hände ihren Rücken hinab- und wieder hinaufwanderten. Sie hatte seine Hände immer gemocht. Fest, aber zärtlich. Immer. Er war der einzige Mann, dessen Berührung sie ausnahmslos genossen, ja, herbeigesehnt hatte. Und doch zählte das ab einem gewissen Punkt nicht mehr. Irgendwann nach dem Vorspiel kamen all die schrecklichen Dinge, die ihr angetan worden waren, wieder hoch, und ihr Trauma schob sich zwischen sie und Connor. Sie konnte es einfach nicht überwinden.

Neben ihnen winselte Wilson. Claire spürte seine Pfote am Bein. Sie schob sich von Connors Brust weg, und er ließ sie los. Sie empfand die Distanz zwischen ihnen wie einen Verlust und wollte ihm wieder nahe sein.

»Tut mir leid«, keuchte er.

Sie zog ihn zum Sofa. »Mir nicht.«

Es folgten einige wilde, atemlose Momente auf der Couch. Claire ließ sich gehen, ließ jede Empfindung zu, die er in ihr auslöste, genoss die Nähe zu ihm. Es erstaunte sie, wie sehr sie ihn vermisst hatte. Sowohl körperlich als auch emotional fühlte er sich an wie ihr letztes fehlendes Puzzleteil.

»Halt«, sagte Connor plötzlich. Mit äußerster Sorgfalt rutschte er unter ihr hervor und löste sich von ihr. Er stand auf und ging durch das Zimmer. Seine Haare waren zerzaust, seine Kleider in Unordnung. Er glättete sich den Bart mit beiden Händen, während er wieder zu Atem zu kommen versuchte.

Claire setzte sich auf den Rand des Sofas und nestelte am Kragen ihres T-Shirts herum. Die Haut an ihrem Hals, über die sein Bart gekratzt hatte, brannte leicht. Ein nicht unangenehmes Gefühl. »Connor?«

Er lächelte sie an. »Ich denke nur, wir sollten es langsam angehen. Ich will nicht aufhören, glaub mir, aber ich bin nicht sicher, ob wir uns jetzt Hals über Kopf in etwas stürzen sollten, womit wir immer ... Probleme hatten.«

Claire lachte nervös. »Du hast recht.«

Aber eigentlich wollte sie sich Hals über Kopf hineinstürzen, jetzt, da er bei ihr war. Wenigstens einmal wollte sie in seinen Armen vergehen, wollte seine Haut fühlen, seine geschickten Hände spüren, ihn riechen. Sie wollte an nichts anderes als an ihn denken, an den einzigen Menschen auf der Welt, bei dem sie sich völlig geborgen fühlte. Sie wollte diesen Schritt tun. Sehnsüchtigst. Aber sie hielt sich zurück und packte den Rand des Sofapolsters zu beiden Seiten ihrer Schenkel.

»Und noch etwas, Claire«, fuhr Connor fort. »Du musst das nicht tun. Wenn du das Gefühl hast, dass da was mit Jade ist – da ist nichts. Ich habe dir schon gesagt, dass ich auf dich warten werde.«

»Stopp«, sagte Claire. »Ich mache das nicht aus einem bestimmten Grund. Klar bin ich eifersüchtig, aber ich ... ich will jetzt einfach nur mit dir zusammen sein.«

»Okay.«

Sie wartete darauf, dass er fragte, wie es weitergehen sollte, dass er auf ihre Beziehungsprobleme zu sprechen kam, ob es Sinn hatte, es noch einmal zu versuchen. Aber er sagte nichts. Er stand nur da, kam zu ihr und hielt ihr die Hand hin. Sie nahm sie und führte ihn in ihr Schlafzimmer. Nach all diesen Jahren musste sie ihm nicht mehr erklären, was sie wollte. Er warf seine Schuhe von sich und zog sich bis auf die Boxershorts aus. Dann krochen sie gemeinsam unter die Bettdecke. Murrend bezog Wilson Stellung auf seinem Hundebett in der Zimmerecke. Claire und Connor lagen Seite an Seite. Er schlang die Arme um sie, zog sie an sich und hielt sie fest. Einen Augenblick lang fühlte sie sich zurückversetzt in die erste Nacht, in der sie sich nähergekommen waren, das erste Mal, als sie es getan hatten.

»Willst du über heute reden?«, flüsterte er.

Sie sog seinen Duft ein und schloss die Augen. Sie wurde

schneller schläfrig, als sie gedacht hatte. »Nein«, antwortete sie. »Nicht jetzt. Ich will nur, dass du mich festhältst. Ich will nur das.«

Seine Lippen berührten ihren Kopf. »Okay«, erwiderte er. »Und das bekommst du.«

NEUNZEHN

Claire schlief in dieser Nacht unruhig in seinen Armen. Immer wieder quälten sie Albträume. Vor ihrem inneren Auge zogen Bilder von Leah Holloway vorbei, Leah unter Wasser, sinkend, den Mund vor Schreck weit aufgerissen. Sie vermischten sich mit Erinnerungen an ihre zehnjährige Gefangenschaft. Schon lange hatte sie keine Albträume mehr gehabt. Flashbacks natürlich schon. Sie waren von unterschiedlicher Intensität, aber meistens hatte sie sie unter Kontrolle. Die Sache mit Holloway hingegen hatte in ihr Erinnerungen ans Tageslicht gebracht, an die sie jahrelang nicht mehr gedacht hatte. Schreckliche, entsetzliche Erinnerungen. Das Geräusch von Miranda Simons gefesseltem Körper, der vor ihr zu Boden gefallen war, nachdem Reynard Johnson sie in den Raum gezerrt hatte. Johnsons Blick, als er sie beide – zwei Jugendliche, die ihm völlig ausgeliefert waren – anstarrte wie eine Beute, die er gleich verschlingen würde. Die Art und Weise, wie sich eine Ecke des Klebebands auf Mirandas Mund gelöst hatte, nur ein kleines Stück, aber nicht so weit, als dass das Mädchen hätte etwas von sich hätte geben können. Johnson hatte ihr ein Stück Stoff tief in den Mund gestopft. Jedes Mal, wenn Claire aufwachte und schreien wollte, war Connor da, drückte sie, strich ihr über das Haar und flüsterte ihr ins Ohr: »Du bist sicher, ich bin da. Niemand wird dir wehtun.«

Gegen vier fiel sie schließlich in einen tiefen, zum Glück traumlosen Schlaf. Als sie zwei Stunden später wieder aufwachte, wusste sie, dass sie geschnarcht hatte, denn ihre Kehle war trocken und kratzig. Eine Spur aus getrocknetem Speichel zog sich von ihrem Mundwinkel über die Wange. Connor schlief. Er hatte seine Arme noch immer um sie geschlungen. Eines seiner Beine lag auf ihrem Körper. Sie drehte sich in seinen Armen, sodass sie ihn direkt ansehen konnte. Mit den Fingern fuhr sie die Konturen seines Gesichts nach. Sie mochte seinen Bart. Da wurde ihr bewusst, dass sie noch nie einen Mann gedatet hatte, der einen Bart trug. Auch ihr Entführer war stets rasiert gewesen. Connor bärtig zu sehen gefiel ihr – so sah er in ihren Augen sogar noch einen Tick besser aus. Sie betrachtete ihn, bis sie wieder einschlief.

Als sie erwachte, war er gerade in der Dusche am Ende des Flurs. Sie trafen sich am Frühstückstisch, wo sie einen Stapel Pancakes und eine Notiz von Brianna fanden.

Frühstück für euch zwei Turteltauben. Vergesst nicht, die Kaffeemaschine auszuschalten.

Connor hatte sich seinen Anzug vom Vortag wieder angezogen. Seine fleckige Jacke hing über der Stuhllehne. Er aß über sein Essen gebeugt und stopfte sich mit großem Appetit Pancakes in den Mund. Wilson hockte neben ihm, den Kopf auf Connors Schenkel gelegt. Claire versuchte, ihn wegzuschieben, aber er ließ es nicht zu. Gelegentlich fasste Connor nach unten und kraulte den Hals des Hundes.

Es war, als wären sie schon ewig ein Paar, wie sie so schweigend dasaßen und aßen. Vielleicht brauchten sie auch gar nicht über ihre Beziehung zu sprechen oder darüber, ob sie es noch einmal versuchen sollten und was die letzte Nacht bedeutet hatte.

Connor trank den restlichen Kaffee. Dann sagte er ihren Namen in einem Ton, der andeutete, dass er genau darüber sprechen wollte.

»Bist du im Holloway-Fall weitergekommen?«, fragte sie rasch.

Einen Augenblick lang sah er sie an, als versuchte er, einen Beschluss zu fassen. Dann begann er zu reden wie ein Wasserfall, erzählte ihr alle Einzelheiten, alles, was er bisher wusste. Es war nicht viel, wie Claire einräumte. Das Einzige, was sich bei den Ermittlungen zu Leah Holloway bisher ergeben hatte, waren Fragen. Warum hatte sie das getan? Wenn sie wirklich so ein perfektes Leben geführt hatte, warum war sie dann durchgedreht und mit ihren Kindern und denen ihrer besten Freundin in den Fluss gefahren? Wer hatte sie auf dem Fußballplatz angerufen? Und an der Tankstelle? War es jedes Mal dieselbe Person gewesen? Worüber hatten sie geredet? Was konnte so schlimm sein, dass es Holloway zu einer derartigen Tat getrieben hatte? Warum hatte sie Alan Wheelers Wodka getrunken? Was brachte eine Frau, die jeden Alkoholkonsum kategorisch ablehnte, plötzlich dazu, fast eine ganze Flasche in sich hineinlaufen zu lassen und sich dann mit Kindern im Auto hinter das Steuer zu setzen?

»Wir sehen uns heute noch die Arztberichte an«, sagte Connor. »Ich fahre direkt zur Wohnung ihres Arztes, wenn es sein muss, und schleppe ihn in seine Praxis. Aber ich glaube nicht, dass das etwas bringen wird. Es geht nur darum, von vornherein eine medizinische Ursache auszuschließen und zu sehen, ob sie eine psychische Erkrankung hatte, von der wir nichts wissen. Ich glaube, es ist genauso, wie wir es im Video gesehen haben. Sie hat auf dem Fußballplatz einen Anruf bekommen, der sie völlig aus der Fassung gebracht hat. Dann hat sie die Kinder ins Auto gesetzt und ist weggefahren, hat an der Tankstelle haltgemacht, dort einen weiteren Anruf bekommen, den Wodka getrunken und das Auto von der Straße in den Fluss gelenkt.«

Claire legte die Hände in den Schoß und betrachtete sie. Sie dachte an Leah Holloways Augen. Ein Schauder durchlief ihren Körper. Sie wusste genau, warum Leah Holloway den Wodka in sich hineingeschüttet hatte. »Sie hat sich Mut angetrunken«, sagte sie zu Connor. »Sie musste etwas tun und brachte es nicht übers Herz. Wenn sie die Flasche nicht gehabt hätte, wäre sie vielleicht nicht in den Fluss gefahren. Aber sie hat den Wodka gebraucht, um überhaupt in der Lage zu sein, sich und die Kinder umzubringen.«

»Meinst du?«

»Ganz sicher«, entgegnete Claire. »Du hast sie nicht gesehen. Du hast ihr Gesicht nicht gesehen.« Ihre Stimme bekam einen immer aufgeregteren Unterton, den sie nicht unterdrücken konnte.

Connor streckte sich über den Tisch und legte ihr eine Hand auf den Unterarm. »Schon okay, ich glaube dir.«

»Connor«, fuhr Claire fort. »Ganz gleich, womit Holloway gekämpft hat – und sie hat mit etwas gekämpft –, es muss unvorstellbar gewesen sein. Unvorstellbar furchtbar.«

ZWANZIG

Connor sah zu, wie Jade gedankenverloren mit einem Papierstapel im Arm durch den Arrestzellenbereich des Reviers marschierte. Unterwegs ging sie die Blätter mit gesenktem Kopf und vor Konzentration gerunzelter Stirn durch. Als sie an seinem Schreibtisch vorbeikam, blieb sie sehen und starrte auf den großen Starbucks-Becher in Connors Hand, als hätte der sie persönlich beleidigt. Sie deutete darauf. »Was ist das?«

Connor lächelte und stellte den Stein des Anstoßes auf seinen Schreibtisch. »Ich war nicht bei Starbucks, ohne dir einen Kaffee zu kaufen. Claire ist vorbeigekommen und hat ihn mir gebracht.«

Jade ging weiter zu ihrem Schreibtisch, setzte sich und konzentrierte sich wieder auf die Blätter in ihrer Hand. »Muss Liebe schön sein«, murmelte sie.

Eine fleischige Hand legte sich auf Connors Schulter. »Mann, der Profiler ist vielleicht heiß«, flüsterte Stryker ihm ins Ohr.

Connor lachte und drehte sich in seinem Stuhl zu ihm. »Stehst du jetzt auf Männer?«

Stryker verdrehte die Augen. »Sei nicht so homophob. Es ist

eine Profilerin. Wir sollten eigentlich einen Typen namens Bennett kriegen, aber der hat in Los Angeles zu tun. Also hat man sie geschickt.«

»Heiß ist sie also?«, schaltete sich Jade ein. »Ich dachte, du hättest nur Augen für diese schreckliche Journalistin?«

Strykers Miene verdüsterte sich. Er runzelte die Stirn und senkte den Blick. »Ich glaube, das mit uns funktioniert nicht.«

»Das sagst du jedes Mal«, entgegnete Jade.

Stryker stieg von einem Fuß auf den anderen. »Nein, nein. Dieses Mal sieht es wirklich nicht gut aus.«

Niemand sagte etwas, bis die Stille unerträglich wurde und Stryker sie durchbrach. »Ich bin nur gekommen, um euch mitzuteilen, dass das Briefing der Profilerin um drei Uhr beginnt.«

»Wir arbeiten gerade am Holloway-Fall«, protestierte Jade.

»Egal«, erwiderte Stryker. »Der Captain will alle dabeihaben.« Er sah sie scharf an, als er wegging. »Bis dann!«

Jade warf den Stapel Papiere auf ihren Schreibtisch. Sie verteilten sich fächerartig und wären beinahe von der Arbeitsplatte gefallen. »Was hast du heute sonst noch gemacht?«, fragte sie Connor. »Außer dir einen Kaffee von deiner Freundin bringen zu lassen?«

»Ich habe mit meinem Kontakt in der EDV-Abteilung gesprochen. Er meinte, auf Leah Holloways PC – sie hatte einen PC, keinen Laptop – sei nichts Nennenswertes gewesen. Außerdem war er schon alt. Sie hatte nichts darauf als Tausende Bilder von ihren Kindern. Er hat auch ihren E-Mail-Account gehackt, aber die einzigen persönlichen Mails, die er dort finden konnte, waren schon vier Jahre alt. Damals tauschten sie und ihr Bruder Nettigkeiten über Hunters Geburt aus. Ich habe auch eine Kopie von Holloways Krankenakte bei ihrem Hausarzt bekommen und bin sie durchgegangen. Und was hast du heute Morgen gemacht?«

Sie sah ihn böse an, sagte aber nichts. »In ihrer Krankenakte stand übrigens nichts Außergewöhnliches«, fügte Connor hinzu. »Keine schlimmen Krankheiten. Vor etwas mehr als einem Jahr klagte sie über Konzentrationsschwäche und Erinnerungslücken. Sie ließ ein Kernspin von ihrem Gehirn machen, aber alles war normal. Sie hatte einen leicht erhöhten Cholesterinspiegel. Das war's mehr oder weniger. Kein Hinweis auf Angstzustände oder Depressionen. Keine Behandlung wegen psychischer Probleme. Auch von irgendwelchen Abhängigkeiten stand da nichts. Sie hat nicht einmal geraucht.«

Jade ging einige Papierstapel auf ihrem Schreibtisch durch, bis sie ihren Notizblock fand. Sie steckte ihn sich in die Jackentasche und stand auf. »Ich habe die Krankenakte ihres Frauenarztes angefordert.«

»Das muss jetzt nicht mehr sein, oder? Wir wissen, dass sie keine Grunderkrankung hatte.«

Jade sah ihn schief lächelnd mit einem Blick an, der ihm verriet, dass sie ihn für einen Idioten hielt. »Prämenstruelle dysphorische Störung«, erklärte sie. »Schlag's nach.«

Connor lehnte sich in seinem Stuhl zurück und verschränkte die Arme. »Wie wär's, wenn du mir einfach erklärst, was das ist.«

»Es ist wie PMS auf LSD. Eine echte Störung. Viele Frauen in Holloways Alter haben das. Vom Eisprung bis zum ersten Tag der Monatsblutung leidet man unter ungewöhnlich starken prämenstruellen Symptomen, zum Beispiel ziemlich heftigen Stimmungsschwankungen. Ich sage nicht, dass es eine Frau unweigerlich zur Mörderin oder Selbstmörderin macht, aber es kann eine Frau zur Mörderin oder Selbstmörderin machen.«

»Bist du deshalb nicht in einer Beziehung?«

Er konnte einem Schlag auf den Arm gerade noch ausweichen. Jade schüttelte den Kopf. »Wenn du nicht so süß wärst, würde ich dich ins Knie schießen.«

»Also hast du diese Störung.«

Sie blitzte ihn böse an. »Das Einzige, was ich habe, ist ein Arschloch als Kollege.«

»Komm schon, Jade. Du magst mich doch.«

Wieder schüttelte sie den Kopf. »Ich mag es vor allem, wenn du nichts sagst. Steh einfach nur herum und sieh gut aus, dann knall ich dich auch nicht ab.«

»Du denkst also, dass Holloway diese prämenstruelle dysphorische Störung hatte?«, hakte Connor nach.

»Nein, aber ich denke, wir sollten es zumindest überprüfen.«

Connor stand auf. Gemeinsam marschierten sie los in Richtung Konferenzräume. »Der Rechtsmediziner zieht ihre Autopsie auf Bitten des Bürgermeisters vor«, sagte er. »Es gibt im Moment nur eines, was die Leute mehr interessiert als Holloway, und das ist der Soccer Mom Strangler.«

»Weil du es gerade erwähnst: Müssen wir wirklich zu diesem blöden Briefing?«

Jade ging noch ein paar Schritte weiter, bevor sie merkte, dass er stehen geblieben war. Sie drehte sich mit in die Hüfte gestützten Armen um und fragte: »Was ist jetzt?«

»Wo liegt dein Problem, Jade? Wie lange wird das wohl in Anspruch nehmen – vielleicht eine Stunde deines ganzen Tages? Holloway kann warten. Sie wird nicht noch mehr Menschen umbringen. Dieser Typ dagegen ist vielleicht jetzt, in diesem Augenblick, gerade da draußen dabei, noch jemanden zu ermorden.«

Jade schnaubte verärgert. »Beruhig dich mal, Mr Superheld. Ich sage nur, dass es nicht einmal unser Fall ist.«

»Es hieß, dass alle antreten sollen, Jade. Wenn wir den Fall Holloway heute abschließen, arbeiten wir morgen wieder beim Strangler mit.«

Sie sah ihn skeptisch an. »Wir schließen den Fall Holloway aber heute nicht ab. Es dauert schon allein sechs Wochen, bis wir die Ergebnisse der toxikologischen Blutanalyse haben.«

»Du weißt, was ich meine.«

»Warum gehst nicht du hin und berichtest mir danach, was diese Profilerin erzählt hat?«, fragte sie, wobei sie *diese Profilerin* in einem verächtlichen Tonfall aussprach, als hätte Stryker einen Schlangenbeschwörer eingeladen, über die Sache zu sprechen. Das war es also.

Connor lächelte und trat näher an sie heran. »Es passt dir nicht, dass sie heiß ist, nicht wahr?«

Jade schlug ihm auf die Schulter. »Ach komm. Es ist mir scheißegal, ob sie heiß ist oder nicht. Von mir aus kann sie das Briefing in einem knappen Bikini abhalten. Es ist einfach Zeitverschwendung.«

»Was ist Zeitverschwendung?«

»Profiling. Lass mich raten, was der böse Bube für ein Profil hat: Er ist böse. Er vergewaltigt und ermordet gern Mamas. Muss man sonst noch etwas wissen? Da hast du dein Profil. Ich habe uns scheiß viel Zeit gespart.«

Connor lachte. Er legte ihr beide Hände auf die Schultern und schob sie in den völlig überfüllten Raum. »Ich bin sicher, wir erfahren da drinnen noch ein bisschen mehr.«

EINUNDZWANZIG

Die Profilerin sah umwerfend aus, das musste Connor zugeben. Sie war schlank, hatte ein fein geschnittenes Gesicht und langes, wallendes dunkles Haar. Aber dass es im Raum relativ still geworden war, lag zweifellos an ihren stahlblauen Augen und den wohlgeformten Beinen, die in ihrem hellgrauen Kostüm gut zur Geltung kamen. Das Gemurmel und Rascheln, das Strykers Briefing am Vortag untermalt hatte, fehlte diesmal völlig. Connor hoffte, dass das, was sie zu sagen hatte, bei den Hetero-Beamten im Zimmer auch wirklich ankam.

»Guten Morgen«, begann sie in klarem, selbstbewusstem, geschäftsmäßigem Ton, ohne auch nur ansatzweise zu lächeln. »Ich bin Special Agent Kassidy Bishop und arbeite für die Operative Fallanalyse des FBI. Man hat mich gebeten, die Ermittlungen zu unterstützen.« Sie sprach kurz über die Analyseeinheit und ihre Aufgaben. Connor wusste, dass sie nur dann in einem Fall tätig wurden, wenn man sie ausdrücklich darum bat. Hauptaufgabe der Profiler war es, alle Hinweise zu sichten und daraus ein Profil zu erstellen, also eine ungefähre Beschreibung der Person, nach der die örtliche Polizei Ausschau halten sollte.

»Das hilft besonders, den Kreis der Verdächtigen einzugrenzen«, fuhr Bishop fort. »Soweit ich es verstanden habe, gibt es zum gegenwärtigen Zeitpunkt noch keine Verdächtigen, aber das ist in Ordnung. Das Profil, das ich Ihnen heute präsentiere, wird Ihnen dennoch bei Ihren Ermittlungen helfen. Allerdings muss ich Sie davor warnen, potenzielle Verdächtige exakt auf dieses Profil zu reduzieren. Sie dürfen nicht vergessen, dass jedes dem Täter zugeschriebene Merkmal falsch sein könnte. Wir liegen zwar in der Regel ziemlich richtig, trotzdem sollten Sie nicht den Fehler machen, nur nach Übereinstimmungen zu suchen. Für Sie sollte die Spurenlage zählen.«

Sie wandte sich der Weißwandtafel zu und begann darauf zu schreiben, während sie weitersprach.

»Sie suchen nach einer männlichen Person weißer Hautfarbe. Serienmörder morden selten außerhalb ihrer Hautfarbe und die meisten echten Mehrfachkiller sind Weiße. Der Unbekannte ist ein Zufallstäter. Er begeht seine Verbrechen, wenn sich die Gelegenheit dazu bietet. Das heißt, dass er sie nicht geplant hat, zumindest nicht die erste Tat. Die drei anschließenden Morde belegen nur, dass er sich ein Jagdgebiet für seine Opfer ausgesucht hat. Er hat seine Methode nicht verfeinert und orientiert sich auch nicht an einer ausgefeilten Fantasie, sondern handelt weiterhin spontan. Zu den Tatorten bringt er nichts mit. Er stalkt die Frauen vorab nicht. Er beschließt, sie zu vergewaltigen und zu töten, wenn er sie das erste Mal sieht. Außerdem hat er ein Beuteschema. Entdeckt er eine Frau, die in sein Schema passt, und glaubt, mit der Tat davonzukommen, wird er zur Ausführung schreiten.

Der Unbekannte wird also, wenn er die Möglichkeit hat, ein Verbrechen zu begehen, die Gelegenheit nutzen. Es sind impulsive, schlecht durchdachte Taten. Er geht enorme Risiken dabei ein, diese Verbrechen am helllichten Tag an Orten zu verüben, an denen man ihn sehen kann. Und er hinterlässt Spuren. Er hat zwar angefangen, die Fingerabdrücke an den

Fahrzeugen abzuwischen, aber er lässt seine DNA am Tatort zurück. Angesichts des wenig durchdachten Vorgehens glaube ich, dass es sich um einen jungen Mann zwischen achtzehn und sechsundzwanzig Jahren handelt, wobei ich ihn eher am unteren Ende dieser Spanne ansiedeln würde. Ich würde sagen, er hat einen Highschoolabschluss. Der Impulsivität der Tatausführung nach zu urteilen steht er vermutlich unter dem Einfluss von Drogen oder Alkohol oder beidem. Zumindest bei einigen, wenn nicht gar allen Taten war das mit großer Wahrscheinlichkeit der Fall.«

Jade, die neben Connor stand, flüsterte: »Herrgott, ist das langweilig.«

Ohne sie anzusehen, stieß Connor sie mit dem Ellbogen an. »Pst!«

»Auffallend ist, wie leicht es ihm fällt, sich den Frauen zu nähern. Die Taten fanden alle im Freien und in Rufweite zu anderen Personen statt. Es gibt keinen Hinweis darauf, dass er dabei bewaffnet war. Natürlich ist es ohne Weiteres möglich, dass er ein Messer oder eine Schusswaffe bei sich trägt, aber eher unwahrscheinlich. Ein Mann mit einem Messer oder einer Schusswaffe würde an den Tatorten auffallen. Ich nehme also an, dass er nicht bewaffnet ist, wenn er sich seinen Opfern nähert. Wie also gelingt es ihm, auf die Frauen zuzugehen und sie anzusprechen, ohne Verdacht zu erregen?«

»Er brät ihnen eins über und verfrachtet sie gewaltsam in ihre Autos?«, mutmaßte O'Handley.

»Es ist durchaus möglich, dass er sie einfach überwältigt, aber bei keinem der Opfer wurden Spuren von einem stumpfen Schädeltrauma gefunden«, widersprach Agent Bishop. »Das lässt nur zwei Schlüsse zu. Erstens: Er sieht aus, als ob er an diesen Ort gehören würde. Zweitens: Er ist vielen dort bekannt oder in einem Alter, in dem seine Anwesenheit nicht weiter auffällt. Auch deshalb glaube ich, dass er noch jung ist. Ein junger Mann – oder sogar nur ein Teenager beziehungsweise

Student – erregt bei einem Fußballspiel keinerlei Verdacht. Zwei Taten wurden im Raum Pocket verübt, eine davon war sein erster Mord. Er lebt oder arbeitet in dieser Gegend. Serienmörder fangen für gewöhnlich innerhalb ihrer Komfortzone an zu töten. Vor allem bei ihrem ersten Mord ist die Wahrscheinlichkeit hoch, dass er in der Nähe ihrer Wohnadresse stattfindet. Obwohl jung und nur durchschnittlich intelligent, ist er vermutlich charmant oder attraktiv oder beides. Durchschnittliche Intelligenz und Charme schließen sich nicht aus. Er weiß, was er zu den Frauen sagen muss, um sie in Sicherheit zu wiegen. Drogen und Alkohol senken seine Hemmschwelle und machen ihn mutiger.

Befassen wir uns nun mit den Opfern. Es handelt sich stets um Mütter. Was wollen alle Mütter?«

»Schlaf«, rief eine Beamtin von hinten, was im ganzen Raum mit Gelächter quittiert wurde.

»Zeit«, schlug eine weitere Frau vor. »Und ein sauberes Haus.«

Agent Bishop lächelte. »Ja. Schlaf, Zeit und ein sauberes Haus. Und für all das benötigen sie Hilfe. Mütter brauchen jemanden, der auf ihre Kinder aufpasst, damit sie schlafen können. Sie brauchen ein paar ruhige Stunden ohne ständige Pflichten und jemanden, der ihnen zur Seite steht. Sie wollen, dass ihr Partner mit anpackt und das Haus putzt. Hilfe. Unterstützung. Der Unbekannte weiß das. Er sieht eine gestresste Mutter, die schnell eine Zigarette raucht oder versucht, den Buggy aus dem Auto zu hieven, und schon ist er da, so nett und zuvorkommend, wie es nur geht. Wenn er auch noch gut aussieht, stehen die Chancen gut, dass die Frauen keinen Verdacht schöpfen. Sie betrachten ihn nicht als Bedrohung. Ich glaube, dass er tatsächlich äußerst attraktiv ist. Sein gutes Aussehen und sein Charme verleiten die Frauen dazu, arglos zu werden. Die Fälle sind in den letzten Wochen ein großes Thema in der Presse gewesen. Die Frauen müssten sich also sehr wohl bewusst sein, dass ein Mörder sich Mütter sucht, die Kinder zum Fußballspielen bringen. Trotzdem sehen sie den Täter wegen seines Aussehens und Verhaltens nicht als Bedrohung an. Aber sein gewinnendes Auftreten ist nicht von Dauer. Sobald er ihnen nahe genug gekommen ist, um zuzuschlagen, geht er unvermittelt zum Angriff über. Schnell und hinterhältig.«

Connor merkte, dass Jade mit dem Fuß ungeduldig auf den Fliesenboden klopfte. Er sah sie an. »Kannst du das bitte sein lassen?«, bat er so leise wie möglich. Sie verdrehte die Augen, hörte aber auf damit.

Agent Bishop fuhr fort: »Er hasst Frauen abgrundtief. Wie schon erwähnt hat er es auf einen bestimmten Typ abgesehen. Er hält Ausschau nach Frauen mit einer bestimmten Körperform. Müttern. Die Opfer stehen stellvertretend für eine Mutterfigur, sind quasi Ersatz für sie. Sie verkörpern jemanden für ihn. Er hat eine enorme Wut auf Mutterfiguren. Womöglich wurde er als Kind adoptiert, wahrscheinlicher aber verlassen. Wenn eine Mutter um ihr Leben fleht, wird sie als Erstes ihre Kinder ins Spiel bringen. Sie wird so etwas sagen wie »Bitte, ich habe Kinder«, was ihn aber nur noch rasender macht. Er will sie bestrafen. Mit welcher unglaublichen Wut er vorgeht, ist auch aus den Tatortfotos ersichtlich. Er tötet brutal, aber insofern auch mit einer gewissen Intimität, da er seine Opfer mit den Händen umbringt. Zwischen ihm und den Frauen ist keine Waffe. Er beißt sie sogar, wie ein Kleinkind bei einem Wutanfall. Kleinkinder verstehen noch nicht, dass Beißen als Ausdruck für Zorn kein angemessenes Verhalten ist. Die meisten legen das von selbst wieder ab oder lernen, dass es nicht akzeptabel ist. Wir sehen hier ein Zurückfallen in einen kindlichen Zustand. Da ist ein Kind, das seine Wut an der Mutter auslässt.

Der Täter empfindet überhaupt kein Bedauern. Aus klinischer Sicht ist ihm vermutlich eine dissoziale Persönlichkeitsstörung zuzuschreiben. Für die Frauen oder ihre Kinder empfindet er kein Mitgefühl. Er sieht sie nicht als menschliche Wesen. Auch dürfte er Schwierigkeiten haben, Beziehungen aufrechtzuerhalten, ist also aller Wahrscheinlichkeit nach alleinstehend, obwohl die Trennung von einer Partnerin oder Geliebten das auslösende Ereignis gewesen sein könnte. Möglicherweise hat er das Ende einer Liebesbeziehung wieder als das Verlassenwerden empfunden, das er als Kind erlebt hat. Das hat die Taten ausgelöst. Als er das erste Mal gemordet hat, fühlte es sich gut an. Er ist davongekommen. Er wird weitermachen, bis wir ihn erwischen.«

»Ach, wirklich?«, brummte Jade.

»Pst!«, zischte Connor.

»Wir suchen nach einem einsamen Wolf. Er unterhält ein paar oberflächliche Freundschaften, aber nur, um einige Bedürfnisse zu erfüllen, die er vielleicht hat. Er setzt seinen Charme ein, um zu bekommen, was er will, ansonsten haben seine Beziehungen wenig Tiefe. Eventuell ist er geringfügig beschäftigt, möglicherweise geht er einer unqualifizierten Arbeit nach, aber wegen seines Anspruchsdenkens hält er es nirgends länger aus. Weil er gut manipulieren kann, kommt er auch durch Zeiten, in denen er ohne Arbeit ist. Möglicherweise ist er als Jugendlicher mit dem Gesetz in Konflikt gekommen. Es kann gut sein, dass bei ihm eines oder mehrere Elemente zu beobachten sind, die viele für die drei typischen Charakteristiken von Serienmördern halten – Bettnässen, Tierquälerei und Brandstiftung. Aber er ist noch zu jung, als dass ihn das in Schwierigkeiten gebracht haben könnte, weshalb er nicht aktenkundig ist. Aus dem gleichen Grund konnten wir seine Fingerabdrücke nicht in der Datei finden – vorausgesetzt, dass die nicht zugeordneten Abdrücke, die wir im Fahrzeug des ersten Opfers gefunden haben, ihm gehören. Er fährt nicht Auto, sondern ist zu Fuß oder mit öffentlichen Verkehrsmitteln unterwegs. Weil er noch jung ist und wenig Geld hat, kann er sich kein eigenes Fahrzeug leisten, aber das bringt ihm bei der Durchführung seiner Verbrechen sogar Vorteile. Wo er sich aufhält, bleibt er, wie schon erwähnt, unauffällig. Ein gut aussehender junger Mann, der um einen Fußballplatz herumspaziert, wird keinerlei Aufsehen erregen. Und nach seinen Taten kann er problemlos in einen Bus steigen und sich aus der Gefahrenzone begeben.«

Connor ging ihre Liste durch.

Männlich
Weiß
Unorganisiert, impulsiv
18 bis 20 Jahre alt
Highschoolabschluss
Drogen-/Alkoholkonsument
Vermutlich nicht bewaffnet
Gut aussehend, oberflächlicher Charme
Hass auf Frauen (Mutterfigur)
Unauffälliges Äußeres
Lebt/arbeitet in Pocket
Single/kürzliches Beziehungsende (als Auslöser für die Mordserie)
Zu Fuß/mit öffentlichen Verkehrsmitteln unterwegs
Unqualifiziert/möglicherweise ohne Arbeit

Er wandte sich Stryker zu, der ebenfalls neben ihm stand. »Du solltest dir ein paar Leute besorgen und mit ihnen alle Aufnahmen der Überwachungskameras durchgehen, die wir bis jetzt bekommen haben. Vielleicht entdecken wir den Kerl, während er gerade auf der Suche nach Opfern ist.«

Stryker nickte. »Ja. Außerdem schicke ich noch ein paar Beamte mehr nach Pocket. Wir gehen von Tür zu Tür, wenn es sein muss. Hey, du wohnst doch in Pocket. Ist dir keine verdächtige Person aufgefallen?«

»Du machst Witze«, entgegnete Connor. »Du weißt doch, dass ich nie zu Hause bin. Ich bin ja ständig hier.«

Agent Bishop beantwortete noch ein paar Fragen und beendete das Briefing anschließend. »Ich bleibe bis morgen in der Stadt, falls Sie weitere Fragen haben oder sich etwas Neues ergibt. Detective Stryker hat meine Kontaktdaten.« Sie lächelte bitter. »Ich wünsche Ihnen viel Glück.«

ZWEIUNDZWANZIG

»Komm schon«, spottete Jade, als sie wieder an ihren Schreibtischen saßen. »Glaubst du wirklich den ganzen Mist über den Strangler, der Mütter umbringt, weil er adoptiert wurde?«

Auf dem Papierstapel auf Connors Schreibtisch lag obenauf ein großer Umschlag. Er war recht schwer und so prall gefüllt, dass er fast zu platzen drohte. Mit dickem schwarzem Marker hatte jemand »Webb/Parks« daraufgeschrieben. Als Absender stand in winziger Blockschrift »Tasker Greaves, Gynäkologe«.

»Die Akte von Leah Holloways Frauenarzt«, sagte Connor. »Sieht aus, als hätte sie jemand auf den falschen Schreibtisch gelegt. Wieso reagiert man in der Praxis dieses Arztes an einem Wochenende binnen vierundzwanzig Stunden auf eine richterliche Verfügung, während mir die Kleine bei Globocell nicht einmal die letzten beiden Nummern verraten will, von denen aus Holloways Handy angerufen wurde?«

Jade ließ sich in ihren Stuhl fallen. »Weil die Kleine bei Globocell eine dumme Kuh ist«, antwortete sie. »Mach den Umschlag auf. Wir teilen die Akten unter uns auf.«

Connor schob einen Finger unter die Umschlagklappe und riss ihn auf. »Warum ist der so dick?«, wunderte er sich. »Die Akte ihres Hausarztes war wesentlich dünner.«

»Sie war gesund. Es gab keinen Grund, zum Arzt zu gehen. Allerdings hat sie drei Kinder zur Welt gebracht. Da musste sie oft zu ihrem Gynäkologen.«

Connor reichte ihr die untere Hälfte des Aktenstapels.

»Weil wir gerade bei den Kindern sind: Ich denke, wir haben Grund zu der Annahme, dass beide Jungen einmal Serienmörder werden, meinst du nicht? Zumindest, wenn man der Profilerin Glauben schenkt. Schließlich hat ihre Mutter sie verlassen, indem sie Selbstmord begangen hat.«

Connor erstarrte mit Leah Holloways Unterlagen in der Hand. Er sah Jade an, die jedoch schon ihren Stuhl an ihren Schreibtisch gezogen hatte und sich über die Seiten vor sich beugte.

»Jade«, sagte er. »Ich finde, du nimmst das etwas zu persönlich.«

Sie blickte mit einem sarkastischen Lächeln zu ihm hoch. »Ich nehme es persönlich? Bitte. Ich nehme überhaupt nichts persönlich. Ich …« Sie hielt inne. Ihr Lächeln erstarb.

»Hast du vergessen, dass du es mir erzählt hast?«

Jade errötete. Sie wandte nervös den Blick ab und begann, mit plötzlichem Eifer die Papiere auf ihrem Schreibtisch durchzublättern. Connor setzte sich auf seinen Stuhl und rollte so nah neben sie, dass sich ihre Beine fast berührten. Jade unterbrach die Arbeit und ließ den Kopf hängen. »Während des Baker-Falls, nicht wahr?«

»Erinnerst du dich an die stundenlangen, langweiligen Observationen?«

»Scheiße!«

»Agent Bishop hat kein Urteil über Frauen abgegeben, die ihre Kinder zur Adoption freigeben, das sollte dir klar sein. Sie hat lediglich eine Theorie darüber aufgestellt, welche Persönlichkeitsstruktur der Kerl haben könnte, der diese Verbrechen begeht. Du weißt so gut wie ich, dass nicht alle adoptierten oder verlassenen Kinder zu Mördern werden. Wer dieser Typ auch sein mag, er ist schon mit Riesenproblemen auf die Welt gekommen. Was ein normales Kind einfach wegsteckt, geht bei ihm viel tiefer. Himmel, Jade! Manche Serienkiller wachsen in Durchschnittsfamilien mit zwei ganz normalen Elternteilen auf. Eine Adoption muss nicht diese Folgen haben. Hier geht es nicht um dich.«

Sie fasste sich an die Nasenwurzel. »Du hast schon recht. Natürlich. Tut mir leid. Es ist nur …« Sie sprach noch leiser. »… er dürfte in etwa im gleichen Alter sein wie der Täter.«

»Ja, und? Du denkst doch nicht, dass er es ist?«

Jade lachte. »Natürlich nicht. Das ist ja lächerlich. Es bringt einfach alles wieder hoch, weißt du? Gerade zu dieser Jahreszeit kommen die Erinnerungen zurück. Das wirft mich etwas aus der Bahn.«

Connor klopfte ihr auf die Schulter. »Tut mir leid«, sagte er.

Sie schüttelte den Kopf, schob seine Hand weg und rang sich ein Lächeln ab. »Schon okay, mir geht es gut. Danke, dass du kein Arschloch bist.«

Connor zwinkerte ihr zu und rollte im Stuhl sitzend wieder zu seinem Schreibtisch zurück. »Kein Arschloch zu sein ist meine Spezialität.«

Schweigend ging anschließend jeder von ihnen seinen Teil der gynäkologischen Unterlagen zu Leah Holloway durch. »Ich kann diese Sauklaue nicht einmal entziffern«, schimpfte Jade. »Warum muss man im Medizinstudium eigentlich nicht ordentlich schreiben lernen?«

»Die Notizen des Pflegepersonals sind leichter zu lesen«, meinte Connor. Auch er konnte das, was der Arzt geschrieben hatte, nicht lesen. Für ihn waren das Hieroglyphen. Aber die Handschrift der Pflegekräfte war hervorragend, wenn auch wenig aufschlussreich. Bei den jährlichen Arztbesuchen hatte sich nichts Ungewöhnliches außer ihren Schwangerschaften ergeben, und selbst die liefen komplikationslos ab.

»Da ist nichts«, resümierte Jade.

Da entdeckte Connor es. Er musste es dreimal lesen, um sicher zu sein, dass er es gut verstanden hatte. Mit seinem Stuhl fuhr er wieder zu Jade und gab ihr die Notizen der Pflegekräfte, die bei der Untersuchung zugegen gewesen waren.

»Parks, das ist mehr als ein Jahr her.«

Er deutete auf den Abschnitt, der ihm aufgefallen war. »Ja, aber es ist ein gutes Indiz dafür, dass in der Familie Holloway doch nicht alles ganz so toll war.«

Jade las es rasch durch. »Ich hätte nicht gedacht, dass dieser langweilige Trottel von einem Ehemann fremdgeht.«

»Ich auch nicht«, pflichtete ihr Connor bei.

Leah hatte sich auf jede nur erdenkliche Geschlechtskrankheit testen lassen. *Ehemann hatte ungeschützten Sex mit unbekannter Geschlechtspartnerin.*

»Alle Tests waren negativ«, meinte Connor. »Also hat er sie nicht mit etwas angesteckt.«

»Weil nicht er es war, der eine Affäre hatte«, mutmaßte Jade.

»Das dachte ich auch gerade«, stimmte Connor ihr zu. »Ich kann mir nicht vorstellen, dass Jim Holloway in der Lage wäre, ein außereheliches Verhältnis durchzuziehen. Gut vorstellen aber kann ich mir, dass Leah ihn zum Sündenbock gemacht hat. Für sie war Außenwirkung alles. Sie hätte nie zugegeben, dass sie diejenige war, die fremdgeht.«

»Trotzdem«, sagte Jade und kaute dabei auf ihrem Stift. »Stell dir vor, wie schwer es für jemanden, der so auf ein perfektes Image bedacht ist, gewesen sein muss, eine solche Lüge zu erzählen und dann die ganzen intimen Tests über sich ergehen zu lassen. Sie muss das als schreckliche Demütigung empfunden haben.«

»Und einen Monat später ist sie schwanger.«

»Zeig mir die restlichen Notizen«, forderte Jade ihn auf.

Connor nahm den Stapel von seinem Schreibtisch. Zusammen lasen sie die restlichen Aufzeichnungen zur Untersuchung durch. »Da hat sie erfahren, dass sie schwanger ist«, meinte Jade. »Bei dieser Untersuchung. Genau dieser.«

»Denkst du, dass das der Grund war, warum sie ihn nicht verlassen hat?«

»Ich glaube, für sie war der Schein sehr wichtig. Sie ist vermutlich geblieben, damit die Familie intakt blieb.«

»Weder ihr Mann noch ihre beste Freundin haben diese Seitensprünge und die Angst vor einer Geschlechtskrankheit erwähnt«, hob Connor hervor.

»Das wundert mich nicht. Das bindet man anderen nicht unbedingt auf die Nase, vor allem, wenn man seine Ehe nicht aufs Spiel setzen will.«

»Auf jeden Fall müssen wir noch einmal mit Jim Holloway reden«, sagte Connor. »Er hat behauptet, alles sei bestens.«

Jade zuckte die Schultern. »Vielleicht war es das jetzt auch. Kann sein, dass sie es geklärt hatten. Diese Unterlagen sind über ein Jahr alt. Womöglich wurde es danach wieder besser.«

»Vielleicht. Wir wissen ja nicht einmal, ob sie eine längere Affäre hatte oder ob es nur ein einziger Seitensprung war. Vielleicht hat die Angst vor einer Geschlechtskrankheit sie auf den Boden der Tatsachen zurückgeholt.«

Connors Schreibtischtelefon klingelte. Er rollte wieder zurück und nahm den Hörer ab. »Parks.«

»Ihr müsst sofort herkommen«, sagte Davey Richards vom rechtsmedizinischen Institut des Sacramento County.

»Gibt es etwas Neues zum Fall Holloway?«

Davey pfiff leise. »Allerdings. Ist Stryker auch da?«

Connor sah sich um und entdeckte Stryker, der am anderen Ende des Raums telefonierte. »Ich habe ihn gerade im Blick.«

»Bring ihn mit.«

DREIUNDZWANZIG

»Davey Richards, das alte Arschloch«, brummte Jade, als sie mit Connor und Stryker unterwegs zur Rechtsmedizin war. Das Institut befand sich am Broadway von Sacramento in einem großen, hellbraunen, zweistöckigen Gebäude mit rundem Säulenvorbau und war umgeben von einer gepflegten Grünfläche. Seine Schönheit stand in krassem Kontrast zu dem morbiden Geschehen hinter den Mauern.

Stryker deutete mit einem Daumen zu Jade. »Sie mault ganz schön viel rum.«

Jade warf ihm einen bösen Blick zu, aber Connor lachte. »Sie und Davey waren für eine Weile ein Paar. Hat nicht funktioniert.«

Stryker zuckte die Achseln. »War vielleicht besser so. Will man wirklich Hände an sich, die den ganzen Tag Leichen aufschneiden?«

Jade dachte kurz nach. »Vielleicht wusste er deshalb nicht, was er mit einer lebendigen Frau anstellen sollte.«

Stryker lachte laut auf. »Ich verrate ihm, dass du das gesagt hast.«

Jade hob eine Augenbraue. »Wie bitte? Hast du gerade gesagt, dass ich dich ins Knie schießen soll?«

Was Stryker nur noch mehr zum Lachen brachte.

»Sie hat es heute auf Knie abgesehen«, verriet Connor seinem Freund.

Sie verstummten, als sie den Autopsiebereich betraten, einen großen, sterilen, hell erleuchteten Raum mit hellbraunem Fliesenboden und graubraunen Wänden. Trotz des Sonnenlichts, das durch die hohen Fenster fiel, wirkte er düster und trostlos. Jemand hatte ein paar üppige grüne Zimmerpflanzen im ganzen Raum verteilt, aber Connor fand, dass die Atmosphäre dadurch nur noch gruseliger wurde. Vor allem, wenn sie neben der Waage standen, von der er wusste, dass damit die inneren Organe gewogen wurden.

Dann war da der Geruch. Nicht der kupferige von Blut, wie man vielleicht erwarten würde, sondern eine Kombination aus einer faulig-erdigen und einer chemischen Note, die reichte, um Übelkeit in ihm aufsteigen zu lassen. Dabei hatten sie noch nicht einmal eine Leiche zu Gesicht bekommen. Zum Glück für sie alle war Leah Holloway bereits obduziert.

»Ich habe euch erst nach Abschluss der Autopsie angerufen, damit ihr nicht dabei zusehen müsst«, erklärte Davey und blinzelte Jade zu. Connor war sich nicht sicher, ob das eine Art Flirtversuch war, aber Jades angewidertem Blick nach zu urteilen fand auch sie die Geste völlig deplatziert. Vielleicht war Davey wirklich so unbeholfen im Umgang mit Lebenden, wie sie angedeutet hatte. Connor begriff bis heute nicht, was sie an diesem Kerl mit den langen schwarzen, zum Pferdeschwanz gebundenen Haaren und dicken Brillengläsern gefunden hatte. Andererseits kannte er Davey auch nicht sonderlich gut. Sie waren sich erst ein paarmal begegnet – und immer unter Umständen wie diesen hier.

Leah Holloways Leiche lag mit einem Tuch bedeckt auf einer Edelstahlplatte gleich neben ihnen. Connor konnte lediglich ein Büschel blonder Haare unter dem Tuch hervorlugen sehen. Die anderen Seziertische im Raum waren leer.

»Hast du etwas für mich?«, fragte Stryker. »Oder wolltest du nur mein freundliches Gesicht sehen?«

Davey lächelte. »Wart's ab.«

Stryker und Connor wechselten einen Blick, sagten aber nichts.

»Eins nach dem anderen«, begann Davey. »Zunächst einmal war diese Frau kerngesund, wenn auch leicht übergewichtig. Außerdem ist die Speiseröhre etwas angegriffen. Wahrscheinlich hatte sie chronisches Sodbrennen, das nicht ordentlich behandelt worden war. Wegen der besonderen Umstände haben wir ihr Blut abgenommen, kaum dass sie gestern bei uns eingetroffen ist, um ihren Blutalkoholspiegel zu ermitteln.«

»Ich dachte, bei einer Leiche ginge das nicht«, wandte Stryker ein.

Davey zuckte mit den Schultern. »Die Ergebnisse sind nicht besonders genau. Während des Zersetzungsprozesses entstehen im Körper alle möglichen alkoholischen Nebenprodukte. Außerdem lässt sich bei Wasserleichen in der Regel ein Anstieg des Alkoholspiegels beobachten. Aber sie war nicht lange genug im Wasser, als dass das eine große Rolle spielen könnte, und auch noch nicht so lange tot. Ich würde sagen, unser Ergebnis ist relativ exakt. Der Spiegel war vielleicht geringfügig niedriger, aber ich glaube, es besteht kein Zweifel, dass die Frau betrunken war, als sie ins Wasser fuhr.«

»Also hat sie den Wodka tatsächlich getrunken«, stellte Jade fest.

»Sie hat auf jeden Fall etwas getrunken«, erwiderte Davey. »Aber das hat sie nicht umgebracht. Sie starb durch Asphyxie infolge des Einatmens von Flüssigkeit.«

»Klartext, bitte«, fuhr Jade ihn an.

Davey lächelte. »Ertrinken. Sie starb durch Ertrinken.«

»Wie viel Alkohol hatte sie im Blut?«, wollte Jade wissen.

»Ein Promille.«

»Das würde passen«, meinte Connor. »Sie ist getorkelt, als sie die Toilette verlassen hat.«

»Da haben wir's«, sagte Jade. »Eigentlich ganz einfach. Sie konnte ihr perfektes Leben nicht mehr aufrechterhalten, hat sich betrunken und umgebracht. Fall gelöst.«

»Allerdings erklärt das nicht das hier«, wandte Davey ein.

Behutsam hob er das obere Ende des Tuchs auf Leahs Leiche und faltete es mehrfach nach unten, bis es knapp über ihren Schamhaaren lag. Ihre Augen waren geschlossen, der Mund leicht geöffnet. Wäre da nicht der riesige Y-förmige Schnitt auf ihrem Torso und die wächserne Blässe ihrer Haut gewesen, hätte man fast annehmen können, dass sie nur schlief. Ihre großen Brüste fielen zur Seite. Connor sah sofort, was Davey ihnen hatte zeigen wollen. Es sandte einen Schauder wie einen elektrischen Stromschlag durch seinen Körper.

»Drei Bisswunden«, erklärte Davey und deutete mit einem behandschuhten Finger auf jede einzelne. »Eine an der Vorderseite der linken Schulter, eine am unteren, äußeren Quadranten der rechten Brust und eine vorn an der rechten Hüfte. Etwa drei, vier Tage alt, würde ich sagen. Ich habe sie bereits mit den Zahnabdrücken auf den vier Opfern des Soccer Mom Stranglers verglichen. Sie sind identisch.«

Connor hatte seine Kollegen noch nie sprachlos erlebt, aber selbst ihm fiel jetzt nichts mehr ein. Davey klatschte in die Hände und wedelte vor ihrem Gesicht herum. »Habt ihr mich verstanden, Detectives? Leah Holloway hat Bissspuren am Körper, die zu denen des Soccer Mom Stranglers passen.«

VIERUNDZWANZIG

Jade fand als Erste die Sprache wieder. Sie deutete auf Davey, als wollte er ihnen etwas andrehen. »Willst du damit sagen, dass Leah Holloway in den letzten drei, vier Tagen vor ihrem Tod vom Soccer Mom Strangler angegriffen wurde und überlebt hat?«

Davey deckte Leah wieder sanft, fast liebevoll zu. Er schüttelte den Kopf. »Nein. Ich sage nur, dass sie in den letzten drei, vier Tagen Kontakt mit dem Soccer Mom Strangler hatte und er sie mehrmals gebissen hat.«

»Kontakt?«, fragte Stryker ungläubig.

»Willst du damit sagen, dass sie deiner Ansicht nach nicht vergewaltigt wurde?«, hakte Connor nach.

»Die Ergebnisse dazu sind nicht eindeutig. Sie hat einige Risse im Rektum und vaginale Quetschungen, die auf eine Vergewaltigung hindeuten, aber auch von hartem Sex stammen könnten. Die Bisse sind nicht so tief wie an den Opfern des Stranglers.«

»Du meinst also, der Verkehr war einvernehmlich«, folgerte Connor.

Davey schürzte die Lippen. Connor sah ihm an, dass er

scharf überlegte. »Nein«, antwortete er. »Ich persönlich glaube nicht, dass er einvernehmlich war, aber wenn ich vor Gericht aussagen müsste, könnte ich nicht mit hundertprozentiger Sicherheit behaupten, dass sie vergewaltigt worden ist. Es fehlen auf jeden Fall die üblichen Verletzungen am Körper, die man bei einer vom Soccer Mom Strangler vergewaltigten Frau erwarten würde. Dieser Typ hat eine Riesenwut im Bauch.«

»Die Profilerin, Agent Bishop, hält in Fällen wie diesem das Opferverhalten für sehr wichtig«, erklärte Connor Davey. »Sie meinte, die Opfer könnten, ohne dass ihnen das bewusst gewesen sei, ihn noch mehr dadurch in Rage versetzt haben, dass sie um ihr Leben flehten, weil sie Kinder hatten. Vielleicht hat Holloway sich nicht gewehrt. Vielleicht hat sie kein Wort gesagt und die Vergewaltigung in der Hoffnung über sich ergehen lassen, dass er sie nicht umbringt.«

Jade runzelte die Stirn. »Bisschen weit hergeholt. Sie wird vom Soccer Mom Strangler vergewaltigt und geht damit nicht zur Polizei? Erzählt niemandem davon?«

»So einfach ist es nicht, Jade«, sagte Connor leise und dachte dabei an Claire. »Es ist gar nicht so einfach, das anzuzeigen.«

»Vielleicht ist ihr Mann der Strangler«, meinte Stryker. »Claire hat ausgesagt, dass die Frau sich umgebracht hat. Und sie hat versucht, ihre eigenen Kinder mit in den Tod zu nehmen. Wenn du herausfindest, dass dein Mann, der Vater deiner Kinder, ein Serienmörder ist, hast du einen ziemlich guten Grund, dir das Leben zu nehmen.«

Sie sahen sich an. Connor wechselte einen Blick mit Jade. Sie hatten beide den gleichen Eindruck von Jim Holloway gehabt: Schlimmstenfalls war er einfach nur ein Taugenichts, aber kein Mörder.

»Es fällt mir schwer, in ihm den Strangler zu sehen«, widersprach Jade.

»Er passt auf jeden Fall nicht ins Profil«, stimmte Connor ihr zu. »Zu alt, in einer Festanstellung, mit Familie.«

Stryker zuckte die Schultern. »Sie hat gesagt, dass für uns nur die Spurenlage zählen sollte. Und dass sie mit ihrem Profil komplett danebenliegen könnte.«

»Er arbeitet abends«, gab Jade zu bedenken. »Und schläft tagsüber.«

»Ich glaube nicht, dass er es ist«, sagte Connor.

»Agent Bishop ist noch hier. Wir können mit ihr darüber reden«, schlug Stryker vor. »Aber ich denke, wir sollten den Typen zumindest auf Herz und Nieren überprüfen. Wir dürfen kein Risiko eingehen. Er könnte es sein.«

»Es gibt eine Möglichkeit, das mit hundertprozentiger Sicherheit herauszufinden«, sagte Davey.

»Wir bringen ihn auf die Wache«, pflichtete ihm Stryker bei. »Dann nehmen wir eine DNA-Probe und Abdrücke von seinem Gebiss.«

FÜNFUNDZWANZIG

Zum zweiten Mal heute stand Claire im Polizeirevier. Sie wartete vor dem Konferenzraum der Kriminalpolizei. Connor hatte sie angerufen und sie gebeten, sich mit der FBI-Profilerin zu treffen. Ihr war mehr als nur etwas unwohl, vor allem, als sie vor dem Raum stand, in dem die Frau dem Trupp erfahrener Ermittler Anweisungen gab, als wollte sie die Leute in eine Schlacht führen.

»Dass ein Opfer des Stranglers überlebt, ist angesichts der blinden Wut, mit der er seine bisherigen Verbrechen verübt hat, sehr ungewöhnlich. Ich glaube, dass Detective Parks recht hat. Holloway hat vermutlich anders auf den Täter reagiert als die vorigen Opfer und so deeskalierend gewirkt. Sie müssen sich sehr intensiv mit ihrem Leben befassen. Sie war die Letzte, die Kontakt zu ihm hatte. Finden Sie die kleinste Einzelheit über ihre Tagesabläufe der letzten Woche heraus. Versuchen Sie, nach Möglichkeit den genauen Zeitpunkt des Überfalls zu bestimmen und dann ein exaktes Bewegungsprofil für diesen Tag zu erstellen.«

»Was ist mit ihrem Mann?« Claire erkannte Strykers

Stimme. »Er passt nicht ins Profil, aber denken Sie, dass er es getan haben könnte?«

»Profile sind nicht in Stein gemeißelt. Wir können nur hoffen, den Täter so akkurat wie möglich zu beschreiben. Einige Merkmale passen – er ist Weißer, ungelernt, zwar kein Teenager mehr, fällt aber als Vater eines Fußball spielenden Kindes bei einem Spiel nicht weiter auf. Ich bin zwar nach wie vor der Meinung, dass Sie nach einem jüngeren Mann Ausschau halten sollten. Aber bevor Sie weitersuchen, müssen Sie ausschließen, dass er der Täter ist. Das dürfte nicht allzu schwierig sein. Vergleichen Sie seine Fingerabdrücke mit den noch nicht zugeordneten, die beim ersten Opfer gefunden wurden, und nehmen Sie eine DNA-Probe und die Zahnabdrücke von ihm. Hat Leah Holloway herausgefunden, dass ihr Mann der Soccer Mom Strangler ist, und daher beschlossen, erweiterten Suizid zu begehen? Es wäre nicht das erste Mal, dass eine Frau geschockt feststellt, mit einem Serienmörder verheiratet zu sein. Dennis Rader ist es gelungen, seine Frau jahrzehntelang zu täuschen.«

»Wer ist Dennis Rader?«, wollte Jade wissen.

»Der BTK-Killer«, fügte Connor an.

»Korrekt«, pflichtete ihm Agent Bishop in anerkennendem Ton bei.

Claire trat näher an die Tür heran und versuchte, einen Blick nach drinnen zu erhaschen. Eine attraktive FBI-Profilerin hatte ihr gerade noch gefehlt. Eine Frau, die sich mit Connor über seine Arbeit unterhalten konnte und wesentlich beeindruckender und interessanter war als sie selbst. Sie hatte ihr den Rücken zugewandt, doch Claire musste unwillkürlich seufzen, als sie die langen, glänzenden braunen Locken der Frau und ihre muskulösen Beine sah. Links von ihr stand Jade Webb, schweigsam, mit überkreuzten Armen und einer mürrischen, angewiderten Miene. Anscheinend war sie nicht ganz so hingerissen von der FBI-Agentin wie ihre Kollegen.

»Raders Frau behauptete, keine Ahnung gehabt zu haben, dass er der Mörder gewesen war. Wir hatten einmal einen Fall aus der Gegend um Seattle. Den Handlungsreisenden. Er brachte fünf Frauen um, bevor er der Polizei zu schreiben begann. Die Morde waren über ein so großes Gebiet entlang der Küste des Bundesstaats Washington verteilt gewesen, dass die Strafverfolgungsbehörden zunächst keinen Zusammenhang sahen, bis er anfing, Briefe zu verschicken. Wir nahmen an, dass er seinen ersten Mord in der Nähe seines Wohnorts begangen hatte. Deshalb ließen wir dort Plakate mit einer Schriftprobe von ihm aufhängen, dazu die Nummer einer Hotline, an die man sich wenden konnte. Raten Sie mal, wer die Autobahn entlangfuhr und auf das Plakat aufmerksam wurde?«

»Seine Frau«, mutmaßte Connor.

»Was hat sie gemacht?«, fragte Stryker.

»Sie ist nach Hause gefahren und hat sich die Pulsadern aufgeschnitten.«

»Woher wissen Sie, dass sie das Plakat gesehen hat?«, hakte Stryker nach.

»Sie hat davor noch eine Sprachnachricht an ihre Schwester geschickt«, erklärte Agent Bishop. »Darin sagte sie, dass sie das Plakat gesehen und erkannt habe, dass ihr Mann der Handlungsreisende sei. Außerdem bat sie ihre Schwester, der Polizei zu sagen, dass sie seine Jagdhütte durchsuchen soll. Dort fanden wir alle Trophäen, die er von seinen Opfern gesammelt hatte.«

»Holloway hat allerdings nicht versucht, ihren Mann als den Strangler hinzuhängen«, gab Connor zu bedenken.

»Nein, aber interessanterweise hat Ihre Abteilung die Informationen über die Bissabdrücke nur wenige Tage bevor Holloway in den Fluss fuhr, veröffentlicht.«

Claire wusste von Connor, dass die Veröffentlichung der Zahnabdrücke ein Fehler gewesen war, doch keiner der Beamten im Raum wies darauf hin.

»Sie wollen damit also sagen, ihr Mann habe ihr das angetan, und als sie erfuhr, dass der Soccer Mom Strangler mit seinen Opfern dasselbe anstellte, zählte sie zwei und zwei zusammen?«, fragte Stryker.

Agent Bishop zuckte die Achseln. »Vielleicht. Wir werden es bald erfahren. Und jetzt würde ich gerne mit Ms Fletcher sprechen, falls das möglich ist.«

Rasch trat Claire zurück, damit niemand sie sah.

»Sie ist draußen im Flur«, sagte Connor. »Ich hole sie.«

»Nein«, meinte Agent Bishop. »Nicht hier. Ich will nicht, dass sie das Gefühl hat, verhört zu werden. Gibt es in der Nähe ein Café, in das wir uns setzen können?«

SECHSUNDZWANZIG

Fünfzehn Minuten später saß Claire in einem kleinen Café ein paar Minuten vom Revier entfernt Agent Kassidy Bishop gegenüber. Claire war noch nie hier gewesen, verstand aber, warum Connor und Stryker es empfohlen hatten. Es hatte in etwa die Größe eines begehbaren Kleiderschranks und war mit Ausnahme von ihnen beiden völlig leer.

»Ms Fletcher«, begann Bishop. »Es freut mich, Sie kennenzulernen.«

Claire nickte.

»Danke, dass Sie sich mit mir treffen«, fuhr Bishop fort. Von Nahem wirkte die Frau irgendwie vertraut. Sie hatte durchdringende blaue Augen. Hätte sie nicht gelächelt, hätte Claire sich wie ihre Beute gefühlt. Schon jetzt hatte sie das Gefühl, dass die Frau ihre Gedanken lesen konnte. Sie verströmte förmlich Intelligenz, die fast wie Parfümduft über den Tisch zog. Claire griff sich an den Kopf und rückte sich eine aus der Reihe tanzende Locke zurecht. Sie war doch auch keine Idiotin, dachte sie bei sich. Schließlich hatte sie inzwischen einen Collegeabschluss und die Aufnahmeprüfung des Instituts für

Tiermedizin geschafft, die schwerer war als die Zulassung zum Medizinstudium.

Claire rang sich ein Lächeln ab. »Ich weiß nicht, wie ich Ihnen helfen kann, Agent Bishop.«

»Nennen Sie mich Kassidy. Ich sage Ihnen ganz offen, ich habe Ihre Akte gelesen.«

»Meine Akte. Ach so.«

Claire hatte beinahe vergessen, dass es beim FBI eine Akte über sie gab. Natürlich hatte Kassidy sie gelesen.

»Sie sind ganz außergewöhnlich«, sagte Kassidy.

»Weil ich überlebt habe?«

»Sie müssen wissen, dass eine Entführung durch Fremde zwar selten ist, die Überlebensrate unter den Opfern jedoch sehr gering.«

»Ja, das ist mir bekannt.«

»Der Anteil der Kinder, die nach Entführungen durch Fremde lebend befreit werden, steigt zwar, ist aber nach wie vor äußerst klein.«

Claire rutschte unruhig auf ihrem Stuhl hin und her. »Ich dachte, wir seien hier, um über Leah Holloway zu reden. Allerdings weiß ich nicht genau, was ich Ihnen erzählen soll. Ich habe die Frau gestern zum ersten Mal in meinem Leben gesehen.«

»Das ist schon in Ordnung«, erwiderte Kassidy. Sie nahm einen Schluck von ihrem Kaffee und stellte die Tasse wieder auf den Tisch. Claire fiel die ruhige Körperhaltung der Frau auf. Weder nestelte sie an etwas herum, noch rutschte sie auf ihrem Stuhl hin und her und fuhr sich auch nicht mit den Fingern ständig durch ihr braunes Haar. Nicht einmal zu blinzeln schien sie. Es war schon fast beunruhigend. »Sie waren die Letzte, die Mrs Holloway lebend gesehen hat. Haben Sie schon von Viktimologie gehört?«

»Wenn Polizei, besser gesagt, die Strafverfolgungsbehörden, sich mit den Opfern eines Verbrechens befassen?«

Kassidys Lächeln wurde breiter. »Ja, genau. Wir befassen uns mit den Opfern, so wie wir auch einen Täter analysieren würden. Dabei finden wir so viel wie möglich über sie heraus, versuchen zu ergründen, wie sie ticken, und vergleichen die Ergebnisse dann mit allem, was wir über den Täter wissen. So bekommen wir eine Vorstellung davon, wie sich das Ganze zwischen ihnen abgespielt haben könnte. Nicht alle Opfer reagieren gleich. Manchmal verrät uns die Interaktion zwischen Täter und Opfer etwas über das Verbrechen und den Täter selbst. Ich habe mit Detective Parks ausführlich darüber gesprochen, was Sie ihm erzählt haben, möchte aber, dass Sie mir noch einmal genau schildern, was gestern Morgen passiert ist.«

Claire war erleichtert, dass sie über Holloway und nicht über ihren eigenen Fall sprechen musste. Sie begann mit den Unfallgeräuschen, die sie auf der Brücke gehört hatte, und schilderte den Ablauf der Ereignisse bis zu ihrem Gespräch mit den Detectives am Flussufer. Unerwähnt ließ sie, dass sie dabei zum ersten Mal seit Jahren wieder eine außerkörperliche Erfahrung gehabt hatte. Und auch von den Erinnerungen, die das Geschehen in ihr hochgebracht hatte, oder den Albträumen, die es ihr beschert hatte, erzählte sie nichts.

»Wirkte Mrs Holloway betrunken auf Sie?«

Claire zuckte die Schultern. »Ich habe mir keine Gedanken darüber gemacht. ich weiß es nicht. Ich habe die Frau, wie gesagt, noch nie zuvor getroffen, deshalb weiß ich auch nicht, wie sie wirkte, wenn sie nicht betrunken war. Ich weiß nur, dass sie schreckliche Angst hatte.«

»Angst zu sterben?«

»Nein. Angst zu leben. Sie fürchtete sich nicht vor dem Tod. Sie fürchtete sich vor dem Leben. Sie wollte unbedingt in diesem Fluss sterben. Dieses ...« Ihre Stimme versagte. Die Emotionen trafen sie wie ein Blitz. Miranda Simons erstickte Schreie kamen ihr wieder in den Sinn. Doch sie verdrängte die Erinnerungen und riss sich zusammen. »Dieses Gefühl vergisst man nicht. Man erkennt es in jemand anderem, wenn man ihn sieht.«

Kassidy beugte sich vor, stützte die Ellbogen auf den Tisch und faltete die Hände unter dem Kinn. Sie sprach leiser, obwohl sie die einzigen Gäste im Café waren. »Ich weiß, wie es ist, schreckliche Angst zu haben, Miss Fletcher.«

Und plötzlich, einfach so, begriff Claire, warum sie es wusste. »Sie wurden auch überfallen.«

Kassidy verzog das Gesicht. »Ja. Bei mir zu Hause. Von einem Serienvergewaltiger, der eigentlich im Gefängnis hätte sein sollen.«

Die Sache war vor zwei Jahren landesweit in den Schlagzeilen gewesen. Claire interessierte sich fast zwanghaft für Überfälle und Vergewaltigungen, die durch die Presse gingen. Manchmal ertrug sie es nicht mehr und schaltete Nachrichten aus, weil es ihr zu viel wurde. Warum taten sich die Menschen das alles nur an? Kassidys Fall fiel ihr wieder ein. Es war an der Ostküste gewesen. Ein Vergewaltiger hatte gewütet, woraufhin das FBI hinzugezogen worden war. Mit Mühe hatte man ihn dingfest gemacht, doch wegen eines Formfehlers war er wieder auf freien Fuß gekommen. Daraufhin hatte er eine der FBI-Agentinnen überfallen. Kassidy Bishop. Claire lief es kalt den Rücken hinunter. »Das tut mir leid«, sagte sie.

»Braucht es nicht«, entgegnete Kassidy. »Es hat mir eine ... Perspektive gegeben. Als Ermittlerin. Und ich habe jetzt eine Waffe und einen großen Hund.«

Claire lächelte, ein ehrliches Lächeln diesmal. »Ich auch.«

»Was würden Sie sagen, wenn ich Ihnen verrate, dass Leah Holloway ein paar Tage vor ihrer Fahrt in den Fluss vergewaltigt wurde?«

»Ist das jetzt die Theorie der Polizei? Dass sie vergewaltigt wurde und dann versucht hat, sich, ihre Kinder und die der Nachbarn umzubringen?«

»Ich weiß es nicht. Wie kommen Sie darauf, dass sie unbedingt sterben wollte?«

Claire schüttelte den Klopf, aber mehr um die schrecklichen Erinnerungen aus dem Kopf zu bekommen, als Kassidy zu signalisieren, dass sie es nicht wusste. »Sie hat ihre Tochter weggestoßen.«

»Wie meinen Sie das?«

»Ihre Tochter, Peyton, sie hat versucht, sie aufzuwecken. Sie war nach vorn zu ihrer Mutter geklettert. Das Auto hat sich schnell mit Wasser gefüllt. Der ganze Vordersitz stand schon fast vollständig unter Wasser. Als Leah zu sich kam, hat sie Peyton weggeschubst ... aber nicht, damit sie in Sicherheit ist. Sie hat sie ins Wasser gestoßen. Eine Mutter müsste eigentlich instinktiv versuchen, ihr Kind zu retten.«

Kassidy nickte, während sie sprach. Fast beiläufig wandte sie ein: »Ja, aber sie ist auch mit ihren Kindern von der Brücke aus in den Fluss gefahren.«

»Ich weiß. Das ist mir klar. Aber Sie waren nicht dabei. Sie hat dem Mädchen in die Augen gesehen und sie dann tiefer ins Wasser gestoßen.«

»Denken Sie, dass Sie durch die Vergewaltigung verrückt geworden ist?«

»Denken Sie das«

Kassidy zuckte die Schultern. Ein schmerzlicher Ausdruck huschte über ihr Gesicht. Es war das erste Zeichen eines echten Gefühls, das Claire bei dieser Frau bemerkte. Es war wie ein leichtes Kräuseln in ihrem durchgehend angenehmen Verhalten. Sie sagte: »Mit einer Vergewaltigung kann man eine Frau auf jeden Fall in schreckliche Angst versetzen und so schockieren, dass sie sterben möchte.«

Claire musste daran denken, wie langsam ihr Peiniger sie ausgezogen hatte, als er sie das erste Mal vergewaltigt hatte. Ihr fiel wieder ein, wie das Bett quietschte. Es war ihr vorgekommen wie ein Überschallknall in dem stillen Zimmer. Sie bekam das Wort kaum über die Lippen: »Genau.«

Abrupt fragte Kassidy. »Wird es leichter? Mit der Zeit?«

Ihre Maske kühler Effizienz war gefallen. Die perfekt manikürten Fingernägel klopften gegen den Rand ihrer Kaffeetasse. Sie war nur noch eine Frau. Eine Überlebende, die einer anderen Überlebenden eine Frage stellte. *Werde ich es schaffen?*

Claire stieß die Luft aus. Sie hatte nicht einmal gemerkt, dass sie den Atem angehalten hatte. »Ja. Es wird leichter. Mit der Zeit. Mit einer Therapie. Mit Liebe.« Sie suchte nach einer beruhigenden Erinnerung, mit der sie die entsetzlichen dämpfen konnte, die dieses Gespräch wieder in ihr aufgewühlt hatte. Sie dachte an Connor. Seine freundlichen Augen, ihre Gefühle, wenn sie in seinen Armen lag. »Aber man muss Menschen an sich heranlassen. Glaube ich zumindest. Ich bin nicht allzu gut darin.«

Kassidy lachte. »Ich auch nicht.« Einen Augenblick lang herrschte Stille zwischen ihnen. Dann fuhr Kassidy fort: »Was mir passiert ist, ging nicht ... es ging nicht über einen so langen Zeitraum wie bei Ihnen. Trotzdem verstehe ich ein bisschen, dass das, was Leah Holloway getan hat, in ihren Augen eine Option war.«

Claire hob ihre Tasse an die Lippen. Der Kaffee war nur mehr lauwarm, aber cremig und schmeckte trotzdem noch ausgezeichnet. Zu Beginn ihrer Gefangenschaft hatte es eine Zeit gegeben, da ein Aufenthalt in einem Café und ein Gespräch mit jemandem bei einem Latte macchiato ein ferner Traum und völlig undenkbar gewesen war. Eine Zeit, da schon der Gang zur Toilette ein Luxus gewesen war. Monatelang hatte sie sich in einem kalten, düsteren Raum unter den wachsamen Augen von Reynard Johnson in einem Eimer in der Ecke erleichtern müssen. Ihr fiel wieder ein, dass sie gefesselt gewesen war und sich nicht einmal ins Gesicht hatte fassen können, um ihre Tränen wegzuwischen. Sie war so ausgehungert und durstig gewesen, dass sie sogar ihr eigenes kaltes, schmutziges Badewasser hatte trinken müssen. Die schlimmen Sachen, diese wirklich grauenhaften Erfahrungen im Leben, sie gaben einem in der Tat eine Perspektive.

»Es gibt ein Rezept«, räumte Claire ein. »Um zu überleben. Um danach noch leben zu können.«

Kassidy beugte sich zu ihr. »Wollen Sie es mir verraten?«

»Ganz alltägliche Augenblicke sind die Wunder im Leben.«

»Sprechen Sie weiter.«

»Es gibt so viel Böses in der Welt. Menschen tun sich ständig Schreckliches, Entsetzliches an. Und wenn wir uns nicht umbringen, verstümmeln, vergewaltigen und betrügen, müssen wir uns um Unfälle, Fehler, Krankheiten und höhere Gewalt Sorgen machen – um Überschwemmungen, Brände, Autounfälle, Flugzeugabstürze, Krebs oder Ärzte, die das falsche Körperteil operieren. Egal, was. Schalten Sie einfach die Nachrichten fünf Sekunden lang ein. Schon da wollen Sie sich manchmal selbst um die Ecke bringen.«

»Ich habe sogar einen Platz in der ersten Reihe, wenn es um die wirklich verkommensten Sachen geht«, räumte Kassidy ein.

Claire schauderte unwillkürlich. Sie dachte an all die Geschichten, die ihr Connor im Lauf der Jahre über seine Arbeit erzählt hatte. »Bei Ihrer Arbeit auf jeden Fall. Es ist leicht, sich die schlimmen Sachen zu merken. Da gibt es so viele. Ihre Arbeit ist nie getan, und verglichen mit dem überbordenden, endlosen Schrecken wirkt das Gute in der Welt manchmal klein, dumm und unnütz. Man sucht immer nach etwas richtig Großen, das es mit dem ganzen Schlechten aufnehmen kann. Nach etwas Übernatürlichem, das jeder Vernunft trotzt. Unmöglichen Leistungen. In Wirklichkeit ist jede Sekunde, in der wir gesund und unversehrt sind, ein Wunder. Angesichts dessen, was alles jederzeit schiefgehen kann, ist schon allein die Vorstellung, dass wir überhaupt dem

Leben etwas abgewinnen und einen ganzen Tag durchstehen können, ohne dass etwas Fürchterliches passiert, für mich ein Wunder.«

»Das ist eine Perspektive.«

Claire senkte den Blick und sah auf den Tisch. Sie wurde rot. »Tut mir leid. Das klingt wahrscheinlich kitschig.«

»Überhaupt nicht«, erwiderte Kassidy. »Es freut mich, dass Sie mich an Ihren Gedanken teilhaben lassen.«

Das künstliche Klingeln eines Handys unterbrach sie. Kassidy fasste in ihre Handtasche, die sie über die Stuhllehne gehängt hatte, und zog ihr Gerät heraus. Sie stellte es stumm und lächelte Claire an. »Die Pflicht ruft. Mehr schreckliche Dinge. Sieht aus, als müsste ich im Anschluss an diesen Fall gleich nach Portland.«

SIEBENUNDZWANZIG

Jim Holloways Mutter war Kettenraucherin. Sie sah aus wie eine Obdachlose, und ihre Stimme klang wie Reifen, die über Kies fahren. Sie öffnete die Tür der Holloways in einer ärmellosen rosa Bluse und einem Jeansminirock, deren Farben überhaupt nicht zu ihrer ledrigen Haut und dem dünnen erdbeerblonden Haar passte. Der kleine Tyler saß auf ihrer Hüfte, während Hunter sich an eines ihrer sommersprossigen Beine klammerte. Sie stellte Fragen, die sie umgehend selbst beantwortete. »Wer sind Sie? Die Polizei? Was wollen Sie? Mit meinem Jimmy reden? Warten Sie hier. Jimmy!«

Das letzte Wort war ein schriller Schrei, der die beiden Holloway-Jungen zusammenzucken ließ. Das Baby begann zu weinen. Jims Mutter tätschelte ihm den Rücken und redete mit ihrer Reibeisenstimme beruhigend auf es ein. Es verstummte und drehte den Kopf, um Connor und Jade anzusehen. Seine großen braunen Augen waren nass und misstrauisch, als hätten ihn die beiden Detectives gerade mit einem lauten Geräusch erschreckt. Es packte eine Strähne der Frau und stopfte sie sich in den Mund. Mrs Holloway seufzte vernehmlich. »Warten Sie hier«, befahl sie den Polizisten und verschwand im Haus. Sie hörten einen Schlag und undeutliche Streitgeräusche. Dann erschien Jim Holloway in der Tür. Sein frisch gewaschenes Haar war sauber zu einer Seite gekämmt, und Connor fragte sich unwillkürlich, ob seine Mutter ihn so zurechtgestriegelt hatte. Er trug eine saubere graue Jogginghose und ein rotes T-Shirt mit einem alten Fleck unbestimmter Herkunft auf der rechten Brustseite, der sich anscheinend nicht mehr herauswaschen ließ. Sein Kiefer arbeitete; offensichtlich kaute er an etwas. Connor war sich sicher, dass seine Mutter gerade etwas gekocht hatte.

Jim öffnete die Fliegengittertür und ließ sie eintreten. Connors Blick fiel auf die Couch, wo die kleine Peyton ausgestreckt, verschwitzt und mit halb offenem Mund schlummerte. »Fliegen fangen«, nannte Connors Bruder es immer, wenn Kinder so schliefen. Von dort, wo er stand, konnte Connor das Mädchen leise schnarchen hören.

»Haben Sie etwas herausgefunden?«, fragte Jim mit ernster Miene. »Über Leah?«

»Mr Holloway, wir müssen reden«, begann Connor. »Wir möchten, dass Sie mit aufs Revier kommen.«

»Okay. Ich sage nur meiner Mom Bescheid.«

Als er nach hinten in die Richtung ging, in der Connor die Küche vermutete, meinte Jade: »Na, das war ja leicht.«

Connor schüttelte den Kopf. »Der Kerl ist nicht der Strangler.«

»Und wenn er es nicht ist, können wir ihn durch die Zahnabdrücke und seine DNA ausschließen«, fügte Jade hinzu. »Vorausgesetzt, er gibt sie uns.«

»Macht er«, sagte Connor. »Weil er nicht der Strangler ist.«

Jim Holloway war es gewohnt, zu tun, was man ihm sagte. Während er in dem Streifenwagen, den sich Connor besorgt hatte, zum Revier gefahren wurde, saß er die ganze Zeit, ohne Fragen zu stellen oder zu protestieren, völlig stumm auf der Rückbank. Einziges Zeichen seiner Nervosität war das ständige Trommeln mit den Fingern auf die Knie. Er sah die ganze Zeit aus dem Fenster. Wie ein gut erzogener Hund, dachte Connor bei sich.

Auf dem Revier führten sie ihn in einen Befragungsraum und gaben ihm etwas Wasser zu trinken. Dann las Jade ihm seine Rechte vor. Als sie fragte, ob er sie verstanden habe, lachte er nervös. »Bin ich wegen irgendetwas verhaftet?« Er sagte es, als wäre es ein Witz, als fände er die Idee so absurd, dass sie schon wieder lustig war.

»Nein, Sie sind derzeit noch nicht festgenommen, Mr Holloway. Aber ich habe Ihnen gerade trotzdem Ihre Rechte vorgelesen. Haben Sie sie verstanden?«

Er blickte unsicher von ihr zu Connor. »Äh, ja, klar, sicher. Okay. Haben Sie etwas über Leah herausgefunden? Warum sie ... also, was passiert ist? Hatte sie einen Herzinfarkt oder so etwas?«

Connor konnte wieder hören, wie der Mann mit den Fingern auf seine Knie trommelte. »Mr Holloway«, antwortete Connor und setzte sich auf einen Stuhl gegenüber Leahs Mann. »Bevor sie in den Fluss gefahren ist, hat Ihre Frau eine große Menge Wodka getrunken.«

Holloway starrte ihn verständnislos an. Ein paarmal wanderten seine Mundwinkel nach oben zu einem schwachen Lächeln, das zunächst unsicher und dann ungläubig wirkte. »Was?«

Connor wiederholte, was er gesagt hatte. Und Jade fügte hinzu: »Sie war betrunken. Ihre Frau war betrunken.«

Holloways Miene verfinsterte sich. »Was? Nein. Das ist unmöglich. Leah hat nie getrunken. Nie. Man hätte ihr gar nicht genug Geld anbieten können, um sie dazu zu bringen, Alkohol zu trinken. Ich habe es Ihnen schon gestern gesagt. Sie müssen eine – wie nennt man das, wenn man jemanden aufschneidet, um herauszufinden, warum er gestorben ist? – so etwas machen.«

»Eine Autopsie?«, hakte Connor nach.

»Das haben wir bereits«, sagte Jade. »Ihre Frau hatte ein Promille im Blut. Die rechtliche Obergrenze im Bundesstaat Kalifornien liegt bei null Komma acht Promille. Sie ist vom Fußballplatz weggefahren, hat an einer Tankstelle haltgemacht, fast eine ganze Flasche Pfefferminzwodka getrunken und ist wieder ins Auto gestiegen. Die Flasche hat sie auf der Toilette zurückgelassen. Sie war so betrunken, dass sie nicht mehr gerade gehen konnte, als sie zu ihrem Auto zurück ist.«

Holloway starrte Jade so verständnislos an, als hätte sie ihm gerade erzählt, dass Außerirdische seine Frau entführt hätten. Seine Augen wurden langsam feucht. Ungläubige Verwirrung zeichnete sich in seinem Hängebackengesicht ab. »Nein«, widersprach er. »Nein. Nein. Das stimmt nicht. Sie irren sich. Sie haben die Falsche.« Er legte die Hände auf den Tisch und drehte flehentlich die Handflächen nach oben. »Das ist die falsche Frau. Leah hat nicht ... sie würde nie ...« Wieder brach seine Stimme. Connor staunte über die völlig unverstellte, zutiefst ehrliche Fassungslosigkeit, die sich auf dem Gesicht des Mannes abzeichnete. Er erinnerte sich daran, einen ähnlichen Ausdruck bei seinem Vater gesehen zu haben, als die Ärzte ihm mitteilten, dass Connors Mutter am Krebs sterben würde. Die Nachricht war so überwältigend und schrecklich, so unerwartet und gänzlich außerhalb seines Erfahrungsschatzes, dass er sie einfach nicht verarbeiten konnte.

Connor fiel ein, was sein Vater im Büro des Arztes gestelzt, unbeholfen und im gleichen brüchigen Ton wie Jim Holloway gesagt hatte: »Ehefrauen sterben nicht.«

Ehefrauen sterben nicht. Sie lassen nicht ihre Männer und Kinder zurück, damit die sich durch die Reste dessen schlagen müssen, was ihnen an Leben geblieben ist. Ehefrauen leben. Sie bleiben. Sie regeln alles. Sie halten die Welt zusammen. Connor war felsenfest davon überzeugt, dass Leah Holloway die schiere Existenz ihres Mannes seit ihrer ersten Begegnung zusammengehalten hatte.

»Mr Holloway«, sagte Connor ruhig und mit gequältem Lächeln. »Es tut mir sehr leid. Ich weiß, das ist schwer zu ertragen, aber Detective Webb hat recht. Wir sind absolut sicher, dass Ihre Frau Wodka getrunken hat, bevor sie ihr Fahrzeug absichtlich in den Fluss gesteuert hat.«

Tränen traten Holloway in die Augen. Er sah auf seine offenen Handflächen. »Aber ich ... ich weiß nicht ... wo hatte sie den Wodka her?«

»Von Alan Wheeler«, antwortete Jade.

»Alan Wheeler? Was zum ...?«

»Wheeler hat während Peytons Fußballspiel getrunken«, unterbrach Connor ihn. »Leah hat ihn dabei erwischt und ihm die Flasche abgenommen.«

Beim Wort *abgenommen* hellte sich Holloways Miene auf. Das klang schon eher nach seiner Frau.

»Sie hat sie mitgenommen und getrunken, als sie an der Tankstelle angehalten hat«, fügte Connor hinzu.

Holloways Gesicht verdüsterte sich wieder. Er schüttelte den Kopf, als wäre das Ganze blanker Unsinn. Connor wünschte, es wäre so. Ständig kam ihm Peyton in den Sinn, als sie mit leiser Stimme fragte: »*Bringst du meine Mommy wieder nach Hause?*« Wäre das alles doch nur ein Albtraum, aus dem sie noch aufwachen würden. Dann bekäme Peyton ihre Mutter zurück, und Jim könnte weiterhin tun, was seine Frau ihm sagte.

Natürlich nur für den Fall, dass er nicht der Serienmörder war.

»Mr Holloway«, fuhr Jade fort, »Ihre Frau hat kurz vor ihrem Tod zwei Anrufe erhalten.« Sie öffnete ihren Notizblock. »Einen um neun Uhr zweiundfünfzig und einen weiteren um zehn Uhr achtundzwanzig. Nach diesen Anrufen beschloss sie, sich sinnlos zu betrinken und ein paar Leute umzubringen, darunter auch Ihre Kinder.«

Holloways Augen weiteten sich vor Entsetzen. Er warf den Kopf zurück, als versuchte er, von ihr wegzukommen.

»Jade«, warnte Connor sie. Er sah Holloway an. »Können Sie sich vorstellen, wer Leah angerufen haben könnte?«

Holloway schüttelte den Kopf. »Nein, keine Ahnung. Vielleicht Rachel?«

»Was ist mit Ihnen?«, fragte Jade. »Haben Sie Ihre Frau gestern Morgen angerufen?«

»Nein, ich habe fast den ganzen Morgen geschlafen. Das habe ich Ihnen doch schon gestern gesagt.«

Sie würden bald die Verbindungsdaten bekommen. Jade bat Holloway um sein Handy, das er ihnen sofort überließ – was Connor als weiteres Indiz dafür deutete, dass Jim Holloway nichts zu verbergen hatte. Jade brachte das Handy zu Stryker, der es gründlich untersuchen würde. Als sie zurückkehrte, schob sie Connor einen Zettel hin. Darauf hatte Stryker Zeitpunkt und Ort der Morde notiert, die der Soccer Mom Strangler begangen hatte.

Jade beugte sich wieder über den Tisch zu Holloway. »Wann hatten Sie das letzte Mal Sex mit Ihrer Frau, Mr Holloway?«

Holloway wurde rot. »W...wie bitte? Warum fragen Sie mich so was? Das ... das geht Sie nichts an.«

»Wie war Ihr Sexleben? Haben Sie beide gern experimentiert? Mochten Sie es vielleicht etwas härter?«

Holloways Wangen wechselten von Rosa zu Feuerwehrrot. »Hey!«, rief er. »Das geht Sie nichts an.«

»Mr Holloway«, schaltete sich Connor ein. »Wo waren Sie am neunzehnten April um elf Uhr morgens?« Er wählte das Datum der Ermordung von Hope Strauss, des ersten Opfers des Stranglers.

Verwirrung. »Was? Das weiß ich nicht.«

»Das wissen Sie nicht?«

»Ich erinnere mich nicht. Das ist schon Monate her.«

Als Nächstes nannte Connor den Todeszeitpunkt des jüngsten Opfers Ellen Fair. »Was ist mit dem fünfzehnten Oktober zur Mittagszeit?«

»Woher zum Teufel soll ich das wissen? Ich arbeite abends, also habe ich wahrscheinlich geschlafen – oder mich für die Arbeit fertig gemacht. Himmel! Warum fragen Sie den ganzen Mist? Was hat das mit meiner Frau zu tun?«

Jade zog den Zettel zu sich und ratterte die anderen beiden Mordzeitpunkte herunter. »Erinnern Sie sich, wo Sie am achtzehnten September um ein Uhr Nachmittag und am zweiten Oktober um neun Uhr dreißig morgens waren?«

Er warf die Arme in die Luft. »Ich habe keine Ahnung. Ich führe keinen Terminkalender. Unter der Woche arbeite ich von vier Uhr Nachmittag bis Mitternacht. Ich komme nach Hause, gehe zu Bett und schlafe bis zehn oder elf. Um drei hole ich die Kinder. Leah kommt um halb vier nach Hause, und ich fahre wieder in die Arbeit. Am Wochenende gehe ich angeln.«

»Also können Sie nicht sagen, wo Sie an den genannten Tagen waren?«, fragte Jade.

Holloway zuckte hilflos die Achseln. »Ich weiß es nicht. Wahrscheinlich nicht. Ich führe nicht Buch über jede Sekunde und jeden Tag. Wenn Sie wissen wollen, wo ich jede Sekunde meines Lebens war, fragen Sie meine Frau.«

Was er im Spaß dahingesagt hatte, wurde ihm bewusst, noch bevor er es zu Ende gesprochen hatte. Er wurde sofort leichenblass. »Mein Gott!«, stieß er hervor. Einen Augenblick lang dachte Connor, der Mann würde sich übergeben.

»Mr Holloway, haben Sie je Ihre Frau betrogen?«, wollte Jade wissen.

Holloway, noch immer kalkweiß im Gesicht, fuhr herum und blickte Jade scharf an. »Was? Was zum Teufel soll diese

Frage? Natürlich nicht. Ich liebe meine Frau. Ich ... ich weiß nicht, was hier vorgeht.«

Jade stützte eine Hand in die Hüfte und fixierte ihn mit zusammengekniffenen Augen. »Also haben Sie Ihre Frau noch nie betrogen?«

Holloway schüttelte den Kopf. »Nein. Nie.«

»Und was ist mit Ihrer Frau?«, bohrte Jade weiter. »Wussten Sie, dass sie im letzten Jahr Sex mit jemand anders hatte?«

Holloway starrte sie, ohne zu blinzeln, mit leerem Gesichtsausdruck an. »N...nein«, stammelte er. »Leah hat nicht ... das würde sie nie ...«

»Im letzten Jahr hat Ihre Frau einen Gynäkologen aufgesucht und ihn darum gebeten, auf jede bekannte Geschlechtskrankheit getestet zu werden. Können Sie sich vorstellen, warum sie das gemacht hat? Warum sollte eine angeblich treue, verheiratete Frau in einer intakten Ehe so etwas tun?«

Holloway antwortete nicht. Connor sah, dass der Mann ihnen entglitt. Es war nicht so, dass er Jade abblockte. Die Situation überforderte ihn völlig, weshalb er nichts mehr verstand. Er machte zu. Er konnte nicht verarbeiten, was Jade ihm über seine Frau erzählte.

Connor klopfte mit der Handfläche leicht auf den Tisch, damit Holloway sich ihm zuwandte. Er lächelte mitfühlend. Er spielte den *good cop*. Den guten Bullen. »Mr Holloway, Ihre Frau hat ihrem Arzt erzählt, dass Sie eine Affäre hätten. Deshalb wollte sie sich auf Geschlechtskrankheiten testen lassen. Wir glauben, dass Leah diejenige war, die fremdging. Haben Sie eine Idee, mit wem sie geschlafen haben könnte?«

»W...was?«, platzte Holloway heraus. Speichel flog über den Tisch. »Leah hat mich nicht betrogen. Das hätte sie nie getan. Da muss ein Irrtum vorliegen. Ein großer Irrtum. Sie war ... sie hat gelogen. Das war eine Lüge.«

»Seit wann kennen Sie Ihre Frau?«, wollte Jade wissen.

Holloway zuckte mit hektischen, fast spastischen Bewegungen die Schultern. »Ich weiß nicht. Zehn, elf Jahre.«

»Hat sie regelmäßig gelogen?«

Er sackte in sich zusammen. »Nein. Leah hat nie gelogen. Leah war eine gute Frau. Anständig. Ein guter Mensch.«

»Aber warum hat sie dann den falschen Grund für den Test auf Geschlechtskrankheiten genannt? Wieso sollte sie sich diesen ganzen Tests mit allen dafür nötigen Eingriffen unterziehen?«, bohrte Jade weiter. »Warum sollte ein guter, anständiger Mensch wie Ihre Frau anfangen zu lügen?«

»Jade«, ermahnte Connor sie wieder.

Jade fuhr fort, als hätte sie ihn nicht gehört. »Wieso sollte eine Frau, die nicht trinkt, eine ganze Flasche Wodka hinunterkippen, bevor sie sich ans Steuer setzt und mit einem Auto voller Kinder herumfährt?«

Connor stand auf und trat auf sie zu. Er sprach so leise, dass Holloway ihn nicht verstehen konnte. »Jade, du bekommst nichts aus ihm heraus, wenn du ihm so zusetzt.«

Jade ging um Connor herum, die Augen nach wie vor auf Holloway gerichtet. »Weshalb sollte eine Frau, die, wie Sie uns gestern erzählt haben, keinen Stress im Leben hatte, sich und ihre Kinder umbringen wollen? Warum, Mr Holloway? Was verschweigen Sie uns?«

»Das reicht«, fuhr Connor dazwischen. Er nahm Jade am Ellbogen und schob sie zum Zimmer hinaus. Ihre Bad-Cop-Good-Cop-Strategie funktionierte bei manchen Verdächtigen, aber es war klar, dass Holloway nichts zu gestehen hatte. Als sich Connor nach ihm umdrehte, legte der Mann sein Gesicht in seine Hände. Seine Stimme war ein ersticktes Wimmern. »Ich weiß es nicht. Ich weiß nicht, was Sie von mir wollen.«

»Tut mir leid, Mr Holloway«, sagte Connor und setzte sich wieder ihm gegenüber. »Erzählen Sie mir doch einfach, ob Ihre Frau Ihnen gegenüber je erwähnt hat, dass sie eine Affäre hatte?«

Holloway schluchzte lang gezogen und stieß dann ein »Nein« hervor. Gerade als er so sehr in Tränen ausbrach, dass es ihn schüttelte, klopfte es an der Tür. Connor stand auf und öffnete sie. Stryker winkte ihn in den Flur. »Auf dem Handy ist nichts Verdächtiges. Ich brauche seine Fingerabdrücke, seine DNA und einen Zahnabdruck.«

»Das ist jetzt nicht gerade der richtige Zeitpunkt, um ihn zu fragen«, wandte Connor ein. »Er ist ziemlich fertig. Aber ich denke, wir sollten uns näher mit Leah Holloways Leben befassen, wie Agent Bishop vorgeschlagen hat.«

Stryker nickte. »Wir müssen in jede Richtung ermitteln. Die Ergebnisse des Fingerabdruckabgleichs werden bald da sein. Wenn seine nicht zu den unbekannten Abdrücken passen, die wir haben, nehmen wir eine DNA-Probe und seinen Zahnstatus und lassen ihn frei. Ich setze jemanden auf ihn an. Mal sehen, was er macht. Der Captain meinte, ich könne eine forensische Zahnmedizinerin hinzuziehen, damit sie seinen Zahnabdruck mit den Bissspuren des Stranglers vergleicht. Sie wird morgen hier sein. Unterdessen könntet ihr mit allen reden, die Leah Holloway gekannt haben.«

»Wir sollten noch einmal versuchen, etwas aus dem Mädchen herauszubekommen«, meinte Jade.

»Aus ihrer besten Freundin ebenso«, fügte Connor hinzu. »Und ihren Kolleginnen.«

ACHTUNDZWANZIG

Jim Holloway war damit einverstanden, dass man von ihm Fingerabdrücke, einen Bissabdruck und eine DNA-Probe nahm, wenn er dafür anschließend nach Hause gehen durfte. Seine Fingerabdrücke waren nicht identisch mit denen aus Hope Strauss' Fahrzeug, aber das schloss ihn nicht als Verdächtigen aus, denn man wusste nicht, ob die unbekannten Abdrücke vom Strangler stammten oder nicht. Sie konnten auch zu jemandem aus Strauss' Buchclub gehören. Jim hatte außerdem nichts dagegen einzuwenden, dass Connor und Jade im Beisein seiner Mutter ein weiteres Mal mit Peyton redeten. Seine Mutter war zwar nicht allzu begeistert darüber, ließ es aber zu. Diesmal erreichten sie überhaupt nichts. Peyton sagte kein Wort.

Sie klingelten bei den Irvings, die neben den Holloways wohnten. Ihr Haus war nahezu identisch mit dem der Holloways, nur lavendelblau mit dunkelbraunen Akzenten. Die Blumenbeete um das Haus herum sahen aus, als wären sie von einem professionellen Gartenarchitekten bepflanzt worden, aber das Chaos aus herumliegenden Spielsachen, Fahrrädern und Rollern zwischen Einfahrt und Haustür ähnelte ganz dem auf dem Grundstück der Holloways.

Rachel Irving öffnete ihnen in exakt der gleichen Kleidung wie am Vortag, nur dass ihre Yogahose diesmal violett statt schwarz war. Sie hatte ein gerötetes Gesicht und ein hellblaues Geschirrtuch über einer Schulter hängen. Aus ihrem Pferdeschwanz hatten sich Strähnen gelöst, die ihr ins Gesicht gefallen waren. Sie runzelte die Stirn, als sie die beiden sah, und Connor fragte sich, ob sie Rachel bei einem Workout gestört hatten.

»Mrs Irving«, begann er. »Wir sind uns gestern schon begegnet. Ich bin Detective Connor Parks, und das ist Detective Jade Webb.«

Sie rang sich so etwas wie ein Lächeln ab. »Ich erinnere mich«, sagte sie. »Wie kann ich Ihnen helfen?«

»Wir müssen mit Ihnen über Leah sprechen«, antwortete Connor.

Ihre Miene verdüsterte sich wieder. »Was wollen Sie wissen? Ich habe Ihnen doch schon alles erzählt, was ich weiß, und das ist nicht viel. Ich habe keine Ahnung, warum sie das getan hat.«

»Sie haben uns sehr geholfen«, erwiderte Connor. »Wir haben aber noch einige Fragen über die letzte Woche vor Leahs Tod. Hat sie sich in den letzten Tagen anders als sonst benommen?«

»War sie ängstlich, gehemmt oder besorgt?«, fügte Jade hinzu.

Rachel starrte sie einen langen Augenblick an, als wartete sie darauf, dass noch etwas kam. Als keiner der beiden etwas sagte, antwortete sie: »Nein. Sie hat sich wie immer benommen. Leah war Leah. Es ging ihr gut.«

»Sie haben nichts Ungewöhnliches an ihr bemerkt?«, wollte Jade wissen. »Vielleicht an ihrem Körper? Hatten Sie das Gefühl, dass sie Schmerzen hat?«

»Nein. Warum? Haben Sie etwas an ihr entdeckt? Ich nehme an, die Autopsie ist abgeschlossen.«

Connor und Jade sahen sich an. Jade nickte ihm zu, damit er übernahm. »Wir glauben, dass Leah ein paar Tage vor ihrem Tod sexuell missbraucht wurde. Wir haben uns gefragt, ob sie vielleicht Sie ins Vertrauen gezogen und Ihnen von einem Übergriff berichtet hat.«

Rachel sah sie ungläubig an. Dann lachte sie nervös. »Leah? Sie denken, Leah wurde vergewaltigt? Das ist absurd.«

Connor konnte Jades Unmut förmlich spüren. Er sah zu ihr und merkte, dass sie missbilligend die Stirn gerunzelt hatte. »Absurd? Warum ist das absurd?«

Wieder lachte Rachel. »Na, niemand hätte sich mit ... Leah war nicht die Art von Frau, mit der man ... ich kann es mir einfach nicht vorstellen. Wo soll das passiert sein? Sie ist nur entweder auf der Arbeit oder zu Hause?«

»Sicher war sie auch anderswo«, widersprach Connor. »Beim Einkaufen, in einem Restaurant, beim Fußballtraining.«

Rachel blies lautstark die Luft aus. »Ich war beim Fußballtraining diese Woche jedes Mal mit dabei. Einkaufen geht sie nur sonntags. Ich kann mir nicht vorstellen, wann sie hätte überfallen werden sollen. Wenn jemand in ihr Haus eingebrochen wäre, wüsste das die ganze Straße.«

»Wie war das Sexleben mit ihrem Mann?«, fragte Connor. »Hat sie je darüber geredet? Hatten sie ungewöhnliche Praktiken?«

Rachel schüttelte den Kopf. »Leah achtete strikt auf Privatsphäre. Über solche Sachen hat sie nicht gesprochen. Sie war gut darin, sich nichts anmerken zu lassen. Wenn sie sich mit Jim gestritten hat, habe ich es in der Hälfte der Fälle erst später erfahren.«

»Also hat sie mit ihrem Mann gestritten?«, hakte Jade nach. »Worüber?«

Rachel wedelte mit der Hand in der Luft herum. »Ach,

wissen Sie, über das, worüber alle Ehepaare streiten. Termine, wer sich um die Kinder kümmert, wer sie abholt. Jim war ihr keine große Hilfe. Sie hat ihn ständig gedrängt, mehr Verantwortung für die Kleinen zu übernehmen. Eigentlich sollte ich es gar nicht Streit nennen. Kleine Zankereien, nichts Ungewöhnliches. Ist das alles?«

»Hat Leah Ihnen je von ihrer Affäre erzählt?«, fragte Connor.

Rachel griff nach ihrem Supermom-Anhänger. Sie wirkte unsicher. Dann ging ihr Gesichtsausdruck langsam in einen zweifelnden Blick über. »Wovon sprechen Sie?«

»Wir haben Grund zu der Annahme, dass Leah ein Verhältnis hatte«, erläuterte Connor. »Möglicherweise schon bevor sie von Tyler schwanger wurde.«

»Das ist Quatsch. Leah hatte nie eine Affäre.«

»Sie wollen sagen, dass sie Ihnen nie von einer Affäre erzählt hat«, korrigierte Jade sie.

Rachel sah Jade an. »Nein, ich meine, sie hatte nie eine. Ich habe es Ihnen doch schon gesagt: Leah würde niemals fremdgehen.«

Connor seufzte. »Sie sagten auch, dass sie nie etwas getrunken hat. Aber in der Rechtsmedizin wurde festgestellt, dass sie, als sie ihr Auto in den Fluss gefahren hat, so betrunken war, dass sie rechtlich gesehen gar nicht mehr hätte fahren dürfen. Sie sagten, sie würde ihren Kindern nie etwas tun, und doch hat sie versucht, sie umzubringen. Ich frage Sie also noch einmal: Hat sie Ihnen je von ihrer Affäre erzählt?«

Rachel verschränkte die Arme vor der Brust. »Sie hat nie etwas von einem Seitensprung erzählt. Ich weiß, Sie glauben mir nicht, aber ich sage Ihnen, Leah hatte nie ein Verhältnis. Ich weiß, was Sie meinen, das mit dem Trinken und so. Hören Sie, ich habe keine Ahnung, was gestern passiert ist.« Tränen traten ihr in die Augen. »Völlig verrückt, oder? Aber vielleicht ist es genau das. Vielleicht ist sie einfach übergeschnappt. Wie wenn Leute Amok laufen. Was sollte es sonst für eine Erklärung geben? So etwas kann passieren. Leute mit einer unbeschwerten, glücklichen Existenz drehen durch. Völlig grundlos. Vielleicht waren manche auch schon vorher etwas verrückt. Ich habe Ihnen ja gesagt, dass Leah eine schlimme Kindheit hatte, oder?«

»Sie haben so etwas angedeutet«, antwortete Connor.

Rachel ging inzwischen auf und ab. Diese Erklärung, diese Theorie, über die sie anscheinend viel nachgedacht hatte, trieb sie im kleinen Flur hin und her. »Sie hat mir nie Genaueres erzählt, aber ich weiß, dass ihre Kindheit schlimm war. Vielleicht hatte sie einen Hang zu Depressionen. Ihre Mutter hat sich umgebracht – ich glaube nicht, dass ich Ihnen das schon erzählt habe. Kann sein, dass das in der Familie liegt.«

»Warum sind Sie so sicher, dass Leah keine Affäre hatte?«, fragte Connor.

»Ich habe Ihnen doch schon im Krankenhaus gesagt, dass sie Fremdgänger hasste.« Sie sah Connor an. »Da war sie kompromisslos. Ihr Vater hat ihre Mutter betrogen. Sie hätte das nie getan. Durchzudrehen und Leute umzubringen ist eine Sache, aber eine Affäre? Erfordert das nicht Planung? Kalkül? Sie hätte es einfach nicht gemacht.«

»Sie denken also, sie war nicht empfänglich dafür, sich verführen zu lassen?«, bohrte Connor weiter. Er hatte in seinem Beruf schon mehrmals erlebt, dass Menschen manipuliert werden konnten, vor allem unter gewissen Umständen und von jemandem, der sehr geschickt darin war. Man konnte andere durchaus für sich gewinnen und zu Dingen verleiten, die sie normalerweise nicht taten. Egal, wie strikt Leah Holloway gewesen war und wie sehr sie sich unter Kontrolle gehabt hatte, so stand doch außer Frage, dass sie von ihrem normalen Verhalten abgewichen war. Ansonsten hätte sie es nicht nötig gehabt, sich auf Geschlechtskrankheiten testen zu lassen.

Rachel lachte. »Verführen? Leah? Jetzt machen Sie wirklich Witze.«

Jade stemmte ihre Hände in die Hüften. »Wie kommen Sie darauf, dass wir Witze machen?«

Rachels Körperhaltung entspannte sich. Sie ließ die Arme fallen und schaute sie an, als würden sie etwas eklatant Offensichtliches nicht sehen. Dann senkte sie den Blick. »Ich habe vergessen, dass Sie sie überhaupt nicht kannten. Aber Sie haben ihre, äh, Leiche gesehen, oder?«

Jade und Connor blickten sich an. Rachel seufzte genervt. Sie holte ihr Handy aus der Tasche und wischte mehrmals darüber, bis sie gefunden hatte, wonach sie suchte: ein wenig schmeichelhaftes Foto von Leah, wie sie mit Hunter auf dem Schoß in einer Art Erlebnisbad in einem großen Reifenschlauch lag. Beide waren klatschnass. Leahs dunkler Einteiler zeigte wenig, aber da sie auf dem Rücken lag, waren ihre ganzen überflüssigen Pfunde zur Seite gerutscht, sodass sie noch fülliger wirkte, als sie sowieso schon war. Connor hatte etliche Fotos von Leah in ihrem Haus gesehen. Sicher hatte sie nicht Kleidergröße zweiunddreißig gehabt, aber sie war nicht unattraktiv gewesen, sondern kurvig an allen Stellen, an denen Männer durchaus Kurven mochten. Und sie hatte ein schönes Lächeln gehabt.

»Sehen Sie«, sagte Rachel. Sie wischte noch ein paarmal über das Display, bis sie ein Foto von Leah, Peyton und den Irving-Zwillingen gefunden hatte, auf dem sie mit Eiswaffeln in der Hand um einen Picknicktisch saßen und strahlend lächelten. Leahs Haar war vom Wind zerzaust und stand in alle Richtungen ab. Ihr Gesicht war arg von der Sonne verbrannt, und auf ihrem Oberteil zeichnete sich ein Klecks Schokoeis ab. »Denken Sie wirklich, dass ein Mann so etwas ... verführen will?«

Aus den Augenwinkeln bemerkte Connor, dass Jade eine Braue hob. Er hoffte, dass sie nicht mit dem herausplatzte, wovon er wusste, dass sie es dachte: *Meint diese dumme Kuh das ernst?*

Sie sahen Rachel an, bis sie ihr Handy wegsteckte und die Arme erneut verschränkte. »Schon okay, ich habe verstanden«, sagte sie. »Sie denken, ich bin gemein. Leah war meine Freundin, eine gute Freundin, und ich mochte sie sehr. Glauben Sie mir, ich kann noch immer nicht glauben, dass das alles passiert ist. Aber ich bin einfach realistisch. Leah war nicht ... unattraktiv, aber auch nicht der Typ Frau, an dem Männer ... Gefallen fanden.«

»Jim Holloway fand an ihr Gefallen«, hob Connor hervor.

Rachel sah ihn mit einem *Also bitte*-Blick an. »Jim brauchte lediglich jemanden, der ihn fütterte und anzog. Er hätte eine Frau mit zwei Köpfen geheiratet, wenn sie versprochen hätte, sich um ihn zu kümmern.«

»Also denken Sie, dass ihre Beziehung nicht ernsthaft war?«, hakte Connor nach.

»Nein, das habe ich nicht gesagt. Weiß der Teufel, aber ich glaube, sie mochten sich auf eine seltsame Art. Ich sage nur, dass es Leah nicht schwergefallen ist, Jim zu bekommen. Aber Männer stehen für Frauen wie Leah nicht Schlange. Abgesehen davon, selbst wenn Leah einen Kerl für eine Affäre herumgekriegt hätte: Sex war nicht so das Ihre.«

»Wie kommen Sie darauf?«, fragte Jade. »Haben Sie nicht gesagt, dass sie nicht über Sex gesprochen hat?«

Rachel zuckte mit den Schultern. »Nicht *niemals*. Sie ist nur nicht ins Detail gegangen. Sie sprach immer davon, als wäre es lästige Routine. ›Gott sei Dank ist Jim mehr am Angeln als an Sex interessiert‹, hat sie des Öfteren gesagt. Sie hat Witze darüber gemacht. Gesprochen hat sie zwar nie darüber, aber ich glaube, dass sie schlechte Erfahrungen gemacht hat, als sie noch jung war. Ich kann mir vorstellen, dass sie missbraucht worden ist.«

Das alles schloss nicht aus, dass Leah nicht doch eine Affäre gehabt haben könnte. Connor wusste das. Aber es hatte keinen Sinn, das mit Rachel zu diskutieren. Andererseits mussten sie sie auch gar nicht davon überzeugen, ihnen die Informationen zu geben, die sie brauchten.

»Mrs Irving«, fuhr er fort. »Wissen Sie, ob Leah in den letzten Jahren außer ihrem Mann noch mit anderen Männern Kontakt hatte? Mit denen sie sich unterhalten oder die sie bei irgendwelchen Veranstaltungen für die Kinder getroffen hat? Hat sie vielleicht von irgendwelchen Kollegen erzählt?«

»Nein«, antwortete Rachel. »Da war niemand. Wirklich nicht.«

»Okay, und hier im Viertel? Nachbarn, zu denen sie besonders freundlich war? Männer aus der Gegend, mit denen sie viel zu tun hatte? Die regelmäßig herkamen? Vielleicht jemand, der Verwandte besuchte, Reparaturarbeiten an Nachbarhäusern durchführte oder so etwas?«

Während er sprach, begann sie die Stirn zu runzeln. »Ich weiß es wirklich nicht«, entgegnete sie. »Die meisten Männer hier sind verheiratet, wobei das natürlich nichts heißen will. Sie sagen, dass Sie glauben, Leah habe eine Affäre gehabt, obwohl sie verheiratet war. Aber ich kann mir nicht vorstellen, mit wem. Etliche Männer sind viel unterwegs. Leah hat mit keinem von ihnen gesprochen. Sie hat ja kaum mit deren Frauen geredet. Manche Handwerker sieht man hier gelegentlich, wenn sie an den Häusern arbeiten, aber keiner von denen ist regelmäßig aufgetaucht. Außer Gärtnern. Aber bei denen ist viel Fluktuation, deshalb kommen selten immer die gleichen Gruppen von Arbeitern hierher. Der Einzige, der regelmäßig aufgekreuzt ist, war der Mann, der sich um Glory Rohrbachs Garten gekümmert hat. Aber inzwischen nicht mehr.«

»Wer ist Glory Rohrbach?«, wollte Jade wissen.

»Sie hat ein paar Häuser weiter gewohnt. Ein paar Monate bevor Leah schwanger wurde, kam heraus, dass Glory eine

Affäre mit dem Gärtner hatte. War ein ziemlicher Skandal. Er war viel jünger als sie. So Anfang zwanzig.«

Connors und Jades Blicke kreuzten sich. Ein junger Mann Anfang zwanzig. Das erste Opfer des Stranglers hatte in Pocket gelebt, genauso das vierte, Ellen Fair. Agent Bishop hatte die Theorie aufgestellt, dass der Strangler wahrscheinlich in der Gegend lebte oder arbeitete, da Serienkiller ihre ersten Morde oft innerhalb ihrer Komfortzone verübten. Ein Gärtner würde tagsüber arbeiten und in einer Siedlungsgegend wie dieser nicht auffallen.

»Erinnern Sie sich an seinen Namen?«, fragte Connor. »Oder den Namen des Gartenbauunternehmens, für das er gearbeitet hat?«

»Nein, tut mir leid, aber vielleicht ihr Mann. Er wohnt noch immer mit den Kindern in dem Haus. Glory ist, glaube ich, zu dem Gärtner gezogen und lebt mit ihm in einer Einzimmerwohnung im Süden von Sacramento. Ist auch egal. Er hat mit Glory geschlafen. Ich glaube nicht, dass Leah ihm je begegnet ist. Außerdem würde sie wie gesagt einen anderen Mann auch gar nicht ansprechen.«

»Nun gut«, schloss Connor. »Wenn Ihnen noch jemand einfällt, mit dem Leah ein Verhältnis gehabt haben könnte, rufen Sie uns bitte an. Wir müssen mit ihm reden. Es ist wichtig.«

»Warum? Wieso ist das wichtig?«, fragte Rachel. »Leah ist tot. Was spielt das noch für eine Rolle, ob sie eine Affäre hatte oder nicht?«

»Mrs Irving, sie hat vier Menschen auf der Brücke getötet«, entgegnete Connor. »Wir versuchen herauszufinden, was in Leahs Leben passiert ist, dass sie so verzweifelt war, das zu tun, was sie getan hat. Leider reicht die Erklärung, sie sei ›einfach übergeschnappt‹, unseren Vorgesetzten als Grund nicht.«

Jade rang sich ein gequältes Lächeln für die Frau ab, obwohl Connor an ihrer steifen Haltung erkennen konnte, dass sie Rachel Irving nicht sonderlich mochte. »Wir tun nur unsere Arbeit, Mrs Irving. Es wäre schön, wenn wir auch noch mit Ihren Kindern reden könnten.«

Rachel blickte über die Schulter nach drinnen. Zum ersten Mal konnte Connor ein Fernsehgerät im Hintergrund hören. »Das ist jetzt nicht der beste Zeitpunkt, um die Mädchen zu stören.«

Connor bemühte sich um ein verständnisvolles Lächeln. »Verstehe«, sagte er. »Ich weiß, wir haben heute Ihre Zeit schon sehr in Anspruch genommen. Wir stören sehr ungern und würden es auch nicht tun, wenn es, wie schon gesagt, nicht so wichtig wäre.«

Am Ende des langen Flurs hinter Rachel konnte Connor weiße Küchenfliesen und einen Schrank mit einem Toaster darauf erkennen. Rachel biss sich auf die Lippen. Dann meinte sie: »Haben Sie nicht schon mit Peyton geredet? Molly sagte, Peyton sei mit Leah auf die Toilette gegangen, als sie angehalten hätten.«

»Wir müssen trotzdem mit Ihren Mädchen sprechen«, ließ Jade nicht locker. »Sie könnten etwas wissen, ohne sich dessen bewusst zu sein.«

»Können Sie nicht morgen wiederkommen?«

»Nein, Mrs Irving, das können wir nicht«, entgegnete Connor, nun schon mit etwas festerer Stimme. Er hatte das Gefühl, wenn sie morgen wieder herkämen, wäre das genauso der falsche Zeitpunkt. Die meisten Menschen wollten nicht, dass die Polizei ihre Kinder befragte. Connor hatte dafür Verständnis. Aber Rachels beste Freundin hatte versucht, ihre Kleinen umzubringen. Er hätte erwartet, dass sie mehr Interesse daran zeigte, zu erfahren, warum sie das getan hatte.

»Na gut«, seufzte sie. »Kommen Sie herein.«

NEUNUNDZWANZIG

Das Haus der Irvings war innen genauso aufgeteilt wie das der Holloways. Das Wohnzimmer befand sich zur Rechten, dann folgte das Esszimmer, und den Schluss bildete ein kleiner, schmaler Flur, der zur Küche führte. Neben der Küche lag die Garage. Die Flurwände waren voll mit gerahmten Familienfotos. Rachel, ihr Mann und die Zwillinge in Disneyland, vor dem Washington Monument in der US-Hauptstadt Washington, an einem unbekannten Strand, am Grand Canyon. Ganz offensichtlich reisten sie viel. Connor war fast vierzig und an nicht halb so vielen Orten gewesen, wie er an der Ruhmeswand der Familie Irving entdeckte. Zwischen den Urlaubsbildern fielen ihm Schulfotos der Mädchen auf, die die Entwicklung der Kleinen von pausbäckigen Kindergartenkindern hin zu schmaleren, reifer wirkenden Erstklässlerinnen zeigten. Am Kühlschrank hingen Schnappschüsse. Auf mehreren der Fotos erkannte Connor Peyton und Hunter Holloway. Mindestens zwei davon zeigten Leah und Rachel zusammen, augenscheinlich bei Schulveranstaltungen. Aber auch wenn die Irvings ihr Heim mit vielen Familienfotos geschmückt hatten, waren es doch nicht annähernd so viele wie im Haus der Holloways.

Auf der anderen Seite der Küche, dort, wo bei den Holloways eine Holzterrasse lag, hatten die Irvings ein weiteres Zimmer angebaut. Es hatte einen offenen Kamin und drei große braune Ledersofas. Sie standen um den größten Flachbildschirm herum, den Connor je gesehen hatte. Zwei raumhohe Fenster waren von schweren Vorhängen verdeckt, sodass man keinen Blick in den Garten werfen konnte. An einer Wand standen zwei zueinanderpassende, weiß lackierte hölzerne Spielzeugkisten, die auf der Vorderseite mit rosa Krönchen geschmückt waren. Auf einer stand »Molly«, auf der anderen »Maya«. Das Ganze sah aus wie der Hobbyraum eines Mannes, der den Kindern Platz hatte machen müssen.

Die beiden Mädchen lagen jede ausgestreckt auf einem Sofa und starrten ausdruckslos auf den Bildschirm, auf dem eine Folge von *My Little Pony – Freundschaft ist Magie* lief. Sie blickten nicht einmal auf, als die Erwachsenen den Raum betraten. Eine von beiden hatte den eingegipsten Fuß auf einen Kissenstapel gelegt. Rachel schaltete den Fernseher aus und bedeutete Connor und Jade, sich auf das leere Sofa zu setzen. Jade nahm Platz, während Connor stehen blieb. Von seinem Standort aus konnte er in die Küche sehen, wo die Tür zur Garage offen stand. Neben der Tür waren zwei Aufbewahrungskisten aus Kunststoff aufeinandergestapelt. Rachel registrierte, dass er die Kisten bemerkt hatte, und lächelte gequält. »Ich wollte gerade ein paar alte Sachen aus der Garage loswerden«, erklärte sie.

»Mrs Irving, haben Sie zufällig gestern Morgen Leah Holloway angerufen?«, fragte Jade unvermittelt.

Rachel runzelte die Stirn. »Nein«, antwortete sie. »Nein, habe ich nicht.« Sie wandte sich an den Zwilling neben sich, den ohne Gipsfuß, und stupste ihn sanft mit der Hand an der Schulter. »Molly und Maya, das hier sind zwei Detectives von der Polizei. Sie müssen euch einige Fragen zu dem stellen, was gestern passiert ist.«

Das Mädchen ohne Gipsfuß setzte sich auf. »Ich bin Maya«, sagte sie.

»Sie ist meine Schüchterne«, scherzte Rachel.

»Ich war bei dem Unfall im Auto«, sagte Maya.

»Ich auch«, meldete sich der andere Zwilling tonlos. Sie sahen weiterhin zum Fernseher, obwohl Rachel ihn ausgeschaltet hatte.

»Molly hat sich den Knöchel gebrochen«, sagte Maya. Sie fasste sich an den Hinterkopf. »Ich habe mir den Kopf angeschlagen.«

»Das tut mir sehr leid«, meinte Jade. »Maya, kannst du mir sagen, ob Mrs Holloway gestern nach dem Fußballspiel anders war als sonst?«

Das Mädchen hob die Hand zum Kinn und dachte nach. Unterdessen sagte Molly: »Sie war irgendwie wütend.«

»Wie kommst du darauf?«, wollte Connor wissen.

Molly zuckte die Achseln. »Na, sie hat uns angeschrien, dass wir uns beeilen sollen, als wir alle ins Auto stiegen. Sie hat auch ein böses Wort gesagt.«

Rachel runzelte wieder die Stirn. »Was für ein Wort war das, Liebes?«

»Das können wir nicht sagen, Mom«, erwiderte Maya in einem Ton, der darauf schließen ließ, dass Rachel eine sehr dumme Frage gestellt hatte.

»Sie sagte ›verdammt‹«, verriet Molly betont sachlich. Connor mochte das Mädchen und seine geradlinige Art sofort. Sie wirkte älter als sechs. Nicht so alt wie Peyton Holloway, aber älter als ihre Schwester, die mit großen Augen ernst in die Welt blickte. »Sie hat gesagt, dass wir uns verdammt noch mal beeilen sollen.«

Rachel fasste sich an die Brust und sah sie entsetzt an. »Das hat Leah gesagt?«

Beide Mädchen nickten.

»Sie hat also gesagt, dass ihr euch verdammt noch mal

beeilen und ins Auto steigen sollt«, fuhr Connor fort. »Was ist dann passiert?«

Maya zuckte mit den Schultern und erzählte weiter: »Dann sind wir im Auto gefahren. Hunter hat gesagt, dass er hungrig sei und ob wir zu McDonald's könnten. Ich war auch hungrig und wir wollten alle dorthin, aber Miss Leah hat Nein gesagt.«

»Hat Mrs Holloway ... Miss Leah im Auto auch telefoniert?«

»Nein, sie hat nur Hunter angeschrien.«

Rachel trat einen Schritt auf Maya zu. »Leah hat geschrien? Das hast du mir gestern nicht gesagt, Maya. Hat sie wirklich geschrien? War ihre Stimme richtig laut, oder hat sie nur sehr ernst gesprochen?«

»Sie hat geschrien«, schaltete sich Molly ein. »Sie hat zu Hunter gesagt, dass er den Mund halten soll, weil sie nachdenken muss.«

»Mein Gott!«, rief Rachel. Sie sah die beiden Detectives ratlos an. »Das hört sich überhaupt nicht nach Leah an. Sie hat mit den Kindern nie so geredet. Klar war sie manchmal frustriert, aber sie ist nie laut geworden oder hat vor ihnen geflucht. Sie war immer geduldig und freundlich.«

Connor sah Molly an. »Hat sie gesagt, worüber sie nachdenken muss?«

»Nein.«

»Was ist dann passiert?«

»Peyton musste pinkeln«, antwortete Maya. »Miss Leah hat sie gefragt, ob sie es nicht noch aushalten würde, aber Peyton hat Nein gesagt. Also ist sie zu einer Tankstelle gefahren. Dann sind sie beide zur Toilette gegangen und ganz lang dort geblieben.«

»Total lang«, pflichtete Molly ihr bei. »So ungefähr zehn Stunden.«

Connor lächelte. »Zehn Stunden gleich?«

»Ich glaube, es waren eher acht«, korrigierte Maya ihre Schwester ernst.

»Mädchen«, ermahnte Rachel sie.

»Was ist?«, fragten beide im Chor.

Connor hob die Hand. »Schon gut. Wir haben die Überwachungsvideos und wissen genau, wie lange es gedauert hat. Aber wahrscheinlich ist es ihnen wie Stunden vorgekommen.«

»Sie war genau zweiundsechzig Minuten und siebenundvierzig Sekunden auf der Toilette«, fügte Jade hinzu.

»Wow!«, meinte Rachel. »Das ist lang.«

»Mrs Irving, haben Sie Leah in der Zeit nicht angerufen, um zu erfahren, wo sie ist?«

»Nein. Manchmal dauern die Spiele eben länger. Oder Leah nimmt ... nahm die Kids danach noch zum Essen mit.« Tränen traten ihr in die Augen. »Ich musste mir bei Leah nie Sorgen machen. Meine Mädchen hat sie immer wie ihre eigenen Kinder behandelt. Sie war verantwortungsvoll und verlässlich. Ich wusste, dass meine zwei bei ihr in guten Händen waren. Mein Gott!«

Sie lief in die Küche. Connor hörte Wasser laufen und anschließend, wie sie sich die Nase putzte. Er wandte sich wieder den Zwillingen zu. »Mädchen, hat Miss Leah vor dem Unfall noch etwas gesagt?«

Beide sprachen gleichzeitig.

Maya sagte: »Nein.«

Molly sagte: »Ja.«

Connor und Jade sahen Molly an. Zum ersten Mal zeigte das Mädchen ansatzweise Gefühle. In ihre Stimme trat ein trauriger, verwirrter Ton. »Sie sagte: ›Gott helfe mir.‹«

Rachel kam wieder ins Zimmer. Tränen liefen ihr über die Wangen. In der Hand hielt sie ein zusammengeknülltes Stück Küchenpapier. »Ich denke, Sie sollten jetzt gehen«, sagte sie.

Jade steckte ihr Notizbuch ein und stand auf. Connor dankte den Mädchen und folgte Rachel zur Eingangstür. Bevor er über die Schwelle nach draußen trat, drehte er sich noch einmal zu ihr um und fragte: »Würde es Ihnen etwas ausmachen, wenn wir uns Ihr Handy ansehen? Ich weiß, Sie sagten, dass Sie Leah gestern nicht angerufen hätten, aber ausschließen können wir das erst, wenn wir Ihr Smartphone sehen. Unser Captain lässt uns das sonst nicht durchgehen.«

Rachel wischte sich mit dem Daumen die Tränen aus den Augen. Sie lächelte unsicher. »Brauchen Sie dafür nicht eine richterliche Verfügung oder so etwas?«

Connor lächelte. »Wenn Sie darauf bestehen, schon.«

Sie nickte und bedeutete ihnen, zu gehen.

Im Auto fragte Jade: »Was zum Teufel war das gerade?«

»Ich wollte nur sehen, ob sie sich weigert«, erläuterte Connor.

DREISSIG

Selbst so spät am Sonntag ging es auf dem Revier noch hektisch zu. Connor und Jade zwängten sich an einer Bank voller Zeugen vorbei, die direkt hinter der Eingangstür saßen. Überall liefen Beamte herum. Alle waren völlig überlastet, weil sie sämtlichen Hinweisen und Spuren zum Soccer Mom Strangler nachgehen und gleichzeitig die Alltagsfälle erledigen mussten. Captain Boggs erschien in der Tür zu seinem Büro und winkte sie herein. Sie setzten sich vor seinen Schreibtisch. Jade schlug die Beine übereinander, holte ihr Notizbuch aus der Tasche und legte es sich auf den Schoß.

»Etwas Neues zum Fall Holloway?«, fragte Boggs.

»Wir haben einen Hinweis zu einem Gärtner Anfang zwanzig bekommen, der eine Affäre mit einer von Leahs Nachbarinnen hatte«, berichtete Connor. »Anscheinend ist die Nachbarin, Glory Rohrbach, mit ihm zusammengezogen. Ihr Mann und die Kinder leben nach wie vor ein paar Häuser von den Holloways entfernt. Wir wollten ihnen einen Besuch abstatten, aber niemand war zu Hause. Ein anderer Nachbar meinte, sie seien im Urlaub. Auf einer Disney-Kreuzfahrt oder so ähnlich. Wir bleiben dran.«

»Ein Mann in den Zwanzigern«, fügte Jade hinzu. »Er hat früher in Pocket gearbeitet. Das könnte auch für die Strangler-Ermittlungen interessant sein.«

»O'Handley soll sich darum kümmern«, sagte Boggs. »Er arbeitet an der Strangler-Geschichte. Vielleicht kann er diese Glory und ihren Gärtnerfreund ausfindig machen, ohne dass er den Ehemann dafür um Hilfe bitten muss.« Er stand auf und ging hin und her. »Ich muss Leah Holloways Namen an die Presse geben.«

Jade stöhnte.

Boggs blieb stehen und sah sie an. »Die Reporter drehen gerade durch wegen der Geschichte. Die gehen mir auf den Keks. Ich muss ihnen etwas liefern. Die Holloway-Sache ist für sie eine ganz große Nummer. So groß, dass sie sogar den Soccer Mom Strangler für eine Weile vergessen. Wir müssen heute Abend eine Pressekonferenz geben. Natürlich erwähnen wir die Bissspuren an Holloways Leiche nicht. Jade, würdest du etwas vorbereiten?«

Sie grinste gequält. »Ich dachte, Parks möchte das vielleicht übernehmen.«

»Du leitest die Ermittlungen«, wandte Boggs ein.

Jade stieß Connors Bein mit dem Fuß an. »Komm schon, Parks. Du hast das Gesicht dafür. Gut aussehend und wettergegerbt. Die Kameras mögen dich.«

Es gab nichts, was Connor an seiner Arbeit mehr hasste, als die Leitung von Pressekonferenzen zu übernehmen, was jedoch nicht an der Anspannung lag oder weil alle Augen auf ihn gerichtet waren. Nie würde er vergessen, was seine letzte Pressekonferenz nach sich gezogen hatte. Es war um eine Einbruchsserie in den besseren Häusern von Sierra Oaks gegangen, einem Stadtteil von Sacramento. Selbst die teuren, ausgeklügelten Alarmsysteme in einigen der Villen hatten die Diebe nicht aufhalten können, aber Connor hatte sie letztlich doch gestellt und war von einer Reihe Zuschauerinnen zu ihrem Helden erkoren worden.

»Welche Farbe hatten die Spitzenhöschen gleich wieder, die du per Post zugeschickt bekommen hast?«, neckte ihn Jade.

»Verzieh dich«, brummte Connor.

Mit gespielter Entrüstung legte Jade sich eine Hand auf die Brust und klimperte mit den Wimpern. »Also wirklich, Detective Parks. Redet man so mit einer Dame?«

»Verzieh dich. *Bitte.*«

»Okay, ihr beiden«, unterbrach Boggs sie. »Liefert ihnen einfach irgendwas. Ihr könnt alles auf den Tisch legen, außer den Bissspuren.«

»Gibt es dazu etwas Neues?«

Boggs schüttelte den Kopf. »Wir haben Jim Holloways Abdruck in die Rechtsmedizin geschickt, aber dort heißt es, das Ergebnis sei nicht eindeutig.«

»Was?«, fragte Jade. »Was zum Teufel soll das heißen?«

»Es soll heißen, dass der Rechtsmediziner nicht glaubt, dass Holloway unser Mann ist, aber seine Karriere würde er darauf nicht verwetten. Wir müssen auf die forensische Zahnmedizinerin warten.«

Während Jade die Pressekonferenz abhielt, befasste sich Connor wieder mit Leah Holloways Verbindungsdaten. Er nahm das Handy aus der Schale mit Reis und versuchte, es einzuschalten, doch ohne Erfolg. Also rief er noch einmal Globocell an. Eine Stunde lang wurde er von einem ahnungslosen Angestellten zum anderen gereicht, bis er an jemanden geriet, der etwas Intelligentes von sich gab, ohne sich strikt an das Globocell-Gesprächsskript zu halten. Da es inzwischen eine Verbindung zwischen dem Fall Holloway und dem des Soccer Mom Stranglers gab, konnte Connor damit seinem Ansinnen zumindest etwas mehr Nachdruck verleihen. Er erklärte der Frau, dass ein Serienmörder im Großraum Sacramento unterwegs sei, auf dessen Konto vermutlich vier Morde an Müttern gingen.

»Die Presse nennt ihn den Soccer Mom Strangler. Wir haben Grund zu der Annahme, dass Leah Holloway in irgendeiner Verbindung zu ihm stand. Es ist von allergrößter Wichtigkeit, dass wir Mrs Holloways Verbindungsdaten so rasch wie möglich bekommen. Wir glauben, dass sie uns bei der Fahndung nach dem Strangler ein gutes Stück voranbringen werden. Ich habe die richterliche Verfügung bereits mehrere Male gefaxt. Ich bitte Sie also nicht um irgendeinen Gefallen. Ich möchte lediglich, dass Sie diese bereits vorliegende Sache schnellstmöglich bearbeiten.«

Die Frau am anderen Ende – Connor konnte nicht umhin, sie sich als kesse Blondine vorzustellen – meinte daraufhin nur: »Klar. Können Sie mir die Telefonnummer geben, auf die Mrs Holloways Vertrag läuft?«

Einen Augenblick lang war Connor so verblüfft, dass ihm die Worte fehlten.

»Sir?«, fragte die Frau.

Er suchte so hektisch nach Leah Holloways Nummer, dass die Papiere über seinen Schreibtisch flogen und zu Boden segelten. Als er sie gefunden hatte, ratterte er sie hastig runter. Anschließend ließ ihn die Frau zwanzig Minuten lang in der Leitung hängen.

Schließlich meldete sie sich wieder. »Detective? Ich denke, ich kann Ihnen in den nächsten zwei bis drei Stunden die Verbindungen der letzten vierundzwanzig Stunden schicken. Kann ich Ihre Faxnummer haben?«

Connor gab sie ihr. Er verstand noch immer nicht, warum es so lange dauerte, ihm eine Liste von Telefonnummern auszudrucken und zu schicken, doch das hinderte ihn nicht daran, aufzuspringen und eine Faust in die Höhe zu recken. Die übrigen Beamten im Raum sahen ihn erstaunt an, aber das kümmerte ihn nicht.

»Danke«, sagte er zu der Frau am Telefon. Augenblicke später kam Jade verschwitzt und erschöpft zurück. Sie zog ihre maßgeschneiderte schwarze Jacke aus, warf sie auf ihren Schreibtisch und wedelte in Ententanzmanier mit den Armen. Connor konnte große Schweißflecken unter ihren Achseln erkennen.

»Ich hasse die Presse«, schimpfte sie. »Habe ich das schon erwähnt?«

»Ich glaub schon«, erwiderte Connor.

Sie ließ sich in den Stuhl fallen und fuhr sich mit dem Unterarm über die Stirn. »So viele verdammte Fragen.«

Connor grinste. »Die Presse? Fragen? Kann ich mir beim besten Willen nicht vorstellen.«

Sie sah ihn mit zusammengekniffenen Augen an. »Warum bist du so zufrieden? Hat dir deine Freundin einen Besuch abgestattet, während ich unten bei der Konferenz war?«

Er erzählte ihr von den Verbindungsdaten, was ihm zwei High fives einbrachte. »Und jetzt?«, fragte Jade.

»Sie lassen Holloway gehen«, antwortete Connor. »Festhalten können sie ihn nicht. Die Presse wird sich auf ihn stürzen. Stryke möchte, dass wir bis morgen früh an ihm dranbleiben.«

Jade runzelte die Stirn. »An Holloway? Wie jetzt – sollen wir ihn observieren?«

Connor nickte.

»Kann das nicht eine Streife übernehmen?«

»Die Streife ist schon an ihm dran. Wir können sie in zwei Stunden ablösen.«

»Dafür hast du dich natürlich freiwillig gemeldet, nicht wahr?«

Connor sagte nichts, versuchte aber, nicht allzu schuldbewusst dreinzublicken.

»Blödmann«, murrte Jade.

EINUNDDREISSIG

»Sieh dir diesen verdammten Zirkus an«, schimpfte Jade. Sie nahm den Deckel von ihrem Kaffeebecher. Der Duft zog hinüber zu Connor, der auf dem Beifahrersitz des Dienstwagens, eines Chevrolet Malibu, saß. Sie hatten ihn sich besorgt, um Jim Holloway die nächsten vier Stunden im Auge zu behalten. Dazu hatten sie vier Häuser weiter direkt vor dem derzeit unbewohnten Haus der Rohrbachs geparkt. Mr Rohrbach und seine Kinder würden heute Abend nicht von ihrer Kreuzfahrt nach Hause kommen.

»Wenn du den trinkst, musst du pinkeln«, warnte Connor sie.

Jade seufzte und steckte den Deckel wieder drauf. Sie deutete auf die unzähligen Pressevans vor dem Grundstück der Holloways. Manche standen sogar in der Einfahrt. »Denkst du, dass diese Vans Klos haben? Warte mal, wohnst du nicht ein paar Blocks von hier?«

»Ja.«

Sie nahm den Deckel wieder ab und trank einen großen Schluck. »Dann kann ich ja bei dir gehen.«

Die Presse hatte Jim Holloways Haus schon belagert, bevor Jades Pressekonferenz zu Ende gewesen war. Die meisten Sender übertrugen für die Elfuhrnachrichten live aus Holloways Vorgarten. Holloways Mutter war aus dem Haus gelaufen und hatte sie angeschrien, bis ihr die vielen Blitzlichter und gebrüllten Fragen zu viel geworden waren und sie wieder nach drinnen geflüchtet war.

Es war nur für eine Nacht. Bis zum nächsten Abend würden sie wissen, ob die Zahnabdrücke identisch waren. Falls dem so war, würde Holloway umgehend festgenommen werden.

Connor zog sein Handy hervor und rief im Revier an. Er verlangte O'Handley. »Matt«, begann er, als der junge Kriminalbeamte am Apparat war. »Hast du das Fax schon bekommen?«

Matt seufzte. »Nein, nichts. Ich spiele seit zwei Stunden den Babysitter für dieses Faxgerät, Parks. Inzwischen habe ich versucht, Glory Rohrbachs neue Adresse herauszufinden. Sie ist nicht in der Datenbank. Ich habe nichts.«

»Morgen früh befragen wir die Nachbarschaft. Vielleicht kann sich jemand an den Namen des Gartenbauunternehmens erinnern, für das ihr Lover arbeitet. Mach weiter mit der guten Arbeit und ruf mich an, wenn das Fax kommt.«

O'Handley legte ohne ein weiteres Wort auf.

»Hast du O'Handley dazu verdonnert, auf das Globocell-Fax zu warten?«, fragte Jade.

Connor nickte.

»Du behandelst den Kleinen wie den Fuchs einer Studentenverbindung.«

»Also bitte. Er muss sich seine Streifen wie jeder andere auch verdienen.«

»Trotzdem könntest du ihm eine wichtigere Beschäftigung geben«, wandte Jade ein.

»Er soll versuchen, Glory Rohrbach und ihren Liebhaber,

diesen Gärtner, aufzutreiben«, entgegnete Connor. »Das ist eine wichtige Beschäftigung. Genauso das Fax. Ich will nicht, dass es verloren geht.«

»Weil bei uns ja so viele Faxe verloren gehen.«

»Hast du einen Narren an O'Handley gefressen oder was?«, neckte Connor sie.

Jade lächelte ihn spitzbübisch an. »Ich gebe zu, er dürfte mein Faxgerät jederzeit benutzen.«

Connor lachte schallend. »Ach, das meinst du mit der ›wichtigeren‹ Beschäftigung für ihn.«

Jade zuckte die Schultern und wandte den Blick ab. »Ich verteile die Aufgaben nicht, ich bekomme nur welche.«

Connors Bauch schmerzte vor Lachen. Er ließ sich in seinen Sitz sinken und blickte starr nach vorn zu den Vans der Nachrichtensender, von denen ständig welche vor dem Haus der Holloways eintrafen und wieder wegfuhren. Mit fortschreitendem Abend allerdings wurden die Reporter weniger. Um Mitternacht waren nur noch zwei Wagen übrig.

Jade schnarchte leise auf dem Fahrersitz, während Connor und Claire sich ständig Nachrichten schrieben. Sie konnte nicht schlafen. Nicht ohne ihn, schrieb sie. Da war sie wieder, die aufgedrehte Teenagerin, die plötzlich in Connors Leben getreten war. Seine Gedanken wanderten zurück zur letzten Nacht, als er Claire aufs Neue in den Armen hatte halten dürfen. Er konnte ihre Haut unter seinen Händen spüren, konnte den schwachen Lavendelduft riechen, der von ihr ausging, die braunen Locken fühlen, die sein Gesicht kitzelten.

Scheiß Job, schrieb er ihr.

Dein Job ist wichtig, schrieb sie zurück. *Ich warte auf dich, bis du fertig bist.* Und dann, was ihr ganz privater Slogan geworden war: *Wir haben Zeit.*

Connor lächelte. Er überlegte gerade, was er antworten sollte, als sein Handy klingelte. Das Geräusch weckte Jade.

»Das ist Matt«, sagte Connor und nahm das Gespräch an.

»Ich habe dein Fax«, berichtete Matt.

Connor gab Jade das Daumen-hoch-Zeichen. »Stell ihn laut«, bat sie.

Connor hielt das Smartphone vor sich und blickte auf das helle Display. »Ich weiß nicht, wie.«

Jade beugte sich zu ihm und tippte auf ein Symbol. Dann sagte sie: »Hi, Matt!«

Matts Stimme war leicht kratzig. »Detective Webb.«

Connor bemerkte Jades Stirnrunzeln über diese formelle Begrüßung. Er verdrehte die Augen.

»Leah Holloway wurde während des auf Video festgehaltenen Zeitraums von zwei Nummern angerufen. Der letzte Anruf, der, den sie an der Tankstelle erhielt, dauerte elf Minuten und achtundfünfzig Sekunden. Er kam von einem Wegwerfhandy. Könnte also irgendjemand sein, der von irgendwoher angerufen hat.«

»Hast du versucht, dort anzurufen?«, wollte Connor wissen.

»Ja, mit Rufnummernunterdrückung. Es klingelt lediglich. Niemand geht ran, auch keine Mailbox. Die zweite Nummer ... das war der Anruf, den sie davor bekommen hat, um neun Uhr zweiundfünfzig ...«

»Auf dem Fußballplatz.«

»Genau«, antwortete Matt. »Eine gebührenfreie Nummer. Privat. Ich musste ein bisschen recherchieren, habe aber herausgefunden, dass sie einem Anbieter namens Genechek gehört.«

»Genechek?«, wiederholte Jade. Sie und Connor wechselten einen verwunderten Blick.

»Ja. Eine Firma, bei der man postalisch DNA-Tests durchführen lassen kann.«

»So etwas wie Vaterschaftstests?«, fragte Jade.

»Genau.«

»Hast du ...«, begann Connor.

Matt fiel ihm ins Wort. »Angerufen, ja. Sie machen erst morgen um acht Uhr dreißig wieder auf. Die Firma sitzt in Portland, Oregon. Deshalb profitieren wir nicht von einer Zeitverschiebung: Sie liegen in derselben Zeitzone wie wir.«

Connor fuhr sich mit der Hand über das Gesicht und strich seinen Bart glatt. »Wie lange hat das Gespräch gedauert?«

»Etwa eine Minute.«

»Das hat gereicht, um ihr mitzuteilen, dass er nicht der Vater ist«, stellte Jade fest.

»Also hat Genechek sie während des Fußballspiels angerufen. Darauf fährt sie zur Tankstelle. Dort ruft jemand sie mit einem Wegwerfhandy an und sie fängt an, den Wodka zu trinken«, resümierte Connor.

»Matt«, sagte Jade. »Ich schicke Parks zum Revier zurück, damit er die richterlichen Verfügungen vorbereitet.«

»Klingt gut.«

Sie beendeten das Gespräch. Anschließend saßen sie noch einen Augenblick wortlos da und sahen zum Holloway-Haus hinüber, in dem inzwischen kein Licht mehr brannte. »Ich wette, es geht um den fünf Monate alten Kleinen«, bemerkte Connor.

»Du meinst, beim DNA-Test?«, fragte Jade. »Das würde zu dem passen, was sich aus den Unterlagen ihres Gynäkologen ergeben hat.«

»Sie hat ungeschützten Sex mit einem Fremden, lässt sich danach auf Geschlechtskrankheiten testen und stellt stattdessen fest, dass sie schwanger ist. Sie bleibt bei ihrem Mann, bekommt das Kind und beginnt daran zu zweifeln, dass er der Vater ist. Vielleicht findet sie heraus, dass das Kind nicht von ihm ist, was sie nicht verkraftet. Aber warum will sie es erst jetzt wissen? Der Kleine ist fünf Monate alt. Was ist passiert, dass sie plötzlich einen Vaterschaftstest machen hat lassen?«

»Keine Ahnung«, erwiderte Jade. »Aber selbst wenn es das war, was sie durchdrehen ließ, warum will sie dann auch noch all ihre Kinder umbringen? Und die ihrer besten Freundin?«

Connor seufzte. »Ich weiß es nicht. Das ergibt alles keinen Sinn.«

»Ihre beste Freundin ist ein Miststück, kein Zweifel, aber das ist noch kein Grund, deren Kinder mit in den Tod zu nehmen. Holloway hat erst angefangen zu trinken, als sie an der Tankstelle den zweiten Anruf bekommen hat«, hob Jade hervor. »Davor hat sie den Kleinen nur gesagt, dass sie Zeit zum Nachdenken brauche. Ich glaub nicht, dass sie vor dem zweiten Telefonanruf schon an Selbstmord dachte. Gibt es überhaupt einen Zusammenhang zwischen den beiden Telefongesprächen?«

»Das muss so sein«, entgegnete Connor. »Ich sehe mal, was ich über das Wegwerfhandy herausfinde. Vielleicht können wir es orten und dadurch erfahren, wo es sich das letzte Mal eingeloggt hat. Ich schicke Genechek die richterliche Verfügung, dann ist sie bei Arbeitsbeginn um halb neun dort. Wir brauchen die DNA-Ergebnisse. Kommst du hier allein zurecht?«

»Also, bitte«, erwiderte Jade. »Ich muss nur wach bleiben. Stell die Verfügungen aus, lass sie unterschreiben und fax sie gleich. Dann können wir morgen früh sofort loslegen. Jetzt kümmere dich um die Verfügungen und schick Matt mit etwas zum Essen her.«

»Du möchtest nur mit ihm hier in dem engen Auto allein sein.«

Jade blinzelte ihm zu. »Aber nur, weil du nicht mehr da bist, Parks.«

Connor lachte und stieg aus. Er lief zurück zum Block, in dem sein Wagen stand, und war in weniger als fünfzehn Minuten im Revier. Matt freute sich über die Ablösung.

»Besorg einen Cheeseburger in dem Laden im R Street Corridor, der die ganze Nacht geöffnet hat, und bring ihn auf dem Nachhauseweg zu Jade. Zwiebeln, kein sauer Eingelegtes. Und eine Cola.«

Matt wirkte nicht sonderlich genervt. »Mit Pommes?«

»Nein«, rief Connor über die Schulter und ging zu seinem Schreibtisch. »Nur den Burger.«

In der Abteilung war es ziemlich ruhig. Es dauerte nicht lange, bis er die Verfügungen fertig hatte. Das Wegwerfhandy hatte weder online noch bei dem Händler, der es verkauft hatte, registriert werden müssen. Aber möglicherweise ließ es sich auf wenige Kilometer orten. Hergestellt worden war es von einem Mobilfunkprovider namens Spur Mobile. Connor wusste von einem früheren Fall, dass Spur eine Bandbreite im Netz von Globocell leaste. Er wusste auch, dass Globocell die Daten von Kunden und Nichtkunden separat speicherte. Wenn er sich am nächsten Morgen mit der Rechtsabteilung von Globocell in Verbindung setzte, standen die Chancen gut, dass er von ihr die Ortung des Handysignals bekam. Er wollte gerade eine weitere richterliche Verfügung für Globocell ausstellen, als einer der Beamten der Nachtschicht seinen Namen durch den Raum rief.

»Was ist?«, fragte Connor.

»Webb hat gerade Verstärkung angefordert. Sie hat in der Straße, in der Holloway wohnt, einen Mann in einem dunklen Hoodie zwischen den Häusern herumlaufen sehen. Sie wollte ihn überprüfen. Ich dachte, das würde dich vielleicht interessieren.«

Connor sprang auf und warf einen Blick auf die Uhr an der Wand. »Danke«, sagte er. »Bin schon unterwegs. O'Handley müsste jede Minute dort sein. Er ist wahrscheinlich näher als eine der Streifen.«

Connor war nur noch wenige Minuten von Holloways Straße entfernt, als sein Handy klingelte. Mit einer Hand wischte er über den Annehmen-Button, dann drückte er sich das Gerät ans Ohr. »Parks.«

Matts Stimme war schrill. »Jade«, stieß er ohne Umschweife hervor. »Es ist etwas passiert. Ich bin hergekommen und ... ich habe das Auto geparkt ... aber ich konnte sie nicht finden. Die Streife war noch nicht da. Ich habe nach ihr gesucht. Ich … ich …«

»Matt«, sagte Connor. Angst stieg in ihm hoch. »Beruhige dich. Ist Jade da? Gib sie mir.«

Die Stimme des jungen Mannes überschlug sich. Connor hörte ihn kreischend schluchzen. »Ich kann nicht. Sie ist tot.«

ZWEIUNDDREISSIG

Als Connor eintraf, standen bereits mehrere Streifenwagen hinter dem Fahrzeug, in dem Jade gesessen hatte. Ihre rotblauen Blinklichter hatten einige Pressevertreter angelockt, die vor Holloways Haus ausgeharrt hatten. Connor sah, wie einer der Uniformierten einen Kameramann von Jades Fahrzeug wegschob. Ein weiterer Beamter riegelte die Vorderseite des Rohrbach-Hauses mit einem gelben Absperrband ab.

Matt stand auf dem Gehweg und tippte etwas in sein Handy. Als Connor näher kam, sah er, dass dem jungen Polizisten Tränen über die Wangen liefen. Matt wischte sie mit dem Ärmel seiner Anzugjacke fort, steckte das Handy ein und atmete tief durch. »Ich musste hierbleiben, um den Tatort zu sichern«, erklärte er Connor. »Ich habe eine Streife losgeschickt, damit sie die Gegend hier absucht. Vielleicht erwischen sie den Kerl, wenn er zu Fuß unterwegs ist. Eine weitere Einheit geht von Tür zu Tür und fragt, ob jemand etwas gesehen oder gehört hat.«

Connor sah die Straße hinauf und hinab. Die Fenster fast aller Häuser im Block waren hell erleuchtet. Einige Nachbarn waren in Schlafanzügen und Hausschuhen auf ihre Vorgärten gelaufen und beobachteten die Polizisten. Auch die Irvings und Holloways waren aufgewacht.

»Wo ist sie?«, fragte Connor.

Matt wischte sich mit dem Ärmel die Nase. Er warf einen Blick über die Schulter zum Haus der Rohrbachs. »Sie liegt im Garten.«

»Was ist passiert? Hat man auf sie geschossen?«

Matt schüttelte den Kopf. »Nein, das glaube ich nicht. Es sieht aus, als wäre auf sie eingeschlagen worden. Ihr Gesicht ist ziemlich übel zugerichtet. Ich habe mich zuerst um sie gekümmert, konnte aber keinen Puls mehr spüren. Dann habe ich mir rasch die Nachbargärten vorgenommen, aber niemanden dort angetroffen. Keine Ahnung, wo dieser Dreckskerl hin ist. In der Zwischenzeit sind die Streifenwagen eingetroffen. Ich habe wie schon erwähnt einen der Beamten nach einer männlichen Person mit einem Hoodie in der Umgebung suchen lassen. Dann habe ich dich angerufen.«

»Ich will sie sehen«, sagte Connor.

»Du kannst jetzt da nicht hin. Wir müssen auf die Spurensicherung und den Rechtsmediziner warten.« Matt wedelte mit dem Handy in der Luft herum. »Sie sind unterwegs.«

Der rationale Teil von Connor wusste das natürlich. Aber im Augenblick dachte er nicht besonders rational. Jade war im aktuellen Fall seine Partnerin gewesen. Er hatte sie in dieser Sache als Partnerin haben wollen, und sie hatte sich freiwillig gemeldet. Dann hatte er sie allein gelassen, und etwas Schreckliches war passiert. Er begann auf das Haus der Rohrbachs zuzugehen. Matt lief ihm hinterher. Er erreichte ihn, bevor er sich unter dem Absperrband hindurchducken konnte, und stellte sich zwischen ihn und das Band. »Parks«, sagte er. »Bleib stehen!«

Connor deutete auf den Grasstreifen zwischen dem Rohrbach-Haus und dem benachbarten Gebäude. »Was, wenn sie noch lebt?«, fragte er. »Bist du sicher? Hatte sie wirklich keinen Puls mehr? Hast du versucht, sie wiederzubeleben?«

Matt packte Connor an der Schulter. »Sie ist tot, Mann. Glaub mir doch. Sie war schon tot, als ich hierherkam.«

»Bist du sicher?«

»Natürlich bin ich sicher. Wir müssen warten, Parks. Das weißt du doch.«

Beißende Magensäure brannte in Connors Kehle. Sein Magen fühlte sich an, als hinge er ihm in den Kniekehlen. »Wann werden die Spurensicherung und der Rechtsmediziner voraussichtlich eintreffen?«

»Die Spurensicherung in einer halben Stunde. Beim Rechtsmediziner dauert es wahrscheinlich ein bisschen länger.«

Connor konnte nicht eine halbe Stunde oder länger auf dem Gehweg herumstehen und versuchen, Schock und Trauer zu unterdrücken, während die Presseleute und Nachbarn gafften und Jade alleine im Garten der Rohrbachs lag. Er räusperte sich, obwohl das den Kloß in seiner Kehle nicht zum Verschwinden brachte. »Gehen wir an die Arbeit«, sagte er.

Matt postierte sich vor dem Haus, damit niemand außer der Spurensicherung und dem Rechtsmediziner den von den Streifenbeamten abgesperrten Bereich betrat. Connor nahm sich gemeinsam mit den Uniformierten die Häuser der Nachbarschaft vor. Sie durchsuchten die Gärten, Schuppen und Garagen, um sicherzugehen, dass der Täter sich nicht direkt vor ihrer Nase verkrochen hatte. Zwei Stunden später brachen sie die Suche ergebnislos ab. Da war niemand, der sich im Gebüsch versteckte, keine Zeugen, die etwas beobachtet hatten. Ein paar direkte Nachbarn der Rohrbachs hatten Geräusche gehört, aber nichts gesehen.

Als Stryker eintraf, gab Rechtsmediziner Roger Zeliff den Tatort frei. Connor, Matt und Stryker zogen sich Schutzanzüge mitsamt Überschuhen an und folgten Zeliff am Haus vorbei in den großen Garten. Dort erleuchteten tragbare Scheinwerfer den Tatort. In einer Ecke war ein riesiges Trampolin aufgebaut, während in der anderen ein blauer Gartenschuppen stand. Zwischen dem Garten und den seitlich angrenzenden Anwesen verliefen Blumenbeete, während eine Reihe von Buchsbaumsträuchern das Grundstück dahinter verbarg. Die Schuppentür stand offen. Direkt davor war ein weißes Zelt errichtet worden. Connor sah sich um und bemerkte erst jetzt die ganzen Nachbarn, die von den zum Garten gehenden Fenstern ihrer Häuser aus alles beobachteten.

Zeliff ging zum Zelteingang und wartete dort. Matt deutete auf das Haus hinter dem der Rohrbachs auf der anderen Seite der Buchshecke. »Zwischen zwei Sträuchern ist eine ausreichend große Lücke. Ich denke, der Täter ist von dort gekommen. Von ihrem Parkplatz aus muss Jade zwischen den Häusern hindurchgesehen und diese Stelle direkt im Blick gehabt haben.«

»Also ist sie ausgestiegen, um ihn zu verfolgen«, vermutete Stryker.

Matt nickte und ging an Zeliff und dem Zelt vorbei zum Blumenbeet zwischen dem Grundstück der Rohrbachs und dem der Nachbarn. Der Boden war zertreten; eine Spur aus brauner Erde zog sich in den Garten dahinter. Die Begonien waren umgetrampelt und ihre weißen Blütenblätter ins Erdreich gestampft worden. »Ich denke, sie hat ihn bis in den Nachbargarten und den Garten dahinter verfolgt.«

»Dann sind sie direkt vor dem Grundstück der Irvings stehen geblieben?«, fragte Connor.

»Ich glaube schon«, antwortete Matt. »Im Garten der Irvings waren keine Spuren zu finden. Es sieht nicht so aus, als wäre jemand über den Zaun geklettert.«

»Rachel Irving meinte, sie habe nichts gehört«, berichtete Connor.

»Wahrscheinlich ist Jade vorher umgekehrt«, mutmaßte Matt. »Wie gesagt, es sieht nicht so aus, als wären sie durch den

Garten der Irvings gelaufen. Aber in den anderen beiden Gärten sind ein paar zertrampelte Blumenbeete und umgeworfene Gartenmöbel. Ich denke, der Täter ist in einer kreisförmigen Bewegung zurückgelaufen und hat sich im Schuppen versteckt. Man sieht es wegen der vielen Lichter jetzt nicht, aber als ich herkam, war es stockdunkel. Es muss leicht für ihn gewesen sein, Jade abzuschütteln – oder sie im Glauben zu lassen, dass er sich aus dem Staub gemacht hat. Ich nehme an, dass er sich hier auskannte. Sie hatte sich vermutlich gerade auf den Rückweg zu ihrem Auto gemacht.«

Sie folgten Matt zum Zelteingang, wo Zeliff sie hereinwinkte. Jade lag mit dem Gesicht nach oben im Gras. Ihre Augen waren offen und starr zum Zeltdach gerichtet. Alles, was Jade zu Jade gemacht hatte, war aus ihrem Gesicht verschwunden. Die Augen wirkten nur noch wie leere, glasige Bälle. Ihr Mund war leicht geöffnet, die Haut blass und wächsern. Unter ihrem linken Auge sah man einen dunklen Bluterguss. Über dem Auge zog sich eine klaffende Platzwunde von der linken Braue bis zum Haaransatz. Getrocknetes Blut klebte in ihrem Gesicht und den Haaren.

»Himmel!«, stieß Connor hervor.

»Die Wunde stammt von einer Schaufel«, erläuterte Zeliff. Er deutete in die Ecke des Zelts neben die geöffnete Schuppentür. Connor sah dort ein gelbes Tatortschild. Daneben lag einige Meter von Jades Kopf entfernt eine Stahlschaufel mit einem mindestens sechzig Zentimeter langen Holzstiel. Das Schaufelblatt hatte hinten eine Einkerbung und endete in einer abgerundeten Spitze. In der Hand eines größeren Angreifers, der das Überraschungsmoment auf seiner Seite hatte, konnte sie Schlimmes anrichten.

Connor hörte hinter sich Strykers leise, ruhige Stimme, als beträfe ihn dieser Albtraum gar nicht. Cool zu bleiben war schon immer Strykes Stärke gewesen. »Hat er sich im Schuppen versteckt? Und ist dann herausgesprungen, um mit der Schaufel auf sie einzuschlagen? Hatte der Schuppen ein Schloss?«

Zeliff ging neben Jades rechter Hand in die Hocke. »Kein Schloss. Ich denke, er hat ihr die Waffe aus der Hand geschlagen, denn ihre Speiche ist knapp hinter dem Handgelenk gebrochen. Ich kann aber nicht sicher sagen, ob das passierte, bevor oder nachdem er sie auf den Kopf geschlagen hat.« Behutsam schob er ihren Ärmel hoch, sodass man eine unnatürliche Einbuchtung in Jades Unterarm sah. »Um ganz sicher zu sein, muss ich das röntgen, aber ich denke, es ist ziemlich eindeutig.«

Connor drehte sich fast der Magen um. »Wir müssen sehen, ob wir an der Schaufel Fingerabdrücke finden«, meinte Stryker. »Er hat also die Schaufel benutzt, um ihr die Waffe aus der Hand zu schlagen, und ihr dann den Schädel damit zertrümmert. Hat das ihren Tod verursacht?«

Zeliff erhob sich wieder und ging dorthin, wo Jades Waffe neben einem gelben Tatortschild lag. »Sie haben recht, Detective. Ihre Pistole ist hierhergeflogen, ihre Taschenlampe dorthin.« Er deutete quer durch das Zelt zu einem anderen Tatortschild, neben dem ihre Lampe lag. Sie leuchtete noch immer schwach mit der letzten Energie aus ihrer Batterie. »Es ist, wie schon erwähnt, schwer zu sagen, welcher Schlag der erste war, aber sie hat am Arm und Kopf beträchtliche Verletzungen erlitten. Was sie letztlich umgebracht hat, kann ich allerdings nicht mit Sicherheit sagen.«

Zeliff stapfte zurück zu Jades Leiche und ging erneut in die Hocke, diesmal neben ihrem Kopf. Ihr linker Arm war nach oben gestreckt und lag über ihrer Schulter. Connor wollte es nicht, aber er sah Jade trotzdem noch einmal ins Gesicht. Er merkte, wie ihm Tränen in die Augen traten, und blinzelte sie weg. Sein Blick wanderte auf der Suche nach weiteren Verletzungen nach unten. Sie war noch vollständig bekleidet. Es sah nicht so aus, als wäre sie vergewaltigt worden. Ihre Bluse war zerrissen, das weiße Unterhemd darunter zeigte einen Teil ihres Ausschnitts.

»Hier«, sagte Zeliff. »Das müssen Sie sich anschauen.« Er deutete auf ihren Nacken. Sowohl Connor als auch Stryker traten näher und bückten sich, um einen besseren Blick zu haben. Da sah Connor es. Es lugte unter dem Kragen ihrer Bluse hervor und befand sich zwischen Hals und Schlüsselbein.

Ein Bissabdruck.

Connor kam die Galle hoch. »Verdammt!«

Neben sich hörte er Stryker. Zum ersten Mal seit ihrem Eintreffen am Tatort schwangen in seiner Stimme Emotionen mit. »Dieser Dreckskerl!«

DREIUNDDREISSIG

»Rede mit mir«, beschwor ihn Claire.

Connor saß ohne Hemd am Bettrand, den Kopf auf die Hände gestützt. Bereits eine ganze Weile hatte er so dagesessen. Sie hatte sich schon gefragt, ob er eingeschlafen war. Um fünf Uhr morgens war er in diesem Zustand bei ihr aufgetaucht. Fast benommen, schweigsam, wie auf Autopilot. Er stand unter Schock. Sie kannte das gut. Er hatte ihr mit einer Stimme, die so gar nicht wie seine wirkte, in aller Kürze berichtet, was passiert war. Jade war tot. Jemand hatte sie niedergeschlagen und erwürgt. Der Täter war vermutlich der Soccer Mom Strangler. Nachdem ihre Leiche vom Tatort weggebracht worden war, hatte Boggs die Beamten nach Hause geschickt, damit sie ein paar Stunden schliefen, während der Rechtsmediziner Jade obduzierte. Er brauchte seine Leute am nächsten Tag ausgeruht.

Wilson hatte anfangs noch versucht, Connor zu beruhigen, es aber irgendwann aufgegeben. Jetzt lag er schnarchend in seinem Bett in der Zimmerecke. Claire saß hinter Connor auf der Matratze. Sein Rücken war wie eine Wand, die Wärme abstrahlte. Vorsichtig beugte sie sich zu ihm und fuhr ihm über die harten Muskelstränge, die sich darin abzeichneten.

»Connor, bitte, rede mit mir«, begann sie wieder.

»Ich kann nicht glauben, dass sie tot ist«, stieß er schließlich hervor.

Es war so unfassbar, dass Claire es beinahe selbst nicht geglaubt hätte. Einen Sekundenbruchteil lang hatte sie sich gefragt, ob er Witze mache. Aber natürlich würde Connor über so etwas niemals scherzen. Sie hatte ihn nie so verzweifelt gesehen. Seit er bei ihr aufgetaucht war, hatte sie versucht, die Nachricht zu verarbeiten, doch noch immer wollte ihr nicht in den Kopf, dass Jade tot war.

Er hatte gefragt, ob er bleiben könne, und sie hatte Ja gesagt. Dann hatte er duschen wollen. Auch dagegen hatte sie nichts gehabt. Er hatte sein Hemd und einen Schuh ausgezogen, doch plötzlich war er erstarrt, und seither saß er unbeweglich am Rand ihres Betts. Sie rutschte näher zu ihm und drückte ihm ihre Lippen in den Nacken. Seine Haut war warm und salzig. Sie spürte, wie er sich etwas entspannte und der Wall um ihn herum leicht nachgab.

»Es tut mir leid«, flüsterte sie.

»Wir haben Holloway aufgeweckt, als wir die Umgebung durchkämmten«, begann er schließlich zu erzählen. »Seine Mutter war schon auf. Sie hatte mitbekommen, was draußen los war. Als sie ihren Sohn aus dem Bett holte, wirkte er, als hätte er tatsächlich geschlafen. Er hatte noch Muster vom Bettzeug im Gesicht. Wir glauben nicht, dass er es war. Ich schätze, er hätte sich theoretisch aus dem Haus schleichen, sie umbringen und wieder ins Bett gehen können. Aber mein Gott, das wäre wirklich dreist.«

Das war nicht das, was Claire gemeint hatte, als sie ihn aufgefordert hatte, mit ihr zu reden. Aber damit schien er anfangen zu wollen – mit Tatsachen, Hinweisen und Theorien.

»Selbst wenn es nicht Holloway gewesen ist, dreist war es auf jeden Fall«, meinte sie. »Warum ist der Strangler dort überhaupt herumgeschlichen? Er muss doch die Pressewagen und Jade im Auto vor dem Haus gesehen haben.«

Connor zuckte die Schultern. Er sah sie noch immer nicht an. »Ich weiß es nicht. Niemand hat etwas gehört oder gesehen. Keiner hat einen versuchten Einbruch gemeldet. Ich habe keine Ahnung, warum er dort war. Ich verstehe es einfach nicht. Und Jade, ich ... ich weiß nicht ... warum hat sie nicht auf Verstärkung gewartet?«

Claire nahm ihre Hand von seinem Rücken. Sie legte sie in den Schoß und sah ihn an. Tränen traten ihr in die Augen. »Sie hat wahrscheinlich gedacht, dass sie es allein schafft. Schließlich war sie bewaffnet. Sie wusste, dass die Verstärkung nicht mehr allzu weit weg sein konnte. Vielleicht hatte sie Angst, dass er entkommen würde, wenn sie wartete.«

»Aber ich habe gesehen, wie sie Kerle zu Boden gebracht hat, die doppelt so schwer waren wie sie«, wandte Connor ein.

»Connor, du hast doch selbst gesagt, dass er sich versteckt und an sie herangeschlichen hat«, entgegnete Claire. Unvermittelt musste sie an eines der ersten Male denken, als Reynard Johnson sie geschlagen hatte. Er war durch den Raum gestapft und hatte die Fäuste geschwungen, noch bevor er bei ihr gewesen war. Seine Schläge prasselten unaufhörlich auf sie ein. Sie kam sich vor wie ein Sandsack. Kaum hatte sie einmal Atem geholt, hatte er sie schon halb bewusstlos geprügelt. »Eine Blitzattacke lässt sich schwer abwehren«, fügte sie hinzu. »Selbst gute Reflexe und viel Kampferfahrung garantieren nicht, dass du so etwas kontern kannst, vor allem, wenn der andere mit schmutzigen Tricks arbeitet.«

Wieder flackerte in ihrem Kopf kurz etwas auf. Claire war neunzehn gewesen und hatte mit dem Rücken zur Küche das Geschirr abgewaschen. Johnson war von hinten an sie herangeschlichen und hatte ihren Kopf auf das Fensterbrett über dem

Spülbecken geschlagen. Die Platzwunde hatte fürchterlich geblutet. Sie hatte gegen die Benommenheit gekämpft, die der Aufprall verursacht hatte, und keine Zeit oder Möglichkeit gehabt, etwas anderes zu tun, als sich am Becken festzuhalten, während er versucht hatte, sie zu vergewaltigen. Aber sie war da schon zu alt gewesen, weshalb er wieder von ihr abgelassen hatte. Obwohl sie inzwischen gelernt hatte, das Geräusch seiner Bewegungen zu interpretieren, immer auf der Hut gewesen war und ständig vorbereitet auf die nächsten Schläge oder die nächste Vergewaltigung, obwohl sie nie aufgehört hatte, sich gegen ihn zur Wehr zu setzen, und sich schon im vierten Jahr ihrer Gefangenschaft befunden hatte, war es ihm doch gelungen, sich an sie heranzuschleichen.

Connors Stimme riss sie aus ihren Gedanken. »Es muss ganz schnell passiert sein. Matt hat nicht lange gebraucht, bis er dort war. Er war schon unterwegs gewesen. Obwohl ich ihm gesagt habe, dass er ihr noch etwas zu essen besorgen soll, war er nicht mehr weit weg. Der Rechtsmediziner glaubt, dass die Todesursache Ersticken ist.«

Erneut durchbrachen unerwünschte Bilder ihren Schutzschild. Die Erinnerungen zogen wie eine Abfolge von Schnappschüssen stakkatoartig an ihrem inneren Auge vorbei. Wieder Miranda Simon. Johnsons alter brauner Gürtel, der um ihren Hals geschlungen war und sich in ihr Fleisch grub. Die tränennassen Wimpern des Mädchens. Das Leben, das aus ihren Augen wich. »Es dauert nicht lange«, krächzte Claire, denn es schnürte ihr die Kehle so sehr zusammen, dass ihre Stimme schwächer wurde. »Jemanden zu erwürgen. Wirklich, es geht ganz schnell. Außer man muss zusehen.«

Langsam drehte sich Connor zu ihr, legte seine Füße auf das Bett und setzte sich mit überkreuzten Beinen so hin, dass er ihr ins Gesicht sehen konnte. Er strich ihr über den Arm. »Du zitterst ja.«

»Es tut mir leid«, sagte sie.

»Das muss dir nicht leidtun.«

»Nein«, entgegnete sie. »Das mit Jade. Es tut mir so leid. Es ist ...« *Eine schreckliche Art zu sterben,* hätte sie beinahe gesagt. Doch sie verkniff es sich. Er wusste bereits, wie schrecklich Jades Tod gewesen war, denn er hatte ihre Leiche gesehen. Die seiner Kollegin. Die seiner Vertrauten. »Es ist so traurig«, sagte sie stattdessen. »Kann ich irgendetwas tun?«

Er lächelte und berührte ihr Haar, ihre Wange, legte eine Hand in ihren Nacken und zog sie zu sich. »Du tust es bereits«, murmelte er.

Ihre Lippen begegneten sich langsam. Sie erkannte in jeder noch so geringen Bewegung seinen Schmerz. Als sie ihn berührte, spürte sie, wie jeder Muskel in seinem Körper vor Trauer verkrampft war. Seine Hände streichelten sie so zärtlich wie eh und je, wanderten über sie, als suchte er blind nach etwas. In seiner Berührung spürte sie etwas Neues, etwas anderes. Sein Bedürfnis, zu vergessen. Seinen Drang, ihr so nahe zu sein, dass er seinen Kummer verdrängen konnte, wenn auch nur für wenige Augenblicke.

Seite an Seite legten sie sich zurück, die Gliedmaßen ineinander verschlungen. Noch immer bewegten sie sich langsam, aber zielstrebig. Sie spürte sein Bedürfnis, sich so tief in ihr zu vergraben, dass er alles hinter sich lassen konnte. Seine Sehnsucht nach völligem Vergessen. Danach, keinen Schmerz mehr zu spüren.

Das konnte Claire verstehen. Zehn Jahre ihres Lebens hatte sie verzweifelt versucht, alles Schlechte zu vergessen und ohne Schmerz zu sein. Sie hatte sich nur nie vorstellen können, dass ein körperliches Gefühl das bewirken und ihr Befreiung bringen konnte. Aber nun spürte sie jeden leichten Druck von Connors Fingern, jedes Drängen seines Mundes wie ein winziges Gebet auf ihrer Haut. Sie spürte ihn und sonst nichts, sog seinen Geruch ein, fuhr ihm mit den Fingern durch das Haar und über die Schultern. Dann schob sie ihn von sich weg und stand auf, gerade so lange, bis sie ihre Kleider abgestreift hatte. Connor rutschte an den Bettrand, setzte sich auf und beobachtete sie mit großen Augen und einem Ausdruck, in dem sich Panik und Hoffnung, Angst und Freude spiegelten.

»Claire«, stieß er hervor, und der Klang ihres richtigen Namens, geflüstert von dem Mann, den sie liebte, war wie eine Heilung offener Wunden. Die ihr von jemand anderem zugefügt worden waren. Von jemand Grausamem und Unmenschlichem, den es nicht mehr gab. Der ihr nie wieder wehtun konnte.

»Sag es noch einmal«, bat sie Connor.

»Claire.«

Sie lächelte und trat auf ihn zu, stellte sich zwischen seine Beine. Dann nahm sie seine Hände und legte sie sich auf ihre Brüste. Ihre Haut brannte und prickelte unter seiner Berührung. »Ich will es«, sagte sie.

Er zog sie nicht auf das Bett, wie sie es erwartet hatte, damit er sich auf sie rollen und seinen Körper auf ihren legen konnte. Stattdessen schlang er seine Arme um sie, legte seine Hände auf ihre Pobacken und zog sie an sich. Seine Hände strichen über die Rückseite ihrer Schenkel, drängten sie, ihre Beine um ihn zu legen und sich in seinen Schoß zu setzen. Er sah zu ihr hoch. Sie hatte das Gefühl, in seinen Augen zu versinken. Sie küsste ihn. Eine seiner Hände blieb auf ihrem Rücken liegen, während die andere sie erkundete. Sie fühlte seine Härte in den Shorts, die er trug, und drängte sich dagegen, bis sie ein ungekanntes Gefühl zwischen ihren Beinen zu spüren begann.

Lust.

Sie löste sich von seinem Kuss. »Das fühlt sich gut an«, keuchte sie.

Da war sein Mund bereits auf ihrem Hals. Mit der Zunge tastete er sich nacheinander über jedes Schlüsselbein.

»Du fühlst dich gut an«, hauchte er in ihre Haut. »Claire.«

Sie warf den Kopf zurück und kostete die Empfindung aus,

genoss es, seinen Mund auf ihrem Körper zu spüren, während er sich zu ihren Brüsten vorarbeitete. Sie konzentrierte sich ganz darauf, wollte es für immer in ihrem Gedächtnis speichern. Sein Bart kitzelte ihre Haut, rau, aber zugleich weich, und weckte jede Zelle in ihrem Körper. Mehr, sie wollte mehr. Dieses Gefühl in ihr drinnen ... es baute sich auf, strebte auf etwas zu. Da war eine exquisite Erfüllung, wie sie sie noch nie, niemals zuvor gespürt hatte, etwas, das Erlösung suchte.

Es brauchte nicht viel Überzeugungskraft, Connor von seinen Shorts zu befreien. Er war bereit für sie. Als er nackt war, schob sie ihn zurück in eine sitzende Position am Bettrand. Da waren noch einige Augenblicke der Unbeholfenheit, vor allem, als sie eine Kondomschachtel aus ihrem Nachtschrank holte – ein Überbleibsel aus ihrer unglücklichen Beziehung zu Todd, dem Besorgten. Sie hatte nur ein Exemplar jemals gebraucht und oft überlegt, ob sie die Schachtel nicht wegwerfen sollte. Aber das hätte sich angefühlt, als würde sie alle Hoffnungen auf eine normale Beziehung begraben. Nun war sie froh, sich an diese Hoffnung geklammert zu haben. Beim Bemühen, das Kondom überzustreifen, musste sie kurz kichern, doch auf die Nervosität folgte erwartungsvolle Stille, als sie sich wieder auf Connor setzte und auf seinem Schoß herumrutschte, bis er bereit war, in sie einzudringen.

»Claire, vielleicht sollten wir das nicht gerade jetzt tun«, sagte er, doch da hatte sie sich schon auf ihn gesetzt. Sie war verblüffend bereit für ihn – noch nie hatte ihr Körper sich so nach einem Mann gesehnt. Ein zarter, zitternder Seufzer kam ihr über die Lippen. Connor stöhnte, dann war er völlig still. Er legte seine Stirn an ihr Brustbein und die Hände auf ihren Rücken. So zog er sie zu sich.

Das intensive Lustgefühl war noch da. Aber Connor bewegte sich nicht, atmete nicht einmal. Sie stützte ihre Ellbogen auf seine Schulter und zog an seinen braunen Haaren. »Hör auf, die Luft anzuhalten«, flüsterte sie ihm ins Ohr.

Er stieß sie zitternd aus. »Mein Gott, Claire!«

Sie bewegte sich, nur ein winziges bisschen, stützte sich auf seine Schultern und umklammerte ihn fest mit den Schenkeln. Die Empfindung war noch immer da. Sie wurde intensiver, wenn sie sich bewegte. Reibung, sie brauchte Reibung. Also bewegte sie sich. Sie bewegte und wand sich, bis sie in einen Rhythmus gefunden hatte, der das angenehme Gefühl in einen Rausch verwandelte. Connor ließ es zu und bewegte sich nur, um sie zu streicheln oder ihre Haut zu küssen, zu ihr hochzusehen und ihr Gesicht zu beobachten. Er strich mit seinem Bart über ihre zarte Haut und flüsterte ihren Namen, bis die Explosion in ihr sie erschütterte und sie in völliger Selbstvergessenheit den Verstand verlieren ließ. Sie schrie auf und verkrampfte sich in seinen Armen.

Danach saßen sie noch lange mit bebender Brust wie ineinander verschmolzen da. Connors Haut klebte auf ihrer. Sie beide waren von einem dünnen Schweißfilm bedeckt. Der Raum fühlte sich plötzlich klein und warm an. Claire wollte sich nicht von ihm lösen, wollte keine Erinnerung mehr zulassen. Sie wollte in seinen Armen bleiben, erhitzt und zufrieden, während das Nachbeben ihres Liebesspiels immer wieder ein Schaudern durch ihre Körper sandte. Sie wollte, dass dieser Augenblick ewig dauerte, wollte jedes kleinste Detail für immer in ihrem Gedächtnis speichern. Jede Empfindung, jede Berührung, jeden Geruch.

Connor strich ihr das Haar aus dem Gesicht und küsste sie unter dem Ohr. »Ich liebe dich«, flüsterte er.

Sie lächelte und bewegte ihren Kopf, damit er an ihren Mund gelangen konnte. Dann sagte sie: »Ich liebe dich auch.«

Sie duschten gemeinsam. Auch das war neu für Claire. Sie fühlte sich, als hätte sie einen Krieg gewonnen. Auf der anderen Seite des Schlachtfelds war unbekanntes Terrain, das es zu erobern galt. Sie wusste, dass viele vergewaltigte Frauen keinen Orgasmus mehr bekommen konnten. Auch sie war noch nie zuvor auch nur annähernd so weit gewesen, nicht einmal mit Connor. Mit ihrer Therapeutin hatte sie ausführlich darüber gesprochen, ob sie je wieder bei einem Mann zu einem normalen sexuellen Empfinden fähig sein würde. Sie hatte gewusst, dass die Chancen schlecht standen. Auch war ihr klar, dass dieses einmalige Erlebnis nicht das jahrelange Trauma auslöschen konnte, das sie hatte erdulden müssen. Aber nun war es geschehen – sie hatte angenehme Erfahrungen mit einem Mann gemacht, den sie liebte. Das wollte sie genießen, wollte jede verrückte neue Sekunde davon auskosten. Aber Connor brauchte sie. Das süße Vergessen, das der Liebesakt ihnen beschert hatte, ließ bereits nach. Claire spürte die Trauer um Jade wie eine schwere Last auf ihnen. Dann war da noch ihr Schuldgefühl. Sie hatte Jade vom ersten Augenblick an nicht gemocht, nur weil sie mit Connor zusammengearbeitet hatte. Claire hatte ihr nie eine Chance gegeben. Und nun war sie tot. Claire wusste, dass ihre Eifersucht nichts mit der Ermordung der Frau zu tun hatte, aber sie hatte trotzdem ein schlechtes Gewissen. Denn ganz offensichtlich hatte Jade Connor etwas bedeutet.

Als sie wieder ins Bett gegangen waren, lag Connor mit offenen Augen da und starrte an die Decke. Claire legte ihren Kopf auf seine Brust. Er schlang einen Arm um sie und küsste sie auf die Stirn. »Du bist fantastisch«, flüsterte er.

»Du solltest jetzt schlafen«, erwiderte sie.

Er drehte den Kopf und sah auf die Uhr neben dem Bett. »Ich muss in einer Stunde wieder im Revier sein. Genechek wird dann erreichbar sein. Ich muss einige Anrufe erledigen und mich anschließend mit Stryker und Boggs im Büro der Rechtsmedizin treffen.«

Sie legte ihm einen Finger auf die Lippen. »Stopp«, sagte sie. »Du musst wenigstens ein bisschen schlafen, sonst bist du bei der Aufklärung von Jades Tod zu nichts nütze. Captain Boggs hat gesagt, dass du dich ausruhen sollst, oder nicht?

Schlaf etwas, mindestens zwei Stunden. Genechek läuft dir nicht davon. Ich wecke dich auf, versprochen.«

Sie beugte sich über ihn und drückte mehrere Knöpfe an ihrem Wecker, um den Alarm einzuschalten. »Siehst du?«, sagte sie.

Er rang sich ein Lächeln ab. »Okay. Aber geh nicht weg.«

VIERUNDDREISSIG

Claire hielt Wort und weckte ihn zwei Stunden später. Sie machte ihm Eier mit Toast und schickte ihn mit einem aufgeladenen Handy und einem Plastikbecher Kaffee, in den sie, wie er es mochte, Unmengen Milch und zwei Würfelzucker gegeben hatte, auf den Weg. Er küsste sie auf der Veranda vor der Haustür, während Wilson neben ihnen winselte. Auch Connor war nach Winseln zumute. Er wollte bei Claire bleiben, hier in ihrem Haus, in dem nichts Schlechtes geschehen war und er nicht über Jade und ihre brutale Ermordung nachdenken musste.

Es war ihm schwer ums Herz, als er in das Auto stieg, sich noch einmal umdrehte und sah, wie Claire und Wilson Seite an Seite dastanden und ihm nachblickten. Plötzlich fühlte er sich schuldig. Vor wenigen Stunden war eine Freundin von ihm umgebracht worden. Sie war ganz allein gestorben. Er hätte bei ihr bleiben sollen. Die Anfrage bei Genechek hätte bis zum Morgen warten können. Aber dann wäre er nie in dem Zustand, in dem er gewesen war, zu Claire gegangen, und sie hätten vielleicht nie zusammengefunden. Sie hatten nicht darüber gesprochen, und Connor hatte es auch nicht verschreien wollen, indem er es offen aussprach, aber sie waren in ihrer Beziehung einen Riesenschritt vorangekommen. Mehr noch, sie hatten gerade überwunden, was sie stets daran gehindert hatte, eine echte Beziehung einzugehen. Es bedeutete zwar nicht, dass von nun an alles eitel Sonnenschein war und glattlief, das wusste er, doch sie hatten enorme Fortschritte gemacht. Seine Gedanken waren bei Claire, bis er beim Revier ankam und sein Auto auf dem Parkplatz abstellte. Sie halfen ihm, die Erinnerung an Jades Gesicht halbwegs zu verdrängen. Dann stand er in der Abteilung, und es blieb ihm nichts anderes mehr übrig, als wieder über Jade nachzudenken.

Die Stimmung war gedrückt. Niemand sagte ein Wort. Alle gingen schweigend und mit düsterer Miene ihrer Arbeit nach. Connor sah Matt hemdsärmelig vor einem Computer sitzen, nach vorn gebeugt und vor sich drei leere Styroporbecher. Sein Knie hüpfte rhythmisch auf und ab.

»Warst du überhaupt zu Hause?«, fragte Connor.

Matt schüttelte den Kopf, ohne aufzublicken. »Nein. Aber Stryke. Er müsste bald zurück sein. Ich arbeite an den Berichten.«

Connor klopfte ihm auf die Schulter. »Geh nach Hause, Matt.«

Er war schon fast an seinem Schreibtisch, als Matt meinte: »Ich kann nicht. Ich sehe sie ständig. In meinem Kopf, weißt du?«

»Ich weiß. Aber, Matt, du hast da draußen gute Arbeit geleistet. Wir brauchen dich hier. Geh nach Hause. Sieh zu, dass du irgendwie zu etwas Schlaf kommst.«

»Okay, in ein paar Minuten«, versprach Matt.

Vor Jades leerem Schreibtisch blieb Connor abrupt stehen. In seinem Hals bildete sich ein Kloß. Tränen, die er bis jetzt unterdrückt hatte, schossen ihm in die Augen. *Beherrsch dich*, beschwor er sich. *Nicht hier*. Ihr Stuhl stand ein paar Schritte von seinem Schreibtisch entfernt, leicht schräg, sodass er direkt zu ihm gedreht war. Als hätte sie sich ihm zugewandt und wäre dann aufgestanden, ohne den Stuhl wieder unter den Schreibtisch zu schieben. Auf der Arbeitsplatte türmten sich Akten, die zum Teil von Papieren bedeckt waren. Ein Stapel mit Leah Holloways ärztlichen Unterlagen drohte umzukippen. Neben der Plastikschale Reis, in der Holloways leeres Handy trocknete, stand eine halb leere Flasche Cola Zero. Connor machte ein paar Schritte, schob den Stuhl unter ihren Schreibtisch und ging zu seinem zurück, entschlossen, den ganzen Morgen den Blick nicht mehr nach links zu wenden.

Im Vergleich zu den Erfahrungen mit Globocell war Genechek ein absoluter Traum. Schon die dritte Person, die er in der Leitung hatte, konnte die richterliche Verfügung, die er geschickt hatte, und die Unterlagen zu Leah Holloway ausfindig machen.

»Soll ich alles per Post schicken? Wenn es eilt, kann ich es Ihnen auch per E-Mail zusenden?«

Gott segne sie.

»Eine Mail wäre großartig«, antwortete Connor. Er gab ihr die Mailadresse seiner Abteilung und dankte ihr überschwänglich. Am anderen Ende der Leitung hörte er ihre Finger über die Tastatur fliegen.

»Also, wir haben zwei separate Tests vorliegen«, sagte sie schließlich. »Soll ich beide Files in einer PDF schicken oder zwei separate Dateien, so wie sie sind?«

»Was am schnellsten geht«, erwiderte Connor. Dann: »Moment mal, was meinen Sie mit ›zwei separaten Tests‹?«

»Mrs Holloway hat einen Vaterschafts- und einen Mutterschaftstest machen lassen. Beide waren positiv. Sie wurde am Samstag telefonisch darüber informiert.«

»Ach ja, stimmt«, sagte Connor, als hätte er es die ganze Zeit gewusst und nur vergessen.

»Ich schicke sie Ihnen jetzt«, sagte die Frau. »Kann ich noch etwas für Sie tun, Detective?«

Er war noch immer etwas durcheinander von den Ereignissen der letzten zwölf Stunden, doch fiel es ihm rechtzeitig ein zu fragen: »Haben Sie die Proben noch, die Mrs Holloway eingeschickt hat?«

»Nein, leider nicht. Wir behalten die Proben nach der Analyse nicht. Aber die DNA-Profile jeder Person sind in den PDFs enthalten, die ich Ihnen gerade schicke.«

Wenn seine und Jades Vermutung stimmte, dass Leah vor fast zwei Jahren eine Affäre gehabt hatte, war es nachvollziehbar, dass sie Proben für einen Vaterschaftstest eingesandt hatte. Aber ein *Mutterschaftstest*? Was um alles in der Welt hatte es damit auf sich?

Zumindest waren die DNA-Profile unterwegs zu ihm. Sie halfen ihnen womöglich, die Person aufzuspüren, mit der sie eine Affäre gehabt hatte. Aber diese Hoffnung wurde jäh zunichtegemacht, als Connor das File heruntergeladen und ausgedruckt hatte. Genechek verlangte von Kunden ausführliche Angaben über den Spender jeder Probe mit Namen und biografischen Daten, außerdem eine unterschriebene Einverständniserklärung. Als Erstes sah er sich den Mutterschaftstest an. Daraus ergab sich, dass Tyler zweifelsfrei ihr Sohn war. Er bewies, was sowieso jeder wusste. Ein nutzloser, bizarrer Test. Warum hatte sie dafür einen Mutterschaftstest machen lassen? Sie musste sich doch an die Geburt erinnern. Connor hatte Unterlagen, die bewiesen, dass sie den kleinen Tyler zur Welt gebracht hatte. Er ging den Antrag, die Profile und die Ergebnisse des Mutterschaftstests durch, stieß jedoch auf nichts, das erklärte, was sie dazu veranlasst hatte, ihre eigene Mutterschaft zu überprüfen. Frustriert wandte er sich dem Vaterschaftstest zu. Sie hatte ihn nicht in Auftrag gegeben, um herauszufinden, ob jemand anders Tylers Vater war, sie hatte wissen wollen, ob Tyler Jim Holloways Kind war. Der Test war positiv.

»Scheiße!«, murmelte Connor lauter als beabsichtigt. Ein paar Detectives sahen erstaunt von ihren Schreibtischen zu ihm herüber, wandten sich aber rasch wieder ihrer eigenen Arbeit zu.

Stryker erschien hinter ihm. Er deutete auf die Papiere in Connors Hand, während er um ihn herumging und sich auf den Rand von Connors Tisch setzte. »Was hast du da?«

Connor sah seinen Freund an und verkniff sich einen erschrockenen Ausruf. Stryker hatte getan, wozu ihn Boggs aufgefordert hatte, und war nach Hause gegangen, hatte aber unverkennbar kein Auge zugetan. Riesige Tränensäcke hingen unter seinen Augen. Auf Wangen und Kinn zeigten sich unregelmäßige Stoppelfelder. Connor wusste nun, warum er sich nie einen Bart wachsen ließ. Ein Hauch von Schnurrbart war auf seiner Oberlippe zu erkennen. Der Kopf, normalerweise fast kahlgeschoren und glänzend wie Chrom, war von einem schwarzen Haarschatten eingefärbt. Er schien über Nacht fast zehn Kilo verloren zu haben. Sein Anzug schlotterte etwas an ihm, die Wangen waren eingefallen. Sein in der Regel olivbraunes Gesicht hatte einen ungesunden grauen Ton angenommen.

Connor verstand. Stryker ging es noch näher als allen anderen. Er leitete die Fahndung nach dem Soccer Mom Strangler. Nun hatte der Kerl nicht nur noch jemanden umgebracht, während er hinter ihm her war, er hatte eine der ihren getötet.

Ihn daran aber auch noch zu erinnern war absolut nicht hilfreich. Also sagte er nur: »Leah Holloway hat einen Mutterschaftstest machen lassen. Sie ist Tyler Holloways Mutter. Ach, und Jim Holloway ist Tyler Holloways Vater.« Er schob Stryker die DNA-Profile und Testanträge hin.

Stryker blätterte die Seiten durch, bis er beim Antragsformular angelangte, das Leah mit eingeschickt hatte. »Warum zum Teufel brauchte sie einen Mutterschaftstest?«

»Ich habe nicht die leiseste Ahnung«, erwiderte Connor.

Stryker deutete auf den unteren Rand einer der Seiten.

»Jim Holloway hat das vor ein paar Tagen unterzeichnet. Hat er das je dir oder Jade gegenüber erwähnt?«

»Nein. Sie hatten keine Eheprobleme. Seine Frau war eine Heilige. Alles war bestens.«

Connor konnte fast Jades Stimme hören, als stünde sie hinter ihm und würde ihm über die Schulter hinweg eine spitze Bemerkung zuflüstern, etwa: *Er ist ein Vollpfosten.*

»Ich denke, wir sollten ihn darauf ansprechen«, meinte Stryker. »Er ist hier.«

»Du hast ihn hergebracht?«

»Wir haben ihn gebeten, heute Morgen vorbeizukommen und noch ein paar Fragen zu beantworten. Wenn er der Strangler ist, will ich nicht, dass er weiter frei herumläuft. Bis er nicht völlig entlastet ist, möchte ich ihn im Auge behalten. Jetzt, wo Jade tot ist, wird uns das Personal knapp. Ich habe jemanden angewiesen, Rohrbach aufzuspüren, um ihn darüber zu informieren, dass in seinem Garten ein Mord geschehen ist, und den Namen des Gärtners herauszufinden, der Rohrbach die Frau ausgespannt hat. Außerdem müssen wir noch weiteren Spuren im Strangler-Fall nachgehen. Alle sind erschöpft und wegen Jade am Boden zerstört. Es war einfacher, Holloway herzuholen. Er scheint froh zu sein, seine Mutter oder vielleicht auch die Kinder eine Weile los zu sein. Oder beide.«

»Dann reden wir mit ihm«, meinte Connor.

Jim Holloway saß in einem Befragungsraum, der fast genau wie jener aussah, in dem er am Vortag gewesen war. Er hatte noch immer nicht nach einem Anwalt verlangt. Connor wusste nicht, ob er so dumm oder einfach nur so unschuldig war. Allerdings hatte er das Gefühl, dass angesichts der vielen Fragen, die ihm inzwischen schon gestellt worden waren, selbst ein Unschuldiger inzwischen einen Anwalt eingeschaltet hätte. Vielleicht war er derart erleichtert, die Kinder los zu sein, dass er die langen, stillen Stunden im Befragungsraum sogar genoss.

Er saß zusammengesunken am Tisch, die Hände um einen

Styroporbecher gelegt. Er war leer, doch konnte Connor noch die Kaffeereste darin sehen. Holloway setzte sich auf, als sie eintraten. Sein Gesicht war fragend und ernst. »Was läuft hier ab?«, wollte er wissen. »Wie kann es sein, dass diese Polizistin in der Nähe meines Hauses umgebracht wurde? Warum saß sie in meiner Straße im Auto? Und wie zum Teufel kommen Sie bei der Sache mit meiner Frau voran? Ständig stellt ihr alle möglichen Fragen, aber niemand verrät mir irgendetwas. Ich soll herkommen, aber dann lasst ihr mich ewig hier sitzen. Was geht hier vor, verdammt noch mal?«

Noch nie hatte Connor den Mann so viel reden hören. Sie hatten den aufgebrachtesten Holloway vor sich, den sie seit dem Tod seiner Frau gesehen hatten. Vielleicht ließ der Schock nach, und er fand allmählich aus dem umnebelten Zustand heraus, in den er gefallen war, seit Leah mit den Kindern in den Fluss gefahren war.

Connor zog einen Stuhl heran und setzte sich ihm gegenüber. Stryker blieb stehen. Die Szene war fast identisch mit der von gestern, nur dass Stryker nun an Jades Stelle war. Connor schluckte den erneuten Kloß in seinem Hals hinunter und lächelte Holloway an. »Mein Name ist Detective Parks.«

»Ich erinnere mich an Sie.«

»Und das ist Detective Stryker.«

Holloway sah Stryker an, sagte aber nichts.

»Mr Holloway«, begann Connor. »Wir haben Ihnen bereits alles gesagt, was wir über den Tod Ihrer Frau wissen.«

»Sie hat nichts getrunken«, insistierte Holloway. »Sie müssen herausfinden, ob sie nicht vielleicht einen Herzinfarkt hatte – oder ein Gehirnaneurysma, meinte meine Mom.«

Stryker und Connor wechselten einen Blick. Connor merkte, dass sich Strykers Kiefermuskeln spannten. Er verlor schon jetzt die Geduld mit Holloway, dabei hatten sie noch nicht einmal angefangen.

Connor stand auf, legte beide Hände auf den Tisch und

beugte sich vor. Sein Ton war fest und autoritär. Er ließ keinen Raum für Fragen. »Mr Holloway, ich weiß, das ist schwer zu begreifen und zu akzeptieren, aber Ihre Frau hatte keinen Herzinfarkt. Sie hatte auch kein Gehirnaneurysma. Es gab keine plötzliche Erkrankung, die sie dazu gebracht hätte, das zu tun, was am Samstag geschehen ist. Ihre Frau hat sich aus freiem Willen betrunken. Sie hat auf der Brücke vier Menschen mit in den Tod gerissen. Sie hat in vollem Bewusstsein beabsichtigt, sich, ihre Kinder und die der Irvings umzubringen. Wir versuchen, zu klären, warum. Je eher Sie das Obduktionsergebnis der Rechtsmedizin akzeptieren, desto eher können Sie uns dabei helfen, herauszufinden, warum Ihre Frau in einem Augenblick noch lieb und nett war und im nächsten zu einer Selbstmörderin und Mörderin wurde.«

Holloway erwiderte nichts. Er senkte den Blick und starrte auf den Tisch. Sie warteten auf einen weiteren Protest, aber nichts kam.

Connor schob den Genechek-Ausdruck über den Tisch zu ihm. »Mr Holloway, ist das Ihre Unterschrift?«

Er warf einen Blick darauf und zuckte mit den Schultern. »Ja, denke schon.«

Stryker trat näher an den Tisch heran. »Erinnern Sie sich daran, diesen Antrag unterschrieben zu haben?«

Holloway sah ihn sich mit gerunzelter Stirn genauer an. »Was ist das?«

Connor klopfte auf das obere Ende der Seite, wo der Titel des Antrags klar in Fettschrift aufgedruckt war. »Es ist die Zustimmung zu einem Vaterschaftstest.«

Holloway sah Connor abrupt an. »Ein Vaterschaftstest? Ich habe nie einen Vaterschaftstest unterschrieben. Einen Test für wen?«

»Mr Holloway«, drängte Stryker weiter. »Haben Sie Ihrer Frau eine DNA-Probe für den Vaterschaftstest gegeben? Die wird in der Regel mit einem Wangenabstrich genommen, also einem Wattestäbchen, das über die Innenseite der Wange gestrichen wird.«

Holloway sah aus wie jemand, dem man gerade mit etwas Großem und Schwerem auf den Kopf geschlagen hatte. »Die Innenseite meiner was? Nein. Wovon zum Teufel redet ihr Typen da?«

»Ihre Frau hat per Post ein DNA-Testset von Genechek bestellt, um für Ihren Sohn Tyler einen Vaterschaftstest durchführen zu lassen.«

Holloways Gesichtszüge entgleisten völlig. »Tyler?«

Connor nickte.

»Das ist unmöglich. Sie haben die falsche Person. Das würde meine Frau nie tun. Ich meine, warum sollte sie? Ich sage Ihnen doch – Sie sind völlig auf dem falschen Dampfer.«

»Mr Holloway«, sagte Connor. »Ihre Frau hat diesen Test durchführen lassen. Ich weiß, das ist schwer zu begreifen, aber sie hat anscheinend vieles getan, wovon Sie nichts wussten. Darunter auch, den Vaterschaftstest in Auftrag zu geben.«

»Nein, hat sie nicht. Das kann sie gar nicht getan haben.«

Stryker deutete auf das Blatt Papier. »Haben Sie das unterschrieben?«

Holloway streckte hilflos die Hände nach vorn. »Ich weiß es nicht. Leah hat mich ständig gebeten, etwas zu unterzeichnen – für die Kinder, die Schule, unsere Finanzen und so 'n Zeug. Normalerweise unterschreibe ich einfach.«

»Das muss vor drei oder vier Tagen passiert sein«, fügte Connor hinzu.

Wieder zuckte Holloway die Achseln. »Keine Ahnung. Ich erinnere mich nicht daran. Kann schon sein.«

»Also haben Sie das unterschrieben?«, fragte Stryker. »Und es ist Ihnen nicht seltsam vorgekommen, dass Ihre Frau Sie darum bat, Ihre Unterschrift unter die Einwilligung zu einem Vaterschaftstest zu setzen?«

Holloway wurde rot. »Nein – ich meine, ich habe ihn nicht

gelesen. Ich lese nicht alles, was sie mir zum Unterschreiben gibt.«

»Also erinnern Sie sich nicht daran, diesen Antrag schon einmal gesehen zu haben?«, bohrte Connor weiter.

»Nein, natürlich nicht.«

»Sie sagen also, Ihre Frau hätte es Ihnen vorlegen können und Sie hätten es unterschrieben, ohne es zu lesen?«

»Ja, ich denke schon. Wie schon gesagt, sie hat mir ständig Sachen zum Unterschreiben hingelegt. Sie hat sich um alles gekümmert. Ich habe nur ... nur ...« Holloway begann wieder zu schluchzen.

»*Die leere Hülle eines Ehemanns*«, hatte Jade ihn genannt. Connor hörte noch ihre Stimme in seinem Kopf.

»Sie waren lediglich der Geldverdiener«, sagte Connor leise und ganz ohne Zynismus.

Holloway nickte mit so fest zusammengekniffenen Lippen, als unterdrückte er etwas. Schluchzer, vermutete Connor.

Er stand auf und wandte sich zum Gehen. Als sie bereits auf halbem Weg zur Tür waren, ließ Jims Stimme sie innehalten. »Tyler«, rief er ihnen nach. »Ist er ... ist er mein Kind?«

Connor lächelte finster. Obwohl Jim Holloway als Elternteil ein völliger Versager war, verriet ihm sein hoffnungsvoller Blick, dass er wirklich Tylers Vater sein wollte. Vielleicht machte es die Sache für ihn einfacher. So war zumindest das, was von seiner Familie übrig geblieben war, noch intakt. Er konnte sich etwas leichter der Illusion hingeben, dass Leah eine wundervolle, ehrliche Frau und ihrer beider Leben völlig harmonisch gewesen war.

»Ja«, antwortete Connor. »Er ist Ihr Sohn.«

FÜNFUNDDREISSIG

»Treffer«, sagte Rechtsmediziner Roger Zeliff.

Er stand neben Jades leblosem Körper, den er barmherzigerweise zugedeckt hatte, um Connor, Stryker und Boggs den Anblick zu ersparen. Mit dem Zeigefinger schob er sich die Brille die Nase hoch und sah die drei an wie ein Lehrer seine Schüler. »Haben Sie mich verstanden?«

Vielleicht lag es an der Nähe zu ihrer toten Kollegin, an den Bildern von ihrem geschundenen Körper, der noch immer durch ihren Kopf geisterte, oder am Schlafmangel, dem Schock und der Tatsache, dass sie zu dritt waren, aber sie sahen ihn lediglich wortlos an.

Roger wedelte mit der Hand. »Herrschaften, es ist üblich, in solchen Situationen etwas zu sagen.«

Connor bemerkte, dass er unter seinem weißen Schutzanzug teure Manschettenknöpfe trug. Am Tatort waren sie ihm nicht aufgefallen. Der Mann war mitten in der Nacht aufgestanden und hatte einen Anzug angezogen, bevor er Jades Leiche vor Ort untersucht und anschließend die Autopsie durchgeführt hatte.

»Meinen Sie die Zahnabdrücke?«, fragte Boggs.

Roger nickte. »Gab es je einen Zweifel? Die Bissspuren an Detective Webbs Hals passen zu denen, die an den Opfern des Soccer Mom Stranglers gefunden wurden. Wer die Frauen umgebracht hat, hat auch Jade auf dem Gewissen. Die Todesursache ist Erwürgen mit den Händen, genau wie bei den anderen. Er hat ihr Zungenbein gebrochen, ist also mit beträchtlicher Kraft vorgegangen. Ihre rechte Speiche ist gebrochen, wie ich schon vermutet hatte, außerdem hat sie eine Schädelfraktur. Keine Spuren von sexueller Gewalt. Es sieht so aus, als hätte er es nicht einmal versucht. Sie hat sich gewehrt, aber vermutlich nicht lange. Wegen ihrer Verletzungen dürfte es schwierig gewesen sein, ihn abzuwehren. Sie hat Hautspuren unter den Fingernägeln, von denen wir die DNA nehmen. Aber ich kann schon jetzt sagen, dass es der Strangler war.«

Wieder wurden sie alle still. Niemand regte sich. Für Connor war es ein gewisser Trost, dass Jade vor ihrem Tod nicht vergewaltigt worden war. Sie war kämpfend gegangen. Nach wie vor hatte er Schwierigkeiten, zu akzeptieren, dass der Strangler sie bezwungen hatte, jedoch wurde ihm klar, dass sie ihn alle unterschätzt hatten. Der Strangler war stärker, skrupelloser und wütender, als sie gedacht hatten. Er sah Boggs an, der sich nach wie vor eine Hand auf den Mund presste. Stryker hatte die Augen weit aufgerissen, als zwänge er sich, die Lider offen zu halten.

Schließlich räusperte sich Stryker. »Was ist mit Jim Holloways Abdruck? Ist sein Zahnschema Ihrer Meinung nach mit den Bissspuren identisch?«

Roger runzelte die Stirn. »Nein. Wir haben Ihre forensische Zahnmedizinerin einen ersten Blick darauf werfen lassen. Sie pflichtet uns bei. Holloway ist nicht unser Mann, jedenfalls nicht, wenn man von dem Zahnabdruck ausgeht. Auf die Ergebnisse des DNA-Abgleichs warten wir noch.«

»Die forensische Zahnmedizinerin?«, fragte Connor. »Boggs, hast du sie nicht gestern erst angerufen?«

»Sie ist sofort eingeflogen«, antwortete Boggs. »Hat sich gestern Abend ein Zimmer genommen.«

»Wir haben sie im Hotel aufgeweckt und gebeten, möglichst schnell herzukommen«, fügte Roger hinzu. »Sie führt heute noch eine eingehendere Untersuchung durch und erstellt einen Bericht.«

Die Männer sahen sich wieder an. Connor fühlte sich wie im falschen Film. Noch gestern war Holloway ein Verdächtiger gewesen. Vor zwölf Stunden hatte Jade sein Haus observiert. Nun war sie tot. Aber Holloway war nicht ihr Mann. Er hatte zwar nie geglaubt, dass er der Soccer Mom Strangler sein könnte, aber nun, da sie einen unumstößlichen Beweis hatten, fühlte er sich beunruhigter denn je.

Die drei Detectives verließen den Raum wie Zombies. Schließlich sagte Boggs: »Also können wir Holloway ausschließen. Und wie soll es jetzt weitergehen?«

»Jim Holloway mag entlastet sein«, meinte Stryker. »Aber Leah Holloway ist nach wie vor unsere engste Verbindung zu dem Kerl. Er war praktisch in Holloways Garten, als er Jade umbrachte.«

»Geht der Sache mit Holloway weiter nach«, wies Boggs sie an. »Versucht, den Typen über diese Schiene zu finden. Sein Profil ist nach wie vor aktuell. Ein junger weißer Mann. Seht, ob es in Leahs Leben jemanden gegeben hat, der dem Persönlichkeitsprofil annähernd entspricht, das Agent Bishop uns gegeben hat. Vielleicht ist es dieser Gärtner, nach dem wir gerade fahnden, oder jemand, mit dem Leah gearbeitet hat.«

»Wir fahren gleich zu Leah Holloways Arbeitgeber«, meinte Stryker.

»Ich muss nur noch eine Sache erledigen«, sagte Connor. »Wer kümmert sich um die DNA-Proben?«

»Stark«, antwortete Stryker.

»Ich bin in fünfzehn Minuten bei euch am Auto, okay?«

Boggs und Stryker stapften davon, nun schon etwas

entschlossener, da die Ermittlungen in eine konkrete Richtung gingen. Da bemerkte Connor Davey Richards. Er saß zusammengesunken auf einer Bank im Flur und trug einen knittrigen Anzug. Ein Bartschatten machte sich auf seinem Kinn bemerkbar. Die Hände hatte er auf die Schenkel gelegt. Einen Augenblick lang dachte Connor, er würde schlafen, aber als er näher kam, bemerkte er, dass er nur völlig apathisch dasaß. Mit rot geränderten Augen hinter einer schwarzen Haarsträhne blickte er auf. »Roger lässt mich nicht zu ihr«, sagte er mit heiserer Stimme.

Connor überlegte, wann Jade ihre Beziehung zu Davey beendet hatte. Es musste schon mindestens ein Jahr her sein.

»Ich will sie einfach nur sehen«, seufzte Davey und senkte den Blick.

»Du willst sie in diesem Zustand nicht sehen.«

»Ich habe sie gestern gesehen«, jammerte Davey.

Connor unterdrückte seinen Ärger. Er hatte tagtäglich mit Jade zusammengearbeitet. Sie waren befreundet gewesen. Er war noch eine Stunde vor ihrer Ermordung mit ihr zusammen gewesen. Er war weggegangen, und nun war sie tot. Für Daveys Trauer hatte er wenig Verständnis, so unverkennbar sie war.

»Ich dachte nicht, dass ihr beide euch so nahe standet«, meinte er nur.

»Wir waren zwei Jahre zusammen«, entgegnete Davey.

Connor versuchte, seine Überraschung nicht zu zeigen. Es war ihm nicht klar gewesen, dass sie so lang ein Paar gewesen waren, vor allem, weil er ganz sicher wusste, dass Jade in den letzten Jahren nicht nur Davey gehabt hatte. Sie war nicht unbedingt der monogame Typ gewesen.

»Eine On-off-Beziehung«, fügte Davey hinzu, als hätte er Connors Unbehagen gespürt. »Du weißt, dass sie keine Kinder wollte?«

»Ja«, antwortete Connor. »Sie hat es mal erwähnt.«

»Deshalb hat es mit uns nicht geklappt. Ich wollte Kinder, sie nicht.«

»Schwer, da einen Kompromiss zu finden«, pflichtete Connor ihm bei. Er ließ seinen Blick durch den leeren Flur wandern. Für einen Montagmorgen war es hier ungewöhnlich ruhig.

»Ich habe sie trotzdem geliebt.«

»Ich weiß.«

Eine Frauenstimme durchbrach die Stille. »Parks, bist du das?«

Lena Stark arbeitete im kriminaltechnischen Labor des Sacramento County. Sie und Connor hatten immer ein gutes Verhältnis gehabt. Nach Connors Scheidung waren sie kurzzeitig miteinander gegangen, aber für ihn war es nur eine halbherzige Sache gewesen. Dann war er Claire begegnet. Lena hatte ihn bei der Aufklärung des Cold Case unterstützt. Nun watschelte sie in einem weißen Laborkittel, der sich arg um ihren runden Bauch spannte, auf ihn zu. Er hatte sie schon seit Monaten nicht mehr gesehen und ganz vergessen, dass sie schwanger war.

»Wie geht es dir?«, begrüßte er sie und deutete auf ihren Bauch.

Sie blies die Luft aus, sodass ihre blonden Strähnen nach oben flogen. Das übrige Haar hatte sie zu einem Pferdeschwanz gebunden. »Ich komme mir vor, als würde ich gleich entbinden.« Sie legte sich beide Hände auf den Bauch und sah zu Davey hinab. »Himmel, Davey«, sagte sie. »Geh heim und schlaf dich aus. Du weißt, was Jade sagen würde, wenn sie dich hier sehen würde, oder?«

Ein Lächeln trat auf Daveys Gesicht. »Dass ich aufhören soll, ihr nachzustellen.«

»Genau«, stimmte Lena ihm zu. »Und dass du dich zusammenreißen sollst.« Sie ging zu ihm und drückte seine Schulter. »Das ist für uns alle schwer. Es gibt viel zu tun, wenn wir Jades

Fall aufklären wollen. Wir brauchen sämtliche verfügbaren Kräfte. Geh heim und hol dir eine Mütze Schlaf.«

Wortlos stand er auf und nickte Connor zu, bevor er den Flur entlangschlurfte. Als er außer Sichtweite war, stieß Lena einen leisen Pfiff aus. »Das geht ihm ganz schön an die Nieren.«

Connor fuhr sich mit der Hand durchs Haar. »Allerdings.«

Lena zuckte zusammen und rieb sich die Bauchseite. »Wie ist der Stand der Dinge?«

Connor war froh, dass sie ihn nicht fragte, wie es ihm ging. Er wollte nicht darüber reden. Nicht während er Jades Mörder aufzuspüren versuchte. Er musste fokussiert bleiben.

Aus seiner Jackentasche zog er eine zusammengefaltete Kopie des Genechek-Ausdrucks. »Ich habe hier ihren Mutterschaftstest«, begann er. Dann erklärte er, was ihm vorschwebte, und gab ihr das Papier. Sie versprach, es sich anzusehen, sobald sie mit der Spurenanalyse in Jades Fall fertig war.

SECHSUNDDREISSIG

Der Radiosender KZLM sendete von einem Industriekomplex im Southport Parkway im Westen von Sacramento aus. Seine Büros befanden sich in einem umgebauten Lagerhaus mit hohen Decken und riesigen Fenstern. Alles war luftig und hell. Glaswände trennten die Arbeitsplätze im Großraumbüro.

Connor dachte über Leah nach. Ihr Leben war nach außen hin völlig normal und unspektakulär gewesen, und doch hatte sie ganz offensichtlich schreckliche, belastende Dinge verschwiegen – eine Affäre und womöglich sogar sexuelle Gewalt. Dass Menschen entsetzliche Geheimnisse mit sich herumtrugen, war ihm nicht fremd, aber er fragte sich, wie sie es hatte bewerkstelligen können. So, wie es aussah, hatte Leah nur gearbeitet und war anschließend sofort nach Hause zu ihren Kindern geeilt. Sicher, ihr Mann war eine Niete. Connor wunderte sich nicht, dass Holloway von nichts eine Ahnung gehabt hatte, was seine Frau betraf. Aber ihre beste Freundin wohnte nebenan, und die beiden hatten anscheinend regen Anteil am Leben der anderen genommen. Wie hatte Leah etwas vor Rachel verbergen können? Wie hatte sie hinter ihrer

Fassade so viele Geheimnisse ansammeln können, dass sie schließlich sich, ihre Kinder und die ihrer besten Freundin hatte umbringen wollen?

Stryker stupste ihn grob mit dem Ellbogen an. Aus dem Mundwinkel sagte er zu ihm: »Mir kommt es vor, als wären wir gerade in eine Beerdigung geplatzt.«

»Dine Wortwahl ist deplatziert«, erwiderte Connor.

Alle Anwesenden hatten plötzlich innegehalten und starrten die beiden Männer an, die in ihren Anzügen hier auffielen. Connor glaubte zwar nicht, dass es notwendig war, aber er holte dennoch seinen Dienstausweis hervor, reichte ihn der Frau am Empfang und erklärte ihr, dass sie mit allen reden müssten, die eng mit Leah Holloway zusammengearbeitet hatten.

»Mit Ihrer Assistentin?«, fragte die Frau.

»Klar«, erwiderte Connor. »Fangen wir mit ihr an.«

Wortlos führte die Rezeptionistin sie durch ein Labyrinth aus Schreibtischen. Von jedem starrte sie ein junges Gesicht an. Connor hatte das Gefühl, die Hauptattraktion einer Freak Show zu sein. Im ganzen Raum herrschte drückendes Schweigen. Stryker flüsterte: »Schade, dass ihre Assistentin nicht ein weißer Mann zwischen achtzehn und sechsundzwanzig ist, den die Mutter weggegeben oder verlassen hat.«

Die Rezeptionistin blieb abrupt stehen, sodass die beiden Männer fast in sie hineingerannt wären. Sie drehte sich zu ihnen um und deutete mit dem Arm demonstrativ nach links, wie eine Moderatorin, die die Antwort auf eine Quizfrage präsentierte. »Mrs Holloways Büro.«

Vor Leahs glasumschlossenem Büro begrüßte sie eine winzige, rotwangige Brünette, die trotz ihrer Zehnzentimeterabsätze nicht sonderlich groß wirkte. Ihr Haar hatte sie zu einem zerzausten Knoten hochgesteckt. Sie trug ein weißes Wickelkleid über schwarzen Leggings. Alles an ihr wirkte wirr zusammengewürfelt. Sie sprang von ihrem Schreibtisch auf, als hätten die beiden Polizisten ihre Waffen gezogen. Mit großen Augen und erhobenen Händen wich sie zurück.

»Sie sind wegen Leah hier«, sagte sie.

Sie zeigten ihr die Ausweise, die sie sich so genau ansah, als prüfte sie, ob es sich nicht um Fälschungen handeln könnte. Auf dem Namensschild auf ihrem Schreibtisch stand »Ashley Copestick«.

»Ashley, wir haben nur ein paar Fragen«, begann Connor.

Sie faltete die Hände und legte sie sich auf den Bauch. »Es stimmt also?«

»Was stimmt?«, fragte Stryker.

»Dass sie die Leute alle umgebracht hat?«

Stryker nickte. »Sie hat vier Menschen und sich selbst getötet.«

»Mein Gott!«

»Ashley«, sagte Connor. »Wie gut kannten Sie Leah?«

Sie zuckte die Schultern. »Ziemlich gut. Besser als alle anderen hier. Ich meine, ich bin … ich war ihre Assistentin.« Sie schloss die Augen und öffnete sie mit einem langen Seufzer wieder. »Ich schätze, ich bin bald arbeitslos. Himmel, nein, das klingt schrecklich. Wie geht es ihren Kindern?«

»Sie sind traumatisiert«, erwiderte Connor. »Ashley, können Sie uns sagen, ob letzte Woche etwas Ungewöhnliches passiert ist? Wir glauben, dass Leah in den Tagen vor ihrem Tod vielleicht von jemandem überfallen wurde. Hat sie Ihnen gegenüber etwas in der Art erwähnt? Hat sie sich seltsam benommen?«

Auf Ashleys Wangen bildeten sich zwei rosa Kreise. »Also, ich habe keine Ahnung, ob das etwas zu bedeuten hat. Ich meine, ich weiß nicht einmal, ob überhaupt etwas passiert ist, aber letzte Woche, ich glaube, es war am Mittwoch, ging sie zum Mittagessen, was sie eigentlich nie macht. Sie war fast zwei Stunden lang weg. Als sie zurückkam, wirkte sie …«

»Wie wirkte sie, Ashley?«, drängte Connor.

»Sie wirkte ... derangiert. Blass. Als wäre etwas Schlimmes geschehen. An ihrer Bluse fehlten die drei obersten Knöpfe. Sie lief seltsam, als täte ihr das Gehen weh.«

»Hatte sie Verletzungen?«, fragte Stryker. »Blaue Flecken? Abschürfungen?«

Ashley schüttelte den Kopf. »Nein, überhaupt nicht. Deshalb war ich mir nicht sicher, ob wirklich etwas passiert war oder einfach nur meine Fantasie mit mir durchging. Ich habe sie gefragt, ob alles okay sei, und sie meinte, es gehe ihr gut. Angeblich war sie auf dem Parkplatz hingefallen. Ich habe nachgebohrt, ob das auch stimme oder ob ich die Polizei holen solle, aber sie bestand darauf, dass alles in Ordnung sei. Sie sei gestürzt, es sei schon peinlich genug, und ob wir bitte nicht mehr darüber reden könnten? Was wir dann auch nicht mehr taten.«

Tränen traten in Ashleys Augen. »Mein Gott, ich hätte die Polizei rufen sollen, nicht wahr?«

»Wenn sie bei der Geschichte vom Hinfallen geblieben wäre, hätte auch die Polizei nicht viel ausrichten können«, versicherte Stryker ihr.

»Wissen Sie, wo sie zum Essen hingegangen ist?«, wollte Connor wissen. »Hat sie sich mit jemandem getroffen?«

Ashley schüttelte den Kopf. »Das hat sie nicht gesagt. Es war seltsam. Sie saß in ihrem Büro und hat gearbeitet, doch plötzlich kam sie mit ihrer Handtasche heraus und sagte: ›Ich gehe essen.‹ Bevor ich fragen konnte, wo oder mit wem, war sie schon verschwunden. Wirklich komisch. Wie gesagt, sie ist mittags sonst nie zum Essen weg gewesen. Sie hat immer am Schreibtisch etwas zu sich genommen.«

»Ist sie auch nie nach Hause, um mit ihrem Mann zu essen, oder mit einer Freundin in ein Lokal gegangen?«, fragte Stryker.

»Nein, nie. Sie hat immer hier gegessen und mittags durchgearbeitet. Allerdings hätte sie es mir auch gar nicht erzählt, wenn sie irgendwo hingegangen wäre. Leah hat sehr viel Wert auf Privatsphäre gelegt. Ich weiß zwar viele Sachen über sie, aber nicht unbedingt, weil sie wollte, dass ich es erfahre, oder weil wir Freundinnen gewesen wären, sondern nur, weil ich ihre Assistentin war.«

»Was waren das für Sachen?«, hakte Connor nach.

Sie sah sie bedeutungsvoll an. »Wissen Sie, was mit ihrem Hund Lucky passiert ist?«

»Er hat etwas gefressen, woran er gestorben ist«, meinte Connor.

»Jemand hat ihn mit Xanax vergiftet«, sagte Ashley.

»Das hat sie Ihnen also erzählt.«

»Ja. Also, nicht direkt. Ich habe eine Nachricht von ihrer Tierärztin angenommen. Sie war völlig außer sich und bat mich, es niemandem zu erzählen, zumindest nicht, bis sie alles besser im Griff habe.«

»Was meinte sie damit?«, fragte Stryker.

Ashley ließ die Schultern hängen und legte eine Hand auf die Stuhllehne. »Ich glaube, jemand hatte es auf sie abgesehen. Sie hat nie etwas gesagt, aber da war die Sache mit dem Hund und kurz darauf das mit den Kindersitzen.«

Connor klappte seinen Notizblock auf. »Was war mit den Kindersitzen?«

»Eines Morgens hat sie die Kinder ins Auto gesetzt, um sie in die Tagesstätte zu fahren, aber alle Sicherheitsgurte der Kindersitze waren durchgeschnitten.«

»Wann ist das gewesen?«, erkundigte sich Stryker.

»Vor zwei Monaten.«

»Das hat sie Ihnen erzählt?«, schaltete sich Connor ein.

»Sie kam zu spät zur Arbeit. Also hat sie mich angerufen und gebeten, sie von der Straße vor ihrem Haus abzuholen. Während sie gefahren ist, um neue Sitze zu kaufen, musste ich auf die Kinder aufpassen. Bezahlt hat sie sie mit ihrer Kreditkarte. Die haben sie ein kleines Vermögen gekostet. Sie bat mich, es niemandem zu erzählen.«

»Haben Sie sich daran gehalten?«

»Natürlich. Wenn mich jemand bittet, ein Geheimnis zu bewahren, mache ich das auch. Ich erzähle es Ihnen jetzt nur, weil Leah tot ist und es keine Rolle mehr spielt.«

»Warum hat sie nicht ihren Mann gebeten, ihr zu helfen?«, fragte Connor.

Wieder zuckte Ashley die Schultern. »Keine Ahnung. Sie meinte, sie habe Rachel – das ist ihre beste Freundin – nicht angerufen, weil sie eine Tratschtante sei. Sie wollte wirklich nicht, dass es irgendjemand erfährt. Es war ihr ziemlich peinlich.«

»Was hat sie mit den ausrangierten Sitzen gemacht?«

»Sie hat sie hergebracht und in den Müllcontainer geworfen. Ich hab ihr geraten, die Polizei einzuschalten, aber das wollte sie nicht. Sie meinte, das gehe nicht.«

»Haben Sie nicht gefragt, was da vor sich ging?«

»Natürlich. Ich habe mir Sorgen gemacht. Die Kinder zu gefährden ist ziemlich krass. Kurz zuvor hatte sich Hunter das Händchen an einer Glasscherbe im Sandkasten aufgeschnitten.«

Connor und Stryker sahen sich an. »Was für ein Sandkasten?«, wollte Stryker wissen.

»Der in ihrem Garten. Jim hat sie eines Tages angerufen. Er musste nach dem Kindergarten und der Tagesstätte auf die Kleinen aufpassen, bis Leah nach Hause kam. Ich schätze, er hat sie im Garten spielen lassen. Dort steht ein Sandkasten. Hunter und Peyton haben darin gespielt, und Hunter hat sich in die Hand geschnitten. Jim war außer sich, hat hier angerufen und gesagt, dass der ganze Sand voller Glasscherben sei. Irgendwie hat er die Schuld auf Leah geschoben. Als würde sie Glasscherben in den Sandkasten ihrer eigenen Kinder werfen. Ihr Mann ist so ein Arsch.«

Connor stellte sich vor, wie Jade darauf reagiert hätte. *Ach, wirklich?* Es war wie ein Schlag in den Magen. Aber jetzt musste er ohne sie auskommen. Sie war tot. Ihre bissigen Kommentare würden für immer in seinem Kopf weiterexistieren.

Ashley fuhr fort. »Auf jeden Fall habe ich gehört, wie sie am Telefon darüber gestritten haben, wie das Glas in den Sand kam. Dann ist sie in Windeseile weg, um sie in der Notaufnahme zu treffen.«

»Welche Notaufnahme?«, fragte Stryker.

»Ich glaube, es war die vom Kinderkrankenhaus Sutter Children. Am nächsten Tag hat sie so getan, als ob es nie geschehen wäre. Aber ich wusste, dass etwas nicht stimmte. Sie war ziemlich durcheinander.«

»Inwiefern?«, wollte Connor wissen.

»Sie wirkte irgendwie verängstigt. Zerstreut. Sie hat sich nicht mehr um jedes kleinste Detail gekümmert. Ihr Haar war ständig zerzaust, als wäre es ihr völlig egal, wie sie aussieht. Sie hat angefangen, mit mir Feierabend zu machen.«

»Haben Sie nicht normalerweise zur gleichen Zeit Schluss gemacht?«, fragte Stryker.

Ashley lächelte vielsagend. »Ich bin die Assistentin, haben Sie das vergessen? Ich war stets vor ihr da und bin nach ihr gegangen. Wenn sie weg war, bin ich noch eine Stunde geblieben und habe die Arbeit fertig gemacht. Aber plötzlich schien es ihr egal zu sein, ob am Abend etwas liegen blieb oder nicht. Um drei hat sie jedes Mal gesagt: ›Lass die Arbeit sein. Wir gehen.‹ Zuerst dachte ich, sie sei nur dankbar, weil ich ihr mit den Kindersitzen geholfen hatte, aber dann kam mir der Verdacht, dass sie zu viel Angst hatte, allein zu ihrem Auto zu gehen. Klar wurde mir das, weil sie sich auf dem Parkplatz ständig umgesehen hat, als könne dort jemand über sie herfallen.«

»Und das hat vor ein paar Monaten angefangen?«, bohrte Connor nach.

Ashley nickte. »Gleich nachdem sie vom Mutterschaftsurlaub zurückgekommen ist.«

»Hat sie nie eine Andeutung gemacht, dass sie wisse, wer hinter allem steckt?«, fragte Connor.

»Nein. Ich habe nur dieses eine Mal danach gefragt, aber sie wollte nichts sagen. Zu diesem Zeitpunkt wusste ich schon viel mehr über ihr Leben, als ihr lieb war. Wie gesagt, Leah ist … Leah gab nichts über sich preis.«

»Und als sie mit Tyler schwanger war oder davor gab es keine seltsamen Vorkommnisse?«, wollte Connor wissen.

Ashley überlegte kurz und sagte dann: »Nein. Es hat nach Tylers Geburt angefangen. Sie hat sechs Wochen Mutterschaftsurlaub genommen. Die Scherben im Sandkasten, die durchgeschnittenen Gurte, der Hund … das ist alles in den letzten Monaten passiert. Das sind zumindest die Sachen, von denen ich weiß. Ich habe keine Ahnung, ob schon etwas vorgefallen ist, als sie noch zu Hause war.«

»Und von anderen ungewöhnlichen Vorkommnissen wissen Sie nichts?«

»Nein.«

»Wie lange waren Sie Leahs Assistentin?«, erkundigte sich Stryker.

»Fast fünf Jahre.«

»Ashley, wir haben Grund zu der Annahme, dass Leah in den letzten Jahren vielleicht neben ihrem Mann noch jemand anderen … hatte. Wissen Sie, ob da jemand war, mit dem sie sich eventuell getroffen haben könnte?«

Ashley lachte nervös. »Sie machen wohl Witze? Denken Sie ernsthaft, dass Leah eine Affäre hatte?«

»So etwas in der Art«, meinte Stryker.

Ashley schüttelte den Kopf. »Nie im Leben. Klar, niemand hätte es ihr übel genommen. Ihr Mann war ein Riesentrottel.

Aber aus irgendeinem Grund liebte sie ihn. Sie hat ihn nie betrogen. Das hätte sie nie gemacht.«

»Warum sind Sie da so sicher?«, hakte Connor nach.

Sie zuckte die Schultern. »Sie hat mir erzählt, dass ihr Vater ihre Mutter ihr ganzes Leben lang betrogen hat. Irgendwann hat sie sich das Leben genommen. Leah sagte, sie würde das ihren Kindern nie antun. Deshalb hat sie Jim geheiratet. Sie wusste, dass er sie nie betrügen würde.«

»Mit wem war sie sonst noch befreundet?«, fragte Connor.

Ashley lachte. »Mit niemandem. Leah war sehr distanziert. Sie verhielt sich allen gegenüber freundlich, aber anvertraut hat sie sich niemandem. Ich kann Ihnen eine Liste der Leute geben, mit denen sie am häufigsten zusammenarbeitet ... zusammengearbeitet hat, wenn Ihnen das hilft.«

»Das wäre super«, sagte Connor.

»Was ist mit Kollegen?«, bohrte Stryker nach. »Gibt es hier jemanden, mit dem Leah ein Verhältnis gehabt haben könnte oder der an ihr interessiert gewesen sein könnte?«

»Am meisten Kontakt hatte sie wahrscheinlich mit Kyle von der Buchhaltung. Aber der ist schwul.«

»Was ist mit jungen Männern?« Stryker gab nicht auf. »Gibt es in der Belegschaft jemanden, der, sagen wir einmal, sechs- oder siebenundzwanzig ist und in letzter Zeit ein Auge auf sie geworfen haben könnte?«

»Leah und ein junger Kerl?« Sie schüttelte kurz und vehement den Kopf. »Hören Sie, die Leah, von der wir hier reden ... ich kann einfach nicht ... bei Leah drehte sich alles um die Kinder. Sie hatte mit ihrem Hohlkopf von Ehemann alle Hände voll zu tun. Selbst wenn wir hier einen attraktiven jungen Typen im Team hätten, hätte sie ihm nicht einmal die Uhrzeit gesagt.« Sie bemerkte Strykers enttäuschten Blick und fügte hinzu: »Aber wir haben hier einen männlichen Praktikanten. Er ist ungefähr sechsundzwanzig und sieht gut aus. Die Frauen stehen auf ihn. Ich bin sicher, von der Personalabteilung bekommen Sie eine komplette Liste der Beschäftigten hier.«

»Können Sie die für uns durchgehen und uns jeden zeigen, mit dem Leah regelmäßigen Kontakt hatte? Wir müssen mit allen reden. Außerdem möchten wir einen Blick in ihren Computer werfen.«

Ashley lächelte müde. »Ich sage Leahs Vorgesetzter Bescheid.«

SIEBENUNDDREISSIG

Sammy's war ein kleiner Bagelshop unweit von Claires und Briannas Haus. Er gehörte zu einer Ladenzeile inmitten eines Geflechts mehrerer baumbestandener Anwohnerstraßen. Davor zu parken war unmöglich, denn die zwei Plätze, die Sammy's gehörten, wurden in der Regel von Leuten belegt, die ihre Sachen in der Reinigung gleich daneben abholten. Drinnen dominierten Schwarz und Chrom. Ausgestattet war der Laden mit drei Reihen Metalltischen und -stühlen, an denen jeweils zwei Leute Platz hatten. Neben einer langen Theke im hinteren Teil befand sich eine große Glasvitrine mit den verschiedenen Bagels, die es zu kaufen gab. Dahinter hing eine große Kreidetafel, auf die die Belegschaft täglich neu schrieb, was gerade erhältlich war. Nachdem Claire und Brianna ihr Haus bezogen hatten, waren sie zu Stammkunden geworden und hatten sich mit Sammy, dem Besitzer, angefreundet. Als Claire ihm das erste Mal begegnet war, war er bei ihrem Anblick in Tränen ausgebrochen. »Es freut mich so sehr, dass du noch lebst«, hatte er geschluchzt.

Erst als sie die vielen vergilbten Vermisstenanzeigen sah, die in seinem Schaufenster, hinter der Kasse, in der Toilette und an der Gemeindepinnwand aus Kork klebten, begriff sie: Ihr Fall hatte ihn schon seit ihrem Verschwinden beschäftigt. Er hatte bei mehreren Suchaktionen der Anwohner mitgemacht, hatte Mahnwachen gehalten und dafür gesorgt, dass seine Kunden zehn lange Jahre ihr Gesicht nicht vergaßen. Obwohl er sie nicht gekannt hatte, hatte er die ganze Zeit nie den Glauben daran aufgegeben, dass sie sicher zurückkehren würde. Hatte die Erinnerung an sie wachgehalten, in der Hoffnung, dass jemand sie sehen und es melden würde. Die Aufmerksamkeit, die ihr durch ihr Martyrium zuteilgeworden war, behagte ihr nicht. Sie kam sich vor wie eine Attraktion, eine Zirkusnummer, eine Kuriosität. Aber Sammy gab ihr das Gefühl, dass sie eine alte Freundin war, die von einer langen, beschwerlichen Reise heimkehrte. Lange Zeit war sein Laden der einzige, den sie besuchen konnte.

Die Belegschaft hatte sich mit den Jahren an Claire und Brianna gewöhnt. Als sie am Montagmorgen kamen, um die Woche mit ihrer üblichen Ration Bagels und Kaffee zu beginnen, gab es hinter der Theke ein freudiges Begrüßungsgeheul. Drei Angestellte waren da, zwei Frauen und ein Mann, alle im Collegealter. Sie trugen Basecaps mit der Aufschrift »Sammy's« und darunter »Sacramentos beste Bagels«. Claire kannte sie alle. Eine der jungen Frauen, Nancy Thompson, lief mit einem strahlenden Lachen um die Theke herum und drückte Brianna fest an sich. Claire lächelte in sich hinein, als sie sah, dass Brianna erstarrte. Sie ging zwar mit Claire und der restlichen Familie liebevoll um, konnte jedoch Vertraulichkeiten von anderen nicht ausstehen. Briannas Zuneigung musste man sich durch Geduld, Loyalität und Nähe verdienen. Nancys unvermutete Umarmung hatte sie kalt erwischt, vor allem, als sie merkte, dass auch noch rund ein Dutzend Kunden im Laden sie nun mit großen Augen anstarrten.

»Du bist eine Heldin!«, rief Nancy und löste die Umarmung, hielt sie aber weiter an den Schultern fest und musterte sie von oben bis unten mit einem bewundernden Ausdruck auf ihrem blassen Koboldgesicht. »Euer Frühstück geht aufs Haus«, sagte sie. »Anweisung von Sammy. Für jedes Kind, das du aus dem Auto gezogen hast, wirst du hier eine Woche lang gratis verköstigt.«

»Wow«, sagte Claire. »Großartig. Gilt das auch für ihre Begleitung?«

Brianna wandte sich an Claire und verdrehte die Augen. »Als ob du hier schon jemals für einen Bagel bezahlt hättest.«

Claire ging an ihr vorbei und stellte sich in die Schlange. »Einmal, als Buddy neu angefangen hat.«

Hinter der Theke brüllte Buddy: »Das war an meinem ersten Arbeitstag! Ich wusste es nicht!«

Claire blinzelte ihm zu und lächelte. Obwohl Sammy darauf bestand, dass sie nichts zahlte, ließ sie stets eine ordentliche Summe in der Trinkgeldkasse.

Ein junger Mann mit River-Cats-Mütze stellte sich hinter Claire. Er deutete auf die Theke. »Macht es Ihnen etwas aus, wenn ich vorgehe?«, fragte er.

»Keineswegs«, erwiderte Claire.

Er dankte ihr lächelnd und ging zur Theke, um seine Bestellung aufzugeben.

»Wie also war es?«, fragte Nancy Brianna.

Eine Kundin deutete voller Bewunderung auf sie und wollte wissen: »Sind Sie das Mädchen, dass diese Kinder am Samstag aus dem Fluss gerettet hat?«

Eine weitere Frau, die sich gerade ans Ende der Schlange gestellt hatte, berührte Briannas Schulter und meinte: »Gott segne sie. Schrecklich, was mit den Kleinen passiert ist. Die armen Familien.«

Im ganzen Laden entflammten Gespräche über den Holloway-Unfall wie winzige Brandherde morbider Neugier. Claire schnappte im Durcheinander einzelne Fetzen auf.

»Kaum zu glauben, dass sie schon um zehn Uhr morgens betrunken war.«

»Ich habe gehört, es waren nicht einmal ihre eigenen Kinder.«

»Auf der Brücke mussten wegen ihr vier Menschen das Leben lassen.«

»Was ist das nur für ein Mensch, der so etwas tut?«

Claire sah sich um und begann Briannas Unbehagen zu spüren. Der Laden war voll, wie an den meisten Werktagen am Morgen. Ihr Lieblingstisch vor der Fensterfront war besetzt, aber auch dort hätten sie nicht viel mehr Privatsphäre gehabt. Sammy hatte nur einen einzigen Tisch, an dem man relativ ungestört sitzen konnte. Er stand am Anfang des kleinen Flurs zu den Toiletten. Ihn hatte allerdings der Mann mit der River-Cats-Mütze in Beschlag genommen, vor sich einen Bagel und eine dampfende Tasse Kaffee, die er noch nicht angerührt hatte. Er war in etwas auf seinem Smartphone vertieft. Claire überlegte gerade, ob sie zu ihm gehen und ihn um den Tisch bitten sollte, als Brianna sie mit dem Ellbogen in die Seite stieß.

Buddy hatte ihnen ein Tablett mit ihren üblichen Bestellungen über die Theke geschoben. Brianna ging an Claire vorbei und schnappte es sich. »Komm«, sagte sie.

»Bist du sicher, dass du hierbleiben willst?«, fragte Claire.

Brianna verdrehte die Augen. »Wir essen ständig hier. Ich gehe nicht weg. Such uns einen Tisch.«

Sie fanden einen freien an der Wand. Claire konnte förmlich spüren, wie die ganzen Kunden zu ihnen herüberstarrten. Brianna hielt den Blick auf Claire gerichtet und nahm das Gespräch wieder auf, das sie geführt hatten, bevor sie von zu Hause weggegangen waren. »Ich kann noch immer nicht glauben, dass diese Polizistin tot ist. In den Nachrichten hieß es, sie sei ›unter noch ungeklärten Umständen‹ gestorben. Ist das Polizeijargon für ›ermordet‹?«

Claire zuckte die Schultern. Sie schaffte es nicht, Brianna

in die Augen zu sehen. Über Jade Webb zu sprechen verursachte ihr Unbehagen, nicht nur, weil Connor ihr Dinge über den Fall erzählt hatte, die sie nicht preisgeben konnte, nicht einmal gegenüber ihrer Schwester. »Ich weiß es nicht. Ich weiß, dass die Ermittlungen laufen.«

»Ich kann noch gar nicht glauben, dass wir ihr erst begegnet sind. Wie geht es Connor?«

»Er ist völlig am Ende«, meinte Claire. »Ich glaube, ich habe ihn noch nie so fertig gesehen.«

»Und wie geht es dir?«

Endlich schaute Claire ihrer Schwester in die Augen. »Siehst du das?«

Brianna lächelte. »Ich weiß, wie du aussiehst, wenn du ein schlechtes Gewissen hast. Erinnerst du dich daran, als wir klein waren und du dir deine Haare abgeschnitten hast? Du hast sie dir in den Schlafoverall gestopft, und dann hat sich der Reißverschluss verklemmt.«

Claire lachte. »Mein Gott, wie alt war ich da? Fünf?«

»Vier«, berichtigte Brianna sie. »Dad musste den Reißverschluss mit einer Zange öffnen. Du hattest so viele Haare hineingestopft, dass sie sich im Reißverschluss verfingen und das Ding kaputtging. Vor Scham hast du dich gewunden wie ein Aal. Genauso siehst du immer aus, wenn ich diese Frau erwähne. Als deine große Schwester erlaube ich mir, zu sagen, dass das, was passiert ist, nicht deine Schuld ist.«

Claire legte den Bagel auf den Teller, faltete die Hände im Schoß und senkte den Blick. »Ich habe sie von Anfang an nicht gemocht.«

»Na und? Du musst nicht jeden mögen, dem du begegnest.«

»Ich mochte sie nicht, weil sie mit Connor so vertraut umging. Da bekam ich Angst und dachte, sie wären ... dass sie etwas miteinander hätten, du weißt schon, ein Verhältnis. Ich habe ihr nie eine Chance gegeben.«

»Das nennt man Eifersucht. Wir alle sind mal eifersüchtig. Selbst wenn du die Frau vom ersten Augenblick an in dein Herz geschlossen hättest, hätte das nichts geändert. Sie wäre trotzdem umgebracht worden.«

Claire wusste, dass Brianna ihr das schlechte Gewissen nehmen wollte. Aber sie brachte es nicht übers Herz, ihr anzuvertrauen, was ihr immer wieder durch den Kopf ging und wofür sie sich in Grund und Boden schämte: Sie hatte Jade loswerden wollen. Nicht, dass sie gewünscht hatte, dass sie tot sei oder auf irgendeine Art und Weise zu Schaden komme. Aber es wäre ihr doch am liebsten gewesen, wenn sie in eine andere Abteilung oder Stadt versetzt worden wäre. Sie wollte einfach nicht mehr, dass Connor sie jeden Tag sah, dass Jade über seine Witze lachte, ihn beiläufig am Arm berührte, ihm zuzwinkerte und überhaupt mit ihm flirtete. Das war für sie fremdes Terrain. Nun lag ihr die Schuld schwer im Magen. Der einzige Lichtblick war die Erinnerung an die Nacht, die sie mit Connor verbracht hatte, auch wenn sie untrennbar mit ihren zwiespältigen Gefühlen gegenüber Jade und ihrem Tod verknüpft war.

»Na gut«, meinte Brianna. »Ich glaube nicht, dass du allzu viel darüber nachdenken solltest. Connor braucht dich jetzt. Immerhin ist er als Allererstes zu dir gelaufen, als seine Kollegin gestorben ist.«

»Entschuldigen Sie!« Eine füllige ältere Frau mit kurzem grauem Haar trat an den Tisch. Sie lächelte Brianna freundlich an. »Ich möchte Sie wirklich nicht stören, sondern Ihnen nur sagen: Gott segne Sie für das, was Sie getan haben. Dass Sie all diese Kinder gerettet haben.«

Brianna schluckte den Bissen hinunter, an dem sie gerade gekaut hatte, und erwiderte das Lächeln der Frau. Nur Claire bemerkte das Zittern ihrer Lippen, spürte ihre Unbeholfenheit und sah, dass sie schwer daran trug, gelogen zu haben. Obwohl sie es getan hatte, um ihre Schwester zu schützen.

»Danke«, sagte Brianna. »Ich weiß das zu schätzen.«

Die Frau klopfte Brianna auf die Schulter und ging wieder. Claire und Brianna rückten näher zusammen. »Ich muss schon sagen, ich bin froh, dass mich niemand nach diesem schrecklichen Bericht in den Nachrichten kreuzigen möchte.«

»Ich auch«, pflichtete Claire ihr bei. »Alle scheinen einfach nur froh zu sein, dass du die Kinder gerettet hast. Außerdem nimmt die Nachricht, dass Holloway wahrscheinlich betrunken gewesen ist, die ganze Aufmerksamkeit der Leute in Anspruch. So kommen sie nicht auf den Gedanken, zu fragen, warum du nicht versucht hast, sie ebenfalls aus dem Auto zu holen.«

»Vielleicht«, stimmte Brianna ihr zu. »Also, was ich gerade sagen wollte, war, dass Connor dich jetzt braucht. Es ist ein gutes Zeichen, dass er zu dir gekommen ist.«

Da erschien an ihrem Tisch ein Mann. »Entschuldigen Sie«, sprach er sie an. Er war etwas über vierzig, hatte stark gebräunte Haut und ein Tattoo auf dem rechten Arm. »Sie sind im Fernsehen«, sagte er und deutete über seine Schulter auf einen Flachbildschirm an der Wand. Darauf lief gerade das Interview, das Brianna nach dem Unfall gegeben hatte. Sie stand durchnässt und schmutzig da und sprach in gestelzten Sätzen über eine Rettungsaktion, an der sie gar nicht beteiligt gewesen war.

»Ja, das bin ich«, antwortete Brianna dem Mann und lächelte gequält.

»Das war ganz schön krass, was Sie da abgezogen haben«, sagte er.

»Danke«, erwiderte Brianna mit eingefrorenem Lächeln.

Der Mann plauderte ein paar Minuten mit ihnen und ging dann seiner Wege. Ihm auf dem Fuße folgte der junge Kerl mit der River-Cats-Mütze von vorhin. »Ladys«, sagte er zu ihnen. Er hielt seine Mütze in der Hand und lächelte sie mit schön regelmäßigen weißen Zähnen an. Sein dichtes goldbraunes Haar fiel ihm in die blauen Augen. Claire wusste, dass Brianna kurz davor gewesen war, etwas grenzwertig Grobes zu sagen, nachdem der Typ der dritte war, der sie innerhalb von zehn Minuten störte. Aber nachdem sie ihn sich näher angesehen hatte, verkniff sie sich böse Bemerkungen. Der Mann deutete auf den Tisch, den er gerade geräumt hatte.

»Sie können meinen Tisch haben, wenn Sie möchten«, sagte er. »Ich gehe. Dort sind sie ungestörter.«

Brianna lächelte. »Vielen Dank.« Sie stand auf und schüttelte seine Hand. »Ich heiße Brianna.«

Er blinzelte ihr zu. »Ich weiß. Ich habe Sie im Fernsehen gesehen. Das war übrigens ganz schön tapfer, was Sie da gemacht haben.«

»Danke«, sagte Brianna.

»Ich schätze, Sie sind jetzt berühmt.«

»Nur hier drinnen«, erwiderte Brianna.

»Dann nehmen Sie einfach meine Mütze. Wenn Sie an dem Tisch sitzen und sich damit tarnen, bleiben Sie sicher für den Rest der Mahlzeit ungestört.«

Ohne ein weiteres Wort setzte er Brianna die Mütze auf, und sie ließ es geschehen. Er lächelte sie gewinnend an. Brianna berührte den Rand der Kopfbedeckung leicht. »Ich kann Ihre Mütze nicht annehmen.«

»Bitte. Ich habe noch zehn davon zu Hause. Es wäre mir eine Ehre. Für die Heldin dieser Stadt und alles, was sie getan hat.«

Brianna erwiderte sein Lächeln. »Wirklich sehr nett.«

Claire hatte das Gefühl zu stören. Sie räusperte sich, aber die beiden nahmen sie nicht einmal zur Kenntnis.

»Wie war das so?«, fragte er. »Ich meine, im Fluss?«

»Nass«, antwortete Brianna.

Der Mann lachte leise. »Kann ich mir vorstellen. Aber diese Frau im Auto, die konnten Sie nicht herausholen?«

Und damit war die knisternde Spannung zwischen den beiden auf einen Schlag dahin. Brianna erstarrte. Sie sah ihn an wie ein Reh das Scheinwerferlicht eines herannahenden Autos und setzte die unbehagliche Miene auf, die sie schon gezeigt hatte, als Noel Geary ihr die gleiche Frage gestellt hatte. »Also, nein«, entgegnete sie und richtete sich die Mütze auf dem Kopf. »Ich musste zuerst die Kinder herausbekommen. Als ich sie alle aus dem Auto geholt hatte, war sie ... da war sie schon tot.«

»Warum haben Sie nicht als Erstes sie herausgeholt?«

Briannas Lächeln erstarb. »Ich konnte nicht. Es war ... irgendetwas stimmte mit ihrer Tür nicht. Es war ... chaotisch. Ich habe versucht, die Kinder zu retten.«

»Sie sagten in den Nachrichten, dass sie verletzt gewesen sei. Wenn sie verletzt war, wäre es dann nicht besser gewesen, sie zuerst aus dem Auto zu ziehen, damit für sie Hilfe geholt werden konnte?«

»Ich habe sie nicht herausbekommen«, wiederholte Brianna. »Die Tür war verschl..., sie klemmte. Sie war ... es tut mir leid. Ich möchte jetzt wirklich nicht mehr darüber reden.«

Einen Augenblick lang sagte keiner der beiden etwas. Er sah Brianna nur an. Claire nahm die Umgebungsgeräusche plötzlich mit ungewöhnlicher Klarheit wahr – die gedämpften Gespräche der anderen Kunden, die Angestellten hinter der Theke, die Bestellungen nach hinten riefen, das Gurgeln des Kaffeeautomaten, den dumpfen Aufprall der Bagels, die aus dem Backautomaten auf das Kühltablett fielen. Der Mann warf noch einen kurzen Blick zu Claire und sah dann zur Eingangstür. Als er sich ihnen wieder zuwandte, hatte er ein Lächeln aufgesetzt. »Tut mir leid«, sagte er. »Ich bin ein Blödmann, nicht wahr? Ich frage zu viel. Muss jetzt gehen. Vielleicht sieht man sich mal wieder.«

Er wartete nicht auf eine Antwort, sondern drehte sich um und marschierte eilends durch die Tür ins Freie. Brianna blickte ihm nach. Selbst Claire konnte die Augen nicht von ihm lösen. Er sah aus wie ein Model aus einer Unterwäschewerbung.

Sie gingen rasch zu seinem Tisch. Brianna ließ die Mütze auf. »Mal abgesehen davon, dass er ein komischer Typ war: Er war ziemlich heiß«, sagte sie schließlich.

Claire lachte. »Ich glaube, er ist ein bisschen zu jung für dich.«

»Also bitte, ich will ihn nicht heiraten. Er soll nur bei mir übernachten.« Sie senkte die Stimme und beugte sich über ihren Bagel. »Weil wir gerade von Übernachtungen sprechen: Was war denn da letzte Nacht los?«

Claire wurde umgehend rot. Hatte Brianna sie und Connor beim Sex gehört? Sie konnte sich nicht vorstellen, dass sie so laut gewesen waren. Sie hatten nicht einmal Wilson geweckt. Claire nahm einen Schluck Kaffee. »Letzte Nacht?«

»Ich weiß, dass etwas passiert ist. Ich weiß nicht, was, aber etwas ist geschehen. Du bist heute so anders. Außerdem habe ich gesehen, wie ihr euch verabschiedet habt. So, als ob es nichts auf der Welt gäbe als euch beide und ihr euch auf immer und ewig trennen müsstet, was absolut kitschig gewesen wäre, wenn es sich nicht um dich und Connor gehandelt hätte. Auf der Straße hätte in diesem Augenblick eine Blaskapelle aufmarschieren können, und ihr hättet nichts mitbekommen.«

Die Erinnerung verdrängte alle Gedanken an Jade aus Claires Kopf, zumindest für den Augenblick. Sie unterdrückte ein frivoles Lächeln. Mit einem Mal fühlte sie sich wieder wie ein Teenager – jener Teenager, der sie gewesen war, bevor dieser kranke, widerwärtige Pädophile ihr zehn Jahre ihres Lebens gestohlen hatte. Obwohl Jades Tod sie bedrückte und quälte und sie sich zudem große Sorgen um Connor machte, fühlte sie sich auch leicht und fast berauscht bei dem Gedanken an das, was zwischen ihnen geschehen war. Sie hatte sich damit abgefunden gehabt, dass Sex womöglich ein Teil ihres Lebens war, den ihr Entführer ihr für immer genommen hatte. Sie hatte ihn mit anderen Männern gehabt, als eine Art Trotzreaktion gegenüber ihrem Peiniger und den zehn Jahren in der Hölle, aber stets daran gezweifelt, dass sie je wieder Lust empfinden könnte. Sie war sich sicher gewesen, dass sie es immer mit angespannten Muskeln und zusammengebissenen Zähnen hinter sich bringen müsste, die Hände ins Bettlaken gekrallt und in der Hoffnung, es möge wie eine Spritze gegen Tetanus rasch vorbei sein. Aber sie hatte sich geirrt.

Sie war noch nie so glücklich darüber gewesen, sich geirrt zu haben, wie jetzt.

»Mein Gott, ihr habt es getan«, rief Brianna. »Ich sehe es dir an. Ihr habt es getan.«

Claire wurde rot. »Pst! Nicht so laut, Mensch! Deine Fans könnten es hören!«

Brianna schüttelte den Kopf. »Bitte. Das sollten deine Fans sein. Und hier hinten können sie uns sowieso nicht hören. Jetzt erzähl!«

Claire lächelte. Sie nahm ihren Bagel und legte ihn wieder auf den Teller. Wo sollte sie anfangen?

»Wir haben es getan«, flüsterte sie.

Brianna quietschte vor Vergnügen und schlug die Hände zusammen. »Ich wusste es.«

Die Worte schienen eine so unzureichende Beschreibung dessen, was geschehen war. Sicher, sie hatten miteinander geschlafen, doch es hatte sich nach so viel mehr angefühlt. Es war noch immer schwer zu glauben. Sie hatte sich das immer gewünscht, aber nicht gedacht, dass es noch passieren würde. Wenn sie sich bisher zu jemandem hingezogen gefühlt hatte, kam immer sofort ihr Trauma dazwischen. Die Flut böser Erinnerungen sorgte dafür, dass sie umgehend zumachte. Ihre Therapeutin nannte das einen Trigger. Auslöser konnte eine etwas stärkere Berührung durch einen Mann sein, eine gewisse Art zu atmen, bestimmte Handlungen. Das meiste geschah so subtil, dass sogar Claire Schwierigkeiten hatte, die Trigger zu erkennen.

Zu Beginn ihrer Beziehung, also noch bevor sie sich

getrennt hatten, hatte Connor alles zu vermeiden versucht, was sie hätte triggern können, aber es war unmöglich gewesen. Vielleicht war sie damals einfach noch nicht bereit gewesen. Vielleicht war sie nicht einmal jetzt bereit. Trotz ihres Hochgefühls hatte sie gleichzeitig Angst vor dem nächsten Mal. Denn es würde ein nächstes Mal geben. So war das mit Liebesbeziehungen. Sie dachte an sein Zittern unter ihr, seine heiße, feuchte Haut, seinen Geruch und seinen Bart, der über ihre Haut kratzte, und ein Teil ihrer Nervosität machte der Erregung Platz.

»Also?«, drängte Brianna. »Wie war es? Hast du wieder geweint? War es okay für dich?«

»Besser als okay. Es war umwerfend. Ich glaube, ich … nein, ich weiß, dass ich zum ersten Mal … du weißt schon …«

»Du hattest einen Orgasmus?«, platzte Brianna heraus.

Claire warf einen Blick in das Lokal, aber niemand schien Notiz von ihnen zu nehmen. Ihre Wangen fühlten sich an, als hätte sie versucht, sie zu bügeln. »Also, ja.«

Brianna grinste. »Nun, das ändert alles, oder nicht?«

Claire konnte sich nun ebenfalls ein Lächeln nicht verkneifen. »Ja, ich glaube schon.«

Sie erwähnte nicht Connors Trauer oder das süße Vergessen, das die Nacht ihnen beschert hatte. Endlich hatte sie Sex, richtigen Sex mit jemandem gehabt, den sie liebte. Letztlich war es doch etwas ganz anderes als eine Tetanusspritze.

»Das freut mich für dich«, sagte Brianna. »Du verdienst, dass es großartig war.«

Inzwischen fühlte sich auch noch ihr Hals an, als würde er glühen. »Es war besser als großartig. Ich hatte ja keine Ahnung.«

Briannas breites Grinsen erstarb, als ihr Handy einen Signalton von sich gab. Sie zog es aus der Handtasche und warf einen Blick auf das Display. »Tut mir leid. Ich muss unbedingt an dieser Studiengruppe teilnehmen. Außerdem hat man mir aufgetragen, Gebäck mitzubringen. Kannst du mich nach Hause fahren, damit ich mein Auto holen kann?«

Claire stand auf und räumte den Tisch ab. »Klar.«

Sie hatten ein paar Blocks von Sammy's entfernt um die Ecke geparkt. Brianna lief hinter Claire her, kramte in ihrer Handtasche und redete gleichzeitig. »Mein Gott, ich bin so glücklich für dich. Das ist so was von krass. Ich meine, das ändert alles von Grund auf. Absolut sensationell. Ich wusste ja, dass ihr beiden füreinander bestimmt seid.«

»Jetzt plane nicht gleich unsere Hochzeit«, zügelte Claire sie mit einem schiefen Lächeln.

»Zu spät!«, scherzte Brianna. Sie war mit gesenktem Kopf stehen geblieben und suchte noch immer in ihrer Handtasche herum, nun schon etwas hektischer.

»Vermisst du etwas?«, fragte Claire.

»Meine Brieftasche. Ich kann sie nicht finden. Ich brauche sie, um das Gebäck zu kaufen.« Sie stöhnte. »Ich muss sie bei Sammy's liegen lassen haben.«

»Wir haben dort doch gar nicht bezahlt«, erinnerte Claire sie.

»Ich weiß, aber ich habe sie aus der Handtasche geholt, um Geld in die Trinkgeldschale zu werfen. Entweder habe ich sie fallen oder liegen lassen. Ich laufe schnell zurück. Wir treffen uns in einer Minute beim Auto.«

Brianna drehte sich um und lief zu Sammy's zurück, während Claire ihren Weg zum Jeep fortsetzte.

»Ich will deine Brautjungfer sein«, rief ihr Brianna über die Schulter gewandt noch mit neckendem Ton hinterher.

ACHTUNDDREISSIG

Auf Leahs Arbeitscomputer fand sich so gut wie nichts Persönliches. Das Schlimmste waren die vielen Interneteinkäufe, die sie während der Arbeitszeit getätigt hatte, und selbst dabei hatte es sich fast ausschließlich um Kindersachen gehandelt: Windeln, Strampelanzüge, Gummistiefel, Halloweenkostüme und Bücher. Sie hatte ihre berufliche Mailadresse nicht einmal verwendet, um private Nachrichten zu verschicken. In dieser Richtung kamen sie nicht weiter.

Der Praktikant, den Ashley Copestick erwähnt hatte, konnte ausgeschlossen werden. Er arbeitete tagsüber und hatte für jede Tat des Soccer Mom Stranglers ein Alibi, selbst für Jades Ermordung, da er zu dieser Zeit im Haus seiner Freundin übernachtet hatte. Stryker beauftragte ein paar Detectives mit der Überprüfung sämtlicher männlicher Angestellter des Senders KZLM, obwohl keiner davon unter fünfunddreißig war und fast alle tagsüber arbeiteten. Sie befragten die wenigen Kollegen, die nach Ashleys Angaben am engsten mit Leah zusammengearbeitet hatten, doch auch das ergab nichts, was neu gewesen wäre oder sie weitergebracht hätte. Leah hatte mit ihnen oft über deren Leben gesprochen – anscheinend konnte sie sehr gut zuhören –, über sich selbst aber nur wenig und nur sehr Allgemeines preisgegeben.

Den besten Einblick in Leahs Leben in den Monaten vor ihrem Tod hatte Ashley Copestick. Sie war in Dinge eingeweiht gewesen, die Leah weder ihrem Mann noch ihrer besten Freundin erzählt hatte, was nicht nur daran lag, dass Leah wenig Möglichkeiten gehabt hatte, es Ashley gegenüber zu verheimlichen. Leah hatte Ashley nie privat getroffen, und sie verkehrten außerhalb der Arbeit nicht in denselben Kreisen. Es bestand daher kaum das Risiko, dass Ashley zufällig Jim Holloway begegnete. Weil Leahs sorgsam konstruierte Welt durch Ashley kaum gefährdet war, konnte sie ihre Assistentin zumindest ansatzweise an ihren Problemen teilhaben lassen. Zudem war Ashley loyal und so diskret, wie sie behauptet hatte. Sie erzählte ihnen viel und bestätigte etliche Verdachtsmomente, doch bei der Suche nach dem Soccer Mom Strangler brachte sie das nicht weiter.

»Also: Vor ein paar Monaten fällt sie diesem Typen auf«, resümierte Stryker, als sie zum Revier zurückfuhren. »Er stellt ihr nach und vergewaltigt sie, lässt sie aber am Leben.«

Connor holte sein Notizbuch hervor und ging die Aufzeichnungen der letzten Tage durch, die er zum Holloway-Unfall und zum Strangler gemacht hatte. »Aber der Strangler ist eigentlich kein Stalker. Er handelt spontan, nutzt Gelegenheiten. Das passt nicht zusammen. Keine der anderen Frauen ist in den Monaten vor ihrer Ermordung gestalkt worden, oder?«

Stryker runzelte die Stirn. »Stimmt. Da hast du recht. Wer also ist der Stalker?«

»Ich glaube, der Stalker war ihr Liebhaber?«

»Der Kerl, mit dem sie eine Affäre hatte?«

»Das ist am wahrscheinlichsten, findest du nicht? Angefangen hat das Verhältnis mit ihm nach Tylers Geburt. Sie hat nur einen Vaterschaftstest machen lassen. Vielleicht hatte das alles mit dem Baby zu tun, und sie dachte, sie würde ihn loswerden, wenn sie beweisen könnte, dass das Kind von Jim war.«

»Aber warum ist der Stalker auf ihre Kids losgegangen?«, fragte Stryker. »Die Scherben im Sandkasten, die durchgetrennten Sicherheitsgurte? Glaubst du ernsthaft, dass sie monatelang von jemandem gestalkt wird, der kein Problem hat, ihren Kindern etwas anzutun und sogar ihren Hund umzubringen, nur um dann zufällig auch noch vom Soccer Mom Strangler vergewaltigt zu werden? Kann man wirklich so viel Pech auf einmal haben?«

»Gehen wir es noch einmal durch«, schlug Connor vor. »Vor etwa vierzehn, fünfzehn Monaten hat sie eine Affäre. Den Unterlagen des Frauenarztes zufolge bittet sie darum, auf Geschlechtskrankheiten getestet zu werden. Da erfährt sie, dass sie mit Tyler schwanger ist.«

Stryker nickte, während Connor sprach. »Sie weiß ganz offensichtlich nicht, wer Tylers Vater ist. Wenn sie sich auf Geschlechtskrankheiten hat testen lassen, ist es nicht weit hergeholt zu vermuten, dass sie damals schon Zweifel daran hatte, wer als Erzeuger infrage kam. Jetzt ist sie also schwanger und nicht sicher, von wem das Kind stammt, bleibt aber bei ihrem Mann?«

»So war es eben leichter für sie. Nach allem, was wir bis jetzt über sie wissen, schien ihr sehr daran gelegen zu sein, den Anschein einer glücklichen Familie zu wahren. Aber ich glaube nicht, dass sie die Affäre ihrem Mann gegenüber je gestanden hat. Jim Holloway war ehrlich schockiert von ihrem Seitensprung und dem Vaterschaftstest.«

»Da stimme ich dir zu. Ich glaube nicht, dass er auch nur die geringste Ahnung hatte. Gut, sie bleibt also bei ihrem Mann. Wir wissen nicht, ob sie das Verhältnis mit ihrem Lover beendet oder nicht. Dann kommt das Baby zur Welt. Jemand beginnt sie zu stalken. Er bringt ihren Hund um, zerschneidet die Sicherheitsgurte an den Kindersitzen und legt Glasscherben in den Sandkasten der Kleinen.«

»Aber sie verrät niemandem etwas davon«, fügte Connor hinzu.

»Und Ashley weiß es auch nur, weil Leah nicht anders konnte, als es ihr zu erzählen.«

»Das ist genauso rätselhaft. Diese Frau geht fremd, und doch gibt es nirgendwo einen Hinweis darauf. Weder auf ihrem Computer zu Hause noch auf dem Arbeits-PC, noch in ihren Mails.«

»Ja, aber wir haben nur die Verbindungsdaten für die letzten vierundzwanzig Stunden vor dem Unfall. Da könnte also durchaus etwas sein. Was, wenn die Person mit dem Wegwerfhandy diejenige ist, mit der sie eine Affäre hatte? Was, wenn er schon seit Jahren mit ihr telefoniert hat? Wir können uns die Verbindungsnachweise der letzten drei Jahre besorgen. Das sollte reichen, um etwas zu finden, falls sie telefonisch mit ihrem Lover kommuniziert hat.« Als sie vor einer Ampel halten mussten, holte Stryker sein Handy hervor und schickte eine Nachricht los. »Erledigt«, sagte er wie ein echter Leiter einer Sondereinheit.

Connor lachte. Er imitierte mit ausdruckslosem, fast roboterhaftem Ton eine hohe Frauenstimme: »Wir werden Ihnen die Unterlagen in voraussichtlich fünf bis sieben Werktagen zusenden.«

»Von wegen. Du hast doch die richterliche Verfügung bereits zugestellt, oder? Die Lady, mit der du gestern Abend gesprochen hast, hat dir die Verbindungsdaten der letzten vierundzwanzig Stunden aus reiner Gefälligkeit geschickt. Ich lasse jemanden Globocell den ganzen Tag bearbeiten, bis wir auch die restlichen Daten haben. Heute ist ein Werktag, da gibt es keine Entschuldigung mehr. Aber zurück zu Leah. Letzte Woche verlässt sie die Firma, weil sie sich mit jemandem zum Mittagessen verabredet – vermutlich ihrem Ex-Liebhaber, der inzwischen ihr Stalker ist, denn wo soll sie sonst hingehen? – und wird zufällig vom Soccer Mom Strangler vergewaltigt? Wo war dieser Stalker die ganze Zeit?«

»Es handelt sich um ein und dieselbe Person«, schlussfolgerte Connor.

»Was?«

»Die beiden sind identisch. Der zum Stalker mutierte Ex-Lover und der Strangler. Sie hat sich mit dem Kerl vor Jahren getroffen, da sind wir uns einig, oder? Sie wird schwanger und bricht die Beziehung ab. Oder trifft sich während der Schwangerschaft weiter mit ihm. Das können wir zum jetzigen Zeitpunkt noch nicht wissen. Als das Baby da ist, beginnt er ihr nachzustellen.«

Zum ersten Mal an diesem Tag bekam Strykers Gesicht wieder Farbe. »Ashley meinte, dass das Stalking begann, als sie nach der Geburt wieder zu arbeiten anfing.«

»Stimmt«, pflichtete Connor ihm bei. »Aber Ashley hat auch gesagt, dass sie nicht weiß, ob schon etwas vorgefallen war, bevor Leah aus dem Mutterschaftsurlaub zurückkehrte.«

»Es gab zumindest keinen Hinweis darauf. Wir können also mit einiger Sicherheit davon ausgehen, dass das Stalking begann, als Tyler auf die Welt kam«, sagte Stryker. »Er ist jetzt fünf Monate alt, wurde also im Mai geboren.«

Connor wusste, worauf Stryker hinauswollte. Er blätterte durch sein Notizbuch. »Der erste Strangler-Mord fand im April statt, nur wenige Wochen vor seiner Geburt. Vielleicht hat sie sich während der Schwangerschaft mit ihm getroffen und Schluss gemacht, als der Geburtstermin näher rückte.«

»Verdammt«, stieß Stryker hervor. »Das könnte der Trigger sein.«

Im Auto wurde es still, als beide die neue Erkenntnis sacken ließen. Dann fragte Stryker: »Denkst du, er wusste, dass Tylers Vaterschaft unklar war?«

»Ich weiß es nicht. Ich glaube nicht, dass das Baby ihm viel bedeutete. Vergiss nicht, Agent Bishop meinte, dass die Opfer des Stranglers Ersatz für eine Mutterfigur seien. Vielleicht war Holloway ebenfalls ein Ersatz. Eine Mutterfigur.«

»Mit dem neuen Kind wurde er überflüssig«, schloss Stryker.

Und Connor fügte hinzu: »Was ihn vollends um den Verstand brachte.«

»Leah bekommt also das Kind und beginnt sich fünf Monate später Gedanken darüber zu machen, wer der Vater sein könnte. Sie beschließt, einen Vaterschaftstest machen zu lassen.«

»Vielleicht war sie einverstanden, sich mit ihm am Mittwoch zu treffen, damit sie versuchen konnte, eine DNA-Probe von ihm zu ergattern«, spekulierte Connor. »Aber er vergewaltigt sie. Deshalb muss sie eine Probe von ihrem Mann bekommen, denn damit hätte sie ebenfalls die Antwort. Sie bringt ihn dazu, die Einverständniserklärung zu unterschreiben, ohne dass er merkt, was er da unterzeichnet.«

»Das wäre von Anfang an der einfachere Weg gewesen«, sagte Stryker. »Aber sie denkt wahrscheinlich nicht ganz klar. Dann macht sie weiter, als ob nichts passiert wäre, und schickt den DNA-Test ein?«

»Das würde ihr ähnlichsehen, oder? Sie macht weiter, als wäre nichts geschehen. Ihr Hund wird vergiftet, jemand schneidet die Sicherheitsgurte der Kindersitze durch, und niemand erfährt etwas davon. Nicht einmal, dass sie die Sache mit dem Hund bei der Polizei anzeigt, bekommt irgendjemand mit. Ashley zufolge hat sie einfach so weitergelebt. Sie war nicht sicher, ob das Kind von ihrem Mann oder ihrem Liebhaber war, und ist bei ihrem Mann geblieben. Wie schon gesagt, den Schein zu wahren war ihr wichtig.«

»Denkst du, sie wusste, dass er ein Serienmörder war?«, fragte Stryker.

»Das können wir im Moment nicht herausfinden«, meinte

Connor. »Aber ich glaube auch nicht, dass es zum jetzigen Zeitpunkt relevant ist.«

»Du hast recht. Wir sollten uns darauf konzentrieren, den Strangler zu schnappen. Wenn ihr Ex-Lover und er ein und dieselbe Person sind, engt das den Kreis der Verdächtigen lediglich ein. Wir müssen also herausfinden, wo sie am Mittwoch hingegangen ist, vor allem, wenn sie sich mit ihm getroffen hat.«

»Vielleicht treiben wir die Aufnahmen einer Überwachungskamera auf und können ihren Weg nachvollziehen.«

»Was? Vom KZLM-Sender?«

»Von ihrem Parkplatz. Wenn wir wissen, in welche Richtung sie davongefahren ist, können wir vielleicht den Weg nachvollziehen, den sie gefahren ist. Frag beim Unternehmen nebenan nach, ob sie eine Überwachungskamera haben, und versuche, Aufzeichnungen zu bekommen, auf denen zu sehen ist, wie sie vorbeifährt. Wir rekonstruieren ihre Fahrtroute mittels Überwachungsvideos.«

»Das kann sehr lang dauern und sich schließlich trotzdem irgendwann als Sackgasse erweisen.«

»Bei den Vermissten vom letzten Monat hatten wir damit Erfolg«, gab Connor zu bedenken. Er blätterte erneut in seinem Notizbuch und suchte, was er sich über Leahs Fahrzeug aufgeschrieben hatte. »Warte ... verdammt, da ist doch noch die GPS-Aufzeichnung aus ihrem SUV. Das Labor müsste inzwischen wissen, ob sie etwas sichern können. Es ist immerhin schon ein paar Tage her.«

Als sie beim Revier ankamen, klingelte Connors Handy. »Ich muss rangehen«, sagte er zu Stryker, wischte über das Display und hielt sich das Gerät ans Ohr. »Claire?«

Ihre Stimme war schrill. Panisch. »Komm schnell«, rief sie. »Brianna. Sie ... sie ist verschwunden.«

NEUNUNDDREISSIG

»Gehen wir alles noch einmal Schritt für Schritt durch«, bat Connor sie.

Sie standen vor Sammy's. Claire war den Tränen nah. Es fiel ihr schwer, Connor nicht in die Arme zu fallen und sich in ein zitterndes Etwas aufzulösen. Sie atmete tief durch. »Wir haben hier gefrühstückt. Dann sind wir zusammen zu meinem Auto. Sie hat in ihrer Handtasche herumgesucht und gesagt, dass sie ihre Brieftasche nicht findet. Deshalb ist sie zu Sammy's zurück, um zu sehen, ob sie sie dort liegen gelassen hat. Ich habe zehn, dann fünfzehn Minuten gewartet und bin ihr schließlich hinterher, um zu sehen, warum sie so lang brauchte, doch sie war weg. Nancy meinte, sie sei, kurz nachdem wir gegangen waren, zurückgekommen, um ihre Brieftasche zu suchen, habe sie unter einem Tisch gefunden und den Laden wieder verlassen.

Und jetzt ist sie weg. Ich habe versucht, sie anzurufen und ihr eine Nachricht zu schicken, aber sie hat sich nicht gemeldet. Das ist so gar nicht ihre Art. Irgendetwas ist passiert. Sie wollte sich heute Morgen noch mit einer Studiengruppe treffen, du weißt schon, für die Juraprüfung. Wir mussten gehen, weil sie noch Gebäck kaufen und mit zur Gruppe nehmen wollte. Sie hätte auf keinen Fall geschwänzt und wäre auch nicht hin, ohne mir Bescheid zu sagen. Ich sollte sie zum Haus zurückfahren, damit sie dort ihr Auto holen konnte. Da stimmt etwas nicht.«

Ihre Stimme wurde immer lauter und kreischender. Aus Panik wurde Hysterie. Connor zog sie in seine Arme. »Hey«, beschwor er sie. »Bleib ruhig. Wir finden sie, okay? Ich erledige ein paar Anrufe und sehe, ob ich jemand vom Strangler-Fall abziehen kann, damit er uns hilft. Als Erstes aber schicke ich jemanden zu eurem Haus, damit er nachsieht, ob das Auto noch dort steht. Weißt du, wo sich die Studiengruppe treffen sollte?«

»In der Bibliothek der University of California in Davis, glaube ich.«

»Kennst du jemanden aus der Gruppe?«

»Ihren Freund, George. Aber ich habe ihm schon eine Nachricht geschickt. Er meinte, sie sei nicht aufgetaucht.«

»Okay«, sagte Connor. »Okay. Dann müssen wir eine Suchaktion starten. Mal sehen, ob ich jemanden kriege, der herkommt und uns hilft.«

Sie nickte mit dem Kopf an seiner Brust. Er hielt sie mit einem Arm weiterhin fest an sich gedrückt, holte mit der anderen Hand sein Handy aus der Tasche und erledigte ein paar Anrufe. Der Befehlston in seiner Stimme beruhigte sie. Menschen zu finden, Probleme zu lösen, Verbrechen aufzuklären, das war sein Beruf. Darin war er gut.

Er löste sich von ihr. »Hat Sammy Überwachungskameras?«

Sie nickte. »Ich glaube schon. Fragen wir Nancy.«

Nancy konnte die Aufzeichnungen vom ganzen Vormittag aufrufen – von ihrer Ankunft bis zu dem Augenblick, da Brianna ohne Claire zurückkam und nach ihrer Brieftasche fragte. Man sah, wie Brianna mit Nancy sprach und unter beiden Tischen nachsah, an denen sie gesessen hatten. Unter dem zweiten Tisch hob sie etwas Kleines, Quadratisches auf und steckte es in ihre Handtasche, bevor sie das Lokal durch die Tür verließ. Vom Außenbereich gab es keine Aufnahmen, doch nahmen sie an, dass sie wieder in die Richtung gegangen war, in der Claires Auto stand.

»Heißt das, dass sie irgendwo zwischen den beiden Blocks einfach verschwunden ist?«, fragte Claire.

»Nein«, entgegnete Connor. Er sprach nicht aus, was er dachte, wofür Claire dankbar war. Sie hätte nicht ertragen, es zu hören: *Jemand hat sie entführt.*

Ihr stockte der Atem. Hatte sich ihre Familie so gefühlt, als sie selbst gekidnappt worden war?

Connor legte ihr die Hände auf die Schultern und schob sie in einen Stuhl. Er küsste sie auf den Kopf. »Ich sehe mich mal um. Du rührst dich hier nicht vom Fleck. Bleib im Gebäude, okay?«

Sie sah ihm in die Augen. »Ich möchte helfen.«

Er lächelte. »Ich weiß«, sagte er. »Aber ich möchte, dass du hierbleibst, falls sie zurückkommt.«

Falls sie zurückkommt.

Sie fragte sich, ob das Polizeijargon war für: *Wir wollen nicht, dass du ihre Leiche findest.* In ihrem Hals bildete sich ein Kloß. Sie war kurz davor loszuschluchzen. Also nickte sie nur, denn sie befürchtete, wenn sie zu sprechen begann, würde sie hysterisch werden und sich nicht mehr unter Kontrolle bekommen. Die Hauptfrühstückszeit war vorüber, aber ein paar Nachzügler hielten sich abgesehen von der Belegschaft noch im Lokal auf.

Connor war gerade dabei, zur Tür hinauszugehen, als ein markerschütternder Schrei die Luft zerriss. Er drehte sich zu Claire. Ihre Blicke kreuzten sich, dann begannen beide durch das Gebäude nach hinten zu laufen. Claire war als Erste dort. Hinter ihr rief Connor: »Claire, warte!« Die Anspannung in seiner Stimme nahm sie nur unterbewusst wahr. Er wollte nicht, dass sie es sah. Die Hintertür stand offen. Sie führte auf eine kleine Gasse hinaus. Auf dem Asphalt stand Nancy an einen Abfallcontainer gelehnt, das Gesicht bleich, die Augen groß und tränennass.

»Nein«, stieß Claire hervor.

»Claire, warte!«, rief Connor, nun schon lauter.

Sie erreichten den Container gleichzeitig. Claire musste sich auf die Zehenspitzen stellen, um hineinzusehen. »Brianna!«, schrie sie.

Connor sprang mit einem einzigen Satz in den Container. Brianna lag mit dem Gesicht nach oben ausgestreckt zwischen Mülltüten und anderem Unrat. Der Geruch war ekelerregend. Ihre Augen waren geschlossen, der Mund leicht geöffnet. Ob sie atmete, konnte Claire nicht erkennen. Connor wäre beinahe auf Brianna gefallen, als er versuchte, die Balance zu halten. »Claire«, rief er erneut, nun mit scharfer, eindringlicher Stimme, und versuchte damit, die Panikwelle zu stoppen, die sie zu überwältigen drohte.

Sie blickte ihn an. Er drückte die Finger an Briannas Hals. Seine Augen sahen in diesem Augenblick so blau aus. Sie gaben ihr Halt, wie immer. »Wähl den Notruf«, sagte er. »Sag ihnen, wir brauchen einen Rettungswagen. Ich spüre ihren Puls.«

VIERZIG

»Was zum Teufel ist passiert?«, fragte Stryker. Er ging vor dem Securityschalter in der Notaufnahme des Sutter General, vor dem auch Connor und Claire standen, auf und ab. Brianna war mit dem Rettungswagen eingeliefert worden, aber die ganze Zeit ohne Bewusstsein gewesen. Connor war mit Claire hinter dem Fahrzeug hergefahren. Nun stand sie neben ihm und hielt seine Hand fest. Seit ihrer Wiederbegegnung war sie nie dankbarer über seine Anwesenheit gewesen als jetzt. Tränen liefen ihr über die Wange. Sie wischte sie mit der anderen Hand weg.

»Wir wissen es nicht«, erwiderte Connor. »Hinter dem Haus gibt es keine Überwachungskamera. Wir haben sie bewusstlos im Container entdeckt. Keine Anzeichen sexueller Gewalt. Keine sichtbaren Verletzungen, aber die Sanitäter meinten, sie habe eine ziemliche Beule am Hinterkopf. Ihre Handtasche und das Handy hatte sie noch bei sich.«

»Die Mütze fehlte«, bemerkte Claire.

Die beiden Männer sahen sie an. Connor drückte ihre Hand ganz fest. Sie atmete tief ein. Ihre Blicke kreuzten sich. »Du hast die Aufzeichnungen gesehen. Dieser Typ, der uns seinen Tisch überließ, er hat ihr seine Mütze geschenkt. Er meinte, er habe noch zehn weitere zu Hause. Mehrmals hat er Brianna gefragt, warum sie nicht versucht hat, Leah Holloway aus dem SUV zu retten. Dann ist er weg. Es war etwas peinlich, aber Brianna fand ihn …« Sie brach ab. Beim Gedanken an das Gespräch bekam sie heiße Wangen. Über Jungs – besser gesagt, Männer –, Sex und Beziehungen reden, als wären sie die halbwüchsigen Teenies, die sie damals hätten sein können, wäre Claire nicht entführt worden, war ihr unangenehm. »Sie fand ihn heiß.«

»Hätte er sie also draußen noch einmal angesprochen, wäre sie wahrscheinlich arglos gewesen«, stellte Stryker fest.

»Genau.«

Connor starrte Stryker an. »Er zieht ihr eins über und schnappt sich seine Mütze wieder?«

Stryker kratzte sich die Stoppeln auf dem Kopf. »Ergibt irgendwie keinen Sinn, aber manche sind einfach durchgeknallt. Wer weiß, was dem Kerl durch den Kopf gegangen ist? Vielleicht hatte er etwas anderes vor, hielt es aber am helllichten Tag für zu riskant. Wir wissen es nicht. Aber wir finden ihn. Er hat nach dem Unfall mit Leah Holloway gefragt? Wie alt war er?«

Claire zuckte mit den Schultern. »Ich weiß es nicht. Anfang zwanzig vielleicht. Aber alle da drin wollten etwas über die Sache mit Holloway wissen. Es lief in den Nachrichten, als wir dort waren.«

»Ich habe schon mit der Belegschaft im Laden gesprochen«, sagte Connor. »Er hat bar bezahlt. Matt versucht gerade, mithilfe der Aufzeichnungen der Überwachungskamera ein Fahndungsfoto von seinem Gesicht zu erstellen, das wir an die Presse geben können. Wenn er fertig ist, klappert er die Unternehmen in der Nachbarschaft ab. Vielleicht haben sie Aufnahmen von Außenkameras, auf denen man sieht, was passiert ist.«

Die Schiebetür ging auf und Claires älterer Bruder Tom kam mit angstverzerrtem Gesicht herein. »Claire!«

Er lief zu ihr und hätte sie mit seiner Umarmung fast umgeworfen. Dann ließ er sie los, behielt aber einen Arm um ihre Schulter. Mit einem Nicken begrüßte er Connor und Stryker. Dann fragte er: »Wo ist sie? Was haben die Ärzte gesagt?«

»Gerade wird ein CT von ihrem Kopf gemacht.«

»Mein Gott!«, stieß Tom hervor.

Er wirkte wesentlich panischer als Claire. Dabei hatte sie schreckliche, verzweifelte Augenblicke durchlebt, als sie erfolglos nach ihrer Schwester gesucht und ihren leblosen Körper schließlich in einem Müllcontainer entdeckt hatte. Was sie heute durchgestanden hatte, war wesentlich schlimmer gewesen als der Unfall von Leah Holloway. Sie fühlte sich wie jemand, der in eine Waschmaschine gesteckt und den ganzen Tag lang geschleudert worden war. Trotzdem sah ihr Bruder noch schlimmer aus als sie. Sein offenherziges Gesicht war gerötet und schmerzverzerrt, als hätte ihn jemand mit tausend winzigen Nadeln gestochen. Er grub seine Finger in ihre Schulter.

»Tom«, sagte sie in der Hoffnung, ihn wieder etwas in die Spur zu bringen. »Hast du Mom und Dad erreicht?«

Er holte sein Smartphone hervor und warf einen Blick auf das Display. »Wo sie auch sind, sie haben kein Netz. Ich habe die Kreuzfahrtgesellschaft angerufen. Sie versuchen, Kontakt mit ihnen aufzunehmen. Ich erwarte jeden Augenblick ihren Anruf.«

»Mitch?«

»Auf dem Weg zum Flughafen, um die nächste Maschine zu erreichen.«

Eine Tür in ihrer Nähe öffnete sich, und ein Arzt in dunkelblauer OP-Kleidung und weißem Kittel trat mit gequältem Lächeln heraus. Er sah von Claire zu Tom und wieder zu Claire. »Sind Sie wegen Brianna Fletcher hier?«

»Ja, sie ist unsere Schwester«, antwortete Tom. »Wie geht es ihr?«

»Die schlechte Nachricht ist, dass sie ein subdurales Hämatom hat, eine Einblutung, die sich zwischen Schädel und Dura bildet, also der Hirnhaut. Sie entsteht in der Regel infolge eines Traumas. Es sieht so aus, als hätte sie sich mit ziemlicher Wucht den Hinterkopf angeschlagen. Sie hat sich die Verletzung möglicherweise bei einem Sturz zugezogen. Subdurale Hämatome können den Hirndruck erhöhen. Die gute Nachricht ist, dass das Hämatom relativ klein ist. So, wie es im Moment aussieht, ist der Druck auf ihr Gehirn nicht so groß, dass eine Operation erforderlich wäre. Sie liegt im Koma, doch das ist bei dieser Art von Verletzung nicht unüblich. Wir verabreichen ihr Steroide gegen eine Gehirnentzündung und weitere Medikamente, um Krämpfe zu verhindern.«

Claire hatte weiche Knie bekommen. Sie schien geschwankt zu haben, denn sie spürte, wie Tom sie fester an den Schultern packte. »Wie geht es jetzt weiter?«

»Wir müssen abwarten. Fürs Erste kommt sie auf die Intensivstation. Sie können beide bei ihr bleiben. Wir machen in ein paar Stunden weitere Aufnahmen, um sicherzugehen, dass sich ihr Zustand nicht verschlimmert, setzen die Medikation fort und hoffen, dass sie bald aufwacht. Falls ihr Hirndruck einen kritischen Wert erreicht, werden wir versuchen, ihn zu senken, indem wir Löcher in ihren Schädel ...«

»Aufhören!«, rief Claire. »Bitte. Ich kann ...« Sie bekam keine Luft mehr.

Connor stand neben ihr auf der anderen Seite. Er und Tom setzten sie auf einen Stuhl. Sie spürte Connors warme Hand in ihrer, seinen Atem auf ihrer Wange. »Schon okay«, flüsterte er. »Atme! Sie lebt. Das zählt. Atme!«

Der Arzt stand vor ihnen. Er wirkte unsicher und mitleidig. »Tut mir leid«, sagte er.

»Schon okay«, meinte Tom. »Wir stehen beide noch unter

Schock. Danke, Doktor! Sagen Sie uns Bescheid, wenn sie auf die Intensiv verlegt worden ist?«

»Natürlich.«

Claire atmete mehrmals tief durch, bis der Schwindel, der sie ergriffen hatte, nachließ. Plötzlich wurde ihr bewusst, dass Tom, Connor und Stryker sie anstarrten. Sie rang sich ein schwaches Lächeln ab. »Ich bin okay«, versicherte sie ihnen. »Ich muss hier nur eine Minute sitzen bleiben.«

EINUNDVIERZIG

Nachdem Claires Gesicht wieder etwas Farbe bekommen hatte, nahm Stryker Connor beiseite und sagte leise zu ihm: »Hör zu, ich sage das nur ungern, aber ich brauche Leute für den Strangler-Fall. Dich oder O'Handley. Jetzt, da Jade tot ist, sind wir unterbesetzt. Ich will damit nicht sagen, dass du Claire allein lassen sollst, verstehst du, aber du weißt schon alles über den Holloway-Fall. Überlass deshalb O'Handley die Sache mit Brianna, dann kannst du mir beim Strangler helfen. Aber ich will O'Handley an ihrem Fall haben. Keinen anderen.«

»Denkst du, was ich denke?«, fragte Connor.

»Dass es sich bei diesem gut aussehenden Zwanzigjährigen aus dem Bagelshop um den Strangler handeln könnte? Ja. Ich weiß zwar nicht, warum er es auf Brianna abgesehen hat, aber wir müssen alle Eventualitäten in Betracht ziehen.«

»Der Bericht über Brianna wird seit Samstag immer wieder im Fernsehen gezeigt«, sagte Connor. »Claire meinte, er sei auch gelaufen, als sie im Laden gewesen sind. Der Typ hat mehrmals gefragt, warum sie Leah im Auto gelassen hat.«

Stryker runzelte die Stirn. »Ich habe den Bericht gesehen.

Noel hat es so dargestellt, als ob Brianna sie absichtlich nicht gerettet hätte.«

»Ja, und der Kerl ist besessen von Leah. Wenn er also denkt, dass Brianna sie hat sterben lassen, ist er vermutlich ziemlich angepisst. Ich glaube nicht, dass er heute zufällig bei Sammy's war. Es wäre nicht schwer, Brianna aufzuspüren und ihr bis dorthin zu folgen.«

»Aber warum sollte er sie in aller Öffentlichkeit ansprechen? Wenn er sie umbringen hätte wollen, warum hat er sie dann nicht zu Hause überfallen?«

»Keine Ahnung«, erwiderte Connor müde. »Vielleicht ist er ihr nachgegangen und hat auf einen günstigen Augenblick gewartet, bis sie allein war. Vielleicht wollte er ihr auch nur Fragen stellen. Wir wissen es nicht.«

»Auf jeden Fall müssen wir den Kerl erwischen, Parks. Jetzt. O'Handley ist mit beiden Angelegenheiten vertraut und kann deshalb auch Briannas Fall übernehmen. Ich sage ihm, was wir gerade besprochen haben. So oder so, ich möchte, dass wir den Typen aus dem Laden dingfest machen. Und auch diesen Gärtner will ich haben. Mal sehen, ob das GPS aus Holloways SUV schon ausgewertet worden ist.«

Connor sah hinüber zum Warteraum, wo Claire saß und in ein Gespräch mit ihrem Bruder vertieft war. Er spürte einen Stich in der Brust. Ihm war ganz unwohl dabei, sie hier zurückzulassen, aber Stryker hatte recht. Er musste seine Arbeit erledigen, jetzt dringender denn je. Claire würde das verstehen, das wusste er, aber das machte es für ihn nicht leichter, von hier wegzugehen.

Sie sah zu ihm herüber und überlegte kurz. Nachdem sie leise etwas zu Tom gesagt hatte, kam sie zu Connor. Sie war die einzige Person im Raum. Ein paar Zentimeter vor ihm blieb sie stehen, die Augen fest auf ihn gerichtet. Die Anspannung und Trauer waren ihr anzusehen. »Du musst gehen«, sagte sie. Es war keine Frage.

Er nickte.

Sie legte die Hand auf seine bärtige Wange. Die Berührung war beruhigend und elektrisierend zugleich. Sie lächelte. »Geh«, wiederholte sie. »Fang ein paar böse Buben. Ich laufe schon nicht weg.«

Die Worte schienen eine doppelte Bedeutung zu haben. Sie wollte hier im Krankenhaus bleiben – und ihn auch nicht verlassen. Hoffte er zumindest. Später würden sie über alles noch ausführlich reden können. Fürs Erste musste er nur Gewissheit haben, dass sie in Sicherheit war, während er seiner Arbeit nachging, vor allem, wenn der Typ, mit dem sie und Brianna im Bagelshop gesprochen hatten, wirklich der Strangler gewesen war. Die Vorstellung, dass dieses Ungeheuer ihr ganz nahe war, ließ ihm das Blut in den Adern gefrieren. Er musste diesen Mistkerl erwischen.

Connor nahm Claires Gesicht in seine Hände und betrachtete ihre Augen, ihre Haut und die Wangenknochen. Wenn das hier alles vorbei war, würde er zu ihr gehen, die Tür hinter sich schließen und das Haus eine Woche lang nicht mehr verlassen. Oder sie fuhren irgendwohin. Mieteten sich in einer Tikihütte am Strand ein. Sonne, blaues Meer, Bier und diese Frau.

Sie lächelte wieder und lehnte ihr Gesicht an seine rechte Hand. »Mit mir ist alles okay«, sagte sie. »Ich mache mir nur Sorgen um Brianna.«

»Ich weiß. Ich auch. Bleib bei Tom, okay? Geh nirgendwo allein hin. Du und Wilson könnt heute Nacht bei mir bleiben. Ich muss dich in Sicherheit wissen und würde mich besser fühlen, wenn du einige Tage bei mir übernachten würdest. Ruf mich später an, und ich bringe dich zu dir nach Hause, damit du Wilson holen kannst. Aber bitte geh vorerst nirgendwo allein hin.«

Sie löste sich von ihm, nahm seine Hände von ihrem Gesicht und hielt sie auf Hüfthöhe fest. »Ich rufe dich an«, sagte sie.

»Schreib mir, wenn sich Briannas Zustand verändert.«

»Natürlich.«

Sie ließ seine Hände los, drehte sich um und ging weg. Bilder von Jade und Brianna sowie ihren leblosen Körpern kamen ihm in den Sinn, gleichzeitig aber auch Erinnerungen an die unglaubliche Nacht, die er soeben erst mit Claire verbracht hatte. Dann sah er Claires Gesicht auf Jades Leiche, ihr hübsches Lächeln eine angstverzerrte Grimasse, der Körper in einen Müllcontainer geworfen.

»Claire«, rief er unwillkürlich und ärgerte sich zugleich über den verzweifelten Ton in seiner Stimme.

Sie kam zu ihm zurück, stellte sich auf die Zehenspitzen und schlang ihre Arme um seinen Hals. Er packte sie, zog sie zu sich und vergrub sein Gesicht tief einatmend in ihren Haaren. So hielt er sie so lange, wie sie ihn gewähren ließ. Als sie sich trennten, küsste er sie auf den Mund und sagte: »Wir sehen uns in ein paar Stunden.«

ZWEIUNDVIERZIG

ZWANZIG MONATE DAVOR

»Du hast prächtige Titten.«

Das war das Erste, was D. J. zu ihr sagte.

Leah war den weißen Sichtschutzzaun aus Kunststoff entlang bis zum Tor gegangen und hatte dort geklopft. Sie musste mehrere Minuten lang kräftig pochen, bis jemand auf sie aufmerksam wurde. Wie man sie trotz der lauten Musik überhaupt hatte hören können, war ihr schleierhaft. Auf der anderen Seite dröhnte eine Mischung aus Heavy Metal und Alternative Rock. Leah empfand es einfach nur als unangenehmen Lärm. Die Texte enthielten mehr schmutzige Wörter, als sie je innerhalb einer solchen kurzen Zeitspanne vernommen hatte. Wenn die Musik weiter so ohrenbetäubend laut war, brauchte sie sich keinerlei Hoffnungen zu machen, dass Hunter einschlief.

Das Tor ging auf. Da stand er, als wäre er geradewegs aus einer Calvin-Klein-Werbung für Männerunterwäsche herausgestiegen. Sein Oberkörper war nackt, die feste junge Haut gebräunt, die Muskeln an Brust, Schultern und Armen wie in Stein gemeißelt.

So sieht also ein Sixpack aus.

Eine dünne Linie aus braunem Haar zog sich von seinem Nabel zu seinen Genitalien, die zwischen den beiden Laschen seiner geöffneten Jeans fast sichtbar waren. Er hatte dickes, gewelltes braunes Haar, durchdringende blaue Augen und war schon fast übermenschlich perfekt. Sie wollte sich konzentrieren, versuchte, sich an die Schimpftirade zu erinnern, die sie sich auf dem Weg hierher zurechtgelegt hatte. Etwas über Dezibel und städtische Verordnungen und den Schlaf ihres Kleinen. Aber als sie den Mund öffnete, kam lediglich heraus: »Sie können Ihre Musik nicht so laut spielen.«

Er starrte sie einen Augenblick lang an. Sein selbstgefälliges Lächeln brachte sie noch mehr aus dem Konzept als sein Aussehen. Er lehnte sich gegen den Zaun, als wartete er darauf, dass sie noch etwas sagte, aber sie blieb stumm. Sie bekam keinen Ton mehr heraus. Zugleich ärgerte sie sich über sich selbst, weil sie sich von diesem Jungen so hatte entwaffnen lassen. Und ein Junge war er mit Sicherheit noch. Er konnte nicht älter als neunzehn, zwanzig sein.

Dann sagte er: »Du hast prächtige Titten.«

Ihr wurde heiß im Gesicht. Sie versuchte, ihre Arme vor der Brust zu verschränken, aber das drückte ihre Brüste nur noch mehr in den V-Ausschnitt ihres Shirts. Aus Verärgerung und Verlegenheit wurde sie patzig. »Was glauben Sie, wer ...?«

»Ich habe dich hier schon herumlaufen sehen«, unterbrach er sie. »Leah, stimmt's?«

Sie schloss den Mund, nicht sicher, ob sie es bejahen oder ihre entrüsteten Wie-können-Sie-es-wagen-Vorwürfe fortsetzen sollte.

Er beäugte ihren Ausschnitt, schüttelte den Kopf und leckte sich die Lippen. »Super Titten«, wiederholte er.

Schweißperlen traten ihr auf die Stirn. Sie hatte schon Pap-Abstriche machen lassen, die nicht so unangenehm gewesen waren, wie hier vor diesem Jungen zu stehen. Mit zusammengekniffenen Augen sah sie ihn an, stemmte die Hände in die Hüften und nahm eine Haltung ein, die Peyton die »Mommy-ist-böse-Pose« nannte. Dann probierte sie es noch mit ihrer »Mommy-ist-böse-Stimme«. Seine schmutzigen Bemerkungen würde sie so nicht hinnehmen. »Sie müssen die Musik leiser stellen. Sie ist viel zu laut. Ich habe ein kleines Kind, das schlafen muss.«

Zu mehr reichte es nicht.

Er ignorierte sie.

»D. J.«, stellte er sich vor und streckte ihr die Hand hin.

Sie nahm sie nicht. Sie würde ihm nicht den Triumph gönnen, mit seiner Masche durchzukommen. »Es ist mir egal, wer Sie sind«, fuhr sie ihn an, dankbar, wieder zu ihrer alten Form zurückgefunden zu haben. »Ich möchte nur, dass Sie die Musik leiser stellen.«

Er lächelte sie weiter an. »Wir gönnen uns ein paar Drinks am Pool, Leah. Komm doch herein und gesell dich zu uns.«

Er trat zur Seite und gab den Blick frei auf ein spindeldürres Mädchen, das auf einer Liege lag und von der Hüfte aufwärts nackt war. Ihre flachen kleinen Brüste zeigten zur Sonne, die Brustwarzen sahen aus wie zwei Spiegeleier. Sie trug eine Sonnenbrille und hielt in einer Hand eine Zigarette. Am Boden neben ihrer Liege stand ein geöffnetes Bier. Der Anblick des Mädchens trug nicht dazu bei, Leah zu beruhigen.

»Sind Sie verrückt geworden?«, schimpfte sie. »Nein, ich geselle mich ganz sicher nicht zu Ihnen. Ich bin nur hier, um Ihnen zu sagen, dass Sie die Musik zurückdrehen sollen. Wenn nicht, hole ich die Polizei.«

Er starrte sie weiter ununterbrochen an, was sie nervös machte. Sein Schmunzeln war fast ein höhnisches Grinsen. »Chill mal. Wenn dir so viel daran liegt, drehe ich sie zurück.«

Er wandte sich zu dem Mädchen um, schnippte mit den Fingern und rief herrisch: »Yo, stell die Scheiße leiser.«

Das Mädchen drehte seinen Kopf zu ihm. »Was?«, rief sie.

»Ich sagte, stell den Scheiß leiser. Er ist viel zu laut.«

Das Mädchen nahm einen Zug von seiner Zigarette. Asche fiel auf ihren nackten Bauch. »Scheiße«, murmelte sie und wischte sie weg. Sie stand auf, stolperte und stieß an die Liege, die über den Betonboden schrammte. Auf unsicheren Beinen marschierte sie aus dem Blickfeld. Gleich darauf wurde die Musik wesentlich leiser.

D. J. drehte sich wieder zu Leah. Er lächelte noch immer. »Besser so?«

Seine Stimme war zuckersüß und samtweich. Sie bekam eine nicht unangenehme Gänsehaut, was ihren Zorn aufs Neue entfachte. Sie versuchte, sich ein Dankeschön abzuringen. Immerhin hatte er genau das getan, was sie von ihm verlangt hatte. Sie hatte nicht einmal massiv werden müssen. Als sie ihn aufgefordert hatte, die Musik leiser zu drehen, hatte er es getan – besser gesagt, diese betrunkene, halb nackte Billigversion einer Freundin.

Warum schaffte sie es nicht, sich wenigstens zu bedanken?

Sie räusperte sich und versuchte, seinem Starren standzuhalten, doch es gelang ihr nicht. Also senkte sie den Blick. Er fiel auf ihre »Titten«, die er soeben noch bewundert hatte. Sie brachte es locker auf Körbchengröße E. Leah war noch nie schlank gewesen. Selbst zu ihren besten Zeiten hatte sie große Brüste und einen ausladenden Hintern gehabt. Zierlich war sie noch nie gewesen und würde es auch nie sein. Sie hatte eben etwas mehr als andere Frauen. Immerhin standen viele Männer auf große Brüste.

»Danke«, murmelte sie schließlich und hasste sich noch mehr dafür.

Bevor D. J. etwas sagen konnte, drehte sie sich um und ging. Sie spürte förmlich seinen Blick auf ihrem Hintern, als sie zu ihrem Haus zurückeilte, bemüht, nicht schneller zu werden. Und doch glühten ihre Wangen. Sie fühlte sich auf seltsame

Weise geschändet, als wäre sie zu etwas gezwungen worden, was sie eigentlich gar nicht gewollt hatte. Wie in der Highschool, als der Freund ihres Bruders sie dazu überredet hatte, ihm einen zu blasen. Sie schauderte und verdrängte die Erinnerung in die hintersten Winkel ihres Gedächtnisses. Scheiß Kindheit.

Warum hatte sie sich gegenüber diesem Jungen so unwohl gefühlt?

Sie hörte Hunter schreien, noch bevor sie an der Haustür war. Peyton war pflichtschuldig in ihr Zimmer gegangen, um ihr festes Mittagsschläfchen anzutreten, aber Hunter kreischte nach Leibeskräften und mit rotem Gesicht in Jims Armen.

»Wo zum Teufel warst du?«, fragte Jim. Er musste schreien, um seinen Sohn zu übertönen.

Leah ließ ihren Blick durch das Wohnzimmer schweifen, das aussah, als wäre es in ihrer Abwesenheit durchsucht worden. »Ich habe dich gebeten aufzuräumen«, sagte sie.

Jim konnte Hunter nur mit Mühe festhalten, so sehr wand er sich mit verkniffenem Gesicht, um zu Leah zu gelangen. »Er hört nicht auf mich«, brummte Jim und schob ihr das Kind hin. »Außerdem hat er Hunger. Er läuft ständig in die Küche und versucht, an diese Fertigmahlzeiten für Kinder zu kommen.«

Sie nahm ihren Sohn, der zwar aufhörte, sich zu winden, aber weiter weinte. »Warum hast du ihn dann nicht gefüttert?«

Jim wedelte mit der Hand in der Luft herum. »Ich weiß nicht, wie ich das Zeug zubereiten soll.«

Ärger stieg in Leah auf und schnürte ihr die Brust zusammen. Sie konnte förmlich ihr Herzklopfen hören. »Dann lies die verdammten Zubereitungshinweise auf der Verpackung, Jim! Das ist doch nicht so schwer.«

Sie ließ ihn mitten im Raum stehen, denn sie wusste, wenn er noch ein einziges Wort sagte, würde sie ihm eine Ohrfeige geben. Sie wärmte die Fertignahrung für Hunter und fütterte ihn in der Küche. Dann brachte sie ihn in sein Zimmer und schlug die Tür hinter sich zu, damit Jim wusste, dass sie noch stinksauer war. Erst als Hunter in ihrem Schoß weggedöst war, während sie in ihrem Schaukelstuhl wippte, merkte sie, dass ihre Gedanken immer wieder zu D. J. zurückwanderten.

DREIUNDVIERZIG

DIENSTAG

»Das ist lächerlich«, sprach Claire in das Handy. »Ich kann Wilson holen und zu dir kommen. Du musst für mich nicht den Babysitter spielen.«

Sie ging in Briannas abgedunkeltem Krankenzimmer auf und ab – vom Fenster, von dem aus man die vielen Tausend Straßenlaternen der schlafenden Stadt sah, zum Bett, in dem Brianna bewegungslos lag und an gefühlt zwanzig Apparate angeschlossen war, und wieder zum Fenster. Geräte maßen ihren Herzschlag, ihre Atmung, die Sauerstoffsättigung und den Blutdruck und übertrugen das Ergebnis in jeweils einer anderen Farbe auf einen Monitor, der über Briannas Bett an der Wand hing. Ein Infusionsschlauch schickte langsam Medikamente in ihre Adern. Sie war so blass, dass die kaum sichtbaren Sommersprossen sich auf ihrem Gesicht überdeutlich hervorhoben. Den ganzen Tag – oder die ganze Nacht – hatte sie sich nicht bewegt. Trotz des ständigen Kommens und Gehens von Pflegepersonal und Ärzten, die nach ihr sahen und sie mindestens zweimal pro Stunde anstupsten, zeigte sie nicht die geringste Regung.

»Ich spiele nicht den Babysitter«, antwortete Connor. »Ich passe auf dich auf.«

»Wo ist da der Unterschied?«, fragte Claire. In Wahrheit aber konnte sie es gar nicht erwarten, ihn wiederzusehen. Sie wollte nicht von Briannas Seite weichen, sehnte sich aber nach Connor. Schon seine bloße Anwesenheit würde ihre Gedanken, die ihr wirr durch den Kopf schossen, zur Ruhe bringen.

»Außerdem hast du deinen Jeep bei Sammy's stehen lassen«, fügte er hinzu. »Ich muss dich also abholen.«

Sie schob sich ein paar Strähnen aus dem Gesicht und seufzte. »Das habe ich ganz vergessen.«

»Ruh dich aus, sonst bist du Brianna keine große Hilfe. Du sagtest, dass Tom bald wieder da sei. Wenn er bei euch ist, komme ich vorbei. Dann holen wir dein Auto, du kannst hinter mir her mit zu mir fahren, und Wilson und du, ihr bleibt bei mir. Du duschst, isst etwas und schläfst ein bisschen. Am Vormittag kannst du ins Krankenhaus zurückfahren.«

Sie hätte beinahe mit ihm diskutiert. Die Uhr über Briannas Bett zeigte zwei Uhr fünfundvierzig, und er arbeitete immer noch. Das bedeutete, dass die Ermittlungen zum Soccer Mom Strangler in eine kritische Phase getreten waren. Er hatte wahrscheinlich gar keine Zeit, für sie den Babysitter – oder den Bewacher – zu spielen. Aber die Wahrheit war auch, dass sie wirklich dringend Schlaf brauchte und Connor ebenfalls. Vor allem aber wollte sie nicht alleine bleiben, obwohl Wilson bei ihr war. In den letzten zweiundsiebzig Stunden hatte sie erleben müssen, wie sich eine Frau umgebracht hatte, Connors Kollegin von einem Serienkiller ermordet worden war und man ihre Schwester bewusstlos in einem Müllcontainer gefunden hatte. Claire war wie benommen und völlig durcheinander von den dramatischen Ereignissen. Ein paar Stunden mit Connor zwischendurch würden sie erden und ihre Angst lindern. Sie musste nicht mehr allein sein. Das war der Vorteil, wenn man frei war. »Klingt gut«, sagte sie daher.

»Wie geht's Brianna?«

»Unverändert«, erwiderte Claire. »Sie ist nach wie vor ohne Bewusstsein. Aber ich schätze, keine Nachrichten sind gute Nachrichten. Wir haben endlich meine Eltern erreicht. Sie haben einen Flug von den Bahamas gebucht und sollten morgen Abend zurück sein. Mitchs Flug hatte Verspätung, aber auch er müsste irgendwann morgen hier eintreffen. Tom bleibt bei Brianna, bis ich zurück bin.«

»Ruf mich an, wenn Tom da ist«, bat Connor sie. »Dann komme ich sofort.«

Er hielt Wort. Schon zehn Minuten nachdem Tom in das Krankenhaus zurückgekehrt war, hielt Connor vor dem Eingang. Er wirkte erschöpfter denn je und sah trotzdem so gut aus, dass ihr fast der Atem stockte.

Wilson sprang auf der Rückbank hin und her und winselte vor Aufregung. Sie bekam ein schlechtes Gewissen. Normalerweise nahm sie ihn mit zur Arbeit. Aber heute hatte sie ihn zum ersten Mal seit Monaten den ganzen Tag allein gelassen.

»Ich habe ihn gefüttert«, sagte Connor, als sie auf dem Beifahrersitz Platz nahm und Wilson sie sofort wie wild begrüßte.

»Danke«, erwiderte Claire und kraulte Wilson hinter den Ohren.

Sie sehnte sich danach, Connor zu berühren und ihm einen Begrüßungskuss zu geben, doch er war bereits losgefahren. Außerdem stand Wilson mit den Vorderpfoten auf der Konsole zwischen ihnen und wartete ungeduldig darauf, dass Claire seine Zuneigung erwiderte.

»Seid ihr weitergekommen?«, fragte sie, als sie unterwegs waren.

»Stryke ist noch immer hinter diesem über zwanzigjährigen Gärtner her, der eine Affäre mit einer von Leah Holloways Nachbarinnen hatte. Es hat den ganzen Tag gedauert, bis wir seine Adresse hatten. Er lebt in einem Apartment im Süden von

Sacramento. Wir sind hingefahren, aber er war nicht da. Die ganze Nacht haben wir jemanden vor der Wohnung postiert, aber er ist nicht nach Hause gekommen.«

»Denkst du wirklich, dass er euer Mann ist?«

»Ich weiß es nicht«, antwortete Connor mit ernster Stimme. »Wir werden mehr wissen, wenn wir mit ihm geredet haben. Ich habe das Gefühl, dass wir im Moment nur im Trüben fischen. Wir müssen herausfinden, wo Leah Holloway war, als der Strangler sie am Mittwoch überfallen hat. Das GPS-Gerät in ihrem Fahrzeug war beschädigt, aber nicht komplett hinüber. Sie versuchen gerade, die Route, die sie am Mittwoch gefahren ist, anhand der noch verfügbaren Daten nachzuvollziehen. Hoffentlich wissen wir am Morgen mehr. Wir haben noch ein paar andere Spuren, denen Stryke ebenfalls nachgeht.«

»Ich habe in den Nachrichten gesehen, dass ihr ein unscharfes Foto von dem Typen im Bagelshop veröffentlicht habt.«

»Ja. Ein klareres Foto von seinem Gesicht war nicht drin. Kann sein, dass du dich noch mit einem Phantombildzeichner zusammensetzen musst, falls keine Hinweise eingehen.«

»Da ist mein Wagen«, sagte Claire, als sie ein paar Blocks von Sammy's entfernt anhielten.

Sie nahm Wilson mit in ihr Auto und fuhr hinter Connor her zu seinem Haus. Claire hatte es seit zwei Jahren nicht mehr gesehen, aber es kam ihr so vertraut vor, als wäre sie erst gestern dort gewesen. Sie mochte es, obwohl Connor hier mit seiner Ex-Frau gelebt hatte. Hier hatten sie ihre erste Nacht miteinander verbracht, als sie noch von ihrem Kidnapper gefangen gehalten worden war. Damals hatte sie ihm ihre wahre Lage verschwiegen, aber es war der erste Ort gewesen, an dem sie sich seit ihrer Entführung sicher gefühlt hatte. Jede Einzelheit war unauslöschlich in ihr Gedächtnis eingebrannt. Sie wusste, dass er immer vorgehabt hatte umzuziehen. Als sie begonnen hatten, miteinander zu gehen, hatte er ihr versprochen, dass er das

Haus verkaufen und sich ein neues zulegen würde, aber er war seither beruflich so eingespannt gewesen, dass er die Suche nach einer neuen Bleibe hintangestellt hatte.

Connor hatte Wilsons Bett, eine Tüte Hundefutter und sein Lieblingsspielzeug, ein verknotetes Seil, eingepackt, außerdem eine Tasche mit Kleidung und Toilettenartikeln für Claire. Als er alles nach drinnen getragen hatte, ging er durch das Haus und schaltete die Lichter an. Wilson folgte ihm eifrig, schnüffelte in jede Ecke und unter jedes Möbelstück. Hier sah es eindeutig nach Junggesellenbude aus: Auf der Couch stapelten sich, achtlos hingeworfen, Unmengen ungeöffneter Briefe. Im Abfalleimer lagen Einwegverpackungen von chinesischem Essen zum Mitnehmen, in der Recyclingtonne Bierdosen. Das Spülbecken in der Küche quoll über vor schmutzigem Geschirr, und auf dem Schlafzimmerboden lag überall verstreut getragene Wäsche. Sie spürte Erleichterung. In dieses Haus kam keine Frau regelmäßig. Er hatte ganz offensichtlich keine Freundin.

»Warum gehen wir nicht schnell mit Wilson spazieren?«, fragte er und trat von hinten an sie heran, während sie in der Schlafzimmertür stand.

»Jetzt? Es ist mitten in der Nacht. Und konzentriert sich die Fahndung nach dem Strangler nicht gerade auf diese Gegend?«

Sie spürte sein Lächeln in ihrem Haar. Ihre Locken fingen sich in seinem Bart. Sein warmer Atem kitzelte ihren Nacken. »Ich habe eine Waffe und du einen großen Hund.«

Sie drehte sich zu ihm um und schlang ihre Arme um seinen Hals. Er zog sie an sich, und sie spürte, wie die Angespanntheit des Tages langsam abebbte. Als sie seinen Geruch einsog, vergaß sie für ein paar Sekunden Brianna, Jade, Serienmörder, die kleine Peyton Holloway, ihre eigenen schrecklichen Erinnerungen und all das Leid auf der Welt.

»Nicht jetzt«, flüsterte sie in seinen Hals. »Komm ins Bett mit mir.«

»Claire.«

»Ich meine es ernst.«

Neben ihnen winselte Wilson. Connor lachte leise. »Er war den ganzen Tag drinnen. Nur ein kurzer Spaziergang. Wir haben Zeit.«

Ihr traten so rasch Tränen in die Augen, dass es ihr nicht mehr gelang, sie wegzublinzeln. Sie löste sich von ihm und sah ihm in die blauen Augen. »Nein«, entgegnete sie, »haben wir nicht. Wir glauben, dass wir sie haben. Wir sagen es, aber wir haben sie nicht. Jade ist tot. Brianna liegt im Koma. Irgendjemand da draußen nimmt Kindern die Mutter. Sie hatten nicht genug Zeit. Wir haben nicht genug Zeit.«

Er strich mit der Hand sanft über ihr Haar. »Claire«, sagte er. »Es ist okay.«

»Nein, ist es nicht. Nichts ist okay.«

Er nahm ihr Gesicht in seine Hände und küsste die Tränen weg, die ihr über die Wangen liefen. »Im Augenblick ist vielleicht nichts okay, aber wir werden darüber hinwegkommen. Brianna wird aufwachen, und es wird ihr wieder gut gehen. Wir werden Jades Mörder fassen. Und wenn alles vorbei ist, nehme ich dich mit auf eine Reise. Zu einer Tikihütte an einem Strand oder so etwas in der Art. Nur du und ich.«

Ihr Mund fand den seinen und küsste ihn sanft. Dann fuhr sie ihm mit den Fingern durch sein dichtes Haar. Sie spürte Erregung in sich aufsteigen, löste den Kuss und flehte ihn an: »Komm ins Bett mit mir. Jetzt.«

»Wir müssen das heute Nacht nicht tun. Ich will nicht, dass du das Gefühl hast, nur weil wir …«

Sie verschränkte ihre Hände in seinem Nacken und schob ihn zu seinem Bett. »Ich will bei dir sein. Nicht nur so. Nicht nur heute Nacht. Immer. Ich will es noch einmal versuchen. Mit dir zusammen sein. Diesmal ernsthaft. Ohne wegzulaufen. Ich strenge mich mehr an. Ich werde …«

Er ließ sich von ihr führen, nahm dabei aber den Blick nicht von ihr. »Stopp«, sagte er. »Du sollst niemand anders sein als du selbst. Du musst nicht versuchen, irgendwer für mich zu sein. Bleib einfach diesmal hier. Ich will nur dich. Genauso, wie du bist. Es gibt außer dir niemanden, Claire. Ich liebe dich seit der Nacht, in der wir uns das erste Mal begegnet sind, seit ich dir in diesem Zimmer beim Schlafen zugesehen habe.«

Sie fielen aufs Bett, und er rollte sich rasch zur Seite, um sie nicht zu erdrücken. Wilson winselte laut und jämmerlich. Claire spürte, wie er sie mit der Nase am Fuß stupste. Sie und Connor warfen einen Blick an das Fußende des Betts, wo zwei vorwurfsvolle braune Augen sie anstarrten. Beide begannen zu lachen, ließen es zu. Ein unerträglicher Druck, der auf Claires Körper gelastet hatte, löste sich mit einem Mal. Wilson sprang auf das Bett und robbte vom Fußende nach oben, bis er zwischen ihnen lag. Mit seiner langen rosa Zunge leckte er Connors Bart.

Über Wilsons Kopf hinweg sah Claire Connor in die Augen und sagte: »Ich liebe dich auch.«

VIERUNDVIERZIG

NEUNZEHN MONATE ZUVOR

Das erste Mal geschah es in Leahs Garage. Sie hatten ein Gartengrillfest für die Nachbarschaft organisiert. Es fand normalerweise einmal im Jahr statt. Die Feier war einer der seltenen Anlässe, bei denen sie darauf zählen konnte, dass Jim ihr im Haus half. Es machte ihm großen Spaß, es auf Vordermann zu bringen, die Farbe an den Wänden auszubessern, zerbrochene Jalousien zu ersetzen und einen Freund, der Klempner war, kommen zu lassen, damit er den tropfenden Wasserhahn in der Küche reparierte. Leah war nur deshalb mit der jährlichen Grillparty einverstanden, weil sie das Einzige war, was ihren Mann in die Gänge zu bringen schien und dazu veranlasste, etwas im Haus zu tun. Dieses Jahr hatte er den großen Garten hergerichtet. Der Rasen sah aus wie ein Golfgreen, weit und breit war kein Unkraut zu sehen. Selbst die Blumenbeete hatte er frisch gemulcht.

Er stand mit seiner »Grill-Daddy«-Schürze am rauchenden Grill, um ihn herum die Männer in einem lockeren Halbkreis, und unterhielt sie mit Angelgeschichten, während er die Burger wendete. Die Frauen saßen in kleinen Grüppchen in Terrassenstühlen, plauderten und sahen zu, wie ihre Kinder durch den Sprinkler liefen, den Jim aufgestellt hatte. Jim hatte wie jedes Jahr darauf bestanden, dass sie Bier und Wein besorgten.

»Niemand schmeißt eine Party ohne Alkohol, Lee«, hatte er gespottet.

»Verantwortungsvolle Eltern schon«, hatte sie zurückgeschossen.

Er hatte die Augen verdreht, ihr gesagt, dass sie unvernünftig sei, und sie schließlich davon überzeugt, einen großen Teil ihres Feierbudgets für Alkohol auszugeben, nachdem er sie daran erinnert hatte, dass jede Familie, die bei ihrem jährlichen Grillfest dabei war, in der Nähe wohnte und sich deshalb niemand danach noch ans Steuer setzen musste. Wenn Eltern tranken, befürchtete Leah immer, dass sie danach noch Auto fuhren, aber sie hatte sich gefügt. Sie konnte es verkraften, dass die Nachbarn auf ihrem Grundstück dem Alkohol zusprachen, wenn dafür die Toilette im Badezimmer repariert wurde.

Es war heiß an jenem Tag, und die Kinder begannen sich zu langweilen. Leah hatte zwei Planschbecken in den Garten geschleift und gefüllt. Sie wusste, dass sie irgendwo einen ganzen Korb voll Gartenspielzeug – Wasserpistolen, Springseile, Malkreide – herumstehen hatte. Es würde die Kids bis weit in den Abend hinein beschäftigen. Tatsächlich entdeckte sie den Korb auf dem Regal, in das er gehörte, nur war das Regal zusammengebrochen, und der Korb lag mitsamt dem Inhalt hinter der großen, frei stehenden Gefriertruhe in der Garage. Sie ging ihr bis zur Hüfte und hatte einen Deckel, den man nach oben aufklappte. Leider stand die Truhe zwischen einer großen Regaleinheit und einem zusätzlichen Kühlschrank, in dem Jim die Ausbeute seiner Angelausflüge aufbewahrte. Sie konnte sich nicht dazwischenzwängen.

Also versuchte sie, die Truhe von der Wand wegzubekommen, bis sich in ihrem Nacken ein Schweißfilm bildete. Sie wischte sich die staubigen Hände an ihrer Caprihose ab und ging zur Tür, die in die Küche führte. In die Garage gelangte man über das Tor, das jedoch verschlossen war, oder über eine schwere Tür direkt von der Küche aus. Sie verwendeten die Garage nicht für die Autos, denn Jims Boot nahm sie fast komplett in Beschlag, und den Platz außen herum nutzten sie als Lager. Jims »Baby« stand in der Mitte und war umgeben von Kisten mit jahreszeitlichem Heimdekor, den Dreirädern der Kinder, Rollern und weiteren größeren Spielzeugen.

Leah ging zur Tür in den Garten und rief Jim. Es waren mehrere Versuche nötig, bis er sie bemerkte und ihr winkte, als hätte sie lediglich Hallo gesagt. Als wäre sie eine Passantin. Sie biss die Zähne zusammen und murmelte leise: »Blödmann.« Wie immer musste sie die Sache allein erledigen. Wahrscheinlich ging es schneller, ins Geschäft zu fahren und neues Spielzeug zu kaufen, als die Gefriertruhe ohne Hilfe hervorzerren zu wollen. Sie dachte auf dem Weg durch die Küche gerade darüber nach, als sie in D. J. hineinrannte.

Sie schrie unwillkürlich auf. Mit ihm hatte sie in der Küche nicht gerechnet – genauso wenig wie mit sonst jemandem. Gerade eben war sie noch hindurchgegangen, und da war sie leer gewesen. Er stand neben der Kochinsel zwischen ihr und der Tür zur Garage. Sie wich vor ihm zurück. Ihr Körper kribbelte bereits durch die versehentliche Berührung. Seine Brust war unter dem schwarzen T-Shirt mit der Aufschrift »Nine Inch Nails« steinhart und er roch schwach nach Parfüm. Ein schwerer, moschusartiger Duft. Jim verwendete nie Parfüm.

D. J. lächelte sie an. Sogleich wurde ihr am ganzen Körper heiß, und sie fühlte sich splitternackt. »Hey!« Seine Augen wanderten zu ihrer Brust, auf die sie ihre rechte Hand gelegt hatte. Sie hob und senkte sich schwer.

»Sie haben mich erschreckt«, sagte sie.

Er wirkte in ihrer Küche weniger bedrohlich – vollständig angezogen, ohne aggressive Musik oder halb nackte, spindeldürre Mädchen hinter sich. Sein Blick wanderte wieder nach oben. Er sah ihr in die Augen. »Tut mir leid«, erwiderte er. »Kann ich dir bei etwas helfen?«

Leah hatte keinerlei Lust, auch nur eine Sekunde länger mit ihm zu verbringen, vor allem nicht allein. Er schien ihr Zögern zu spüren, trat einen Schritt zurück und legte als Geste der Aufrichtigkeit seine Hand aufs Herz. »Ich beiße nicht«, versprach er und schenkte ihr ein breites Lächeln.

Sie sah nach links zum Küchenfenster. Das Fest war in vollem Gange. Ihre Gäste hatten gerade begonnen zu essen, was Jim vom Grill hob. Es würde nur einen Augenblick dauern. Gott sei Dank war sie in ihrem eigenen Haus. Nach D. J.s Muskulatur zu urteilen würde er kein Problem damit haben, die Gefriertruhe aus dem Weg zu bekommen.

Sie rang sich ein Lächeln ab und deutete auf die Tür hinter ihm. »Nun ja. Ein Teil des Kinderspielzeugs ist hinter die Gefriertruhe gefallen. Ich brauche jemanden, der sie mir nach vorn zieht, damit ich es aufsammeln kann.«

»Zeig mir, wo.«

Er folgte ihr in die Garage und zog die Tür hinter sich zu.

»Seien Sie vorsichtig«, sagte sie, als sie um Jims Boot herum zur anderen Seite der Garage gingen. »Hier liegt alles durcheinander.«

Er sagte nichts. Sie spürte, wie er sich ihr näherte. Als sie bei der Gefriertruhe angekommen waren, blieb sie abrupt stehen und drehte sich zu ihm um, sodass sie erneut zusammenstießen. Sie wich zurück und stieß mit der Hüfte an die Truhe.

»Entschuldigung«, entfuhr es ihr.

Er lächelte – wieder dieses anzügliche Lächeln, bei dem sie sich zugleich schmutzig und erregt fühlte.

Ja. Da war es wieder.

Der Kerl erregte sie, und sie verabscheute sich dafür. Seine Lippen waren nur Zentimeter von ihren entfernt. Wie hatte er es geschafft, ihr so nah zu kommen?

»Zeig's mir«, hauchte er mit heiserer Stimme.

»Oh«, sagte sie und fragte sich für den Bruchteil einer Sekunde, ob er noch etwas anderes meinte als das, was hinter der Gefriertruhe lag. Lächerlich. Er war halb so alt wie sie. Sie näherte sich der Lebensmitte, war übergewichtig, und ihre blond gefärbten Haare wurden am Ansatz allmählich grau. Sie hatte zwei Kinder und noch dazu einen Mann. Niemand, der aussah wie dieser Junge, konnte sexuell an jemandem wie ihr interessiert sein, ganz gleich, wie alt sie war und ob sie verheiratet war oder nicht. Selbst als sie noch keine dreißig und schlanker, fester und ledig gewesen war, hatten Männer wie D. J. nichts für sie übriggehabt. Sie hatte sich nie viel aus Männern gemacht, sondern eine Familie gewollt und ein Leben, das auf eine Weihnachtskarte passte. Sich Jim zum Ehemann zu nehmen war nacktes Kalkül gewesen, keine Entscheidung aus Leidenschaft und schon gar nicht aus sexueller Begierde. Begierde war ihr völlig fremd gewesen.

Bis heute.

Sie sog den Atem ein und wandte sich von ihm ab. Er bewegte sich überhaupt nicht. Ihre Hüfte streifte ihn, als sie sich über den Deckel der Gefriertruhe lehnte und nach hinten zeigte. »Sie sind dort«, sagte sie. »Ein ganzer Korb voller Spielsachen. Die Kinder …«

Die Worte blieben ihr im Hals stecken, als er seine Hände auf ihre Hüften legte. Er drückte sich gegen sie. Sie spürte seine Härte an ihrem Schenkel, konnte nicht atmen, sich nicht bewegen, nicht denken. »Leah«, flüsterte er ihr ins Ohr, sodass sie seinen heißen Atem fühlte. »Es stimmt, was ich gesagt habe.« Eine seiner Hände schob sich nach vorn, unter ihre Bluse, und drückte ihre Brust. »Du hast prächtige Titten.«

Sie keuchte und schloss die Augen. Ihr Nippel richtete sich unter seiner Berührung auf.

»Du denkst, du bist nicht hübsch, aber du bist es.«

Er rieb sich an ihr. Sie zitterte unter seinem Griff. Jeder Zentimeter ihrer Haut brannte – zum Teil vor Erregung, zum

Teil vor Scham. Er drückte sich gegen ihren Hintern. Seine Hand bewegte sich nach unten. Immer und immer weiter.

»Sag mir, dass ich aufhören soll«, flüsterte er.

Sie öffnete den Mund, versuchte, etwas hervorzubringen, doch es gelang ihr nicht. Sie war wie gelähmt und völlig unvorbereitet auf das, was gerade geschah. Dabei hatte sie an Selbstverteidigungskursen teilgenommen, hatte stets geglaubt, dass sie bereit sein und wissen würde, was zu tun sei, wenn ein Mann gegen ihren Willen zudringlich wurde. Aber Männer wurden ihr gegenüber nicht zudringlich – weder gegen ihren Willen noch mit ihrem Einverständnis. Jedenfalls nicht so. Und wenn sie ehrlich zu sich selbst war, wenn sie die Feuchtigkeit zur Kenntnis nahm, die sich da unten sammelte, während dieses Prachtexemplar von einem Mann sie berührte und ihr schmutzige Dinge ins Ohr flüsterte, dann musste sie zugeben, dass sie es wollte, obwohl es jeder Moral widersprach, wenn sie darüber nachdachte. Allerdings dachte sie im Moment überhaupt nichts.

Er wartete nicht. Sie hörte seinen Reißverschluss, spürte, wie er ihre Hose nach unten zog. Dann war er in ihr. Einfach so.

Fast zehn Jahre Treue in Sekunden ausgelöscht. Sie schob den Gedanken beiseite, als er in sie stieß, zunächst ganz langsam. Quälend langsam. Dann begann sie zu verkrampfen und um ihn herum zu zittern, bis sie ihren Körper nicht mehr daran hindern konnte, auf ihn zu reagieren. Er wurde schneller und kam zur gleichen Zeit wie sie. Einen Augenblick blieb er in ihr, hob ihr Haar und küsste sie in den Nacken. Die Zärtlichkeit der Berührung ließ sie schaudern. Langsam zog er sich zurück.

Er schob ihre Unterwäsche und Hose wieder hoch und zog sie sanft von der Gefriertruhe weg. Nachdem er seine eigene Kleidung in Ordnung gebracht hatte, rutschte er die Truhe mühelos nach vorn und holte den Korb mit den Spielsachen hervor. Er stellte ihn auf den Boden neben sich und schob die

Truhe wieder zurück, als wöge sie nichts. Dann hob er ihn auf und reichte ihn ihr mit einem Lächeln.

Als hätte er sie nicht gerade in ihrer Garage gevögelt. Als wäre nichts geschehen.

Sie nahm den Korb und brachte nicht einmal ein *Danke* heraus. Kein einziges Wort.

D. J. sah auf seine Füße. Plötzlich wirkte er verlegen. Dann war er weg und ließ sie schwitzend, nass, derangiert und bis ins Mark erschüttert zurück.

FÜNFUNDVIERZIG

Connor hatte nur zwei Stunden geschlafen, als ihn sein Handy weckte. Claire lag nackt in seinen Armen, während Wilson auf dem Hundebett in der Zimmerecke schlummerte. Beim ersten Mal ließ er die Mailbox anspringen und wünschte sich, noch etwas Zeit zu haben. Claire stöhnte leise im Schlaf, und Connor umarmte sie fester, küsste sie auf die Schulter und vergrub sein Gesicht in ihrem Haar. Da klingelte das Smartphone erneut.

»Du musst rangehen«, murmelte Claire.

In diesem Augenblick hätte er jede Summe der Welt dafür bezahlt, genau dort bleiben zu können, wo er war. Er hätte sein komplettes Bankkonto dafür geleert. Hätte alles getan, nur um nicht dieses Bett verlassen zu müssen.

»Connor, geh ran.«

Mit einem Stöhnen, das schon an ein Knurren grenzte, löste er sich von ihr, schnappte sich das Handy und bellte »Parks« hinein, nachdem er den Anruf angenommen hatte.

»Wir haben Leah Holloways GPS-Daten vom Mittwoch ausgewertet«, sagte Stryker. »Rate mal, wo sie war.«

Connor setzte sich nach vorn gebeugt an den Bettrand und

kratzte sich den Bart. »Ich will nicht raten. Ich will jetzt gerade nicht einmal mit dir reden.«

»Fünf Blocks von der Wohnung des Gärtners entfernt.«

Connors Müdigkeit war wie weggeblasen. Er setzte sich auf und warf einen Blick auf den Wecker neben dem Bett. Es war sieben Uhr dreizehn. »Im Ernst?«

»Ja. Und der Kerl ist gerade zu Hause. Er ist gegen vier Uhr morgens mit einer Frau im Schlepptau heimgekommen. Zieh dich an und fahr hin. Wir kommen auch.«

»Woher weißt du, dass ich nicht angezogen bin?«

»Du willst nur dann nicht mir reden, wenn du gerade mit einer schönen Frau im Bett liegst. Ich hoffe, es ist Claire, sonst trete ich dir in den Hintern, sobald wir den Strangler-Fall abgeschlossen haben.«

Connor konnte sich ein Lächeln nicht verkneifen. Er warf einen Blick über die Schulter zu Claire, die friedlich schlummerte. Ein seltsames Déjà-vu-Gefühl ergriff ihn. Er musste an die erste Nacht denken, die sie zusammen verbracht hatten. Ein Schaudern durchlief ihn. Sie würde noch hier sein, wenn er zurückkam, sagte er zu sich. Diesmal würde sie nicht weggehen.

»Ich bin in dreißig Minuten bei dir.«

Glory Rohrbachs junger Lover, der Gärtner, lebte in einer winzigen Einzimmerwohnung in einem heruntergekommenen Stadtviertel, das eher für die Zahl seiner Raubüberfälle als für seine Schönheit bekannt war. Stryker hatte mehrere Detectives aus der Abteilung beauftragt, in Pocket von Tür zu Tür zu gehen und eine Liste aller im Viertel wohnhaften Männer Anfang zwanzig zu erstellen. Die meisten kamen wegen ihrer wasserdichten Alibis als Täter nicht infrage, aber es würde noch mindestens ein, zwei Tage dauern, bis die gesamte Nachbarschaft abgeklappert war. Wegen der GPS-Daten aus Leahs

Auto hatten Connor und Stryker Denny Taggert ganz oben auf die Liste der Verdächtigen gesetzt. Die Auswertung hatte ergeben, dass Holloway zu einer Kreuzung fünf Blocks von Taggerts Wohnung entfernt gefahren war. Dort standen mehrere alte Häuser. Von einigen wusste Connor, dass sich darin Resozialisierungseinrichtungen befanden. Die Gebäude in der unmittelbaren Umgebung waren ausgesprochen baufällig; ihre Besitzer vermieteten für wenig Geld an Leute mit düsteren Zukunftsprognosen. Connor hatte hier schon mehr als einen Verdächtigen verhaftet. Leider gab es keine Überwachungskameras, die aufgezeichnet hätten, wie Leah ihr Auto abgestellt und ein- oder ausgestiegen war. So hatten sie nicht die leiseste Ahnung, wo sie hingegangen war. Aber es war doch ein seltsamer Zufall, dass sie sich nur einige Blocks von jemandem entfernt aufgehalten hatte, der in ihrer Nachbarschaft gearbeitet hatte.

Denny Taggert war sechsundzwanzig Jahre alt und völlig unbescholten. Sein ganzes Leben lang hatte er nicht einmal einen Strafzettel für Falschparken bekommen. Er hatte eine Facebook-Seite, die er kaum nutzte. Selbst auf Papier existierte er kaum. Er war schon ein halbes Dutzend Mal umgezogen und hatte fast immer in äußerst zweifelhaften Vierteln gewohnt.

Sie mussten mehrmals klopfen, bis er die Tür nur mit Boxershorts bekleidet aufriss. Sein dichtes braunes Haar war zerzaust. Er blinzelte sie an, als hielten sie einen Scheinwerfer auf ihn gerichtet.

»Denny Taggert?«, fragte Connor.

Der Mann räusperte sich. »Wer will das wissen?«

Connor zeigte ihm seinen Dienstausweis, stellte sich und Stryker vor und sagte: »Wir wollen mit Ihnen über Leah Holloway reden.«

Er gab Connor seinen Dienstausweis zurück und kniff erneut die Augen zusammen. »Über wen?«

»Leah Holloway«, wiederholte Stryker.

Denny runzelte die Stirn. »Der Name sagt mir nichts.«

»Das ist die Frau, die am Samstag mit ihren Kindern von der Interstate-Five-Brücke in den Fluss gefahren ist.«

Denny bekam große Augen. »Oh, Scheiße! Ja, davon habe ich aus den Nachrichten erfahren. Aber was hat das mit mir zu tun?«

»Erzählen Sie es uns«, entgegnete Stryker.

Denny hob abwehrend die Hände. »Puh, Mister, ich kenne sie überhaupt nicht. Bevor ich sie in den Nachrichten gesehen habe, wusste ich nicht einmal, dass es sie gibt.«

»Sind Sie da ganz sicher?«, hakte Connor nach.

Denny schüttelte den Kopf. »Ich kenne sie nicht, Mann.«

»Ich kenne sie«, hörten sie eine weibliche Stimme hinter Denny sagen.

Der Mann drehte sich um. Über seinen oberen Rücken zog sich ein riesiges Adlertattoo. »Ich hab gesagt, du sollst im Schlafzimmer bleiben«, herrschte er sie an.

Sie war gut und gern doppelt so alt wie er. Ihre tief gebräunte Haut sah aus wie Krepppapier und war von zu viel Sonne fleckig geworden. Das blonde Haar hatte sie zu einem losen Pferdeschwanz gebunden. Sie trug lediglich ein T-Shirt.

Connor nahm an, dass es Denny gehörte. Sie war spindeldürr und roch nach Zigaretten. Plötzlich drängte sie sich an ihm vorbei, sodass er den Türknauf loslassen musste. Von Nahem und bei Tageslicht betrachtet wirkte sie noch unattraktiver. Connor fragte sich, was Denny an ihr fand. Da konnte er förmlich Jade hören: *Sie muss eine Granate im Bett sein. Ältere Frauen haben einfach mehr drauf.* Er stellte sich vor, wie sie ihm zublinzelte und ihm den Ellbogen in die Rippen stieß. Dann schluckte er und sah wieder die Frau an, die vor ihm stand.

»Leah war meine Nachbarin«, erklärte sie.

»Glory Rohrbach«, stellte Stryker fest.

Sie lächelte wehmütig. »Die Miststücke dort reden also noch immer über mich, was? Wer von denen hat Sie zu mir geschickt?«

»Niemand hat uns geschickt, Mrs Rohrbach«, erwiderte Connor. »Wir gehen nur einer Spur nach.«

Denny war inzwischen ein paar Schritte in die Wohnung hineingegangen. Er nahm sich eine Packung Zigaretten vom Flurtisch und klopfte zwei heraus. Dann kam er wieder zur Tür und reichte eine davon Glory. In der anderen hatte er plötzlich ein Feuerzeug. Er öffnete es und zündete es mit einer einzigen flüssigen Bewegung an. Glory beugte sich zur Flamme vor und nahm einen tiefen Zug, während er ihr das Feuerzeug hinhielt. Mit rauchigem Atem fragte sie: »Einer Spur? Wozu? Leah ist tot, oder? Was gibt es da zu ermitteln?«

Connor und Stryker tauschten verstohlen einen Blick. »Wir haben Grund zu der Annahme, dass Mrs Holloway unter Zwang handelte, als sie in den Fluss fuhr.«

Glory lachte schallend auf, so laut und unerwartet, dass selbst Denny zusammenzuckte. »Unter Zwang?«, spottete sie. »Also bitte. Sie war Hausfrau und Mutter, eine typische Soccer Mom. Unter welchem Zwang kann eine wie sie stehen? Ist sie vor lauter Langeweile verrückt geworden?«

Niemand sagte etwas. Als alle sie nur ansahen, zuckte Glory die Schultern, nahm einen langen Zug von ihrer Zigarette und schlenderte davon. Sie setzte sich auf die Futonmatratze, die als Sofa diente, und steckte ihr linkes Bein unter sich.

»Mr Taggert«, sagte Stryker. »Haben Sie sich am Mittwoch mit Leah Holloway getroffen?«

Denny wirkt leicht verwirrt, als hätte ihn jemand nach dem Weg zu einem Ort gefragt, den er nicht kannte. »Was? Nein. Ich habe Ihnen doch gesagt, dass ich ihr noch nie begegnet bin.«

»Wo waren Sie am Mittwoch etwa um halb eins zur Mittagszeit?«, fragte Connor.

»In der Arbeit.«

»Und wo am Sonntagabend?«, wollte Stryker ebenfalls wissen.

Denny setzte sich auf den Rand des ramponierten Flurtischs und zündete sich ebenfalls eine Zigarette an. Der plötzliche Richtungswechsel in der Befragung schien ihn nicht zu stören. »Ich war hier und habe geschlafen«, antwortete er. »Glory war auch hier.«

Stryker schlug seinen Notizblock auf und ratterte Datum und Zeitpunkt der Morde herunter, die der Soccer Mom Strangler begangen hatte. Bei jeder Nennung antwortete Denny, dass er in der Arbeit gewesen sei. Das würde sich unschwer nachprüfen lassen. Connor bekam allmählich das Gefühl, dass sie in eine Sackgasse gelangt waren, obwohl er nicht wusste, wie stark die Arbeit von Gärtnern kontrolliert wurde. Möglicherweise hatte er die Taten während der Arbeitszeit begangen. Ein Gärtner würde auf einem Kinderspielplatz oder neben einem Fußballfeld nicht auffallen. Er hatte das passende Alter und keinerlei Einträge im Strafregister. Dennoch nagte der Zweifel an Connor. Sie hatten diesen Kerl aufgeweckt oder beim Nahkampf mit seiner Freundin unterbrochen und nach seinen Alibis gefragt, aber trotzdem wirkte er überhaupt nicht nervös.

Was man von Glory nicht gerade sagen konnte.

»Warum stellen Sie ihm die ganzen Fragen?«, wollte sie wissen. »Was haben diese Datumsangaben und Uhrzeiten damit zu tun, dass Leah Holloway sich umgebracht hat?«

»Wir haben Grund zu der Annahme, dass jemand Mrs Holloway vor ihrem Tod überfallen hat, und versuchen, diese Person zu finden«, erklärte Connor.

»Und Sie denken, dass mein Denny hier diese Person ist? Er hat sie nicht einmal gekannt. So etwas würde er nie machen. Er würde keiner Frau etwas tun.«

»Mrs Rohrbach, wir müssen alle Möglichkeiten ausschließen. Wir überprüfen jeden Mann zwischen zwanzig und dreißig, der letzten Mittwoch mit Mrs Holloway Kontakt gehabt haben könnte. Wir wissen, dass Mrs Holloway sich zu dieser Zeit hier in der Gegend aufgehalten hat«, sagte Stryker. Er sah

Denny an. »Wären Sie bereit, mit uns ins Revier zu kommen, damit wir von Ihnen Fingerabdrücke, eine DNA-Probe und einen Bissabdruck nehmen könnten?«

Denny und Glory tauschten einen Blick. Seufzend erwiderte er: »Klar, ich habe nichts zu verbergen. Soll ich jetzt gleich mitkommen?«

Das ist zu leicht, konnte Connor Jade sagen hören.

»Bitte«, sagte Stryker.

»Bin ich verhaftet?«

»Nein«, entgegnete Connor. »Wir wollen nur mit Ihnen reden. Ziehen Sie sich einfach an, und wir bringen Sie ins Revier.«

Als Denny in seinem Schlafzimmer im hinteren Teil des Apartments verschwand, kam Glory auf sie zu. Mit zittrigen Händen zündete sie sich eine weitere Zigarette mit dem Stumpen der letzten an. »Sie denken also, nur weil Denny hier in dieser Gegend wohnt, muss er es gewesen sein? Er war am Mittwoch um halb eins nicht einmal hier. Er hat in einem ganz anderen Viertel gearbeitet. Das können Sie bei seinem Chef nachprüfen. Gehen Sie nach draußen, und sehen Sie sich um. Hier lebt viel heruntergekommenes Gesindel. Das sollten Sie sich vorknöpfen. Haben Sie mit Rachel gesprochen?«

»Ja«, antwortete Connor. »Wir haben mit Mrs Irving gesprochen.«

Sie starrte ihn unverblümt an. »Dann haben Sie auch mit ihrem Neffen gesprochen.«

»Ihrem Neffen?«, wiederholte Connor.

Glory schüttelte den Kopf. »Rachel ist ein böses, verlogenes Miststück. Ich weiß, dass sie sich gern als die Supermutter und beste Ehefrau von allen ausgibt, aber das ist sie nicht. Sie hat Ihnen also nichts von ihrem Neffen erzählt?«

»Nein«, entgegnete Connor. »Was ist mit ihm?«

»Ich weiß, dass er ungefähr im Alter meines Dennys ist, vielleicht ein bisschen jünger. Er ist letztes Jahr bei ihr eingezogen, vielleicht auch im Jahr davor, ich bin mir nicht sicher. Rachel tat, als gäbe es ihn nicht, aber ich habe ihn trotzdem ständig kommen und gehen sehen.«

»Woher wissen Sie, dass er ihr Neffe ist?«, wollte Connor wissen.

»Leah hat es mir gesagt. Sie und Rachel waren beste Freundinnen. Ich habe sie einmal gefragt, ob ihr aufgefallen ist, dass dieser Junge bei Rachel ein und aus geht. Da meinte sie, es sei ihr Neffe. Das war in der Nacht, bevor ich mich von meinem Mann getrennt habe.«

»Hat er auch einen Namen?«, fragte Stryker.

Sie wedelte mit der Zigarette in der Luft herum. »D. J. Seinen Nachnamen kenne ich nicht. Leah meinte, er sei aus dem Osten, Pennsylvania, glaube ich. Er ist nach der Highschool bei Rachel eingezogen. Rachel hat ihn gehasst. Ich weiß bis heute nicht, warum sie ihn bei sich wohnen hat lassen. Ich glaube, irgendwann hat sie ihn hinausgeworfen.«

»Wissen Sie, wann er ausgezogen ist?«, erkundigte sich Connor. »Und wo er hin ist?«

Sie schüttelte den Kopf. »Kann ich Ihnen beim besten Willen nicht sagen. Ich bin vor über einem Jahr von dort weg. Es war Rachel, nicht wahr? Sie hat Ihnen gesagt, dass Sie mit Denny sprechen sollen, oder?«

Sie sah von einem zum anderen, aber weder Connor noch Stryker sagten etwas.

»Vergessen Sie's«, sagte sie schließlich. »Ich sehe es Ihnen an, dass sie es war. Sie findet es spannend, herumzusitzen und über andere zu urteilen. Ihr Mann ist nie zu Hause. Sie langweilt sich zu Tode. Na gut, wenn sie mit dem Finger auf andere zeigt, dann kann ich das auch.«

SECHSUNDVIERZIG

NEUNZEHN MONATE ZUVOR

Eine Vergewaltigung war es nicht gewesen. Sie hatte es zugelassen. Sie hatte nicht versucht, ihn daran zu hindern. Sie hatte nicht einmal etwas gesagt. Weder ein Nein noch ein Stopp war von ihr gekommen. Sie hatte keine Anstalten gemacht, ihn wegzuschubsen oder sich zu wehren. Mein Gott, sie hatte sogar einen Orgasmus gehabt. Danach hatte sie sich im Bad gewaschen, hatte die Unterwäsche gewechselt und war wieder in den Garten gegangen, um dort die liebenswürdige Gastgeberin zu spielen. Was soeben geschehen war, hatte sie in ihre Darum-kümmere-ich-mich-später-Schublade gesteckt. Was hätte sie auch sonst tun sollen? Ein paar Leute beim Grill sagten ihr, dass sie blass sei und aussehe, als ob sie sich nicht wohlfühlen würde, aber sie hatte nur mit den Achseln gezuckt und gemeint, dass wohl eine Migräne im Anmarsch sei.

D. J. war nicht geblieben. Gott sei Dank. Leah war eine Meisterin darin, Dinge zu verdrängen, die Kontrolle zu behalten und eine der Situation angemessene Miene aufzusetzen. Aber sie war sich nicht sicher, ob sie die Fassung bewahren hätte können, wenn er in ihrem Garten herumgehangen hätte, das gegessen hätte, was ihr Mann gegrillt hatte, und alle Nachbarinnen angelächelt hätte, die ihn mit ihren Blicken ausgezogen hätten. Aus den Augen, aus dem Sinn.

Sie beschäftigte sich mit den Kindern, räumte auf, wenn die Leute gegessen hatten, und füllte eifrig die strategisch günstig platzierten Snacks auf, sobald sie leer gefuttert waren. Als das Eis in den Kühlern zur Neige ging, bot sie an, zum Laden zu fahren und etwas zu besorgen, anstatt Jim darum zu bitten. Sie nahm Peyton mit, um nicht in Versuchung zu geraten, über D. J. oder das, was passiert war, nachzudenken. Peyton war ein braves Mädchen. Sie musste sie mehr dafür belohnen, dass sie immer so ruhig und wohlerzogen war, dachte Leah bei sich.

Während sie im nächstgelegenen Minimarkt in der Schlange standen, ließ Leah ihren Blick über die Wand aus Selbstbedienungsgetränken wandern, die zum Teil vom Kaffeekiosk verdeckt waren. Sie legte eine Hand in Peytons Nacken. Ihre Haut war warm und weiß. Das Mädchen sah mit fragenden braunen Augen zu ihr hoch. Leah lächelte. Sie beugte sich zu ihrer Tochter hinunter und flüsterte ihr ins Ohr: »Wie wär's mit einem Slush und ein paar Schokocupcakes?«

Peytons Augen wurden doppelt so groß. Halb begeistert und halb ungläubig starrte sie Leah an. Leah zog es das Herz zusammen. »Wirklich?«, rief Peyton. »Jetzt gleich?«

Leah nickte. Sie sollte öfter versuchen, diesen Ausdruck schierer Verwunderung auf Peytons Gesicht hervorzurufen. Peyton lief in den hinteren Teil des Ladens und sang mit hoher Stimme: »Autopicknick.«

Dieses private Ritual hatten die beiden im Vorjahr begonnen, als Leah Peyton zur Früherkennungsuntersuchung für Dreijährige gebracht hatte. Sie hatte sie gleichzeitig impfen lassen, was Peyton mit dem Gleichmut eines Elitesoldaten über sich hatte ergehen lassen. Rachel hatte unterdessen auf Hunter aufgepasst. Anschließend war Leah mit Peyton zum Minimarkt gefahren und hatte sie die Süßigkeiten aussuchen lassen, die sie hatte haben wollen. Peyton hatte sich für einen Kirsch-Slush und Schokocupcakes entschieden. Während sie aßen, ließ Leah Peyton auf dem Beifahrersitz des SUV Platz nehmen und nannte es Autopicknick. Peyton war begeistert gewesen. Das alles war so untypisch für Leah gewesen, die normalerweise sehr viel Wert darauf legte, ihren täglichen Zeitplan durchzuziehen. Peyton hatte das Autopicknick zwar danach immer wieder eingefordert, doch hatte Leah selten nachgeben. Sie war entweder viel zu beschäftigt dafür gewesen oder hatte Hunter dabeigehabt. Oder war einfach zu sehr in Eile gewesen.

»Mommy, ich will den roten Slush«, sagte Peyton, als sie bei der Zapfmaschine waren. Leah ließ zwei rote Slushes heraus und kaufte für sie beide je eine Packung Schokocupcakes. Kurz darauf saßen sie mit zwei tauenden Eisbeuteln im Kofferraum auf den Vordersitzen des geparkten Autos, und Leah beobachtete, wie sich die winzigen Lippen ihrer Tochter vom Kirschdrink rot färbten und die Krümel der Cupcakes an ihr herunter auf den Beifahrersitz fielen.

Schließlich kehrten sie zur Party zurück. Leah hatte die Sache mit D. J. in die tiefsten Tiefen ihrer Darum-kümmere-ich-mich-später-Schublade gepackt. So stand sie den ganzen nächsten Tag – den Aufräumtag – durch, ohne groß an ihn oder was zwischen ihnen geschehen war, zu denken. Und auch den Arbeitsmontag. Aber die Erinnerung drängte sich machtvoll zurück und rief ihr ins Gedächtnis, was sie empfunden hatte, als er in ihr gewesen war. Sie musste daran denken, wie ihr Körper ihn vereinnahmt hatte und nur noch Lust gewesen war. Sie gab sich alle Mühe, so zu tun, als wäre es nie passiert, und verleugnete es vor sich selbst, aber je länger die Woche dauerte, desto mehr verzehrte es sie. Die Energie, die sie aufwenden musste, um das Geschehene zu verdrängen, begann ihr die Energie zu nehmen, die sie brauchte, um ihren Alltag zu bewältigen.

Sie war erschöpft.

Am Samstag fand sie sich an Rachels Küchentisch wieder.

Noch nie war sie so dankbar für ihren schwachen Kaffee gewesen. Obwohl sie das Wochenende mit aller Macht herbeigesehnt hatte, hatte Jim sie in den Wahnsinn getrieben. Ständig hatte er sich seine Angelshows im Fernsehen angesehen und über Köder, das Auswerfen der Leine und anderes Zeug geredet, das sie nicht im Geringsten interessierte. Als Hunter eingeschlafen war, scheuchte sie Peyton aus dem Haus, um sich und Rachel die dringend benötigte Freundinnenzeit zu zweit zu gönnen.

Sie wusste, dass es ein Fehler war. Angesichts dessen, was sie getan hatte, hätte sie eigentlich einen möglichst großen Bogen um Rachel machen sollen. Aber das hätte sie nur argwöhnisch gemacht, denn die Frau war höllisch neugierig. Leah wusste, wenn sie ihre beste Freundin mied, würde sie umso misstrauischer werden und der Sache erst recht auf den Grund gehen. Außerdem weigerte sich Rachel kategorisch, über D. J. auch nur zu sprechen. Leah hatte unzählige Male versucht, etwas aus ihr herauszubekommen, aber Rachel hatte sie stets auflaufen lassen. Das Thema stand nicht zur Diskussion. Der Junge hatte schon wochenlang bei Rachel und Mike gewohnt, bevor sie überhaupt zugegeben hatte, dass er da war – und das auch nur, weil er einmal zufällig durch das Fernsehzimmer getapst war, als Leah und die Kinder zu Besuch gewesen waren. Rachel hatte seine Anwesenheit erklären müssen, obwohl kein Zweifel daran bestanden hatte, dass es ihr total gegen den Strich gegangen war. Zögerlich hatte sie lediglich herausgepresst: »Der Sohn meines Bruders. Er ist aus Pennsylvania und bleibt ein paar Wochen bei uns.« Leah hatte stets geglaubt, dass Rachel ein Einzelkind sei. Aber Rachel hatte nie viel über ihre Kindheit erzählt. Gelegentlich hatte sie ihre Mutter erwähnt, nie jedoch ihren Vater oder etwaige Geschwister. Leah hatte sie auch nie dazu gedrängt, denn ihre eigene Kindheit war so traumatisch gewesen, dass sie keinerlei Lust verspürt hatte, sie wiederzukäuen.

Rachel verhielt sich, als existiere D. J. gar nicht. Deshalb fiel es Leah leichter, es ihr gleichzutun. Sie konnte vorgeben, dass er nie in ihrer beider Leben getreten sei. Konnte einfach nur eine Frau sein, die einen Kaffee mit einer Freundin trank. Was sie denn auch tat.

Sie hatte ihr Handy absichtlich zu Hause gelassen, aber das hinderte Jim nicht daran, sie zu nerven. Er rief Rachel einfach auf dem Festnetz an. Als sie gerade einmal fünfzehn Minuten bei ihr war, hatte Jim schon zweimal angerufen.

Beide Male hatte Rachel ihn abgewimmelt und seine dummen Fragen selbst beantwortet. Nachdem er zum zweiten Mal angerufen hatte, legte sie kopfschüttelnd auf. »Dieser Mann wohnt bei dir und weiß nicht einmal, wo er den Flaschenöffner oder eine neue Rolle Toilettenpapier findet?« Rachel verdrehte die Augen und setzte sich wieder gegenüber Leah an den Tisch. »Sogar ich weiß, wo du sie aufbewahrst. Männer. Man kann nicht mit ihnen leben, und erschießen kann man sie auch nicht.«

»Oder im Schlaf erwürgen«, fügte Leah hinzu.

Beide lachten.

»Er treibt mich in den Wahnsinn«, gestand Leah. Wie oft hatte sie das schon gesagt? Wann trieb ihr unglückseliger Mann sie nicht in den Wahnsinn?

Als Rachel jedoch fragte: »Hattest du eine harte Woche?«, kam ihr nicht Jim in den Sinn.

»Das war die schlimmste Woche meines Lebens«, stieß sie hervor.

Rachel erstarrte. Sie stoppte den Kaffeebecher auf halbem Weg zum Mund und sah Leah an. Langsam runzelte sie die Stirn. Dann stellte sie den Becher wieder auf den Tisch, ohne davon getrunken zu haben, und sagte: »Ist da etwas, was ich nicht weiß?« Sie beugte sich vor. Die Neugier in ihrem Blick grenzte an Schadenfreude. »Ist etwas mit Jim passiert?«

Angst schnürte Leahs Bauch zusammen und drückte so

sehr auf ihr Zwerchfell, dass sie kaum noch atmen konnte. Sie legte eine Hand auf die Brust. »O nein«, wiegelte sie ab. »Jim geht es gut. Alles ist bestens.«

»Ist der Streit wegen des Abholens von der Kindertagesstätte vergessen?«

Leah rang sich ein Lächeln ab. Sie fühlte eine Spannung in der Gesichtshaut, als hätte sie Sonnenbrand. »Nein, nein«, erwiderte sie.

Rachel ließ die Schultern kaum merklich sacken, als wäre sie enttäuscht. Leah war froh, dass sie ihrer Freundin nicht mehr über die Sache mit dem Abholen erzählt hatte. Jims Arbeitszeit begann um vier, während Leah um drei Feierabend hatte. Die Kinder mussten bis drei von der Tagesstätte abgeholt werden. Leah fand, dass das hervorragend passte: Jim konnte sie vor der Arbeit abholen, und Leah würde rechtzeitig zu Hause sein, wenn er losmusste. Aber gerade als sie es ihm vorgeschlagen hatte, behauptete er plötzlich, um drei in der Arbeit sein zu müssen. Sie hatte ihm vorgeworfen zu lügen, worüber er sehr entrüstet gewesen war. Sie hatten einen Riesenkrach gehabt, was Leah Rachel zunächst alles erzählt hatte. Weil sich Leah eine Zusatzbetreuung der Kinder nicht leisten konnte – sie bezahlte schon Unsummen für die reguläre –, musste sie jeden Tag früher von der Arbeit weg. Das war äußerst unangenehm und sie hatte ihrem Chef versprochen, dass es nur übergangsweise war.

Nicht erzählt hatte sie Rachel, dass sie eines Tages an Jims Arbeitsstelle vorbeigefahren war, nachdem sie die Kids abgeholt hatte. Da hatte sie ihn in seinem Pick-up gesehen. Er hatte ein Sandwich gegessen und Radio gehört. Sie war danach noch dreimal vorbeigefahren und hatte ihn jedes Mal so dasitzen sehen. Als sie ihn darauf angesprochen hatte, hatte er behauptet, er habe jedes Mal etwas im Auto vergessen. Sie hatten wieder gestritten, aber schließlich hatte sie es aufgegeben. Die Sache hatte sie in ihrer Absurdität zu sehr mitgenommen. Sie hatte das Thema wieder zur Sprache gebracht, als auf seiner nächsten Gehaltsabrechnung die zusätzliche Stunde am Tag, die er angeblich hatte arbeiten müssen, wie er ihr geschworen hatte, nicht aufgeführt war. Natürlich hatte er es trotzdem geleugnet. Ihr Mann war jemand, der einem seine schmutzige Unterwäsche vor die Füße warf und dann vehement bestritt, es getan zu haben. Was konnte Leah tun? Ihren Mann verlassen, weil er sich weigerte, die Kinder von der Tagesstätte abzuholen? Ließ man sich wegen so etwas scheiden?

Sie wusste es nicht. Aber bis der rechte Zeitpunkt gekommen war, ihn damit zu konfrontieren, wollte sie es verdrängen. Was blieb ihr auch anderes übrig? Sie hatte einfach nicht die Kraft, es anzugehen. Ihr Geist war zu beschäftigt, ihr Körper zu müde. Sie arbeitete Vollzeit, kümmerte sich in jeder Sekunde, in der sie nicht arbeitete, um die Kinder, und schmiss außerdem den Haushalt. Das reichte.

Und nun war da auch noch D. J.

Rachels schwerer Seufzer riss Leah aus ihren wirren Gedanken. »Auf jeden Fall siehst du müde aus«, sagte sie und nahm einen Schluck von ihrem Kaffee.

Leah zermarterte sich das Hirn und suchte nach etwas, das sie Rachel vorsetzen konnte, etwas, das sie ihr abkaufte. »Die Arbeit!«, rief sie etwas zu laut. Es klang nicht wie eine Beschwerde, sondern eher aufgeregt. Leah schluckte und änderte ihren Ton. »Ich meinte damit, dass es die schlimmste Arbeitswoche meines Lebens war«, sagte sie, nun etwas ruhiger. »Ein dicker Vertrag ist uns durch die Lappen gegangen.«

»Möchtest du darüber reden?«

Leah schüttelte den Kopf. »Nein, nein. Geht ja nur um die Arbeit. Ich hätte es gar nicht ansprechen sollen.«

Aber es war ihr herausgerutscht.

Sie hatte das Gefühl, sich langsam aufzulösen. Ihre geistigen Schubladen schienen wie von Federn herauskatapultiert unerwartet aufzuspringen und ihre unerwünschten Gedanken überall in ihrem Gehirn zu verteilen. Sie hätte sie am liebsten aufgesammelt und wieder zurückgestopft, aber es funktionierte nicht. Je verbissener sie zu verdrängen versuchte, was mit D. J. passiert war, desto lebendiger und übermächtiger wurde die Erinnerung. Die ganze Woche hatte sie das Gefühl gehabt, man könne ihr alles ansehen – die ganzen widerstreitenden Emotionen, die in ihr wüteten. Vor allem Ärger – auf ihn, aber besonders auf sich selbst. Männer waren im Wesentlichen primitive Wesen. Wenn man ihnen etwas durchgehen ließ, würden sie es immer wieder tun. Ihre Aufgabe war es, ihnen Grenzen zu setzen und standhaft zu bleiben.

»*Sag mir, dass ich aufhören soll.*«

Ihr Gesicht glühte.

Rachel wedelte mit der Hand vor ihrem Gesicht herum. »Hast du verstanden?«

»N...nein. Ich ...«, stotterte Leah.

Rachel beugte sich vor und stützte beide Ellbogen auf den Tisch. Sie sprach leiser, obwohl nur sie zwei in der Küche waren. »Ich sagte: ›Weil wir gerade bei der schlimmsten Woche deines Lebens sind: Glory Rohrbach wurde dabei ertappt, wie sie ihren Mann mit einem anderen betrog.‹«

Leahs Gedanken schwirrten so wirr in ihrem Kopf herum, dass es einen Augenblick dauerte, bis ihr wieder einfiel, wen Rachel meinte. Glory war für ihre Arroganz berüchtigt. Sie scherzten oft darüber, dass sie sich anscheinend für die Überhausfrau von Pocket hielt.

»Wirklich?« Leah hoffte, dass sie interessiert klang. Ausnahmsweise waren ihr Glorys Eskapaden völlig egal, vor allem, wenn es um Untreue ging.

»Warte, es geht noch weiter«, sagte Rachel. »Sie hat es mit dem Jungen getrieben, der ihren Rasen mäht! Du weißt schon, der junge Bursche, der immer so aussieht, als wäre er high. Wie alt ist der? Fünfundzwanzig? Sechsundzwanzig?«

»K...keine Ahnung«, murmelte Leah.

Rachel hielt einen Mann Mitte zwanzig für einen Jungen. Mein Gott, was war dann D. J.? Leah wurde wieder rot. Die Haut an ihrem Hals juckte. Zum Glück war Rachel so hingerissen von der Geschichte, wie Glorys Mann die beiden in flagranti erwischt hatte, dass es ihr nicht auffiel.

Es hatte eine Zeit gegeben, da hätte Leah sich an Glorys Niedergang ergötzt. Aber jetzt spürte sie nichts als ihre eigene Schuld und Scham wie einen groben, schweren Mantel, der sie zum Schwitzen brachte und auf ihrer Haut juckte.

Wie hatte sie das nur tun können? Sie hatte ihren Mann und ihre Kinder betrogen, hatte ihren Schwur gebrochen und das Haus ihrer Familie besudelt. Hatte Jahre sorgsam gepflegter, unerschütterlicher Treue weggeworfen. Etwas, das sie hochschätzte, das sie auch von Jim erwartete.

Und das alles wegen eines sexuellen Abenteuers mit einem Jungen, der absolut unangemessen für sie war?

Ein Orgasmus? Zu dem konnte sie sich selbst verhelfen. Weiß Gott, das tat sie für gewöhnlich auch. Jim mochte Sex, doch wie bei so vielem in ihrer Beziehung ging es ihm dabei in erster Linie um sich selbst und nicht so sehr darum, Leah zu befriedigen. Aber sie hatte ihn auch gar nicht wegen Sex geheiratet. Körperliche Lust hatte ihr nie viel bedeutet. Sie genoss Sex nicht mehr als eine Tasse Kaffee oder eine Tafel Schokolade. Er war schön, aber nicht unbedingt notwendig. Sie hatte Jim geheiratet, weil er ein Mann war, von dem sie wusste, dass er sie nie betrügen und niemals verlassen würde.

»Kannst du dir das vorstellen?«, hörte sie Rachel sagen. »Der arme Mann. Er hat ihr alles gegeben. Er arbeitet so hart, um sie und die Kinder zu ernähren. Und was macht sie? Betrügt ihn mit einem Junkiegärtner.«

Leah gab einen zustimmenden Laut von sich und nahm einen großen Schluck von ihrem Kaffee. Jim war nie so zuvorkommend gewesen wie Glory Rohrbachs Mann, aber gerade seine kurze Aufmerksamkeitsspanne war der Garant dafür, dass er nicht fremdging. Es gelang ihm kaum, sich seiner Frau und den Kindern zu widmen. Eine Geliebte bekam er nicht auch noch auf die Reihe. Leah hatte sich immer glücklich geschätzt. Sie wusste, dass sie nie eine gedemütigte, betrogene, zurückgelassene Frau sein würde. Sie hatte einen guten Mann.

Aber jetzt war *sie* diejenige, die betrogen hatte.

Damit war sie eine andere Art von Frau. Eine von denen, über die sie immer ein hartes Urteil gefällt hatte. Wie Glory Rohrbach.

»Ich habe gehört, dass sie ihn immer zu sich einlud und als Gegenleistung für Oxycodon mit ihm Sex hatte«, fuhr Rachel fort. »Erinnerst du dich daran, dass wir ihre Kinder ständig draußen in der Einfahrt haben sitzen sehen?«

Leah hatte für Fremdgängerinnen immer sofort unerbittlichen Hass empfunden. Ohne Ausnahme.

»Sie hat die Kleinen ausgesperrt, während sie es für ein paar Tabletten mit diesem Typen trieb. Kannst du dir das vorstellen? Was für ein Miststück! Also wirklich. Ich hoffe, sie bekommt von ihrem Mann nichts. Nicht einmal ihre Kinder sollte sie sehen dürfen, findest du nicht auch?«

Leah blinzelte. Rachels ernstes Gesicht gewann wieder an Schärfe. »Was?«

Die Schraubzwinge um ihren Rumpf zog sich immer enger zu. *Meine Kinder. O Gott! Meine Kinder.*

Rachel sah sie mit einem seltsamen Blick und einer hochgezogenen Braue an. »Findest du nicht, dass sie das Sorgerecht für ihre Kinder verlieren sollte?«

Plötzlich hatte Leah anstelle von Rachel D. J.s Gesicht vor Augen, wie er sie in der Küche anzüglich anlächelte. Wieder hörte sie seine Worte. »*Sag mir, dass ich aufhören soll.*«

Warum hatte sie nicht gesagt, dass er aufhören solle?

Leah blinzelte erneut und hatte wieder Rachel vor sich, die die Stirn runzelte. »Leah?«

Sie kratzte sich am Hals. »Ich weiß nicht. Irgendwie kommt

mir das doch sehr rigoros vor. Menschen machen Fehler. Manchmal passieren Dinge einfach.«

Rachel lachte laut auf. Sie schlug mit der flachen Hand auf den Tisch. »Mein Gott! Wer bist du?« Sie wurde lauter und sagte spöttisch: »›Menschen machen Fehler.‹ Bitte. Nicht solche Fehler. Du bist doch diejenige, die ständig sagt, wie unentschuldbar Fremdgehen ist. Was ist heute mit dir los?«

Sie gab sich weiterhin jovial, aber Leah wusste, dass es ihr ernst war mit dieser Frage. Sie lehnte sich in ihrem Stuhl zurück und leckte sich die trockenen Lippen. Sie würde niemals jemandem erzählen können, was passiert war. Niemandem. Vor allem nicht Rachel – der Tante des Jungen! Sie musste es für immer wegpacken. Es war passiert, und sie konnte es nicht ungeschehen machen. Sie konnte nur nach vorn blicken und so tun, als hätte es nie stattgefunden. Sie musste sich zusammenreißen. »Alles okay«, sagte sie und lächelte schwach. »Wirklich. Ich bin nur müde und die Sache in der Arbeit ... ich bin einfach gestresst. Das ist alles.«

Rachel wirkt nicht überzeugt, aber bevor sie Leah weiter verhören konnte, klingelte das Telefon. Rachel stand auf und hob ab. Ihre Mundwinkel gingen nach unten. Sie hielt Leah den Hörer hin. »Es ist Jim. Wahrscheinlich findet er seinen eigenen Arsch zum Auswischen nicht.«

SIEBENUNDVIERZIG

Rachel öffnete die Tür. Sie trug Jeans, ein Tanktop und einen weinroten Bolero. Connor war verblüfft, sie in etwas anderem als Yogahosen zu sehen. Sie hatte das Haar zu einem Pferdeschwanz gebunden, aber eine Seite hing ihr offen über die Wange. Connor hätte schwören können, dass sie rot war. Hatten sie Rachel gerade aufgeweckt?

»Die Mädchen sind nicht hier«, sagte sie grußlos. »Mike hat sie zu seinen Eltern mitgenommen. Sie langweilen sich hier, und mit dem ganzen Durcheinander – der Polizei und der Presse – war es einfach zu stressig.«

Ein bisschen viel Erklärung, fand Connor. Zu viel und zu schnell. »Wir sind nicht hier, um mit den Mädchen zu reden«, sagte er.

Rachel legte eine Hand an die Brust. Mit der anderen steckte sie das offene Haar hinter das Ohr. »Ach so«, erwiderte sie. »Na gut, also, ich ...«

»Können wir reinkommen?«, fragte Stryker.

Connor hatte damit gerechnet, dass sie zögern würde, aber sie schwang die Tür auf und führte sie in das modern eingerichtete Wohnzimmer auf der rechten Seite des Flurs.

»Wer ist D. J.?«, fragte Stryker ohne Umschweife.

Die Kinnlade fiel ihr herunter. Alle Farbe wich aus ihrem Gesicht. Sie sah sich im Zimmer um. Da sucht jemand nach einem Rettungsring, dachte Connor bei sich.

»Ich ... also ... ich weiß nicht ...«

»Sagen Sie nicht, dass Sie es nicht wissen«, unterbrach Stryker sie. »Wenn Sie die Polizei bei einer Ermittlung anlügen, kann das als Strafvereitelung gedeutet werden. Sie kriegen Ärger, weil ich es satthabe, angelogen zu werden. Ich muss einen Fall lösen, bevor noch jemand zu Tode kommt. Also, wer ist D. J.?«

Sie sah sich wieder im Raum um. Dann ließ sie die Schultern hängen. Ihre Hand wanderte zu ihrem Supermom-Anhänger. »Er ist mein ... Neffe.«

Da brummte Connors Smartphone in der Tasche. Er holte es heraus und sah auf das Display. Lena Stark. »Entschuldigung«, sagte er. »Ich muss rangehen.« Und an Stryker gewandt fügte er hinzu: »Stark.«

ACHTUNDVIERZIG

Nachdem Connor gegangen war, fiel Claire in einen unruhigen Schlummer. Als ihr klar wurde, dass ohne ihn an einen erquickenden Schlaf nicht zu denken war, stand sie auf und rief Tom an, der nach wie vor im Krankenhaus ausharrte. Noch hatte sich keine Veränderung ergeben. Brianna lag weiterhin im Koma. Tom drängte sie, sich wieder hinzulegen und noch etwas zu schlafen, bevor sie ihn in der Klinik ablöste, aber Claire wusste, dass das verlorene Liebesmüh war. Stattdessen duschte sie, suchte in Connors fast leerem Kühlschrank nach etwas Essbarem und beschloss dann, Wilson als Gegenleistung für den Vortag auf einen langen Spaziergang mitzunehmen.

Sie zögerte, bevor sie Wilson an die Leine legte. Connor war seit der Attacke auf Brianna überfürsorglich und hatte ständig Angst um sie. Er hatte ihr erklärt, dass der Mann aus dem Bagelshop, der Brianna überfallen hatte, möglicherweise der Strangler war. Außerdem vermutete er, dass er Briannas und ihre gemeinsame Adresse ausfindig gemacht hatte und ihnen anschließend zu Sammy's gefolgt war. Sie wusste, er wollte nicht, dass sie alleine irgendwo hinging. Aber Claire war schon einmal von einem Psychopathen eingesperrt worden. Sie würde es nicht mehr zulassen und weigerte sich auch, auf etwas so Grundlegendes und Alltägliches wie das Ausführen ihres Hundes zu verzichten.

Außerdem, überlegte sie sich, war sie in Connors Haus und in seinem Viertel. Wenn der Strangler es wirklich auf sie abgesehen hatte, wie sollte er sie hier finden? Woher sollte er wissen, wo er nach ihr suchen musste? Und wieso sollte er ausgerechnet Claire ins Visier nehmen? Brianna war diejenige, die in den Nachrichten gewesen war. Sie hatte sich als Retterin der Holloway- und Irving-Kinder ausgegeben – und die Verantwortung dafür übernommen, dass sie Leah im Fluss gelassen hatte.

Gerade das lastete schwer auf Claire. Stryker und Jade hatten recht gehabt, als sie davor gewarnt hatten, die Presse anzulügen. In der Tat hatten sie schwer dafür büßen müssen. Brianna hätte es fast mit ihrem Leben bezahlt – und alles war Claires Schuld. Sie spürte, wie ihr Tränen in die Augen traten, und schnappte sich schnell Wilsons Leine von der Arbeitsplatte in der Küche. Rasch trat sie mit dem Hund nach draußen, als könnte sie vor ihren Gefühlen davonlaufen, wenn sie das Haus verließ.

Sie liefen kreuz und quer durch die Straßen von Pocket. Im Viertel war es ruhig. Claire versuchte, sich zu merken, wo sie abgebogen und wie weit sie gegangen waren, damit sie leicht wieder nach Hause finden würde. Wilson beschnüffelte das neue Terrain mit großem Eifer. Jeder Grashalm erschien ihm höchst interessant. Immer wieder warf er einen Blick zurück zu ihr, als rechnete er jeden Augenblick damit, dass sie das unerwartete Abenteuer abrupt beendete. Sie lächelte ihn an. Das mochte sie an Hunden. Sie nahmen es einem nicht übel, wenn man sie mehr als zwölf Stunden alleinließ. Wilson war einfach zufrieden, hier mit ihr unterwegs sein zu dürfen. Natürlich hatte sie auch Tierheimhunde kennengelernt, die misshandelt worden waren und Trigger kannten wie sie auch, aber den größten Teil der Zeit konnten Hunde unbekümmert im Hier und Jetzt leben.

Während sie darüber nachdachte und Wilson beobachtete, der zufrieden mit dem Schwanz wedelte, bog sie um die Ecke und sah plötzlich die kleine Peyton Holloway im Vorgarten eines braun-weißen zweistöckigen Hauses spielen. Sie saß im Gras, angezogen mit kurzen Hosen, einem Tanktop und Flipflops. Ihr blondes Haar wirkte, als hätte es jemand hastig gekämmt und den Nacken vergessen, wo ein Wirrwarr aus verfilzten Strähnen über dem Kragen hing. In jeder Hand hielt sie etwas, das nach Barbiepuppen aussah, und ließ sie miteinander reden. Vor ihr stand ein violettes Barbiewägelchen. Claire beobachtete, wie sie jede Puppe hineinsetzte und wieder herauszog. Sie sprach so leise, dass Claire nicht verstand, was sie sagte. Als sie und Wilson näher kamen, sah sie in der Einfahrt des Nachbarhauses ein Auto stehen, das sie gut kannte. Sie fragte sich, ob Connor und Stryker hier waren. Als sie sich umwandte, um noch einen Blick in den Vorgarten der Holloways zu werfen, hob Peyton den Kopf, als spürte sie ihre Anwesenheit. Claire lächelte und winkte ihr kurz zu.

Das Mädchen sah einen Augenblick lang zu ihr herüber, legte ihre Puppen weg und kam langsam auf sie und Wilson zu. Claire warf einen Blick zum Haus hinüber. Sie konnte durch die Fliegengittertür sehen, dass die Haustür offen war, aber kein Erwachsener stand dort oder an einem Fenster und sah heraus. Die Wut stieg in ihr hoch, als würde jede Zelle in ihr Wärme erzeugen und den Körper unangenehm von innen heraus aufheizen. Kleine Schweißperlen bildeten sich auf ihrer Stirn. Sie wusste, dass Entführungen durch Fremde kaum je vorkamen. Sie kannte die Statistiken und hatte viel darüber gelesen, wie vernachlässigbar gering das Risiko war, dass jemandem das zustieß, was ihr widerfahren war.

Als ihr eigener Fall publik geworden und im letzten Jahr Jaycee Lee Dugard nach achtzehnjähriger Gefangenschaft befreit worden war, nachdem sie zwei Kinder von ihrem Entführer zur Welt gebracht hatte, hatte Claire aus den Nachrichten erfahren, wie selten Entführungen durch Fremde waren. Es hieß, Eltern sollten sich keine Sorgen machen, denn ihren Kindern würde das nie passieren. Aber es geschah. Es war Claire widerfahren, als sie viel älter als Peyton gewesen war und besser in der Lage, einem Entführer zu entkommen oder sich gegen ihn zu wehren. Beides war ihr nicht gelungen. Claire war sich bewusst, dass die meisten Normalbürger nicht ständig so leben konnten, als lauerte ein Pädophiler hinter jeder Ecke und wartete nur darauf, ihr Kind zu entführen. Aber ein Mädchen wie Peyton ganz ohne Aufsicht allein zu lassen war in ihren Augen in etwa so, als würde man ihre winzige Hand in einen Mixer stecken, ihn ans Stromnetz anschließen und dann jeden, der vorbeikam, auffordern, ihn doch bitte einzuschalten. Irgendwann würde ein krankes Schwein vorbeikommen, das das kleine Händchen mit Vergnügen schredderte.

Neben ihr winselte Wilson.

»Ich mag deinen Hund«, sagte Peyton. »Darf ich ihn streicheln?«

»Natürlich«, antwortete Claire und schluckte ihren Ärger hinunter. »Danke, dass du vorher fragst.«

Peyton zuckte die Achseln und strich vorsichtig über Wilsons Rücken.

»Peyton, wo ist dein Dad?«

»Der schläft.«

»Ach. Und deine Brüder?«

Das Mädchen blickte nicht auf, sondern streichelte Wilson weiter. »Oma musste sie zum Arzt bringen.«

»Also bist du allein hier?«

Wieder zuckte sie die Achseln. »Daddy ist drinnen. Ich hatte auch mal einen Hund.«

Claire schluckte. »Ach wirklich?«

Peyton kraulte Wilson hinter den Ohren. »Er hieß Lucky, aber dann ist er gestorben. Er hat was Schlechtes gefressen.«

»Das tut mir sehr leid, Peyton. Es muss sehr schlimm für dich gewesen sein.«

Peyton sah sie nicht an. »Ja«, erwiderte sie. »Ich denke, Lucky und Mommy sind jetzt im Himmel zusammen.«

Ein Kloß bildete sich in Claires Hals. »Ja«, antwortete sie mit belegter Stimme. »Da bin ich mir ganz sicher.«

Wilson legte sich auf den Boden und rollte sich auf den Rücken, damit Peyton seinen Bauch kraulen konnte.

»Meine Oma sagt, dass meine Mom in der Hölle schmort und bekommen hat, was sie verdient.«

Peyton sagte das mit ausdruckslosem Ton, als gäbe sie lediglich eine Tatsache wieder. Erneut spürte Claire Ärger in sich aufsteigen. Was war das für ein Mensch, der so etwas zu einer Sechsjährigen sagte, die gerade ihre Mutter verloren hatte? Allerdings hatte Claire auch Verständnis für die Wut. Was Leah getan hatte, war schrecklich, schockierend, unverzeihlich. Unmöglich zu verstehen. Leah hatte Menschen umgebracht, hatte versucht, ihre Kinder und die ihrer Freundin mit in den Tod zu reißen. Warum machte eine Mutter so etwas? Es rief Verwirrung und Zorn hervor, vor allem unter denen, die Leah am nächsten gewesen waren und nie geglaubt hatten, dass sie auch nur im Entferntesten zu so etwas fähig gewesen wäre. Es würde einmal sehr schwer für ihre Kinder sein, mit dem zu leben, was ihre Mutter getan hatte. Sie würden damit immer zu kämpfen haben. Trotzdem erschien es Claire grausam, Leah ihren kleinen Kindern gegenüber als abgrundtief böse hinzustellen.

Claire sah zu Peytons Füßen hinunter. Ihre Zehen waren knallig rosa lackiert. »Peyton, wie war deine Mommy?«

Peyton dachte einen Augenblick nach, dann antwortete: »Sie war lieb.«

»Hat sie dir die Zehennägel lackiert?«

Das Mädchen nickte und sah auf ihre Füße. »Ja. Sie hat gern meine Nägel lackiert und mir die Haare gebürstet. Sie meinte, ich sei hübsch.«

Claire lächelte. »Das bist du tatsächlich.«

Peyton schürzte die Lippen, als dächte sie über etwas nach. »Sie war eine gute Mommy«, sagte sie schließlich mit der stolzen, einfachen Überzeugung einer Sechsjährigen.

»Davon bin ich überzeugt.«

»Sie war nicht böse, nicht wie Oma. Aber sie war oft wütend, vor allem auf Daddy.«

»Das kann vorkommen«, entgegnete Claire. »Manchmal werden Erwachsene aufeinander wütend. Das ist ziemlich normal. Warst du auch schon einmal auf jemanden wütend, den du eigentlich magst?«

Peyton dachte darüber nach. »Ich bin oft auf meinen Bruder wütend, weil er meine Spielsachen kaputt macht und viel weint. Er nervt wirklich.«

Claire lachte. »Aber du magst ihn trotzdem, stimmt's?«

»Denke schon.«

Claire glaubte aus den Augenwinkeln eine Bewegung im Holloway-Haus zu erkennen, aber als sie hochsah, waren Tür und Fenster leer.

»Einmal hat mein Daddy gesagt, wenn wir nicht brav wären, würde Mommy nicht mehr zurückkommen. Denkst du, dass ich nicht brav war?«

Claire schnürte es das Herz zusammen. Sie wollte das Mädchen anfassen, war aber nicht sicher, wie sie es aufnehmen würde. »Nein, Peyton, ich glaube nicht, dass du böse warst. Ich denke, du bist ein sehr kluges, süßes und tapferes Mädchen. Was mit deiner Mommy passiert ist, hatte nichts mit dir zu tun. Ich glaube, mit deiner Mommy ist etwas Schlimmes geschehen.« Claire dachte an das Entsetzen in Leahs Augen. »Daran bist du überhaupt nicht schuld.«

Peyton sah zu Wilson hinab. Sie hatte aufgehört, seinen

Bauch zu streicheln. Er drehte sich und stupste vorsichtig ihre Hand. Sie begann wieder seinen Kopf zu kraulen. Dann sagte sie: »Es war D. J.«

Claire ging neben Peyton in die Hocke. »Was sagst du da, Peyton?«

»Ich habe gesehen, wie D. J. meine Mommy in der Küche geschubst hat.«

Claire erstarrte. Die ganze Welt schien mit einem Mal stillzustehen. Sie wusste, Peyton hatte seit dem Unfall mit niemandem gesprochen. Und jetzt erzählte sie etwas, das sie bei der Frage, warum Leah durchgedreht war, allem Anschein nach ein entscheidendes Stück voranbringen konnte. Verstohlen sah Claire zurück zum Haus der Holloways, in der Hoffnung, Jim Holloway würde nicht gerade jetzt aufwachen und nach seiner Tochter sehen.

»Jemand hat deine Mommy geschubst?«, animierte Claire die Kleine weiterzureden.

»Ja. D. J. Ich hätte eigentlich schlafen sollen, bin aber durstig geworden und in die Küche gegangen. Da habe ich gesehen, wie er sie auf dem Tisch geschubst hat.«

»Auf dem Tisch? Du meinst, du hast gesehen, wie er sie gegen den Tisch geschubst hat?«

»Nein, auf dem Tisch. Er ... er hatte nichts an und hat sie geschubst. Ich habe mir gedacht, dass das etwas Schlechtes ist. Molly sagte, er habe ihr und Maya einmal sein Ding gezeigt, und Miss Rachel fand, das sei sehr böse von ihm gewesen, und hat ihn für immer weggeschickt.«

Claire hätte sich nicht bewegen können, selbst wenn ihr Haar Feuer gefangen hätte. Sie überlegte, was sie als Nächstes fragen sollte. Wäre Connor nur hier, dachte sie bei sich. Andererseits hatte er schon mehrmals erfolglos versucht, Peyton zu befragen. Also musste sie es tun.

»Peyton, wusste deine Mommy, dass du sie und diesen ... D. J. auf dem Tisch gesehen hast?«

Peyton schüttelte den Kopf. »Nein. Mommy hat mich nicht gesehen. Ich habe Angst bekommen, bin in mein Zimmer gegangen und habe mich versteckt. Ich dachte, gleich kommt die Polizei. Aber dann hat Mommy mich aufgeweckt, und es war auf einmal ein anderer Tag, und sie hat auch gar nicht ausgesehen, als ob er ihr wehgetan hätte.«

»Hast du das irgendjemandem erzählt?«

»Nein. Das ist ein Geheimnis.«

»Wann ist das passiert?«

»Ich weiß nicht, ungefähr vor fünf Jahren oder vor fünf Tagen.«

Fünf Jahre oder fünf Tage. »War es letzte Woche? Vielleicht vor dem Fußballspiel?«

»Ja, vor dem Fußballspiel. Also vor ungefähr drei Jahren.«

»Ist es lange her? Erinnerst du dich, wie alt du warst, als du es gesehen hast?«

»Klar. Vier oder fünf oder sechs.«

»Okay«, sagte Claire. Sie sah ein, dass es keinen Sinn hatte, das zeitlich einzugrenzen. »Kanntest du D. J.? Bist du ihm vorher schon einmal begegnet?«

»Ja. Er hat bei Miss Rachel und Maya und Molly und ihrem Daddy gewohnt. Aber Maya und Molly haben gesagt, dass Miss Rachel ihn auf der Garage im Garten übernachten hat lassen.«

»Du meinst, über ihrer Garage?«

»Ich glaube schon.«

»Ist D. J. mit Molly und Maya verwandt? Ist er ein Cousin oder so etwas Ähnliches?«

»Ich weiß nicht. Ich denke schon. Molly meinte, als er sein Ding gezeigt hat, ist Miss Rachel wütend geworden, weil das Invest war.«

»Du meinst Inzest?«

Peyton zuckte die Schultern. »Weiß nicht. Was ist Inzest?«

Claire leckte sich die Lippen. »Egal. Was hat dir Molly sonst noch erzählt?«

»Dass D. J. ekelhaft ist und auch böse. Maya hat gesagt, dass sein Ding groß und ekelig war.«

Claire wurde übel. »Okay«, sagte sie. »Peyton, hat dir D. J. jemals sein, also, sein Ding gezeigt?«

»Nein«, antwortete sie einfach nur.

Erleichtert atmete Claire auf. Plötzlich spürte sie, wie ein Kribbeln ihr Rückgrat hochkroch. Ein schwaches Prickeln, das auf drohende Gefahr hindeutete. Es begann an ihrem Steißbein und arbeitete sich nach oben bis zu ihrem Nackenansatz, wo sich ihre feinen Härchen sträubten. Wilson sprang auf und knurrte. Peyton wich zurück, aber Claire nahm das Kind am Arm. »Er meint nicht dich, Kleines. Er knurrt nicht dich an.«

Peyton sah sich um, bis sie ihn entdeckte. Den Mann aus dem Bagelshop. Claire spürte, wie die Kleine in ihrem Griff erstarrte. »Da ist er«, flüsterte sie. »Das ist D. J.«

NEUNUNDVIERZIG

Connor ging zur Tür und nahm den Anruf von Lena Stark entgegen. Nachdem sie ihm alles gesagt hatte, ging er wieder zu Stryker und Rachel ins Wohnzimmer. Stryker hatte sein Notizbuch in der Hand und bombardierte die Frau mit Fragen. Connor blieb etwas abseits stehen und beobachtete das Gespräch.

»Wie lautet der Nachname von D. J.?«

»North. Sein voller Name ist Dylan John North.«

»Wie alt ist er?«

»Ähm, neunzehn. Nein. zwanzig.«

»Wo ist er jetzt?«

»Wo? Ich, äh, ich weiß es nicht. Er ist vor etwa einem Jahr weg. Ich habe seither nichts mehr von ihm gesehen und gehört. Wir … wir sind nicht wirklich gut miteinander ausgekommen.«

»Haben Sie seine Telefonnummer?«

»Nein. Ich habe sein Smartphone über meinen Handyvertrag laufen lassen, als er herkam. Als ich ihn hinausgeworfen … als er ging, habe ich das rückgängig gemacht. Seine neue Nummer habe ich nicht von ihm bekommen.«

»Hatten Sie Probleme mit ihm?«

»Er war einfach ... er hat viel geflucht und vor den Mädchen unangemessene Dinge gesagt. Als ich ihn gebeten habe, damit aufzuhören, ist er auf mich losgegangen ... also verbal, meine ich. Deshalb habe ich ihn aufgefordert zu gehen. Ich wollte ihn nicht mehr hier haben. Ich hatte ihn nicht mehr gesehen, seit er fünf war. Wir hatten nie ein enges Verhältnis zueinander. Ich habe ihm einfach einen Gefallen getan und ihn bei uns übernachten lassen, bis er eine Arbeit gefunden hatte.«

»Und? Hat er eine gefunden?«

Sie zuckte die Schultern. »Nicht, dass ich wüsste.«

»Wie lang war er bei Ihnen?«

»Vielleicht sechs Monate.«

»Sie haben ihm einen Gefallen getan, als Sie ihn bei sich wohnen haben lassen, und sein Handy über den Vertrag mit Ihrem Provider laufen lassen?«

»Auch das war eine Gefälligkeit. Nur vorübergehend. Hören Sie, ich habe es mit ihm versucht. Es hat nicht funktioniert. Er ist nicht ... er ist kein netter Mensch. Wir haben ihn aus unserem Leben gestrichen, und ich möchte, dass das so bleibt. Es tut mir leid, ich kann Ihnen nicht helfen. Ich habe ihn nicht mehr gesehen, seit er vor mehr als einem Jahr weg ist.«

»Ist er der Sohn Ihres Bruders? Oder Ihrer Schwester?«

Sie knetete ihren Anhänger. »Bruder?«, fragte sie. Die Frage schien sie zu verwirren. Dann riss sie sich zusammen, atmete tief durch, streckte den Rücken und sagte: »Ja, der Sohn meines Bruders. Mein Neffe.«

Stryker unterstrich etwas in seinem Notizblock. »Wie heißt Ihr Bruder?«

»Wie mein Bruder heißt?«

»Ja.«

»Ach so, also, Sebastian.«

»Wo lebt er?«

»In Pennsylvania. An der Ostküste.«

»Ich brauche seine Telefonnummer und Adresse.«

Wieder spielte sie mit ihrem Anhänger. »Also, ich habe keine …«

Stryker zog eine Augenbraue hoch. »Sie haben von Ihrem Bruder weder Adresse noch Telefonnummer?«

Sie lächelte schwach. »Wir haben uns zerstritten. Dylan, also D. J., hat selbst angerufen. Er war hier und brauchte einen Platz zum Übernachten. Wir haben ihn über der Garage hinten im Garten schlafen lassen. Es war nur vorübergehend.«

»D. J. ist aus Pennsylvania hierhergekommen?«

»Ja.«

»Und Sie haben ihn seit über einem Jahr nicht mehr gesehen?«

Sie blickte Connor an. »Also, ja, glaube ich zumindest. Ich erinnere mich nicht mehr so recht.«

Von draußen hörte man das Bellen eines Hundes. Es kam ihm bekannt vor. Connor ging zurück zum Eingang. Etwas in der Küche am Ende des Flurs machte ihn stutzig. Ein umgeworfener Stuhl. Glasscherben auf dem Fliesenboden. Connors Herz begann schneller zu schlagen. Er drehte sich um und lief wieder ins Wohnzimmer. »Er war heute noch hier«, sagte er. »Wo ist er?«

Rachel wich vor ihm zurück. Connor konnte förmlich spüren, wie Stryker ihn anstarrte. Das Gebell draußen wurde lauter. Stryker behielt Connor im Blick, ging jedoch zum Fenster.

»Ich weiß nicht, wovon Sie sprechen«, entgegnete Rachel.

»Hören Sie auf zu lügen«, rief Connor. »Wo ist er? Sie sagen mir sofort, wo er ist.«

FÜNFZIG

Wilsons Knurren war rasch in ein Bellen übergegangen. Er stellte sich vor Claire und Peyton und zerrte an seiner Leine. D. J. war noch mehrere Meter von ihnen entfernt. Er trug die Mütze, die er Brianna gestern Morgen gegeben hatte. Gekommen war er aus der Richtung, in der die Holloways wohnten. Claire hoffte inständig, dass Connor und Stryker wirklich in der Nähe waren.

D. J. lächelte sie an, als er auf sie zuging. Freundlich, harmlos, ja, sogar charmant. Aber Claire glaubte ziemlich sicher zu wissen, was sich hinter diesem Lächeln verbarg. Es bestand nicht der geringste Zweifel daran, dass Brianna wegen dieses Mannes im Koma lag.

Als er näher kam, versuchte Claire abzuschätzen, ob er sie wirklich am helllichten Tag angreifen würde. Es war ein enormes Risiko, aber das war es auch gewesen, als er Brianna mitten am Tag überfallen und ihren Körper in einen Müllcontainer geworfen hatte. Nein, befand sie. Es war ihm gerade ziemlich egal, welches Risiko er einging.

Etwa vier Meter vor ihr blieb D. J. stehen. Er lächelte noch immer. »Du hältst deinen Hund besser zurück, bevor ich das

Scheißvieh umbringe«, sagte er. Er musste laut sprechen, um Wilsons Gebell zu übertönen. Sein Ton war nicht einmal bedrohlich, doch Claire wusste, dass er es ernst meinte. Als Peyton das Schimpfwort hörte, drehte sie den Kopf zur Seite und vergrub ihn in Claires Hüfte. Claire legte eine Hand auf das Mädchen und hielt Wilsons Leine mit der anderen.

»Hast du mich verstanden?«, sagte er. »Beruhige deinen Dreckskӧter. Willst du, dass ich ihn umbringe oder was?«

Peyton klammerte sich fester an Claire. Langsam nahm Claire Wilsons Leine mit beiden Händen, ging in die Knie und flüsterte in der Hoffnung, dass D. J. es nicht hörte, in Peytons Ohr: »Peyton, das ist jetzt sehr wichtig. Wenn ich ›Los!‹ rufe, läufst du so schnell du kannst in euer Haus zurück. Schließ die Tür ab, weck deinen Dad auf und sag ihm, dass er die Polizei holen soll. Kannst du das?«

Das Mädchen nickte. Claire richtete den Blick wieder auf D. J., der immer näher kam. Sie sah keine Waffe in seinen Händen, aber das hatte wenig zu bedeuten. Er war dennoch eine Bedrohung. Claire wusste, was ein Mann mit bloßen Händen anrichten konnte.

Sie konnte Wilson inzwischen kaum noch zurückhalten. Seine Nackenhaare hatten sich gesträubt. Schaum flog ihm mit jedem wütenden Bellen aus dem Mund. Sie wollte Wilson nicht in Gefahr bringen, wollte nicht, dass er diesem Kerl nahe kam, aber sie hatte kaum eine andere Wahl. Sie musste Peyton in Sicherheit bringen. Außerdem würde Wilson sich nicht mehr zurückhalten lassen, wenn er eine Gefahr für Claire witterte. Entweder D. J. würde sich davonmachen, oder Wilson würde sich auf ihn stürzen. Claire war sich sicher, dass er als Erstes versuchen würde, den Hund mit einem heftigen Tritt in die Seite oder an den Kopf zu stoppen. Deshalb musste sie ihn ablenken, bevor sie Wilson auf ihn losließ. Sie hoffte, wenn Peyton zum Haus rannte, würde er einen kostbaren Augenblick lang den Blick vom Hund nehmen, sodass Wilson das Überraschungsmoment auf seiner Seite hatte und ihn überwältigen konnte.

»Los!«, schrie sie mit lauter, schriller Stimme.

Peyton rannte zum Haus, als hätte sie einen Startschuss gehört. Als D. J. dem Mädchen nachblickte, ließ Claire den Hund los. Wilson flog durch die Luft. Mit seinen großen, behaarten Pfoten sprang er D. J. an die Brust und warf ihn zu Boden. Der Mann riss die Hände hoch und versuchte, Wilson daran zu hindern, ihn in Gesicht und Hals zu beißen. Sie rollten hin und her, ein Knäuel aus goldgelbem Fell und blauen Jeans. Der Kampf dauerte nur Sekunden und endete, als Wilson sich drehte, um in die Arme zu beißen, die auf ihn einschlugen. D. J. rollte sich zur Seite und trat Wilson in die Rippen. Der Hund jaulte auf. Claire begann vor Angst zu zittern. Sie lief zu Wilson, während D. J. sich wankend aufrappelte, Kehle und Gesicht mit beiden Händen hielt und eine Blutspur hinter sich herziehend davonrannte.

Claire fiel auf die Knie. Wilson lag auf der Seite und atmete schwer. Sie hörte ihn schwach winseln. Tränen strömten ihr über das Gesicht, als sie ihn vorsichtig berührte. Er hatte mit Sicherheit einige gebrochene Rippen, doch sie hoffte, dass das alles war.

»Halt durch, mein Freund«, sagte sie, während sich ihre Brust vor Sorge um ihn zusammenschnürte. »Halt einfach durch.«

Die Tür zum Haus der Holloways ging auf, und Jim erschien mit verschlafenen Augen. Er hielt ein Handy ans Ohr gepresst. Claire fasste in ihre Gesäßtasche und zog ihr Smartphone heraus. Mit zitternden Fingern rief sie Connor an, doch der Lärm hatte ihn und Stryker schon alarmiert. Sie kamen beide aus dem Nachbarhaus gelaufen.

Connor kniete sich neben sie. »Mein Gott, Claire!«

Claire sah zu Stryker hoch. »Er ist in diese Richtung gelaufen. Es war der Typ, den wir bei Sammy's getroffen haben. Lauf der Blutspur nach. Er heißt D. J.«

Connor und Stryker tauschten einen Blick. Dann rannte Stryker in die Richtung los, in die D. J. geflüchtet war, und Connor folgte ihm. »Wähl den Notruf«, rief er ihr noch über die Schulter hinweg zu.

EINUNDFÜNFZIG

»Alles okay mit Ihnen?«, fragte Jim Holloway.

Er war mit Peyton an der Hand barfuß bis zum Ende seiner Einfahrt gegangen. In der anderen hielt er sein Handy. »Peyton hat mir gerade erzählt, was passiert ist. Ich habe die Polizei angerufen.«

Claire sah zu ihm hoch. Tränen liefen ihr über das Gesicht. »Danke«, sagte sie. »Mein Hund, er ist ...« Sie konnte nicht mehr weiterreden. Wilson begann unter ihren Händen zu zittern. Er gab keinen Laut mehr von sich. Aber er atmete. Sie drehte sich zu ihm und strich ihm sanft über das Gesicht. »Du bist so ein Braver«, flüsterte sie ihm zu. »Das wird wieder. Du bist ein ganz Braver.«

Es tut mir leid.

»Daddy, stirbt der Hund jetzt?«, fragte Peyton mit dünnem Stimmchen.

»Nein, Honey«, antwortete Jim.

»Ich muss ihn in die Tierklinik bringen«, sagte Claire. »Ich muss schnell weg ... mein Auto holen.« Sie begann zu schluchzen, als ihr klar wurde, wie lang es dauern würde, das Auto herbeizuschaffen.

Jim Holloways Füße erschienen neben Wilsons Kopf. »Ich kann Sie hinbringen«, schlug er vor. Er ging um Wilson herum, kniete sich neben seinen Rücken und streckte die Hände vor, bereit, sie unter Wilsons Körper zu schieben. »Ich lege ihn auf die Ladefläche meines Pick-ups, okay?«

Claire hätte den Mann am liebsten umarmt, aber dazu war keine Zeit. So presste sie nur ein heiseres »Danke« hervor. Einen Augenblick später lag Wilson sicher verstaut und eingewickelt in eine *Toy Story*-Decke, die Peyton aus dem Haus geholt hatte, auf der Ladefläche von Holloways Pick-up. Claire kauerte neben ihm, während Jim, inzwischen in Turnschuhen, aber ohne Socken, in das Führerhaus sprang. Er schnallte Peyton neben sich an und öffnete das kleine Rückfenster, das von der Fahrerkabine zur Ladefläche ging.

»Sie müssen mir den Weg zeigen, okay?«, rief er.

»Natürlich«, erwiderte Claire. »Danke!«

ZWEIUNDFÜNFZIG

ACHTZEHN MONATE ZUVOR

Sie versuchte, es zu vergessen. Natürlich. Es würde nie wieder geschehen. Auf keinen Fall. Es war ein schrecklicher Fehler gewesen. Eines der wenigen Dinge im Leben, die sie am liebsten zurückgenommen hätte. Etwas, von dem sie inständig wünschte, es ungeschehen machen zu können. Aber D. J. machte es ihr nicht leicht. In den ersten Wochen danach ließ er sich überhaupt nicht blicken, aber dann war er überall. Er tauchte immer auf, sobald sie sich mit etwas abmühte, etwa wenn sie die Mülltonnen auf die Straße zerrte oder den riesigen Karton mit Hunters neuem Kindersitz aus dem Kofferraum ihres SUV ins Haus schleppte.

Dann kam der Tag, an dem sie ihre Kinder morgens um halb acht zum Auto brachte, nur um dort festzustellen, dass sie einen platten Reifen hatte. Jim schnarchte wie jeden Vormittag bis zehn oder halb elf im Schlafzimmer, nachdem er seine Spätschicht von vier bis Mitternacht absolviert hatte – beziehungsweise von drei bis Mitternacht, wie er inzwischen behauptete – und spät zu Bett gegangen war. Sie hatte keine Lust, ihn aufzuwecken, konnte jedoch nicht gleichzeitig das Rad wechseln und auf die Kleinen aufpassen. Auf Peyton allein vielleicht, denn sie blieb stets dort, wo Leah ihr sagte, dass sie sich hinsetzen solle, bis sie wieder aufstehen durfte, aber mit Hunter war es nicht ganz so einfach.

Während sie noch verzweifelt auf den platten Reifen starrte, sagte Peyton: »Mom.« Sie deutete die Straße hinunter. Ihr zweijähriger Sohn war bereits den halben Weg den Block hinuntergelaufen.

»Scheiße!«, stieß sie hervor. Dann sagte sie zu Peyton: »Das hast du nicht gehört.« Sie lief hinter ihrem Sohn her, der kicherte, als sie ihn packte und zur Einfahrt zurücktrug, als wäre das alles ein Spiel.

D. J. tauchte wie aus dem Nichts auf. Er lehnte sich gegen das Auto und sah aus wie ein Model aus einem Kalender mit heißen Mechanikerfotos. Nicht, dass er Mechaniker gewesen wäre. Soweit Leah wusste, arbeitete er nichts und hatte weder ein College noch eine Handelsschule je besucht. Anscheinend lebte er vom Geld seiner Eltern und seinem guten Aussehen. Er trug Jeans und ein enges schwarzes T-Shirt. Seine Haare waren zerzaust. Leah bemerkte kleine Ringe unter seinen Augen, als wäre er die ganze Nacht auf gewesen. Er lächelte, und sogleich fühlte sie sich nackt, schmutzig und erregt zugleich. Am liebsten wäre sie im Erdboden versunken. Peyton starrte ihn vom Rasen neben der Einfahrt aus an, ohne ein Wort zu sagen.

»Ich kann das für dich reparieren«, begann er. »Dann bist du im Nu wieder mobil.«

Leah schluckte. Sie sagte nichts. Brachte nichts heraus. Ihr Mund, ihre Kehle – nichts funktionierte. Hunter wand sich in ihren Armen. Er wollte wieder auf den Boden. D. J. sah sie nur mit diesem wissenden Grinsen im Gesicht an. Leah merkte, wie ihre Beine zu zittern begannen. Sie hoffte, dass es ihm nicht auffiel. Warum tauchte er nur immer wieder auf? Was wollte er von ihr? Er konnte doch nicht ernsthaft glauben, dass sie noch einmal Sex mit ihm haben würde.

Sie hatten nie über das geredet, was passiert war. Die

letzten zwei- oder dreimal, bei denen er erschienen war, um ihr zu helfen, als sie gerade dringend Unterstützung gebraucht hatte, war er danach weg, ohne irgendetwas zu sagen. Allerdings hatte er sie immer beiläufig berührt, gestreift oder zufällig ihre Finger genommen, wenn sie ihm etwas gegeben hatte. So, als wollte er sie necken. Zum Glück war Jim nie da gewesen, als er aufgetaucht war. Leah hätte es nie geschafft, dann noch die Fassung zu bewahren.

Heute lachte D. J. einfach nur. Er schüttelte den Kopf, als würden sie sich über einen gemeinsamen Scherz amüsieren. Dann streckte er ihr die offene Hand hin. »Leah«, sagte er. Der Klang ihres Namens auf seinen Lippen schickte eine Schockwelle durch ihren ganzen Körper.

»Mammmiiiiii«, quengelte Hunter.

»Gib mir die Schlüssel«, forderte D. J. sie auf. »Ich sehe mal nach, ob du ein Reserverad hast.«

Sie hatte keine Kontrolle mehr über ihren Körper, den einer Fremdgängerin. Sie fasste in ihre Tasche, holte die Schlüssel heraus und ließ sie in seine Hand fallen.

»Du siehst gut aus«, sagte er.

Sie murmelte ein Danke, schob Peyton ins Haus und wartete nervös, bis D. J. das Rad gewechselt hatte. Sie sei über einen Nagel gefahren, erklärte er ihr, als er leise an die Tür klopfte, um ihr die Schlüssel zurückzugeben. Das war's. Nicht mehr. Er ging weg. Sie kam nur zehn Minuten zu spät zur Arbeit, ein kleines Wunder.

Sie hatte keine Ahnung, worauf er hinauswollte. Sie hasste es, ihn zu sehen, verabscheute, was er in ihr hervorrief, wollte nie mehr daran erinnert werden, was er getan hatte. Und doch …

»Du siehst gut aus.«

Wann hatte Jim ihr das letzte Mal ein Kompliment gemacht?

Fast unmerklich ging etwas vor sich. Leah sah es nicht,

verstand nicht zur Gänze, wie es geschehen konnte, bis es zu spät war. D. J. führte einen Abnutzungskrieg, und Jim schien ihm ständig unbewusst in die Hände zu spielen. Die beiden unterminierten Leahs Entschlossenheit – D. J. mit voller Absicht, Jim wie immer, ohne es zu merken.

Es begann mit D. J.s guten Taten, seinem Verlangen nach ihr und seinen Komplimenten. Sie waren jetzt weit weniger rüde als sein ursprüngliches »Du hast großartige Titten«, was sie nur noch mehr verwirrte. Und ihre Auseinandersetzungen mit Jim, die nicht selten waren, ließen ihre brüchige Treue nur noch mehr bröckeln.

Der erste Streit, den sie nach Leahs Begegnung mit D. J. hatten, folgte auf Jims Anruf bei Rachel, nur weil Hunter aus seinem Schlaf aufgewacht war. Ein weiterer Kaffeeklatsch mit Rachel war für das nächste Wochenende angesetzt, als Peyton mit den Zwillingen spielte. Leah fühlte sich bei ihrer besten Freundin zunehmend unwohl, vor allem nach dem Seitensprung mit D. J., aber er tauchte nie auf, während sie dort war. Zugleich bot Rachels Haus ihr wenigstens eine kurze, dringend nötige Verschnaufpause von ihrem atemlosen Leben als Mutter und Ehefrau. Es war für sie eine unschätzbar wertvolle Zeit mit einer Erwachsenen, die sie verstand und die die vielen Herausforderungen in Leahs Alltag nachvollziehen konnte, sah man von der schmutzigen sexuellen Begegnung mit D. J ab. Außerdem würde es, das sagte sie sich immer wieder, allergrößten Verdacht erregen, wenn sie Rachel mied. Und Verdacht, welchen auch immer, wollte sie auf keinen Fall erregen. Also ging sie mit ihrem enormen Unbehagen um wie mit allem Unangenehmen: Sie verstaute es in einem Geheimfach in ihrem Kopf und tat so, als existierte es nicht.

Sie war erst zehn Minuten bei Rachel, als Jim anrief. Rachel reichte ihr den Hörer. »Was?«, schnauzte Leah ihn an.

»Hunter ist aufgewacht«, sagte Jim.

Sie fragte sich, wie ihr Mann es geschafft hatte, den Jungen, so bald nachdem sie ihn schlafen gelegt hatte, wieder aufzuwecken, fragte aber nicht. Wenn dem so war, sollte er nun auch gefälligst auf ihn aufpassen. »Ja und?«, fragte sie.

Jim schnaubte verärgert. »Nichts und. Er ist jetzt wach.«

Er sagte das Wort *wach* betont langsam und laut, als wäre sie schwerhörig und zu dumm, um es zu begreifen.

»Und warum rufst du mich an?«

Ein Seufzer. »Weil ich will, dass du herkommst und dich um dein Kind kümmerst.«

Für den Bruchteil einer Sekunde stockte ihr der Atem. Sie war so aufgebracht, dass all ihre physiologischen Prozesse in ihrem Körper einen Augenblick lang stillzustehen schienen, nur um anschließend umso heftiger wieder in Gang zu kommen. Ihre Atmung und ihr Puls gingen schneller. Die Haut brannte förmlich, sodass sich auf einen Schlag Schweiß in jeder Falte ihres Körpers bildet. Blinde Wut ergriff sie. Ihre Stimme wurde eine Oktave höher. »Mein Kind?«, fragte sie. »Hast du gerade ›mein Kind‹ gesagt?«

Wieder hörte sie ein Seufzen. »Herrgott noch mal, Leah. Komm einfach her und kümmere dich um ihn. Er fragt nach dir.«

Sie rammte das Telefon in die Ladestation. Rachel fragte erst gar nicht. Sie stellte Leahs Kaffeebecher in die Spüle. »Ich behalte Peyton ein paar Stunden hier«, sagte sie.

Leah nickte und stapfte zu ihrem Haus. Ihre Wut verflog etwas, als sie eintrat und Hunter mit einer Babyflasche auf der Couch sitzen sah, während im Fernsehen *Geheimagent Bär* lief. Er sprang auf und lief quer durch den Raum zu ihr. »Mommy!«, rief er fröhlich und schlang seine winzigen Ärmchen um eines ihrer Beine.

Sie nahm ihn auf den Arm und rang sich ein Lächeln für ihn ab. »Hi, mein Baby!« Dann küsste sie ihn auf die Wange und strich ihm seine sandbraunen Locken aus dem Gesicht. »Wo ist Daddy?«

Er deutete mit einem dicken Fingerchen zur Küche. Leah setzte ihn auf die Couch zurück. »Du bleibst hier«, sagte sie zu ihm.

Ihr Mann stand in der Küche vor einem offenen Kühlschrank und betrachtete seinen Inhalt. Leah stellte sich mit in die Hüften gestemmten Armen hinter ihn. Ohnmächtiger Zorn pumpte Adrenalin durch jede Faser ihres Körpers. »Was stimmt mit dir nicht?«, fragte sie.

Er warf einen Blick über die Schulter. »Ach, gut, dass du da bist. Er sitzt im Wohnzimmer. Vielleicht hat er Hunger.«

Sie sah nur noch Jims Gesicht klar. Alles andere um ihn herum schien zu verschwimmen. Sie trat vor ihn und schlug die Tür zu.

»Hey«, protestierte er.

Sie stieß ihm den Finger auf die Brust. »Hunter ist auch dein Sohn, hast du das vergessen? Was stimmt mit dir nicht? Schaffst du es nicht einmal, eine Stunde mit ihm allein zu bleiben? Kannst du deinen eigenen Sohn nicht füttern?«

Jim verdrehte die Augen, als wäre sie verrückt geworden und benähme sich völlig unvernünftig. »Leah, er will nicht mich. Er will dich.«

»Weil du dich nie mit ihm beschäftigst, Jim. Natürlich zieht er mich vor. Ich kümmere mich um alles. Aber du bist sein Vater. Er braucht auch einen Vater.«

Jim legte sich die Hände auf die Brust. »Er hat einen Vater. Ich bin hier, oder nicht? Er ist noch ein Baby. Er will seine Mommy. Warte, bis er älter wird und ich etwas mit ihm unternehmen kann. In ein paar Jahren kann ich mit ihm angeln gehen.«

Einen kurzen Moment lang verebbte ihr Zorn, als sie daran dachte, wie Jim und Hunter allein draußen auf Jims geliebtem Boot Zeit verbringen würden. Aber das war noch weit weg. Sie brauchte jetzt Unterstützung bei den Kindern. »Jim«, bat sie ihn. »Du kannst nicht erst anfangen, ein Vater zu sein, wenn er angenehm oder bequem für dich wird. Das jetzt sind die wirklich wichtigen Jahre im Leben eines Kindes. Die Kleinen müssen wissen, dass du für sie da bist, dass du dich um sie kümmerst.«

Wieder verdrehte er die Augen. »Um Himmels willen, Leah, ich bin hier. Ich bin jeden scheiß Tag hier. Ich arbeite mir den Arsch für dich und die Kinder ab. Denkst du, ich schufte gern die ganze Woche in einem Job, der mich ankotzt? Das tue ich für dich und die Kinder. Warum gehst du jetzt auf mich los?«

Leah schloss die Augen, legte den Kopf zurück und atmete tief durch. Sie zählte innerlich bis drei und versuchte nach Kräften, diesem Kerl, dem sie versprochen hatte, ihm ihr Leben zu widmen, nicht an die Gurgel zu gehen. Dann öffnete sie sie wieder und sah ihn an. »Weil ich Hilfe bei den Kindern brauche, Jim. Ich möchte, dass du mir bei ihnen hilfst – sie fütterst, badest, aus der Tagesstätte holst, dafür sorgst, dass Hunter sauber wird. Und auf ihn aufpasst, während ich mit einer Freundin Kaffee trinke. Ich brauche eine Pause, Jim.«

Er wurde rot und warf die Arme in die Luft. »Ach, *du* brauchst eine Pause? Na gut, ich brauche auch eine Pause, Leah. Du tust so, als wärst du die Einzige, die hart arbeitet.«

Sie unterbrach ihn. »Das habe ich nicht gemeint. Du machst ständig Pausen. Du gehst angeln, haust ab von hier. Du kannst ausschlafen. Du musst die Kinder nicht abholen oder irgendwo hinbringen. Du drückst dich vor allem. Wenn ich nicht arbeite, bin ich nonstop bei den Kleinen. Ich kann nicht einmal auf die Toilette gehen, ohne dass die Kids hereinplatzen …«

Er schüttelte den Kopf, während sie redete, hörte ihr gar nicht zu. Wie immer ging es nur um ihn. »Weißt du was? Ich scheiß auf das alles hier. Ich hau ab.«

»Jim!«

Aber er hatte sich bereits von ihr abgewandt. Sie sah ihm

hinterher, als er die Küche verließ. Bevor sie völlig begriffen hatte, was geschah, hörte sie schon, wie er die Haustür zuschlug und kurz darauf sein Pick-up aufheulte und wegfuhr.

Leah ging langsam, wie ein Zombie, zur Haustür und sah hinaus.

»Mommy, ich habe Hunger«, quengelte Hunter.

Als sie auf den leeren Platz starrte, auf dem kurz vorher noch Jims Wagen gestanden hatte, spürte sie es zum ersten Mal: Ihr übermächtiges Schuldgefühl ließ nach. Wie ein Gürtel, der gelockert wurde. Nur ein Loch weit. Das machte es für sie ein bisschen leichter, zu atmen, zu funktionieren, Rachel ins Gesicht zu sehen, bei ihrer Familie zu bleiben und nicht über die nächste Klippe zu fahren.

DREIUNDFÜNFZIG

Wilson hatte drei gebrochene Rippen und einige Abschürfungen, aber sein Zustand war stabil. Dr. Corey wollte ihn über Nacht in der Klinik behalten. Claire hatte nichts dagegen. Er würde überleben – mehr brauchte sie nicht zu wissen. Jim und Peyton Holloway blieben noch so lange im Wartezimmer, bis sie die gute Nachricht erfahren hatten. Dann versicherte Claire ihnen, dass sie alleine nach Hause käme. Als die Tür hinter ihnen zufiel, hörte sie noch Peyton rufen: »Du hast den Hund gerettet, Daddy!« Sie lächelte und kehrte ins Behandlungszimmer zurück, um bei Wilson zu bleiben. Sie schob eine Hand in sein Nackenfell, während er schlief. Dr. Corey hatte ihm etwas gegen die Schmerzen gegeben. Es schien ihm gut zu gehen.

Claire hatte ihn sich aus dem Tierheim geholt, als er noch ein Welpe gewesen war. Sie hatte es getan, weil sie schon immer einen Hund hatte haben wollen. Seit sie klein gewesen war, hatte sie darum gebettelt, aber ihr Vater war allergisch gegen Hunde, weshalb sie nie einen bekommen hatte. Als sie nach dem Ende ihrer Gefangenschaft zu Brianna gezogen war, hatte sie Ausschau nach einem Hund gehalten. Seit ihrer Rückkehr drehte sich ihr ganzes Leben darum, zu tun, was sie wollte, weil sie es konnte. Sie war frei. Sie hatte die Kontrolle. Es hatte keine Minute gedauert, bis sie und Wilson, der damals mehr Fell als sonst etwas gewesen war, unzertrennlich geworden waren.

Sie hätte nie gedacht, dass ein Hund einen ausgezeichneten Bodyguard abgeben würde, bis Wilson etwas älter war und ihr gegenüber einen Schutzinstinkt entwickelte. Schon damals hatte er nicht unbedingt furchteinflößend gewirkt. Mit seinem Temperament qualifizierte er sich eher als Therapiehund. Aber heute hatten seine Instinkte die Oberhand gewonnen. Er hatte D. J.s böse Absichten gespürt und war mit einer Wildheit auf ihn losgegangen, die Claire ihm nicht einmal annähernd zugetraut hatte – und das alles ihretwegen. Um sie zu beschützen und dafür zu sorgen, dass ihr nichts geschah. Sie war so dankbar, dass sie, selbst als Dr. Corey ihr versichert hatte, dass er überleben würde, nicht aufhören konnte, Tränen zu vergießen.

Still weinend saß sie neben Wilson, als ihr Handy klingelte. Auf dem Display erschien Connors Gesicht. Angst schnürte ihr die Kehle zu, als sie auf »Antworten« tippte.

»Wo bist du?«, fragte er ohne Umschweife.

Sie brachte ihn auf den neuesten Stand und versicherte ihm, dass es ihr und Wilson gut ging. »Habt ihr D. J. erwischt?«, wollte sie wissen.

Sie konnte die Frustration in seiner Stimme hören. »Nein. Tut mir leid. Noch nicht. Aber alle suchen nach ihm.«

»Connor, ich muss mit dir über das reden, was mir Peyton Holloway erzählt hat.«

Fünfzehn Minuten später beendeten sie das Gespräch.

Während der Morgen verstrich und Claire allein bei ihrem verletzten Hund wachte, griff sie dreimal, ohne nachzudenken, nach ihrem Handy, um Brianna zu erzählen, was für unglaubliche Dinge vor Leah Holloways Haus abgelaufen waren, bevor ihr einfiel, dass ihre Schwester im Sutter General im Koma lag.

Wenn nur alles endlich vorbei wäre. Sie wollte wieder zurück zu dem Morgen, als sie geborgen in Connors Armen lag und der Tag beginnen konnte. Sie würde ihm sagen, dass er nicht an das Handy gehen sollte, würde ihn davon überzeugen, mit ihr im Bett zu bleiben. Nie wieder wegzugehen. Schon der Gedanke daran, so unmöglich das auch war, beruhigte sie etwas. Sie warf einen Blick auf ihre Armbanduhr. Es kam ihr vor, als wäre bereits ein ganzer Tag vergangen und sie schon jetzt reif für ein heißes Bad und das Bett, dabei war es nicht einmal Mittag. Allerdings wollte sie auch ins Krankenhaus fahren und ihren Bruder ablösen. Deshalb musste sie ihren verletzten Hund hierlassen und irgendwie versuchen, wieder zu ihrem Auto zu kommen.

Während sie noch neben Wilson saß, klingelte ihr Handy erneut. Diesmal erschien Toms Gesicht auf dem Display. Sie hatte ihn vor zwanzig Minuten angerufen und ihm berichtet, was geschehen war. Als sie das Smartphone an ihr Ohr hielt, bekam sie ein mulmiges Gefühl im Magen.

»Tom?«

»Sie ist aufgewacht.« Seine Stimme war tränenerstickt, aber schrill vor Freude. »Sie ist aufgewacht«, wiederholte er. »Sie redet und alles.«

Das mulmige Gefühl machte einer Welle aus Erleichterung Platz. »Gott sei Dank. Wie geht es ihr? Erinnert sie sich an etwas?«

Am anderen Ende war Lachen zu hören. »Sie ist angepisst. Allerdings erinnert sie sich an nichts mehr von dem, was passiert ist, nachdem ihr von Sammy's weg seid. Dass ihr dort gefrühstückt habt, weiß sie noch, aber das war's auch schon. Sie hat ziemliche Schmerzen und will, dass wir ihr ihre eigene Kleidung bringen. Außerdem brauchen die hier ihre Versichertenkarte und einen Ausweis. Ich habe ihre Brieftasche bei ihr nicht gefunden.«

»Sie ist ein Beweisstück und lag im Müllcontainer. Ich rufe

Connor an, bin mir aber nicht sicher, ob er heute Zeit hat, sie aufzutreiben. Kann sein, dass sie eine Ersatzkarte hat. Ich denke, sie liegt zu Hause bei ihrem Ausweis. In Kürze müsste Dr. Coreys Sohn hier auftauchen. Ich frage ihn, ob er mich zu meinem Auto bringen kann, das noch bei Connor steht. Dann fahre ich nach Hause und hole ein paar Sachen für sie.«

Sie legte auf, vergrub ihr Gesicht in Wilsons Fell und schluchzte. Mit jedem zitternden Atemzug löste sich ein Teil der Spannung in ihrem Körper. Brianna ging es besser. Das konnte Claire daran erkennen, dass sie angepisst war – angepisst zu sein war ihr Normalzustand. Als sie Connor anrief, um es ihm mitzuteilen, freute er sich sehr, wurde aber rasch wieder ernst. »Sag Derrick, dass er dir bis nach Hause hinterherfahren soll«, bat er sie. »Halte mich auf dem Laufenden. Ich werde erst wieder beruhigt sein, wenn ich weiß, dass du im Krankenhaus angekommen bist. Grüß Brianna von mir.«

VIERUNDFÜNFZIG

ACHTZEHN MONATE ZUVOR

Als Nächstes stritten sie wegen Peytons Fingernägeln.

»Himmel, Leah«, hatte Jim geschimpft. »Peytons Nägel sind wirklich schon lang. Du musst sie schneiden.«

Es war eine der seltenen Gelegenheiten gewesen, an denen sie alle zusammen zu Abend aßen. Sonntagabend. Leah war selbst überrascht von der plötzlichen Wut, die in ihr hochstieg. Sie warf ihre Gabel auf den Tisch, dass es klapperte. Ihre Kinder sahen sie erstaunt an. Sie mochten es nicht, wenn Leah zornig wurde. Einen Augenblick fühlte sie sich schuldig. Sie wusste, dass sie gefährlich nah daran war, vor ihnen die Kontrolle zu verlieren.

Sie versuchte stets, die Ruhe zu bewahren, selbst wenn sie aufgebracht war, und dazubleiben, obwohl sie den Drang verspürte davonzulaufen. Aber gerade weil sie sich ständig unter Kontrolle halten musste, wurde sie diesmal umso wütender. Jim fühlte sich nie bemüßigt, sein Temperament zu zügeln. Gab es Streit, rannte er jedes Mal weg. Sie durfte das nicht. Sie war eine Mutter. Sie konnte ihre Kinder nicht im Stich lassen, nur weil sie sauer auf Jim war. Gleichzeitig ertrug sie es nicht, wenn die Kleinen verängstigt und aufgewühlt waren, sich fragten, wo sie hin war und ob sie zurückkommen würde. Sie wusste, sie würden sich die Schuld geben, obwohl es in Wirklichkeit die ihres Vaters war. Außerdem waren sie erst zwei und vier. Jemand musste für sie da sein, und da Jim es nicht tat, blieb nur sie. Also schluckte sie ihren Ärger hinunter.

Gesund war das nicht, das wusste sie. Wenn sie ihre ganze Wut in ihre Meine-Gefühle-kommen-zuletzt-Schublade packte, würden sie später dunkel und harpyiengleich als Depressionen wieder herausspringen. Die Depressionen drohten sie zu verschlingen wie ein tintenschwarzes Nichts, das jeden Winkel ihres Gehirns in Beschlag nahm. Aber irgendwann wurden sie zu einem bloßen Nebengeräusch oder Hintergrundbild. Eine Art Wandteppich. Sie waren einfach da. Leah lernte, ihr Leben trotzdem zu leben, obwohl sie nie vergaß, dass die Schwermut da war. Schon seit ihrer Kindheit hatte sie ihre Wut in Depressionen umgelenkt. Eine Beraterin, die sie in ihrem zweiten Studienjahr hatte aufsuchen müssen, hatte ihr eine hochfunktionale Depression diagnostiziert. Das sei die schlimmste Form, hatte die Frau gesagt, da hochfunktionale Depressive selten das Ausmaß ihrer Traurigkeit oder ihres Schmerzes preisgaben. Es war in Leahs Fall also durchaus möglich, dass sie täglich an Suizid dachte, aber nach wie vor alles tat, um ihren Alltag reibungslos zu bewältigen.

In der Regel lag Leah nach Auseinandersetzungen wie diesen im Bett und hing ihren Selbstmordfantasien nach, so wie andere vom Urlaub träumten. Dabei dachte sie nicht einmal über den Akt selbst nach. Als Teenager hatte sie jedes erdenkliche Szenario ersonnen, doch keines hatte sie gereizt. Sie wollte sich eigentlich gar nicht wehtun, sie hatte nur keine Lust mehr, dem Leben entgegentreten. Sie wollte nicht *sein*. Wollte nicht aufwachen und ständig mit Anforderungen konfrontiert werden, denen sie nie so richtig gerecht wurde, ganz gleich, wie sehr sie sich bemühte. Sie fühlte sich wie dieser Typ in der griechischen Mythologie, der jeden Tag einen Stein den Berg hochwuchtete, nur um am nächsten Tag festzustellen, dass er wieder heruntergerollt war, sodass er von vorn beginnen musste. Sisyphus.

Sie liebte ihre Kinder, ja, sie waren die einzige Freude in ihrem Leben. Sie liebte sogar Jim, irgendwie. Aber sie liebte das Leben nicht. Es war schwierig, chaotisch und größtenteils freudlos. Wenn sie die Nachrichten nur ein paar Minuten lang ansah, fragte sie sich schon: Warum das alles? Es gab so viel Böses in der Welt, man konnte ihm nicht entkommen. Früher oder später fand es einen. Es hatte sie schon sehr bald gefunden. Sicher, sie war lange darüber hinweg – das Böse, das sie heimgesucht hatte, war inzwischen nur noch eine ferne Erinnerung –, aber sie fühlte sich dadurch weder besser noch glücklicher.

Wozu das alles? In ihren stillsten, privatesten Augenblicken ging ihr diese Frage oft durch den Kopf. Wieso machte sie – oder sonst jemand – sich überhaupt die Mühe, ein Leben auf die Reihe zu bringen? Was hatte das für einen Sinn? Sie sehnte sich nach Erlösung von der Absurdität des Lebens. Aber sie lebte dennoch weiter. Es waren doch nur die dummen, unnützen Gedanken einer erschöpften Mutter, sagte sie zu sich. Nie würde sie sich tatsächlich umbringen. Ihre eigene Mutter hatte Selbstmord begangen. Leah hatte nicht die Absicht, es ihr gleichzutun. Im Gegensatz zu ihrer egozentrischen Mutter würde sie so etwas ihren Kindern nie zumuten. Zumindest redete sie sich das ein.

Was bedeutete, dass sie sich im Allgemeinen zwingen musste, zu akzeptieren, was einem das Leben aufbürdete. Ihre größte Verbündete war dabei die Rationalisierung. Wenn sie ihrem Mann gegenübersaß, während er sich Essen in den Mund schaufelte, versuchte sie verzweifelt, einen Weg zu finden, um ihre übermächtige Wut wenigstens ein bisschen zum Ausdruck zu bringen. Da fiel ihr etwas ein. Sie hatte in einem Elternblog gelesen, dass es manchmal okay war, vor den Kindern zu streiten. Es half ihnen, Konflikte zu lösen, und zeigte ihnen, dass man streiten, sich aber dennoch lieben konnte. Nicht jede Auseinandersetzung bedeutete das Ende einer Beziehung. Streit war normaler Bestandteil einer Beziehung.

Und so blitzte sie ihren Mann an. »Du weißt, wo die Nagelclips sind. Wenn sie dich so sehr stören, kannst du sie ihnen selbst schneiden. Du bist ihr Vater.«

»Das ist deine Aufgabe«, sagte Jim.

Und damit waren alle Rationalisierungsversuche mit einem Mal dahin, zerschmettert unter den Nagelstiefeln ihrer Wut. Binnen Sekunden eskalierte der Streit, bis die beiden Kleinen weinten und Jim aus dem Haus stürmte. Einen Augenblick lang, während sie ihre heulenden Kinder beruhigte und ihnen versicherte, dass ihr Vater sie noch liebe und schließlich wieder nach Hause kommen würde, war sie so sauer auf Jim, dass sie ein kleines, ein winziges bisschen froh darüber war, ihn betrogen zu haben.

Es war krank, das wusste sie. Ein niederer Impuls. Sie versuchte, ihn in ihrer mentalen Gedanken-die-nie-ans-Tageslicht-kommen-sollten-Schublade zu verstauen, aber er kam immer wieder zum Vorschein. Vor allem deshalb, weil die Gewissheit, dass sie die Rechnung – wenn auch insgeheim – bereits beglichen hatte, ihre übermächtige Wut etwas linderte, wenn sie und Jim wieder einmal stritten oder sich über etwas uneins waren. Sie konnte ihre Ehe ertragen, wenn sie ein Ventil hatte. Sie hatte auch ihre schreckliche Kindheit ertragen, weil sie wusste, dass sie eines Tages vorüber sein würde: Irgendwann würde sie weggehen, auf eigenen Füßen stehen und ihr Leben selbst in die Hand nehmen können.

Sollte sie Jim verlassen? Sie hatte oft darüber nachgedacht. Aber was sollte sie ihm sagen? Was sollte sie anderen sagen, wenn sie fragten, warum sie ging? Dass er sie ärgerte? Dass er im Haus oder bei den Kindern nicht so viel übernahm, wie sie es gerne hätte? Verließ man den Partner wegen solch trivialer Gründe? Leahs Mutter hatte die unsäglichen Misshandlungen ihres Vaters ertragen und war trotzdem nicht gegangen – sofern man ihren Selbstmord nicht als Weggehen für immer sah. Leah war stets der Meinung gewesen, dass sie und Jim trotz ihrer Auseinandersetzungen eine gute Ehe hatten. Er misshandelte sie nicht. Hatte sie noch nie geschlagen. War kein Alkoholiker. Hatte Arbeit und ging ihr zuverlässig nach. Leah hatte sich stets glücklich geschätzt. Sie hatte abgrundtief schlechte Ehen gesehen. Ihre Eltern waren aussichtsreiche Kandidaten für die schlechteste Ehe aller Zeiten gewesen. Leahs Partnerschaft mit Jim kam diesem Albtraum nicht einmal nahe.

Die meisten Frauen, die sie kannte, hatten ähnliche Probleme mit ihren Männern, viele auch noch schlimmere. Sie waren mit spielsüchtigen Partnern verheiratet, solchen, die neunzig Prozent der Zeit unterwegs und nie da waren, Männern, die überhaupt nicht arbeiteten und sich weigerten, etwas zu Hause beizutragen. Auch diese Frauen blieben, genau wie Leah. Sie musste an eine Kollegin denken, mit der sie sich gut verstand. Sie sagte immer: »Manchmal wünsche ich mir, dass er mich schlagen würde. Dann hätte ich einen Grund, wegzugehen.«

Leah hatte nie so gedacht, hatte aber Verständnis dafür. Was sollte sie den Kindern sagen, wenn sie Jim verließ? Dass sie ihr Leben ruinierte und die Familie zerstörte, weil Jim ihr auf die Nerven ging? Das konnte sie nicht. Sie hatte sich für Jim entschieden, hatte beschlossen, Kinder in die Welt zu setzen, hatte sich verpflichtet, ihnen ein gutes, ein glückliches Leben zu ermöglichen. Sie war entschlossen, um ihrer Kinder willen die Familie intakt zu halten.

Sie begann sich schuldig zu fühlen, weil sie sich nicht schuldig fühlte für das, was mit D. J. geschehen war. Aber die schreckliche Wahrheit war, dass sie tief drinnen froh war, Sex mit ihm gehabt zu haben. In ihren geheimsten, rachsüchtigsten Momenten bereitete es ihr Freude. Sie dachte, damit sei es getan, versuchte, sich mit der Tatsache zu arrangieren, dass sie ein schrecklicher Mensch war, nicht nur, weil sie etwas Unentschuldbares getan hatte, sondern auch, weil es insgeheim immer wieder Augenblicke gab, an denen sie froh war, dass sie es hatte geschehen lassen. So bemühte sie sich um einen Ausgleich zwischen Scham und Rachegelüsten. Nur war da die Allgegenwart von D. J. und seine unerwünschte Hilfe. Sein wissendes Lächeln und die scheinbar nebensächlichen Berührungen. Die Versuchung.

Dann kam das Teambildungswochenende. Ihr Chef hatte es in einer Weinkellerei anberaumt. Ohne Ehepartner, ohne Kinder, nur die Belegschaft. Es versprach ein entspanntes Wochenende zu werden – Leah hatte seit ihrer Schwangerschaft an keiner dieser Firmenauszeiten mehr teilgenommen. Sie mochte es zwar überhaupt nicht, von den Kindern weg zu sein, nicht einmal für eine Nacht, aber die Aussicht auf eine Pause vom Alltagsstress, den nicht enden wollenden Ansprüchen, dem Gezänk mit Jim war zu verlockend. Inzwischen hatte sie Jim auch schon wegen seiner offensichtlichen Lüge, die Kinder wegen seiner Arbeitszeiten nicht von der Tagesstätte abholen zu können, zur Rede gestellt. Auf seiner Gehaltsabrechnung waren die angeblichen Arbeitsstunden nicht vermerkt. Mit mehreren fadenscheinigen Entschuldigungen hatte er seine Schwindelei zu rechtfertigen versucht: »Die Kinder wollen nicht mich, sie wollen dich«, »Ich bin unsicher, wenn ich mit den Kleinen alleine bin. Was, wenn etwas passiert?«, »Sie hören nicht auf mich«.

Leah hatte ihm gesagt, er solle endlich seinen Mann stehen – in einem Ton, der keinen Widerspruch duldete. Während sie auf dem Teambildungswochenende war, würde er gefälligst über Nacht auf die beiden aufpassen. Er hatte es erstaunlicherweise ohne Widerspruch hingenommen – schweigsam und mürrisch. Eine bessere Reaktion hätte sie sich nicht wünschen können.

Sie hätte wissen müssen, dass es nicht funktionieren würde. Als sie vier Stunden mit der Kollegschaft verbracht hatte, hatte er sie bereits viermal angerufen. Beim letzten Anruf hatte er sie gefragt, wann sie nach Hause komme, als hätte sie es ihm nicht schon ein halbes Dutzend Mal klargemacht. »Morgen, falls du dich noch daran erinnerst«, seufzte Leah. »Das war die Abmachung.«

Im Hintergrund hörte sie Hunter weinen. »Leah, ich bekomme diese Kinder nie ins Bett«, sagte Jim. »Sie sind durcheinander und weinen ständig. Du hast sie noch nie so lang allein gelassen.«

»Jim«, fuhr sie ihn an. »Ich bin gerade einmal vier Stunden weg. Ich lasse sie von Montag bis Freitag jeden Tag acht Stunden allein, wenn ich arbeite. Spiel um Gottes willen mit ihnen, geh mit ihnen in den Park oder zur Eisdiele. Sei endlich einmal ein Vater.«

Der nächste Anruf kam zwei Stunden später. Dieses Mal war es die kleine Peyton. Mit zitternder Stimme fragte sie: »Mommy, wann kommst du nach Hause?«

»Morgen bin ich wieder bei euch, Süße.«

Peyton senkte die Stimme, als wollte sie nicht, dass Jim sie höre. »Mommy, Daddy sagt, dass du vielleicht nicht mehr kommst.«

Das traf Leah wie ein Stich ins Herz. Noch einmal versicherte sie Peyton, dass sie am nächsten Tag wieder zu Hause sein würde. Als Jim an den Apparat kam, putzte sie ihn herunter. Wie immer hatte er eine Entschuldigung parat. Sie würde maßlos übertreiben. Er habe nur gesagt, dass er nicht wisse, warum Leah wegen zwei weinender Kindern zurückkommen sollte. Er habe, ohne nachzudenken, geredet. »Die Kinder machen aus einer Mücke einen Elefanten. Ich habe mir nichts dabei gedacht. Tut mir leid.«

Sie versuchte, wieder zu den Kollegen zu gehen, zu entspannen, die Zeit zu genießen, die kleine Auszeit von zu Hause. Aber das Zittern in Peytons Stimme ging ihr nicht aus dem Kopf. Sie konnte ihre Tochter nicht in dem Glauben lassen, dass sie nicht mehr nach Hause kommen würde.

Auf der Rückfahrt hatte sie reichlich Zeit, über Jims Verhalten nachzudenken. Keine Sekunde lang glaubte sie, dass er so etwas zu den Kindern gesagt hatte, ohne darüber nachzudenken. Er hatte es absichtlich gemacht, dessen war sie sich sicher. Ihre Schuldgefühle waren seine Trumpfkarte.

Und er hatte sich durchgesetzt, wurde ihr klar, als sie nach nur sechs Stunden Teambildung – nicht einmal einem Arbeitstag – nach Hause zurückfuhr. Sie war unterwegs zu den Kindern, weil ihr Mann nicht allein auf sie aufpassen konnte oder wollte. Wieder einmal hatte Jim erreicht, was er wollte. Wieder einmal musste Leah ihre Bedürfnisse hintanstellen, damit er seinen Willen bekam.

Sie kochte vor Wut und umklammerte das Lenkrad, bis ihre Knöchel weiß hervortraten. Schon stellte sie sich vor, wie sie zu Hause ankommen, durch die Tür platzen und die Scheidung verlangen würde. Jim würde natürlich so tun, als wäre sie verrückt geworden und total unvernünftig. Trotzdem stellte sie sich ihr Leben als geschiedene Frau vor. Es würde exakt so sein wie jetzt, nur ohne Jims Gehalt und den ständigen Streit. Sie würde sich wie zuvor allein um die Kinder kümmern, den ganzen Haushalt übernehmen und für alle kochen müssen, würde sämtliche Finanzen regeln und alle Entscheidungen treffen müssen. Nur dass Jim nicht da sein würde. Sie fragte sich, ob er die Kinder überhaupt besuchen würde, wenn sie getrennt wären.

Sie wusste natürlich die Antwort darauf. Wenn er nicht einmal über Nacht mit ihnen zurechtkam, war es ausgeschlossen, dass er sie plötzlich regelmäßig sehen wollen würde. Und dann? Die Kinder wären böse auf ihn, weil er nie da sein würde. Sie wäre noch saurer auf ihn als jetzt schon. Finanziell war sie fraglos besser gestellt, wenn sie blieb. Außerdem wollte sie unbedingt, dass ihre Kinder in einem Zwei-Eltern-Haushalt aufwuchsen. Es war nicht die Schuld der Kleinen, dass sie mit Jim nicht glücklich war. Sie würde also bleiben müssen. Selbst wenn sie ihn die Hälfte der Zeit am liebsten erwürgen würde.

Die Fahrt dauerte vierzig Minuten, was aber reichte, um ihre Wut bis zur Weißglut zu steigern. Immer und immer wieder ging sie die letzten Reibereien mit ihm durch und wurde von Mal zu Mal aufgebrachter. Die Spannung in ihren Schultern, Armen und Händen steigerte sich zu einem unerträglichen Ziehen.

»Komm zurück und kümmere dich um die Kinder.«

»Das ist deine Aufgabe.«

»Du tust so, als seist du die Einzige, die hart arbeitet.«

Als sie zur Einmündung in ihre Straße kam, fuhr sie einfach weiter. Sie parkte ihr Auto ein paar Blocks von ihrem Haus entfernt in einer Seitenstraße, in der nicht viel Verkehr war. Dann marschierte sie zügig durch die Dunkelheit und durchquerte einige Gärten, bis sie bei D. J.s Wohnung über der Garage war. Sie schlich die Treppe wie eine Verbrecherin hoch. Jede Nervenbahn in ihrem Körper war angespannt und brummte förmlich vor Angst und Vorfreude zugleich. Sie schaffte es nicht, umzukehren, wollte nicht einmal darüber nachdenken, was sie tat. Ihre Wut beförderte sie bis vor seine Tür. Sie hoffte, dass er hier sein würde, und wünschte sich gleichzeitig, dass er es nicht war. Leise klopfte sie. Drinnen hörte sie, wie sich jemand bewegte. Leahs Herz pochte so fest, dass es ihren ganzen Körper erschütterte. Die Tür ging auf. D. J. stand vor ihr und trug nichts außer Boxershorts. Eine kleine Lampe erhellte das Zimmer und warf einen goldenen Schein auf seinen perfekt geformten Körper.

Der Atem stockte ihr.

Er lächelte. »Leah.« Er fasste eines ihrer Handgelenke und zog sie an sich. »Komm her«, sagte er.

Hinterher schlich sie zurück zu ihrem Auto wie ein Dieb in der Nacht und fuhr nach Hause.

Jim und die Kinder waren gemeinsam auf der Couch eingeschlafen.

FÜNFUNDFÜNFZIG

O'Handley blieb bei Rachel Irving und behielt sie im Auge, während Connor zurück ins Revier fuhr, um sich die Genechek-Akte zu besorgen. Dann kehrte er zurück und entließ ihn von seinen Pflichten, damit er Stryker unterstützen konnte. Sie hatten einen Hinweis zu D. J.s Wohnung bekommen. Connor bezweifelte zwar, dass sie ihn dort antreffen würden, aber vielleicht fanden sie etwas, das ihnen half, ihn aufzuspüren.

Connor stand vor der Küchentür der Irvings und beobachtete Rachel. Sie saß mit einer halb leeren Kaffeetasse vor sich am Tisch. Obwohl sie versucht hatte aufzuräumen, sah er nach wie vor ein paar Glassplitter unter dem Tisch liegen. Abgesehen davon, dass sie unablässig an ihrem Supermom-Anhänger herumfummelte, waren an ihr keinerlei Anzeichen von Nervosität zu erkennen. Sie wirkte höchstens gelangweilt und ungeduldig. Etwa alle zwei Minuten warf sie einen Blick auf die Uhr des Mikrowellenherds. Sie schielte in seine Richtung, verdrehte die Augen, blies die Backen auf wie ein Hamster und stieß die Luft hörbar aus.

Er stellte sich vor, wie Jade neben ihm stand und ihr Augenrollen imitierte. *Sieh dir dieses arrogante Miststück an*, hörte er sie förmlich sagen.

Connor klopfte sich auf die Tasche seines Jacketts, um sicherzugehen, dass sein Handy darin steckte – er wollte von Claire den ganzen Tag auf dem Laufenden gehalten werden. Dann betrat er das Zimmer, zog gegenüber Rachel einen Stuhl unter dem Tisch hervor und legte die Genechek-Akte auf den Tisch.

Rachel lächelte ihn an, als wartete sie in einem Restaurant auf jemanden, mit dem sie zum Abendessen verabredet war. Leise kichernd meinte sie: »Ich weiß wirklich nicht, warum dieser andere Detective darauf bestanden hat, hier bei mir zu bleiben, als wäre ich eine Verbrecherin. Ich war doch bisher mehr als kooperativ.«

Connor war heute nicht nach Nettigkeiten zumute, und genauso wenig hatte er Lust, O'Handleys Anwesenheit ihr gegenüber zu rechtfertigen. Er begann ohne Umschweife mit der Befragung. »Wir müssen noch einmal über Leah reden. Einer der letzten Anrufe, die sie bekommen hat, bevor sie mit ihrem Auto in den Fluss fuhr, stammte von einem Unternehmen namens Genechek. Wissen Sie, was Genechek macht?«

Rachels Lächeln erstarb. Der Supermom-Anhänger verschwand in ihrer Faust. »Nein.«

»Sie führen DNA-Tests mit eingesandten Proben durch.«

Sie schluckte. Ihre Kehle zitterte. Die ersten Anzeichen von Nervosität. »So etwas wie Vaterschaftstests?«

Connor nickte. »Genau. So etwas wie Vaterschaftstests. Und Mutterschaftstests.«

»Mutterschaftstest? Warum sollte jemand einen Mutterschafts…« Sie brach ab und presste die Lippen aufeinander.

»Sie wissen, warum, Mrs Irving, nicht wahr?«

»Bitte«, flüsterte sie. Ihre Zuversicht war wie weggeblasen, die Augen plötzlich traurig und flehend.

»Es wird Zeit, mit dem Lügen aufzuhören«, sagte Connor. »Hier sterben Frauen. Das ist Ihnen klar, oder?«

Sie senkte den Blick. Ihr Mund arbeitete, als spielte sie mehrere Antworten durch, von denen aber keine passte, weshalb sie stumm blieb.

»Haben Sie letzte Woche eine Haarbürste vermisst?«, fragte Connor.

Ihr Kopf fuhr hoch. Mit aufgerissenen Augen sah sie ihn an, sagte aber noch immer nichts.

»Das dachte ich mir«, fuhr Connor fort.

»Ich schwöre, ich wusste nicht, was er tat«, flüsterte Rachel.

»Nicht? Ihre beste Freundin hat es herausgefunden. Und Sie nicht?«

Sie antwortete nicht. Connor tippte auf den Aktenordner, der zwischen ihnen auf dem Tisch lag. »Leah Holloway hat zwei Tests bei Genechek eingereicht. Einen Vaterschafts- und einen Mutterschaftstest. Für den Vaterschaftstest benutzte sie einen Wangenabstrich mit Wattestäbchen. Ich schätze, den kann man machen, wenn jemand schläft. Auf jeden Fall gab sie Tyler als Kind und Jim als potenziellen Vater an. Der Test war positiv, nur dass Jim sich nicht daran erinnert, eine DNA-Probe abgegeben zu haben. Wahrscheinlich hat er den Antrag unterzeichnet, weil er immer unterschrieben hat, was Leah ihm vor die Nase hielt. Aber von einem Wangenabstrich mit einem Wattestäbchen weiß er nichts.

Das einzige Problem damit ist, dass das DNA-Profil des Vaterschaftstests von Genechek nicht zu Jim Holloways tatsächlichem DNA-Profil passt. Jim hat uns seine DNA gegeben. Unser Labor hat sie analysiert. Wegen der Beweismittelkette und so. Deshalb wissen wir, dass die DNA-Probe, die Leah unter Jims Namen eingeschickt hat, gar nicht von Jim war. Wissen Sie, um wessen DNA es sich handelte?«

Rachel sagte nichts. Connor hatte den Eindruck, dass das, was er sagte, für sie nicht neu war. Er fuhr fort: »Es war die

DNA des Soccer Mom Stranglers. Leah hat eine Probe mit der DNA des Stranglers unter Jims Namen zu Genechek geschickt. Sie wissen, was das bedeutet, oder?«

Sie starrte ihn an.

»Sagen Sie mir, was das bedeutet. Zeigen Sie mir, dass Sie dem Ganzen folgen können.«

Sie leckte sich die Lippen. »Der Soccer Mom Strangler ist Tylers Vater.«

SECHSUNDFÜNFZIG

SECHS TAGE ZUVOR – MITTWOCH

Leah war dabei, ihre eigene Vergewaltigung zu inszenieren. Zumindest würde es für sie eine Vergewaltigung sein, denn sie wollte es nicht. Aber es wäre einvernehmlich, denn anders kam sie nicht an die Informationen, die sie brauchte. Sie hatte sich überlegt, ob es eine Möglichkeit gab, sie zu erlangen, ohne D. J. noch einmal sehen zu müssen, aber ihr fiel nichts ein. Nur noch einmal. Sie würde sich ein letztes Mal mit ihm treffen, und dann würde sie die Wahrheit erfahren.

Leah stand vor der Tür von D. J.s Einzimmerwohnung und versuchte, das Zittern zu unterdrücken, das durch ihren ganzen Körper lief. Schon das Gebäude zu betreten war ihr schwergefallen. In ihrer Straße erzählte man sich, dass es sich um das Viertel handelte, in dem Glory Rohrbach es mit ihrem Gärtner trieb. Das hätte Leah gerade noch gefehlt – von Glory Rohrbach entdeckt zu werden.

Sie bemühte sich, ihre zitternden Glieder zur Ruhe zu bringen. Sie wollte nicht, dass D. J. bemerkte, welche Angst sie hatte oder welchen Abscheu sie vor ihm empfand. Sonst würde er sie nur noch brutaler behandeln. Es schien ihn anzutörnen.

Sie hasste die Erregung in seinem Gesicht, wenn er ihr wehtat. Es erschreckte sie zutiefst.

Sie atmete tief durch. Wochen hatte sie gebraucht, bis sie den Mut gefasst hatte, das zu tun, was sie vorhatte. Sie hatte sich so sehr und so lange bemüht, ihn aus ihrem Leben zu streichen, aber er ließ sie nicht in Ruhe. Er wollte sie nicht gehen lassen. Das würde ihn zumindest für eine Weile besänftigen. Wenn er dachte, dass sie nach wie vor an ihm interessiert wäre, würde er – wenigstens vorübergehend – damit aufhören, ihr das Leben schwer zu machen und die Sicherheit ihrer Kinder zu gefährden. Oder zumindest damit, sie ständig anzurufen und ihr Nachrichten zu schicken. Aber langfristig wusste sie, dass sie alles nur noch schlimmer machen würde. Viel schlimmer. Es würde lange dauern, bis sie ihn endgültig los sein würde. Sie wusste nicht, ob sie sich je von ihm befreien würde können.

Der Flur war dunkel und grau. An der Decke sah man Wasserflecken, in denen sich die Farbe löste. Sie war noch nie in einem Gefängnis gewesen, stellte es sich jedoch genauso vor: eng, düster und unglaublich deprimierend. Leise klopfte sie an die Tür zu Wohnung 1A. Ihr Herz pochte wie wild in ihrer Brust. Was, wenn er nicht da war? Ein Teil von ihr wollte, dass er nicht da war – wollte ihr die kommenden Stunden ersparen, die ekelhaften Dinge, die sie würde tun müssen. Ein anderer Teil hingegen hoffte, dass er da war, denn sie glaubte nicht, dass sie noch einmal den Mut fassen würde hierherzukommen. Sie ging ein hohes Risiko ein. Wieder einmal.

Schließlich hörte sie ein Rascheln hinter der Tür. Sie atmete aus, hatte nicht einmal gemerkt, dass sie die Luft angehalten hatte. Die Tür ging auf, und da stand er. Er sah aus, als hätte er schon tagelang nicht mehr geschlafen. Unter seinen Augen waren dunkle Ringe zu erkennen. Sein dichtes braunes Haar war zerzaust, der Oberkörper nackt. Wie immer wanderte ihr Blick zu seiner muskulösen Brust und seinem wohldefinierten Bauch. Zum ersten Mal spürte sie nicht wie sonst die Hitze und erregte Unruhe, wenn sie ihn sah. Sie bewunderte nicht seine dunkel gebräunte Haut, die drahtigen Muskeln auf jedem Zentimeter seines Körpers, die sich kräuselten, wenn er sich bewegte. Endlich war sie für das Glimmen in seinen dunkelbraunen Augen unempfindlich geworden.

»Komm rein«, sagte er und trat beiseite, um sie einzulassen.

Sie fühlte sich, als überschritte sie die Schwelle zur Hölle. Aber hatte sie das nicht schon vor achtzehn Monaten getan? Ohne ein Wort des Widerspruchs. Sie hatte so viel zugelassen, was er mit ihr gemacht hatte. Zweifellos verdiente sie es, zur Hölle zu fahren.

Die Wohnung war klein und dunkel, die weiß getünchten Wände übersät mit Flecken und Kratzern. Überall zeichneten sich gelbliche Quadrate ab, wo etwas mit Klebeband befestigt worden war, außerdem Nagellöcher, die nie jemand zugegipst hatte. Er hatte nur ein einziges Zimmer mit einer Matratze auf dem Boden. Daneben sah sie einen Berg Kleider und eine Kartonschachtel, auf die er eine kleine Lampe gestellt hatte. Am Fuß der Matratze stand auf einer umgestülpten Plastikkiste gefährlich instabil ein Fernsehgerät. Hinter dem Fernseher führte eine Tür in das Bad, nach dem weißen Duschvorhang zu urteilen, der dahinter zu erkennen war. Das Zimmer roch süßsäuerlich, nach einer Mischung aus Marihuana und altem Schweiß.

Beim Geräusch der schließenden Tür erschrak Leah. D. J. lachte leise. »Warum bist du so nervös?«

Sie bemühte sich um ein Lächeln, aber ihre Mundwinkel hoben sich kaum. »Ich … ich bin nicht nervös.«

Ich habe schreckliche Angst.

Er näherte sich ihr mit fließenden, schlangenartigen Bewegungen. Als er lächelte, lief ihr ein Schauder über den Rücken. Wie ein Raubtier, das ihre Angst witterte, kam er näher. Er legte eine feste Hand um ihren Nacken und zog sie an sich. Sie versuchte, nicht zurückzuweichen. Er spürte die Spannung in ihrem Körper. Sein Griff wurde fester, seine Finger gruben sich in ihre Haut. Tränen traten ihr in die Augen.

»D. J., ich …«

»Schhh!«, atmete er ihr ins Ohr. Seine andere Hand wanderte bereits unter ihren Rock. Sie wollte die Beine zusammenpressen, konnte aber nicht. Sie musste das jetzt durchstehen. Nur so konnte sie herausfinden, was sie wissen wollte.

»Das ist das letzte Mal«, sagte sie.

Er legte seine Lippen an ihren Hals. »Das sagst du immer«, keuchte er zwischen gierigen Küssen.

Er strich mit der Hand von ihrem Nacken bis hinunter zu ihrem Po und drückte ihn fest. Sie schloss die Augen. Ihre Stimme war schon schwächer. »Ich meine es ernst, D. J. Das muss aufhören. Keine Anrufe mehr. Keine Nachrichten. du musst meine Kinder in Ruhe lassen. Kein …« Sie brach ab.

»Kein Sex mehr?«

Abrupt zerrte er an ihrer Bluse und riss drei Knöpfe ab. Unwillkürlich entfuhr ihr ein Schrei. Seine Zähne gruben sich in ihre Schulter. Sie sog zischend die Luft ein. Er hob den Kopf und fuhr mit der Zunge von ihrem Schlüsselbein bis unter ihr Kinn.

»Es tut mir weh, wenn du das tust«, sagte sie.

Mit einer einzigen geschickten Bewegung streifte er ihr den Rock ab, sodass er um ihre Knöchel fiel. »Es tut mir weh, wenn du mich verlässt«, flüsterte er.

Sie ließ es zu, dass er sie auf die Matratze stieß. Während er alles tat, was er tun wollte, starrte sie auf die braunen Wasserflecken an der Decke. Als er ihr Schmerzen zufügte, betete sie, dass es bald vorbei war. Sie schwor sich, dass er es nie wieder tun würde.

Nachdem er sich befriedigt hatte, lag er erschöpft gegen die Wand gelehnt da und rauchte eine Zigarette. Sie sammelte ihre Kleider und die Handtasche vom Boden auf und schloss sich im

Badezimmer ein. Ihre Hände zitterten, als sie sich anzog und den Testsatz von Genechek aus ihrer Handtasche holte. Als D. J. an die Tür pochte, hätte sie alles beinahe auf den Boden fallen lassen.

»Was machst du da drinnen?«

Rasch riss sie die Verpackung auf und positionierte das Abstrichstäbchen so, dass sie nur in die Tasche fassen musste, um es zu erreichen. »Ich wasche mich«, rief sie.

Er rüttelte an der Tür. »Ich muss pissen.«

Sie schloss den Reißverschluss ihrer Handtasche und strich sich die Kleider glatt. Kaum hatte sie die Tür geöffnet, drängte er sich an ihr vorbei und stellte sich vor die Toilette. »Nicht weglaufen«, befahl er ihr, während er sich erleichterte.

Sie stand in der Tür und sah ihn wie betäubt an. Jim hatte Monate gebraucht, bis er vor ihr hatte pinkeln können. D. J. hatte in dieser Hinsicht keinerlei Hemmungen. Er begegnete ihr mit einer Vertrautheit, die sie als sehr beunruhigend empfand. Es sprach Bände über die monatelangen Schikanen, die sie hinter sich hatte. Noch immer zerriss es ihr jedes Mal das Herz, wenn sie an ihren armen Hund dachte.

»D. J.«, sagte sie, als er in das Schlafzimmer zurückkam. Er kramte durch den Kleiderberg neben dem Bett, bis er einen Joint gefunden hatte. Dann ließ er sich auf das Bett fallen und klopfte mit der Hand auf den freien Platz neben sich. Sie wünschte, er würde sich etwas anziehen. Ihr ganzer Körper schmerzte von der Stunde, die sie soeben unter ihm verbracht hatte. Sie wollte nicht, dass er auf die Idee kam, noch eine Runde hinzulegen. Zum Glück machte ihn das Marihuana müde, sodass er rasch in einen tiefen Schlaf fiel. Sie wartete ganze fünfzehn Minuten, bis sie den Testsatz von Genechek langsam und vorsichtig aus ihrer Handtasche zog, damit er nur ja nicht aufwachte. Das einzige Glück heute war, dass D. J. mit offenem Mund schlief. Nur mit Mühe konnte sie das Zittern ihrer Hand unterdrücken, als sie das Abstrichstäbchen hervorholte. Was sollte sie ihm sagen, wenn er aufwachte, während sie mit dem Stäbchen auf der Innenseite seiner Wange herumfuhr?

Zum Glück lief alles glatt.

Kaum hatte sie, was sie brauchte, stahl sie sich davon. Sie war gerade auf halbem Weg zurück zur Arbeit, als sie an den Straßenrand fahren und sich übergeben musste.

SIEBENUNDFÜNFZIG

»Tyler Holloway ist der Sohn des Soccer Mom Stranglers«, bestätigte Connor. Als Rachel nicht antwortete, sich nicht einmal bewegte, fügte er hinzu: »Wissen Sie, wenn ich herausfinden würde, dass mein Kind der Sohn eines Serienmörders ist, würde ich auch in den nächsten Fluss fahren wollen. Leah hatte also eine Affäre mit dem Strangler. Bekam dieses Baby. Zählte zwei und zwei zusammen. Und drehte durch. Fall gelöst, nicht wahr?«

Rachel leckte sich die Lippen, schwieg aber weiter.

»Das Problem ist, dass Leah auch einen Mutterschaftstest hat machen lassen. Ich habe mich immer wieder gefragt, warum sie den brauchte. Sie konnte ja nicht vergessen haben, dass sie fünf Monate zuvor ein Kind zur Welt gebracht hatte. Ich habe mir die ärztlichen Unterlagen noch einmal angesehen. Sie hat definitiv vor fünf Monaten ein Kind bekommen. Dachte sie etwa, dass im Krankenhaus Babys vertauscht worden waren? Dass das Pflegepersonal einen Fehler gemacht hatte? So etwas passiert, nicht wahr? Vielleicht hätte das erklärt, warum Tyler der Sohn des Soccer Mom Stranglers ist. Wenn da nicht die Haarbürste gewesen wäre.«

Rachel wandte den Blick ab.

»Leah hat dreimal so viel für den Mutterschaftstest wie für den Vaterschaftstest bezahlt. Wissen Sie, warum?«

Keine Antwort.

»Weil die eingereichte Probe von einer Haarbürste stammte und nicht von einem Abstrichstäbchen. Die DNA musste vom Haar in der Bürste extrahiert werden. Das ist aufwendiger, dauert länger und kostet deshalb mehr. Da frage ich mich: Warum hat Leah ihre Haarbürste eingeschickt und dreimal so viel für die Testergebnisse bezahlt, wenn sie es auch mit einem einfachen Abstrich hätte haben können?«

Rachel sank in ihrem Stuhl zurück, die Arme vor der Brust verschränkt. Ihr Supermom-Anhänger lag auf ihrer Brust, schon glanzlos vom vielen Herumfummeln. Doch jetzt nahm sie ihn nicht in die Hand.

»Sie und ich wissen, warum. Sie hat Ihre Haarbürste genommen. Und wissen Sie noch etwas? Die Probe, die sie für den Mutterschaftstest für Tyler eingeschickt hat, war nicht Tylers Probe. Das DNA-Profil passt nicht zu dem, das Genechek beim Vaterschaftstest für Tyler ermittelt hat. Und nun raten Sie einmal, zu wessen DNA-Profil es passt?«

Wieder keine Antwort.

»Ding, ding, ding!«, rief Connor und imitierte eine Glocke, um Rachel dazu zu bringen, ihm in die Augen zu sehen. »Genau! Sie passt zum Soccer Mom Strangler. Gratulation übrigens, Sie sind jetzt offiziell Großmutter.«

Rachel schloss die Augen. Tränen strömten ihr aus den Augenwinkeln. Ihre Schultern schüttelten sich.

»Weiß Ihr Mann, dass Ihr Sohn der Soccer Mom Strangler ist?«

Sie öffnete die Augen mit halb gequältem, halb resigniertem Blick. »Er weiß nicht, dass D. J. mein Sohn ist. Niemand weiß das.«

»Bitte was?« Connor lachte auf. »Dachten Sie wirklich,

niemand hier würde herausfinden, dass dieser Kerl Ihr Sohn ist? So wie es aussieht, stecken Sie mit ihm unter einer Decke. Gut möglich, dass sie ins Gefängnis wandern. Er hat fünf Frauen auf dem Gewissen, soweit wir wissen, darunter eine meiner Kolleginnen. Wenn wir ihn nicht kriegen, wird er nie aufhören, Menschen Schaden zuzufügen. Ich muss also wissen, was Sie wissen. Jetzt. Keine Lügen mehr.«

ACHTUNDFÜNFZIG

SIEBZEHN MONATE ZUVOR

Sie hasste sich dafür. Davor, währenddessen und danach. Selbst während jedes überwältigenden Orgasmus hasste sie sich. Täglich wog sie die Lust gegen ihre Scham ab, die Befriedigung, Jim eins auszuwischen, gegen die Folgen, sollte sie ertappt werden. Die ganze Affäre dauerte nicht lange. Ein paar Monate. Schon die Heimlichtuerei brachte sie an den Rand eines Herzinfarkts. Sie verstand nicht, wie andere das zustande brachten. D. J. schien die Sache überhaupt nicht zu stressen, obwohl sie nie darüber sprachen.

Überhaupt redeten sie nicht viel. Es war keine Beziehung vieler Worte. Außerdem machte er sie normalerweise sprachlos – durch sein Aussehen, die Selbstverständlichkeit, mit der er sie berührte, sie nahm, die Gier in seinen Augen, wenn er sie anstarrte. Sie kam sich zugleich wie ein Pin-up-Girl und ein wehrloses Opfer vor. Seine unersättliche Lust auf sie verstand sie nicht. Noch nie hatte ein Mann sie so begehrt wie D. J. Tief drinnen wartete sie immer noch auf die Pointe: War sie vielleicht Zielscheibe einer kranken Version der *Versteckten Kamera?*

Anfang war die Intensität seiner Begierde elektrisierend.

Er wartete, bis sie die Kinder abends ins Bett gebracht hatte, dann stahl er sich ins Haus, während Jim arbeitete. Sie hörte ihn kaum je kommen. An manchen Abenden sperrte sie sogar die Türen zu, aber er gelangte trotzdem hinein. Es kam vor, dass sie gerade eine Ladung Wäsche in die Maschine stopfte oder den ständig vollgestellten Küchentisch abräumte und er plötzlich hinter ihr auftauchte, den hungrigen Mund an ihrem Hals und die Hände überall an ihr. Er machte mit ihrem Körper, was er wollte, und sagte nur etwas, wenn er ihr Anweisungen gab.

»Zieh die Bluse aus!«

»Leg dich hin!«

»Reite mich!«

Gelegentlich machte er ihr ein derbes Kompliment, das ihre Haut glühen ließ, als wäre sie in eine Lavagrube gesprungen.

»Du bist so verdammt heiß.«

»Ich mag deine Titten.«

Er sagte andere, schmutzigere Dinge zu ihr. Dinge, die sie nie einem anderen Menschen gegenüber über die Lippen bringen würde. Schon allein beim Gedanken an seine Worte danach bekam sie fast einen Ausschlag. Sie hatte nie Pornos angeschaut, fragte sich aber, ob er solche Dinge dort gelernt hatte.

Eines Abends, sie hatten gerade eine besonders akrobatische Nummer in der Waschküche hinter sich, platzte der kleine Hunter herein. Sein winziges Gesichtchen war umnebelt und schlaftrunken, sein Haar auf einer Seite zusammengedrückt. In einem Arm hielt er seinen T-Rex aus Stoff. Zum Glück war es dunkel im Raum. Leah schrie auf, als sie ihn sah, und schob D. J. von sich. Zum Glück verschwand er im Dunkeln, während Leah Hunter hochhob und mit ihm schnurstracks zur Tür marschierte. Sie drückte ihn an ihre nackte Haut und brachte ihn zurück in sein Zimmer.

»Mommy«, sagte er. »Ich habe dich gesucht.«

Sie war noch ganz außer Atem. »Ich habe Wäsche gewaschen, Käferchen«, antwortete sie mit zittriger Stimme.

Er stupste ihre Brust. »Du bist nackig.«

Sie lächelte gequält. »Ich habe mir Limonade auf die Kleider geschüttet und musste sie in die Waschmaschine tun. Jetzt bleib hier, während Mommy ins Schlafzimmer geht und sich ihren Pyjama holt.«

»Mommy, da war ein Mann in unserem Haus.«

Ihr wurde eiskalt. Sie war sich sicher, dass ihr Sohn spürte, wie ihr das Herz in der Brust pochte. »Ach, mein Liebling«, entgegnete sie. »Da war kein Mann. Du hast nur geträumt, okay, mein Süßer?«

Er rieb sich die Augen. »Hast du auch gut nachgesehen?«

Sie strich ihm mit einer Hand die Haare aus dem Gesicht. »Na klar. Da war kein Mann. Das war bloß ein Traum. Jetzt schlaf weiter, okay, Käferchen?«

»Okay, Mommy.«

Sie steckte ihn wieder in sein Kinderbettchen, das lediglich aus einer Doppelmatratze auf dem Boden bestand. Sein Gitterbett hatten sie vor einigen Monaten weggeräumt, nachdem er immer wieder herausgeklettert war. Sie gab ihm einen Kuss auf die Stirn und ging ins Schlafzimmer, um sich etwas anzuziehen. Als sie sicher war, dass Hunter weggeschlummert war, machte sie sich auf die Suche nach D. J., aber er war weg.

Erst drei Tage später sah sie ihn wieder. Immer wenn Hunter mit anderen redete, stockte Leah der Atem. Sie wartete darauf, dass er erzählte, einen Mann im Haus gesehen zu haben, aber er erwähnte es nicht mehr. Anscheinend hatte er ihr geglaubt, dass es ein Traum gewesen war. Oder er hatte das Ganze einfach vergessen.

Als D. J. das nächste Mal geschlichen kam, gelang es ihr, ihm auszuweichen, bevor er sie anfassen konnte. Sie hatte am Spülbecken in der Küche gestanden, abgewaschen und dabei die Ohren gespitzt, um ihn zu hören, wenn er sich von hinten an sie heranschlich. Sie lief weg und brachte den Küchentisch zwischen sich und ihm. Ein unbedarfter Betrachter hätte das Ganze als kindliches Fangspiel deuten können. D. J. lachte. »Leah«, rief er.

Sie hob abwehrend eine seifige Hand. »Halt!«, befahl sie ihm. »Du bleibst dort drüben.«

Wieder lachte er, doch sie wollte, dass er am anderen Ende der Küche blieb, um mit ihm zu reden. »Wir müssen damit aufhören«, sagte sie.

Er grinste weiterhin. Seine Augen wanderten von ihrem Gesicht zu ihren Brüsten. Sie konnte seinen Blick förmlich spüren, wie zwei Hände, die sie begrapschten. Sie zog am Kragen ihres T-Shirts.

»Warum?«, wollte er wissen. »Weil dein Kleiner uns gesehen hat? Wie alt ist er – ein Jahr? Der erinnert sich doch nicht daran.«

»Er ist zwei und erinnert sich durchaus. Es hat mir gerade noch gefehlt, dass er Jim erzählt, dich hier mit mir gesehen zu haben.«

D. J. sah ihr wieder in die Augen. »Na und?«

Sie wurde rot. »Was heißt, na und? Meine Ehe ...«

Diesmal lachte er hämisch auf. »Deine Ehe? Wirklich, Leah? Erwarte von mir nicht, dir zu glauben, dass dir deine Ehe etwas bedeutet. Du gibst doch einen feuchten Dreck auf sie. Genauso scheißegal ist es dir, ob dieser Blödmann, den du geheiratet hast, es herausfindet. Ich weiß, dass er dich noch nie ordentlich durchgefickt hat.«

»D. J.«

Er ging um den Tisch herum, doch sie bewegte sich mit ihm und hielt so den Abstand zu ihm. Sein Ton änderte sich. »Ich mag es, wenn du meinen Namen sagst. Sag ihn noch einmal.«

»Nein.«

»Leah.«

»Warum gibst du dich überhaupt mit mir ab?«, stieß sie hervor.

Diese Frage hatte sie umgetrieben, seit sie das erste Mal Sex in der Garage gehabt hatten. Doch die Antwort darauf wollte sie gar nicht wissen. Sie musste an die halb nackte Knalltüte denken, die bei ihm gewesen war, als sie ihn das erste Mal gesehen hatte. Er konnte jede haben. Mit seinem modelgleichen Aussehen, dem geheimnisvollen Grinsen und diesen Muskeln, deren Fasern bei jeder Bewegung spielten, war ihm jede Heterofrau sofort verfallen. Er konnte tagtäglich ein anderes junges, spärlich bekleidetes Dummchen vernaschen, wenn er wollte. Und trotzdem stattete er ihr jeden Abend einen Besuch ab und tat mit ihr Dinge, von denen sie nicht einmal gewusst hatte, dass sie möglich waren.

Er senkte den Blick und sah auf den Tisch. Sogleich musste sie daran denken, wie sie es auf der Tischplatte getrieben hatten, und schauderte. Er sah sie wieder mit einem jungenhaften, fast scheuen Blick unter langen Wimpern an. »Warum glaubst du mir nicht, dass du sexy bist?«

Nun war es an ihr zu lachen. »Bitte, D. J., ich weiß, was ich bin. Ich glaube nur, dass du es nicht weißt. Du könntest jede Frau haben und dir jede Nacht eine andere nehmen, wenn du wolltest.«

Er legte beide Hände auf den Tisch und beugte sich zu ihr. »Ich will aber keine anderen Frauen. Ich will dich, Leah. Das ergibt für dich vielleicht keinen Sinn, für mich aber schon. Du bist eine schöne, sexy, schlaue, elegante Frau mit dem heißesten Arsch, den ich je gesehen habe.«

Sie musste ihren Blick von ihm abwenden. Ihre Haut brannte förmlich. Seine Turnschuhe tauchten nur Zentimeter von ihren nackten Füßen entfernt auf. Mit einer Hand hob er ihr Kinn und sah ihr tief in die Augen. »Was willst du, Leah? Soll ich vorsichtiger sein? Ich werde in Zukunft vorsichtiger sein.«

Seine Finger wanderten um ihren Hals zu ihrem Nacken. Er zog sie an sich, presste sich an sie. Sie spürte, wie eine Erektion seine Jeans spannte. Die Erinnerung an das letzte Mal, als er in ihr gewesen war, erregte sie.

»Du kannst diesen Trottel von Mann behalten, und ich kann dich weiter ficken.«

»D. J.«, protestierte sie, aber da war sein Mund schon mit einer Kraft auf ihrem, die ihr jeden vernünftigen Gedanken austrieb. In dieser Nacht ging sie ausgelaugt und wund zu Bett und hasste sich mehr denn je.

NEUNUNDFÜNFZIG

Laut schluchzend brach Rachel zusammen. Sie zitterte am ganzen Körper. Das ging mehrere Minuten so. Connor verließ den Raum, um eine Schachtel Taschentücher zu holen, die er im Lager gefunden hatte. Als er zurückkam, schien sie ihn zunächst gar nicht zu bemerken. Er schob ihr die Taschentücher hin. Sie zog eines heraus und putzte sich die Nase damit. Ihre Brust hob und senkte sich schwer. Sie nahm noch weitere Tücher und tupfte sich die Augen damit, bevor sie sie in ihrer Faust zusammenknüllte.

»Ich war fünfzehn, okay? Der Vater von D. J. war älter – wesentlich älter. Ein Lehrer am College. Ich bin immer an seinem Haus vorbeigekommen, wenn ich meinen Hund ausgeführt habe. Der Hund war schlimm. Er hat nie gehorcht. Das Spaziergehen mit ihm war ein Albtraum, aber meine Mom zwang mich dazu. ›Du wolltest ihn‹, hat sie immer gesagt. D. J.s Dad hat gesehen, wie ich mit ihm zu kämpfen hatte. Er besaß selbst Hunde und konnte mit ihnen umgehen. Da hat er mir geholfen, dieses kleine Mistvieh zu erziehen. Und dabei sind wir uns nähergekommen. Wie es eben so ist.«

»Hat er Sie vergewaltigt?«, fragte Connor.

Sie lächelte betrübt und schnäuzte sich wieder. »Das hätte alles so einfach gemacht, nicht wahr? Wenn ich das gesagt hätte. Ich, die vernachlässigte Jugendliche, Tochter einer alleinerziehenden Mutter, mit einem gewaltigen Vaterkomplex. Das ideale Opfer eines Pädophilen. Einsam, auf der Suche nach Aufmerksamkeit. Es wäre wahrscheinlich akzeptabler gewesen, wenn ich behauptet hätte, dass er mich vergewaltigt hätte. Hat er aber nicht. Er war nett, geduldig und fürsorglich, und ich dachte, ich würde ihn lieben. Als ich schwanger wurde, versprach er, für uns zu sorgen – für mich und sein Kind.«

Wieder liefen ihr Tränen über die Wangen. »Er hat es versprochen und sein Versprechen auch gehalten. Hätte er nicht müssen, hat er aber.«

Connor runzelte die Stirn. »Aber Sie waren fünfzehn. Ich kenne die Gesetze in Pennsylvania nicht, aber in den meisten Bundesstaaten liegt das Schutzalter bei über fünfzehn Jahren.«

Sie nickte und tupfte sich die Augen. »Wir haben versucht, alles geheim zu halten. Er hätte enorme Schwierigkeiten bekommen, wenn es jemand herausgefunden hätte. Natürlich hat meine Mom irgendwann gemerkt, was los war. Aus heutiger Sicht war ich damals noch sehr dumm, das können Sie sich denken, also habe ich ihr alles gebeichtet und gedacht, sie würde es verstehen.«

»Hat sie aber nicht.«

»Nicht einmal ansatzweise. Sie hat mich sofort hinausgeworfen, die Polizei angerufen und ihn wegen Vergewaltigung angezeigt. Zum Glück haben wir in einer Kleinstadt gelebt und er war mit dem Polizeichef und dem Bezirksstaatsanwalt gut befreundet. Ich war schon bei ihm untergekommen, weil ich nirgendwo sonst hingekonnt hätte. Hätten sie ihn angeklagt, wäre ich mit einem Neugeborenen auf der Straße gesessen. Außerdem habe ich mich geweigert, gegen ihn auszusagen. Es wurde inoffiziell geregelt und vor der Presse geheim gehalten.

Er hat sogar seinen Arbeitsplatz behalten. Ich bin zu ihm gezogen. Wir wollten heiraten, sobald ich achtzehn war.«

Sie seufzte und blickte an die Decke. »Das war jedenfalls der Plan. Dann kam Dylan – D. J. Ich war völlig unvorbereitet auf das Baby. Man muss das verstehen: Ich war sechzehn. Ich habe mich von dem Abenteuer und der ganzen Aufregung mitreißen lassen. Da war dieser faszinierende ältere Mann, der bereit war, Himmel und Hölle für mich in Bewegung zu setzen. Der wilde, verrückte Sex. Die Pläne. So viele Pläne. Er war nicht reich, hatte aber etwas Geld. Wir wollten gemeinsam die ganze Welt bereisen. Uns in einem Dutzend Länder lieben.«

»Nun ja«, warf Connor ein. »Ein Baby macht solche Pläne zunichte.«

»Allerdings. Es war schrecklich. Und D. J. war ein Albtraum von einem Kind. Ich glaube, ich wusste von vornherein, dass mit ihm etwas nicht stimmte. Sebastian – so heißt sein Vater – dachte, ich hätte eine Wochenbettdepression. Ich habe mich immer gefragt, ob er recht hatte, aber später mit den Zwillingen lief es völlig anders.«

»Sie konnten keine Bindung zu D. J. aufbauen?«

Sie schüttelte den Kopf und sprach leiser. »Schlimmer noch.«

Connor wartete darauf, dass sie weitererzählte, aber nach mehreren Sekunden Schweigen, sagte er: »Rachel?«

Sie sah ihn wieder an. »Sie sagten, keine Lügen mehr, oder?«

»Ja. Keine Lügen mehr.«

Sie sah ihm direkt und ohne zu blinzeln, in die Augen und meinte dann: »Ich habe ihn gehasst.«

SECHZIG

SECHZEHN MONATE ZUVOR

Jim wurde zur Nebensache, seine Beschwerden und Forderungen waren nur noch Hintergrundrauschen. Zum ersten Mal in ihrer Ehe war sie froh darüber, dass sie in verschiedenen Schichten arbeiteten. Sie stellte ihm einen Teller mit Essen hin, wenn er um ein Uhr nachts nach Hause kam. Er übergab ihr um halb vier die Kinder, und ansonsten sahen sie sich nur am Wochenende. Zwar legte er sich nach wie vor in manchen Nächten auf sie und weckte sie mit Sex, der so unspektakulär wie anspruchslos war, doch es war ihr egal. Zum ersten Mal verspürte sie nicht jedes Mal, wenn sie ihn sah, den Drang, ihn ins Gesicht zu schlagen. Zum ersten Mal hatte sie nicht den ganzen Tag lang verkrampfte Schultermuskeln. Sie lachte mehr und begann das allabendliche Essen mit den Kindern zu genießen, statt das hektische, unberechenbare Zusammensein zu fürchten.

Eines Nachts sagte Hunter ihr, dass sie lustig sei. Sie hatten Figuren aus Kartoffelbrei auf ihren Tellern geformt, alle drei. Das ging so lange, bis ihnen vor Lachen der Bauch wehtat, ihr Essen kalt war und Kartoffelbleiklümpchen überall klebten, selbst in Peytons Haaren. Zum ersten Mal ärgerte sich Leah nicht mehr darüber, dass sie beide nach dem Essen ins Bad stecken musste. Sie hatten Spaß.

»Ich mag die lustige Mommy«, sagte Peyton.

Leah lachte und formte einen Kopf für ihre Kartoffelbreischildkröte. »Wirklich? Ist sie dir lieber als die normale Mommy?«

Peyton zuckte die Achseln. »Schon«, sagte sie mit der unschuldigen Offenheit einer Vierjährigen. »Die normale Mommy ist ständig wütend. Die lustige Mommy ist zufrieden.«

Hunter klopfte seine Gabel in einen Berg aus Kartoffelbrei, von dem er behauptete, es sei ein Dinosaurier, und rief: »Lustige Mommy!«

Natürlich hatte ihr neues Lustigsein seinen Preis. Ihre Affäre zu verdrängen war außergewöhnlich belastend für sie. Wenn sie nicht gerade Sex mit D. J. hatte, musste sie so tun, als gäbe es ihn nicht. Anders ging es nicht. Die Alternative war, sich der Tatsache zu stellen, was sie für eine schreckliche Person geworden war – eine Lügnerin und Betrügerin. Das konnte sie nicht. Tagsüber verstaute sie D. J. in ihrer mentalen Ist-nie-passiert-Schublade. Darin lagen mehr als nur ein paar Lügen, die meisten aus ihrer Kindheit.

Es erforderte größte Anstrengungen, diese Schublade geschlossen zu halten. Sie sah sich selbst in einem muffigen alten Zimmer voller Schubladen, in dem sie sich mit ihrem ganzen Gewicht gegen diesen einen Schub stemmte. Das war eine psychische Dauerbelastung. Sie begann, auf der Arbeit Dinge zu vergessen. Wichtige Dinge. Zu Hause versäumte sie es, die Stromrechnung zu bezahlen. Sie ließ Essen im Herd anbrennen, dachte nicht daran, Lichter auszuschalten, ließ den Wasserhahn in der Badewanne laufen, bis sie überschwappte, und vergaß, Hunter zur Regeluntersuchung zu bringen. Als sie eines Morgens zur Arbeit fuhr und feststellte, dass beide Kinder noch auf dem Rücksitz saßen – sie hatte völlig vergessen, sie in der Tagesstätte abzugeben –, wurde ihr klar, dass sie Probleme hatte. Zum Glück waren die Kleinen alt genug, um zu fragen: »Fahren wir heute mit dir zur Arbeit, Mommy?«

Sie sah sich in Gedanken als eine jener Mütter, die ihre Kinder in überhitzten Autos sterben ließen. Dabei hatten sie immer höchste Priorität für sie gehabt. Sie hatte noch so übernächtigt sein können, nie hatte sie es versäumt, sich um sie zu kümmern. Nie hatte sie verstanden, was zum Teufel in Eltern vorging, die Kinder gedankenlos im Auto zurückließen. Wie konnte man das Wichtigste im Leben vergessen?

Genau so, sagte eine Stimme in ihrem Kopf. *Ganz genau so.*

Wie eine Idiotin schrieb sie ihre plötzlich umnebelten Sinne zunächst nicht D. J. zu. Sie hielt es für ein physiologisches Problem: chronisches Erschöpfungssyndrom, Lupus erythematodes, erste Anzeichen von Alzheimer, ein Schlaganfall, womöglich sogar ein Hirntumor. Vielleicht hätte sie nicht »Gedächtnisverlust« googeln sollen, bevor sie einen Arzt aufsuchte. Ihr Hausarzt gab nach und verschrieb ihr ein MRT ihres Gehirns. Als keinerlei Auffälligkeiten zu erkennen waren, meinte er, ihre Symptome seien lediglich stressbedingt.

»Hat sich in Ihrem Leben in den letzten Monaten etwas verändert?«, fragte er sie. »Haben Sie im Moment Stress?«

Da war nur eines, was sich geändert hatte. Was sie ihrem Arzt natürlich nicht erzählte. Die kurze Befriedigung, die ihr die Schäferstündchen mit D. J. verschafften, reichte nicht aus, um den enormen Stress, der ihr durch die Affäre entstand, zu kompensieren.

Sie lohnte sich einfach nicht.

Der nächste Versuch, das Verhältnis zu beenden, verlief nicht gut. Sie hatten sich in der Waschküche eingesperrt. Die Kinder schliefen. D. J. war wie üblich im Schutz der Dunkelheit zu ihr herübergeschlichen. Er begrapschte sie und riss an ihrer Kleidung, als könnte er es nicht erwarten, in ihr zu sein. Sie verstand es noch immer nicht. Jedes Mal, wenn er sie berührte, gingen ihr die gleichen Fragen durch den Kopf: Was sah er in ihr? Warum wollte er gerade *sie*? War das irgendein geschmackloser Streich?

Sie musste warten, bis er fertig war. Der Sex mit ihm wurde grober, schneller, tierischer. Anfangs war er sehr darauf bedacht gewesen, ihr Befriedigung zu verschaffen. Oft hatte er sie mit dem Mund und seinen Händen verwöhnt, hatte sie jedes Mal zu neuen Höhen der Lust geführt. In letzter Zeit allerdings kam es ihr so vor, als spielte sie keine Rolle mehr und wäre für ihn nur noch ein warmer Körper, in den er sich pumpen konnte.

»D. J.«, sagte sie eines Tages, als er sich seine Boxershorts und Jeans wieder anzog. »Wir müssen reden.«

Das einzige Licht im Raum war der Schein, der unter dem Türspalt aus der Küche hereinfiel, aber sie sah das Flackern in seinen Augen. »Nein, müssen wir nicht.«

Sie beugte sich vor und tastete nach ihrem Slip. »Doch. Diese ... diese Sache zwischen uns, damit muss Schluss ein. Ich ... ich kann das nicht mehr.«

Er packte sie bei den Hüften, presste sich an sie und lachte, als sie ihn wegstieß. »Komm schon, Leah«, sagte er und klang dabei verblüffend wie Jim. Abschätzig.

Sie fand ihren Slip und gleich daneben ihre Shorts, lehnte sich an den Trockner und zog sie an. »Es ist mein Ernst. Ich kann das nicht mehr. D. J., du bist ein ...« Sie hielt inne. Was sollte sie sagen? Dass er ein netter Junge war? Er benahm sich nicht wie ein Junge. Ein netter Kerl? Was er mit ihr machte, war so weit weg von »nett«, wie es nur ging. Sie war nach wie vor entsetzt darüber, wie erniedrigend er sie manchmal behandelte.

»Ich bin was, Leah?«, drängte er. »Willst du sagen, dass ich ein toller Typ bin? Dass ich jedes Mädchen haben könnte, das ich wollte? Ich will aber dich.«

Er nahm sie nicht ernst. Leah ging durch den winzigen Raum, schaltete das Licht ein und stemmte ihre Hände in die Hüften. »Ich bin verheiratet, D. J. Ich habe eine Familie. Ich bin fast zwanzig Jahre älter als du. Du hättest dir doch denken können, dass das nicht ewig geht.«

»Leah«, sagte er. Sein Gesichtsausdruck hatte sich verändert, während er sprach, sein Grinsen war einer ernsteren Miene gewichen. Sie konnte es nicht so recht einordnen. Schließlich kannte sie ihn kaum. Aber sie glaubte, in seinem Gesicht Verwirrung zu lesen. Vielleicht einen Anflug von Panik.

»Wirklich«, fuhr sie fort. »Es muss dir doch klar gewesen sein, dass das nur ... nur ein ... Seitensprung war. Wir haben uns irgendwie zueinander hingezogen gefühlt, haben die Grenzen ausgelotet. Aber jetzt ist es vorbei.«

Flehentlich streckte er eine Hand aus. »Leah, bitte.«

Sie schüttelte den Kopf. »Tut mir leid, D. J. Wirklich. Ich hätte nie zulassen sollen, dass das mit uns so weit geht.«

Er trat auf sie zu und versuchte, ihr Gesicht zu berühren. Sie drehte sich weg. »Da ist doch etwas zwischen uns, Leah.«

Sie lächelte schwach. »Ja, etwas Körperliches. Und es war ... großartig. Aber ich ...«

Er drückte sich an sie und schob sie gegen die Tür. »Weil du großartig bist. Bitte, Leah, verlass mich nicht.«

Sie schob ihn sanft weg. Sein Ton beunruhigte sie. Plötzlich war er nicht mehr der überselbstbewusste, ultramaskuline Lover, der ihren Körper in den letzten beiden Monaten so geschickt zu gebrauchen gewusst hatte. Vor ihr stand der Junge, der er in Wirklichkeit war. Ihre Haut fühlte sich klamm und kalt an. Angst stieg in ihr hoch.

»D. J.«, beschwor sie ihn und versuchte dabei, beruhigend zu klingen. »Ich verlasse dich nicht. Du weißt doch, dass wir nie irgendwelche Verpflichtungen eingegangen sind, oder? Es war lediglich eine Affäre. Es ging nur um Sex.«

»Unglaublichen Sex«, entgegnete er. Diesmal war es weniger eine Feststellung, mehr eine Frage.

»Sicher, ja. Unglaublich, aber es konnte nicht ewig dauern.

Du bist jung. Du findest jemand anderen, jemanden in deinem Alter, der nicht verheiratet ist. Du wirst mich vergessen.«

Seine Augen glänzten. Waren das Tränen? Ihr Herz schlug einen Tick schneller. Konnte er wirklich so in sie verliebt sein? Sie wusste, dass er jung war, aber war er tatsächlich derart unerfahren in Beziehungen, dass er sich in so kurzer Zeit emotional so eng an sie gebunden hatte, ohne je mit ihr ein echtes Gespräch geführt zu haben?

Seine Stimme klang schrill und durchdringend. »Leah, bitte tu das nicht! Ich will niemanden außer dir. Es ist mir egal, ob du verheiratet bist.«

»Es sollte dir aber nicht egal sein. Was du für mich zu empfinden glaubst, ist nur Verliebtheit. Es ist nicht real.«

Abrupt nahm er ihr Gesicht in seine Hände und starrte sie an. Da waren tatsächlich Tränen in seinen Augen. »Es ist das Realste, was ich jemals empfunden habe.«

Sie legte ihre Hände auf seine Handgelenke und versuchte, sie wegzuziehen, aber er hielt sie fest. »Nein, D. J.«

Sein Ton wurde drängender und bekam eine Entschlossenheit, die aus Verzweiflung gespeist wurde. »Doch«, drängte er. »Es ist real. Wie kannst du sagen, dass es nicht real ist?«

Wieder versuchte sie, seinen Griff zu lockern, es gelang ihr jedoch nicht. Angst stieg in ihr hoch. Eine seiner Hände wanderte nach unten, schlüpfte in ihre Shorts und zwischen ihre Beine. »Das ist real. Du weißt es genauso gut wie ich.« Seine Finger bearbeiteten sie, und ihr Körper reagierte, trotz allem. »Siehst du?«, hauchte er ihr ins Gesicht. Sein Atem roch nach Zigaretten und Mundspülung. »Du spürst es doch auch.«

Ihr Körper strebte dem Höhepunkt entgegen, aber sie kämpfte dagegen an, entwand sich ihm und schob seine Hand weg. Sie stieß ihn von sich, gegen die Waschmaschine. »Nein«, sagte sie entschlossen. »Es kann so nicht mehr weitergehen.«

»Aber, Leah, ich brauche dich«, bettelte er.

»Nein, das tust du nicht, und ich brauche dich auch nicht.

Es ist vorbei. Schluss. Ich möchte, dass du jetzt gehst und nicht ... nie mehr wiederkommst. Tut mir leid, D. J.«

Er fiel mit erhobenen, gefalteten Händen auf die Knie und weinte nun unverhohlen. »Nein, Leah, nein. Tu das nicht!«

Sie deutete auf die Tür und versuchte, das Zittern in ihrer Stimme zu unterdrücken. »Geh!«

Er schlang seine Arme um ihre Beine und drückte sein Gesicht in ihren Bauch. »Ich tue mir etwas an«, stieß er hervor.

Die Temperatur im Raum schien um zehn Grad zu fallen. Sie lehnte sich nach hinten, weg von ihm. »Was?«

»Ich tue mir etwas an. Ich bringe mich um«, hörte sie seine gedämpfte Stimme. »Ich habe einen Freund, dessen Vater ein Gewehr hat. Ich schieße mir eine verdammte Kugel in den Kopf.«

»D. J., nein.«

»Rachel hat Xanax. Ich habe es gesehen. Ich schlucke die ganze Dose.«

Sie berührte seinen Kopf. Sein üppiges braunes Haar war steif vor Gel. »D. J., hör auf damit. Was ist mit deiner Familie?«

»Familie? Meiner Familie bin ich scheißegal.«

»Ich weiß nicht, wie deine Situation war, bevor du hierherkamst, aber was ist mit deiner Tante Rachel? Sie hat dich aufgenommen ...«

Er spuckte ihren Namen förmlich aus. »Rachel? Die kümmert sich einen Dreck um mich. Du hast nicht die leiseste Ahnung, wie sie ist, oder?«

»Ich weiß, dass sie ...«

»Du weißt gar nichts von ihr. Du solltest sie bei Gelegenheit mal nach den Leuten fragen, die sie verlassen hat, als sie hergezogen ist.«

Verdutzt suchte Leah nach einer Antwort. Sie hatte keine Ahnung, wovon er redete. Normalerweise sprachen sie und Rachel selten über ihre Kindheit – Leah nicht, weil ihre so traumatisierend gewesen war, und Rachel nicht, weil sie behauptete, dass sie völlig unspektakulär gewesen sei. Es gab nichts zu erzählen.

D. J. drückte sein Gesicht noch fester in ihren Bauch. Seine Hände packten die Rückseite ihrer Schenkel. Zum ersten Mal hatte seine Berührung nichts Sexuelles. Da war reine Abhängigkeit. Und das machte ihr entsetzliche Angst.

»Ich tue es«, versprach er. »Wenn ich nicht mehr bei dir sein kann, möchte ich nicht mehr leben.«

»Nein.«

Sie wusste nicht, was sie noch sagen sollte. Seine plötzliche Verwandlung von einem Mann, der vor Selbstbewusstsein strotzte, zu einem Jungen, der auf Knien bettelte, gab ihr den Rest. Meinte er es ernst? Würde er wirklich versuchen, sich umzubringen? Hatte er psychische Probleme? Wieder kam ihr die schreckliche Erkenntnis, dass sie nichts über ihn wusste, außer wie er nackt aussah. In was war sie da hineingeraten?

»D. J., bitte«, versuchte sie es erneut. »Tu dir nichts an. Nicht wegen mir, nicht wegen dem Ganzen hier. Du bist so jung. Du hast noch dein ganzes Leben vor dir. Du findest jemanden, der viel besser ist als ich. Jemanden, mit dem du ein gemeinsames Leben beginnen kannst.«

Er schüttelte den an ihren Bauch gedrückten Kopf, während sie redete. »Ich will nur dich«, murmelte er.

Angewidert legte sie den Kopf in den Nacken und schloss die Augen. Ihre Gedanken rasten. Was sollte sie noch sagen? Wenn sie hart blieb und ihn hinauswarf und er sich wirklich umbrachte, konnte sie mit dieser Schuld leben?

Nein, das konnte sie nicht.

Obwohl Leah dem Selbstmord ihrer Mutter lange mit gemischten Gefühlen gegenübergestanden hatte, hatte er verheerende Auswirkungen gehabt, vor allem auf ihren Bruder. Auch wenn sie selbst bisweilen abstrakte Selbstmordgedanken hegte, war ihr klar, dass ein Suizid lange, schreckliche Folgen für die Hinterbliebenen hatte. Nie würde sie das der Familie von D. J. antun wollen. Da hörte sie plötzlich die Stimme ihrer Mutter, die wie Nebel aus der Scheißkindheit-Schublade in ihrem Kopf emporstieg.

»Wer sich wirklich umbringen will, redet nicht darüber.«

Leah war sechzehn und depressiv gewesen. Sie hatte vor ihrer Mutter gestanden und gedroht, sich das Leben zu nehmen.

»Wenn du es tun willst, mach es und halte den Mund.«

Ihre Mutter hatte recht gehabt. Leah war noch am Leben und ihre Mutter nicht. Aber konnte sie sicher sein, dass es bei D. J.s Drohung blieb? Konnte sie das Risiko eingehen?

Jemand rüttelte an der Tür zur Waschküche. Leah schrie auf. Sie wollte D. J. wegdrücken, aber er hielt sie fest. Von der anderen Seite der Tür hörte sie Peytons schlaftrunkene Stimme. »Mommy?«

»Einen Augenblick«, rief Leah.

Voller Panik drückte sie wieder gegen D. J.s Schultern und versuchte, sich von ihm zu lösen. »Lass mich los!«, zischte sie.

Er blickte sie mit tränennassem Gesicht an und sah dabei aus wie ein kleiner Junge, der sich verlaufen hatte. Ihre Entschlossenheit schwand.

»Mommy?«, rief Peyton wieder.

»Ich komme gleich, Liebes.« Sie sah zu ihm hinab. »Schon gut«, flüsterte sie. »Bitte tu dir nichts an, D. J. Es kann im Moment so bleiben, wie es ist. Wir reden später, okay?«

»Versprochen?«, fragte er und sah sie mit hoffnungsvollem Blick an.

Sie berührte seine Wange. »Ja, natürlich. Versprochen. Jetzt reden wir nicht mehr darüber. Alles ist gut. Geh nach Hause, und wir sehen uns morgen, okay?«

Endlich ließ er sie los. Sie bemühte sich, nicht panisch zur Tür zu laufen, drehte sich jedoch nicht mehr zu ihm um und schlüpfte nach draußen, noch bevor er etwas sagen konnte.

EINUNDSECHZIG

Connor sah Rachel wortlos an, ohne eine Miene zu verziehen. Er ließ sie die Stille füllen.

»Es klingt schrecklich, ich weiß. Was ist das für eine Mutter, die ihr eigenes Kind hasst? Aber Sie wissen nicht, wie es war. Sebastian hat mich den ganzen Tag mit ihm allein gelassen. Ich hatte keine Ahnung, was zu tun war. Der Kleine hat den ganzen Tag nur geschrien. Es spielte keine Rolle, wie oft ich ihn fütterte oder ihm die Windeln wechselte, ob ihm warm oder kalt war, ob er lag oder geschaukelt wurde. Er hat einfach nur geweint, ohne Ende. Lediglich Sebastian konnte ihn dazu bringen aufzuhören. Er mochte ihn. Vom ersten Augenblick an. Liebte ihn abgöttisch. Ich war völlig belanglos, außer wenn es darum ging, ob ich D. J.s Bedürfnisse erfüllte. Was ich natürlich nicht konnte.«

»Wie war es, als er älter wurde und seine Bedürfnisse formulieren konnte?«

Sie verdrehte die Augen. »Er hatte ständig irgendwelche Bedürfnisse. Und wenn ich nicht spurte, wie er wollte, machte er einen unglaublichen Aufstand. Mit drei brach er mir einen Zahn ab, als er eine Kaffeetasse nach mir warf, weil ich ihn nicht mit der Steckdose spielen ließ. Als er vier war, goss er heißen Kaffee auf einen von Sebastians Hunden. Er fand so viel Gefallen daran, dass er sich andere Gemeinheiten ausdachte, wie er die Hunde quälen konnte, bis wir einen einschläfern und den anderen weggeben mussten. Auch mir hat er wehgetan. Ständig. Immer wieder ist es ihm gelungen. Ich hatte Glück, dass er so klein war, sonst hätte er mich wahrscheinlich irgendwann ins Krankenhaus gebracht.«

»Wie stand Sebastian zu alledem?«, wollte Connor wissen.

»Es hielt es für eine Phase. Dachte, es würde vorübergehen. Er liebte D. J. so sehr, dass er nicht akzeptieren konnte, wie ... böse er war.«

»Ein ziemlich hartes Urteil über einen Vierjährigen.«

Rachel schloss wieder die Augen und atmete tief ein. »Sie waren nicht dabei«, entgegnete sie. Dann öffnete sie die Augen und sah ihn mit gequältem Gesichtsausdruck an. »Mit fünf stieß er im Vorkindergarten ein Mädchen vom Klettergerüst, sodass es sich eine offene Platzwunde am Kopf zuzog. Sie haben uns rausgeschmissen. Sebastian bezahlte die gesamten Behandlungskosten des Mädchens und legte noch etwas drauf. Im Kindergarten wollte man ihn nicht haben. Es hieß, wir sollten ihn testen lassen.« Beim Wort *testen* deutete sie mit den Fingern Gänsefüßchen an.

»Ich habe Sebastian gesagt, dass D. J. in eine geschlossene Anstalt gehört, aber davon wollte er nichts wissen. Zumindest anfangs nicht. Als ich mich von ihm getrennt habe, war D. J. so gewalttätig geworden, dass Sebastian ihn in einer Einrichtung unterbrachte, um ihn psychiatrisch behandeln zu lassen.«

»Aber Sie sind trotzdem gegangen«, bemerkte Connor.

»Ich musste. Ich war so unglücklich. D. J. in Behandlung zu geben war keine Selbstverständlichkeit. Sebastian war hin- und hergerissen. Die Wahrheit ist, dass ich Geschichten über Mütter gelesen habe, die ihre eigenen Kinder umbrachten, und ich habe verstanden, warum. Ich dachte darüber nach, wie viel leichter unser Leben wäre, wenn D. J. tot wäre. Selbst wenn er in eine geschlossene Anstalt käme, würde Sebastian noch immer an ihm hängen. Würde ihn ständig besuchen wollen. Würde immer versuchen, ihn wieder nach Hause zu holen. Als mir diese Gedanken kamen, wusste ich, dass ich weggehen musste. Die Gelegenheit dazu hat sich ergeben, als meine Mutter starb. Sie hatte mich in ihrem Testament nicht bedacht, was okay war, denn das Einzige, was sie besessen hatte, war ein zehn Jahre alter Honda-Kombi. Aber sie hatte vergessen, mich als Empfängerin ihrer Lebensversicherung streichen zu lassen. Plötzlich hatte ich fünfhunderttausend Dollar. Das reichte für ein neues Leben. Während Sebastian eines Tages auf der Arbeit war und D. J. schlief, bin ich weg. Ich habe keine Sekunde bereut. Ich bin so weit weg von diesem Leben und diesem Ort, wie es nur ging.«

ZWEIUNDSECHZIG

SECHZEHN MONATE ZUVOR

Leah sah D. J. eine ganze Woche lang nicht. Sie war erleichtert und hatte zugleich ein schlechtes Gewissen deswegen. Was, wenn er sich wirklich wie angedroht umgebracht hatte? Nein, das hätte sie mitbekommen. Rachel sprach nicht gern über D. J., hätte aber Leah sicher Bescheid gesagt, wenn er sich etwas angetan hätte. Leah beruhigte sich damit, dass er lebte und wohlauf war, ganz gleich, wohin er gegangen war und was er tat. Nur konnte sie niemanden nach ihm fragen. Es wäre zu verdächtig gewesen. Offiziell waren sie und er nur ein paarmal zufällig bei sozialen Zusammenkünften im gleichen Raum gewesen. Sie hatte nicht einmal seine Handynummer.

Ihr fiel auf, wie absurd das war. Drei Monate lang war sie mit diesem Jungen so intim geworden wie mit niemandem sonst in ihrem ganzen Leben, Jim eingeschlossen, aber seine Telefonnummer hatte sie nicht. Sie wusste, dass er ein Handy besaß. Rachel hatte sich darüber beschwert, dass sie ihn mit in ihren Providervertrag aufgenommen hatte, als er bei ihr eingezogen war. Kaum einen Monat später hatte sie darauf bestanden, dass er einen eigenen Vertrag abschloss. Mike wolle ihn nicht dabeihaben, hatte sie gesagt. Es war eine der seltenen Gelegenheiten, an denen sie überhaupt erwähnte, dass D. J. bei ihr wohnte. Sein neues Handy war ein Prepaidgerät. Leah wusste es, weil sie kurz darüber gesprochen hatten, als sie es das erste Mal in seiner Hand gesehen hatte. Seine Nummer hatte er ihr jedoch nicht gegeben. Er war fast jeden Abend in ihr Haus geschlichen, aber eine Möglichkeit, ihn zu erreichen, hatte sie nicht.

Nun fragte sie sich, ob er sich absichtlich von ihr fernhielt – damit sie sich Sorgen machte oder ein schlechtes Gewissen bekam, weil sie das letzte Mal, als er bei ihr gewesen war, die Beziehung zu beenden versucht hatte. Wie berechnend war er wirklich? Hatte er es ernst gemeint, als er ihr mit Selbstmord gedroht hatte, oder es nur gesagt, damit sie die Affäre fortführte? Wie sollte sie das je herausfinden?

Sie konnte nicht riskieren, dass er sich etwas antat. Sie war kein solches Ungeheuer.

Als das Wochenende kam, war sie hin- und hergerissen zwischen ihrer Sorge um D. J. und der Erleichterung, ihn die ganze Woche nicht gesehen zu haben. Es tat so gut, nicht ständig Angst vor Entdeckung zu haben, nicht mit dem schlechten Gewissen kämpfen zu müssen, sich nicht jedes Mal, wenn sie Sex gehabt hatten, stundenlang Vorwürfe zu machen. Es war ihr nicht klar gewesen, wie viel Energie sie die Affäre mit ihm gekostet hatte. Und wozu? Nur damit sie sich besser fühlen konnte, weil sie sich für einen beschissenen Ehemann entschieden hatte? Die Woche ohne D. J. bestätigte sie nur in dem Entschluss, die Sache zu beenden. Die ganze Geschichte war verrückt. Sie hatte den Verstand verloren, hatte den Bezug zur Realität eingebüßt. Vorübergehender Wahnsinn war das gewesen. Es lohnte sich nicht, dafür ihre Ehe, ihre Familie, ihre Freundschaft mit Rachel, kurzum: ihr Leben, wie sie es gewohnt war, aufs Spiel zu setzen. Sie musste einen Schlussstrich ziehen, falls er wieder antanzte. Sie hatte zwar keine Ahnung, wie, aber es ging nicht anders.

Natürlich raubte er ihr wieder den Atem, als er aufs Neue

leibhaftig vor ihr stand. Sie hasste ihre körperliche Reaktion auf ihn. Er schlich sich am Montagabend herein, nachdem die Kinder im Bett waren, und ließ sich neben ihren Füßen nieder, während sie auf der Couch schlief. Sie wachte auf, als seine Hand ihren Schenkel hochwanderte. Mit klopfendem Herzen sprang sie auf. »D. J.«, rief sie.

Er lächelte sie an. »Hast du mich vermisst?«, murmelte er und fasste ihr zwischen die Beine. Sie wollte ihn zugleich von sich wegstoßen und unter seiner Berührung zerschmelzen. Doch sie tat nichts. Sein Lächeln gefror, die Hand bewegte sich nicht mehr. »Leah«, begann er. »Ich denke, wir sind das von Anfang an falsch angegangen. Ich verstehe jetzt, was du gemeint hast.«

Langsam rutschte sie von ihm weg. Er zog die Hand zurück. Sie leckte sich die trockenen Lippen. »Ach wirklich?«, sagte sie.

Er senkte den Blick. »Wir sollten uns kennenlernen.«

»Oh, D. J., nein. Ich glaube nicht, dass …«

Er unterbrach sie und sah ihr mit ernster Miene in die Augen. »Was ist deine Lieblingsfarbe?«

Sie lächelte und berührte ihn am Unterarm. »D. J., du bist süß, aber …«

»Ich will etwas über dich erfahren. Sag, was ist deine Lieblingsfarbe?«

»D. J.«, setzte sie erneut an. »Beziehungen basieren auf mehr als nur die Lieblingsdinge des anderen zu kennen.«

»Was ist die Lieblingsfarbe deines Mannes?«

Sie war erstaunt über diese Frage, aber sein fester Blick verriet ihr, dass er ernsthaft auf eine Antwort wartete. »Blau«, erwiderte sie.

»Rachel ist deine beste Freundin, oder? Welche Lieblingsfarbe hat sie?«

»Rot«, antwortete Leah langsam. »Aber D. J., so funktionieren Beziehungen nicht. Und was wir haben, ist keine Beziehung.«

Sein Blick verdüsterte sich. »Aber du hast doch gesagt, dass zwischen uns alles okay sei. Dass wir so weitermachen könnten. Ich will dich, Leah, und ich will mehr über dich wissen.«

Sie konnte nicht leugnen, dass ihr bei diesen Worten warm ums Herz wurde, obwohl sie dagegen ankämpfte. Kein Mann hatte das je zu ihr gesagt. Von Jim hatte sie so etwas noch nie gehört. Er hatte nie so viel Interesse an ihr gezeigt.

»*Ich will dich.*«

Sie wollte vernünftig sein, aber während sie versuchte, die Schulmädcheneuphorie zu verdrängen, die er in ihr weckte, schob er sich über sie wie eine Schlange, die sich um ihr Opfer wand. Sein Mund fand jede unbedeckte Stelle ihrer Haut, küsste sie zärtlich, züngelnd, und schickte einen wohligen Kitzel durch ihren Körper. Sie erlag ihm und steckte all ihre Sorgen über die Affäre und D. J.s fordernde Art in die Darum-kümmere-ich-mich-später-Schublade in ihrem Kopf.

»Jetzt sag schon«, flüsterte er. »Was ist deine Lieblingsfarbe?«

Von nun an sammelte er alles über sie und bombardierte sie ständig mit Fragen, während sie sich liebten. Leah kam sich vor, als würde sie interviewt oder an der Umfrage einer Datingplattform teilnehmen. Sie hatte keine Ahnung, was er mit all den Informationen vorhatte, die er in seinem Gehirn katalogisierte. Hatte er wirklich das Bedürfnis, zu erfahren, dass sie am liebsten mexikanisch aß? Schließlich würde er sie nicht zum Essen ausführen. Musste er unbedingt wissen, dass ihre Lieblingsblumen Nelken waren? Blumen würde oder konnte er ihr wohl kaum je schenken. Sie beantwortete seine törichten Schuljungenfragen, überlegte dabei aber ständig, wie sie aus der ganzen Sache – sie wagte nicht, diese unglückliche Verstrickung eine Beziehung zu nennen – wieder herauskam.

Je länger das Ganze ging, und je mehr er darauf bestand, alles über sie zu erfahren, desto gieriger wurde er. Nicht nur nach weiteren sinnlosen Fakten über sie, sondern nach ihrem Körper. Was zwischen ihnen ablief, hatte nicht annähernd noch etwas mit einem Liebesspiel zu tun, sondern war zu einem reinen Rammeln verkommen. Damit waren sie zu der tierischen Art von Sex zurückgekehrt, den sie vor ihrem Versuch, mit ihm Schluss zu machen, gehabt hatten. Er tauchte jeden Abend auf, besprang sie und stieß mit der erbarmungslosen Kraft eines Güterzugs in sie. Es wurde unangenehm. Er tat Dinge, die ihr nicht gefielen, doch fragte er nie, ob es für sie okay sei. Es war, als glaubte er, ihr nach dem Sex Fragen zu stellen rechtfertigte alles, was er mit ihr anstellte. Sie begann, unter seinen Berührungen zusammenzuzucken. Sie wollte das nicht mehr. Es war zu gefährlich, zu stressig, zu belastend für ihren Körper.

Dann kamen die Bisse.

Als er es das erste Mal tat, heulte sie auf, mehr vor Schreck als vor Schmerz. Instinktiv stieß sie ihn weg. Mit bebender Brust betastete sie ihre Schulter, um zu sehen, ob er sie verletzt hatte. Ihre Haut war unversehrt, aber wund und druckempfindlich. Unbeholfen rutschte sie vom Tisch und stellte ihre Beine auf den Fliesenboden. D. J. stand splitternackt ein paar Schritte von ihr entfernt und sah sie verwirrt an.

»Was zum Teufel ist los?«, fragte er.

Sie spürte eine Röte bis in die Haarwurzeln aufsteigen und sah ihn an, als wäre er ein völlig Fremder – was er im Grunde auch war. Er hatte ihr an jenem Abend, an dem er sie nach ihrer Lieblingsfarbe gefragt hatte, seine Handynummer gegeben, aber sie hatte ihn bis heute nicht angerufen. Das Risiko war zu groß. Sie kannte diesen Jungen nicht, wusste nicht, was ihn von »irgendwo im Osten«, wie Rachel es angedeutet hatte, hierhergeführt hatte. Ihre Stimme zitterte, als sie sagte: »Mach das nicht. Ich mag das nicht.«

Eine Hand schloss sich um ihre Brust. Er schob sie wieder auf den Tisch zurück und spreizte mit dem Knie gewaltsam ihre Beine. »Magst du es nicht, wenn ich dich beiße?«, flüsterte er neckend, aber mit zugleich bedrohlichem Unterton.

Seine Brust war unter ihren Händen steinhart. »Nein, ich mag das nicht. Das ist mein Ernst. Mach das nie wieder. Ich mag … ich will das nicht.«

Er schob sich in sie. Sie hatte aufgehört, schwer zu atmen. »Ich weiß, was du magst«, flüsterte er ihr ins Ohr.

Aber sie mochte nicht mehr. Nichts gefiel ihr mehr. Sie wollte nur noch, dass es vorbei war. Es war ihr nur zu vertraut. Dieser Mann, der mit ihr in ihrem eigenen Haus machte, was er wollte und wann immer er es wollte. Das hier sollte ihre Zuflucht, ihr Zuhause sein. Es war egal, was sie sagte, was sie wollte oder was ihr nicht gefiel. Sie musste es aushalten. Und darauf warten, dass es vorüberging. Dann konnte sie sich säubern und alles in ihrer Es-ist-nie-geschehen-Schublade verstecken.

Es machte sie krank. Buchstäblich. Zum ersten Mal seit fünfzehn Jahren bekam sie die Grippe. Dann kam der Tag, an dem sie endgültig genug hatte. Es war am Wochenende. Jim war zum Angeln gefahren. Rachel hatte vorbeigeschaut, um sich etwas Diphenhydramin für die Kinder zu holen. Sie hatte Leah kurz angesehen und Peyton sowie Hunter sofort zur Tür hinausgescheucht.

»Ich fahre mit den Kindern in den Zoo. Du legst dich hin.«

Leah war so zufrieden gewesen. So überaus glücklich, in ihrem Leid völlig allein sein zu können. Sie lag in einem oben und unten nicht zusammenpassenden Pyjama und einem dicken, babyblauen, flauschigen Morgenmantel auf der Couch, um sie herum haufenweise benutzte Taschentücher. Der Boden neben der Couch war mit Hustenbonbonpapier übersät. Gerade als sie einen Schluck Erkältungssirup direkt aus der Flasche nahm, erschien D. J. plötzlich im Wohnzimmer.

»Nein«, sagte sie nur mit heiserer Stimme. Ihr Hals fühlte sich an, als hätte sie eine Packung Rasierklingen verschluckt. Sie hob mit einer winkenden Bewegung abwehrend die Hand. »Geh weg! Ich bin krank. So krank.« Ihr Kopf fiel zurück auf das Sofakissen. Sie konnte die Augen nicht mehr offen halten. Da zogen Hände an ihrer Hose. Sie schlug sie weg. »Nein. Bitte. Ich bin krank.«

Sie spürte heißen Atem in ihrem Nacken. »Ich weiß etwas, womit du dich gleich besser fühlst«, sagte D. J.

»Und das ist Schlaf.«

»Nicht heute.«

Es folgte einer der schlimmsten Tage ihres Lebens. Sie war zu schwach, zu krank und zu erschöpft, um sich gegen ihn zu wehren. Selbst als sie weinte und ihn anflehte aufzuhören, ignorierte er sie. Er benutzte sie. Anders ließ es sich nicht beschreiben. Er zog sie aus, schob sie in alle Positionen, in denen er sie haben wollte, und vögelte sie, als wäre das Ganze ein Wettbewerb, den er gewinnen müsste. Sie war für ihn eine Gummipuppe. Als er schnell fertig war, atmete sie erleichtert auf und dachte, dass er nun gehen würde. Doch er blieb. Er war jung und viril. Binnen weniger Stunden bekam er ihn mehrmals hoch. In ihrem Delirium dachte sie daran, wie sie den Sex mit ihm einst genossen hatte. Diesmal aber fühlte sich ihr Körper an wie ein riesiger blauer Fleck, und jede Berührung vertausendfachte ihren Schmerz. Als er schließlich eine gefühlte Ewigkeit später aufhörte, ging er, ohne ein Wort zu sagen, und ließ sie nackt und wund zurück. Sie hatte sich noch nie im Leben so sehr wie ein lebloses Objekt gefühlt. Sie war ihm völlig egal. Vielleicht war seine Selbstmorddrohung nur ein Trick gewesen, um sie davon abzuhalten, mit ihm Schluss zu machen. Es tat ihr leid, dass sie ihm geglaubt hatte.

Es gelang ihr, sich den Pyjama wieder anzuziehen, dabei stürzte sie jedoch auf den Boden. Dort fand Jim sie eine Stunde später.

»Leah«, sagte er mit besorgter Stimme. »Alles okay mit dir?«

Sie schluchzte, als er sie wieder auf die Couch hob. »Ich bin krank«, weinte sie. »Jim, ich bin so krank.«

Er sah sie mit sorgenvoll gerunzelter Stirn an. »Du siehst schrecklich aus. ich bringe dich ins Krankenhaus.«

»Sie packte ihn bei den Armen. Angst stieg in ihr hoch. Niemand sollte sie so sehen. »Bitte nicht. Kein Krankenhaus. Ich brauche nur mein Bett. Ich möchte einfach in Ruhe gelassen werden.«

Jim sah sich zum ersten Mal im Zimmer um. »Wo sind die Kinder?«

»Rachel hat sie. Bitte, Jim. Bring mich einfach ins Bett.«

»Erst bringen wir dich in Ordnung. Wie wär's mit einem Bad?«

Sie konnte sich nichts Schöneres als ein heißes Bad vorstellen, aber dann sah er vielleicht die Bissabdrücke, die D. J. auf ihr hinterlassen hatte. »Nein«, sagte sie schnell. »Ich meine, danke, aber ich will mich jetzt einfach nur hinlegen.«

Nach wenigen Augenblicken hatte er sie ins Bett gebracht und ihr einen kühlen, feuchten Waschlappen auf die Stirn gelegt. »Ich mache dir etwas Tee«, schlug er vor.

Sie packte ihn am Arm, als er aufstehen wollte. »Nein«, rief sie. »Bleib einfach bei mir. Leg dich neben mich. Bitte, Jim.«

Ohne zu protestieren, zog er die Schuhe aus und tat, wie ihm geheißen. Leah streckte eine Hand zu ihm hinüber auf seine Bettseite, bis sie seine gefunden hatte. Sie verschränkte ihre Finger in seinen. »Danke«, sagte sie.

In den nächsten Tagen umsorgte Jim sie sehr. Er kochte für sie, brachte ihr das Essen ans Bett und kümmerte sich mit Rachels Hilfe um die Kinder. Um sie zu pflegen, blieb er sogar von der Arbeit zu Hause. Zum ersten Mal seit der Geburt ihrer Tochter verschlief Leah die Tage völlig selbstvergessen und sah sich im Fernsehen an, was sie wollte. Jims ständige Anwesenheit hielt D. J. fern. Ihr Mann schien ihre neue Anhänglichkeit zu genießen. Abends, wenn die Kinder schliefen, lagen sie zusammen im Bett und unterhielten sich wie damals, als sie angefangen hatten, miteinander zu gehen. Kaum fühlte Leah sich besser, ergriff sie die Initiative und schlief mit ihm. Geschickt ermunterte sie ihn, sie so zu berühren und sich so zu bewegen, wie sie festgestellt hatte, dass es ihr gefiel. Ihr Liebesspiel war langsam und vorsichtig, aber auch leidenschaftlicher denn je. Sie genoss Jims leichte Berührungen, nachdem D. J. so brutal mit ihr umgegangen war.

Im Dunkeln bemerkte er die Spuren nicht, die der Junge an ihr hinterlassen hatte.

Eine Woche später kam D. J. zurück. Sie war bereit für ihn. Mit fester »Mommy ist böse«-Stimme sagte sie ihm, dass es vorbei sei – diesmal endgültig – und er in diesem Haus nicht mehr willkommen sei. Sie machte sich auf eine Szene gefasst. Das Betteln, die Tränen, die Drohungen, sich etwas anzutun. Aber nichts von alledem kam. Er starrte sie nur düster und bedrohlich an. Die Stille war so greifbar, dass sie sich wie ein dritte Person im Raum anfühlte. Er machte auf dem Absatz kehrt, verließ das Haus und schlug die Tür dabei so fest zu, dass sie erschrak.

Sie hätte wissen müssen, dass es nicht so einfach war. Es dauerte zwei Wochen, dann hörte sie zum ersten Mal wieder von ihm. Diesmal bombardierte er sie mit Nachrichten auf dem Handy.

Denkst du, dass du die einzige gelangweilte Hausfrau warst, die ich gefickt habe? Frag mal deine Nachbarinnen.

Ich habe euch Miststücken allen Syphilis angehängt.

Viel Spaß dabei, das deinem Arschloch von Mann zu erklären.

Diese Entwicklung kam völlig unerwartet. Leah hatte damit gerechnet, dass er wieder mit Selbstmord kam, ja, sogar, dass er ihr drohte, allen von ihrer Affäre zu erzählen. Sie zu outen. Aber das? Darauf war sie nicht gefasst. Sagte er die Wahrheit? Hatte er wirklich mit vielen Frauen geschlafen?

Natürlich.

Wie hatte sie nur so dumm sein können, sich von ihm manipulieren zu lassen? Ganz zu schweigen davon, dass sie ständig ungeschützten Sex mit ihm gehabt hatte. Eine Verhütungsspritze schützte nicht vor Geschlechtskrankheiten. Darauf hatte ihr Frauenarzt immer wieder hingewiesen, wenn Leah sich die Injektion nach Hunters Geburt hatte geben lassen. Jedes Mal hatte sie sich darüber geärgert und gedacht, wie lächerlich es war, dass er es überhaupt zur Sprache brachte. Schließlich war Leah eine gänzlich rechtschaffene, konservative und normale Frau. Das ging auch aus ihren Unterlagen hervor. Sie würde sich nie Gedanken um Geschlechtskrankheiten machen müssen. Sie war eine treue Ehefrau und fürsorgliche Mutter.

Nur dass sie das längst nicht mehr war.

Sie war jetzt eine Lügnerin, Fremdgängerin und kolossale Idiotin. Kein argloses Opfer der *Versteckten Kamera*, sondern eine von vielen Trophäen. Waren die anderen Eroberungen wirklich ihre Nachbarinnen gewesen? Oder hatte er das nur geschrieben, um sie noch mehr zu ärgern? Hatte sie tatsächlich Syphilis? Was hatte er ihr noch angehängt?

Vier Tage lang tat sie kein Auge zu, dann brach sie zusammen und machte einen Termin bei ihrem Frauenarzt. Als sie dort war, brachte sie es nicht übers Herz, ihm zu sagen, dass sie eine Affäre gehabt hatte. Es würde in ihrer Akte vermerkt werden. Es wäre ein offizielles Eingeständnis, selbst wenn es niemand je zu Gesicht bekommen würde. Als der Gynäkologe sie fragte, warum sie auf Geschlechtskrankheiten getestet werden wolle, stieß sie hervor, dass Jim ungeschützten Sex mit einer anderen Frau gehabt habe. Während der Abstrich vorgenommen wurde, weinte sie die ganze Zeit, ignorierte jedoch die mitleidigen Blicke der Arzthelferinnen. Sie musste wissen, ob D. J. die Wahrheit gesagt hatte.

Sie litt nicht an einer sexuell übertragbaren Krankheit.

Sie war schwanger.

Durch das ölige Gleitmittel, das der Arzt bei der Untersuchung verwendet hatte, klebte ihre Scham an der Papierauflage des Untersuchungstischs. Bewegte sie sich, raschelte das Papier und zerriss. Leah packte die Enden des Papierkittels, der auf ihren Brüsten lag und genauso leicht zerriss. »Das ist nicht möglich«, sagte sie. »Ich habe doch die Spritze bekommen, die Verhütungsspritze. Ich kann doch nicht …«

Der Arzt lächelte sie ebenso mitleidig wie herablassend an. »Die Auffrischung wäre vor zwei Monaten fällig gewesen. Wir haben mehrmals versucht, Sie anzurufen, aber Sie haben nie zurückgerufen.«

Leah starrte ihn fassungslos an. Er redete weiter über Schwangerschaftsvorsorge und Termine, doch Leah bekam davon nichts mit. Die Worte schwirrten noch in ihrem Kopf herum. *Vor zwei Monaten.* Ziemlich genau zu der Zeit, als sie wegen D. J. neben der Spur gewesen war.

Sie erinnerte sich später nicht mehr daran, wie sie sich angezogen und an der Rezeption ausgecheckt hatte. Irgendwann fand sie sich in ihrem Auto wieder, in der Hand einen Terminzettel mit dem Vermerk, dass sie in einem Monat wieder in der Praxis vorstellig werden sollte.

Schwanger.

Sie hatten ihr gesagt, wann es so weit sein würde. Mithilfe des Terminplaners auf ihrem Handy zählte sie die Wochen zurück und stellte mit Entsetzen fest, dass das Baby sowohl von D. J. als auch von Jim sein konnte. Sie hatte nie aufgehört, mit ihrem Mann zu schlafen. Aber sie hatte in dieser Zeit fast täglich Sex mit D. J. gehabt, manchmal sogar mehrmals täglich.

Die Wahrscheinlichkeit war größer, dass er statt Jim als Vater infrage kam.

Sie versuchte, sich auf das Heben und Senken ihrer Brust zu konzentrieren, auf das Ein- und Ausatmen, denn sie hatte das Gefühl, keine Luft mehr zu bekommen. Mit verschwommenem Blick nahm sie die anderen ankommenden und wegfahrenden Autos auf dem Parkplatz wahr, als wären sie riesige Farbkleckse. Frauen gingen in die Praxis und verließen sie wieder. Manchen war die Schwangerschaft bereits deutlich anzusehen. Andere waren noch Jugendliche am Anfang ihres Erwachsenseins. Wahrscheinlich hatten sie gerade ihre erste Untersuchung oder brauchten zum ersten Mal ein Verhütungsmittel. Tränen liefen ihr über die Wangen. Langsam wurde die Welt um sie herum wieder schärfer. Sie sah ein Mädchen aus der Praxis kommen, der das üppige, lange, glatte Haar über die Schultern fiel. In der Hand hielt sie eine braune Papiertüte. Hinter ihr ging eine ältere Frau. Als sie näher kamen, bemerkte Leah die Ähnlichkeit zwischen beiden. Mutter und Tochter. Die Mutter sagte etwas, woraufhin die Tochter laut auflachend den Kopf zurückwarf.

Leah drückte die Hand an ihre Brust. Sie dachte an ihre eigene Mutter und verstand zum ersten Mal, warum sie sich umgebracht hatte. Leah hatte sie stets gehasst. Zum einen, weil sie es zugelassen hatte, dass ihr Vater so schreckliche Dinge mit ihnen allen gemacht hatte, zum anderen, weil sie sie schließlich ganz verlassen hatte. Leah hatte sich stets gefragt, warum sie nichts gegen ihn unternommen hatte. Wieso hatte sie sich ihm nicht entgegengestellt? Die Polizei gerufen? Ihn angezeigt – nur ein einziges Mal? Weshalb hatte sie nicht alles Menschenmögliche getan, um ihre Kinder zu schützen? Sie hätte sie nehmen und ihn verlassen können. Warum hatte sie es nicht durchgezogen oder zumindest versucht? Es war ihr so feige und dennoch so naheliegend erschienen, dass ihre Mutter einfach eine Schlinge um ihren Hals gelegt und sich aus der Verantwortung gestohlen hatte. Keine Schmerzen mehr. Keine Kämpfe. Kein Grübeln darüber, ob man das Richtige tat oder nicht. Keine Misshandlungen mehr. Keine Quälereien. Nichts mehr.

Leah war schlimmer als ihre Mutter. Ihre Mutter hatte sich in einer ausweglosen Situation befunden. Von einem gewalttätigen Mann wegzukommen war nicht einfach. Ihre Mutter hatte gegen so viel zu kämpfen gehabt. Nicht Leah. Sie hatte es gut gehabt. Aber sie hatte beschlossen, all das wegzuwerfen. War sie damit nicht schlimmer als ihre Mutter? War es ihr Schicksal, in die Fußstapfen ihrer Mutter zu treten? War das die Erklärung? Hatte sie sich unabsichtlich selbst ein Bein gestellt? Oder war es auf einer unbewussten Ebene Absicht gewesen? Was hatte sie getan? Was tat sie ihren Kindern an? Sie war so viele Jahre lang wütend gewesen, hatte ihrer Mutter vorgeworfen, ihr Leben zu ruinieren. Aber nun war auch sie dabei, aktiv das Leben ihrer Kinder zu ruinieren, nur auf andere Art und Weise.

Sie spürte wieder das einstige Gefühl der Hoffnungslosigkeit wie eine Leere im Magen. Als wäre ihr Bauch mit Luft gefüllt – so voll, dass kein Platz mehr für etwas anderes war, am allerwenigsten etwas Essbares. In diesem Augenblick war der Gedanke an das absolute Nichts, die Aussicht auf ein *überhaupt nichts mehr* so verlockend, dass es Leah bis ins Mark erschütterte.

»Ich bin nicht wie meine Mutter«, murmelte sie. Was bedeutete, dass sie es irgendwie hinbekommen musste.

Niemand wusste von der Affäre. Mit D. J. würde sie fertigwerden, wenn er noch einmal kam, aber die komplette Sache musste jetzt in die Ist-nie-passiert-Schublande in ihrem Kopf gepackt werden. Das Baby war von Jim. Eine andere Möglichkeit würde sie nicht in Betracht ziehen, würde es nicht einmal denken. Niemand würde einen Grund haben, das anzuzweifeln. Niemand würde auch nur annähernd glauben, dass sie eine Affäre gehabt haben könnte. Das war der Vorteil, wenn man bisher ein Bilderbuchleben geführt hatte. Sie hatte sich einen Ruf erarbeitet. Außerdem waren nicht alle Kinder Einzu-eins-Kopien ihrer Eltern. Wenn das Baby anders aussah, konnte Leah auf die Linie ihrer Eltern verweisen. Sie hatte nur ein paar unscharfe Fotos von ihnen. Niemand wusste noch so recht, wie sie oder sogar deren Eltern ausgesehen hatten. Das bekam sie hin. Sie konnte einfach so tun, als wäre die ganze Geschichte mit D. J. nur ein böser Traum gewesen.

Es hätte beinahe funktioniert.

Ein paar Tage später erfuhr sie von Rachel, dass D. J. wieder in den Osten zurückgegangen war. Monatelang hatte sie mit einem Anruf oder einer Nachricht von ihm gerechnet, während das Baby in ihr wuchs und sie ihr Leben weiterlebte. Manchmal hatte sie sogar den Eindruck, er käme tatsächlich herbeigeschlichen. Aber er war weg. Sie und Jim fielen in einen friedlichen Rhythmus aus Arbeit und Kindererziehung und warteten auf den Neuzugang. Als die Schwangerschaft nicht mehr zu übersehen war, fühlte Leah sich fast glücklich. Nur ein bisschen. Sie hatte etwas Wildes, Verrücktes, Falsches und Schreckliches getan. Sie hatte einen Fehler gemacht. Aber nun war es vorbei. Sie würde daraus lernen. Sie würde nach vorne blicken. Ihr Bilderbuchleben würde intakt bleiben.

Aber ein paar Wochen vor der Geburt kehrte D. J. zurück.

Sie dachte, sie hätte ihn in Rachels Garten kommen und gehen sehen. Aber als sie Rachel – natürlich beiläufig – fragte, ob er zurück sei, verneinte sie. Als Leah eines Tages den Abwasch machte, nachdem die Kinder zu Bett gegangen waren, hörte sie Schritte. Entweder gelang es ihm nicht mehr, so lautlos zu sein wie früher, oder sie hatte gelernt, das Geräusch seines Anpirschens zu vernehmen. Ihr Herz begann so stark zu pochen, dass sie in ihren Schläfen das Blut pulsieren spürte. Der kleine Tyler strampelte in ihrem Bauch. Sie drehte sich um und sah D. J. ein paar Meter von ihr entfernt stehen. Er wirkte dünner, aber in seinem eng anliegenden blauen T-Shirt und den zerrissenen Jeans so Model-mäßig und umwerfend wie eh und je.

»Du bist hier nicht willkommen«, sagte sie mit bemüht fester Stimme, um sich ihre Panik nicht anmerken zu lassen. Sie hatte inzwischen durch die Schwangerschaft so stark zugenommen, dass sie kaum noch die Treppen hochkam. Sie würde seine Avancen keinesfalls erdulden – hatte auch gar keine Lust mehr darauf. Der Gedanke daran, dass er sie anfasste, verursachte ihr Übelkeit. Aber sie hatte sich umsonst Sorgen gemacht.

Seine Augen wanderten zu ihrem runden Bauch. Sein verwirrter Ausdruck verwandelte sich in etwas, das sie nur als Abscheu beschreiben konnte. Er verzog das Gesicht, als hätte er etwas Widerliches gerochen. Für den Bruchteil einer Sekunde glaubte sie, Tränen in seinen Augen zu sehen. Er gestikulierte in ihre Richtung. Du … du bist fett geworden.«

Er sprach das Wort *fett* mit brechender, flüsternder Stimme aus, als hätte er große Schmerzen und es täte ihm weh zu reden.

Sie hätte fast aufgelacht. Hatte er noch nie eine Schwangere gesehen? »Ich bin schwanger«, sagte sie.

Seine Augen wanderten von ihrem Bauch zu ihrem Gesicht und wieder zu ihrem Bauch. »Schwa…? Du meinst, du bekommst ein Kind?«

Als sie sah, wie er auf ihren Bauch stierte – so, wie die meisten Menschen Kakerlaken oder Hundeexkremente anstarrten –, sträubten sich ihr die Haare auf den Armen. Sie legte beide Hände auf ihren Bauch. Drinnen stemmte Tyler eine winzige Hand gegen die Innenseite ihres gedehnten Leibs. »Ja«, antwortete sie. »Ein Baby.«

»Deshalb hast du mich verlassen.«

Sie schüttelte den Kopf. »Nein, ich habe dich nicht verlassen. D. J. ich habe es beendet, weil es falsch war, was wir getan haben. Wir haben jeden betrogen: meinen Mann, meine Kinder, deine Tante …«

Einen Augenblick lang wirkte er verdutzt. »Meine Tante?«

»Rachel. Was wir getan haben, war niemandem gegenüber fair. Du bist so jung. Ich bin verheiratet. Ich habe eine Familie. Rachel ist meine beste Freundin.«

Er ballte die Fäuste. Leah trat einen Schritt beiseite und versuchte, etwas zwischen sich und ihn zu bringen. Den Küchentisch oder wenigstens einen Stuhl. »Scheiß auf sie«, knurrte er. »Und scheiß auf dich!«

Sie versteinerte. Nur Tyler bewegte sich weiterhin eifrig und völlig unbeeindruckt von der Anspannung in jedem ihrer Muskeln. Etwas Altes und Grässliches aus der Scheißkindheit-Schublade in ihrem Kopf meldete sich. Eine Warnung. Sie signalisierte ihr, so schnell und weit wegzulaufen, wie es nur ging. Damals hatte sie nirgends hingehen können. Das Böse nahm sich, was es wollte, und ließ Hoffnungslosigkeit und Niedergeschlagenheit in ihr wachsen wie einen bösartigen Tumor. Nun spürte sie die Warnung in ihrem Rücken wie einen Wind bei einem Hurrikan, der sie schob und dazu drängte, vor diesem Jungen davonzulaufen. Sie hatte nicht einmal gemerkt, dass sie vor ihm zurückgewichen war, bis sie den Türknauf im Kreuz spürte.

»Das wirst du büßen«, sagte D. J.

Dann war er weg.

DREIUNDSECHZIG

»Sie sind nach Kalifornien gezogen«, fuhr Connor fort. »Sie haben D. J. und Sebastian zurückgelassen, die Lebensversicherung Ihrer Mutter genommen und sind hierhergekommen.«

Rachel nickte. »Ja. Ich habe mir eine Wohnung besorgt und so bescheiden gelebt, wie es nur ging. Schließlich bin ich aufs College gegangen. Dort habe ich Mike getroffen. In meinem zweiten Studienjahr hielt er um meine Hand an. Er machte gerade seinen Abschluss und hatte hier ein Jobangebot. Ich sagte Ja, wir sind hergezogen, und der Rest ist, wie man so sagt, Geschichte. Sebastian hat nie versucht, mich zu finden. Ich denke, er wusste, dass ich nicht für das Leben dort gemacht war.«

»Aber Sie haben jemand anders geheiratet. Und Kinder bekommen.«

»Mit Mike und den Mädchen war es ganz anders.«

»Wollen Sie damit sagen, dass es leichter war?«

Sie war sichtlich erbost. »Nein, ich will damit sagen, dass ich älterer, klüger und eigenständiger war. Ich musste keine Entscheidungen aus reiner Verzweiflung mehr treffen. Ich war bereit, eine Frau und Mutter zu sein.«

»Sie haben Ihrem Mann nie von Ihrer Vergangenheit erzählt?«

»Nein, ich habe keinen Sinn darin gesehen. Wahrscheinlich hätte Mike es auch nicht verstanden.«

Was du nicht sagst, dachte Connor bei sich, hielt aber den Mund. »Hatten Sie nie Angst, dass D. J. eines Tages nach Ihnen suchen würde?«

Rachel rutschte unruhig in ihrem Stuhl hin und her. »Am Anfang meiner Beziehung zu Mike habe ich mir schon Sorgen gemacht. Ich habe eine Nachbarin von Sebastian angerufen, eine ältere Frau, mit der ich mich gut verstanden hatte. Sie sagte mir, dass D. J., weg sei. Anscheinend hatte es einen Vorfall gegeben, bei dem er auf Sebastian losgegangen war und ihm schwere Verbrennungen zugefügt hatte. Daraufhin ließ Sebastian ihn in eine geschlossene Einrichtung einweisen. Aber selbst dort war er noch ein Problem. Ich habe mir anschließend keine Gedanken mehr gemacht. Ich dachte, er würde dort nie wieder herauskommen. Ich glaubte, ich sei sicher.«

Connor seufzte und hob die Hände. »Und doch sind wir jetzt da, wo wir sind. Was ist passiert?«

»Eines Tages stand er vor meiner Tür. Ich hatte keine Ahnung, wer er war. Es kam völlig überraschend. Er sagte, er wolle nur reden. Ich habe ihm einen Kaffee gemacht – Mike war auf der Arbeit, die Mädchen in der Kindertagesstätte. Ich dachte, wenn ich mit ihm rede, würde er wieder gehen.«

»Hat er aber nicht gemacht.«

»Er meinte, er bräuchte einen Platz, wo er bleiben könne. Nur bis er wieder auf die Beine gekommen sei. Ich habe überlegt, ihm Geld zu geben, damit er geht, oder ihm ein Hotelzimmer zu bezahlen, aber ich arbeite nicht und Mike kümmert sich um das Finanzielle. Also sind wir übereingekommen, dass ich Mike fragen würde, ob er vorübergehend über unserer Garage wohnen und ein Handy haben könne, unter der Bedingung, dass er sich als Neffe eines Bruders ausgab, mit dem ich keinen Kontakt mehr hätte.«

»Und das hat Ihnen Ihr Mann abgekauft?«

»Warum nicht? Er war zwar nicht besonders glücklich darüber, ist aber nie zu Hause, also hat es ihn auch nicht groß gestört. Er war einverstanden, hat D. J. aber nie gemocht.«

»Und Sie? Mochten Sie ihn?«

Sie schauderte. »Ich war mir nicht sicher. Diese Nummer mit dem netten Jungen habe ich ihm nicht abgenommen. Wenn er mit anderen beisammen war, hat er sich anders verhalten. Ich wartete, dass er sein wahres Gesicht zeigte, aber er blieb monatelang bei uns, ohne dass etwas passierte. Er hat mir erzählt, dass er mit achtzehn aus der Einrichtung entlassen worden sei, und da dachte ich mir, wenn die das gemacht haben, hat er sich vielleicht geändert. Vielleicht hatte die stationäre Therapie dort angeschlagen.«

»Hat er Sie gefragt, warum Sie weggegangen sind?«

»Natürlich. Deshalb ist er ja gekommen. Ich habe ihm gesagt, ich sei jung und dumm gewesen, noch nicht bereit für das Muttersein und hätte gewusst, dass sich Sebastian besser um ihn kümmern könne, als ich je dazu imstande gewesen wäre.«

»Wusste Sebastian, dass er Sie aufsuchen wollte?«

»Er hat es sogar finanziert. Hat einen Privatdetektiv engagiert, der mich finden sollte, und ihm das Flugticket hierher bezahlt, ihm aber auch gesagt, wenn er es vorziehe zu bleiben, sei er ganz auf sich allein gestellt. Deshalb brauchte er einen Platz, wo er unterkommen konnte.«

»Haben Sie mit Sebastian gesprochen?«

»Ja. Ich bat ihn, D. J. wieder zu sich zu nehmen, aber er meinte, der Junge sei erwachsen und er könne ihn nicht zu irgendetwas zwingen. Er fand, er verdiene, etwas über seine Mutter zu erfahren.« Sie machte ein abfälliges Geräusch. »›Über seine Mutter‹, sagte er. Als wäre ich ein Ungeheuer.«

Connor erwiderte nichts.

»Er ist also hiergeblieben, und dann war er eines Tages verschwunden. Ich weiß nicht, wo er hin ist oder was mit ihm passiert ist.«

Connor hob eine Augenbraue. »Er ist einfach weg gewesen? Wie die Mutter, so der Sohn sozusagen.«

Sie runzelte die Stirn. »Das ist nicht fair.«

»Sie haben ihn nicht hinausgeworfen, weil er sich gegenüber Molly und Maya entblößt hat?«

Wenn er geglaubt hatte, sie könnte nicht mehr blasser werden, hatte er sich getäuscht. Ihre Haut wurde noch einen Tick heller.

»Keine Lügen mehr, Mrs Irving. Haben Sie das vergessen?«

»O Gott! Bitte! Ich wollte nicht, dass es mein Mann herausfindet.«

VIERUNDSECHZIG

Derrick erklärte sich sofort bereit, Claire von der Tierklinik zu Connors Haus zu bringen, damit sie ihr Auto holen konnte. Er fuhr sogar noch bis zu ihr nach Hause hinter ihr her, um sicher zu sein, dass sie ohne Zwischenfälle dort ankam. Anschließend parkte er vor dem Gebäude, während Claire hineinlief, um ein paar Sachen zu holen, bevor sie ins Krankenhaus zurückkehrte. D. J. wartete in ihrem Schlafzimmer auf sie. Als sie über die Türschwelle trat, spürte sie instinktiv, dass jemand da war, doch es war zu spät, um noch umzukehren. Sie stand bereits im Zimmer. Sofort rannte sie zu ihrer Kommode, wo ihre Neunmillimeterpistole in einem ausgehöhlten Buch versteckt lag. Aber er sprang hinter der Tür hervor und packte sie um die Hüfte. Sie schlug mit dem Ellbogen hinter sich und versuchte, sein Gesicht zu treffen, verfehlte ihn jedoch.

Er schleuderte sie durch den Raum. Sie machte sich auf eine harte Landung gefasst, die ihr die Luft herauspressen würde. Nur zu gut erinnerte sie sich daran, wie es war, wenn ein Mann sich auf sie warf, nachdem ihr der Atem geraubt worden war. Aber sie fiel auf ihr Bett, das Gesicht in den

Kissen. Connors betörender Geruch haftete noch immer an der Bettwäsche. Sogleich musste sie an ihn denken.

Wie schon im Fluss versuchte ihr Bewusstsein auch diesmal, sich von ihrem Körper zu lösen, jenem unvollkommenen Gefäß, das im Lauf der Jahre so viele Misshandlungen hatte ertragen müssen. Knurrend stieß sie ein »Nein« aus und drehte sich auf den Rücken.

»Nein?« D. J. war unvermittelt am Fußende des Betts stehen geblieben, die Fäuste geballt. In sein malträtiertes Gesicht trat ein erstaunter und zugleich belustigter Ausdruck.

Sie musterte ihn einen Augenblick lang. Vor lauter Abscheu spürte sie Übelkeit in sich aufsteigen. Er sah aus wie eine Gestalt aus einem Horrorfilm. Seine einst perfekten Gesichtszüge waren entstellt und blutig. Über seine Stirn zog sich eine fünf Zentimeter lange Wunde. In seiner rechten Wange klafften drei rote Löcher, durch die man fast in seine Mundhöhle sehen konnte. Auf der linken Gesichtshälfte hing ihm ein Hautlappen vom Kiefer, der rosa Gewebe und Knochen freigelegt hatte. Auch am Hals waren mehrere Bissspuren und einige klaffende Wunden zu sehen, wo Wilson versucht hatte, ihm das Fleisch vom Körper zu reißen. Blut hatte sein weißes Tanktop fast vollständig rotbraun gefärbt. Sie wollte sich gar nicht vorstellen, wie sehr seine Wunden schmerzten, und war Wilson zutiefst dankbar für die Verletzungen, die er diesem Monster zugefügt hatte.

»Warum sind Sie hier?«, fragte sie ihn.

Er versuchte zu lächeln, doch eine Hälfte seines Gesichts war völlig gelähmt. Die noch funktionierende Seite verzerrte sich vor Schmerz. Er gab ein gutturales Geräusch von sich – Schmerz und Wut. »Bevor ich dich umbringe, hole ich mir von dir das, was ich will.«

Langsam stützte sich Claire auf die Ellbogen. Aus den Augenwinkeln versuchte sie abzuschätzen, ob sie es bis zu ihrer Pistole in der Kommode schaffen würde. Keine Chance. Er sah zwar nicht aus, als hätte er eine Waffe, aber sie wusste, dass er keine brauchte. Die Wut war seine Waffe. Claire kannte diese Art von Wut sehr gut und verspürte keine Lust, jemals wieder deren Zielscheibe zu sein. Er war zugedröhnt vom Adrenalin, das seinen Schmerz größtenteils dämpfte. Es machte ihn nur noch stärker und vervielfachte seinen Zorn, der, wie Claire spürte, schon in schwelendem Zustand tödlich war.

Schläge konnte sie wegstecken. Was ihr im Leben angetan worden war, war nichts anderes als systematische Folter gewesen, und sie hatte sie überlebt. Aber der Mann vor ihr würde vermutlich ohne Umschweife töten. Sie musste vorsichtig sein. Nie hatte sie damit gerechnet, je wieder einem Psychopathen ausgeliefert zu sein. Aber nun war es doch so gekommen, und sie musste überleben. Ihr Herz klopfte so heftig, dass jeder Schlag ihren gesamten Körper zu erschüttern schien. Sie zitterte bis in die Knochen vor Angst und der schrecklichen Vorahnung, was dieses Tier gleich mit ihr anstellen würde.

Dieses Mal klang ihr »Nein« ängstlich und erstickt.

D. J. machte einen Schritt auf das Bett zu. Vor dem Haus war eine Hupe zu hören. Er blieb stehen und warf einen Blick zur Tür hinter sich, als ob er dort nach draußen sehen könnte. »Was zum Teufel ist da los?«

Sie antwortete nicht. Wieder war ein Hupen zu hören.

Er setzte ein Knie auf das Bett und griff nach ihr. Ihr Körper ließ sie im Stich. Sie kroch von ihm weg und drückte sich mit hochgestreckten Händen gegen das Kopfende des Betts. Eigentlich hatte sie gedacht, sie würde es aushalten, würde seine Hände auf ihrem Körper ertragen, doch sie konnte es nicht. Sie war gefährlich nahe dran, völlig zuzumachen. »Mein Freund«, stieß sie hervor. »Er ist draußen. Er wartet auf mich.«

»Hat er dich hergebracht?«

»Ja.«

»Du hast die Wahl. Werde ihn los, oder er stirbt ebenfalls.«

Mit eisernem Griff umfasste er ihren rechten Trizeps, riss sie vom Bett und führte sie zur Haustür. Er befahl ihr, Derrick wegzuschicken. Sie durfte ihm nichts signalisieren und auch keine stummen Worte mit dem Mund formen. Ihr Mut sank, je weiter sie sich von ihrer Pistole entfernte. Als Derrick wegfuhr, nachdem sie ihn mit gequältem Lächeln davongewunken hatte, war sie zugleich erleichtert und enttäuscht. Aber dann fiel ihr ein, dass Derrick über die ganzen Geschehnisse gar nicht im Bilde war. Er wusste, dass sie nach dem Unfall am Samstag mitgeholfen hatte, die Holloway- und Irving-Kinder zu retten, hatte aber keine Ahnung, dass all das mit dem Soccer Mom Strangler zu tun hatte. Als sie ihn gebeten hatte, sie zu ihrem Auto zu bringen, hatte sie nur gesagt, dass es ihr angesichts der Geschehnisse der letzten Tage lieber wäre, wenn er bis nach Hause hinter ihr herfahren würde.

Verzweiflung ergriff sie, als sie Derrick wegfahren sah. D. J. zerrte sie ins Wohnzimmer. Er stieß sie, sodass sie über den Couchtisch stolperte und ungelenk mit einer Seite halb auf das Sofa und halb auf den Boden fiel. In ihrem Knie pochte der Schmerz, als sie sich auf den Polstern in eine sitzende Position zog.

Er begann auf und ab zu laufen. Aus den zwei Bisswunden im Hals floss frisches Blut. Wenn er ihr so nahe kam, dass er ihr wehtun konnte, würde sie direkt seine Wunden ins Visier nehmen. Sie würde ihm den herunterhängenden Fleischlappen aus dem Gesicht reißen, falls sie es schaffte. Dabei konnte sie nur hoffen, dass der Schmerz seine schon mörderische Raserei nicht noch steigern würde.

»Du warst es«, dämmerte es ihm. »Er blieb stehen und deutete auf sie. »Du warst an dem Tag bei Leah im Fluss. Nicht deine blöde Fotze von Schwester.«

Claire reckte das Kinn. »Du hast meine Schwester überfallen, stimmt's? Du hast sie in den Container geworfen.«

»Ich mache mit dir noch etwas viel Schlimmeres, wenn du mir nicht die Wahrheit sagst.«

»Hast du sie geschlagen?«

»Nein. Das blöde Miststück ist nach hinten gefallen und hat sich den Kopf angehaut. Ich wollte nur wissen, warum sie Leah hat sterben lassen. Ich habe sie gepackt. Sie hat gesagt, dass ich aufhören soll. Ich habe sie immer wieder aufgefordert, die Wahrheit zu sagen. Ich war mir sicher, dass sie Leah umgebracht hat. Dass sie Leah hätte retten können, es aber nicht gemacht hat. Sie hat immer wieder gesagt: ›Nein, das war nicht ich, ich war nicht da, es war nicht meine Schuld.‹ Und ich darauf: ›Was? Was meinst du damit, du warst nicht *da*?‹ Aber statt zu antworten, versuchte sie davonzulaufen. Dabei ist sie gefallen. Einfach so. Ich hätte sie umbringen können. Wie sollte ich jetzt erfahren, wovon sie geredet hat? Aber dann ist es mir gekommen. Ich hatte euch beide ein paar Tage lang beobachtet, hatte gesehen, wie ihr euch gegenseitig in den Hintern gekrochen seid. Ich hatte keine Ahnung, warum, aber ihr beide habt irgendein Spiel gespielt. Habt herumgelogen wegen der Sache. Weiß Gott, warum, aber du warst es, die zum Auto geschwommen ist.«

»Sie hat mich geschützt«, erklärte Claire. »Ich wollte nicht in die Schlagzeilen kommen.«

Sie fühlte sich plötzlich schuldig und blinzelte die Tränen weg.

»Also warst du da.«

»Wir waren beide da«, erklärte Claire. »Aber nur ich bin hingeschwommen.«

»Du hast die Kinder gerettet. Du warst das.«

Claire nickte. Er begann wieder hin- und herzutigern. Eine schreckliche Grimasse zeichnete sich auf den Resten seines Gesichts ab. Leicht außer Atem blieb er stehen und deutete anklagend auf sie. »Du hast sie sterben lassen.«

Es traf sie wie ein Schlag ins Gesicht. Es ging nur um Leah.

Er war derjenige, der Leah gestalkt hatte. Er hatte ihr aufgelauert und sie vergewaltigt, aber am Leben gelassen. Er war besessen von ihr. Wahrscheinlich hatte er gedacht, dass es auf Gegenseitigkeit beruhte. Claire wusste nur zu gut, was diese Psychopathen sich in ihrer Fantasie ausmalten. Die Realität wurde für sie zu einer vagen Vorstellung, die man nur zu leicht über den Haufen werfen konnte. Was zählte, was existierte, war nur das, was ihre kranken Gehirne sich zusammenreimten, und wehe denen, die ihnen nicht ohne Wenn und Aber zustimmten. Claire musste vorsichtig mit dem sein, was sie über Leah sagte, damit es nicht im Widerspruch zu dem stand, was er sich in seinem Kopf über sie zusammengebastelt hatte.

»Ich kam zu spät, um sie zu retten«, log Claire.

»Nein, nein. Das stimmt nicht. Du hast die Kinder gerettet. Du hättest auch sie retten können.«

Claires Handy piepste. Falls D. J. es gehört hatte, dann ließ er es sich nicht anmerken.

Claire hob die Hände. »Nein, hör mir zu. Sie saß als Einzige auf dem Vordersitz und hat deshalb beim Aufprall am meisten abbekommen. Ihre inneren Verletzungen waren massiv.«

»Du lügst.«

Sie schüttelte vehement den Kopf. »Ich schwöre dir, ich lüge nicht. Warum sollte ich? Denkst du wirklich, ich wollte, dass sie stirbt? Glaubst du, ich hätte nicht versucht, sie aus dem Auto zu bekommen? Oder dass ich es genossen hätte, sie sterben zu sehen? Um ihren Kindern später sagen zu müssen, dass es ihre Mutter nicht geschafft hat?«

Er wurde sehr still. Sie hoffte, einen Rest seines Verstandes erreicht zu haben, der noch zu logischem Denken fähig war.«

»Ich habe versucht, sie herauszubekommen. Die Türen waren verriegelt. Sie saß vorn. Das Wageninnere hat sich schnell mit Wasser gefüllt. Zu schnell. Ihre ... ihre Verletzungen waren so schlimm, dass sie ... sie war desorientiert. Ich glaube nicht einmal, dass sie wusste, wo sie war oder was vor sich ging. Es tut mir leid, dass sie tot ist, aber bitte, du musst wissen, dass ich alles getan habe, was möglich war.« Dann fügte sie hinzu: »Leah hat dir viel bedeutet.«

»Sie hat mir gehört«, sagte er. »Sie ist zurückgekommen. Zu mir zurückgekommen. Sie hat versprochen, mich nie wieder zu verlassen. Das hat sie versprochen. Ich bin wieder zu ihr gegangen, aber sie war schwanger. Sie hat das Kind mir vorgezogen. Ich habe ihr gesagt, dass sie bezahlen würde, wenn sie nicht zu mir zurückkäme. Dann hat sie mich angerufen. Ich war letzte Woche bei ihr.«

Claire versuchte, sich ihren Abscheu über seine Wortwahl nicht anmerken zu lassen. Er sprach von Leah, als wäre sie ein Ding gewesen, das er besessen hatte. Claire bezweifelte stark, dass alles so abgelaufen war, wie er es schilderte. Aber in seine Scheinwelt einzudringen war nicht möglich. »Es tut mir leid«. sagte sie nur.

»Wenn sie so schwer verletzt war, hättest du sie als Erste retten müssen«, begann er erneut.

Ihr Handy piepste wieder. Seine Augen wanderten durch den Raum, aber er versuchte nicht, die Quelle des Geräuschs zu orten. »Du hast alle Kinder aus dem Auto bekommen. Du hättest auch sie herausbekommen können.«

Claire fragte sich, ob ihn überhaupt eine Antwort zufriedenstellen würde. Leah hatte Claire keine Wahl gelassen. Aber D. J. die Wahrheit zu sagen würde nicht zu dem Fantasiegebäude passen, dass er sich mit so viel Sorgfalt zusammengeschustert und so vehement gehütet hatte. Die Wahrheit konnte für sie schreckliche Folgen haben. Das Problem war nur, dass sie nicht wusste, ob das, was sie sagte, überhaupt einen Unterschied machte. Er würde sie wahrscheinlich sowieso umbringen. Sie brauchte mehr Zeit. Das war ihre einzige Hoffnung. Wenn sie Connors Nachrichten nicht beantwortete, würde er herkommen, um nach ihr zu sehen. Dann hätte sie noch eine Chance. Ihr Handy piepste erneut.

»Ich sage dir doch, sie war nicht mehr bei sich, als ich beim Auto angelangt war. Sie war kaum noch bei Bewusstsein. Die Türen waren verriegelt. Ich habe sie nicht aufbekommen.«

D. J. beugte sich mit geballter Faust drohend über sie. »Das stimmt nicht. Du lügst. Wenn sich die Tür nicht öffnen ließen, wie hast du dann die Kinder herausbekommen?«

»Durch das Schiebedach.«

»Du hast also die blöden Kinder durch das Schiebedach herausgezogen und Leah dann im Auto sterben lassen.«

»Nein«, widersprach Claire. »Sie hat das Bewusstsein verloren. Es gab keine Möglichkeit, sie durch das Schiebedach zu bekommen.«

Er trat noch einen Schritt näher. »Du hast sie sterben lassen. Hat sie geweint?«

»Nein, nein. Sie hat nicht geweint.«

»Sie hat dich angebettelt, ihr zu helfen, nicht wahr?«

»Nein«, entgegnete Claire.

Seine Stimme wurde immer höher. »Sie wollte leben. Wir wollten zusammen sein. Ich weiß, dass sie leben wollte. Du hast sie umgebracht.«

»Nein.«

»Sie hat dich angebettelt, dass du ihr hilfst, aber du hast es ignoriert und sie ist gestorben. Du bist eine Mörderin.«

»Hör mir zu. Sie war schwer verletzt. Sie hat nicht ... gelitten. Ich schwöre dir, sie hat nicht gebettelt. Sie war völlig desorientiert.«

»Du hast ihre letzten Worte gehört. Was hat sie gesagt?«

Claire zermarterte sich das Gehirn und versuchte, ihn mit etwas hinzuhalten, was ihn nicht in so in Rage versetzte, dass er auf sie einzuschlagen begann. »Das weißt du«, erwiderte sie.

Er sah sie fragend an. »Was weiß ich?«

»Du hast als Letzter mit ihr gesprochen.«

Er schüttelte den Kopf. »Nein, habe ich nicht. Ich hatte schon seit …«

»Dein Anruf war der letzte, den sie entgegengenommen hat, bevor sie den Unfall hatte. Du hast ein … wie nennt man das? Ein Wegwerfhandy benutzt?«

Er schluckte. Die Wunde in seinem Hals blutete weiter. »Ja, so ähnlich. Ein Prepaidhandy.«

»Genau. Ein Prepaidhandy. Die Polizei nennt es Wegwerfhandy. Was hat sie zu dir gesagt, bevor sie in den Fluss gefahren ist?«

Er sah sie perplex an. »Ich habe nicht mit ihr geredet.«

»Du hast am Samstagmorgen nicht mit ihr geredet? Kurz bevor sie von der Brücke gefahren ist?«

»Nein, das war nicht ich. Ich …«

»Wusste sie von den anderen Frauen?«

»Was?«

»Von den Frauen, die du umgebracht hast. Wusste Leah davon?«

Wieder piepte ihr Handy. Dieses Mal stürzte er auf sie. Er tastete sie überall ab und durchsuchte ihre Taschen. Sie war gerade im Begriff, zu hyperventilieren, als er es schließlich entdeckte. Er stand auf und starrte auf das Display. »Wer zum Teufel ist Connor?«

»Mein Freund«, antwortete sie.

Er las die Nachrichten. »*Bist du gut nach Hause gekommen? Wo bist du? Bitte antworte: Alles okay?*« Er stieß ihr das Handy hin. »Schreib ihm zurück. Sag ihm, dass alles in Ordnung ist.«

»Aber …«

»Halt's Maul!«

Er setzte sich ihr gegenüber auf den Couchtisch und streckte ihr das Handy hin. »Halte es so, dass ich es im Blick habe. Ich will sehen, was du tippst. Und schick es nicht weg, bis ich gelesen habe, was du geschrieben hast.«

Ihre Hände zitterten, als sie es nahm. Es musste einen Weg geben, Connor zu alarmieren, ohne dass D. J. Verdacht schöpfte. Sie gab die Buchstaben so langsam ein wie nur möglich, damit er nicht merkte, was sie vorhatte. Als sie fertig war, riss er ihr das Handy aus der Hand. »Wer zum Teufel sind Miranda und Simon?«

»Unsere Freunde. Wenn er glaubt, dass ich allein hier bin, kommt er vorbei. Er will mich nicht allein lassen, nach dem, was mit meiner Schwester passiert ist.«

Er sah sie an, als wäre er sich nicht sicher, ob er ihr glauben sollte. Sie machte sich darauf gefasst, dass er über sie herfiel, aber stattdessen drückte er auf Senden und sah sie dann an. »Jetzt hör auf, meine Zeit zu verschwenden. Du hast Leah umgebracht und wirst dafür bezahlen.«

FÜNFUNDSECHZIG

»Ich sollte Sie eigentlich nicht daran erinnern müssen, dass hier Leben auf dem Spiel stehen, Mrs Irving. Hat sich D. J. vor ihren Mädchen entblößt? Haben Sie ihn deshalb hinausgeworfen?«

Wieder begann sie zu schluchzen, dass ihr ganzer Körper bebte. Connor wartete etwa eine Minute, bis sie sich halbwegs beruhigt hatte. Die kurze Pause nutzte er, um Claire zum dritten Mal eine Nachricht zu schicken. Sie hätte inzwischen eigentlich aus dem Krankenhaus zurück sein müssen.

»Ich musste zu Leah hinüber, weil ich Eier für etwas brauchte. Zum Backen. Die Mädchen haben gerade im Fernsehzimmer etwas angeschaut. Dylan kam in die Küche, um sich etwas zu essen zu holen. Sie haben ihn bemerkt und sind zu ihm, um ihm zu sagen, dass er die Backsachen nicht durcheinanderbringen soll. Er ... er hat ihnen gesagt, dass sie den Mund halten sollen. Dann meinte Maya, sie würde es mir erzählen, dass er so gemein zu ihnen sei. Daraufhin erwiderte er, dass sie natürlich petzen würden, weil sie ... weil sie genau wie ich kleine ... kleine Fotzen wären. Dann nahm er ... er nahm seinen, Sie wissen schon, heraus.« Ihre Stimme wurde immer leiser, als hätte sie plötzlich eine Kehlkopfentzündung bekommen. Sie schluckte mehrmals.

»Seinen Penis?«, hakte Connor nach.

Sie nickte. Als sie die Stimme wiederfand, hörte sie sich rau an. »Ja. Er, also, er urinierte in der ganzen Küche herum. Wie ein Hund. Ich bin erst am Ende dazugekommen. Die Mädchen haben geschrien. Er hat ... er hat nur gelacht. Sich amüsiert. Ich habe ihm gesagt, dass er gehen solle, bevor ich die Polizei rufen würde, und dass er hier nicht mehr willkommen sei.«

»Und er ist einfach gegangen?«

»Ich weiß nicht, wohin. Er blieb ein paar Tage weg. Dann ist er wieder aufgetaucht und hat sich erneut über der Garage einquartiert, als wäre nichts geschehen. Also habe ich Sebastian angerufen und ihm gesagt, dass er entweder D. J. überzeugen solle, wieder an die Ostküste zurückzugehen, oder ich würde die Polizei einschalten. Ich weiß nicht, wie Sebastian es gemacht hat, aber am nächsten Tag war D. J. weg. Sebastian hat mich einen Tag später angerufen, um mir zu sagen, dass er wieder bei ihm sei. Gleichzeitig wollte er sichergehen, dass ich ihn nicht doch wegen Exhibitionismus anzeigen würde. Das war's.«

»Aber das war's nicht, oder?«

Sie beugte sich mit ernster Miene vor. »Das war's schon – zumindest für mich. Ich dachte, er sei weg. Vor sechs oder sieben Monaten hat mich dann eine Freundin angerufen. Sie meinte, Sebastian sei im Krankenhaus, weil er einen Herzinfarkt gehabt habe. Sie wusste nicht, wo D. J. war. Ich habe über unserer Garage nachgesehen. Er hatte sich dort verkrochen, ich weiß nicht, wie lange schon. Ich habe gewartet, bis er aufgetaucht ist, und ihm gesagt, dass er nicht mehr bleiben könne.«

»Und er ist wieder gegangen?«

Sie zuckte die Schultern. »Er hatte sich über irgendetwas aufgeregt. Mir kam es so vor, als wäre es ihm egal, dass ich ihn rausschmeiße. Er meinte, er würde mich nicht wieder belästigen.«

»Und das war's, bis wir heute hier aufgetaucht sind, nicht wahr? Der umgeworfene Stuhl, die Glasscherben ... er war hier.«

Sie holte tief und zitternd Atem.

»Er ist auf Sie losgegangen.«

Sie tupfte sich wieder Tränen aus dem Gesicht. »Er wollte. Hat Sachen herumgeworfen. Mich alles Mögliche genannt. Dann sind Sie und Ihre Leute gekommen. Er ist davon. Das war alles.«

»Was wollte er?«

»Seine Sachen. Er hatte ein paar Habseligkeiten in seinem Zimmer zurückgelassen, aber ich habe sie einer Wohltätigkeitsorganisation hier am Ort gegeben. Sonntag Nacht ist er in die Wohnung über der Garage eingestiegen, fand aber nicht, wonach er suchte, und ist deshalb heute hergekommen. Als ihm klar wurde, dass ich seine Sachen weggegeben hatte, ist er ausgeflippt.«

Sonntag Nacht. Die Nacht, in der Jade umgebracht wurde. Connors Handy brummte. Er holte es hervor und starrte auf die Nachricht von Claire. Kalter Schweiß brach ihm auf der Stirn aus.

Bin gut nach Hause gekommen. Du brauchst nach der Arbeit nicht vorbeizuschauen. Meine Freundin Miranda ist da. Simon hat sie hergebracht. Ich liebe dich.

»Aber ich weiß nicht, wo er jetzt ist, das schwöre ich«, fuhr Rachel fort.

Connor packte das Handy und sprang auf, dass sein Stuhl umfiel. »Schon okay«, rief er und rannte zur Tür. »Ich weiß es.«

Draußen holte er seine Autoschlüssel heraus, wählte Strykers Nummer und drückte sich das Handy ans Ohr. »Stryke, wo bist du? Schick sofort alle verfügbaren Kräfte zu Claires Haus. Auch die nächste Streife. Sofort. Ich treffe dich dort. Er hat sie. Der Strangler hat Claire. Er ist bei ihr.«

»Warte, warte«, sagte Stryker. »Wovon redest du? Ich habe die Wohnung von D. J. North ausfindig gemacht, wenn man das überhaupt Wohnung nennen kann. Er ist nicht hier.«

Connors Wagen heulte auf, als er vom Parkplatz wegfuhr. »Weil er bei Claire ist.« Connor berichtete ihm, was Claire ihm geschrieben hatte. »Miranda Simon. Erinnerst du dich nicht an sie, Stryke? Das Mädchen, das Reynard Johnson erwürgt hat. Claire musste es mit ansehen. Wir haben erst neulich darüber geredet, als Jade umgebracht wurde. Sie versucht, mir ein Signal zu geben, dass etwas nicht stimmt. Dass er bei ihr ist. Ich bin unterwegs und in ein paar Minuten dort.«

SECHSUNDSECHZIG

Claire drückte sich mit dem Rücken an die Couch und versuchte, so weit von D. J. wegzukommen, wie es nur ging. Der penetrante Geruch von Blut und Schweiß verursachte ihr Übelkeit. Er beugte sich zu ihr. Sie zog die Knie hoch, doch er drückte sie nach unten. »Rühr dich nicht!«

Sie erstarrte, die Beine auf halbem Weg zwischen Boden und Brust in der Schwebe, und blickte ihn an. Ihre Bauchmuskeln begannen zu schmerzen.

»Bitte«, sagte sie. »Wenn ich dir doch sage, ich habe sie nicht umgebracht. Sie hätte den Unfall sowieso nicht überlebt, selbst wenn ich sie als Erste herausgezogen hätte. Sie hatte schwere Verletzungen, glaub mir doch.«

»Du lügst.«

Sie wiederholte es wie eine Platte mit Sprung, denn sie musste Zeit schinden, bis Connor da war. »Nein, tue ich nicht. Sie hatte innere Verletzungen. Schwere innere Verletzungen.«

Er sprang auf, stieß einen gutturalen Schrei aus und stürzte sich mit ausgestreckten Händen auf sie. Instinktiv riss sie die Hände hoch, doch es war zu spät. Seine Hände schlossen sich um ihren Hals und drückten ihr die Kehle zu. Sie war auch schon von ihrem Entführer gewürgt worden, aber D. J.s Hände fühlten sich zehnmal stärker an. Ihre Lungen brannten. Sie kämpfte und trat mit den Beinen nach ihm, als er auf sie kletterte. Er setzte sich mühelos auf sie. Sein wütendes, verunstaltetes Gesicht verschwamm vor ihren Augen. Doch vorher registrierte sie noch den Hautfetzen, der ihm von der blutigen Wange hing. Sie tastete nach seinem Gesicht, erspürte den Rand des losen Fleisches, packte es und riss so fest daran, wie sie nur konnte, bis sie etwas Nasses und Weiches in ihrer Hand spürte. Blut rann ihr durch die Finger. Sein Schrei war durchdringend wie das Geheul eines in die Falle gegangenen Tieres. Ein paar kostbare Sekunden lang lockerte sich sein Griff um ihren Hals. Sie packte seine Hände und versuchte, sie ganz wegzuziehen, doch das versetzte ihn nur noch mehr in Rage. Seine Hände waren glitschig vom Blut, als er sie wieder um ihre Kehle legte. Sie kämpfte, bis sie keine Kraft mehr hatte und sich jeder Muskel zu verkrampfen schien. Selbst als ihr schwarz vor Augen wurde, wühlte sie noch in seinem Gesicht herum, um etwas Weiches, Offenes, ein Stück rohes Fleisch zu finden, in das sie ihre Finger hineinkrallen konnte.

Da tönte Connors Stimme durch den Raum. »Polizei!«, schrie er. »Hände hinter den Kopf! Auf die Knie! Jetzt sofort!«

D. J. erstarrte. Langsam nahm er seine Hände von ihrer Kehle, löste sich von ihr und stand auf. Claire rollte sich hustend von ihm weg und massierte sich den Hals. Connor blieb mit gezogener, auf D. J.s Brust gerichteter Waffe in der Tür stehen.

»Wer zum Teufel sind Sie?«

»Polizei, Sacramento. Hände hinter den Kopf! Auf den Boden!«

»Fick dich«, sagte D. J. nur.

Claire war sich nicht sicher, ob Connor zuerst auf D. J.

schoss oder D. J. sich zuerst auf ihn stürzte. Sie hörte nur einen plötzlichen Donnerschlag, der durch das Zimmer hallte. Instinktiv schlug sie die Arme über den Kopf und schloss die Augen. Als sie sie Augenblicke später wieder öffnete, sah sie die beiden Männer über den Boden rollen, ein Gewirr von Gliedern zweier wütend um sich schlagender Körper und dazwischen Stöhnen und Grunzen. Unter ihnen hatte sich eine Blutlache gebildet, in der sie sich wälzten. Claire nahm an, dass es sich um D. J.s Blut handelte – oder hoffte es zumindest. Sie konnte nicht sagen, ob Connor ihn getroffen hatte, aber in der Zeit, in der D. J. hier bei ihr gewesen war, hatte ihn sein Adrenalin noch stärker und mordlüsterner gemacht, als er sonst sein mochte.

Claire kämpfte sich hoch. Auf schwachen, wackeligen Beinen stand sie da. Der Raum schien alle paar Schritte zur Seite zu kippen. Sie suchte auf dem Boden nach Connors Glock. Vor ihr rollten die Männer von einer Seite des Zimmers auf die andere und stießen dabei gegen die Möbel. Fotorahmen und Lampen fielen zu Boden und durchsetzten dort das Blut mit Glasscherben – ein makabres Mosaik. Claire kniete sich hin und warf einen Blick unter den Couchtisch. Hier sah sie immer als Erstes nach, wenn sie Wilsons Ball, sein Seil oder seine geliebte Eichhörnchen-Stoffpuppe suchte.

Da lag Connors Glock. Mit ihrer linken Hand packte sie den Griff. Sie stand auf, nahm schwankend Schusshaltung ein und zielte mit der Waffe direkt in Richtung der beiden Männer. Den Finger legte sie dabei an die Seite des Laufs. Sie war eine ausgezeichnete Schützin, fühlte sich im Moment aber sehr wacklig auf den Beinen und konnte es nicht riskieren, Connor zu treffen. Im Gewirr der kämpfenden Körper war es auch unmöglich, ein genaues Ziel ins Auge zu fassen. Sie musste D. J. von Connor wegbekommen.

Sie wartete, bis Connor unten lag. Schwer atmend hob sie

die Pistole hoch über den Kopf, zielte an den beiden vorbei und feuerte einen Schuss ab. Die Männer erstarrten. D. J. streckte den Rücken, um zu ihr zu sehen. Ohne zu zögern, zielte sie auf ihn und schoss ihn zweimal in die obere rechte Brust.

Er riss geschockt die Augen auf. Dann sah er nach unten auf die Löcher in seinem Körper. In der kurzen Zeitspanne, die er brauchte, um den Kopf zu senken, lief sie mit der Pistole in der Hand durch das Zimmer und trat ihm mit voller Kraft gegen die Brust. Er fiel von Connor herab und landete mit lautem Krachen in verrenkter Haltung auf dem Boden, stöhnte und zappelte wie ein halb gelähmter Fisch auf dem Trockenen.

Connor kämpfte sich auf alle viere und drehte D. J. auf den Bauch. »D. J. North, Sie haben das Recht zu schweigen.« Er drehte ihm die Arme auf den Rücken und presste ihm die Handgelenke zusammen. Dann zog er einen Kabelbinder aus der Gesäßtasche, fesselte ihm die Hände und fuhr fort, ihm seine Rechte zu erklären. Als er fertig war, drehte er sich weg und ließ ihn einfach liegen.

Connor und Claire rutschten auf Knien aufeinander zu und trafen sich mitten im Raum in D. J.s Blutlache. Sie umarmten sich, so fest es ging. Claire vergrub ihr Gesicht in Connors Hals. Sie wollte seinen Duft aufsaugen, nicht mehr D. J.s stinkenden Schweiß oder den kupferigen Geruch von Blut. Schließlich lockerte Connor seine Umarmung und schob sie von sich, damit er ihr Gesicht und ihren Hals sehen konnte. »Bist du verletzt?«, fragten sie gleichzeitig. Die Antwort fanden sie, indem sie sich gegenseitig nach Verletzungen abtasteten. Claire weinte vor Erleichterung, als sie sich vergewissert hatte, dass Connor von keiner Kugel getroffen worden war. Connor wiederum untersuchte die Hämatome, die an ihrem Hals schon sichtbar zu werden begannen. Sie konnte ihm die Schuldgefühle und das Bedauern ansehen. »Schon okay«, sagte sie. »Mir geht es gut.«

Er zog sie wieder an sich und drückte sie fest gegen seinen Körper. Sie legte sein Gesicht an seinen Hals. Nun, da das Adrenalin nachließ, wurde sie schwach, als hätte sie seit Tagen nichts mehr gegessen. »Lass mich jetzt nicht los«, keuchte sie. »Einfach nicht loslassen.«

»Nie mehr«, erwiderte er. »Ich lass dich nie mehr los.«

SIEBENUNDSECHZIG

EINE WOCHE SPÄTER

Jades Begräbnis war ein städtisches Großereignis. Sie wurde mit allen Ehren zu Grabe getragen, wie es einer in der Ausübung ihres Dienstes gestorbenen Polizistin gebührte. Leah Holloway hingegen wurde in einer einfachen Friedhofszeremonie in Anwesenheit eines Pastors beerdigt. Die Presse lauerte zwar nach wie vor auf Neuigkeiten über sie, war aber mehr am inhaftierten Soccer Mom Strangler interessiert. Deshalb warteten nur wenige Pressevertreter in der Nähe des Friedhofeingangs, um eine gute Aufnahme zu ergattern oder vielleicht ein Interview mit einem der Trauergäste zu bekommen.

Nachdem ein paar Zeilen aus der Bibel vorgelesen worden waren, wurde Leah Holloway zu Grabe gelassen. Jim stand neben seiner Mutter und wirkte zutiefst erschüttert. Er trug einen braunen Anzug, der aussah, als hätte er die letzten zehn Jahre unbenutzt im Schrank gehangen. Sein Haar war feucht und zur Seite gekämmt. Connor fragte sich unwillkürlich, ob ihn seine Mutter angezogen und ihm die Haare gebürstet hatte. Peyton stand neben ihrem Vater und hielt seine Hand. Ein paar Meter weiter saß Hunter mit angezogenen Knien neben einem

Grabstein und zog eine Schnute. Der kleine Tyler schlief fest in einem Sportwägelchen neben seiner Großmutter. Auf der anderen Seite des Sargs standen Ashley Copestick und zwei von Leahs Kollegen, die Connor und Stryker irgendwann befragt hatten. Rachel Irving hielt sich etwas abseits. Sie trug einen eleganten schwarzen Hosenanzug, hatte die Haare streng zurückgebunden und die Arme vor der Brust verschränkt.

Claire und Connor standen Hand in Hand hinter den Holloways. Nur Ashley weinte, ihr Schluchzen durchschnitt die Stille in dem sonnigen Tal. Ansonsten wirkte das Begräbnis wie eine merkwürdig emotionslose Angelegenheit. Connor spürte jedoch, wie ihn ein Gefühl der Trauer ergriff. Allem Anschein nach hatte Leah Holloway mit aller Macht versucht, etwas zu bewahren, was sie für den Inbegriff des perfekten Lebens hielt. Eine intakte Familie mit zwei Eltern, die nicht tranken, hart arbeiteten und die Kinder in den Mittelpunkt stellten. Sie hatte ihre Kinder abgöttisch geliebt, so viel war klar. Für Jim Holloway war Leah trotz seiner lethargischen Art der Mittelpunkt seines Universums gewesen. Ohne sie war er führungslos. Trotz Leahs Bemühungen hatte ihr Leben tragisch und skandalös geendet. Genau das, wovor sie sich so gefürchtet hatte.

Claire blieb nach dem Begräbnis noch bei den Trauernden. Sie sprach leise mit Peyton, während die anderen Erwachsenen sich hölzern voneinander verabschiedeten. Als sie Rachel langsam zu ihrem Auto gehen sah, lief Connor ihr nach. Er erreichte sie, gerade als sie beim Auto war, und lehnte sich gegen die Tür, damit sie nicht einsteigen konnte.

»Entschuldigen Sie bitte«, sagte sie.

»Ich habe eine Weile gebraucht, bis ich darauf gekommen bin«, begann er.

Sie stand stocksteif da und fixierte Connors Schuhe, als ob sie, wenn sie völlig still hier stand, aufhören würde zu existieren oder er vergessen würde, dass sie da war.

»Sie waren die letzte«, fuhr er fort, »die letzte Person, mit der Leah telefoniert hat.«

»Sie dürfen gern meine Verbindungsdaten überprüfen«, antwortete sie leise. »Ich habe an diesem Tag nicht telefoniert.«

»Nicht von Ihrem Handy, nein«, räumte Connor ein. »Aber Sie sagten, Sie seien D. J.s Sachen durchgegangen, weil Sie sie loswerden wollten. D. J. besaß ein Wegwerfhandy, eines, das er schon monatelang nicht mehr benutzt hatte. Das er bei Ihnen gelassen hatte. Sie sind seine Sachen durchgegangen, haben es gefunden und eingeschaltet. Sie haben Leahs Nummer darauf entdeckt und sie angerufen. Vielleicht war Ihnen zunächst gar nicht klar, dass es ihre Nummer war. Vielleicht haben Sie einfach die Nummer gewählt, und sie hat abgenommen. Sie muss überrascht gewesen sein, Ihre Stimme zu hören.«

Rachel sagte nichts.

»Also haben Sie Leah dazu gebracht, mitsamt Ihren Kindern im Auto in den Fluss zu fahren – oder aber etwas, das Sie gesagt haben.«

Rachel schüttelte den Kopf.

»Ich fand es von Anfang an seltsam, dass sie versucht hat, auch Ihre Kinder mit in den Tod zu nehmen«, fuhr Connor fort. »Sie hätte die Gelegenheit gehabt, sie an der Tankstelle gehen zu lassen, aber sie hat es nicht getan. Sie hat mehr als zehn Minuten lang mit Ihnen gesprochen. In dieser Zeit hat diese Frau, die sonst nie trank, drei Viertel einer Wodkaflasche in sich hineingeschüttet. Dann hat sie sich ans Steuer gesetzt und versucht, Ihre und ihre eigenen Kinder umzubringen.«

Rachels Stimme war leise und hart. »Sie wäre sowieso in den Fluss gefahren. Sie hatte einen psychotischen Schub.«

»Ach ja, das habe ich vergessen, Sie sind ja Expertin für Menschen mit Psychosen.«

Rachel blieb der Mund offen stehen.

»Es hat Ihnen also nichts ausgemacht, dass Ihre beste Freundin versuchte, Ihre Kinder umzubringen?«

Sie verdrehte die Augen. »Natürlich. Ich hätte nie gedacht, dass sie so etwas tun würde. Nie ist es mir in den Sinn gekommen … ich meine, ich …«

»Was haben Sie zu ihr gesagt?«

Rachel hob den Kopf. In ihren Augen glänzten Tränen, aber ihr Gesicht war verzerrt vor Abscheu. Sie sah aus, als unterdrückte sie gerade noch ein Schaudern. »Nichts, was ich gesagt habe, hat sie dazu gebracht.«

ACHTUNDSECHZIG

Leah nahm Peyton mit in die stinkende Tankstellentoilette, als ihr Telefon klingelte. Sie zog es aus ihrer Handtasche und warf einen Blick auf das Display. *Lilly, Buchhaltung*, stand da. Der Anruf kam von dem Prepaidhandy, das D. J. gekauft hatte, als Rachel ihn aus ihrem Providervertrag geworfen hatte. Leah hatte ihn unter dem Namen einer nicht existenten Kollegin bei sich eingespeichert. Falls Jim, Rachel oder jemand anders es sah, wenn er anrief oder eine Nachricht schrieb, würden sie denken, dass jemand aus der Arbeit sie kontaktierte.

Er hatte sie schon mehr als ein Jahr lang nicht mehr angerufen. Nicht mehr, seit sie sich kurzerhand von ihm getrennt und alles riskiert hatte, um ihn loszuwerden, und dann schockiert festgestellt hatte, dass er tatsächlich wie vom Erdboden verschwunden war. Als Tylers Geburt kurz bevorgestanden hatte und D. J. brutal und unerwartet wieder in ihr Leben getreten war, hatte er ein neues Handy mit der Vorwahl einer Region an der Ostküste besessen. Leah hatte ihn nicht als Kontakt eingespeichert, weil sie sich gedacht hatte, wenn jemand nicht angenommene Gespräche oder Nachrichten einer Nummer aus Pennsylvania sah, würde er es für einen falsch verbundenen Anruf halten. D. J. hatte von dieser Nummer aus monatelang angerufen und ihr Nachrichten geschickt, nachdem er angefangen hatte, sie systematisch zu belästigen. Aber seine alte Nummer erkannte sie sofort.

Sie nahm das Gespräch an und hielt sich das Handy ans Ohr, während sie durch die Tür ging. Peyton lief brav zur ersten Kabine. Der Geruch von Urin und Industriereiniger brannte in Leahs Nase.

»Warum rufst du mich an?«, fragte sie.

Aber die Stimme am anderen Ende war nicht die von D. J. Es war eine weibliche Stimme, mit der sie so wenig gerechnet hatte, dass es ihr die Sprache verschlug. »Warum ist deine Nummer in D. J.s Handy gespeichert?«

Leah blieb fast das Herz stehen. Dann schlug es umso heftiger weiter. Es pochte so laut und schnell, dass sie Angst bekam, es könnte ihr aus der Brust springen und davonfliegen wie ein herzförmiger Kolibri. »Das ist seine alte Nummer«, brachte Leah nur dümmlich hervor.

»Du bist es«, zischte Rachel. »Leah.«

Sie sprach ihren Namen wie eine Verwünschung aus, als würde sie einen Fluch über sie legen. Einen dunklen, vernichtenden Fluch.

»Es ist nicht so, wie du denkst.«

Peyton riss sorgfältig lange Streifen Toilettenpapier ab und legte sie auf den Toilettensitz, aber sie fielen zuerst auf einer, dann auf der anderen Seite wieder herunter. Sie warf einen verstohlenen Blick zu Leah, die sah, dass das Mädchen damit rechnete, geschimpft zu werden. Sie sah aus wie ein Hund, der darauf wartete, geschlagen zu werden. War sie eine *solche* Mutter?

»Nicht, wie ich denke?«, fauchte Rachel. Ihre Stimme war kehlig und belegt. Leah erkannte den Ton. Rachel ließ sich nicht so schnell zum Weinen bringen, aber ein paarmal in den letzten acht Jahren, seit Leah sie kannte, hatten schmerzliche, unverstellte Gefühle sie übermannt. Als bei Maya mit drei Jahren fälschlicherweise Leukämie diagnostiziert worden war und noch einmal, als sich herausgestellt hatte, dass es sich um einen Fehler gehandelt hatte. Als sie in Mikes Koffer Kondome gefunden hatte, nachdem er von einer Geschäftsreise zurückgekehrt war. Er hatte sie beschwichtigt, indem er behauptet hatte, sein Kollege, ein notorischer Frauenheld, habe sie in Mikes Tasche geworfen, als seine Frau unerwartet im Hotel aufgetaucht war. Leah war überrascht, dass Rachel diese fadenscheinigen Ausflüchte geglaubt hatte, aber was hatte sie für ein Recht, ihre Freundin zu kritisieren? Man glaubte eben, was man glauben musste. Und sah weg. Man wurde Meisterin des Selbstbetrugs. Nun hörte sie wieder das heisere Schluchzen und hatte eine böse Vorahnung, dass das, was gleich käme, nicht gut sein würde. Gar nicht gut.

Endlich saß Peyton auf der Toilette. Sie sah mit rotem Gesicht zu Leah hoch. »Es kommt nicht«, sagte sie kleinlaut.

»Pst!«, entgegnete Leah. Sie drehte dem Mädchen den Rücken zu. Ihre freie Hand fummelte am Riemen ihrer Handtasche herum. Dabei stieß sie mit der Hand an Alan Wheelers Wodkaflasche.

»Hältst du mich für blöde, Leah?«

Leah umfasste den Flaschenhals. Sie hatte etwas gegen Rachel in der Hand, rief sie sich ins Gedächtnis. Nur deshalb hatte sie sich die Haarbürste und eine DNA-Probe von D. J. besorgt. Sie hatte einen Weg zu finden versucht, wie sie ihn loswerden konnte, ohne ihr Leben komplett zu zerstören. Wenn es sein musste, war sie sogar bereit, ihre Ehe mit Jim aufzugeben, aber ihre Kinder und die Arbeit musste sie unbedingt behalten. Sie hatte überlegt, dass sie D. J. nur ein für alle Mal loswerden würde, wenn sie Jim und der ganzen Welt alles beichtete. Es wäre das Schlimmste, Schmerzlichste, was sie je getan hatte, aber wenn jeder alles wusste, konnte sie unbeschwert zur Polizei gehen. Sie konnte darauf hinarbeiten, ihn komplett aus ihrem Leben zu streichen. Aber sie brauchte Rachel dafür.

Sie hatte den DNA-Test und kannte Rachels Geheimnis: D. J. war ihr Sohn. Sie musste unglaublich jung gewesen sein, als sie ihn bekommen hatte. Wahrscheinlich hatte sie ihn zur Adoption freigegeben. Das war keine Schande, aber trotzdem hatte Rachel es anscheinend vorgezogen, seine wahre Identität zu verschleiern – selbst gegenüber ihrem eigenen Mann, wie es aussah. Offensichtlich wollte sie nicht, dass es jemand erfuhr. Leah hatte vorgehabt, ihr Wissen als Druckmittel einzusetzen, wenn es sein musste. Sie würde Rachels Geheimnis bewahren, wenn Rachel ihr verzieh, was sie getan hatte. Leah brauchte wenigstens *eine einzige* Freundin. Jetzt allerdings machte Rachels Ton ihr unmissverständlich klar, dass alle Hoffnung, mit ihr befreundet bleiben zu können, dahin war. Aber vielleicht konnte sie das Geheimnis noch als Waffe gegen jegliche Drohungen einsetzen, die Rachel ihr gleich entgegenschleudern würde. Leah kannte Rachel. Sie wusste, dass sie rachsüchtig sein konnte. »Die hat einen miesen Charakter«, hatte Jim stets gesagt. In der Tat hatte sie, sechs Monate nachdem sie die Kondome entdeckt hatte, der Frau von Mikes fremdgegangenem Kollegen auf einer Party gesteckt, was Sache war. Mit einem Lächeln hatte sie sie gebeten, doch bitte dafür zu sorgen, dass ihr Mann seine Kondome nicht in Mikes Sachen unterbrachte. »Schließlich sind sie nur Golffreunde und keine Saufkumpane. Es reicht schon, dass sich Mike alles über die Schlampen anhören muss, die dein Mann vögelt – wie sie es treiben, wo und wie oft. Ehrlich, ihr führt vielleicht eine offene Ehe und was so dazugehört, aber manche von uns sind eben einfach nur anständige Leute vom alten Schlag.«

Die Frau hatte keine offene Ehe geführt. Sie hatte keine Ahnung von den Seitensprüngen ihres Mannes gehabt. Und sie war im achten Monat schwanger gewesen. Die ganze Sache hatte an Mikes Arbeitsplatz für ziemlichen Wirbel gesorgt. Der Kollege hatte die Firma verlassen müssen. Mike war deswegen mit Rachel hart ins Gericht gegangen. Sie hatte mit großen, unschuldigen Augen zerknirscht und reumütig getan, aber Leah hatte gewusst, wie teuflisch und schadenfroh sie in Wirklichkeit gewesen war. Rachel hatte das Ganze minutiös geplant. Es war volle Absicht gewesen.

Peyton spülte die Toilette.

»Es gibt Bilder«, sagte Rachel mit eiskalter Stimme.

Alle Wärme wich aus Leahs Körper. Ihre Hand schloss sich um die Wodkaflasche. »Nein«, erwiderte sie. Sie versuchte erst gar nicht, zu lügen oder es zu verharmlosen. »Ich habe gesehen, wie er die Bilder gelöscht hat«, sagte sie mit zittriger Stimme. Sie warf einen Blick zu Peyton, die sich gerade abgewischt hatte und die Unterhose hochzog. Peyton schaute hoch zu Leah, die bestürzt war über die ängstliche Erwartung im Gesicht ihrer Tochter. Die Kleine rechnete damit, aus irgendeinem Grund geschimpft zu werden. Wenn man es genau nahm, war Leah nicht besser als ihre Eltern. Tränen schossen ihr heiß in die Augen. Sie streckte sich und berührte Peyton an der Wange. »Das hast du gut gemacht, Liebes«, flüsterte sie und drehte sich dabei vom Handy weg. Die Augen des Mädchens begannen zu leuchten. Ein Lächeln trat auf ihr Gesicht. Sie schlüpfte aus der Kabine.

»Bildschirmfotos leben ewig, du Luder«, fauchte Rachel.

Leah steckte den Kopf aus der Tür. Die Kinder saßen nach wie vor im Auto. Sie wandte sich wieder zur Toilette zurück. Peyton sah sie erwartungsvoll an. Leah hielt eine Hand auf das Handy und versuchte, ihre Tochter anzulächeln. »Wasch dir die Hände, Liebling. Und dann warte draußen auf Mommy.« Als sich Peyton pflichtschuldig zum Waschbecken drehte, schloss sich Leah in der nächsten Kabine ein und lehnte sich gegen die Tür. Das Smartphone vibrierte in ihrer Hand. Sie nahm es vom Ohr und starrte auf den Bildschirm. Ihre Zähne begannen zu klappern. Das Gerät vibrierte immer und immer wieder. Eine Nachricht nach der anderen kam und dazu Rachels Stimme. »Da, da und da«, sagte sie. »Schau sie dir an.«

Da waren sie. Die Fotos, die D. J. von ihr nackt in verschiedenen, verfänglichen Stellungen gemacht hatte. Auf einem befriedigte sie ihn mit dem Mund. Sogar eines, auf dem er von hinten in sie eindrang, war darunter. Er musste es heimlich gemacht haben. Mindestens ein halbes Dutzend Aufnahmen davon hatte sie noch nie zuvor gesehen. Mit zitternden Händen löschte sie sie, sobald sie angekommen waren, aber das spielte nun auch keine Rolle mehr, oder? Sie waren da draußen. Rachel besaß sie. Ihre beste Freundin Rachel.

Die mit dem miesen Charakter.

Als sie den Riemen ihrer Handtasche zurechtrückte, streifte ihre Hand wieder die Wodkaflasche. Mit einer einzigen Bewegung zog sie sie aus der Tasche und schraubte den Verschluss ab. Sie zögerte. Eigentlich trank sie nie. Sie hatte die Kinder bei sich. Aber sie vögelte auch keinen neunzehnjährigen Jungen, der sich als der Sohn ihrer besten Freundin herausstellte. Sie wurde auch nicht schwanger von ihm und gab das Kind als das ihres Mannes aus. Sie ließ ihren neunzehnjährigen Lover keine Fotos von allen ekelhaften Sexpraktiken machen, die sie je zusammen ausprobiert hatten. Sie war nicht so eine.

Doch, genau so eine war sie.

Und so lag mit einem Mal ihre Welt in Scherben. Warum hatte sie nur je gedacht, dass es okay wäre, die Affäre zuzugeben und Verantwortung dafür zu übernehmen? Was sie getan hatte, war durch und durch unverzeihlich – und es gab Fotos, die es bewiesen. Es war zehnmal schlimmer als alles, was Glory Rohrbach je getan hatte.

Der Wodka brannte in ihrer Kehle. Es ging etwas daneben und tropfte von ihrem Kinn. So leise, dass Peyton es nicht hören konnte, sagte sie: »Ich weiß, dass er dein Sohn ist.«

Stille. Dann: »Denkst du, wenn du mich outest, ist das, was

du gemacht hast, weniger schlimm? Du hast keine Ahnung, was du getan hast. Soll ich es sagen, Leah? Ja, D. J. ist mein Sohn. Ich habe als Teenager einen Fehler gemacht. Ich habe ihn zur Welt gebracht und dann verlassen, weil er ein Fehler war.«

Wieder spürte Leah, wie Kälte ihr die Hinterseite ihrer Beine hochkroch. Sie schauderte. »Wie kannst du … wie kannst du nur so etwas über deinen eigenen Sohn sagen?«

Schon als sie fragte, wusste es Leah. Dass mit ihm etwas nicht ganz in Ordnung war, hatte sie früh gespürt. Sie hatte keine Ahnung, in welcher Lage Rachel als Teenager – sogar noch in ihren Anfangsjahren als Teenager, wenn Leah richtig zurückgerechnet hatte – gewesen war. Aber trotzdem klangen Rachels Worte brutal.

»Er ist ein Monster, Leah. Er war immer ein Monster.«

Die Bilder von den Opfern des Soccer Mom Stranglers kamen Leah in den Sinn.

»Und sie hatten alle Haare wie du.«

Sie nahm noch einen kleinen Schluck vom Wodka. Er fühlte sich an wie Benzin in ihrer Speiseröhre.

»Was sagst du da?«, krächzte sie.

»Du weißt nicht, wozu er fähig ist. Weißt du, warum er letztes Jahr weggegangen ist?«

Weil ich Schluss mit ihm gemacht habe. »Nein, ich …«

»Er hat sich vor Maya und Molly entblößt.«

»Mein Gott!«

Ein Schauder durchlief ihren ganzen Körper. Sie schloss die Augen und dachte an die vielen Male, da sie zugelassen hatte, dass er sie anfasste. Sie fühlte sich noch mehr missbraucht als damals, als sie zwölf gewesen war und ihr Vater angefangen hatte, nachts in ihr Zimmer zu schleichen. Sie nahm noch einen Schluck Wodka.

»Er ist ein Monster«, wiederholte Rachel. »Ein Monster. Und du hast mit ihm gebumst. Anscheinend sogar ziemlich oft. Sieht aus, als hättest du es genossen. Wie konntest du nur?«

»Du verstehst das nicht. So war es nicht.«

»Du brauchst mir gar nicht zu erzählen, wie es war. Ich habe Bilder. Anfangs dachte ich, niemand würde mir glauben. Aber hey, ich habe dreizehn Fotos davon, wie meine beste Freundin meinem geistesgestörten Sohn einen bläst. Wie konntest du nur? Und was ich überhaupt nicht begreife: Warum gerade du? Du bist eine fette Kuh. Nicht einmal dein eigener Mann mag dich noch so recht anfassen. Aber halt, ich habe vergessen, dass D. J. die letzten elf Jahre in einer Anstalt war. Er weiß es eben nicht besser. Und du willst meine beste Freundin sein? Wie konntest du das nur tun? Gerade du?«

Jedes Wort war ein neuer Stachel in ihrem Fleisch. Diese Frau sollte ihre beste Freundin sein? Sie bezeichnete D. J. als Monster, und wenn er sich wirklich vor den Zwillingen entblößt hatte, dann war er das tatsächlich. Nicht, dass Leah einen großen Beweis gebraucht hätte, nachdem er ihren Hund getötet und zweimal versucht hatte, ihren Kindern Schaden zuzufügen. Aber Rachel hatte ihn schon lange vor dem Vorfall mit den Zwillingen abgelehnt. Irgendwo tief drinnen in ihr fragte sie sich, worüber Rachel wirklich wütend war. Aber immer wieder kam ihr das Wort *Anstalt* in den Sinn.

»Was meinst du mit ›Anstalt‹? Was für eine Anstalt?«

»Eine Anstalt, in die man ein Kind steckt, wenn es als verdammter Psychopath auf die Welt kommt. Eine Einrichtung, von der man hofft, dass es sie nie wieder verlässt. Eine Einrichtung, in der man es wegsperren lässt, wenn es mit vier Jahren heißen Kaffee über den Hund der Familie gießt und mit fünf eine Klassenkameradin vom Klettergerüst schubst. Du kennst die Narbe auf meinem Kinn. Ich habe immer allen erzählt, dass ich sie mir geholt habe, als ich beim Eislaufen hingefallen bin? Sie ist von ihm. Als er fünf war, hat er mich ins Gesicht gebissen, weil ich ihm zum Frühstück keinen Schokoriegel zu essen gegeben habe. So fest, dass ich für den Rest meines Lebens eine Narbe habe. Erzähl es nur allen. Rachel hat einen perversen Psychopathen zum Sohn. Ich stehe immer noch besser da als du. Wenn die Leute deine Fotos sehen, wird es ihnen scheißegal sein, wessen Sohn er ist. Sie werden so angewidert davon sein, dass du eine Affäre mit einem Jungen hattest, der dein Sohn sein könnte – einem Jungen, der es genießt, seinen Penis fünfjährigen Mädchen zu zeigen.«

»Rachel.«

»Halt's Maul!«

»Hat er dich öfter gebissen?«

Ihr eigener Körper war noch von der letzten Begegnung mit D. J. wund. Er hatte ihr Wunden zugefügt. So oft sie die Bisse auch gewaschen oder mit Bacitracin behandelt hatte, sie taten immer noch weh. Sie hatte Angst, dass sie sich infizieren würden und sie deshalb einen Arzt aufsuchen müsste. Was sollte sie sagen? Dass ihr zwanzigjähriger Lover sie wie ein räudiger Hund gebissen hatte? Er hatte sie fast immer gebissen. Nicht so fest natürlich, aber er war verärgert und aufgebracht gewesen und hatte eine Terrorkampagne gestartet, um sie zurückzugewinnen. Immer wieder hatte sie die Bissspuren verstecken müssen, die er ihr während ihres Liebesspiels zugefügt hatte.

Die Bissspuren.

Das war eine Besonderheit des Soccer Mom Stranglers, auf die sich die Medien förmlich gestürzt hatten. Sie hatten sich besonders gern über diese Grausamkeit ausgelassen, als wäre die Art und Weise, wie die Frauen zu Tode gebracht worden waren, nicht schon grausam genug gewesen. Alle Nachrichtensprecher hatten darüber berichtet, als würden sie den Zuschauern mitteilen, dass sie eine Reise nach Disneyland gewonnen hätten.

Wie wir aus gut unterrichteten Kreisen erfahren haben, hinterlässt der Soccer Mom Strangler Bissspuren auf jedem seiner Opfer, in der Regel auf den Brüsten oder dem Hals.

Dieses Detail hatte sich irgendwo in ihrem Hinterkopf festgesetzt, aber sie hatte es in ihre Schublade mit der Aufschrift »Wenn du nicht so genau hinsiehst, bekommt es keine Bedeutung« gepackt. Aber nun war es hervorgeholt worden. Bissspuren. Ein Monster. Ein Psychopath. Seit er ein Kind war. In eine Anstalt eingewiesen. Leah zermarterte sich den Kopf und versuchte, sich daran zu erinnern, wann über das erste Opfer des Soccer Mom Stranglers berichtet worden war. War es gleich nach seiner Rückkehr gewesen, nachdem er herausgefunden hatte, dass sie mit Tyler schwanger war? Nachdem sie ihn abblitzen hatte lassen? Brüsk zurückgewiesen hatte? War er losgezogen, um eine Frau zu finden, die wie Leah aussah, und hatte mit ihr all das gemacht, was er mit Leah hatte tun wollen? Hatte er sie umgebracht?

Wieder kamen ihr die Gesichter der Opfer in den Sinn. Nein, nicht nur ihre Gesichter. Auch ihre Körper. Wie hatte Rachel sie genannt? Fette Kuh? Ganz so fett war sie nicht, aber schon leicht übergewichtig. Genau wie die Opfer des Soccer Mom Stranglers.

Sie nahm noch einen Schluck von ihrem Wodka.

»Möchtest du dich tatsächlich darauf einlassen? Spielen wir Geheimnisse verraten? Willst du es wirklich mit mir aufnehmen? Na gut. Versuch's nur.«

»Nein«, antwortete Leah. »Das will ich nicht.«

Sie ließ das Handy in die Toilette fallen. Dann drehte sie sich um und griff nach dem Kabinenschloss, nur um festzustellen, dass sie sich etwas schwindlig fühlte. Hatten die paar Schluck Wodka sie schon betrunken gemacht? Sie hielt die Flasche vor sich. Sie war halb leer.

Sie drückte sie an sich und setzte sich wankend auf die Toilette. Sie musste nachdenken. Rachel würde sie nie mehr besänftigen können. Ihr Fehler war, sie herausgefordert zu haben.

»Ich weiß, dass er dein Sohn ist.«

Damit hatte sie ihr Todesurteil besiegelt. Rachel würde die

Fotos nicht sofort verbreiten. Nein, sie würde sie eine Weile wie ein Damoklesschwert über ihrem Kopf schweben lassen. Würde zusehen, wie sie sich wand. Es genießen. Aber eines Tages würden die Bilder auf dem Handy ihres Mannes, in der Mail ihres Chefs oder im Briefkasten ihrer Schwiegermutter auftauchen. Rachel hatte Social-Media-Accounts, und Leah traute ihr durchaus zu, eines Tages »versehentlich« eine Aufnahme dort zu posten. Dann würde es jeder wissen. Alle würden sehen, was Leah getan hatte. Würden Zeuge ihrer intimsten Augenblicke werden.

Intime Augenblicke, die sie mit einem Serienmörder geteilt hatte. Dem Serienmörder, den sie inspiriert, wenn nicht sogar geschaffen hatte.

Sie wollte es nicht denken, nicht an sich heranlassen, was ihr in der letzten Woche ständig im Kopf herumgegangen war. Aber es war so. Sie wusste es tief drinnen. Hatte es schon gewusst, als sie zum ersten Mal aus den Nachrichten von den Bissspuren an den Opfern des Soccer Mom Stranglers erfahren hatte. Es war überhaupt erst der Anlass gewesen, die DNA-Tests machen zu lassen. Sie hatte wissen müssen, ob Tyler der Sohn eines Mörders war. Er war es.

Tyler war Dylans Kind. Sie hatte beim Einsenden des DNA-Testsets falsche Angaben gemacht, hatte Jims Unterschrift gefälscht. Es war einfacher so gewesen. Nur sie kannte die Wahrheit.

Was hatte sie getan?

Sie dachte an Leute, über die sie gelesen hatte. Deren Existenz schon durch wesentlich weniger zerstört worden war, etwa rassistische Tweets oder Bilder in sozialen Medien, die als Spaß gedacht gewesen waren. Selbst mit zweifelhaften Halloweenkostümen hatten manche bereits ihr Leben ruiniert, wenn Fotos davon in Umlauf geraten waren. Leah hatte keine Chance mehr. Ihr Name würde auf ewig mit dem Soccer Mom Strangler in Verbindung gebracht werden. Man musste kein

Genie sein, um sich auszurechnen, dass ihre Affäre noch am Laufen gewesen war, als sie schwanger von Tyler geworden war. Selbst Leute, die sie nicht einmal kannte, würden Jims Vaterschaft anzweifeln – und zu Recht.

Alle Welt würde wissen, was sie getan hatte, was aus ihr geworden war. Die Schande würde sogar ihre Kinder noch bis ins Erwachsenenalter begleiten. Man würde Fragen stellen. Der Vater des kleinen Tyler war ein wilder, gnadenloser Killer. Ein Mörder, der schon in frühester Kindheit zu gewalttätigem Verhalten geneigt hatte, wenn man Rachel glauben konnte. Was, wenn Tyler genauso werden würde? Würde sie ihn überhaupt noch mit denselben Augen sehen wie zuvor? Würde sie ihm sein ganzes Leben lang Misstrauen entgegenbringen?

Was war mit Rachels Mädchen? Ihre Mutter hatte einen Serienmörder zur Welt gebracht. Rachel mit dem miesen Charakter. Was, wenn ihre Töchter ebenfalls zu Monstern wurden? Sie würden nicht zu stoppen sein.

Leah rutschte von der Toilette. Eingeklemmt zwischen Kabinenwand und Schüssel lag sie da. Sie hob die Flasche. Nur noch ein Rest Wodka war darin. Hatte sie wirklich fast die ganze Flasche geleert? Stöhnend wand sie sich heraus und kam schwankend auf die Beine. Krachend öffnete sie die Kabinentür – der Lärm hallte im winzigen Raum wider. Sie ließ die Wodkaflasche in den Mülleimer fallen.

Peyton stand draußen vor der Tür. »Fahren wir«, sagte Leah zu ihr. Sie riss sich zusammen, so gut es ging, brachte ihre Tochter zum geparkten Auto und schnallte sie fest. Hunter und Tyler schliefen. Die Zwillinge waren in ein Gespräch über etwas vertieft, das sie in *Geheimagent Bär* gesehen hatten, und beteiligten Peyton rasch daran.

Leah lief zurück in die Toilette. Sie lehnte sich gegen das Waschbecken. Alle Schubladen in ihrem Kopf flogen gleichzeitig auf. Die ganze Selbstkontrolle, die sie so lange geschlossen gehalten hatte, war durch den Wodka mit einem

Schlag dahin. Sie konnte nichts mehr dagegen tun. Sie konnte überhaupt nichts mehr verhindern. Sie blickte auf und sah sich im Spiegel. Sie erkannte die Gesichtszüge ihrer Mutter.

Die Frau im Spiegel verschwamm. Dann wurde sie wieder scharf und sagte entschlossen. »Es reicht.«

NEUNUNDSECHZIG

ZWEI MONATE SPÄTER

Nach ihrer Rückkehr aus der Gefangenschaft war Claire viel gereist, manchmal mit ihrer Schwester, manchmal mit ihrer Mutter. Einmal hatten alle Fletchers gemeinsam einen Ausflug nach Disney World gemacht. Sie hatte immer in preiswerten Hotels übernachtet, vor allem, wenn sie mit Brianna unterwegs gewesen war, die ständig am Sparen war. »Je weniger wir ausgeben, desto mehr können wir besichtigen«, hatte ihr Motto stets gelautet. Claire war es egal gewesen. Sie genoss es, Neues zu erkunden. Orte, die zu sehen sie sich während der Jahre, die sie in einer Hütte im Wald an einen Heizkörper gekettet verbracht hatte, niemals erträumt hatte. Das Reisen kam ihr selbst in der Sparversion wie ein Luxus vor, den sich nur Superstars und Lotteriegewinner leisten konnten. Es war ein Traum.

Aber das Resort auf Bora Bora, das Connor für ihre romantische Auszeit ausgesucht hatte, übertraf selbst ihre kühnsten Träume. So musste das Paradies aussehen. Sie zwickte sich tatsächlich immer wieder. Tief drinnen fragte sie sich manchmal, ob der Soccer Mom Strangler sie nicht in Wirklichkeit umgebracht hatte und sie auf alle Ewigkeit mit dem Mann, den sie liebte, in den Himmel gekommen war.

Sie lag in einem Badeanzug draußen auf der Liege. Ein warmer Wind strich über ihre nackten Beine. In den drei Tagen, die sie nun schon hier waren, hatte ihre Haut einen schönen braunen Ton angenommen. Vor ihr erstreckte sich kristallblaues Wasser, so klar und sauber, dass man selbst weit draußen noch auf den Grund sehen konnte. In der Ferne ragte der grün bewachsene Mount Otemanu in den perfekten, wolkenlos blauen Himmel. Sie hatte einen guten Teil der letzten Stunde damit verbracht, zu überlegen, was blauer war – der Himmel oder das Wasser. Connor hatte für sie eine Wassersuite gebucht, die eigentlich nicht einmal eine richtige Suite war. Es handelte sich um einen Bungalow im polynesischen Stil mit einem künstlichen Strohdach. Am seichten Ufer der Lagune standen mehrere solcher Hütten. Sie waren alle mit einem Holzsteg verbunden, der zum Hauptgebäude des Hotels führte. Die Bungalows waren mit einem schönen Holzdekor ausgestattet. In der Mitte des Hauptraums stand ein großes Doppelbett. Ebenfalls zur Ausstattung gehörten eine Couch, ein Tisch mit Stühlen und ebenjene Holzterrasse, auf der Claire gerade lag.

Connor kam schön gebräunt mit nacktem Oberkörper aus dem Bungalow. In der Hand hielt er eine Margarita. Sie überlegte, ob ihr Leben im Augenblick überhaupt noch schöner sein könnte, aber ihr fiel nichts ein. Er gab ihr den Drink und setzte sich neben sie auf die Liege. Als er sich vorbeugte, um ihr einen Kuss zu geben, roch sie seine Sonnencreme. Sie mussten die Flasche mit nach Hause nehmen, wenn sie wieder in die Realität zurückkehrten. Dann konnte sie daran riechen, wenn der Alltag allzu stressig wurde, und sich an das hier erinnern. An das Paradies.

»Sag mir noch mal, wie viel du für das hier bezahlt hast«, bat sie ihn.

Connor lachte. »Lieber nicht.« Er nahm ihre Hand.

»Außerdem ist es egal. Ich habe dir eine Tikihütte versprochen.«

»Allerdings. Das hast du.«

»Wir hätten früher herkommen sollen.«

»Nein«, widersprach Claire. »Jetzt ist die perfekte Zeit.«

Sie sagte es nicht, weil sie nicht mehr darüber sprechen wollte, zumindest nicht hier, aber er hatte noch eine Zeit lang Stryker helfen müssen, den Fall des Soccer Mom Stranglers abzuschließen, damit sein Büro alle Unterlagen dem Bezirksstaatsanwalt übergeben konnte. Da D. J. North seine Verletzungen überlebt hatte und die vielen gegen ihn erhobenen Anklagepunkte wegen Mordes und versuchten Mordes abstritt, würde es zum Prozess kommen, was aber noch ein, zwei Jahre dauern konnte. Claire war froh, endlich weit weg davon zu sein. Der Fall war noch immer fast täglich in den Nachrichten. Nachdem sich herausgestellt hatte, wie Leah Holloway und Rachel Irving in den Fall verwickelt waren, hatte ein erneuter Medienhype eingesetzt. Die schmutzigen Details hatten landesweit Schlagzeilen gemacht. Rachel Irvings Mann hatte die Zwillinge genommen und sie verlassen. Jim Holloway hatte sich geweigert, Tyler zu behalten, und Rachel hatte ihn auch nicht gewollt – zumindest nicht, bis D. J.s Vater auftauchte und das Sorgerecht für ihn übernahm. Sebastian North war in den Ruhestand gegangen und nach Sacramento gezogen, um möglichst nah bei D. J. sein zu können, während er sich auf den Prozess vorbereitete. Dem Vernehmen nach hatte er eine Hypothek auf sein Haus aufgenommen, um einen hochkarätigen Anwalt für seinen Sohn zu bekommen. Claire und Connor war aufgefallen, dass Sebastian jedes Mal, wenn er das Gerichtsgebäude betrat oder verließ, Rachel im Schlepptau hatte, die Tyler im Arm hielt und eine unglückliche Miene machte. Claire fragte sich, ob sie wirklich versuchte, das Leben, das sie hinter sich gelassen hatte, fortzusetzen, oder einfach nichts hatte, wohin sie hätte gehen können, und sich daher an Sebastian hängte. Anscheinend war der ältere Mann nicht nachtragend. Connor hatte ihr erzählt, dass der Bezirksstaatsanwalt nicht vorhatte, Rachel wegen Vertuschung einer Straftat anzuklagen. Es ließ sich nicht zweifelsfrei nachweisen, dass sie von D. J.s Untaten gewusst hatte. Aber Connor fand, dass das Schicksal Rachel Irving schon genug gestraft hatte.

Claire empfand die ganze Sache als schrecklich traurig, die Presse hingegen ergötzte sich daran.

»Hast du Brianna heute schon eine Mail geschickt?«, fragte Connor und riss Claire aus ihren Gedanken.

Sie hatten kein besonders gutes Netz, was Claire als Segen empfand, aber das WLAN war relativ verlässlich. Sie wollte unbedingt mit ihrer Schwester per E-Mail in Kontakt bleiben. Brianna hatte sich von ihrer Kopfverletzung gut erholt. Wenn sie nicht gerade für ihre Anwaltsprüfung lernte, löcherte sie Claire nach allen Einzelheiten über ihre Beziehung zu Connor. Sie hatte auf täglichen Updates aus Bora Bora bestanden.

»Ja«, antwortete Claire. »Als ich am Morgen aufgestanden bin. Ich habe meine Aufgaben für heute also erfüllt.«

»O nein, sie sind noch nicht erledigt«, widersprach Connor.

»Wirklich nicht?«

Er stand auf und zog sie hinter sich her zur Treppe, die von der Holzterrasse aus nach unten ins azurblaue Wasser führte. »Du hast versprochen, mit mir zu schwimmen, erinnerst du dich?«

»Stimmt«, sagte Claire lächelnd.

Sie folgte Connor die Treppe hinunter und sah zu, wie er ins Wasser eintauchte. Dann sprang sie ihm hinterher.

MEHR VON BOOKOUTURE DEUTSCHLAND

Für mehr Infos rund um Bookouture Deutschland und unsere Bücher melde dich für unseren Newsletter an:

deutschland.bookouture.com/subscribe/

Oder folge uns auf Social Media:

facebook.com/bookouturedeutschland
x.com/bookouturede
instagram.com/bookouturedeutschland

EIN BRIEF VON LISA

Vielen Dank, dass ihr *Die tote Mutter* gelesen habt. Wenn euch das Buch gefallen hat und ihr über meine neuesten Veröffentlichungen informiert werden möchtet, meldet euch einfach unter nachstehendem Link an. Eure E-Mail-Adresse wird auf keinen Fall weitergegeben, und ihr könnt euch auch jederzeit wieder abmelden.

deutschland.bookouture.com/subscribe/

Ich hatte eigentlich nicht die Absicht, eine Fortsetzung von *Die gefangenen Mädchen* zu schreiben. Aber meinen Leser:innen hat das Buch so sehr gefallen, dass ich ihnen die Bitte um einen neuen Band mit Connor und Claire nicht abschlagen konnte. *Die tote Mutter* ist meine Liebeserklärung an die besten Leser:innen der Welt. Beim Verfassen des Buchs habe ich so viel über die Kunst des Schreibens gelernt. Es hat mir außerdem die Gelegenheit gegeben, mehr Zeit mit einigen meiner Lieblingsprotagonisten zu verbringen. Ich hoffe, ihr habt das Lesen ebenso genossen wie ich das Schreiben.

Ich bin euch allen so dankbar, dass ihr mir die Treue haltet und immer wieder Bücher von mir lest. Besonders freut es mich, von euch zu hören. Ihr könnt euch mit mir über meine Website oder jeden unten aufgelisteten Social-Media-Kanal in Verbindung setzen, aber auch über die Goodreads-Website. Ihr dürft dort gern eine Rezension hinterlassen oder *Die tote Mutter* bzw. ein anderes meiner Bücher anderen Literaturfreunden ans Herz legen. Kritiken und Empfehlungen aus erster Hand tragen enorm dazu bei, meine Bücher anderen näherzubringen. Vielen, vielen Dank für eure Begeisterung für die Reihe!

Eure

Lisa Regan

www.lisaregan.com

facebook.com/LisaReganCrimeAuthor

x.com/Lisalregan

DANKSAGUNG

Als Erstes danke ich meinen Leser:innen für ihre endlose Leidenschaft und Begeisterung. Ihr seid meine Motivation. Ich bin so froh über jede Nachricht, jede Mail, jeden Post auf Facebook und jeden Tweet. Wie immer danke ich meinem wunderbaren Mann Fred und meiner lieben Tochter Morgan, die mich inspiriert und auf so viele Stunden mit mir verzichtet hat, damit ich dieses Buch schreiben konnte. Ich liebe euch beide und bin auf ewig dankbar für eure Geduld. Ihr seid es, die mich jeden Tag dazu bringen, ein besserer Mensch und eine bessere Autorin zu werden. Ohne die Menschen um mich herum würde ich kein einziges Wort zu Papier bringen, denn sie spornen mich an und unterstützen mich unablässig. Folgende Personen haben mich auf meiner Reise begleitet und entscheidend zu meinem Erfolg beigetragen, indem sie stets bereit waren, Testleser:innen zu spielen, Fragen zu beantworten oder mir einfach nur Mut zuzusprechen: Nancy S. Thompson, Michael Infinito Jr., Dana Mason, Katie Mettner, Carrie Butler, Jeff O'Handley, Donna House, Joyce Regan, William Regan, Rusty House, Melissia McKittrick, MK Harkins, Ava McKittrick, Jean und Dennis Regan, Torese Hummel, Cat Skinner und meine »Betaleserinnen« von Frostbite und Entrada. Ein Dankeschön geht an meine unzähligen Freunde und Verwandten, die ständig Werbung für meine Bücher machen und mir auf Facebook schreiben, warum ich gerade online bin und nicht mein nächstes Buch verfasse. Ich liebe euch. Ihr seid die Besten! Ein Dank geht auch an Sue Herwig –

wenn du nicht beharrlich geblieben wärst, hätte ich das hier nie zu Ende gebracht. Danke, Amy Z. Quinn, für die vielen wertvollen Informationen über Journalismus. Ein besonderes Dankeschön verdient Sgt. Jason Jay, weil er mir Tag und Nacht mit unendlicher Geduld meine endlosen Fragen detailliert beantwortet. Ich kann dir gar nicht oft genug sagen, wie sehr ich deinen Input und deine Bereitschaft schätze, alles richtig hinzubekommen – zumindest so richtig, wie es in einer fiktionalen Geschichte möglich ist. Dank auch an Jessica Tribble, weil du mir eine Chance gegeben hast. Danke, David Downing, dafür, dass du mir geholfen hast, zu den wirklich guten Sachen zu kommen. Danke dir, Scott Calamar, weil du mich dabei unterstützt hast, die Macken auszumerzen. Ein letzter Dank geht an das gesamte Team von Bookouture, weil es diese Story neuen Leser:innen zugänglich gemacht hat.

Printed in Poland
by Amazon Fulfillment
Poland Sp. z o.o., Wrocław

36165622R00262